1995	
1997	『호출』
1999	『엘리베이터에 낀 그 남자는 어떻게 되었나』
2004	『오빠가 돌아왔다』
2010	『무슨 일이 일어났는지는 아무도』
2017	『오직 두 사람』
2025	

30/3 단편선

차례

오직 두 사람	7
아이를 찾습니다	51
옥수수와 나	107
악어	185
로봇	201
밀회	231
아이스크림	261
보물선	297
그림자를 판 사나이	359
이사	403
오빠가 돌아왔다	443
엘리베이터에 낀 그 남자는 어떻게 되었나	479
당신의 나무	509
흡혈귀	541
호출	577
거울에 대한 명상	607
작가의 말 자욱한 먼지 속에서	640

오직 두 사람

보고 싶은 언니에게

어제는 재미있는 기사를 하나 읽었어요. 한번 상상해보세요. 언니는 희귀 언어를 사용하는 중앙아시아 산악 지대의 소수민족 출신으로, 스탈린 치하를 피해 미국 뉴욕으로 이민을 떠난 수십 명 중 하나예요. 뉴욕에서 이 언어를 쓰는 사람은 언니네가 전부예요. 고향에서는 러시아어가 표준어가 되었고, 언니네 언어는 이미 소멸되었다는 소식도 들려와요. 하지만 언니네가 정착한 뉴욕은 달라요. 수백 개의 화석 언어들이 아직도 활발하게 사용되고 있어요. 고향에서조차 잊힌 말을 그대로 쓰는 이들이 있기 때문이에요. 그래서 뉴욕을 언어의 박물관이라고도 한대요. 하지만 자식들은 영어로만 소통하고 처음에 같이 고향을 떠나왔던 사람들은 하나둘 세상을 등져요. 마침내 오직 언니하고 다른 한 명만 남아요. 둘은 어쩌면 전 세계에서 이 언어로 대화를 나눌 수 있는 유일한 생존자들일지도 몰라요. 그러던 어느 날 이 둘, 최후의 두 사람이 사소한 말다툼 끝에 의절을 해요. 그러곤 수십 년 동안 대화를 나누지 않아요. 결국 한 사람이 먼저 세상을 떠나요. 저는 생각했어요. 아무와도 대화할 수 없는 언어가 모국어인 사람의 고독에 대해서요. 이제 그만 화해하지 그래, 라고 참견할 사람도 없는 외로움. 세상에서 가장 치명적인 말다툼. 만약 제가 사용하는 언어의 사용자가 오직 두 사람만 남았다면 말을 조심해야겠어요. 수십 년 동안 언어의 독방에 갇힐 수도 있을 테니까. 그치만 사소한 언쟁조차 할 수 없는 모국어라니, 그게 웬 사치품이에요?

아빠는 어제 일반 병실로 옮겼어요. 보험이 되는 다인실은 자리가 없어서 일단 일인실로 모셨어요. 다시 저에게 돌아온 거죠. 아니, 제가 아빠에게 돌아간 걸까요? 병실은 잠깐만 앉아 있어도 숨이 막힐 것 같아요. 얇은 환자복을 입은 환자들이 추위를 느낄까봐 난방을 세게 하고는 너무 건조해질 것을 염려해서 가습기를 틀어대니까, 관리가 잘 되지 않는 식당 주방에 들어와 있는 기분이에요. 아빠는 이제 완전히 노인이에요. 물 좀 드릴까요, 물어도 고개만 저어요. 의미 있는 말을 전혀 하지 못해요. 열한 시간에 걸친 대수술을 마치고 나온 뒤로는 더이상 제가 알던 그 아빠가 아니에요. 오빠한테 이런 말을 했더니 뭐라는지 알아요?

"전신마취를 하면 인간은 그때 그냥 죽는 거야. 문서를 복사하면 열화가 일어나듯이 오랜 시간 마취됐다가 깨어난 사람은 원래의 그 사람이 아니야. 일종의 복사물인 거지. 도마뱀의 꼬리도 잘리면 다시 자라나긴 하지만 원래 크기로는 자라지 않는다잖아."

오빠다운 말이죠. 오빠가 거제도의 조선소에서 일했던 건 아시죠? 얼마 전 정리해고를 당했어요. 요새 그쪽이 다 어려워요. 회사에서 잘리던 날, 회사 담벼락에 노조가 붙여놓은 플래카드를 봤대요. '해고는 죽음이다.' 그걸 보고 오빠가 뭐라고 했을지 저는 알아요. "아니지, 죽음이 해고지. 해고된다고 죽는 것은 아니지만 죽으면 모든 게 끝나니까." 명언이나 상투어를 뒤집어서 새로운 말을 만드는 것은 오빠의 오랜 버릇이거든요. "해봐. 이상하게 다 말이 된다니까." 오빠가 사람들에게 장담하면 그때마다 사람들이 이것도 해보라, 저것도 해보라며 문장을 던져요. "피할 수 없다면 즐겨라." 누군가 이렇게 말하면 오빠는 빙글빙글 웃으며 "즐길 수 없다면 피하라"고 답하고요. "사막이 아름다운 것은 어딘가에 샘이 숨겨져 있기 때문이다"라고 『어린왕자』의 유명한 구절을 제시하면, "어딘가에 샘이 숨겨져 있다면 그게 바로 사막이다"라고 받아요. 가끔 어떤 격언은 뒤집어놓으면 더 의미심장해 보이기도 하더라고요. 예를 들어, '금이 침묵이다' 같은 말이 그래요. 오빠가 해고를 당하던 날, 인사팀의 입사 동기가 그러더래요. "힘내라. 위기가 기회라잖아." 오빠가 뭐라고 했을지 언니도 이제 아시겠죠? "웃기시네. 기회가 위기야."

아빠를 복사한 누군가가 환자복을 입고 저기 누워 있어요. 저는 그 사람 딸을 연기하고 있고요. 어딘가 어색하고 익숙하지가 않아요. 저는 생각해요. 거기 누워 있는 당신은 누구고, 나는 또 여기서 뭘 하고 있는 거지? 우리 아빠는 수술실에서 이미 죽었는데요. 주말마다 같이 영화를 보고, 근사한 식당에서 저녁을 먹으며 철학에 대해 토론하고, 제 몸매의 단점을 가장 잘 가려줄 수 있는 패션에 대해 여자친구처럼 수다를 떨고, 때로는 아예 쇼핑까지 함께 나서던, 젊고 자신만만하던 그 사람은 어디 갔을까요?

이미 돌아가신 거겠죠. 오빠 말마따나.

병원에 있으니 옛날 생각이 많이 나요. 근데 다른 가족들과 있었던 일은 잘 떠오르질 않아요. 엄마도, 오빠도, 그리고 동생인 현정이도 희끄무레한 안개 속에 묻혀 있는 것만 같아요. 기억 속에서는 아빠와 저, 오직 두 사람만 도드라져요. 그때 아빠가 뭘 했는지, 무슨 말을 했는지, 어떤 선물을 사왔는지 다 생생해요. 다른 가족들은 뭘 하고 있었을까요? 아마 같이 생일 축하 노래를 부르고 있었을 거야, 아마 옆에서 웃고 있었을 거야, 아마 집에 없었을 거야. 그들은 모두 '아마'의 영역에 속해 있어요.

엄마는 입버릇처럼, 현주는 아빠 딸이야, 엄마 딸 아니야, 라고 말하곤 했어요. 근데 그게 이상하게도 엄청난 칭찬처럼 들렸어요. 이십대에 일찌감치 모교의 교수로 임용된 아빠는 운동으로 단련된 탄탄한 몸의 소유자였어요. 그런 아빠가 어린 딸의 우상이었다고 해도 이상할 일은 아니었어요. 다만 아빠와 저는 유독 가까웠어요. 저만 아빠를 따른 게 아니고 아빠도 저만 편애했으니까요. 다른 형제들이 소외감을 느낀 건 당연해요. 너희들 모두가 소중하단다, 라고 아빠는 누누이 말씀하셨지만 누가 봐도 명백한 차별이 있긴 했어요. 고3 겨울방학에 아빠가 유럽 여행 얘기를 꺼냈어요. 제가 입시를 무사히 마치고 대학에도 합격했으니 이제 유럽의 여러 미술관들을 둘러보면서 교양을 쌓아야 한다는 거였어요. 당연히 온 가족이 다 가는 걸로 생각하고 있던 엄마는 갑자기 군에 가 있는 아들 생각이 났던 모양이에요.

"현석이는 군대에 있잖아, 여보."

오빠 얘기에 오히려 아빠가 조금 놀란 것 같았어요.

"제대 안 했으니까 당연히 군대에 있지."

"현정이는 고3 올라가고."

"그렇지. 그러니까 이번에는 현주하고 나만 가는 거야. 현주가 노력해서 좋은 대학 들어갔으니 보상이 있어야지. 현정이는 고3이니 꼼짝 못하고 당신도 마찬가지일 테고…… 안 그래? 현정이도 내년에 대학 잘 가면 또 가지, 뭐. 그땐 현석이도 제대했겠네."

"그럼 내년에 다 같이 가. 꼭 이번에 가야 돼?"

"이번에도 가고 다음에도 또 가면 되잖아. 현주는 전공이 전공이니만큼 이번에 가보는 게 장래를 위해서도 좋아."

"사학과하고 미술이 무슨 관련이 있어?"

아빠는 한심하다는 듯 엄마를 내려다보며 단호하게 말했어요.

"현주는 예술사를 전공하게 될 거야."

저는 그때 예술사라는 전공이 있다는 걸 처음 알았지만 어쩐지 탁월한 선택 같았어요. '사학' 하면 먼지 풀풀 날리는 침침한 서고 같은 게 떠오르지만 그 앞에 '예술'이 붙으니까 샹들리에가 빛나는 우아한 갤러리가 연상됐거든요.

"너 정말 아빠하고 둘만 여행갈 거야? 가고 싶어?"

엄마는 저를 따로 불러 물었어요. 엄중하고 단호했던 그 표정이 지금도 생생해요.

"아빠가 그러자고 했잖아."

"중요한 건 네 뜻이야. 너도 이제 어른이니까 판단에 책임을 질 줄 알아야 돼. 너만 유럽 가면 군대에서 고생하는 오빠나 곧 고3 되는 동생이 많이 실망할 거야. 그런데도 꼭 가야겠느냐는 거야. 엄마 말 무슨 말인지 알지?"

열아홉 살짜리에게는 참 어려운 선택이었어요.

"아빠가 나중에 같이 간다잖아. 그땐 내가 안 갈게. 그럼 되잖아?"

"그럼 이번에는 기어이 가겠다는 거니? 확실해?"

엄마가 재차 확인을 했어요. 하지만 전 이미 결정을 내린 상태였어요. 엄마의 눈에 실망의 빛이 역력했어요. 제 삶에서 엄마를 잃어버린 순간이 있다면 바로 그때일 거예요. 그후로 엄마는 단 한 번도 제게 따뜻한 눈빛을 보여준 적이 없었어요. 엄마가 방을 나가며 말했어요.

"네가 선택한 거야, 아빠가 아니라. 그건 분명히 기억해 둬."

맞아요. 제가 선택한 거죠. 지금의 제 삶은 어쩌면 그때 내린 결정에 대한 벌일지도 몰라요. 모든 선택에는 책임이 따르니까요. 어쨌든 그로부터 일주일이 넘도록 부모님은 냉전을 벌였어요. 저는 아빠의 말에 일리가 있는데 엄마가 왜 저렇게 뽀족하게 구나 생각했어요. 정확히 일 년 후에 현정이가 저만큼이나 입시를 잘 치르기 전까지는요. 현정이는 아빠가 일 년 전의 약속을 지킬 거라 믿었지만 아빠는 학교에서 새로 보직을 맡아 바쁘다며 다음으로 미뤘어요. 대신 아빠는 정치외교학과에 들어간 현정이에게 홉스의 『리바이어던』이나 마키아벨리의 『군주론』 같은 고전을 몇 권 건네주면서, 정치의 본질은 고래로 달라진 게 없으니 입학 전에 꼭 읽어보라고 당부했어요. 나중에 현정이가 그러더라고요. 하루라도 빨리 집을 떠나야겠다고 결심한 게 바로 그 순간이었다고요. 어쩌면 그 결심 덕분에 현정이는 집으로부터, 그리고 아빠로부터 아주 멀어질 수 있었을 거예요. 현정이는 이제 뉴저지에 완전히 자리를 잡았어요. 일찌감치 주립대학의 교수가 돼서 한국에는 거의 들어오지 않아요. 엄마도 아빠와 이혼한 후엔 현정이한테로 갔어요. 오빠는 대학을 졸업하자마자 거제도로 내려가 조선소에 취직했고요. 설계 부문이었죠.

그래서 저만 남았죠, 아빠에게는.

대학 입학을 앞둔 그해 겨울, 유럽은 참 춥고 을씨년스러웠어요. 비는 왜 그렇게 자주 흩뿌리는지. 밖에만 나서면 한기가 옷 솔기마다 파고드는 느낌이었어요. 그래도 그때 저는 세상의 멋진 것들을 다 보고 있다고 생각했어요. 작고 아담한 호텔에서 아빠와 같이 아침을 먹고는 나뭇잎에 아침이슬이 맺혀 있는 공원을 거닐고, 미술관이 문을 열자마자 들어가 고풍스러운 액자에 담긴 미술사의 걸작들 앞을 서성이며, 왜 어떤 시도는 불멸의 아름다움으로 칭송되는 반면 어떤 노력은 진부함으로 치부되고 마는가 같은 얘기를 주고받던 그 한 달은 꿈만 같았죠. 그래도 사람 마음 참 이상하죠. 아빠가 계획하고 주도하는 여행이 편안하긴 했지만 그것도 너무 익숙해지자 좀 지루한 거예요. 조금씩 나만의 시간을 갖고 싶다는 생각이 싹텄어요. 관광객들이 많이 오가는 유럽의 구도심들은 열아홉 살 짜리 여자애가 혼자 돌아다녀도 안전할 것 같았어요. 어느 날 아빠가 감기 기운이 있다며 오후에는 쉬면서 호텔에서 책이나 보겠다고 하길래, 그럼 아빠는 쉬세요, 저는 거리 구경을 좀 하다 올게요, 했어요. 아빠는 엄청나게 화를 내셨어요. 아빠는, 도대체 내가 너에게 뭘 잘못했느냐, 거리를 산책하고 싶으면 하자고 말을 하면 될 일이지, 혼자 나가서 돌아다니겠다니 이게 무슨 경우냐며 불같이 화를 내시더라고요. 그 정도는 할 만큼 충분히 컸고, 유럽의 거리도 그동안 다닐 만큼 다녔다고 생각했는데, 아빠 보기에는 그렇지 않은가보다, 정도로 생각하고 넘어갔어요. 그러나 그 일 이후에 아빠가 좀 달리 보이기 시작했어요. 자신만만하게 보이던 아빠의 모습에 얼핏얼핏 불안 같은 것이 엿보였어요. 아빠는 그림 앞에서 저에게 많은 설명을 해주었는데, 전 사실 여행 전에 아빠가 권해준 책들, 예를 들면 곰브리치의 『서양미술사』 같은 책을 읽고 갔기 때문에 가끔 고개를 갸웃거리게 될 때가 있었어요. 나중에 작품의 태그를 확인해보면 아빠의 해설과 딴판일 때가 있었거든요. 한번은, 아빠, 이건 그게 아닌 것 같은데요, 화가가 딴사람이에요, 라고 알려드린 적이 있었어요. 그냥 좋은 마음에서요. 아빠는 다른 사람을 가르치는 사람인데, 틀린 지식을 그대로 갖고 계시면 안 되니까요. 그런데 아빠는 굉장히 불쾌해하셨어요.

"그래? 아, 이 작자는 그 화가의 아류야. 그러니까 사실상 그 화가의 작품이라 해도 틀린 말은 아니란다. 완전히 그대로 베꼈구나. 왜 이런 아류를 그런 대가의 작품과 나란히 놓는 건지……"

그러면서 미술관을 떠날 때까지 예술계의 모든 아류들에게 온갖 저주를 퍼부으셨어요. 진정한 창조성은 정말 드물다, 대부분의 예술가는 그저 남을 따라 하며 평생을 보낼 뿐이라면서 명색이 예술가라는 작자들이 참으로 한심하고 나태하다고 비난하기도 했어요. 그때 제가 비록 어리기는 했어도 아빠의 분노가 순수하지 않다는 것쯤은 알아차릴 수 있었어요. 한편으론 이해도 됐어요. 누군들 안 그러겠어요. 틀리면 당황스럽고 부끄럽죠. 사춘기인 딸과 한 달 동안 여행을 하는 아빠도 얼마나 힘들까 하는 마음에 그냥 가만히 있었어요.

한번은 이런 일도 있었어요. 독일 어딘가였던 것 같은데요. 아빠가 기차 예약을 변경하기 위해 인포메이션에 가시면서 저더러는 짐을 잘 지키고 있으라고 했어요. 그때 한 무리의 한국 배낭여행객들이 다가왔어요. 남자 대학생 세 명이었는데 입대하기 전에 휴학을 하고 같이 여행하는 중이라고 하더군요. 아직 고등학생 티를 벗지 못한 제가 큼직한 여행가방 두 개를 지키고 있으니 눈길을 끌었나봐요. 저는 입시 마치고 아빠와 함께 유럽 전역을 여행중이라고 말했어요. 대학생들이 자기들은 두 달째 여행중인데 아빠와 단둘이 여행하는 딸은 처음 본다며 신기해하더군요. 왠지 자랑스러운 마음이 들어 아빠와 함께 다닌 도시와 미술관들에 대해 얘기했더니 대학생들은 이렇게 말했어요.

"우린 이제 미술관 안 다녀. 다 비슷비슷하잖아? 아, 어린 천사들 궁둥이는 이제 그만……"

키득키득 웃어들 대는데, 좀 한심했어요. 그런데 그런 제 마음을 읽었는지 키가 제일 작은 대학생 하나가(언니, 그 오빠는 개중 좀 귀여웠어요) 미술관 안 가고도 얼마나 재미있게 여행할 수 있는지에 대해 얘기를 했어요. 숙박비가 저렴한 유스호스텔에서 다른 나라의 여행자들과 음식을 해먹기도 하고, 기차역 벤치에서 밤새 얘기를 나누기도 하고, 알프스에서 은하수를 보기도 하고, 그리스로 향하는 페리 갑판 위에서 맥주를 마시면서 아드리아해 위로 떠오르는 아침해를 보기도 했다는 거예요. 그 순간 친구들과 함께하는 여행에 환상이 생겨버렸어요. 그래서 저도 모르게 그들의 여행 계획도 물어보고 그러고 있는데 아빠가 돌아오셨어요. 어느 대학의 누구누구 교수라고 소개를 하자 대학생들이 꾸벅 절을 했어요. 아빠는 그들에게 여행에 대해 간단하게 몇 가지를 물으신 다음, 건강히 여행 잘하라고 다정하게 어깨를 토닥여주셨어요. 그런데 대학생들과 헤어진 뒤로 갑자기 말이 없어지셨어요. 저는 저도 모르게 변명을 했던 것 같아요.

"그냥 얘기중이었어."

아빠는 여행중인 젊은 여성이 처할 수 있는 무서운 위험에 대해, 요즘 대학생들의 한심함에 대해, 보호자인 자신의 허락을 받지 않고 낯선 사람과 어울리는 것이 자신의 위신을 얼마나 떨어뜨리는지에 대해, 언성을 전혀 높이지 않은 채 다소 음울하게 이야기하셨어요.

"죄송해요, 아빠. 다시는 안 그럴게요."

아빠가 화를 낸 것도 아닌데 어느새 저는 아빠께 용서를 빌고 있었어요. 그때부터 여행이 끝날 때까지 저는 다른 사람과는 대화를 나누지 않았어요. 그런데도 아빠는 여전히 어딘가 불편해 보였고, 사소한 일에 짜증을 부렸고, 저는 또 그 모든 게 다 제 잘못인 것만 같아서 안절부절못했어요. 삼 주 차가 되자 여행이 어서 끝나기만을 기다렸던 것 같아요.

뉴저지에 있을 때, 낮에 할 일도 없고 해서 현정이 다니는 대학교에서 영어 회화 수업을 들었어요. 왜 그런 데 가면 레벨 테스트부터 하잖아요? 그거 하러 가서 앉아 있는데, 눈만 내놓고 몸 전체를 가린 무슬림 여성이 남편과 같이 들어왔어요. 복장으로 짐작하건대 굉장히 엄격한 이

슬람 국가 출신인 것 같아 보였어요. 남편은 먼저 유학을 와 박사과정을 밟고 있어서 영어가 유창한 편이었지만 아내는 영어를 한마디도 못하는 것 같았어요. 레벨 테스트가 시작되자 문제가 생겼어요. 선생이 남자였거든요. 선생이 영어로 간단한 질문, 예를 들면 "어디에서 왔나요?" 같은 질문을 하면 남편이 대신 "제 아내는 파키스탄에서 왔다고 합니다"라고 대답하는 거예요. 아내의 레벨을 측정해야 되는데 남편이 대답을 하니 제대로 될 리가 있나요. 선생이 여러 차례 부인이 직접 대답하라고 했지만 남편은 완강했어요. "나의 아내는 율법에 따라 외간 남자와 대화할 수 없다고 한다, 그러니 나에게 말을 하면 내가 전해주겠다." 남편도 미국 생활을 오래 해서 그게 얼마나 우스운 건지 잘 알고 있었을 거예요. 엄청 불편해 보였거든요. 하지만 그로서는 다른 방법이 없었던 거예요. 그 역시 그런 문화에서 자랐고, 아내가 왜 그렇게 행동하는지 잘 알고 있었을 테니까요.

그때 문득 아빠와의 유럽 여행이 떠올랐어요. 저만 아니었다면 아빠도 자유로웠겠죠. 어쩌면 가끔은 딸과 여행 온 것을 후회했을지도 몰라요. 그 무슬림 남편 역시 아내만 없었더라면 나름 개방적인 유학생인 척하고 살았을 거예요. 딸이나 아내를 보호하는 근엄한 역할을 맡으면서 동시에 다른 사람들로부터는 무도한 압제자처럼 보이지 않아야 하니, 모든 행동이 부자연스러워졌을 거예요.

여행 이후부터 가족들은 자연스럽게 아빠를 저에게 떠넘기기 시작했어요. 가족들은 아빠와 관련된 일이 있으면 일단 저부터 찾았어요. 아빠한테 말 좀 해줄래? 아빠 언제 오신다니? 아빠가 오늘 왜 저러시니? 점점 저는 아빠의 감정을 책임지는 사람이 되어갔어요. 아빠가 화를 내면 마치 제 잘못인 것처럼 느껴졌고, 반대로 아빠가 기분이 좋으면 제가 잘해서 그런 것 같았어요. 아빠와 저는 적어도 일주일에 한 번은 따로 외식을 했고, 이젠 가족들도 그러려니 하는 것 같았어요.

"혹시 여자 좋아하니?"

대학 신입생 시절, 한 선배 언니가 이렇게 물었던 일이 있어요. 누구 소개시켜주겠다고 얘기할 때마다 제가 거절하고 남자들과 어울리는 것도 통 볼 수 없어서 그렇게 생각했었나봐요. 저는 저도 모르게, 아뇨, 저 남자 좋아해요, 라고 말해버리고 말았어요. 그랬더니 선배 언니가 남자를 소개시켜줬는데 저도 아는 사람이었어요. 교양 과목을 같이 듣는 다른 과 남자였는데 동아리에서 알고 지내던 선배 언니한테 저를 소개시켜달라고 했었다는 거예요. 그런데 실은 수업 시간마다 저를 힐끔거리는 그 남자가 꽤 괜찮다고 생각하고 있던 참이어서 처음엔 분위기가 좋았어요. 저보다 두 살 위였고 밝은 성격에 유머 감각이 있었어요. 하지만 아빠와 저의 특별한 관계를 잘 이해하지 못했어요. 저는 늘 저녁 시간 전에는 귀가하려고 했고, 그때마다 그 이유가 아빠 때문이라고 했거든요.

"아버님이 되게 엄하신가봐?"

그의 말이 아빠에 대한 모욕처럼 들렸어요. 저는 발끈했어요.

"엄한 것과는 정말 거리가 먼 분이에요."

"그런데 왜 이렇게 귀가 시간이 칼 같아?"

"가족 전통이에요. 같이 저녁을 먹고 둘러앉아서 차를 마시며 그날 있었던 일들을 얘기해요."

사실 그건 오래전에 중단된 의식이었어요. 제가 고등학생 때까지만 그랬죠. 이후로는 다른 가족들이 더이상 모이지 않았거든요. 엄마는 저녁을 따로 차려 먹고는 안방에 들어가 TV를 보았고, 다른 형제들은 밥만 먹고는 자기 방에 처박혔죠.

"바퀴벌레 가족이구나. 아빠가 오면 다 자기 방으로 재빨리 숨어버리는."

언젠가 아빠가 이런 말씀도 하셨기 때문에 저는 책임감을 느끼지 않을 수 없었어요. 저녁 먹고 차를 마시는 의식은 그래서 아빠와 저만 하는 일이 되었던 거예요. 그 남자는 이런 질문도 했었어요.

"혹시 집안이 무슨 종교 믿니?"

"가족이 같이 저녁 먹고 차 마시라는 종교가 어디 있어요? 우리나라 다른 가정이 이상한 거 아니에요? 식구가 같이 둘러앉아서 대화하는 게 그렇게 이상한 일이에요?"

주말의 일정도 맞추기가 쉽지 않았어요. 아빠가 미리 정해놓은 전시를 보러 가거나, 시네마테크에서 예술영화를 보거나, 새로 오픈한 식당에 가서 브런치를 먹어야 했기 때문이에요. 아빠와 다니던 식당들에 비하면 남자와 가게 되는 곳은 늘 수준 미달이었어요. 물론 그럴 수밖에요. 평범한 대학생 남자가 용돈으로 갈 수 있는 곳이 어떤 곳이겠어요? 들큰한 조미료맛 말고는 아무 맛도 없는 음식들, 가짜 모차렐라 치즈를 얹은 피자 같은 것을 먹는 거죠. 한번은 테마파크에 놀러갔는데 유치하기만 할 뿐, 아무 감흥이 없었어요. 너구리 복장을 한 알바생들이 재롱을 떠는 유럽풍 거리에서 소프트아이스크림을 핥아먹는 것은 열 살 이전에 해야 할 일 같았어요. 아빠 때문에 내가 너무 겉늙어버린 걸까 생각한 적도 있었지만, 재미없는 건 어쩔 수가 없었어요.

어느 날 그 사람이 다른 여자와 교정에서 걷고 있는 걸 봤어요. 남자는 순순히 인정했어요. 새로운 사람을 만나고 있다고.

"그럼 헤어져야겠네요."

제 말에 남자가 웃더군요.

"언제 사귄 적은 있었니?"

듣고 보니 틀린 말도 아닌 것 같았고, 차라리 다행이라는 생각이 들었어요. 아무 일도 없었던 거니까, 상처받을 일도 없는 거잖아요. 그런데 이상하게 그후로 전 좀 아팠어요. 몸과 마음이 다요. 몸에 힘이 하나도 없어서 며칠을 누워 있었어요. 하나도 좋아하지 않았던 남자고, 그와 있었던 시간들이 인상적이었던 것도 아닌데, 자꾸만 떠올라

괴로웠어요.

 똑같은 패턴이 반복됐어요. 제게 호감을 느끼는 남자와 만나고, 그 남자가 절 이상해하고, 저는 그 남자에게 실망하고, 그러다 헤어지고, 저는 다시 아빠에게 돌아가는 거예요. 아빠는 제 연애사를 대충은 알고 있었고, 제가 남자들과 멀어질 때마다, 더 좋은 사람 만날 거다, 라고 말해주었지만 현실은 반대였어요. 점점 더 한심한 남자들과만 엮이게 되었어요. 그러는 사이 저는 마흔이 되었고요. 마흔을 넘기자 아예 다가오는 이도 없었고, 때로 저는 일말의 해방감 같은 것도 느꼈어요. 주변에서 남자를 만나보라는 말조차 꺼내지 않게 되었으니까요.

 저는 아빠의 예언대로 대학원에 진학해 예술사를 전공하기는 했어요. 그러느라 타 대학으로 옮겨야 했죠. 하지만 결국은 언니도 알다시피 강남의 학원에서 사회탐구영역을 가르치는 강사로 밥을 벌어먹기 시작했지요. 예술사와는 아무 상관도 없는 일을 하며 살아가게 되었고 아빠를 실망시켰죠. 반면 아빠의 사랑을 받지 못했던 동생은 미국에서 책도 여러 권 출간하면서 학문적 입지를 탄탄히 굳혀가고 있었어요. 가끔 제 처지를 동정하는 뉘앙스의 이

메일을 보내오곤 했죠. 현정이는 단호하게 충고했어요.

"언니, 아빠에게서 그만 벗어나. 누구도 언니에게 그런 책임을 부과하지 않았어. 아빠는 언니가 그런 희생을 바칠 만한 가치가 없는 인간이야."

미국에 살아서 그런지 현정이는 말투가 딱 부러져요. 영어로 생각하고, 영어로 글을 써서 그런가봐요. 대학 시절 조별 과제 할 때, 준비 모임에는 전혀 안 나오다가 마지막에 뒤늦게 나타나서는 이게 잘못됐네, 저게 문제네, 이러는 애들 있잖아요? 꼭 그런 사람들처럼 얄미웠어요. 어떻게 그래? 우린 가족이잖아. 제가 항변하자 동생은 마지막 카드를 꺼내들었어요.

"그 여자 있잖아. 아니, 여자들인가. 그 여자들더러 책임지라고 해."

여자, 여자들. 그렇습니다. 저는 그들을 알아요. 엄마가 미국으로 떠나자 여자들이 나타나기 시작했어요. 연극이 막을 내리면 스태프들이 나와 무대를 정리하듯이 그녀들은 원래부터 아빠 주변에 있었지만 보이지 않았을 뿐이었죠. 아빠는 여자들을 저에게 소개시켜주었어요. 가끔 셋이 영화를 함께 보기도 했고, 집에서 같이 명절 음식을 준비하거나, 심지어 여행을 떠나 콘도에서 아빠와 여자가 큰 방에서 자고 저 혼자 작은방에서 잔 일도 있어요. 처음에는 이런 일을 어떻게 받아들여야 하는지 몰랐어요. 하지만 곧 익숙해졌어요. 아빠의 사생활이니까 그건 내가 상관할 일이 아니야. 엄마가 무책임하게 아빠를 버리고 떠나버렸어. 아빠에게도 성욕은 있을 거고, 그건 내가 어찌할 수 없는 부분이니까.

어색해했던 건 오히려 여자들 쪽이었어요. 그들은 절 어떻게 대해야 할지 몰라 난감했던 것 같아요. 따님이 참 똑똑하다, 요즘 저런 효녀가 없다, 부녀 사이가 정말 돈독하다, 같은 좋은 말로 시작했지만 결론은 제가 얼른 짝을 찾아 결혼을 해야 한다는 것이었고, 어디선가 쉰내 나는 이혼남들을 데려와 저에게 소개시키려 애썼어요.

아빠가 만나던 여자가 하나 있었어요. 미용실을 하는 이혼녀였는데, 초등학교 5학년짜리 아들이 있었어요. 아빠가 저에게 며칠 동안 그 아이를 좀 봐줄 수 있겠냐고 하더라고요. 둘이 일본 온천 여행을 가야 한다면서요. 아빠의 지병인 피부병에 일본의 그 온천이 특효라는데 어떻게 딱 잘라 거절하겠어요. 그리고 원래 제가 아빠의 부탁에는 좀 약해요. 제 엄마 손에 이끌려 저희 집에 온 아이는 좀 심한 수준의 비만인데다 또래치고는 키도 커서 보자마자 저로서는 좀 위압감이 들었어요.

"애가 워낙 착해서 손이 하나도 안 가요."

애 엄마가 그렇게 말하더군요. 아이는 뚱한 얼굴로 제 아파트를 힐끔거렸고요. 아이는 아이대로 저와 지내게 된 게 마음에 안 들었겠죠. 말수도 통 없는 애가 하루종일 아이패드만 끼고 살아요. 밥을 차려줘도 먹지를 않고 치킨이나 피자 같은 배달음식만 먹어요. 어느 날 저녁에 학원에 나가려고 준비를 하는데 기분이 이상해서 돌아보니까 녀석이 제가 옷 갈아입는 걸 훔쳐보고 있다가 후다닥 달아나는 거예요. 나중에 보니 아이패드로 보는 것도 일본인들이 나오는 야한 동영상이더라고요. 어린앤데도 너무 징그러웠어요. 뭐라고 한마디할까 생각도 해봤지만 남의 집 아이를 가르쳐서 뭐하나 싶고 며칠 후면 다시 만날 일도 없을 아이인데 싶어서 그냥 참았어요.

그런데 며칠 후 저녁에 아파트 초인종이 울려서 보니까 웬 남자가 현관문 앞에 서 있더라고요. 애가 뛰어나오더니 자기 아빠라는 거예요. 남자가 그 뚱뚱한 애를 번쩍 안아요. 아빠 맞더라고요. 그러더니 저더러 누구냐는 거예요. 애 전화 받고 왔다면서. 애 엄마가 부탁해서 맡아주고 있다고 둘러댔더니 어떤 사이냐고 또 물어요. 할말이 없었어요. 남자도 모르면서 묻는 눈치가 아니에요. 절 부끄럽게 만들려고 하는 수작이었죠. 제가 끝내 입을 다물고 있자 남자가 그러더군요.

"박교수 딸이죠? 이게 자식이 나서서 할 일입니까? 아버지가 남의 가정을 박살내고 있으면 말리지는 못할망정. 내가 학교 찾아가서 깽판치려다가 곧 정년이라기에 참았어요."

"부인과는 이혼하셨다고 들었는데요."

남자가 어이없어하며 혀를 차더군요.

"아니, 부녀가 그런 얘기도 하세요?"

그들이 떠난 뒤에 아이가 어질러놓은 방을 치우다가 주저앉아 울었어요. 분하고 서러운데, 그게 뭣 때문인지를 모르겠더라고요. 따지고 보면 다 제 잘못이었죠. 처음부터 단호하게 안 되는 건 안 된다 말을 했어야 했는데 그러질 못했잖아요. 내 잘못이다 생각하니 뭔가 억울했어요. 그런데 정확히 뭐가 어떻게 억울한 건지 막막했고 그게 또 화가 났어요. 그래서 또 울었어요.

  아빠가 돌아올 때쯤에는 마음이 좀 정리가 됐어요. 이젠 아빠와도 선을 긋도록 하자. 아무리 아빠가 부탁을 해도 안 되는 건 안 되는 거다, 나도 내 생활이 있다, 이렇게 결심을 했어요. 그런데 아빠가 술이 잔뜩 취해서 나타난 거예요. 문을 열자마자 거실 바닥에 몸을 던지듯이 쓰러지시더라고요. 아빠는 그렇게까지 만취하는 일이 드문 사람이에요. 좀 이상했죠. 결심이고 뭐고 다 잊어버렸어요. 왜 그러냐고, 무슨 일이 있었냐고 했더니, 이번에는 아빠가 울어요. 딸 앞에서 대성통곡을 하더라고요.

  "그 사람이 날 버렸다."

  온천 여행에서 돌아오자마자 미용실 여자가 남편에게 돌아갔다는 거예요. 사소한 다툼이 있었을 뿐이라고, 당신은 그 사람 없이는 못 산다고, 제발 그 사람을 다시 만나게 해달라고 애원하면서 우는 거예요. 젊었을 때 아빠는 사람들이 교수 하면 떠올리는 전형적인 이미지와 참 달랐어요. 두꺼운 뿔테안경을 끼고 연구실에 처박혀 자라목이 되도록 책만 파는 책상물림이 아니었어요. 땀으로 번들거리는 구릿빛 팔뚝을 드러낸 채 테니스 라켓을 마치 사냥총처럼 어깨에 걸치고 교정을 걸어다녔어요. 체육학과 교수로 생각한 사람도 꽤 있었을 정도예요. 아빠는 에너지가 넘치는 이들이들한 당신 육체에 꽤나 자신감이 있었던 것 같아요. 자식들과도 운동을 같이 하는 걸 좋아했고 그때마다 자신의 힘이나 순발력 같은 걸 자랑하곤 했거든요. 아빠는 육십 줄에 들어서도 대학에 갓 부임한 삼십대 후반의 젊은 교수처럼 살았어요. 매일 운동을 거르지 않았고 여자들에게 추파를 던졌죠. 여자들은 예전처럼 쉽게 걸려들지 않았고 그래서 무리를 해야만 했어요. 씀씀이가 커졌고, 화를 잘 내게 되었고, 피부과와 성형외과를 들락거리게 되었어요. 아빠가 뭘 엄청나게 잘못한 건 없어요. 아빤 그냥 살아오던 대로 살았을 뿐이에요. 한번은 아빠의 조교였던 대학원생이 학교 윤리위원회에 아빠를 고발했어요. 당신 젊었을 때나 허용되던 농담들, 행동들. 아빠는 계속했던 거예요. 대학에서 징계를 받게 된 아빠는 '배운 년'들에 대한 엄청난 증오심을 품었지만 적어도 두려워하게는 되었고, 하는 수 없이 이제 캠퍼스 밖으로 시선을 돌렸어요. 외국 유학까지 다녀온 나이 지긋한 교수에게 호감을 보이는 중년 여성들이 없지는 않았어요.

미용실 여자도 그중 하나였을 거예요.

아빠를 겨우 제 침대에 눕히고 저는 거실 소파에 누워 보지도 않는 홈쇼핑 채널을 켜놓고 밤새 생각했어요. 근데 오래 생각한다고 현명한 결론이 나오는 것은 아니더라고요. 그래, 그 여자를 아빠에게 다시 데려다주자. 그리고 나는 아빠에게서 벗어나자. 아빠가 저렇게까지 하는 걸 보니 이번에는 진짜 인연인가보다. 열아홉 살 겨울에 유럽의 미술관들을 찾아다니며 불멸의 아름다움을 논하던 소녀는 어디에 갔을까? 다시 그 아이를 찾아오자. 그런 생각으로 그 여자를 찾아갔던 거예요. 미용실 일이 끝날 때쯤에 가서 만났어요. 여자는 스태프들을 내보내고 제게 커피를 내주었어요. 곤혹스러운 척했지만 승자의 미소 같은 게 입가에 어려 있었어요.

"아버지가 가보라 그래요?"

여자가 물었어요.

"아니요, 제가 그냥 왔어요."

거짓말도 적당히 하라는 투로 여자가 피식 웃었어요.

"그냥 왜 왔어요?"

준비해간 말이 있었지만 하고 싶지 않았어요. 입을 꾹

다물고 커피만 마셨어요.

"한 잔 더 줄까요?"

여자가 커피포트를 가지고 와서 따랐어요. 저는 말없이 한 잔을 더 마셨어요. 그리고 입을 열었어요.

"애가 야동을 봐요."

여자의 웃음기는 바로 사라졌어요.

"뭐라고요?"

"애가 성적으로 조숙하다고요. 아이패드에 야동이 가득해요. 저희 집에서도 야동만 봤어요."

여자의 얼굴이 좀 붉어졌던 것 같아요.

"성교육이 필요할 것 같아요."

"그 얘기 하러 여기까지 온 거예요?"

그렇다고 했죠. 그러자 미용실 여자가 열쇠 꾸러미를 챙기며 자리에서 일어났어요. 저도 따라서 일어날 수밖에 없었어요. 문 앞에서 그 여자가 그러더군요.

"난 못 배웠어요. 그래서 배운 사람들은 나한테는 없는 교양이라는 게 있는 줄 알았어요. 그게 아니라는 걸 아버님 보고 처음 알았고 오늘 또 알았네요. 아버님 잘 모시세요."

거기가 바닥이었어요. 더 내려갈 데가 없는 곳. 정신이 번쩍 들었어요. 집으로 어떻게 돌아왔는지 몰라요. 와서 울지도 않았어요. 슬픔, 서러움, 억울함 이런 마음보다는 위기감이 들었어요. 수렁에 너무 오래 빠져 있어서 수렁인 줄도 몰랐구나 싶었어요. 지금이라도 탈출하자.

처음 학원업계에서 일하기 시작할 때만 해도 인기가 좋은 편이었어요. 족집게 강사 정도는 아니었지만 개념을 쉽게 잘 이해시키는 능력이 있다고들 하더라고요. 하지만 나이가 마흔에 가까워지자 수강생이 눈에 띄게 줄어들기 시작했어요. 아무래도 젊은 강사들을 좋아하잖아요. 강남 변두리에서 시작해 몇 년 후에는 대치동까지 진출했지만 점점 외곽으로 밀려나서 나중에는 신도시의 소규모 학원들을 전전했어요. 나이도 있으니 아예 학원을 하나 차려서 독립하라는 조언을 듣고 계산을 해보니 소형 아파트 전세금을 빼면 가진 자산이라고는 거의 없다시피 한 거예요. 그동안 번 돈은 다 어디로 가버린 건지. 전 사실 미래를 걱정해본 적이 없었어요. 언제나 아빠와의 일에만 매달려 있었던 것 같아요. 주말에 아빠와 영화를 보러 가기로 했는데 뭘 봐야 할까, 아빠가 저녁에 집으로 오라던데 무슨 일일까, 아빠가 건강검진을 받으러 가자고 했는데 결과가 나쁘면 어떡하지, 아빠가 새로 만나는 여자는 괜찮은 사람일까……

학원을 전전하다보면 안정적인 인간관계가 거의 사라져요. 늘 새로운 곳에서 새로 시작하는 기분이고, 언제 어디로 떠날지 모르니 마음을 주지 않게 돼요. 주로 밤에 일을 하니 보통의 직장인과 시간을 맞추기가 어려워 학창시절 친구들과도 연락이 끊어졌어요. 원래 많지도 않았고요. 어느새 제 주변에는 가족도, 친구도, 직장 동료도 없어져버렸고, 아빠와 관련된 문제들만 남았더라고요. 미용실 여자를 만나고 온 날, 저는 신도시 아파트의 베란다에 서서 아래를 내려다봤어요. 내가 여기서 떨어져 죽는다 해도 슬퍼할 사람이 있을까. 아빠의 얼굴이 잠깐 떠올랐지만, 왠지 확신은 들지 않았어요. 단지 저를 아쉬워할 거라는 생각은 했어요. 아빤 제가 없으면 안 되니까요.

내 인생은 뭐가 남았지? 아빠와의 일 말고는 아무것도 없었어요. 아빠를 기쁘게 해주려 공부해서 아빠가 원하는 대학에 진학해 아빠가 권해준 전공을 선택했고, 주말마다 시간을 같이 보냈어요. 보란듯이 예술사를 전공하는 학자가 되지 못해 늘 미안했고, 아빠가 친구들에게 자랑할 만한 직업을 갖지 못해 언제나 부끄러웠어요. 아빠는 사귀던 여자들에게 큰딸이 곧 박사학위를 딸 것이고, 그럼 곧 예술사 교수가 될 거라고, 그것도 모교의 교수가 될 거라고 말하곤 했거든요. 터무니없는 소리죠. 박사과정에 입학한 것은 맞지만 그건 오래전 일이었고 학위를 딸 생각은 전혀 없었어요. 요즘 같은 시절에 국내에서 예술사 전공으로 박사학위를 딴다 해도 갈 자리가 없고 설령 갈 자리가 생긴다 해도 그때까지 먹고살 길이 막막하잖아요? 학원 강사는 저로서는 나름 최선의 선택이었지만 아빠는 결코 인정해주지 않았어요.

그 무렵 새로 옮긴 학원에서 언어영역을 가르치는 젊은 여자 강사하고 좀 가까워졌더랬어요. 처음부터 저에게 굉장히 살갑게 굴더라고요. 밝고 명랑한 사람이어서 저도 좋았어요. 하루는 점심을 같이하자고 하더라고요. 우리는 보통 저녁때가 되어서야 출근을 하니까 낮에는 집 밖으로 잘 나오지 않아요. 인생 상담 같은 것이겠지 싶었는데 맞았어요. 우리는 파스타를 사먹고는 커피집으로 옮겼어요. 이제 본론이 나오겠구나 싶은 타이밍에 언어영역 선생이 이렇게 말하는 거예요.

"저는 아빠랑 좀 가까워요."

갑자기 벌떡 일어나 그 자리를 벗어나고 싶었어요. 뒤에 어떤 이야기가 이어질지 너무도 잘 알고 있다, 그렇지만 그 이야기를 들어서는 안 된다, 뭐 그런 예감 같은 게 강하게 들더라고요. 왜 공포영화 보다가 너무 끔찍한 장면이 나올 타이밍에 눈을 감아버리듯이요. 하지만 이건 영화가 아니고 눈을 감아버린다고 지나가지도 않는 거니까, 저는 애써 경청하는 선배의 얼굴을 지어 보였어요.

"가깝다는 게 정확히 무슨 뜻이에요?"

그때부터 그 선생이 풀어낸 얘기는 바로 제 얘기 같았어요. 혹시 제 얘기를 어디서 다 조사해 와서 떠드는 것 아닌가 싶을 정도였죠. 언어영역 강사는 어릴 때부터 '아빠 딸'이었대요. 아빠와 주말마다 영화를 보고, 덕수궁 돌담길을 걷고, 같이 좋은 식당에 가서 밥을 먹고…… 남자를 만난 적이 있지만 결국은 이런저런 이유로 다 헤어지고 여전히 지금도 아빠와 가장 자주 만나 남자친구와 할 법한 일들을 계속하고 있다는 거죠.

"좀 충격받으셨나봐요?"

그녀가 제 눈치를 보더군요. 그러더니 변명하듯 덧붙였어요.

"저도 예전엔 저를 이상하게 보는 사람들을 이해 못했었어요. 아빠하고 친한 게 왜 문제지? 내가 결혼을 못 해서? 아니, 결혼 안 하고 사는 사람에 대한 차별 아닌가? 결혼 안 한 사람은 다 불쌍한 사람이고, 아빠가 원인을 제공했으니 아빠가 나쁜 사람이라는 건가?"

"근데 생각이 변했어요?"

"제가 얼마 전에 좀 아팠어요. 갑상선암 진단을 받았거든요."

언니, 사람 눈이 참 이상하죠? 그때까지는 참 밝고 환한 친구다, 라고만 생각하고 있었는데 암 얘기를 들으니까 갑자기 병색이 있어 보이는 거예요. 그 선생의 얘기는 그 부분부터 좀 격해졌어요.

"아빠한테 제일 먼저 소식을 알렸어요. 아빠, 저, 암이래요, 갑상선암. 너무 걱정 마세요. 아주 초기래요. 수술하면 된대요. 그랬더니 아빠는 대뜸, 갑상선 그거 착한 암이다, 별거 아니다, 그러시는 거예요. 저도 갑상선암은 진행이 느리고 치료도 다른 암에 비해 수월하다는 건 알아요. 그리고 절 안심시키려고 그러나보다 생각은 했어요. 그런데 제가 입원해 있는 동안 아빠는 딱 한 번밖에 안 왔어요. 아빠는 마치 암이 전염병이라도 되는 것처럼 저를 멀리했어요. 언니, 병원에 입원해본 적 있으세요? 거기 누워 있으면 정말 많은 생각이 들어요. 아빠는 제 좋은 모습만 원했던 거예요. 아빠, 아빠, 하고 따라다니는 귀여운 딸. 그런데 딸이 이제 나이들어 암에나 걸리다니 갑자기 무서워진 거죠. 하지만 아빠가 어떻게 저한테 그러실 수가 있을까요? 저 이제 어떻게 살아야 돼요?"

선생이 눈물을 펑펑 쏟는데 전 정말이지 불편해서 미칠 지경이었어요. 결국 못 참고 냉정하게 말해버렸죠.

"다른 사람의 일에 대해서 누가 이래라저래라 할 수 있겠어요. 다 나름의 사정이 있는 거겠죠. 전 선생님 아버님을 잘 모르고, 그러니 그 어떤 조언도 할 수가 없을 것 같아요."

그러고는 다른 약속이 있다며 서둘러 자리를 정리하고 나와버린 거예요. 제가 잘못했죠. 조금만 더 참았으면 되는데…… 혼자 정처 없이 길을 걸었어요. 그 선생이 왠지 얄밉기도 했어요. 화도 났어요. 이유는 잘 모르겠는데 그냥 그랬어요. 아주 불쾌한 비난을 당한 것 같은 기분이었어요.

그런저런 일로 정말 잠깐이라도 한국을 떠나고 싶었어요. 마침 학원도 재계약을 앞두고 있던 참이었어요. 정말 하고 싶지 않았지만 그런 상황에선 부탁할 사람이 현정이밖에 없더라고요. 나 좀 거기 가 있을 수 있겠냐고 물었더니 이유를 묻지도 않고 당장 오라고 하더군요. 그래서 갔어요. 뉴어크 공항에 엄마와 현정이, 그리고 현정이 남편이 마중을 나와 있었어요. 엄마가 말없이 저를 한참 껴안아주었는데, 그게 참 따뜻하더라고요. 아무 말 없이도 뭔가 이해받는 느낌? 물론 그건 저만의 착각이었어요. 엄마는 그냥 미국인들이 하는 걸 따라 했던 거예요. 어쨌든 뉴저지 생활은 전반적으로 참 편안했어요. 처음엔 아빠를 혼자 두고 왔다는 죄책감 때문에 괴로울 줄 알았는데 막상 서울을 떠나니까 생각도 잘 안 나는 거예요. 신기하더라고요. 내가 알 게 뭐냐, 아빠 인생 아니냐, 이런 배짱도 생겼어요.

"나 그냥 여기 살면 안 될까?"

현정이한테 얘기했더니 잘 생각했다며 그러라고 하더

군요. 남편이 변호사인데 비자 문제가 전문은 아니지만 회사에 그쪽 담당하는 사람들이 있으니 소개시켜주겠다고까지 하더라고요. 모든 게 잘 풀려가는 느낌? 알렉산더 대왕이 칼로 매듭을 확 잘라버렸을 때의 기분? 처음엔 그랬어요. 하지만 며칠이 지나자 아주 미묘하게 불편한 느낌을 떨쳐버리기 어려웠어요. 뭐라고 해야 할까. 무슨 리얼리티 쇼에 출연한 것 같았달까? 이건 내가 아니야. 넌 지금 사람들 앞에서 연기를 하고 있는 거야. 진짜 너는 이렇지 않잖아? 이런 생각을 떨쳐버리기 어려웠어요. 물론 엄마와 현정이는 저한테 잘해줬어요. 그리고 절대 아빠 얘기를 꺼내지 않았어요. 그러니까 저도 아빠 얘기를 안 하게 됐어요. 우리는 같이 쇼핑몰에 가고, 근처 공원으로 소풍도 가고, 주말이면 뉴욕으로 나가 공연도 보고, 그렇게 겉으로는 참 즐겁게 보냈어요.

언니, 수학에 이런 방정식 있잖아요? 예를 들면 $3x+4xy+6xyz=8$이라고 해요. 그럼 좌변에서 x를 괄호 밖으로 빼낼 수 있잖아요? $x(3+4y+6yz)=8$. 여기서 x가 아빠예요. 아빠를 괄호 밖으로 빼내면 수식은 참 단순해져요. 하지만 그런다고 아빠가 어디로 사라지는 건 아니에요. 수식을 잘 보세요. 괄호 밖에서 x가 모두를 가두고 있는 것 같지 않아요? 현정이나 엄마가 아빠 얘기를 싫어하니까 저는 아빠에 대한 생각을 혼자 할 수밖에 없었어요. 그러다 문득, 엄마와 동생이 절 어떻게 보는지 깨달았어요. 그들은 저를 아빠라는 저개발 독재국가로부터 탈출한 난민쯤으로 보고 있는 거였어요. 엄청난 트라우마가 있을 거라 짐작하고 그 화제를 피해준 거였어요. 저는 그들이 아빠 얘기를 피한다고 생각해서 꺼내지 않은 거였는데, 사실은 그들이 저를 불쌍히 여겨 배려하고 있었던 거예요. 아마 제가 없었다면 그들은 아주 자연스럽게 아빠 흉을 보고, 아빠에게 붙들려 살아가는 저를 한심해하고 그랬을 것 같더라고요. 확실한 증거는 없지만 제 육감이 그랬다는 거예요. 왜냐하면 언젠가 현정이가 저에게 잘 아는 한국인 세러피스트가 있다며 한번 만나보지 않겠냐고 했거든요. 그때 현정이 표정이 지금도 생생해요. 그런 거 아세요? 잘 배운 미국 백인의 전형적인 미소 같달까. 나는 흠잡을 데 없는 공정함과 바다 같은 너그러움을 갖고 있으며 불쌍한 너에게 작은 도움을 제공하고자 하는데, 이를 받아들이고 아니고는 전적으로 너에게 달렸으니 어서 결정하렴, 같은 뜻을 담은 미소요.

"내가 왜?"

제 말투에 가시가 있었겠죠. 현정이는 바로 물러섰어요.

"별거 아니야. 여기선 조금만 힘들어도 다들 받거든."

"너도 받아?"

"그럼, 받으면 좋아. 스파에서 마사지 받는 기분이야. 하고 나면 개운해."

일상은 더없이 평온했어요. 엄마는 보기 좋게 늙어가고 있었고 어려운 일은 현정이네가 알아서 처리해주었어요. 결혼 안 하고 산다고 열등한 인간 취급하는 눈길도 없었고, 나이 때문에 못할 일도 없었어요. 그런데 말이에요, 언니. 인간은 참 알 수 없지요. 제가 원래 골초였다는 얘기 안 했죠? 한국에선 그랬어요. 하루에 한 갑 넘게 피웠는데 미국 가선 끊었어요. 거긴 담배 한번 피우기가 정말 힘들거든요. 처음 석 달만 현정이네에 있고 그 이후로는 작은 콘도를 하나 빌려서 혼자 살았는데요. 그 콘도만 해도 입주자가 집 안에서 담배 피우다 걸리면 벌금이 어마어마해요. 건강에도 나쁘고 담뱃값도 비싸니 이참에 끊자고 결심을 하고 성공도 했어요. 그런데 공허해요. 늘 적막한 시골길을 걸어가는 느낌이에요. 공기도 좋고, 경치도 아름답고, 그런데 한량없이 권태롭기만 한 기분. 이 모든 것이 결국은 내 것이 아니라는 느낌. 나를 밀어낸다는 저항감. 그런 기분 언니는 모르시죠? 그런데 미국에 가면서 끊은 게 하나 더 있잖아요? 인생에 도움 하나도 안 되는 유독하고 중독적인 존재. 아빠요. 둘과 거의 동시에 결별했으니 그 공허감이 어디에서 비롯됐는지 알아채기가 어려웠어요. 아빠와 담배. 둘 중 그 어떤 것도 다시 시작하기 싫었어요. 끊는 게 얼마나 어려운지 알았기 때문이에요. 그런데 알고는 싶었어요. 이 공허와 권태는 둘 중 어디로부터 비롯된 것인가. 어느 쪽이 더 치명적인가.

아빠가 쓰러졌다는 소식을 들었을 때, 분명히 알았어요. 내 삶의 더 커다란 결락, 더 심각한 중독은 아빠였다는 것을. 엄마나 현정이와 나누는 대화에는 어둠이 없어요. 밝고 따뜻해요. 특히 현정이는 모든 면에서 논리적이고 명쾌하죠. 외국어 같았어요. 왜 외국어로 말을 하면 좀 더 이성적이 된다잖아요. 아빠하고는 달라요. 저에게는 아빠가 모국어예요. 굳이 말을 하지 않아도 통한다는 느낌이 있어요. 좋고 나쁘고의 문제가 아니에요. 그냥 운명 같은 거예요.

"한국으로 돌아갈래."

엄마는 단호하게 말렸어요.

"그 인간은 그렇게 살다 죽을 거다. 넌 할 만큼 했다. 이제 네가 할 수 있는 일은 없다."

어쩌면 그 말은 저에게라기보다 엄마 자신에게 하는 말이었을 거예요. 그래요. 우리는 모두 자기 자신에게 하고 싶은 어떤 말을 남에게 하고 살지요. 현정이도 냉정하게 만류했어요.

"가지 마, 언니. 이번에 가면 못 돌아와. 다시 아빠한테 매이는 거야."

"너도 같이 가자, 현정아. 아빠 돌아가시기 전에 얼굴은 한번 봬드려야지. 괜찮아. 아빠는 다 용서해주실 거야."

그때 현정이 표정을 언니도 봤어야 해요. 세상 한심하다는 얼굴로 저를 바라보더니 피식 웃더군요.

"언니는 내가 아빠한테 버림받았다고 생각하는구나. 그런데 어쩌지? 내가 아빠를 버린 거야. 언니는 내가 아직도 아빠한테 사랑받지 못해서 괴로워하고 있다고 생각해? 아빠가 언니한테 준 거, 그게 사랑이야? 그리고 무슨 용서? 용서가 필요한 사람은 아빠야, 내가 아니라."

언니, 제가 좋아하는 농담이 하나 있어요. 전에 어떤 일간신문 만화에서 본 건데요. 어떤 남자가 교통방송에서 뉴스를 들어요. 고속도로 어느어느 구간에 역주행하는 승용차가 있으니 일대를 운행하는 차량들은 모두 주의하라는 거예요. 그는 문득 그 방면으로 출장을 간 친구가 떠올라서 전화를 걸어요. 야, 그 부근에 역주행을 하는 미친놈이 하나 있대. 조심해. 그 친구가 이렇게 대답하는 거예요. 한둘이 아니야. 얼른 전화 끊어.

다들 충고들을 하지요. 인생의 바른길을 자신만은 알고 있다는 확신을 가지고서요. 친구여, 네가 가는 길에 미친놈이 있다니 조심하라. 그런데 알고 보면 그 전화를 받는 친구가 바로 그 미친놈일 수 있는 거예요. 그리고 그 미친놈도 언젠가 또다른 미친놈에게 전화를 걸고 있는 거예요. 인생을 역주행하는 미친놈이 있다는데 너만은 아닐 줄로 믿는다며. 그 농담의 말미처럼 인생에서 맞닥뜨리는 미친놈은 아마 한둘이 아닐 거고 저 역시 그중 하나였을 거예요.

지금 병상에 누워 있는 저 낯선 몸뚱어리를 보고 있노

라면, 참으로 허망한 존재에게 인생이 바쳐졌구나 싶어요. 저는 저 사람 잘 모르겠어요. 그런데도 바이털 사인이 꺼지고 더이상 저 육체로부터 아무 반응도 받아오지 못한다면, 아빠가 마침내 의학적으로 사망한다면, 한동안은 좀 막막할 것 같아요. 그래서 요즘은 자주 생각하게 돼요. 뉴욕에 있었다던 그 두 사람, 오직 두 사람만이 느꼈을 어떤 어둠에 대해서요.

어젯밤, 이제 반쯤은 저세상 사람이 되어버린 아빠의 손을 잡고 말했어요.

"아빠, 나 담배 다시 피운다."

아빠가 그 말을 알아들었을 리가 없는데, 어쩐지 희미하게 웃는 것 같기도 했어요.

언니, 쓰던 글을 마무리하지 못하고 다시 이어 쓰려니까 이상하네요. 실은 요전까지 쓰다 담배가 당겨서 잠깐 나갔더랬어요. 담배에 불을 붙이려는데 갑자기 아빠가 생에서 들은 마지막 말이 겨우 딸내미 다시 흡연자 됐다는 말이면 어떡하지 하는 생각이 들었고, 근데 그게 어찌나 웃긴지 혼자 막 웃었어요. 흡연 구역에서 자주 만나는 여자가 저에게 담배를 빌리면서 뭐 좋은 일 있느냐고 말을 걸더라고요. 아니라고, 아무것도 아니라고 했더니 누가 입원했냐고 또 묻더라고요. 아빠라고, 암 말기로 오늘내일한다고 말해줬어요. 미쳤는지 그때까지도 웃음이 멈춰지지가 않는 거예요. 여자가 난감한 얼굴로 저를 쳐다보더니 황급히 병원 안으로 다시 들어가더군요. 미친년인 줄 알았겠죠?

바로 그때 휴대폰이 울렸어요. 확인하기도 전에 알겠더라고요. 바로 그 소식이라는 것을요. 병실로 올라가니 벌써 절차가 진행되고 있었어요. 언니도 아시죠? 그다음부터는 오히려 모든 게 수월하다는 것. 이 사회가 정해놓은 절차대로 착착 진행되더라고요. 오빠가 거제도에서 올라와 상주 노릇을 했어요.

"현주야, '산 사람은 살아야지'라는 말 있지? 이 말은 영 뒤집을 수가 없네. 뒤집어도 똑같아. '산 사람은 살아야지'가 돼."

글로 옮겨놓으니 좀 부적절한 농담 같은데 막상 듣는 순간에는 위로가 됐어요. 오빠 딴에는 '아빠 딸'인 저를 좀 걱정하고 있었던 모양이에요. 엄마는 끝내 들어오지 않았지만 현정이는 발인 직전에야 도착해서 아빠 관에 흙은

같이 덮을 수 있었어요. 현정이가 그러더군요.

"오길 잘했네. 내 마음속의 아빠는 오래전에 죽었지만 이런 의식이 꼭 필요하기는 했던 것 같아."

장례를 다 치르고 오랜만에 노트북을 켜니 언니에게 쓰다 만 메일이 뜨더군요. 불과 며칠이 지났을 뿐인데 아득한 과거처럼 느껴지는 것 있죠. 아빠가 돌아가시던 날 쓴 부분을 다시 읽다가 문득 언니가 있어 참 다행이라는 생각이 들었어요. 아니면 그 순간의 제 감정은 그대로 어디론가 날아가버렸을 거잖아요. 언니, 전 이제 괜찮아요. 너무 걱정 안 하셔도 돼요. 저도 알아요. 한 번도 살아보지 않은 삶이 저를 기다리고 있다는 것을요. 그런데 그게 막 그렇게 두렵지는 않아요. 그냥 좀 허전하고 쓸쓸할 것 같은 예감이에요. 희귀 언어의 마지막 사용자가 된 탓이겠죠.

좀 정리되는 대로 연락 한번 드릴게요. 그때까지 언니도 건강히 잘 지내요.

―현주

(『문학동네』 2017년 여름호)

아이를 찾습니다

 볼트. 정비사 출신의 가수 지망생이 오디션 무대에서 손에 쥐고 있던 볼트. 앳된 청년의 열창이 계속되는 동안 윤석은 그 작고 단단한 금속 부품만 생각했다. 저렇게 손에 아무거라도 쥐고 있다면, 쥘 수 있는 것이 있다면 참 좋겠구나. 하다못해 호두라든가, 아니면 어릴 적 문방구에서 팔던 유리구슬이라든가. 그는 자기 빈손을 내려다보았다.

 그해 여름, 주말의 대형마트는 혼잡했다. 명절이 코앞이었다. 윤석과 아내 미라, 그리고 두 돌을 앞둔 아들 성민을 태운 쇼핑 카트가 무빙워크를 타고 지하에 있는 매장을 향해 내려간다. 남은 평생 동안 반복하여 떠올리게 될 장면이지만 그때로서는 알 리가 없다. 세일 행사를 알리는 방송이 이어지는 가운데 아이들이 새된 소리를 질러대며 카트 사이를 질주했다. 윤석은 집 소파에 누워 프로야구나 보고 싶었지만, 정말 그러고 싶었지만, 미라가, 그가 아닌 미라가 마트에 가기를 원했다. 죽고 나면 실컷 누워 있어! 그만 일어나서 애 준비시켜, 좀.

 그는 시킨 대로 했다. 그러지 않았더라면, 그냥 소파에 누워 프로야구나 보게 내버려두었다면, 우리는 아무 일 없이, 아직도 남향의 그 햇볕 잘 드는 아파트에서 살고 있었을 것, 이라고, 훗날 그는 몇 번이나 미라에게 말하게 된다. 그럴 때마다 미라는 그의 부주의하고 무신경했던 손, 잡아야 할 것을 놓쳤던, 그래서 인생의 모든 것이 손가락 사이로 빠져나가게 만들었던 그의 손을 비난하게 된다. 그러나 그들은 아직 아무것도 모른 채, 장만한 지 얼마 안 된 소형 SUV 승용차에 오른다. 세 살밖에 되지 않았지만 아이는 벌써 대형마트를 안다. 상품들의 화려한 색깔, 시식 코너에서 풍기는 고소한 냄새, 계산대 근처에서 어서 집어달라며 손짓하는 초콜릿들이 자기를 기다리고 있다는 것을 기억한다. 차에 오르자마자 아이는 벌써 흥분해 있다.

주차장에 차를 세우고 나서야 미라는 사용 실적을 적립해주는 포인트 카드를 가지고 오지 않았다는 것을 발견했다. 그녀는 윤석에게 물었다. 어떡해? 그냥 집에 가? 뭐든지 일단 묻고 보는 것은 그녀의 버릇이었다. 만약 윤석이 다시 집으로 돌아가자고 했으면 미라는 아마 이렇게 되물었을 것이다. 그렇다고 돌아가? 여기까지 왔는데? 윤석은 그런 의미 없는 반복을 피하고 싶었다. 그래서 이렇게 말했다.

"그런 건 미리미리 준비했어야지. 적립 그까짓 것 얼마나 해준다고 그래? 그냥 들어가."

주차장 출구에서 윤석은 성민을 붉은색 쇼핑 카트 위에 앉혔다. 카트에 앉은 성민이 팔을 흔들며 좋아했다. 그들의 카트는 다른 고객들의 카트와 함께 열을 지어 진군했다. 무빙워크를 타고 내려간 그들은 휴대폰 매장 앞에서 발걸음을 멈추었다. 윤석은 약정 기간이 끝난 구형 휴대폰을 바꾸고 싶었지만 잦은 야근과 잔업으로 그럴 시간이 없었다. 최신폰인가요? 그는 점원에게 건네받은 모토로라의 매끈한 표면을 손으로 문질러보았다. 플라스틱이었지만 마치 금속처럼 단단하고 차갑게 느껴졌다. 점원이 설명을 계속했다. 이거 한 대면 다른 게 하나도 필요 없다니까요. 간단한 메모도 할 수 있고, 사진도 찍을 수가 있으니, 만능이죠. 모토로라 아닙니까? 세계 최고의 기술력이니까요. 윤석은 폴더를 열어 화면을 살피느라 카트를 잡고 있던 오른손을 잠깐 놓았다.

한 달에 얼마나 내면 돼요? 윤석의 질문에 점원은 기기 할부금에 이십사 개월 약정을 할 경우 통신사에서 얼마나 큰 혜택을 받을 수 있는지에 대해 줄줄이 떠들어댔다. 윤석은 한 달에 삼만원쯤이 자기가 부담할 수 있는 정도라고 내심 생각하고 있었다. 어쩌면 사만원도 가능할 수 있어. 아파트 대출금리가 지난달부터 내려갔고 잔업이 늘었으니까. 올해 초 회사에서 출시한 신차가 반응이 좋았다. 주문이 석 달 치나 밀려 있었다. 조립라인이 삼교대로 쉬지 않고 돌아가고 있었다.

"이 폰 이거 어때?"

그는 휴대폰에 대한 아내의 의견을 묻기 위해 왼쪽으로 고개를 돌렸다. 그런데 당연히 있으리라고 생각했던 미라가 없었다. 윤석은 오른쪽으로 고개를 돌렸다. 그가 끌고 왔던 카트, 그 위에 앉아 있어야 할 성민 역시 보이지 않았다. 미라가 성민이를 데리고 먼저 매장 안으로 들어간 걸까? 그는 점원에게 휴대폰을 돌려주고 아내를 찾으러 갔다. 도난방지기가 설치된 입구로 들어서려는 순간, 뒤쪽에서 아내의 목소리가 들렸다. 어디 가는 거야? 미라의 손에는 화장품 매장에서 받은 쇼핑백이 들려 있었다. 둘의 시선이 마주쳤고 그와 동시에 둘의 표정이 굳었다. 둘은 서로를 보고 있었지만 엄밀히 말해 아무것도 보고 있지 않았다고 할 수 있었다. 짧은 비명이 미라의 입에서 터져나왔다. 쇼핑백이 바닥에 떨어졌다. 화장솜과 클렌징크림 따위가 굴러나왔다. 미라가 주저앉아 그것들을 다시 주워담고는 무빙워크 쪽으로 달렸다. 윤석은 휴대폰 가게 직원에게 혹시 자기가 데리고 온 아이 못 봤냐고 물었다. 점원은 고개를 저었다. 카트에 태워진 세 살배기 아이가 카트 위에서 스스로 내려와 어딘가를 돌아다니고 있을 가능성은 사실상 없었다. 누군가 카트를 끌고 가버린 것이다. 그런데도 미라는 시식 코너들을 돌아다니며 아이를 찾았다. 사방에서 카트와 충돌했다.

CCTV가 있지 않을까?

보안요원을 따라 들어간 방에는 수십 대의 모니터가 있

었다. 하지만 그 모니터들은 오직 대형마트 안의 매대들만을 비추고 있었다. 외부 임대 매장인 휴대폰 가게를 비추는 카메라는 한 대도 없었다. 아이를 찾는다는 방송이 매장 안으로 벌써 세번째 울려퍼졌다. 반향은 없었다. 방목하는 양떼처럼, 수백 대의 카트들이 매장 안을 평화롭게 소요하고 있었다. 미라는 그들 사이로 헤치고 들어가 소리치고 싶었다. 왜 아무도 방송을 듣지 않아요? 여러분도 아이가 있잖아요? 누구나 당할 수 있는 일이잖아요? 안 그래요?

그때도 윤석은 자기 손을 내려다보고 있었다. 정말 잠깐이었다. 누군가 기다리기라도 한 것처럼, 그가 카트 손잡이에서 손을 떼자마자 조용히 카트를 끌고 어디론가 가버린 것이다. 성민이는 왜 아무 소리도 내지 않았던 것일까? 어째서 낯선 사람이 끌고 가는 카트 안에서 아무 저항도 하지 않았을까. 무지는 인간을 암흑 속에 가둔다. 그들 인생에서 사라진 이삼 분이 그 암흑 속에 있었다. 그들은 그 암흑으로 들어가 서로에게 상처를 냈다. 이 무신경한 엄마야, 화장품을 사러 갈 거면 말을 했어야지. 미라는 반격했다. 휴대폰에 정신이 팔려서 애도 내팽개칠 줄 누가 알았나?

그들은 마트와 경찰서를 오가며 그날 하루를 보냈다. 저녁이 되자 그들은 마음속에서 스멀스멀 피어나는 불길한 예감을 직시하지 않을 수 없었다. 하나밖에 없는 아들을 영원히 잃을 수도 있다는 것을.

그 전화가 온 것은 십일 년이 지나서였다. 밤근무를 막 마치고 돌아온 윤석은 언제나처럼 장난전화일 거라 생각했다. 이제는 화도 나지 않았다. 세상에는 남을 괴롭히면서 즐거워하는 이들이 있지. 아니, 아주 많지.

"아드님 이름 조성민이 맞죠?"

"전단지 보고 전화하시는 거예요?"

윤석은 수화기를 잡지 않은 손으로 양말을 벗었다. 한쪽 양말이 잘 벗겨지지 않아 수화기를 다른 손으로 바꿔 들고 그 손으로 남은 양말을 벗어 방구석으로 던졌다.

"전단지요? 아닌데요. 아드님 이름 확인 좀 부탁합니다. 조성민 맞죠?"

"맞는데요. 근데 뭐 보고 전화하시는 건데요?"

부스럭부스럭 서류 뒤적이는 소리가 들렸다. 쉴새없이

전화벨이 울리는 대단히 소란스러운 곳 같았다.

"아, 여깄네. 실종 아동 유전자 DB에 아드님 정보 등록 해놓으셨죠?"

신종 수법인가?

"네, 맞아요, 성민이. 야구선수하고 이름이 같은 조성민이."

"이름은 다른데 유전자가 일치하는 아이가 있습니다."

"이름이 다르다고요?"

"이름이 바뀐 거죠. 유전자는 거짓말을 안 하니까요. 99.99퍼센트 맞을 겁니다."

"거기 어디시라고요?"

"대굽니다."

"대구라고요? 대구 어딥니까?"

"경찰서고요. 저희 직원이 내일 아이 데리고 수원으로 올라갈 겁니다. 댁에 계실 거죠?"

집에 있을 거냐고?

"성민이만 맞는다면 제가 지금 바로 내려가겠습니다."

"아, 선생님께선 그냥 댁에 계시면 됩니다. 저희 직원이 아이하고 며칠 동안 정이 좀 든 모양입니다. 마침 내일 그쪽으로 올라갈 일이 있어서 같이 보낼 생각입니다."

전화를 끊은 윤석은 방으로 들어갔다.

"여보, 성민이를 찾은 것 같아. 살아 있대."

미라는 윤석이 거듭하여 말하자 마지못해 고개를 돌려 잠깐 빤히 쳐다보다가 다시 화면으로 시선을 돌렸다. 윤석은 미라에게 다가가 양어깨를 잡았다.

"자기야."

그러나 그녀의 눈은 자꾸만 가자미처럼 오른쪽으로 돌아간다. 인상도 구겨진다. 텔레비전을 가로막는 윤석에게 짜증을 낸다. 그녀를 놓아주고 벌떡 일어난다. 그는 방안을 서성대다가 다시 휴대폰을 손에 들고 전화를 걸었다.

"엄마? 나야. 우리 성민이 찾은 것 같아."

칠 년째 강원도 산골의 기도원에서 살고 있는 윤석의 어머니는 믿으려 들지 않는다.

"아니, 아니, 이번에는 좀 확실한 것 같아. 성민이 엄마는, 알잖아, 지금 상태가. 말은 했는데, 아니, 알아는 들어. 듣는 것 같아. 몰라, 그건 모르지. ……데리고 온대. 글쎄, 이번에는 확실하다니까. 보상금 얘기는 꺼내지도 않았어. 피싱 같은 거 아니라니까. 다시 걸어보니까 경찰서 맞더라고. 대구래. 나도 모르지. 어쩌다 거기까지."

윤석은 복받쳐오르는 감정을 억누르기 위해 휴대폰에서 얼굴을 멀리 떼고 심호흡을 했다.

"엄마는 올 것 없어. 여기가 어디라고. 차도 없잖아? 근데 애가 내일 온다는데 어떡하지? 이젠 방도 없고."

문득 돌아보니 아내가 보이지 않는다. 현관문이 빼꼼 열려 있다. 그는 얼른 신발을 꿰신고 밖으로 뛰어나간다. 미라야, 미라야, 미라야아아아. 자기 목소리를 들으면 아내가 더 멀리 달아난다는 것을 알면서도 그는 언제나 아내의 이름을 부르며 찾는다. 아내는 좁고 가파른 이 동네의 계단을 산양처럼 거침없이 오르락내리락했다. 그런 아내를 잡을 수 있는 방법은 지름길로 질러가는 것이다. 윤석은 이미 안면을 익혀둔 몇 집의 대문을 지나 장독대가 놓인 옥상들을 타고 넘어 아내가 즐겨 가는 약수터로 향한다.

"집사람이 답답한 걸 싫어해서요."

변명하곤 했지만 동네 사람 모두가 알고 있었다. 미라가 제정신이 아니라는 것. 조현병이 점점 더 심해져간다는 것. 일주일에 한 번 찾아오는 사회복지사는 말했다.

"아드님을 잃어버린 충격이 직접적 원인은 아닐 거예요.

여러 원인이 있어요."

그러나 윤석은 철석같이 믿고 있다. 아내의 병은 마음의 병이다. 아이를 잃어버리지 않았더라면 저렇게 되지 않았을 것이다. 약수터에 다다르니 주민들이 미라가 간 방향을 가리킨다.

"금방 지나갔어. 늘 가던 거기로."

아내는 약수터 북쪽의 경사로에 걸터앉아 서울 쪽을 바라보고 있었다. 윤석은 미라의 팔을 붙들며 옆에 앉았다. 숨이 턱까지 차오른다.

"왜 또 여기 와 있어? 여기 오니까 좋아?"

미라가 의심 가득한 눈으로 윤석을 노려본다. 윤석이 손을 잡으려 하자 그녀가 너무나 강한 힘으로 윤석의 배를 주먹으로 내지른다. 아내는 타인의 감정에 공감하는 능력을 급속히 잃어가고 있다. 명치께가 숨을 쉴 수 없을 정도로 아프다. 일어나려던 윤석은 다시 주저앉으며 허리를 꺾는다. 한참을 그렇게 앉아 있던 윤석이 겨우 입을 열었다.

"가자. 성민이가 온대."

"성민이가?"

지금은 제정신이다. 이것은 좋은 신호이기도 하고 나쁜 신호이기도 하다. 제정신의 미라는 우울하고 날카롭다. 말과 반응이 느려진다. 눈초리에는 늘 강한 의심의 기색이 있다.

"성민이를 어떻게? 어디서?"

"내일 온대. 대구에서 찾았대."

미라가 고개를 젓는다.

"아니, 아니야."

"뭐가 아니라는 거야?"

"뭔가 또 잘못됐을 거야. 성민이가 어떻게 와? 걔는 올 수가 없어. 올 수가 없으니까 지금까지 안 온 거야. 다 이유가 있었을 거야. 올 수 있는데 안 왔을 리가 없어."

윤석은 미라를 데리고 내려온다. 그사이 미라의 정신이 다시 오락가락하기 시작했다. 미라는 집에 들어가지 않으려고 소리를 지르고 발버둥을 친다. 윤석의 팔을 물고 정강이를 발로 걷어찬다. 그는 아내를 거의 강제로 집 안으로 밀어넣고 자신도 뒤따라 들어간다. 신발장 옆에는 산더미처럼 전단지가 쌓여 있다. 성민이가 위를 올려다보며 눈을 찡그리는 사진이 전단마다 인쇄돼 있다.

지난 십일 년간 윤석의 인생 전부가 그 전단지에 요약돼 있다. 그는 전단지를 위해 돈을 벌고 전단지를 뿌리기 위해 밥을 먹었다. 아침마다 지하철역 입구에서 바쁜 행인들의 소매를 잡았다. 주말에는 근처의 아동보호시설들을 찾아다니며 수소문을 했다. 선거철에는 인쇄소에 일감이 밀리니 그전에 물량을 충분히 확보해야 한다는 것도 알게 됐다. 전단지는 집 안 어디에나 있었다. 화장실에도, 하나밖에 없는 방 구석구석에도, 심지어 미라의 낡은 핸드백 속에도 가득 있었다. 너무 많아서, 마치 전단지라는 이름의 벌레들이 야금야금 집을 먹어치우고 있는 것처럼 보이기도 했다.

처음에는 미라도 전단지 뭉치를 들고 함께 돌아다녔다. 윤석은 아이를 찾으러 다니기 위해 정규직으로 다니던 자동차 회사를 그만뒀다. 미라도 다니던 서점을 그만두었다. 이렇게 십 년이 넘도록 아이를 찾지 못할 줄 미리 알았더라면 아마 둘 중 하나는 직장을 계속 다니는 쪽으로 결정을 내렸을 것이다. 주식투자로 돈을 잃은 투자자가 더 위험한 거래로 그간의 손해를 단번에 만회하기를 바라듯, 이들은 아이를 찾는 일에 모든 것을 던졌다. 얼마 안 되는 저

축을 모두 날리고, 보험을 해약하고, 아파트까지 팔아 몇 년을 버텼다. 삼 년 후, 미라는 보험 영업을 시작했지만 실적은 변변찮았다. 사람들은 감당할 수 없는 불행에 짓눌린 인간의 냄새를 용케도 잘 맡았다. 아이를 잃은 어미의 신경은 날카롭게 곤두서 있었다. 사람들은 밝고 명랑하고 활기찬 사람과 함께일 때 미구에 다가올 위험에도 더 잘 대비할 수 있을 것처럼 느꼈고, 계약서에도 더 흔쾌히 사인했다. 미라는 곧 보험 일을 접었고 다시 전단지 돌리기에 매달렸다.

윤석은 밤에 공사장에서 자재를 지키는 일이나 야간 경비 일자리들을 전전했다. 하루에 평균 다섯 시간도 자지 못했지만 불평하지 않았다. 종교의식을 치르듯 아침마다 전단지를 돌렸고 주말이면 고물차를 끌고 전국을 돌아다녔다. 미라는 미라대로 아이를 잃어버린 마트 근처의 주택가를 샅샅이 뒤졌다. 사진관을 하는 윤석의 친구가 성민이 성장했을 때를 가정한 포토샵 사진을 해마다 새로 만들어주었다. 포토샵으로 만들어낸 사진은 지나치게 매끈했고 그래서 마치 영정 사진처럼 보였다. 놀이터에서 유심히 아이들을 보고 다니던 미라는 여러 번 경찰서 신세를

졌다. 아이 엄마들의 신고를 받고 출동한 경찰들은 전단지를 보고서야 겨우 오해를 풀었다. 꼼짝없이 유괴범 혐의를 받을 뻔한 일도 있었다. 어느 날 미라는 놀이터에서 놀던 아이 하나를 성민이라고 확신했다. 접근해 아이의 집 주소와 이름을 묻는 척하다가 갑자기 아이의 목덜미를 확 움켜쥐었다. 때마침 지나가던 야쿠르트 배달원이 끼어들었다. 무슨 짓이에요? 아파트 경비원의 연락을 받은 아이 엄마가 달려내려왔다. 윤석이 아이 엄마에게 달려가 무릎 꿇고 사죄하고, 다시는 그 아파트 단지에 나타나지 않겠다는 약속을 하고서야 미라는 집으로 돌아올 수 있었다.

그로부터 일 년 후, 미라는 바로 그 아파트 단지의 미끄럼틀에 올라가 전단지로 만든 종이비행기를 날리기 시작했다. 원래는 아이의 얼굴에 금이 가니 불길하다면서 전단지 접는 것도 질색하던 사람이었다. 전단지를 구겨 쓰레기통에 버린 행인들과는 드잡이를 벌이기도 했다. 그러던 미라가 전단지로 종이비행기를 만들어 날렸다는 것을 윤석은 믿기 어려웠다.

윤석은 취업 첫해에 친구의 소개로 미라를 만났다. 수줍음이 많고 내성적인 여자라는 게 첫인상이었다. 이모 손에서 자란 미라는 고등학교를 졸업하자마자 서점에 취직해 돈을 벌기 시작했다. 생각해보면 그때도 이상한 점은 있었다. 지나치게 다른 사람들의 말에 신경을 쓴다거나 말도 안 되는 일에 공포심을 품곤 했었던 것이다. 서점 직원들이 자기를 따돌린다고, 어디서든 틈만 나면 자기 욕을 한다고 믿었다. 그럴 리가 없다고 설득해도 통 받아들이지 않았다. 여자를 제대로 사귄 적이 없던 윤석은 미라의 그런 행동을 좀 예민한 여자들이 흔히 겪는 심리적 기복이라고만 믿었다. 그러나 그것은 조현병의 전조였다.

두 여자가 윤석을 찾아왔다. 한 명은 경찰관이었고 다른 한 명은 사회복지사라고 했다. 뒤에 누가 있나 살펴봤지만 없었다. 처음엔 포교를 하러 온 종교인들인 줄 알았다. 윤석은 그들을 사방에 전단지가 널린 거실 겸 부엌으로 안내했다. 일부러 치우지 않은 것이었다. 아들이 돌아오면 보여주고 싶었다. 보아라, 부모가 어떻게 살아왔는가를.

"아이는 어디 있습니까? 뭐가 잘못되기라도 했습니까?"

윤석이 물었다.

"걱정 마세요. 지금 차에 있어요."

"왜 같이 데리고 들어오시지 않고……"

경찰관은 옆에 놓여 있는 전단지를 집어들었다.

"애타게 찾으셨던 것 알고 있습니다."

윤석은 다양한 디자인의 전단지를 건넸다. 사회복지사가 손을 내밀어 받아 살펴보았다.

"간혹 일부러 아이를 유기한 후에 실종 신고를 하는 분들도 계시더군요. 키울 형편이 안 된다거나……"

윤석도 그런 보도를 본 적이 있었다. 한 여자가 재혼을 하기 위해 아이를 버린 후에 실종 신고를 했다. 그런데 아이가 2005년 이후 도입된 유전자 데이터베이스를 통해 다시 엄마를 찾게 된 것이었다. 그제서야 그녀는 자기가 아이를 버렸음을 실토하고 용서를 구했다. 그런 식으로 실종으로 위장돼 버려지는 아이들이 꽤 많다는 것을 윤석도 알고 있었다. 윤석은 이 경찰관이 굳이 대구에서 여기까지 성민이를 데리고 온 이유를 알 것 같았다.

"저희는 애를 버릴 만큼 형편이 어렵지 않았습니다."

윤석은 자신이 다니던 굴지의 자동차 회사 이름을 댔다.

"정규직이었습니다. 그땐 성민이 엄마도 돈을 벌고 있었고요."

"아니, 그런 뜻이 아니었는데, 오해하셨다면 죄송합니다."

사회복지사가 입을 열었다.

"아드님 만나시기 전에 먼저 알아두셔야 할 것이 좀 있어요."

"애한테 문제가 있습니까?"

"문제라면 문제일 텐데요. 그게…… 지난 십 년 동안 아드님이 어떻게 커왔는지를 먼저 좀 알아두셔야 할 것 같아서요."

유괴범이 개목걸이라도 채워 지하실에 감금했던 건가?

"아니, 아니, 뭔지 모르겠지만 그런 건 차차 하면 됩니다. 부모가 이렇게 버젓이 있는데 무슨 걱정입니까? 애부터 좀 보여주세요."

사회복지사가 슬쩍 주변을 살폈다.

"혹시 아이 어머니는 어디 계신가요? 서류상에는 어머니가 계신 것으로 나오는데요."

"그게…… 잠깐 일이 있어서 나갔는데 곧 돌아올 겁니다."

두 여자가 미심쩍은 눈빛을 서로 교환하는 것을 윤석은 놓치지 않았다. 십일 년 만에 아들이 돌아오는데 아이 엄마가 보이지 않는다?

"혹시 가족관계에 변동이 있다거나, 뭐 그런 건가요?"

"아닙니다. 성민이를 낳은 친엄마와 지금까지 부부로 잘 살고 있습니다. 우리는 정말 애타게 성민이를 찾아왔습니다. 지금은 잠깐 밖에……"

다소 성격이 급해 보이는 경찰관이 그의 말을 끊었다.

"성민이는 납치, 다시 말해 유괴를 당했었죠."

"당연하죠. 카트가 제 발로 굴러갈 리는 없으니까요."

하지만 당시 경찰은 아이가 스스로 카트에서 내려와 혼잡한 주말의 마트에서 길을 잃어버렸을 가능성이 없지는 않다고 했었다. 유괴범으로부터 금품 요구가 전혀 없다는 점이 그럴 가능성을 뒷받침한다고도 했었다.

"네, 그렇죠. 그런데……"

"그런데 뭐요?"

"성민이는 자기가 유괴당했다는 사실을 전혀 모르는 채로 자랐습니다."

그런 가능성을 생각해보지 않은 것은 아니었다. 우리

아이를 찾습니다

나이로 세 살, 만으로는 두 살이 채 안 됐을 때니까 충분히 그럴 수 있었다.

"유괴범은 어떤 놈입니까?"

윤석이 물었다.

"놈이 아닙니다. 오십대 여성이었습니다. 사건 당시에는 사십대 초반이었고요."

여자일 거라고는 생각해본 적이 없었다.

"어떻게 잡았습니까?"

"잡은 게 아니고 자살을 했습니다. 종혁이가 가장 먼저 발견하고 119에 신고를 했어요."

"종혁이요?"

"아, 종혁이가 성민이에요. 어쨌든 저희가 출동을 해서 보니 집 여기저기서 우울증 약이 상당히 많이 나왔습니다. 검시 소견도 일단 자살로 나왔고요. 무엇보다 자필 유서가 있었어요. 남의 아이를 데려왔는데 잘 키우지 못해 미안하다. 그 부모에게 다시 데려다주었으면 좋겠다고 돼 있더라고요. 유괴 장소와 일시까지 적어놨는데 다 정확히 일치합니다."

경찰관은 유서의 사본을 윤석에게 보여주었다. 아이의

부모에게 용서를 구한다는 구절에서 윤석은 숨이 막혔다. 구할 걸 구해라.

"성민이는 어쨌든 그 여성을 친엄마로 알고 컸어요."

사회복지사가 윤석을 달래듯이 말했다. 갑자기 추위를 탈 때처럼 윤석의 턱이 자기도 모르게 덜덜 떨렸다. 윤석은 심호흡을 하며 마음을 가다듬었다. 경찰관이 말을 이었다.

"아이가 지금 충격이 커요. 엄마로 알고 자란 사람이 자살한 걸 직접 목격했잖아요. 이것만으로도 사실 정신과 치료를 오래 받아야 할 일인데, 설상가상으로 자기가 유괴됐었다는 사실까지 알게 돼 지금 거의 공황 상태예요. 제가 며칠 데리고 있으면서 안정시키려고 해봤지만 어린아이가 받아들이기에 쉽지가 않은 일일 거예요. 그런 충격을 겪고도 또 낯선 환경에 적응해야 하는 아이의 심정을 잘 이해해주셨으면 합니다."

"여기가 왜 낯설어요? 저를 낳고 기른 부모가 있는데? 걱정할 것 없습니다. 진짜 가족에게 돌아왔으니 금방 회복될 겁니다."

"환경이 갑자기 달라진다는 게…… 어른한테도 쉽지

않은 일이죠. 하나만 부탁드릴게요. 성민이한테 과거에 대해서 당분간은 너무 캐묻거나 하지 마세요. 있는 그대로 받아들여주시는 게 좋을 것 같아요."

경찰관이 자기 명함을 건네자 사회복지사도 뒤따라 명함을 꺼냈다. 명함을 받아보니 사회복지사는 이 동네를 담당하는 사람이었다. 둘 다 대구에서 올라왔을 리는 없으니 경찰관이 일찍 도착해 이 동네의 사회복지사를 만나 성민이를 넘기는 문제에 대해 상의하고 앞으로도 잘 살펴봐달라고 한 것이 분명했다. 두 여자가 나가려는 순간, 현관문이 벌컥 열렸다. 길에서 주운 더러운 머리끈 수십 개를 팔찌처럼 찬 미라가 콧노래를 흥얼거리며 뛰어들어오자 두 여자가 깜짝 놀라 뒤로 물러났다. 윤석이 앞으로 달려나가 미라를 붙들었다. 구속당하는 것을 끔찍하게 싫어하는 미라가 갑자기 덫에 걸린 짐승처럼 꽥꽥 소리치며 발버둥을 쳤다. 놔, 놔, 이 돼지새끼, 더러운 자식아, 놔, 놓으란 말이야. 윤석은 미라를 겨우 진정시켜 방안으로 밀어넣었다. 윤석이 흐트러진 머리카락을 쓸어올리며 말했다.

"저 사람이 성민이 엄마입니다. 워낙 스트레스를 심하게 받다보니……"

갑자기 먼지바람이라도 맞닥뜨린 것처럼 두 여자는 입을 다물고 눈은 찡그린 채 미라를 관찰하다가 서로를 바라보았다. 경찰관이 결정을 내리고 고개를 끄덕이자 사회복지사가 윤석에게 말했다.

"그럼 저희는 나가서 아이를 데려올게요."

멍하다. 지난 세월 오직 이 순간을 위해 살아온 그였다. 그런데 마음이 왜 이럴까. 흥분도, 감격도 없다. 저 두 명의 여자, 미쳐가는 아내, 그리고 지금의 이 상황. 모든 것이 비현실적으로만 느껴진다. 이것은 혹시 잠시 후 저들이 데리고 들어올 애가 가짜라는 어떤 초자연적 증거가 아닐까? 부모의 직감이라는 것이 있지 않을까? 예지몽 하나 없이, 그 어떤 징조조차 없이 성민이 갑자기 돌아온다는 것이 과연 가능한가?

잠시 후 두 여자가 코밑이 벌써 거뭇거뭇해지기 시작한 아이 하나를 등을 떠밀다시피 하면서 데리고 들어왔다. 아이는 쭈뼛거리면서 발을 현관 안으로 들여놓지 않고 있었다. 아이는 그가 그려왔던 성민이와 너무나도 달랐다. 그들 부부를 닮은 구석이 전혀 없어 보였고, 그들이 오랫동안 배포해온 전단지 속의 소년과도 너무나 판이했다. 전단지 속 소년은 볼이 토실토실하고 눈매가 순한, TV드라마의 아역 배우를 닮은 듯한 모습인데, 지금 그의 눈앞에 나타난 아이는 눈이 쭉 찢어진데다 살이 쪄 배가 불룩했다. 어딘가 욕심 사납고 성마른 데가 있는 아이로 보였다. 윤석은 확신할 수 있었다. 만약 길에서 저 아이를 만났다 해도 절대로 알아보지 못했을 거야. 그래도 윤석은 달려나가 아이의 손을 잡았다.

"네가 성민이니? 아빠 모르겠어? 아빠야."

아이는 시선을 외면한 채 애써 반응을 억누르고 있는 것 같았다. 그러면서 경찰관을 자꾸 곁눈질로 살폈다. 그녀는 부드럽게 아이의 등을 떠밀며 조용히 속삭였다.

"종혁아, 아빠셔. 얼른 들어가."

아이는 농구화를 벗으며 집으로 들어섰다. 꽤 큼직한 여행가방이 딸려들어왔다. 윤석은 경찰관이 들이미는 서류를 읽지도 않고 사인했다. 경찰관은 몇 번이나 뒤를 돌아보며 밖으로 나갔다. 얼핏 보니 눈이 붉어져 있었다. 윤석은 그들이 나가자마자 문을 닫아걸었다. 그리고 서둘러 성민의 손을 잡았다. 성민이 못내 불편해하며 손을 뒤로 뺐다. 미라가 나와서 의심이 가득한 표정으로 둘을 바라보았다. 윤석이 아이를 미라에게 데려갔다. 어쩌면 미라의 정신이 돌아올 수도 있다는 일말의 희망을 가지고.

"성민아, 엄마야. 너, 기억 안 나?"

아이는 곤혹스러운 표정으로 고개를 숙였다. 마치 이번에야말로 유괴를 당했다는 듯한 얼굴로 주변을 두리번거렸다. 미라는 아이를 슬쩍 살피더니 무심하게 시선을 돌려버렸다. 털퍼덕 주저앉아 텔레비전을 틀고 화면에 코가 닿을 정도로 가깝게 다가앉았다. 아이는 연신 집의 구석구석을 곁눈질하고 있었다. 도배한 지 오래된 벽은 거무튀튀했고 곳곳에 곰팡이가 피어 있었다. 방안을 가로지르는 빨랫줄에는 채 마르지 않은 속옷들이 걸려 있었다.

"우리 원래부터 여기 살았던 건 아니야. 아파트에 살았잖아. 기억 안 나? 너 그때 벌써 말도 곧잘 했었는데. 남향이라 햇볕도 잘 들고."

윤석이 붙박이장에서 실종 직후에 뿌리던 전단지를 꺼내왔다.

"이게 너야, 기억나니?"

성민은 전단지 속의 자기 모습을 들여다보다가 어렵사리 입을 뗐다.

"저, 저기요."

"왜 그러니?"

"여기 화장실이 어디예요?"

아이의 말은 경상도 억양이 강했다. 그래서 더욱 낯설게만 느껴졌다. 윤석은 화장실 문, 자바라로 된 미닫이문을 손수 열어주었다. 아이가 곰팡내 나는 좁은 화장실로 들어가며 미간을 좁히는 것을 윤석은 놓치지 않았다. 윤석은 얼굴을 붉혔다. 그동안 윤석은 모든 것을 유보하는 데 익숙해져 있었다. 도배도, 수리도, 건강검진도 모두 성민이를 찾은 후로 미뤘다. 문제들이 산적된 채 썩어갔다. 시간도 없었고 형편은 쪼들렸다. 전단지 인쇄비와 기름값은 오르기만 하고 내리지는 않았다.

윤석은 성민이 화장실에서 나오기를 기다렸다. 해주고 싶은 말이 많았다. 그런데 무슨 말부터 해야 할지를 몰랐다. 성민이가 물어준다면 며칠 밤 며칠 낮이라도 대답해주고 싶었다. 그런데 성민이는 아무것도 궁금해하지 않는 것 같았다. 윤석은 아랫배에서 찌르는 듯한 통증을 느꼈다. 벌써 반년째, 윤석은 장 때문에 고생하고 있었다. 시원한 변을 본 지가 언제인지 기억이 나지 않을 정도였다. 똥은

묽고 가늘었고 변비와 설사가 번갈아 찾아왔다. 피가 섞여 나올 때도 있었다. 스트레스를 받아서 그렇다고, 장은 스트레스에 민감하다고, 직장 동료들이 말해주었다. 사는 게 사는 게 아니잖아, 내가. 윤석은 말하곤 했다.

아이가 삼십 분이 지나도록 화장실에서 나오지 않자 윤석은 불길한 생각에 사로잡혔다.

"성민아, 성민아."

대답이 없었다.

"성민아, 성민아. 거기서 뭐하니?"

역시 대답이 없었다. 어딘가로 달아나버린 것일까? 창문도 없는 화장실에서 그런 일은 도무지 가능하지 않다는 걸 잘 알면서도 어쩔 수가 없었다. 윤석은 자바라문을 확 열어젖혔다. 성민이 궁둥이를 깐 채로 변기에 앉아 울고 있다가 윤석을 보고는 홱 고개를 돌렸다. 화장실 문을 닫는 윤석의 귀에 성민의 웅얼거림이 와닿았다.

"엄마."

성민이 찾는 그 엄마가 텔레비전 앞에서 만화영화를 보고 있는 미라를 지칭하는 게 아니라는 것을 윤석은 알 수 있었다. 숨죽여 울던 성민은 마침내 크게 울부짖고 있었다. 엄마, 엄마, 엄마! 윤석은 귀를 막았다. 텔레비전을 보고 있는 아내에게 다가가 뒤에서 등을 껴안았다. 그녀는 간지럽다고 깔깔거리며 바닥을 뒹굴었다. 제발, 제발 잠깐만 가만히 있어줘. 그러나 미라는 간지러움을 참지 못했다. 윤석에게서 벗어나려다 그녀의 팔꿈치가 윤석의 턱을 후려쳤다. 너무 아파 눈물이 나올 지경이었다. 바닥에 대자로 뻗은 윤석을 구석구석의 전단지 묶음들이 노려보고 있었다. 윤석은 전단지 한 장을 집어 그가 십 년 동안 찾아 헤맨 아이의 얼굴을 물끄러미 바라보았다. 지금 화장실에서 울고 있는 아이보다는 전단지 속의 아이가 그에게는 훨씬 더 친근했다. 뭔가 잘못된 것이 틀림없어. 너무 이상한 애가 나타났어.

그는 아주 오래전에 보았던 영화 〈백 투 더 퓨처〉를 떠올렸다. 주인공은 과거로 돌아가 미래에 자신을 낳게 될 어머니를 만난다. 지금 윤석의 상황은 영화와는 반대다. 그는 십일 년 전의 과거에서 난데없이 미래로, 그것도 홀로 내던져진 것이다. 그 미래에는 미쳐가는 아내와 자기를 아버지로 여기지 않는 아들이 있다. 둘 다 그를 알아보지 못한다. 윤석은 성민의 눈으로 집 구석구석을 다시 본다.

그의 눈에도 이제 이 집은 낯설고 기괴하다. 화상 입은 피부처럼 흐물흐물 흘러내리는 벽지들, 낡은 것과 낡은 것을 간신히 이어주는, 사방에 덕지덕지 붙은 셀로판테이프들. 이 이상한 미래에서 내가 수행해야 할 사명은 뭐지? 도대체 뭘 해야 하는 걸까? 영원과도 같았던 지난 십 년 동안 그의 의무는 자명했다. 잃어버린 자식을 찾아오는 것이었다. 그 명료하고도 엄중한 명령 앞에 모두가 길을 비켜주었다. 그들 부부는 좋은 집과 직장을 바쳤다. 부부관계도 사라졌다. 실종된 아이라는 블랙홀이 모든 것을 삼켜버렸다. 그런데 그렇게 살다보니 어느새 그것이 일상이 되었다. 밤샘 근무를 마치고 퇴근하는 피곤한 새벽에도 전단지를 들고 지하철역 입구에 가서 서면 부쩍 힘이 났다. 알아보고 인사를 건네는 무가지 배포원들과는 가벼운 농담도 주고받는 사이가 되었다. 회사에서는 그의 사정을 아는 동료들이 어려운 일을 대신 떠맡아주기도 했다. 십 년간 그는 '실종된 성민이 아빠'로 살아왔다. 그런데 하루아침에 그것이 끝나버렸다. 행복 그 비슷한 무엇을 잠깐이라도 누리고 있다는 느낌을 받은 적이 없었다. 그러나 그 불행이 익숙했던 것만은 사실이었다. 내일부터는 뭘 해야 하지? 그는 한 번도 그 문제를 진지하게 생각해본 적이 없다는 것을 깨달았다. 성민이만 찾으면, 성민이만 찾으면. 언제나 그런 식이었지 그 이후를 상상해보지 못했던 것이다. 그 문제만 해결되면 퇴행성이라는 미라의 조현병까지도 씻은듯이 나으리라 생각했다.

견딜 수 없다고 생각했던 것은 지나고 보니 어찌어찌 견뎌냈다. 정말 감당할 수 없는 순간은 바로 지금인 것 같았다. 언젠가 실수로 지름길로 접어드는 바람에 일등으로 골인하고서도 메달을 빼앗긴 마라토너에 대한 기사를 본 적이 있다. 기대했던 것과는 전혀 다른 것이 결승점에서 우리를 기다리고 있을 때, 그것은 누구의 잘못일까? 윤석은 화장실에서 들려오는 훌쩍임을 들으며 생각한다. 어디서부터, 왜, 모든 것이 어그러졌을까? 마트에 가자고 한 아내의 잘못인가? 부주의하게 카트의 손잡이를 놓아버린 자기 잘못인가? 아니면 화장품 가게에서 클렌징크림을 산 아내의 잘못인가? 둘은 상대방의 부주의를 원망하고 비난했다. 싸움은 상대의 숨겨진 무의식까지 넘겨짚으며 위험 구역으로 들어갔다. 당신은 원래 애를 원하지 않았어. 그래서 내가 대신 벌을 받은 거라고! 미라가 소리를 지르면 윤석은 한때 낙태를 고려했던 미라를 비난했다. 애를 원하지 않았던 것은 바로 너야. 도대체 그놈의 직장이 뭐라고, 애는 천천히 낳으면 된다고 말했던 게 바로 너 아니었어? 가혹한 처음 몇 년이 지나간 후에는 체념과 냉소의 세월이 이어졌다. 그들을 이어준 것은 전단지였다. 그것은 종교적 상징이자 의식이었다. 매달 찾아가는 인쇄소는 그들의 교회였고 전단지는 고난의 현세를 잊고 천국으로 인도할 복음서였다. 그러는 동안 미라의 병은 점점 깊어져갔다.

성민은 거의 말을 하지 않는다. 우두커니 앉아 여행가방에 챙겨온 게임기를 꺼내 하루종일 게임을 한다. 삑삐삑삑 전자음이 하루종일 울린다. 그러다가 방 한구석에서 두 무릎을 세우고 거기에 얼굴을 파묻고 한참을 앉아 있다. 묻는 말에만 겨우 대답을 할 뿐이고 가끔은 화장실에 들어가 우는 것 같기도 하다. 밥을 차려줘도 거의 먹지 않는다. 컵라면을 사다주니 그나마 먹는다.

윤석은 현장감독에게 전화를 했다.

"감독님, 성민이를 찾았습니다. 네, 네, 감사합니다. 다들 도와주신 덕분입니다. 네, 그게, 오늘은 제가 집에 있어야 할 것 같습니다. 일지는 서랍 안에, 네, 네, 오늘은 제가 데리고 자야 될 것 같아요. 죄송합니다."

셋이 누우면 꽉 차는 단칸방은 윤석이 생각해도 난감했다. 성민은 티셔츠와 청바지를 입고 자겠다고 끝내 고집을 부렸다. 화장실에서 물을 튕기며 놀던 미라는 잠옷 바람으로 나오다 성민과 마주치자 깜짝 놀라 몸을 움츠렸다.

"괜찮아, 성민이야, 성민이."

그러나 미라는 겁에 질려 구석으로 가서 웅크렸다. 성민의 얼굴이 붉어졌다. 윤석이 아무리 이불 속으로 들어오라고 해도 오지 않았다. 여차하면 잠옷 바람으로 밖으로 뛰쳐나갈 기세였다.

"쟤 도대체 누구야?"

미라는 소리를 죽여 물었다.

"몇 번을 말해? 성민이라니까."

윤석은 그녀를 설득하려는 무용한 노력을 포기하고 힘으로 그녀를 차렵이불 안으로 끌어들였다.

"머리핀은 빼야지, 자려면."

윤석이 잔소리를 하자 미라는 입을 비쭉거렸다. 윤석은 불을 끄고 가운데 누웠다. 윤석은 밤에 안 자던 버릇 때문에, 성민은 낯선 곳이어서 쉽게 잠들지 못했다. 미라는 언제나처럼 잔뜩 웅크린 채 잤다.

새벽녘, 부옇게 먼동이 터왔다. 윤석은 눈을 떴다. 성민이 옆에서 뒤척이고 있었다. 깨어 있는 게 분명했다.

"성민아."

성민의 뒤척임이 멈췄다.

"거기선 네 방이 있었니?"

"네."

"응이라고 해도 돼. 컸어?"

"네?"

"방 말이야. 컸냐고."

성민은 고개만 끄덕였다.

"침대도 있고?"

이번에도 고개만 끄덕이는 성민.

"책상도 있었겠네?"

"네."

윤석은 유괴범에 대해 생각한다. 아무런 처벌도 받지 않고 스스로 생을 마감한 여자. 남의 아이를 유괴해 방과 침대와 책상을 마련해준 여자. 우울증은 유괴의 원인이었을까, 결과였을까.

"컴퓨터도 있었어요."

묻지도 않았는데 성민이 불쑥 말한다.

"근데 경찰이 가져갔어요."

"그랬구나."

"그거 찾아주면 안 돼요?"

"새로 사줄게."

"……"

성민은 그뒤로는 뭘 물어도 대답을 안 한다. 자는가 싶어 눈을 감으면 옆에서 내내 뒤척이는 기척이 느껴진다.

"집을 한번 알아보자. 그런데 엄마가 저 지경이라 세를 줄 사람이 있을까 모르겠다."

윤석은 잠을 청한다. 그러나 여전히 잠들지 못한다. 아이가 한숨 쉬는 소리가 들린다.

금요일에 온 성민이는 그렇게 토요일과 일요일을 보낸다. 작은 들짐승을 잡아다 가둬놓은 것 같은 갑갑한 기분에 윤석은 미칠 것만 같다. 뭘 물어봐야 할지도 모르겠고 어떻게 대화를 끌어가야 할지도 모르겠다. 공식적으로 그는 언제나 '성민이 아빠'였지만 실제로 그 역할을 해본 적은 없었다.

"내가 유괴범이 된 것 같은 기분이야."

윤석은 소망슈퍼 주인에게 말했다. 전과 8범인 그는 원래는 조직폭력배였다.

"환경이 바뀌어서 그렇지. 빵에 처음 들어온 놈들도 그래. 씨발, 아는 놈도 없지, 존나 겁은 나지. 그래서 그러는 거지. 쫀 거지, 쫀 거야."

"감방에선 어떻게 해, 신참들한테?"

"존나 굴리지. 정신을 못 차리도록. 담요 덮어씌워서 밟고, 죽방 돌리고, 뺑끼통에 대가리 막 쑤셔박고……"

소망슈퍼 주인이 신이 나서 떠들다가 입을 다문다.

"성민이한테 그러라는 건 아니고. 에이, 나도 모르겠다. 하여간 축하해. 아들내미 찾은 거."

슈퍼 주인이 아들 주라며 소시지를 슬쩍 끼워줬다. 슈퍼에서 나오며 윤석은 문득 동네를 새로운 눈으로 바라본다. 야트막한 언덕배기 좁은 골목골목마다 숨이 막히도록 들어선 다세대주택들. 한때 집장사들이 줄줄이 지어놓은 날림 단독주택들은 어느새 모두 세를 많이 받아낼 수 있는 다세대주택으로 개축되었다. 집 하나에 출구가 두세

개씩 되고 많으면 아홉 세대까지 한집에 살았다. 윤석이 세들어 살고 있는 집도 시유지만 아니었어도 벌써 다세대주택이 되었을 것이다. 그 집은 도로에 면한 일종의 무허가 주택이어서 주인이 용도를 변경하는 데 어려움이 있었다. 덕분에 윤석과 미라가 이토록 오래 버틸 수 있었다. 그러나 재개발조합에서 곧 철거를 시작할 것이 거의 확실했고, 그렇게 되면 윤석네도 어차피 이사를 나가야 했다. 받아낼 수 있는 보상금으로는 이 지역에서 이제 갈 만한 곳이 거의 없었다. 서울에서 밀려나와 여기까지 왔는데 이제는 더 멀리 나가야 할 것 같았다. 돈도 돈이지만 미라를 받아줄 집주인이 없을 것이라는 게 더 큰 문제였다. 아내가 정신이 좀 오락가락한다고만 해도 집주인들은 모두 고개를 절레절레 저었다. 조현병 환자는 반드시 살인을 저지르거나 집에 불을 낸다고 믿었다. 그렇게 위험한 사람 아니라고 아무리 이야기를 해도 소용이 없었다. 함께 집을 보러 다닌 부동산 중개업자는 잠깐만 속이자고 했다.

"부인을 정신병원 같은 데 보내놨다가 이사 다 끝난 다음에 다시 데려오면 되지."

그 제안이 너무 솔깃해서 오히려 윤석은 펄쩍 뛰었다.

혹시라도 부지불식간에 그렇게 하게 될까 복덕방 주인에게 도리어 화를 냈다. 그는 미라를 한번 정신병원에 갖다 넣으면 다시는 데리고 나오지 못할 것임을 알고 있었다. 게다가 그를 지탱해온 미신적인 신념들도 무너지고 말 것이었다. 미라가 정신병원에 가면 성민이는 절대로 돌아오지 못한다, 는 비이성적인 믿음. 이 믿음은, 성민이만 돌아오면 미라의 병은 깨끗이 낫게 되리라는 또다른 믿음과도 이어져 있었다. 그런 믿음을 차치하고라도 윤석은 미라를 버릴 수가 없었다. 사람들은 그가 미친 아내를 떠맡고 있다고 생각했지만 실은 윤석이 정신 나간 아내에게 기대고 있었다. 아무 소용이 없는 줄 알면서도 매일 전단지를 돌린 것처럼, 남들이 보기엔 아무 희망도 없는 부부관계에서 그는 삶을 지탱할 최소한의 에너지를 쥐어짜내고 있었다. 그에게 미라는 카라반의 낙타와도 같은 존재였다. 목표와 희망까지 공유할 필요는 없었다. 말을 못해도 돼. 웃지 않아도 좋아. 그저 살아만 있어다오. 이 사막을 건널 때까지. 그래도 당신이 아니라면 누가 이 끔찍한 모래지옥을 함께 지나가겠는가.

월요일이 되자 윤석은 성민이를 데리고 학교에 갔다. 대구에서 전학을 시켜야 했다. 제대로 다녔다면 중학생이 되었어야 할 성민이는 아직 초등학교 5학년이었다. 성민이를 데려간 여자가 벌금을 물고 신생아를 출산한 것으로 속여 허위로 출생신고를 해버린 탓이었다.

초등학교의 교장은 생각보다 젊었고 여자였다. 그녀는 동행한 사회복지사로부터 성민의 특수한 처지에 대한 설명을 들었다. 그녀는 차분하게 사무적으로 이 문제를 다뤘다. 친절하고 정중했지만 골치 아픈 아이를 맡게 된 것에 마뜩잖은 기색이 엿보였다. 가난한 육체노동자 행색의 윤석도 교장의 선입견에 영향을 미쳤을 것이다. 저소득층 집안의 아이. 아빠는 먹고사느라, 엄마는 미쳐서 아이에게 신경 쓸 여력이 없다. 게다가 유괴 경험까지. 문제가 될 소지를 고루 갖춘 아이였다. 교장이 단도직입적으로 말했다. 아이가 제대로 적응할 수 있을지 걱정이 된다, 어차피 적응에 어려움을 겪을 바에야 차라리 중학교에 바로 보내는 게 어떠냐고 했다.

"나이도 되고, 얘 같은 경우에는 특수한 케이스지만 외국에서 살다온 애들도 요샌 많아서 좀 융통성 있게 처리합니다. 애들은 두뇌가 유연해서 잘 적응을 하거든요. 왜 요즘 외국으로 조기유학 가는 애들도 한둘이 아니잖아요. 하지만 무엇보다 일단 아이의 의사가 중요하죠."

교장은 성민이를 바라보며 물었다.

"성민아, 넌 어떻게 했으면 좋겠니? 두 살이나 어린 동생들하고 5학년 계속 다닐래, 아니면 나이에 맞게 좀 무리가 되더라도 중학교로 갈래?"

성민이 우물쭈물하는 사이 사회복지사가 끼어들었다.

"너무 스트레스를 받지 않을까요?"

"요즘 애들 선행학습이다 뭐다 다 하는 실정이라 공교육 과정도 못 따라잡는 애들 거의 없어요. 어때, 성민아? 너 대구에서 학원 같은 데 좀 다녔니?"

성민이 고개를 끄덕였다.

"그랬겠죠. 요즘은 안 시키는 사람이 없으니."

교장이 윤석에게 슬쩍 시선을 던진다. 윤석은 그 시선의 의미를 알 수가 없다. 결정을 내리라는 것인가? 사회복지사와 성민의 시선도 잠시 윤석에게 머문다. 아무래도 그의 결정을 기대하는 것 같다. 그러나 윤석은 도무지 결정을 내릴 수가 없다. 학부모 역할은 처음이었다. 교장은 성민에게 묻는다.

"성민아, 넌 어떻게 할래? 네 의사가 중요해."

성민이 사람들의 눈치를 보다가 입을 뗐다.

"잘 모르겠어요."

윤석은 학교에서 학업능력을 측정하는 간단한 테스트라도 해줄 줄 알았다. 권위 있게 컴퓨터로 인쇄된 종이를 들이밀며 선택을 강제해주리라 믿었다. 그러나 그런 것은 없었다. 법적으로는 윤석이 고집하면 성민은 이 학교를 다닐 수 있었다. 손에서 땀이 났다. 낯설고 막막할 뿐이었다. 제대로 대화 한번 나눠본 적 없는 아이의 마음을 어떻게 알 수 있을까. 게다가 윤석은 성민이 명민하고 영특한 아이인지 나눗셈도 제대로 못하는 덜떨어진 아이인지 전혀 모르고 있었다. 아무런 정보나 교감도 없이 자칫하면 아이의 운명을 결정할 수도 있는 큰 결정을 당장 내려야 하는 것이다. 법적으로는 보호자였지만 교장이나 사회복지사와 다를 바가 없었다. 윤석은 성민의 어깨에 어색하게 손을 올리며 물었다.

"너는 어떻게 했으면 좋겠니?"

윤석을 올려다보는 성민의 눈길에 실망의 기색이 역력

했다. 결국 성민이 결정을 내렸다.

"중학교에 갈래요. 사실 의자하고 책상이 너무 작았어요."

교장이 눈에 띄게 반색을 했다.

"뭐, 당사자가 고심 끝에 내린 결정이니까 존중을 해야겠지. 민주주의 국가에서는 본인 의사가 제일 중요하니까. 잘 생각했어. 선생님 말씀 잘 듣고 예습 복습 잘하면 금방 따라갈 수 있을 거야."

그런데 그때 교장 옆에 앉아 있던 교감이 교장에게 귓속말을 했다. 교장의 얼굴이 약간 어두워졌다. 교감이 휴대폰을 꺼내며 밖으로 나갔다. 잠시 후 교감이 들어와 귓속말을 하자 교장이 자리에서 일어났다.

"저는 회의가 있어서 이만 나가보겠습니다. 자세한 이야기는 저희 교감 선생님께 들으시죠."

교감의 이야기는 달랐다. 교육청에 문의해본 결과 아이가 어떻게 학교에 들어갔든지 간에 초등학교 과정을 이수하지 않은 상태에서 중학교로 올라가는 것은 어렵다는 유권해석을 받았다는 것이다. 즉, 성민은 초등학교 5학년 과정을 마저 다녀야 한다는 것이었다.

둘은 교장실을 나선다.

"배고프지 않아? 우리 짜장면 먹으러 가자."

"피자 먹으면 안 돼요?"

아이가 조심스럽게 제 의중을 내비친다.

"너 짜장면 좋아했었어."

"짜장면도 좋아해요. 근데 피자가 더 좋아요."

윤석은 피자는 느끼해서 먹을 수가 없는 식성이다. 그는 아이를 데리고 중국집으로 간다. 다시 한번 아랫배가 찌르듯 아파왔다. 큰맘 먹고 탕수육도 시킨다. 짜장면 두 그릇에 탕수육 하나. 그러나 아이는 짜장면만 먹고 탕수육에는 젓가락도 대지 않는다.

"그 여자가 피자 많이 사줬니?"

아이는 입을 꾹 다문 채 아무 말도 하지 않는다.

"어떤 사람이었어? 너 안 괴롭혔어?"

아이가 항의하는 눈빛으로 윤석을 잠깐 노려보다가 시선을 떨군다.

"똑같죠, 뭐. 다른 엄마들하고. 가끔은 뭐라 그럴 때도 있고."

"우울증이었다면서?"

"우울증이 뭐예요?"

"하루종일 말도 없고 짜증 부리고 뭐 그런 거 말야."

"몰라요. 그럴 때야 있었죠. 저야 뭐 주로 학교, 학원에 있었으니까."

"남자는 없었어?"

"남자요?"

"같이 사는 남자 말이야."

"그건 왜 묻는데요?"

"물으면 안 되니? 경찰 말로는 그 여자 혼자 널 키웠다는데 넌 이상하지 않았어? 남들 다 있는 아빠가 없는데."

"죽었댔어요. 나를 갖자마자 교통사고를 당했다고 했어요."

"그럼 그 여자는 뭐해서 먹고살았어? 직업이 있었을 것 아니야?"

"엄마는…… 아니."

아차 싶었던지 아이는 입을 다물고 윤석의 눈치를 본다.

"괜찮아. 얘기해봐."

"간호사였어요. 대학병원에 다녔어요."

간호사라.

"근데 저기요."

성민은 아직 윤석을 아빠라고 부르지 않는다.

"왜?"

"솔직히 그 경찰 아줌마 말을 아직도 못 믿겠어요."

"뭘?"

"나 정말 유괴된 거 맞아요?"

천장을 바라보며 이야기를 하던 윤석은 시선을 돌려 성민의 눈을 바라본다.

"아무래도 뭐가 잘못된 것 같아요. 그럴 사람 아니거든요. 정말이에요."

성민이 입술을 깨물며 눈물을 참는다. 윤석은 외면하며 말한다.

"맞을 거야. 경찰이 유전자 검사를 했다잖아. 유전자, 네 유전자가 우리가 갖고 있던 네 유전자하고 일치한다잖아. 너 유전자 몰라?"

"몰라요, 몰라. 제가 그걸 어떻게 알아요? 아저씨는 알아요?"

모르지. 본 적도 없고 만진 적도 없어. 마치 기독교에서 말하는 영혼처럼, 내 내부에 있다는, 인간마다 고유하다는 그것에 대해 나도 이전엔 아무 관심도 없었지. 너를 잃은 후에야, 방바닥을 기어다니며 너의 갈색 머리카락을 주워본 후에야 나는 유전자라는 것에 대해 생각하게 됐지. 그게 내 아이를 다시 찾아줄지도 모른다고 믿었지. 그리고 그 결과로 지금 네가 내 앞에 앉아 있지. 그런데 나는 네가 아주 낯설고 너 역시 그렇겠지. 우리가 네 배내옷에서 찾아낸 머리카락과 네 구강에서 긁어낸 세포에서 나온 유전자가 일치하면 그게 한 사람이라는 증거라는데, 우리는 그걸 믿어야 한다는데, 반드시 믿어야 한다는데, 그럴 수밖에 없다는데, 왜 그것은 우리 눈에 보이지를 않을까?

윤석은 감독의 전화를 받았다. 사정은 이해하지만 더이상 야간 근무를 비워두기 어렵다고 했다. 윤석은 성민을 앉혀놓고 말했다.

"아빠는 밤에 일을 해야 돼. 네가 엄마를 잘 지켜봐야 한다."

성민은 낮잠을 자고 있는 미라를 흘낏 내려다보았다.

"가끔 집을 나가는데 동네 사람들한테 물어보면 어디로 갔는지 말해줄 거야. 버스카드가 없어서 버스는 못 타.

대체로 걸어다니니까 금세 찾을 수 있을 거야."

"정신병원에 가야 되는 거 아니에요?"

"엄마는 멀쩡하다."

성민이 이해가 안 된다는 표정으로 윤석을 바라보았다. 아이의 표정은 말하고 있었다. 저게 멀쩡한 거예요?

"너 때문에, 너를 잃어버리고 충격 때문에 그런 거니까 곧 나아질 거다. 이제 네가 왔으니까, 우리 성민이가 여기 있으니까, 모든 게 다 잘될 거야. 그러니까 공부 잘하고 있어."

"컴퓨터 없으면 공부 못해요."

"지금은 좀 어렵고, 나중에 하나 사줄게."

"피시방 갈래요."

"그럼 엄마는?"

"나 없을 때는 어떻게 했는데요?"

"잠가놓기도 하고."

"내가 잠그고 나가면 안 돼요?"

"안 돼. 엄마 혼자 있다가 불이라도 나면 어떡해?"

"원래 그렇게 했었다면서요?"

"우리는 가족이야. 가족은 가족을 돌봐야 해."

"컴퓨터 해야 된단 말이에요."

"글쎄, 그놈의 컴퓨터 소리 좀 그만해!"

윤석은 참다못해 그만 소리를 빽 지르고 말았다. 그 서슬에 낮잠을 자던 미라가 깨어나 두리번거린다.

"아이, 시끄러워."

미라가 성민을 가리키며 말했다.

"쟤는 왜 자기 집에 안 가? 응?"

"성민이야, 우리 성민이라니까."

미라는 믿지 않는 눈치였다. 더는 시간을 지체할 수 없어 윤석은 집을 나섰다. 그러면서 성민에게 다시 한번 미라를 부탁했다.

성민은 집안을 계속 정신없이 오가는 미라에게 조심스럽게 말을 붙여보았다.

"저, 아줌마."

미라는 들은 척도 하지 않고 계속 걷는다. 성민이 이번에는 말을 바꿔본다.

"엄마."

미라가 발걸음을 뚝 멈췄다. 귀에 익은 음성이 그녀의 뇌 어딘가를 건드렸을지도 몰랐다. 미라는 그 자리에 푹 주저앉더니 장롱 밑에서 전단지를 꺼냈다. 그러고는 우울한 얼굴로 어렸을 적 성민의 모습을 빤히 바라보았다. 성민은 조금 더 용기를 냈다.

"저기, 돈 좀 주세요."

미라는 물끄러미 성민을 내려다본다. 성민은 조금 더 용기를 내본다.

"엄마, 돈 좀 주세요."

미라는 성민이 다가오자 뒤로 물러났다.

"나쁜 새끼."

미라가 욕을 했다.

"에라이, 이 천하에 나쁜 새끼, 돼지새끼, 개새끼."

아무 맥락도 없이 욕을 내뱉으며 미라는 성민에게 침을 뱉었다. 퉤, 퉤, 퉤. 그러고는 벌떡 일어나 냉장고 문을 열었다. 미라가 아무거나 주워먹는 모습을 보던 성민은 밖으로 뛰쳐나갔다. 그리고 밤이 이슥하도록 골목골목을 쏘다녔다. 초등학생 사이에 소문이 퍼졌다. 벽돌을 들고 다니는 미친놈이 나타났다고. 말투가 이상했다고. 경상도 사투리를 쓰는 것 같다고.

성민이 온 지 채 두 달도 안 되는 기간 동안, 윤석은 세 번이나 경찰서에 불려갔다. 성민에게 벽돌로 머리를 강타당한 초등학생 하나는 후두부 골절로 중상이었다.

"사람을 죽일 수도 있었어, 이 미친 자식아!"

윤석은 경찰서 유치장에 멍한 얼굴로 앉아 있는 성민에게 소리를 질렀다. 집으로 돌아온 후부터 성민과는 거의 대화가 사라졌다. 미라의 조현병도 점점 더 심해져만 갈 뿐, 나아질 기미가 없었다. 그 무렵 윤석은 날마다 자살을 생각했다. 삶의 목적은 이미 사라졌고, 의미 같은 건 원래 없었던 것 같았다.

"내가 죽으면 어떨까?"

그는 텔레비전을 보는 미라에게 물었다.

"시끄러워."

미라의 대꾸는 언제나와 같았다. 야간 근무를 하는 공사장에서 그는 자기 목을 매달 무언가를 찾아보기도 했다. 공사장은 목을 매달기에는 최상의 조건을 갖춘 곳이었다. 줄과 보가 흔했고 결행을 방해할 사람도 없었다. 전선줄을 단단하게 철골 보에 걸고 매듭을 만든 후 목을 걸면 끝이었다. 그날 밤, 그 전화를 받지 않았다면 그는 철골 보에 매달린 차가운 시체로 아침 근무자에게 발견되었을 것이다. 전화를 걸어온 사람은 경찰이었다. 당신 아내가 산에서 실족사한 것 같다, 와서 신원을 확인해주기 바란다는 것이었다.

영안실에 누워 있는 여자는 미라가 맞았다. 성민이 피시방에 가 있는 사이, 부엌 쪽 출구의 자물쇠를 부수고 집을 나가 산속을 헤매다 변을 당한 것 같았다. 처가 쪽 식구들이 오랜만에 나타났다. 조문객도 없는 빈소에서 윤석은 장인과 처남에게 행패를 부렸다.

"다들 성민이 엄마가 죽기를 기다리기라도 했던 겁니까? 왜 이제야 나타납니까? 왜?"

장인은 미안하게 됐다며 사과했다. 뭐가 미안하냐고 윤석이 물으니 딸내미를 잘못 가르쳤다고 했다. 그게 윤석을 더 화나게 했다.

"장인어른, 성민이 엄마가 뭘 잘못했습니까? 미라는 잘못한 거 하나도 없어요. 잘못이 있다면……"

그는 말을 끝맺을 수 없었다. 잘못이 있다면 성민에게 있는 것 같았다. 그 아이가 태어난 것, 낯선 여자에게 유괴를 당하면서도 울지 않은 것, 겨우 데려다놓았는데도 제 엄마를 돌보지 못한 것. 하지만 차마 그 말을 내뱉을 수 없어 윤석은 입을 다물었다. 처남이 윤석의 멱살을 잡다시피 하여 빈소에서 끌고 나갔다.

윤석은 빈소에 앉아 아들을 기다렸다. 수십 통의 문자 메시지를 보냈으니 성민도 제 친모가 죽은 줄은 알고 있을 터였다. 그러나 끝내 모습을 드러내지 않았다. 결국 장례는 윤석 혼자 치렀다. 미라는 화장을 했고 유골은 유골함에 담아 집으로 가져왔다. 어쩐지 미라는 전단지로 뒤덮인 이 집을 떠나고 싶어하지 않을 것만 같았다.

성민은 발인이 끝난 직후에 집으로 돌아왔다. 아들의 초췌한 몰골에 윤석의 서운함은 조금 누어졌다.

"어딜 갔다 왔니?"

"대구에요."

"대구는 왜?"

"죽은 엄마 생각이 나서요. 추모공원이 있거든요."

"엄마? 무슨 엄마? 네 엄마는 대구가 아니라 여기서 죽었어. 네가 피시방에 간 사이에."

"왜 나만 갖고 그래요?"

성민이 눈을 똑바로 뜨고 윤석을 올려다보았다.

"왜 그러느냐니?"

"내 잘못 아니잖아요? 내가 유괴되고 싶어서 유괴됐어요? 엄마 아빠가 잘못해서 유괴된 거 아니에요? 근데 왜 나한테만 뭐라 그래요?"

"잘못을 한 사람이 있다면 바로 그 유괴범, 그 여자뿐이야. 네가 엄마라고 부르는 사람. 그 미친년이 우릴 이렇게 만든 거야."

"지나간 걸 어떻게 바꿔요? 누가 잘못을 했든 지금까지 이렇게 살아온 거잖아요? 그러니까 그냥 살면 안 돼요?"

"그냥 살다니, 어떻게? 그 여자는 죽었어. 넌 거기로 돌아갈 수 없어. 넌 여기서 살아야 돼."

"여기 싫어요."

"그럼 어떻게 할 건데?"

성민은 집을 둘러본다. 전단지들이 아직 구석구석 수북한 낡고 곰팡내 나는 집을. 혐오의 눈빛을 감추지 않은 채, 그리고 자기가 느낄 혐오를 윤석이 분명히 알았으면 좋겠다는 마음도 그대로 내비치면서.

"여긴 너무 싫다니까요."

"그럼 이렇게 하자."

윤석의 고향에는 아버지가 물려준 집과 땅과 작은 창고가 있었다. 성민을 찾느라 농가와 땅은 애초에 모두 팔아버렸고 오직 작은 창고 하나만 남아 있다. 그걸 개조해 집으로 쓸 수 있을 거라 윤석은 생각했다. 아직 친척도 몇 명 남아 있다. 거기서 농사를 지으며 살아가는 건 어떨까? 새로 시작한다는 의미에서.

"어차피 하고 싶은 대로 할 거잖아요. 맘대로 하세요."

몇 달 후 윤석은 성민을 데리고 고향으로 내려갔다. 창고 바닥에 난방을 깔고 부엌 설비를 들였다. 무허가 건물이지만 워낙 시골이다보니 와서 뭐라고 하는 사람은 아무도 없었다. 그는 뒷산의 폐광을 임대해 표고버섯 농사를 짓기 시작했다. 버섯 농사는 크게 성공적이지 않았지만 농촌이라 생활비가 워낙 적게 들었고 간단한 식재료는 텃밭에서 구할 수 있어 살림은 도시에서보다는 넉넉한 편이었다. 성민은 중학생이 되었고 곧 고등학교에도 진학했다. 그리고 어느 날 집을 나가 다시 돌아오지 않았다.

이 년 후, 한 여자가 소형 승용차를 몰고 마을에 나타났다. 윤석의 창고 앞에 도착한 여자는 차에서 내려 윤석이 폐광에서 내려올 때까지 평상에 앉아 기다렸다. 아직 귓가에 솜털이 보송하고 볼에는 여드름 자국이 남아 있는 앳된 얼굴이었다.

"누구더라? 눈에 익은데."

"보람이에요, 이보람. 요 아래 마석리 살던."

성민이가 집을 떠날 무렵, 같이 사라진 아이였다. 부모 없이 보람이를 키우던 조부모들이 눈물바람을 하며 찾아와 손녀딸을 찾아내라고 몇 달 동안 윤석을 괴롭혔었다. 결국에는 그들도 다 부질없는 짓이라는 것을 깨닫고 더는 윤석을 찾아오지 않았다.

"여기는 웬일이야? 성민이는 어쩌고?"

"실은 성민이 찾으러 왔어요. 혹시 여기 안 왔나 해서요."

"떠난 뒤로 소식 들은 적 없다."

보람은 할말이 있는 듯 하이힐 뒤축으로 마당을 긁으며 미적거린다.

"난 다시 올라가봐야 하는데."

보람은 그제서야 말을 꺼낸다.

"돈을 가져갔어요, 성민이가요. 제가 모은 돈 다."

여자애의 눈가에 눈물이 그렁그렁 맺힌다.

"큰돈이니?"

"……저한테는요."

"얼마나?"

"……오백이요."

"……"

"이해가 안 돼요. 성민이가 왜 그랬는지."

"인간은 원래 이해가 안 되는 족속이다."

윤석이 여자애를 똑바로 쳐다보며 덧붙였다.

"이자는 못 준다. 원금만 받아."

윤석은 잠깐만 기다리라고 하고 집으로 들어가 버섯을 팔아 모은 돈을 장롱에서 꺼냈다. 오백이면 저 어린 여자애에게는 얼마나 큰돈일 것인가. 그는 돈뭉치를 꺼내 천천히 셌다. 오백만원이 정확한지 거듭 확인한 후, 잠깐 갈등하다가 삼십만원을 더 얹어 봉투에 넣었다.

윤석이 다시 나가보니 여자애는 없었다. 타고 왔던 승용차도 보이지 않다. 평상 위에는 차량용 베이비시트가 덩그러니 놓여 있었다. 아직 젖도 떼지 못한 것 같은 갓난아이가 그의 얼굴을 보더니 울음을 터뜨렸다. 아기 옷섶에 분홍색 메모지가 끼워져 있었다. 성민이 아이예요. 성민이는 떠나고 저도 키울 능력이 없어 맡기고 갑니다. 잘 부탁드려요.

그는 오른손을 내밀어 아이의 작은 손을 쥐었다. 아이는 문득 울음을 그치고는 그를 말똥말똥 올려다보았다. 그는 왼손도 마저 내밀어 아이의 오른손을 살며시 잡았다. 그리고 천천히 위아래로 흔들었다. 아이가 간지러운 듯 발을 꼼지락거리며 좋아했다. 아이의 양손을 놓지 않은 채 그는 오래도록 평상 위에 앉아 그에게 찾아온 작은 생명을 응시했다.

(『문학동네』 2014년 겨울호)

옥수수와 나

1

한 정신병원에 철석같이 스스로를 옥수수라 믿는 남자가 있었다. 오랜 치료와 상담을 통해 자신이 옥수수가 아니라는 것을 겨우 납득한 이 환자는 의사의 판단에 따라 귀가 조치되었다. 그러나 며칠 되지도 않아 혼비백산 병원으로 되돌아왔다.

"아니, 무슨 일입니까?"

의사가 물었다.

"닭들이 나를 자꾸 쫓아다닙니다. 무서워 죽겠습니다."

환자는 아직도 닭이 자기를 쫓아오는 것은 아닌지 두려

워 몸을 떨며 연신 뒤를 돌아보았다. 의사는 부드러운 목소리로 안심시켰다.

"선생님은 옥수수가 아니라 사람이라는 거, 이제 그거 아시잖아요?"

환자는 말했다.

"글쎄, 저야 알지요. 하지만 닭들은 그걸 모르잖아요?"

2

수지는 먼저 와서 스도쿠를 하고 있었다. 그녀는 스도쿠나 십자말풀이처럼 빈칸에 뭘 채워넣는 퍼즐 게임을 좋아했다.

"실력이 많이 늘었네?"

"어떻게 알아?"

"보면 알지."

실은 모른다.

"밥은 먹었어?"

"응, 치킨. 데리야키 치킨."

그녀는 다시 스도쿠로 시선을 돌린다. 숫자 몇 개를 빈칸에 더 채워넣더니 옆으로 치웠다.

"요즘 어때?"

내 질문에 수지는 손으로 귀밑머리를 꼬았다. 대답을 회피하는 그녀 특유의 동작이다.

"글쎄, 당신은 어때?"

"나야말로 글쎄지."

"글쎄면 안 되지 않아?"

"안 될 건 뭐야?"

"몰라서 물어?"

"모르겠는데."

"이 뻔뻔하고 한심한 인간!"

그녀의 눈에서 갑자기 불이 번쩍인다. 나도 모르게 몸이 움츠러든다.

"미안해."

"미안하면 다야?"

"글이 안 써져. 안 써지는 걸 어떡해? 글을 써야 돈을 벌고, 돈을 벌어야 줄 거 아냐?"

"우리가 거지야?"

"웬 비약이야. 누가 거지래?"

그녀는 창밖으로 시선을 돌린다. 티슈를 뽑아 코를 푼다.

"쫑은 어때?"

"이름은 안 잊어버렸나보네."

"미안하다고 했잖아."

"언제?"

"좀 전에 했어. 어쨌든 미안하게 됐어."

그녀는 다시 한번 티슈로 눈가를 훔치더니 나를 정면으로 응시한다.

"사장이 날 잡아먹으려고 그래."

"왜?"

"회사 인수하자마자 편집자들 갖고 있는 계약서 다 제출하라 그러더라. 계약금만 받고 원고 안 넘긴 필자들 명단도."

"내 이름도 있겠군."

"맨 앞에 있을걸?"

"사장이 어디서 굴러먹던 놈이라고 했지?"

"월스트리트."

"그렇게 대단한 분이 왜 한국의 코딱지만한 출판사는

인수하셨대?"

"우리 그렇게 작지 않아."

"그랬던가?"

"미국식으로 하겠대."

"원고 안 넘기면 두건 씌워서 관타나모로 데려갈 건가?"

"일단 최후통첩을 하고 반응이 없으면 소송하겠대."

"뭐? 소송? 그래서 당신을 보낸 거야? 최후통첩하라고? 우리가 한때 한 이불 덮고 자던 사이라는 걸 혹시 모르고 있나?"

"알아. 미국에서는 그딴 거 신경 안 쓰나봐. 아니면 이게 더 잘 먹히는 방법이라고 생각하든지."

"난 미국이 싫어. 제국주의자들!"

"나도 좋아하지는 않아."

"정말 싫어."

"그래서 어떻게 할 건데? 계약금 토해낼 거야? 아니면 새로 데드라인을 협상해볼래?"

"둘 다 못하겠다면?"

"우리 회사 변호사가 전화할 거야."

"언제부터 출판계가 이렇게 살벌해졌지?"

"쫑이 아빠."

수지가 갑자기 정색을 한다. 그녀가 나를 이렇게 부를 때는 언제나 심각한 화제, 즉 돈 이야기가 나온다.

"이 얘기는 안 하려고 했는데."

"안 하려고 했으면 하지 마. 앞으로도 영원히."

"밀린 양육비는 달라고 안 할게. 다만."

"다만?"

"쫑이가, 나도 걔가 뭘 어떻게 했는지는 자세히 모르겠지만, 어쨌든 당신 딸 쫑이가 미국의 대학 몇 군데에 어플라이를 한 모양이야."

"한국에는 대학이 없나? 어쨌든 그래서?"

"연락이 왔어."

"실패의 쓴잔도 그 나이에는 맛볼 필요가 있지. 너무 좌절하지 말라고 전해줘."

"UCLA, 아이오와, 펜실베이니아 주립대학, 그리고 뭐 두 군데쯤 더 되는데 기억이 안 나네. 어쨌든 무려 다섯 군데에서 쫑이를 받아주겠다는 거야."

"실로 놀라운 일이군. 우리 둘 다 머리가 별로인데 어떻게 그런 애가 나왔지?"

"장학금은 없어. 학부는 원래 그렇대."

"여기 금연이니?"

"말 돌리지 마."

"그럴 줄 알았어. 어중간했구만. 좋은 대학들은 학부라도 장학금 주는 걸로 알고 있는데."

"쫑이 말로는, 일부러 등록금 싼 데만 골라서 보냈대."

"그럼 스탠퍼드나 뭐 그런 비싼 사립도 갈 수 있었다는 거야?"

"아빠가 좀 믿음직한 사람이었으면 그런 데도 지원했을 거야."

"왜 모든 게 내 탓으로 귀결되는 거야?"

"모든 건 당신한테 달렸어."

수지가 엄숙하게 선언했다. 나는 손을 내저었다.

"작가가 무슨 돈이 있어? 당신도 알다시피 받은 계약금도 다 써버렸잖아? 내 사정 뻔히 알면서. 빚더미에 앉아 있다고."

"좋아. 그럼 당신이 쫑이에게 얘기해. 안됐지만 부모가 돈이 없으니 포기하라고. 난 못하겠어."

"걘 왜 그렇게 속물이야? 도대체 미국 대학을 가야겠다는 생각이 어떻게 고등학생 머리에 떠오를 수가 있지? 걔 미국 드라마 너무 많이 본 거 아니야? 우리 때는 부모가 서울에 있는 대학만 보내줘도 감지덕지였는데."

쫑이는 어려서부터 성격이 독하고 지는 걸 절대 못 참았다. 호승심이 강한 어린애처럼 매력 없는 존재도 드물다. 초등학교 때부터 밤을 새워 공부하고 별것도 아닌 보드게임 한 판 지고도 대성통곡을 하는 애라니. 내 인생에 행운이 있다면 우리가 갈라설 때 쫑이가 제 어미를 선택하고 일찍 내 곁을 떠나갔다는 것이다.

"월스트리트에서 오신 잘나신 사장님께 소송당해서 곧 빈털터리가 되게 생겼는데 내가 어떻게 쫑이 등록금을 대겠어? 그게 말이 된다고 생각해?"

수지는 한숨을 쉬며 눈길을 떨군다.

"쫑이 말로는 첫해 등록금과 기숙사비만……"

수지는 말을 잇지 못하고 울먹였다.

"……빌려달래. 글쎄, 빌려달래. 나머지는 자기가 어떻게든 해보겠다면서. 어린애가 눈치가 빤해가지고……"

수지도 대성통곡할 기세였다. 나는 얼른 손을 내저어 그녀를 진정시켰다.

"너는 돈 없어? 월스트리트가 월급 안 줘?"

"출판계 사정 알면서 왜 이래?"

"좋아, 좋아. 그럼 내가 어떻게 하면 돼?"

"얼른 소설을 써. 그 길밖에 없어. 당신이 돈 버는 재주는 그것밖에 없잖아. 사장한테는 내가 잘 말해볼게. 당신 장편 안 나온 지 꽤 됐잖아. 이번에 나오면 좀 팔릴 거야. 첫 학기는 내가 어떻게 해볼 테니까 그다음은 당신이 좀 어떻게든 해줘."

"거기는 편집자가 너밖에 없니? 도대체 전남편한테 원고를 받아오라고 시키는 사장이 어딨냐?"

내가 분통을 터뜨리자 수지는 나를 다독였다.

"화만 내지 말고 한번 잘 생각해봐. 당신은 좋은 작가야. 데뷔작의 영광을 다시 재현해보는 거야. 자꾸 도망다니지 말고 제대로 좀 써봐. 이게 어쩌면 좋은 기회일 수도 있잖아?"

"난 도망다닌 적도 없고 제대로 안 쓴 적도 없어. 매번 할 수 있는 한 최선을 다했다고!"

"그래, 그래, 그랬지."

옥수수와 나

수지는 건성으로 맞장구를 쳤다.

"혹시 지금 뭐 쓰고 있는 거 없어? 응?"

이렇게 물을 때는 영락없이 필자 관리하러 온 편집자다.

"글쎄, 하나 있긴 한데, 아직은 비밀이야."

"비밀이라는 것 보니까 뭔가 괜찮은 거 쓰고 있나봐?"

"뭐 다 써봐야 알지. 열심히 쓰고 있기는 해."

모든 작가는 편집자에게 이렇게 거짓말을 한다.

"뭔데 그래? 나한테만 살짝 알려줘."

모든 편집자는 이렇게 작가의 말을 믿는 척한다. 나는 그냥 떠오르는 대로 아무렇게나 둘러댔다.

"일제시대의 유랑 곡마단 얘긴데, 이걸 라틴아메리카풍의 마술적 리얼리즘으로 푸는 거야."

구상을 편집자에게 말할 때는 마술적 리얼리즘이나 초현실주의를 슬쩍 언급해주는 게 좋다. 그러면 편집자는 자기 마음대로 스토리를 상상하기 시작하고 곧 그것을 마음에 들어한다.

"재밌을 것 같은데?"

전처까지도 이렇게 넘어가는 것을 보라. 이게 바로 마술적 리얼리즘의 마술적이면서도 리얼한 힘이다.

"어, 근데 이 곡마단 최후의 생존자가 뉴욕에 살고 있대. 한번 취재를 해야 하는데 너도 알다시피 뉴욕이 무슨 애 이름도 아니고, 또 비싸기는 좀 비싸냐? 가서 생존자를 찾아낸다는 보장도 없고…… 그러다보니 영 진도가 안 나가네. 아무리 마술적 리얼리즘이라도 어느 정도는 팩트가 뒷받침이 돼야……"

수지가 눈을 반짝이며 테이블에 몸을 붙여왔다.

"우리 사장이 맨해튼에 집이 하나 있어. 원래는 왔다갔다하면서 지내려고 사놓은 스튜디오 아파트인데, 요즘 서울에 있으니까 비어 있어. 내가 한번 알아봐줄까? 당신 소설 쓰러 간다고 하면 아마 흔쾌히 빌려줄 거야."

"근데 너 사장에 대해서 너무 잘 안다."

"갈 거야, 말 거야?"

"사장한테 일단 물어봐야 되지 않아?"

"먼저 당신 의견을 말하라니까."

"꼭 너희 집 같다?"

"자꾸 이런 식으로 나올 거야?"

"알았어. 갈게. 가면 되잖아."

"잘 생각했어. 좋은 기회잖아."

옥수수와 나

"근데 너희 사장 유부남이야?"

"자꾸 왜 이래? 찌질하게."

"그것만 말해줘. 궁금해서 참을 수가 없어. 유부남이야?"

"별거중이야."

"별거중이래가 아니고?"

"말꼬투리 잡지 마."

"별거중이라…… 말은 다들 그렇게 하지."

수지가 발끈했다.

"쫑이한테 부끄럽지도 않아? 아빠 노릇도 제대로 못하면서 뭐가 그렇게 말이 많고, 질척거려?"

"알았어, 알았어. 미안. 그래, 내가 좀 찌질하긴 해. 좋아. 그럼 이렇게 하지. 존경하는 사장님께 그 대단한 뉴욕하고도 맨해튼에 소유하고 계신 아파트를 슬럼프에 빠져 계약도 제대로 이행 못하고 있는 불쌍한 작가를 위해 제발 몇 달만 공짜로 빌려주십사고 정중하게 청해줄래? 아주 감사히 쓰고 원고는 정해진 기한 안에 반드시 넘길 테니 그동안의 계약 불이행은 부디 용서해달라고도 나 대신 말씀드리고."

"시끄러워."

"알았어."

수지는 차를 몰고 회사로 돌아갔지만 나는 카페에 더 남아 있었다. 이상하게 수지를 만나면 나는 그 옛날의 철없던 시절로 돌아가버리고 만다. 응석을 부리고 어깃장을 놓고 위로를 구걸한다. 나는 이제 옥수수가 아닌데, 정말 옥수수가 아닌데, 그런데 수지가 그걸 모르고 있으니, 내가 이제 더이상 옥수수가 아니라는 사실은 아무 의미가 없다. 나는 카페를 나오면서 하늘을 쳐다보았다. 흐린 하늘에는 뒤룩뒤룩 살찐 비둘기떼만 어지러이 날아다녔다.

3

나에게는 두 명의 친구가 있다. 둘의 공통점은 섹스 파트너가 있다는 것이다. 한 녀석은 대학에서 철학을 가르치면서 시를 쓰고 다른 녀석은 시를 쓰며 카페를 운영한다. 그런데 카페를 경영하는 녀석의 시가 철학을 가르치는 친구의 시보다 훨씬 난해하다. 어쨌든 이 둘은 서로를 매우 싫어한다. 한때는 나와 함께 어울려 다니며 술추렴깨나 했지만 다 옛날 일이다. 언젠가 내가 철학에게 그의 섹스 파트너에 대해 묻자 그는 이런 말을 했다.

"섹스 파트너와 뭔가를 교환한다고 믿는 사람들이 있지. 나는 그런 의견에 동의하지 않아. 교환하다니? 뭘? 전쟁 당사국들이 전쟁을 교환하지 않듯이, 바둑 친구들이 바둑을 교환하지 않듯이, 섹스 파트너들끼리도 섹스를 교환하지 않아. 나와 그녀는 뭔가를 교환하기 위해 만나는 것이 아니라 낭비하기 위해 만나는 거야. 우리는 시간과 에너지를 함께 소비하지. 그러나 궁극적으로 낭비하는 것은 바로 섹스라는 관념이야. '나는 섹스를 한다'는 무거운 관념을, 덤프트럭이 모래를 쏟아놓듯 훌훌 던져버리고 홀가분하게 집으로 돌아가는 거야. 비트겐슈타인식으로 말하자면 우리는 섹스 파트너라는 이름의 상자를 공유하고 있는 거야. 그 안에 들어 있는 것이 무엇이든 간에, 우리는 그것을 섹스 파트너라고 부르기로 정한 거야. 그리고 실은 그 뚜껑을 열지 않아. 우리가 뚜껑을 열지 않는 한, 우리는 안전해."

철학과 만나 관념을 낭비하는 여자는 카페의 아내다.

평생을 작가로 살아온 나의 예리한 육감이다.

"둘이 한 달에 몇 번이나 만나?"

철학은 잠시 생각을 해보더니 고개를 저었다.

"대중없어. 매주 만날 때도 있고 한 달에 한 번도 못 만날 때도 있어. 근데 그건 왜 물어?"

"난 모든 걸 궁금해하는 프루스트형 소설가잖아. 근데 한 달에 한 번이라고? 그날이 다가올 때면 환경미화원들이 장기 파업한 도시처럼 너의 고매한 정신 곳곳에 '섹스를 한다'는 관념이 쌓여서 악취를 풍기고 있겠구나."

철학이 맥주잔을 손으로 뱅글뱅글 돌렸다. 지독하게 기분이 나쁠 때 하는 짓이다. 한참을 그러더니 미간을 좁히며 삐딱하게 물었다.

"그러는 너는? 그 관념을 어떻게 처리해?"

"나는 관념이 아니라 정액을 처리해. 여러 가지 방법으로. 소설가는 말이야, 현실적이어야 해."

철학이 이의를 제기한다.

"그게 과연 그렇게 간단할까? 너는 관념에서 출발해서 거기에 사실의 살을 붙여가는 일을 하잖아. 아이디어에서 출발해 거기에 육체를 더하는. 그러니까 네가 뭐라고 떠들든 너 역시 관념을 먼저 처리해야 할 거야."

"소설은 그런 게 아냐. 매우 육체적인 거야. 심장이 움직이면 마음은 복종해. 우리는 시인이나 평론가와 다른 몸을 갖고 있어. 문학계의 해병대, 육체노동자, 정육점 주인이야."

"너의 그 확신이 나는 불길해."

누가 철학자 아니랄까봐 냉소적이기는.

언젠가 카페에게는 이런 질문을 던져보았다.

"너는 그 여자를 뭐라고 부르니?"

이제는 후진 양성에 전념하는 왕년의 프로레슬러처럼 생긴 카페는 여자 얘기를 할 때면 약간 수줍어하곤 한다.

"사실 우리는 서로를 별명으로 불러. 걔한테 내가 붙여준 별명이 백 개도 넘을 거야. 만날 때마다 다른 이름으로 부르거든. 무의미할수록 좋아. '다리 부러진 의자'라고 부를 때도 있고 '공허한 찐빵'이라고 부를 때도 있어."

"헤이, '섹스 파트너'라고 부를 때는 없어? 장난으로라도? 아님 '섹파' 같은 준말로라도."

"요즘 어떤 엄마들은 아들을 '아들'이라고 부르더라. 나는 그럴 때마다 그 엄마들이 어떤 넘지 말아야 할 선을 넘는 것 같아서 아슬아슬해. 아들이라고 부르는 순간, 엄마와 아들 사이에 어떤 완충지대도 없어지는 거야. 섹스 파트너라는 말도 마찬가지야. 그러니까 내 말은, 프라이팬에 뭘 구우려면 말이야. 먼저 기름을 둘러야 한다는 거야. 그래야 서로 들러붙지를 않지."

"잠깐, 그런데 그 여자, 뭐하는 사람이라고 했지?"

"너한테 얘기해준 적 없는 것 같은데."

유도신문은 나의 장기이지만 단련된 사람에게는 잘 안 먹힌다.

"알았어. 그럼 다시 물어볼게. 그 여자 뭐하는 사람이야?"

"여군 장교야."

"정말?"

"내가 주말마다 차를 몰고 강원도로 가. 근무지는 최전방이야. 좁은 동네라서 소문이라도 나면 곤란하니까 그녀는 사복으로 갈아입고 변장 수준의 화장을 한 다음, 좀더 후방에 있는 도시로 나와서 나와 접선하지."

"그랬군."

"난 어릴 때부터 유니폼을 입은 여자들이 좋았어."

그의 몸짓이 더욱 수줍어진다.

"'유니폼을 입은 여자'라는 말도 일종의 기름 같은 건가?"

"맞아. 덕분에 나는 '유니폼을 입은 여자를 좋아하는 남자'로 살 수 있는 거지. 역시 소설가라 그런지 금방 이해하는군."

"그 여자는 너와 만날 때에는 사복을 입지 않아?"

"물론 사복이지. 하지만 그녀가 나를 위해 옷을 '갈아입고' 왔다는 것, 그게 나를 흥분시킨다고. 다른 여자들은 옷을 '입고' 남자를 만나러 오지만 그녀는 옷을 '갈아' 입고 오는 거야."

자기 말에 취해 주저리주저리 떠들고 있는 카페는 자기 아내가 철학과 주기적으로 만나 '섹스를 한다'는 무거운 관념을 던져버리고 온다는 걸 모르고 있다. 고래로 이런 진실은 남편이 가장 늦게 알게 된다. 카페의 아내와 철학 역시 카페가 최전방에서 여군 장교와 프라이팬에 기름을 두른다는 것을 모른다. 그들은 그저 카페가 낚시에 미쳐 있다고 믿고 있다.

4

수지가 전화를 걸어왔다. 사장이 날 만났으면 한다는 것이다.

"같이 오는 거야?"

"아니, 혼자 가겠대."

사장은 허리가 잘록 들어간 군청색 재킷에 흰색 바지를 입고 적갈색 로퍼를 신고 있었다. 부모 잘 만난 강남의 철부지 같은 행색이었다. 출판사보다는 골프숍을 운영한다고 하는 쪽이 더 그럴듯한 용모였다. 눈은 큰데 코와 입이 작았고 눈 아래로 다크서클이 심해서 너구리를 연상시켰다. 우리는 삼청동의 와인 바에 앉아 햄과 치즈를 안주 삼아 보르도를 마셨다. 출판계의 불황, 한국 정치의 난맥상 같은 그저 그런 화제들이 잠깐씩 테이블에 올라왔다 금세 사라졌다.

"박선생님."

"네?"

"사실 제가 박선생님의 열렬한 팬입니다."

행여나. 나는 아무 대꾸도 하지 않고 애매한 미소만 지었다. 그러자 사장은 들고 온 쇼핑백을 들어 테이블 위에 올려놓았다.

"그게 다 뭡니까?"

"뭐긴요. 다 박선생님 책이죠. 사인 받으려고 다 가지고 왔습니다."

얼핏 보기에도 내 데뷔작부터 최근작까지가 망라되어 있는 것 같았다. 수지가 들려 보냈겠지. 나는 의심의 눈초리를 거두지 않고 그가 쌓아놓은 책들 중 몇 권을 집어들어 판권 면을 살폈다. 놀랍게도 모두 초판 1쇄였다.

"설마 모두 초판인가요?"

"네, 정말 팬이라니까요."

너구리가 쑥스러운 듯 뒤통수를 긁었다. 볼에 발그레 홍조까지 띠면서. 나는 자세를 고쳐앉고 한 권 한 권에 사인을 하기 시작했다. 그의 말대로 책은 모두 초판이었다. 흥미로웠던 것은 책의 여백에 빽빽하게 적은 메모들이었다. 내가 좀 자세히 살펴보려 하자 그가 화들짝 놀라며 손사래를 쳤다.

"제발, 그건 보지 마십시오. 객지 생활 하다보니 외로워서…… 선생님 책을 읽다보면 떠오르는 생각들이 많아, 잊어버리지 않으려고 그때그때 끄적이다보니 귀한 책에 낙서를……"

"아, 뭐 감상 같은 걸 책 여백에 적어놓으시는군요."

"아니, 그런 것은 아니고, 외람됩니다만 나라면 어떻게 썼을까, 하는 구상 같은 것이랄까요. 소설을 볼 때마다 나름의 스토리를 상상하는 버릇이 어릴 때부터 있었던 터라."

"소설을 직접 써보지는 않으셨고요?"

"제가 어떻게 감히. 그냥 나름대로 플롯을 짜보고 뭐 그러는 수준입니다."

"미국에서 이렇게 모두 초판으로 사 모으신 건가요?"

"다는 아니고요. 한국에서 산 것들도 있어요. 뉴욕에 있을 때는 제가 박선생님 책을 좋아하는 걸 아는 친구가 새로 나올 때마다 사서 부쳐주었지요."

"좋은 친구분을 두셨네요."

나는 무려 열세 권이나 되는 책에 모두 사인을 했다. 자신이 낸 모든 책을 초판으로 갖고 있고, 게다가 책 갈피갈피마다 빼곡히 메모를 적어넣은 독자를 싫어하는 작가는 없을 것이다. 게다가 그 독자가 출판사를 새로 인수한 사장이라면 더 바랄 나위가 없겠지.

"동세대에 박선생님 같은 작가가 있다는 게 저 먼 나라에서 얼마나 위안이 되었는지 모르실 겁니다."

"아, 감사합니다."

이런 찬사는 몇 년 만에 처음이어서 좀 어리둥절했다. 사장은 자신이 읽은 내 책에 대해서 떠들어대기 시작했다. 작가라고 자기가 쓴 책의 내용을 전부 기억하는 것은 아니다. 독자 역시 잊어버리거나 엉뚱하게 기억한다. 따라서 작가와 독자가 만나서 책 이야기를 하다보면 언제나 다소 뜨악한 분위기로 흘러가게 된다. 이렇게 어긋나는 일에는 익숙해져 있었지만 사장과의 대화는 유독 많이 엇갈렸다. 내 책의 여백에 자기 나름의 대안적 스토리를 자꾸 적어넣다보니 마치 그것이 원래 스토리였던 것처럼 착각하고 있는 것 같았다. 아니면 내가 잘못 기억하고 있는 것일 수도 있다. 이제 나는 그런 일에 별로 개의치 않는다. 독자가 어떻게 기억하고 있든 그게 나와 무슨 상관이란 말인가.

"이부장한테 듣기로는……"

수지를 말하는 것이었다.

"새로운 장편을 구상하고 계시다고요."

"아, 그거요. 그게 아직 다 무르익은 건 아닌데."

"제가 듣기로는……"

"네, 일제시대 곡마단 얘기를 한번 써보려고……"

"근사합니다! 사실 저는 이부장에게 듣자마자 무릎을 쳤습니다. 바로 이거다! 곡마단!"

사장이 엉덩이를 들썩이며 말했다. 그러자 오히려 내가 불안해졌다.

"아니, 일제시대 곡마단 얘기를 누가 관심 있어 하겠습니까? 안 팔릴 것 같은데요."

"상관없습니다. 팔리든 안 팔리든 낼 소설은 내야죠. 아, 그렇다고 열심히 안 팔겠다는 말씀은 아닙니다. 최선을 다해서 선생님의 명성에 누가 되지 않도록 하겠습니다. 하지만 팔리지 않는다 해도, 아니, 이 작품 때문에 설령 출판사가 망한다 해도, 저는 반드시 내고야 말겠습니다."

"망해서는 곤란하지요."

"제가 골드만삭스에 있었다는 얘기 혹시 들으셨습니까?"

"월스트리트에서 일하셨다는 얘기는 들었습니다만."

"투자은행 중의 투자은행이라는 바로 그 골드만삭스에서 일을 했습니다. 사연이 좀 깁니다. 제가 좋아하던 여자가 있었는데 부친께서 반대를 하셨어요. 여자네 집이 좀 가난했거든요. 무조건 그 여자는 안 된다는 거예요. 그래서 여자를 데리고 제가 무턱대고 미국으로 건너간 겁니다. 돈 벌어오면 될 거 아니냐고. 그렇게 집을 뛰쳐나온 지 오 년 만에 제가 딱 삼십억을 벌어서 한국으로 돌아왔습니다."

"삼십억이요?"

"골드만삭스 같은 은행은 겉보기에는 화려하죠. 아르마니 양복에 흰 셔츠를 입은 뱅커들이 마호가니 탁자에 앉아서 고객들을 상대하는 장면들을 흔히들 상상합니다. 흥, 저희는 그놈들을 솔저라고 부르지요. 가장 밑바닥에서 남의 돈 굴리는 일종의 하급 일꾼들입니다. 갤리선의 노잡이라고도 합니다. 골드만삭스 직원들이 건배할 때 뭐라고 하는지 아십니까?"

"뭐라고 하나요?"

"OPM이라고 합니다."

"무슨 뜻인가요?"

"Other People's Money, 즉, 남의 돈 만세! 라는 뜻이죠. 월스트리트의 뱅커들은 모든 것을 남의 돈으로 합니다. 남의 돈으로 투자하고 남의 돈으로 빌딩을 짓고 남의 돈으로 밥을 먹지요. 자기 돈을 쓰고 자기가 위험을 감수하는 놈들을 우리는 바보라고 생각합니다."

"OPM이라."

"그런데 말입니다. 이 골드만삭스의 핵심에는 바로 골드만삭스 자체 자금을 굴리는 인원들이 있습니다. 대부분은 유대인이지만 꼭 그렇지만은 않습니다. 이 친구들은 갭 티셔츠에 리바이스 501 청바지를 입고 출근해서 햄버거를 먹으며 키보드를 두들깁니다. 이들이야말로 골드만삭스가 가장 신뢰하는 직원들입니다. 제가 바로 거기에 있었습니다."

"와, 대단하셨군요."

"제가 왜 이런 얘기를 박선생님께 드리느냐 하면 말이죠. 박선생님이야말로 우리 회사의 핵심 자산이자 최고의 인적 자원이라는 뜻입니다. 솔저, 갤리선의 노잡이가 아니라는 거죠. 선생님의 책을 내는 일이라면 저는 OPM 필요 없습니다. 제 전 재산을 털어서라도 내겠다는 겁니다."

"하지만 아시다시피 최근 들어 제 책은 별로 팔리지도 않고……"

"그만, 선생님, 그만하십시오. 그때는 전임 사장하고 일하셨잖습니까? 그러나 이제는 제가 경영자입니다. 제가 월스트리트에서 배워 온 것은 딱 하나입니다. 뭔지 아십니까?"

"……OPM?"

"No!"

그는 단호하게 고개를 가로저었다.

"결국 기업의 가치는 사람으로부터 나온다는 것입니다. 제가 한국에 들어와서 출판사들을 인수하러 시장을 돌아다닐 때, 매물이 여럿 있었습니다. 이 회사보다 재정 상태 튼튼하고 백리스트 좋은 회사 많았지만 저는 고민하지 않았습니다. 왜? 이 회사를 사면 저는 바로 이 책들의 저자."

그는 옆에 쌓아놓은 책들에 선서하듯 손을 얹었다.

"……의 동반자, 그의 발행인이 될 수 있는 것이니까요. 단돈 이십 억에 말입니다! 이게 믿어지세요?"

"글쎄요. 적은 돈은 아니라고 생각합니다만……"

"돈은 중요하지 않습니다. 더 늦기 전에 제가 정말 좋아하는 일을 하자고 결심한 겁니다. 책과 문학, 작가를 사랑하는, 재능 없고 무능한 돈벌레가 할 수 있는 가장 영광된 일이 무엇이겠습니까? 이것밖에 더 있습니까? 안 그렇습니까?"

그의 침이 내 얼굴까지 튀었다.

"선생님."

"네?"

"좋은 소설 하나만 써주십시오. 선생님의 귀한 글에 감히 제 이름 석 자를 박아 서점에 깔리는 그날까지 오매불망 기다리겠습니다."

"알겠습니다. 최선을 다해보지요."

사장의 흥분에 감염되어 나도 모르게 덜컥 그러마고 대답을 하고 말았다. 그제야 사장도 조금 긴장을 풀고 소파에 등을 기댔다.

"뉴욕으로는 언제 떠날 예정이신가요?"

사장이 얼음물을 들이켜면서 물었다.

"뉴욕이요?"

"곡마단의 마지막 생존자가 거기 있다고, 그래서 취재하러 가신다고……"

"아, 네, 이번 달 안으로는 떠날 생각입니다."

"제가 아파트 관리인한테 미리 얘기를 해놔야 돼서요. 가서 쓰시다가 뭐 불편한 점 있으시면."

그는 명함 한 장을 건넸다.

"이 친구한테 말씀하시면 웬만한 건 다 알아서 처리해줄 겁니다."

"정말 뭐라고 말씀을 드려야 할지…… 하여간 고맙습니다."

"위치가 끝내줍니다. 월스트리트가 있는 파이낸셜 디스트릭트와 소호, 이스트빌리지의 중간쯤 되는 지역입니다. 요즘 불쑥불쑥 올라가는 멋대가리 없는 콘도가 아니라, 아주 고풍스러운, 전통의 브라운 스톤 아파트입니다. 호두나무 몰딩에, 벽난로에, 하여간 작가가 가서 글쓰기에는 딱인 곳입니다. 근처에 식당들도 많아서 생활하시기 편리할 겁니다."

우리는 와인 바를 나왔다. 맥주나 한잔 더 하자는 사장의 제안에 따라 근처 카페로 이동하는 중에 사장에게 전화 한 통이 걸려왔다. 사장은 심각한 표정으로 전화를 받더니 나에게 양해를 구했다.

"아들내미가 갑자기 아프다는군요. 이거 어떻게 하지요?"

"가보셔야죠. 뭐, 다음에 또 뵙지요."

사장은 택시를 잡아타고 황급히 집으로 향했고 나는 멍하니 혼자 길에 서 있었다. 그냥 집에 들어가기는 뭐해서 철학에게 전화를 했다.

"나야."

"어디야?"

"삼청동."

"뭐해?"

"사장을 만났는데 말야."

"뭐래?"

"내 광팬이래."

"다 하는 수작이지."

"글쎄."

"제수씨하고는 어떻대?"

"아닌 것 같아."

"물어봤어?"

"그걸 어떻게 물어봐?"

옥수수와 나

"그런데 어떻게 알아?"

"그냥 느낌이 그래. 그런 사람 아닌 것 같아."

"사장은 어디 갔어?"

"애가 아프다며 집에 갔어."

"무슨 팬이 그래?"

"애가 아픈데 그럼 어떡해? 집에서 전화가 오더라고."

"그래서? 뉴욕에는 가기로 했어?"

"응."

"결국 그렇게 됐구나."

철학의 목소리에 실망의 기운이 묻어난다.

"나와서 맥주 한잔 할래?"

"아니, 나 내일 아침에 일찍 나가야 돼."

"그래, 그럼 잘 자."

택시를 잡으려고 했지만 여의치가 않았다. 다섯 대 정도의 택시가 손님을 태우고 내 앞을 지나갔다. 나는 수지에게 전화를 했다. 수지는 한참 만에야 전화를 받았다.

"어디야?"

"어디 좀 나가는 길이야."

"이 밤중에 어딜?"

"자기가 내 남편이야, 뭐야?"

"맞아. 내가 참견할 일이 아니지."

"참, 우리 사장은 잘 만났어?"

"왜 과거형으로 물어?"

"뭐?"

"잘 만났냐고 물었잖아? 잘 만나고 있냐가 아니라. 나는 사장하고 헤어졌다는 말 안 했는데."

"아, 그래? 그럼 아직 같이 있는 거야?"

수지는 아직 순진한 구석이 있다. 거짓말에 서툴다.

"아니, 사장은 갔어. 애가 아프대."

"아, 그래?"

"애가 정확히 1차 끝나고 막 2차 시작하려는 시점에 아프더라고."

"삐딱하기는."

"예리한 거지."

"……"

"수지야."

"왜?"

수지의 말꼬리가 짜증스럽게 올라간다.

"아니야."

"말해."

"사장이 도대체 왜 그렇게 내 원고를 받으려고 하는 거냐?"

"당신 소설을 좋아한대."

"돈밖에 모르는 사람인 줄 알고 만났더니 그런 사람같이 보이지는 않았는데 헤어지고 나서 생각해보니 역시 돈밖에 모르는 사람이 맞는 것 같고, 그런데 왜 그런 사람이 잘 팔리지도 않을 내 소설을 받으려고 하는 건가 싶어서 말이야."

"그 사람, 돈벌이에는 동물적인 감각이 있어. 맨손으로 집 나가서 오 년 만에 삼십억을 벌었다잖아. 한번 믿고 원고 줘봐. 혹시 알아? 잘 팔릴지."

"그럴까?"

"아저씨, 여기 내려주세요."

그녀가 택시 기사에게 하는 말이 들렸다.

"나, 그만 가봐야 돼. 내일 다시 통화해."

나는 수지와 사장은 어떤 체위로 섹스를 할까 생각하며 삼청동의 밤길을 걸어내려왔다.

5

며칠 후, 나는 철학을 만나 맥주를 마셨다. 철학은 수지와 나눈 이야기를 다 듣더니 물었다.

"그래서 뉴욕에 갈 거야?"

"아니."

나는 고개를 저었다.

"간다고 했다면서?"

"그래야 수지가 날 놔줄 테니까. 그 사람 집요한 건 너도 알잖아?"

"원하는 게 있는 여자는 다 집요하지."

"그래?"

"뉴욕에는 왜 안 가겠다는 거야?"

"들어봐. 나는 일종의 딜레마에 빠져 있어. 내가 뉴욕에 가서 끝내주는 소설을 썼다고 쳐보자고."

"말처럼 쉽진 않겠지."

"그냥 가정이잖아? 철학자가 왜 이래? 가정 몰라, 가정? 이프, 이프."

"알았어. 그래서?"

"내가 영혼을 마른걸레처럼 쥐어짜서 쓴 소설 덕분에 수지는 회사에서 능력 있는 편집자로 인정을 받겠고 수지와 내연 관계에 있는 사장은 떼돈을 벌겠지?"

"잠깐! 제수씨하고 사장하고 그런 사이 아니라며?"

"그런 사이 맞아. 확실해."

"정말이야?"

"내 육감은 속일 수가 없어."

"월스트리트에서 떼돈을 벌어왔다는 작자가 뭐가 아쉬워서 애 딸린 사십대 이혼녀하고……"

"너는 뭐가 아쉬워서 세상의 하고많은 여자 중에서 친구 마누라하고 섹스를 하니?"

"그 새끼 내 친구 아니야. 그리고 우리는 섹스를 하는 게 아니라 '섹스를 한다'는 관념을 함께 처리하고 있는 거래도."

이래서 철학이 외면을 당하는 거야, 이 사람아.

"어쨌든 내가 어렵사리 쓴 소설이 잘 팔리기라도 하면 전처와 정부의 배를 불리게 되는 거야."

"그렇겠지."

"그런데 반대로 만약 책이 안 팔리면 나를 술자리의 안주 삼아 씹어대겠지. 그 인간은 작가로서 끝났다. 이혼하기를 정말 잘했다. 그것도 소설이라고 쓰고 있냐. 그런 고리타분하고 진부한 소설로 살아남겠냐? 어쩌고저쩌고."

"자학하지 마."

"자학이라니? 이건 가정이라니까! 이프, 이프, 이프!"

"어쨌든 정말 딜레마구나. 잘 써도 낭패, 못 쓰면 개쪽."

"그러니까 안 쓰는 게 최선이야."

"안 쓸 수도 없게 됐잖아? 그 골드만삭스의 수전노가 너를 상대로 소송을 하겠다며?"

"계약금 반환 소송을 걸겠지. 샤일록 같은 놈!"

"사기로 걸 수도 있어."

"사기라니? 내가 무슨 사기를 쳤단 말이야?"

"책을 쓸 의사가 전혀 없으면서도 거액의 계약금을 받아갔으니 사기라고 주장할 거야. 사기라면 형사사건이 되지. 그러니까 사기로 일단 걸고, 민사소송도 동시에 진행하는 거야."

"그럼 그 개자식은 출판계에서 매장될걸? 작가를 사기로 거는 출판사하고 누가 계약하겠어?"

"그래도 민사소송은 하겠지."

옥수수와 나

"그 자식은 분명 내 재능을 질투하고 있어. 수지를 차지하기 위해서는 내 무능을 폭로해야만 하지. 그래서 일부러 수지를 보낸 거야. 덫을 놓은 거지. 비겁한 놈. 내가 쉽게 당할 줄 알고?"

"제수씨가 그렇게나 대단한 여자야?"

"눈에 뭐가 씐 거지."

"뭐 뾰족한 수가 있어?"

"사장을 직접 만나서 담판을 지을까 해."

"응해줄까?"

"응할 거야."

"그런데 말이야. 작가가 소설 쓰면 결국 작가 자신한테 좋은 것 아니야? 내막이야 어찌됐든 세상에 나오면 그건 네 소설이잖아?"

"넌 그러니까 순진하게 자본가에게 이용당하는 거야."

"난 국립대학 교수야. 나랏돈을 받는다고. 시집은 내 돈으로 내고."

"잘났다."

"그래, 사장 만나서 뭐라고 할 건데? 배 째라고 할 거야?"

"거절할 수 없는 제안을 하는 거지."

"그거 〈대부〉에서 돈 코를레오네가 하는 대사 아니야?"

"맞아."

"그 거절할 수 없는 제안이 뭔데?"

"수지와의 관계를 눈감아주겠다고 하는 거야. 절대로 수지 앞에 나타나지도 않고, 심지어 쫑이 결혼식 같은 가족 행사에도 영원히 불참하겠다고 말이야. 그럴 테니 계약은 없던 걸로 하자. 나는 정말이지 당신 출판사에서 책을 내고 싶은 생각이 털끝만큼도 없다. 그러느니 차라리 펜을 꺾겠다."

"제수씨나 쫑이 앞에 안 나타나는 건 사실은 네가 원하는 바잖아? 넌 제수씨도 싫어하고 쫑이한테도 정이 없잖아. 그걸 사장이 모를까? 거절하기 아주 쉬운 제안 같은데?"

"사장이 그걸 알까?"

"왜 모르겠어? 수지와 가깝다면 알고 있을 거고, 수지와 아무 관계가 없다면 헛발질이고. 사장이 수지를 좋아한다는 확증도 없잖아."

"없지."

"그럼 이러는 건 어때?"

"어떻게?"

"사장이 도저히 제정신으로는 출판할 수 없는 난해하고 어지러운 소설을 쓰는 거야. 제임스 조이스의 『율리시스』 같은 걸 써버려. 한 천 페이지쯤 되고 이렇다 할 줄거리도 없고 주제도 알기 힘든 소설 말이야."

"『율리시스』에는 줄거리도 있고 분명한 주제도 있어."

"사실 난 안 읽어봤어. 주제가 뭔데?"

"찌질한 중년 남자의 어지러운 성적 몽상."

"스탠리 큐브릭의 〈아이즈 와이드 셧〉하고 주제가 같잖아?"

"그렇지. 그게 사실 전부야. 『율리시스』를 음란물로 판정했던 미국 판사는 뭘 아는 놈이었어. 가끔은 문학과 아무 관계도 없는 사람들이 작가들의 내면을 꿰뚫어 보기도 하지."

"그러니까 그런 걸 쓰란 말이야. 음란하면 더 좋겠네. 잘하면 사장까지 감옥에 넣을 수 있을지도 몰라."

"『율리시스』가 그렇게 쉽게 쓸 수 있는 소설이 아닌데."

"그러니까 못 써야지. 일부러 못 쓰는 건 쉽잖아?"

"그것도 쉽지는 않은데…… 일정 수준에 도달한 나 같은 작가에게는 말야."

철학은 내 반박을 귓등으로 흘렸다.

"거꾸로 사장을 딜레마로 몰아넣는 거야. 역전 드라마지. 너야 원고만 넘기면 계약은 지키는 거잖아."

"음, 무려 천 페이지에 달하는 어지럽고 음란하고 실험적이면서 해체적인 소설이라."

"바로 그거야! 아마 절대로 출판 못할 거야. 하면 낭패고. 요즘 종잇값도 많이 올랐다는데."

철학이 신이 나서 박수를 쳤다. 우리는 건배를 했다. 철학은 난해하고 해체적이면서 음란한 소설로 사장을 곤경에 빠뜨리기로 한 것은 정말 기발한 생각이라고 재차 강조했다.

"게다가 뉴욕까지 갈 필요도 없잖아."

철학이 자꾸만 뉴욕에 집착하는 꼴을 보고 있자니 문득 꼭 가야겠다는 생각이 들었다. 거기서 쓰면 되지 뭐.

6

 사장의 아파트는 그의 말 그대로 '아주 고풍스러운, 전통의 브라운 스톤 아파트'였다. 열쇠를 건네준 관리인은 폴란드계 거구로, 매우 무뚝뚝했다. 내부는 제2차세계대전 이후로 수리라고는 해본 적이 없는 듯 낡고 우중충했다. 두 개밖에 없는 창으로는 아름다운 정원과 찬란하게 부서지는 햇살 대신 거대한 환풍 장치만 보였다. 창을 열었더니 롬멜의 대전차 군단이 진격하는 요란한 소음이 열기와 함께 맹렬하게 끼쳐들었다.

 동네는 또 어떤가. 사장이 말한 '월스트리트가 있는 파이낸셜 디스트릭트와 소호, 이스트빌리지의 중간쯤 되는 지역'은 막상 와보니 차이나타운이었다. 한 블록만 가면 비린내가 진동하는 어물전 밀집 지역이었고 그 옆으로는 조잡한 중국산 짝퉁 노점상들의 무리. 길바닥은 식당에서 내놓은 음식물 쓰레기에서 배어나온 오수로 흥건했다. 기온이 올라가고 습도가 높아지면 냄새는 더욱 지독해졌다. 아파트 바로 옆 건물은 노숙자 쉼터였다. 원래는 개인이 자선사업 삼아 운영하던 것을 시에서 사들였다고 한다.

어차피 온 것, 즐기기나 하자는 마음에 처음 얼마 동안은 미술관도 다니고 서점도 들르면서 괜히 여기저기를 쏘다니기도 했지만 곧 시들해졌다. 밤이면 환풍 장치가 웅웅대는 소리에 악몽에 시달렸다. 무적 소리 우렁찬, 몹시도 험하게 요동치는 페리를 타고 본 적도 없는 먼 나라로 떠나는데 주머니엔 여권이 없더라는 식의 꿈이었다. 집에서는 글이 써지지 않아 주변의 카페를 찾아다녔지만 맨해튼에서는 차분히 앉아 작업할 카페를 거의 찾을 수가 없었다. 천 페이지가 넘는 요령부득의 소설로 사장을 난처하게 만들겠다는 발상은 점점 무의미한 만용처럼 느껴졌다. 와인을 병째로 마시며 환풍 장치의 무시무시한 소음과 싸우던 날들은 한밤중에 통통한 쥐 두 마리가 나타나며 최악으로 치달았다. 몹시도 요동치는 페리 갑판에 갑자기 나타난 곰과 싸우는 꿈을 꾸다 눈을 떠보니 가슴팍에 쥐 한 마리가 서서 나를 응시하고 있었다. 눈이 마주치자 쥐는 별로 서두르는 기색도 없이 발치 쪽으로 움직였다. 곧이어 또 한 마리가 같은 경로를 거쳐갔다. 나는 벌떡 일어나 스탠드를 켰다. 쥐들이 붙박이장 속으로 사라졌다. 숙취 때문인지 머리가 지독하게 아팠다. 시계를 보니 새벽 세시가 조금 넘은 시각이었다.

혹시 두통약이 있을까 싶어 집을 뒤지다가 침대 옆 사이드 테이블 서랍을 열었다. 콘돔 한 상자와 안대, 그리고 실탄이 장전된 권총이 있었다. 진짜 총은 손에 쥐었을 때 느낌이 온다. 유럽의 관광지 성당에 들어갔을 때와 같은 기분이다. 한 세상에서 다른 세상으로 넘어가는 듯한, 삶과 죽음, 성과 속의 경계를 몸으로 느끼는 것이다. 권총의 손잡이에는 글록 로고가 각인되어 있었다. GLOCK GmbH. 버지니아테크 총기 난사 사건에서, 그리고 애리조나 투손의 기퍼즈 의원 저격 사건에서 사용됐다는 권총이었다. 사담 후세인도 체포되던 당시에 이걸 갖고 있었다고 들었다. 나는 총을 제자리에 다시 놓아두었다. 사장에 대한 관념을 교정해야 할 시간이었다. 나는 내 머릿속의 사장 파일에 태그 하나를 덧붙였다. #사장 #월스트리트 #너구리 #권총. 이제 그는 더이상 월스트리트에서 운좋게 한몫 잡은 나약한 너구리가 아니었다.

혹시 사장은 내게 우회적으로 자살을 권하고 있는 것일까? 알코올의 도움 없이는 도저히 잠을 이룰 수 없는 갑갑한 스튜디오에 가둬놓고 계약서와 변호사, 전처를 동원해

압박하면서 선물처럼 조용히 권총 한 자루를 넣어준 것일까? '작가 박만수, 맨해튼의 아파트에서 권총 자살. 최근 슬럼프로 우울증 증세.' 최대 수혜자는? 바로 사장이겠지. 서점들은 나를 추모하네 어쩌네 하며 매대를 따로 마련하겠고 한동안 주문이 폭주하겠지. 인세는 쫑이가 상속할 것이다. 나의 영악한 딸은 그 돈으로 미국 대학 등록금을 감당하리라. 나는 그런 남 좋은 일만은 절대로 하지 않겠다고 다짐했다. 그런데도 잠시 후 정신을 차려보면 다시 권총 자살에 대해 생각하고 있었다.

짐을 싸서 서울로 가자. 다른 출판사에 구걸을 해서라도 수지네 출판사에 빚을 갚자. 일단 살고 보는 거다. 여기 있다가는 제명에 못 죽겠다. 그런 생각을 하며 아침을 먹고 있는데 갑자기 현관문이 벌컥 열렸다. 큼직한 여행가방을 끌고 들어온 사람은 삼십대 초반의 여성이었다. 평범한 남성을 일순 부끄럽게 만드는 대단한 미모였다.

"누구세요?"

여자는 나보다 더 놀라는 눈치였다. 여행가방이 기절하듯 모로 쓰러지며 쾅 소리가 났다.

"그러는 그쪽은 누구세요?"

"열쇠는 어디서 받으셨어요?"

"받긴 어디서 받아요. 제 열쇠죠."

"저, 소설 쓰는 박만수입니다."

여자는 문화예술 쪽에는 관심이 없는지 내 이름을 듣고도 통 모르는 눈치였다.

"우리 출판사 사장 아파트라고 하던데……"

여자가 그제야 감을 잡겠다는 듯 쓰러진 가방을 일으켜 세웠다.

"그러지 말고 가방이나 좀 받아주세요."

나는 가방을 받아 안으로 끌어들였다. 여자는 사장의 이름을 댔다.

"왜 그 인간은 남의 아파트를 함부로 빌려주고 그럴까요?"

별거중이라던 사장의 아내였다. 나는 머릿속의 사장 파일에 태그를 하나 더 붙였다. #사장 #월스트리트 #너구리 #권총 #미녀.

"마침 접고 떠나려던 참이었습니다."

"아, 그러세요?"

그녀는 팔짱을 끼고 나를 바라보았다. 어서 짐 챙겨 나가라는 듯.

"아, 지금 당장 나간다는 것은 아니었고요. 며칠 내로 서울로 돌아갈 생각이었다고요."

"그럼 어떡하죠? 침대는 하나뿐이고. 제대로 된 소파 하나 없는데."

"그러게요."

"그러게요, 라고 하시면 안 되죠. 여기는 제 집인데요."

여자는 짜증이 난다는 듯 혀를 차더니 휴대폰을 꺼냈다. 몸을 살짝 옆으로 돌리고 있으니 그 미모가 더 빛났다. 전직 모델이 아닐까 싶은, 도저히 일반인이라고는 볼 수 없는 미색이었다. 도대체 사장은 이런 아내를 두고 왜 수지 같은 촌닭과 사귀는 것일까.

여자는 사장과 전화로 일대 설전을 벌였다. 아파트 소유권이 누구에게 있나를 두고 1차전을 벌인 둘은 이어 약 삼십 분에 걸쳐 서로의 성격과 품행을 비난했다. 엿듣고 싶지는 않았지만 어디 마땅히 피해 있을 만한 곳도 없어 끝내 다 들을 수밖에 없었다. 사장이 가끔 여자에게 폭력을 사용하기도 한다는 것, 돈 씀씀이가 무지하게 짜다는 것, 둘 사이에 그간 쌓인 불신과 미움이 대단하다는 것 등을 알게 되었다. 그러나 이런 소중한 정보들은 통화 막판에 여자가 사장에게 던진 충격적인 선언에 묻혀버렸다. 자신의 정당한 소유권을 부정당한 데 대해 화가 머리끝까지 치솟은 이 아름다운 여인은, 그렇다면 나와 한 침대에서 자는 수밖에 없으니 신경 끄라고 통보를 한 것이다.

일평생 나는 압도적 미모의 여성을 가까이하면 큰 재앙을 당하리라는 근거 없는 믿음을 갖고 살아왔다. 또한 이런 스크루볼 코미디에나 나올 법한 난처한 상황에 처하지 않도록 늘 주의하였다. 그런데 지금의 상황은 압도적 미모의 여성이 개입된 스크루볼 코미디로 흘러가고 있었다. 여자는 전화를 끊더니 한결 평온해진 얼굴로 나를 바라보았다.

"시차 때문에 잠은 안 오고 출출하네요. 혹시 라면 같은 것 없어요?"

'화가 나서 참을 수가 없네요. 홧김에 서방질한다고, 얼른 샤워하고 침대로 오세요' 같은 말을 기대한 것은 아니었지만 고작 라면이나 끓여달라는 말을 예상한 것도 아니었다. 여자는 화장실에 들어가 간단하게 세수를 하고 화장을 매만진 후에 내가 끓여준 라면을 먹었다. 빈 그릇을 싱크대에 처박은 다음, 나는 와인 한 병을 땄다. 머쓱함도 떨칠 겸, 그저 손에 들고 홀짝거릴 뭔가가 필요하다는 차원에서 시작한 음주는 결국 밤이 이슥하도록 계속됐고 화제는 부부간의 깊숙한 문제까지 나아갔다. 나는 여성을 유혹하는 데는 젬병이지만 대화를 유도하는 데에는 본래 일가견이 있었다.

그녀의 성은 나와 같은 박씨에, 이름은 영선이었다. 사장이라는 공동의 적이 우리의 안주가 되었다. 도합 몇 병을 땄는지도 기억이 나지 않을 정도로 와인을 마셔대던 우리는 누가 먼저랄 것도 없이 쓰러져 잠이 들었다. 눈을 뜬 것은 정오가 다 돼서였다. 아, 그녀는 한번 뱉은 말은 반드시 지키는 매우 신의가 두터운 사람이었다. 감히 같은 인간의 몸이라고는 할 수 없는 아름다운 나신이 내 옆에 누워 있었다. 나는 창조주의 전능함과 한없는 사랑에 잠시 경배를 드린 후, 바닥에 떨어져 있는 내 팬티를 찾아 걸치고는 화장실에 가 담배를 피워 물었다. 정확히 무슨 일이 있었는지는 기억할 수 없었지만 돌이킬 수 없는 뭔가가 이미 저질러졌다는 것만은 알 수 있었다. 변기 물을 내리고 밖으로 나왔을 때에도 신의 걸작은 아직 침대 위에 놓여 있었다.

  나는 거부할 수 없는 힘에 이끌려 책상 앞에 앉았다. 그리고 노트북 컴퓨터를 열었다. 여태 단 한 줄도 쓰지 못한 소설을 위해 빈 워드 창을 띄웠다. 나는 자판 위에 손가락을 얹었다. 내가 한 일은 오직 그것뿐이었다. 그런데 손이 저절로 움직이기 시작했다. 손가락 끝에 작은 뇌가 달린 것 같았다. 미친듯이 쓴다, 는 말은 이런 때를 위해 예비된 말이었다. 문장들이 비처럼 쏟아져내리기 시작했다. 타자 연습 게임 같았다. '지구를 침공하는 다양한 문장들. 그들을 요격하는 지구 수비대 타이핑 챔피언 박만수!' 어차피 내지도 않을 소설에 인물이며 줄거리가 뭐가 중요해? 음란하고도 난해하면서 매우 실험적인 이 소설의 서두는 주인공 남자가 뉴욕의 차이나타운에 머물며 기괴한 성적 모험을 시작하는 장면이었다. 단편소설 한 편 분량인 원고지 백 매 정도를 정신없이 써갈기고 시계를 보니 고작 두 시간이 지나 있었다. 이런 놀라운 생산력은 등단 이후 처음 경험해보는 것이어서 얼떨떨하기까지 했다. 이게 말이 될까, 이런 걸 써도 될까, 같은 자기 검열이 작동하지 않으니 서사는 브레이크가 파열된 자동차처럼 폭주했다. 이 원고를 받아들고 난감해할 사장의 얼굴을 떠올리며, 동시에 침대에 누워 나른하게 잠들어 있는 그의 아내를 곁눈질하며 내 손가락은 자판 위를 신나게 달렸다.

시차 때문에 오후 늦게야 눈을 뜬 사장의 아내가 물었다.

"뭘 그렇게 열심히 써?"

어느새 말을 텄던 거야, 우리?

"응, 소설."

"아, 맞다. 소설가라고 그랬지."

"나, 좀 유명했던 적도 있어. 『죽음의 발톱』이라는 소설 못 들어봤어? 내 데뷔작인데."

대표작이기도 하다.

"죽어라 발톱? 못 들어봤는데."

그녀는 미국 영화의 여배우들이 하듯, 침대 시트로 몸을 두르고 내 곁으로 걸어왔다.

"자기 타이핑 진짜 빠르다."

그 순간에도 내 손가락들은 쉬지 않고 글자들을 조합하고 있었다.

"설마 이게 정말 지금 자기 머릿속에 떠오르는 걸 쓰는 거야? 혹시 애국가나 뭐 그런 것 치고 있는 거 아냐?"

대꾸하지 않고 나는 몇 문장을 더 썼다. 영선이 내 정수리에 입을 맞췄다.

"대단하다. 멋있어. 생활의 달인 같아. 키보드 부서지겠어."

나는 타이핑을 멈췄다. 그 순간에도 내 머릿속으로는 문장들이 쉭쉭 소리를 내며 지나가고 있었다. 나는 소리를 빽 질렀다.

"제발 조용히 좀 해줄래? 왜 이렇게 말이 많아? 저리 가. 소설 좀 쓰게."

그녀가 깜짝 놀라 내 곁에서 떨어졌다. 그러고는 한참을 부스럭거리더니 문을 쾅 닫고 밖으로 나가버렸다. 그러거나 말거나 나는 계속 달렸다. 얼마나 지났을까. 그녀가 중국 음식을 사들고 왔을 때에도 나는 책상 앞에 앉아 있었다. 아니, 나는 다른 세계, 그러니까 뉴욕도 서울도 아닌, 그 모든 곳의 중간, 세계의 빈틈, 영혼과 육신의 메자닌, 문자와 세계의 문턱에 서 있었다. 나로서도 처음 경험하는 이 광속에 가까운 글쓰기는 그녀에게도 깊은 인상을 남긴 것 같았다.

"아니, 아직도 그러고 있어?"

아침에 입고 있던 팬티 차림 그대로 나는 화장실 한 번 가지 않고 물 한 잔도 마시지 않은 채 그 자리에 앉아 있었던 것이다. 그녀는 중국 음식을 내려놓고는 내 뒤로 다가와 어깨에 두 손을 올려놓았다. 실크처럼 부드러운 손길이 내 가슴을 훑으며 사타구니 쪽으로 내려갔다.

"세상에. 이거 이거, 단단한 거 봐. 설마 아까부터 계속 이 상태였던 거야?"

그녀가 말해주기 전까지 나는 전혀 그것을 의식하지 못하고 있었다. 그녀는 거세게 부풀어오른 내 팬티를, 마치 튤립 꽃봉오리를 어루만지듯 조심스레 쓰다듬었다. 그러고 보니 아랫배가 마치 주먹으로 세게 두들겨맞은 것처럼 뻐근했다. 글쓰는 내내 피가 몰려 있었던 게 분명했다.

"됐어. 제발 비켜줄래? 나 글쓰는 거 안 보여?"

그러나 그녀는 물러서지 않았다. 서화담을 거꾸러뜨리려는 황진이처럼 나를 공략했다. 그녀의 손이 팬티 속으로 파고들고, 혀가 내 젖꼭지를 핥는 지경이 되자 더는 견딜 수가 없었다. 나는 벌떡 일어나 그녀에게로 돌아섰다. 의자가 뒤로 나동그라졌다. 아까처럼 화를 내려는 줄 알고

옥수수와 나

그녀가 얼른 뒤로 물러섰다. 나는 그녀를 번쩍 들어 침대로 내던졌다. 꺄악. 그녀가 비명을 질렀다. 나는 그녀를 향해 몸을 던졌다. 우리의 광포한 섹스에서 비롯된 소리가 저 거대한 환풍 장치의 소음을 압도할 지경이 되자 옆집에서 벽을 두드리며 항의했다. 그 순간에도 나의 손은 그녀의 몸 곳곳을 애무하면서 해독 불가능한 문장들을 무수히 그녀의 몸에 입력해넣었다. 기념비적인 정사가 끝난 후, 우리는 침대에 누워 식어버린 중국 음식을 와인과 함께 먹었다. 그녀는 믿을 수 없다는 듯, 고개를 절레절레 흔들며 교태를 부렸다.

"한번 더 할까?"

내 말에 그녀는 까르르 웃으며 욕실로 달아났다. 그녀가 눈앞에서 사라지자마자 나는 바로 책상으로 돌아갔다. 자리에 앉자마자 성기가 다시 힘차게 발기하는 것을 이번에는 의식할 수 있었다. 나는 아까 쓰다 멈춘 부분으로 다시 돌아갔다. 어차피 출간도 못할 음란하고 실험적이면서 해체적인 소설이니 이전에 쓴 부분을 살필 필요도 없었고 인물의 일관성 같은 것도 중요치 않았다. 말이 되든 안 되든 그저 써내려가기만 하면 되는 것이니까.

욕실에서 나오던 그녀가 발걸음을 멈췄다. 나는 그녀를 보았다. 아, 신이 아름다운 여자를 만드시니 교활한 여자가 제 몸에 물을 적셔 남자를 유혹하더라. 그러나 나는 자리에서 일어날 수가 없었다. 왜냐하면 손이 쉴새없이 움직이고 있었기 때문이다.

"또야? 뭐야? 자기 괴물 아냐? 어떻게 쉬지도 않고 계속 써?"

"이상하게 자꾸만 쓰고 싶네. 멈출 수가 없어."

눈으로는 촉촉이 젖은 그녀를 더듬는 동안에도 손가락은 정신없이 자판 위를 날아다니고 있었다.

"나하고 한 번 잤으면 소원이 없겠다는 남자들이 얼마나 많았는 줄 알아?"

"응, 그건 고맙게 생각하고 있어. 근데 이렇게 글이 써지는 것도 어쩌면 네 덕분일지도 몰라. 전엔 이런 적이 없었거든. 그러니까 자부심을 가져도 좋아."

"그렇다면 보람이 있네. 나는 그럼 뭘 하고 있을까?"

"벗고 누워 있어. 그게 필요해."

다음날도, 그다음 날도 비슷한 상황이 이어졌다. 그녀는 나가서 친구도 만나고 쇼핑도 했지만, 그러거나 말거나 나는 쓰고 있는 이 소설에 완전히 몰입해 있었다. 나는 쥐가 돌아다니는 집에서 아랫배가 뻐근해질 때까지 글만 썼다. 처음에는 장난처럼 시작했지만 미친듯이 써나가는 가운데 내 영혼과 육체에서 화학적 변화가 일어난 것이다. 어쩌면 이것은 내가 지금까지 꿈꿔왔던, 모든 창작자들이 애타게 찾아 헤맨다는 에피파니의 순간일지도 몰랐다. 뮤즈가 강림한 것이다. 이제야 비로소 진짜 작가가 됐다는 강한 확신이 들었다. 지금까지는 그저 작가 흉내를 낸 것에 불과했다. 어쩌다 운이 좋아서 데뷔작이 대성공을 했고, 그 덕분에 어디서나 작가 대접을 해주니 그냥 그런 게 작가려니 하고 살았던 것이다. 늘 마감에 쫓기며 마지못해 글을 썼고, 원고를 보내면서도 마음속 깊은 곳에는 불안이 있었다. 그러나 지금은 백팔십도 달랐다. 지금 쓰고 있는 소설이, 내가 만들어낸 주인공이 나를 끌고 다녔다. 내 영혼이 한 번도 도달하지 못한 경지까지 나를 밀어붙였다. 어떻게 그렇게 다작을 하느냐는 기자의 질문에 스티븐 킹이 그랬다지. "저야말로 궁금합니다. 다른 작가들은 매일 글을 쓰지 않으면 그 시간에 도대체 뭘 한답니까?" 아, 그는 벌써 이 경지에 도달해 있었던 것이다. 이런 희열을 이미 경험한 것이다. 그분의 뒤를 따라 나 역시 오랜 슬럼프를 뚫고 새로운 차원으로 올라선 것이다. 막상 이렇게 되고 보니 세상에는 오직 두 종류의 작가만이 있다는 것을 알게 되었다. 스티븐 킹이나 오노레 드 발자크, 그리고 지금의 나와 같은, 영적인 엑스터시에 사로잡혀 미친듯이 쓰는 작가와 불행히도 그렇지 못한, 즉, 자신을 학대하며 편집자의 독촉에 의해서만 겨우 마감을 넘기며 살아가는 작가. 뉴욕에 오기 전의 나야말로 후자의 전형이었다.

원고를 프린트해서 읽으며 나는 더욱 놀랐다. 비록 제대로 퇴고도 못한 상태였지만 찬란하게 빛날 원석이 그 안에 숨어 있었다. 여간해선 잊기 어려운 인상적인 주인공하며, 변태적이고 어지러운 의식의 흐름을 따라 고구마 줄기처럼 현란하게 뻗어나가면서도 끝내 대위법적 긴장을 잃지 않는 저 독창적 플롯이라니. 오, 신이시여. 정말 제가 이것을 썼단 말입니까?

나는 그녀가 사오는 테이크아웃 음식으로 대충 허기만 때우고는 잠깐 침대에서 뒹굴다가 그녀가 곯아떨어지면 책상 앞에 앉아 자판을 두들겼다. 믿기 어렵겠지만 나는 열흘 동안 한 번도 눈을 붙이지 못했다. 화장실에서 큰일을 보다 몇 번 졸았던 게 전부다. 격렬한 섹스와 광적인 집필. 오직 그것뿐이었다. 예컨대 이런 장면들이 반복됐다. 책상 앞에 앉아 자판을 두드리는 나를 향해 욕실에서부터 네발로 기어오는 전라의 미녀. "제발 가까이 오지 마. 나 지금 글쓰고 있는 거 안 보여?"라고 애걸하면서 강박적으로 몇 문장이라도 더 쓰려는 나. 그러나 마침내 책상 밑에 도달한 미녀가 잔뜩 발기한 내 성기를 입에 물고는 즐거워한다. 끝내 참지 못한 나는 벌떡 일어나 그녀를 침대에 던진다. 잠시 후, 나는 다시 책상 앞으로 복귀한다. 절세미인과 벌이는 이 격렬한 섹스가 실은 책상 앞으로 돌아가기 위한 눈물겨운 노력이라는 걸, 세상의 그 누가 알아줄 것인가?

"자기한테서 냄새나."

열흘 만에야 침대로 기어들어간 내게 그녀가 코를 킁킁거리며 말했다. 생각해보니 그동안 샤워를 한 번도 하지 않았다.

"짐승 같아."

"씻고 올까?"

"아니, 이대로가 좋아."

우리는 다시 한번 질펀하게 얽혔다. 그러고 나는 열흘 만에 처음으로 눈을 붙였다.

7

"어이, 어이!"

누군가가 내 관자놀이를 쿡쿡 찌르고 있었다. 너무 곤히 잠이 들어 처음에는 여기가 뉴욕인지 서울인지도 아리송했다. 의식의 저 깊은 곳에서 들려오는 말이 나의 모국어이고 발화자가 남성이라는 것도 처음에는 확실치 않았다. 나는 눈을 떴다. 딸깍. 침입자가 스탠드를 켜자 방이 환해졌다.

"일어나, 이 자식아."

너구리였다. 스탠드 불빛 아래에서 보니 더 영락없었다. 영선은 내 쪽으로 바짝 붙었다. 이미 깨어 있던 것 같았다.

"이게 무슨 짓입니까?"

나는 깜짝 놀라 물었다.

옥수수와 나

"내가 묻고 싶은 말이야. 이게 무슨 짓이야? 남의 마누라하고."

사장은 전에 만났을 때와는 전혀 다른 사람 같다. 사실 그때 나는 그의 표정보다는 손에 들린 권총에 더 주의를 기울이고 있었다. 나는 얼마나 많은 남자가 유부녀와 한 침대에 들었다가 분노에 사로잡힌 남편의 총탄을 맞고 어이없이 죽어갔는가를 떠올렸다. 평생 경험하지 말아야 할 일이 있다면 이렇게 홀랑 벗고 자다가 원치 않는 손님과 불쾌한 대화를 나누게 되는 것이다.

"그러지 마. 이 사람은 잘못 없어."

영선이 말했다.

"박선생님은 이제야 겨우 눈을 붙인 거야. 열흘 동안 잠 한숨 못 자고 글을 쓰셨다고."

"흥, 나더러 그걸 믿으라고?"

사장의 글록이 내 눈앞에서 건들거렸다.

"정말입니다. 갑자기 마치 축복처럼 글이 막 쏟아져서요. 그야말로 미친듯이 썼다니까요."

"거짓말하지 마! 저런 여자를 옆에 두고 어떻게 글을 쓴단 말이야? 내가 저 여자를 몰라? 열흘 동안 침대 밖으로 나오지 않았을 거야. 안 봐도 뻔하다구. 이 더러운 년, 님포마니아 같으니라구."

"뭔가 오해가 있는 모양인데. 이봐요. 나는 집필중에는 아예 발기 자체가 안 되는 그런 순결한 체질을 타고났습니다. 피가 머리로만 몰리다보니 발기가 안 되는, 작가처럼 머리를 많이 쓰는 사람들이 많이 겪는, 그런 겁니다. 단지 침대가 이것밖에 없다보니 여기 누워 있는 것일 뿐. 그나마도 열흘 만에야 처음 이렇게 베개에 머리를 대보는 겁니다. 정말입니다."

사장이 말없이 침대 옆 휴지통을 들어 보였다. 거기에는 쓰고 버린 콘돔들이 가득 들어 있었다. 사장이 휴지통을 쾅 하고 내려놓은 뒤, 총을 휘두르며 영선에게 소리를 지르기 시작했다. 막상 내 정액으로 젖은 콘돔을 보니 화가 더 치솟는 모양이었다. 차마 입에 담을 수 없는 거의 모든 욕설을 망라했다. 영선은 울다가 빌다가를 반복했지만 사장의 분노는 누그러지지 않았다. 듣다보니 둘이 뉴욕에서 살던 시절에도 영선이 집에 곧잘 남자를 끌어들였던 것 같았다.

나는 침대 위를 엉금엉금 기어서 간밤에 프린트해놓은

초고를 들고 왔다.

"자, 여기 원고가 있습니다. 이걸 한번 봐주세요. 불미스러운 일이 사실 좀 있긴 했지만 원고만큼은 정말 열심히 썼다니까요. 물론 아직 퇴고도 안 한 상태라는 건 좀 감안을 하셔야……"

사장은 미심쩍은 얼굴로 나를 노려보았다. 권총을 들고 명령했다.

"둘은 저쪽으로 가서 벽을 보고 앉아 있어. 이 동네가 좀 험해서 내가 둘 다 쏴 죽이고 가도 그냥 강도가 다녀갔구나 그럴 거야. 둘 다 박씨라 성도 같으니 미국 경찰은 부부인 줄 알 거야. 치정이니 뭐니 복잡하게 생각하지 않을 거야. CSI 이딴 거, 너무 믿지 마. 미국에서 일어난 살인 중에서 3분의 1이 미제 사건이야. 그게 왜 그런지 알아? 총을 쓰기 때문이지. 얼른 벽으로 안 붙어?"

그쯤에서 나는 사장이 신중하게 이 습격을 준비해 왔을지도 모른다는 생각을 하게 되었다. 만약 그렇다면 살아나가기는 쉽지 않을 것이었다.

시트로 대충 몸을 가린 우리는 사장이 지시한 대로 벽을 보고 앉았다. 영선이 시트 밖으로 손을 뻗어왔다. 나는 그녀의 손을 잡아주었다. 예전에 살인 사건에 대한 소설을 쓰면서 취재한 바에 따르면 미국에서 발생하는 살인 사건 중 87퍼센트가 남성에 의해 저질러진다. 그리고 그 살인의 희생자는 대부분이 남성이다. 정확히는 약 75퍼센트다. 남자는 주로 남자를 죽인다. 남자가 왜 남자를 죽일까? 뻔하다. 중간에 여자가 관련되어 있다. 더 으스스한 통계도 기억난다. 캐나다에서 발생한 아내 살해 사건 중에서 아내의 별거 요구가 주요 원인인 경우가 무려 63퍼센트에 달했다. 내가 지금 처한 상황이야말로 강력계 교범에 나올 법한 사례였다.

사장은 원고를 읽고 있는 것 같았다. 출판사 사장에게 원고를 넘기고 이렇게 긴장해본 적이 있었던가? 한 손에 총을 든 편집자라니. 어쩌면 저것이야말로 모든 편집자가 꿈꾸는 모습이 아닐까? 뺀질거리며 마감을 안 지키는 작가의 집에 들이닥쳐 초고를 탈취한 후 즉결심판을 하는 것이다. 수작이면 살려주고 태작이면 사살한다. 초고조차 안 써놓은 뻔뻔한 작가는? 그 자리에서 바로 총살. 탕, 탕, 탕. 마피아 격언에 이런 말이 있다지. '친절한 말 한마디에 총을 곁들이면 좀더 많은 것을 얻어낼 수 있다.'

환풍 장치 소리만 요란한 가운데 사각사각 종이 넘어가는 소리가 뒤에서 들려왔다. 좋은 징조였다. 첫 장에 던져버리지 않고 계속 읽고 있다는 것이니까. 신인 시절 나는 수지에게 저렇게 초고를 읽히고는 옆에서 그녀의 반응을 살피며 안달복달하곤 했다. 말이 없으면 재미가 없어서 저러나 불안해하고 몸을 꼬기라도 하면 지루해서 저러나 안절부절못했던 것이다. 그러다 언젠가부터 수지는 내 원고를 읽지 않았다.

시간은 느리게 흘렀다. 나는 잠자코 앉아 사장의 독서가 끝나기를 기다렸다. 혹시 졸고 있는 게 아닌가 싶을 때마다 종이 넘어가는 소리가 들렸다. 그때마다 마음이 놓였다. 폭군으로부터 하루의 삶을 더 부여받은 셰에라자드처럼.

"박작가."

마침내 너구리가 나를 불렀다. 목소리가 처음보다는 좀 누그러져 있었다. 이것이 바로 문학의 힘일까. 인간의 거친 정서를 정화해준다는.

"네?"

"도대체 이게 무슨 얘기요?"

"왜요? 재미가 없나요?"

"아니, 재미가 없지는 않아. 근데 이게 무슨 얘기냐고."

"재미있게 읽으셨음 됐지, 무슨 얘기인지가 뭐가 중요합니까?"

"일제시대 곡마단 얘기는 언제 나와요? 계속 야한 얘기만 나오고."

"아, 그게 계획이 좀 바뀌었습니다. 그러니까 제임스 조이스의 『율리시스』 같은 방향으로다가."

사장이 코웃음을 쳤다.

"출판계에 이런 일이 흔해요?"

"아, 그럼요. 원래 쓰려던 것을 그대로 쓰는 것. 그건 허접한 대중소설이죠. 본래 가려던 곳이 아닌 엉뚱한 곳에 비로소 도달하는 것, 그게 진짜 문학이죠. 원래 그런 거예요."

"아니, 출판사 사장 마누라하고 작가가 붙어먹는 거 말이야!"

사장의 말투가 다시 험해지기 시작했다.

"……흔하진 않을 겁니다."

"그렇지?"

"사장하고 편집자하고 자는 건 어떻습니까? 그건 흔한

가요?"

나는 조심스럽게 반격을 해보았다.

"그걸 내가 어떻게 알아? 이제 출판계에 들어왔는데."

"모른다고요?"

"글쎄, 모른다니까."

총을 쥔 것은 내가 아니라 그다. 내가 물러설 수밖에 없다.

"아, 나하고 이부장하고 뭐 그렇고 그런 사이라고 생각한 모양이군. 참으로 답다 다워. 내가 뭐가 아쉬워서 당신 전처하고 그렇고 그런 사이가 된단 말이야. 참, 내가 알기로 이부장이 만나는 남자는 따로 있어. 누군지 알아? 철학과 교수라던데? 시도 쓰고?"

"시를 쓰는 철학과 교수라고요? 확실합니까?"

나는 깜짝 놀라 소리쳤다.

"아는 사이야? 시집 내겠다고 이부장이 원고 가져왔던데. 좀 수상쩍어서 알아봤더니 둘이 그렇고 그런 사이더라고."

"아니, 이런 개새끼가."

"욕하는 걸 보니 서로 아는 사이셨구만. 그렇지만 당

신이 지금 그런 것 가지고 분개할 상황이 아닌 것 같은데……"

철학이 자꾸만 사장과 수지의 관계에 대해서 묻던 게 생각났다. 뭐? '제수씨가 그렇게나 대단한 여자야?'라더니. 이 새끼가 아주 나를 갖고 놀고 있었던 것이다. 내가 뭐라고 하면 태연한 낯짝으로 그러겠지. 수지하고 자기는 '섹스를 한다'는 무거운 관념을 처리하고 있을 뿐이라고. 아, 나에게도 총이 필요하다. 철학에게 묻고 싶다. 너의 그 무거운 관념이 과연 가볍고 빠른 총알을 이길 수 있을까?

사장이 원고를 책상 위에 던졌다.

"자, 그건 잊어버리라고. 어차피 살아서 돌아가지도 못할 텐데 뭘. 이 소설에 대한 내 생각은 이래. 이건 쓰레기야. 나를 엿 먹이려고 쓴 글이란 말이지. 도대체 이런 소설을 쓴 저의가 뭐야?"

"쓰레기라니요? 이해가 잘 안 되네요. 물론 이 소설의 창작 동기가 불순, 아니 불명확했던 것은 저도 인정합니다. 그러나 막상 쓰기 시작하자 신비스러운 일이 일어났습니다. 모든 작가들이 어느 정도는 겪는 현상입니다만 작품이 작가 자신을 배반해버리는 것입니다. 이번 경우에는 작품이 저 자신을 초월해, 저의 비천한 문재와 사상을 훌쩍 뛰어넘어 저 홀로 놀라운 경지로 가버린 겁니다. 그러니까 이 원고는 작가 박만수가 쓰는 것이 아니라 저의 손을 빌려, 아기 예수가 성모마리아의 몸을 빌려 이 세상에 오셨듯이, 이 세상에 지금 오고 있는 것입니다. 기독교식으로 말씀드려 기분이 나쁘실 수 있는데, 그렇죠, 선승들 같았다면, 한 소식을 했다, 뭐 그런 식으로 말들 했겠죠."

"내가 월스트리트에서 돈놀이나 하다 왔다고 지금 사기를 치려는 모양인데."

"그런 거 아닙니다."

"골드만삭스에서 내가 하던 일이 뭔지 알아?"

글쎄…… OPM밖에는 생각이 안 났다.

"채권의 정확한 가치를 산정하는 거야. 채권이 뭔지 알아? 쉽게 말해 빚이야. 내가 말야. 채권을 산정하는 데에서만큼은 실수가 없었다고. 이놈의 출판사 인수해보니까 전부 채권이더라고. 작가라는 인간들이 계약금만 받아 처먹고는 원고를 안 넘겨서 발생한 악성 채권. 당신은 악성 중의 악성이고."

"그건 좀 말씀이 심한……"

"남의 마누라까지 덮쳤잖아. 이게 쉽게 갚을 수 있는 빚인 줄 알아? 죽음으로밖에는……"

사장은 흥분하여 말을 더듬기 시작했다.

"엉, 주, 죽음으로밖에는 갚을 수가 없는 채무야."

"그런 선입견을 갖고 작품을 읽으시니까……"

"선입견? 내가 한 말 뭐로 들었어. 선입견으로 채권을 평가해서 내가 골드만삭스에서 그렇게 많은 돈을 받은 줄 알아? 난 냉정한 사람이야."

"이 소설은 정말 다르다니까요."

"내가 당신 소설 다 읽어봤잖아. 솔직히 내가 좀 좋아하기도 했어. 그런데 이 소설에는 당신 소설이 그나마 갖고 있었던 장점마저 없어. 한마디로 최악이야."

"그렇지 않아."

영선이었다.

"뭐야? 너도 읽었어? 넌 소설 모르잖아?"

놀란 것은 나도 마찬가지였다. 그녀가 읽고 있는 줄은 몰랐다.

"모르는 건 당신이야. 돈밖에 모르는 주제에. 나도 어릴 땐 소설깨나 읽었다구. 당신 같은 남자하고 사는 바람에

옥수수와 나

멀어졌지만."

"어쨌든, 그래서 결론이 뭐야?"

작가는 언제나 독자의 견해를 알고 싶어한다. 그 독자가 옷을 벗고 있든 입고 있든 그건 그렇게 중요하지 않다. 영선은 그 아름다운 입술로 이렇게 말했다.

"그래, 나는 문학은 몰라. 그래도 소설은 알아. 이 소설은 죽여줘. 사실 주인공의 생각은 잘 이해가 안 되고 줄거리도 어떻게 흘러갈 건지 도무지 모르겠더라. 그렇지만 한번 잡으면 끝까지 읽게 된다니까. 마치 좋은 팟을 진하게 한 그런 느낌이랄까?"

"팟이 뭡니까?"

대답은 사장이 대신했다.

"그것도 모르면서 무슨 작가라고. 대마초. 마리화나."

"일단 정말 열심히 쓰더라니까. 타이핑도 얼마나 빠른지. 잠도 안 자고 밤새도록……"

나는 그녀가 내 몸의 특정 부위의 신비한 상태에 대해서 언급할까봐 마음을 졸였다. 그러나 다행히 그녀도 지각은 있었다.

"뭔가 신기가 들린 것 같았어. 그런 상태에서 쓴 거라면 뭐가 달라도 다를 거야. 사실 당신도 신나게 읽었잖아?"

너구리가 인상을 찡그렸다.

"나하고 둘은 문학적 견해가 다른가보군. 모든 광기가 예술혼은 아니지. 통성기도 하고 방언 한다고 다 성자는 아니듯이 말야. 쓰레기라도 잘 읽힐 수는 있는 거야. 그리고 작가가 무슨 생활의 달인이야? 타이핑 속도가 뭐가 중요해? 좋아. 책은 내겠어. 작가 박만수의 마지막 작품. 미완성 유고 소설이라고 선전하면 계약금은 회수할 수 있겠지. 뭐, 운이 좋다면 꽤 많이 팔릴 수도 있겠어. 아, 뉴욕에서 총 맞아 죽기 전까지 쓰던 소설이라고 언론에서 떠들면 좀더 나가려나? 이미 원고지 천 매가 넘는 것 같던데. 그럼 책 한 권 분량은 될 거고, 오히려 어설픈 후반부가 없으니 독자들은 마음대로 상상하겠지. 아, 완결됐다면 걸작이 되었을지도 모르는데, 하면서 아쉬워도 하겠고. 아무리 봐도 이게 최선이야. 박작가는 이쯤에서 죽어주는 게 그간 써온 작품들의 운명을 위해서도 좋을 거야."

"아니, 다음 얘기가 궁금하지도 않습니까? 영선씨도 재밌다고 하잖아요? 일단 소설을 끝마칠 기회를 한번 줘보세요."

"소설에 무슨 줄거리가 있어야 다음이 궁금하지. 읽을 땐 그럭저럭 읽히는데 덮고 나니 다음이 하나도 안 궁금해. 내가 궁금한 건 바로 여기에서 벌어지는 일이야. 나는 아주 오랫동안 영선이 너를 죽이는 상상을 해왔거든. 얼마나 오래 그걸 생각해왔는지 넌 모를 거야. 내 상상 속에서 너는 무수히 죽었어. 실행에 옮기려 한 적도 있었지. 그런데 그때마다 계획에 결함이 발견되곤 했어. 그래서 수정을 하고, 또 수정을 하고, 오늘에야 완벽해진 것 같아. 살인 계획이라는 건 말야, 이민하고 비슷한 것 같아. 한번 그쪽으로 생각을 하기 시작하면 멈출 수가 없어."

영선이 쏘아붙였다.

"나라고 당신 죽이고 싶은 순간이 없었는 줄 알아? 늘 혼자만 옳지. 이번 계획은 완벽한 것 같아? 제 꾀에 제가 빠지고 말걸? 내가 죽으면 당신이 가장 유력한 용의자야. 당신 입국 기록도 있을 거 아냐?"

"완벽한 알리바이를 만들어놓고 왔으니까 그건 걱정 안 해도 돼."

둘의 감정이 더 격해지지 않도록 내가 끼어들었다.

"완벽한 알리바이? 그거야말로 허상입니다. 반드시 허

점이 있게 마련이죠. 작가들도 말이죠. 구상 완벽하게 하고 작품 시작하는 사람들치고 별 볼 일 있는 사람이 거의 없다 이겁니다. 실패한다는 거죠. 써나가보면 인물들이 살아서 움직이기 시작하고, 그렇게 되면 전혀 다른 이야기가 돼버리거든요. 내가 볼 때 당신은 강박증이에요. 계획한 대로 다 돼야 한다고 믿는 어린애란 말입니다. 자, 총 내려놓으세요. 살인이라는 건 말입니다. 돌이킬 수 없는 거예요. 그런 짓을 함부로 저지르면 안 돼요. 인생이 무슨 게임입니까?"

"시끄러워. 하여간 입만 살아가지고는. 그렇게 잘 아시는 분이 소설은 왜 그 모양일까?"

사장이 다시 권총을 치켜들었다.

"이쯤에서 거절할 수 없는 제안을 하지."

사장은 주머니에서 약봉지 두 개를 꺼내 우리에게 던졌다.

"총이 마음에 안 드나본데, 그렇다면 선택의 여지를 줄게. 이 약을 먹든지 내 총에 맞든지."

"무슨 약입니까?"

"그걸 모른다는 게 여기서 재미있는 부분이야. 청산가

리일 수도 있고 그냥 수면제일 수도 있어. 약을 먹지 않겠다면 나는 주저 없이 방아쇠를 당길 거야. 이 동네에선 밤에 총소리 좀 들린다고 경찰 부르고 그러지 않으니까 그건 걱정 안 해도 돼."

"잠깐."

영선이었다.

"이거 먹으면 죽을 수도 있는 거지?"

"그렇지."

"정말 날 죽여야겠어? 이 한심한 인간아."

"응. 더이상은 널 참을 수가 없어. 아니, 널 죽이고 싶은 욕망을 더는 견딜 수가 없어."

"이혼해줄게. 이번엔 정말이야."

"그건 돈이 너무 많이 들어. 그리고 내 오랜 구상이 너무 덧없잖아?"

"나쁜 자식."

"마음대로 욕해. 그럴 시간도 이제 얼마 안 남았으니까."

그녀가 입술을 깨물었다. 나는 영선의 아름다운 옆모습을 슬쩍 살폈다. 너구리는 정말 저 아름다운 육체를 끝장 내려는 걸까? 그녀는 청순하고 조신한 자세로 다리를 포개고 앉아 비극적인 표정으로 약봉지를 손에 쥐었다. 나는 약봉지를 물끄러미 내려다보았다. 월스트리트에서 성공한 놈은 역시 달랐다. 협상력이 한 수 위였다. 100퍼센트의 확률로 죽는 총이냐, 그래도 그나마 희망이 있는 약이냐의 양자택일. 그런데 만약 저 약이 치명적인 독약이라면 살인자에게는 참으로 유리한 살해 방법이다. 누가 봐도 음독자살이다. 소설에서라면 별로겠지만 현실에서는 꽤 쓸 만한 플롯이다.

"그럼 마지막으로 한 가지만 부탁합시다. 미완성이지만 부디 교정과 교열에 신경을 많이 써주세요. 참고로 말씀드리면 그래도 내 원고는 수지가 잘 봅니다."

사장은 종이와 펜을 내게 던졌다.

"약을 먹는다고 반드시 죽는 것은 아니니까. 자, 약을 먹기 전에 우리 약속을 하나 하자고. 혹시 그 약을 먹고 살아나더라도 오늘 일은 없던 걸로 하는 거야. 그냥 짓궂은 장난을 했다 치는 거지. 나도 더이상 둘의 관계를 문제 삼지 않을 테니 두 사람도 경찰에 신고한다든가 하지 말라는 거야. 어때? 그러니 그 종이에 각서를 하나 써줘."

"쓰겠습니다, 쓰겠습니다."

나는 서둘러 펜을 집었다.

"문구는 내가 불러줄게."

나는 펜을 더욱 굳게 쥐었다.

"모든 것을 용서한다. 그 어떤 용서 못할 일도 다 용서하니 여러분도 나를 용서해주길."

"어, 그건 너무 유서 같은데요?"

나는 항의했다.

"뭐, 관점에 따라서는 그렇게 볼 수 있는 여지도 있겠지."

사장은 입가를 슬쩍 올리며 웃었다. 그러고는 총을 들어 내 미간을 겨누었다.

"얼른 안 써?"

시키는 대로 쓸 수밖에 없었다. 이제 유서까지 있으니 그야말로 완벽해졌다. 나는 고개를 들어 사장을 바라보았다. 그제야 그가 달리 보였다. 그는 분노에 사로잡힌 오쟁이 진 남편이 아니었다. 그의 계획은 빈틈없고 완벽했다. 단 하나의 아귀도 어긋남이 없이 딱딱 맞아들어간다. 그러고 보면 플롯이라는 단어는 음모로도, 그리고 구성으로도 번역된다. 범죄자와 작가는 비슷한 구석이 있다. 은밀히 계획을 세우고 그것을 실행에 옮긴다. 계획이 뻔하면 덜미를 잡힌다는 점에서도 그렇다. 때로는 자기 꾀에 자기가 속는다는 점도 그렇지. 이 아파트에서 내가 쓰고 있던 소설은 정해진 플롯이라고는 없는 중구난방의 이야기라고 할 수 있었다. 반면 사장의 음모는 아주 짜임새 있는, 그러나 바로 그렇기에 저급한 추리소설의 냄새를 풍긴다. 그런데도 승자는 사장이라니. 이것은 혹시 잘 짜인 플롯이 결국에는 중구난방 요령부득의 서사를 이긴다는 의미일까? 너무 비약인가? 나는 내 곁에서 조용히 죽음을 받아들일 준비를 하고 있는 영선을 바라보았다. 이 범죄 치정극의 마지막 퍼즐. 그런 소설에는 꼭 등장하는 절대 미모의 팜파탈. 그런데 이 여자, 너무 얌전하다. 죽음을 목전에 둔 사람치고는.

"잠깐만요!"

나는 손을 들었다.

"또 뭐야?"

"부인하고 약을 바꾸면 안 될까요?"

"왜?"

"똑같은 약이라면 바꿔도 상관없을 것 같아서요. 왜요? 안 되나요? 안 된다면 왜 안 되죠?"

사장은 인상을 찌푸렸다.

"후회하지 않을 자신 있어?"

영선은 약봉지를 움켜쥐고 내놓지 않았다.

"이리 내놓으시지."

나는 억지로 그녀의 약을 빼앗아 내 것과 바꾸었다.

"그런다고 결말이 달라질 거라고 생각해?"

사장이 물었다.

"그럴 수도……"

"음…… 당신의 문제가 뭔지 알아? 인생에 대한 진지함이 부족하다는 거야. 이게 지금 당신이 쓰고 있는 소설인 줄 알아? 여기서 당신은 작가가 아니라 등장인물이야! 종속변수라고. 알아?"

종이 봉지를 뜯자 흰 알약 하나가 굴러나왔다.

"자, 이제 약을 삼켜. 이번에는 정말 쏠 거야. 나 화장실 가야 되거든. 자, 셋 셀 동안에. 어서! 하나, 둘……"

그가 권총을 들어 나를 겨누었다. 나는 눈을 질끈 감고 약을 입안에 털어넣었다. 약은 혀에 닿자마자 쓴맛을 내며 녹기 시작한다. 이봐, 너구리, 내가 등장인물일 뿐이라고? 무슨 소리! 나는 언제나 내 인생이라는 난해하고 음란하고 해체적인 책의 저자였어. 이렇다 할 줄거리도 없고 누구도 출판해주지 않을 이야기의 주인공이기도 하지. 내가 종속변수라고? 천만의 말씀, 내가 바로 저자고 일인칭 시점 화자고 이야기의 종결자야. 너나 네 마누라가 아니라 내가 죽어야 끝나는 거지. 그래야 마지막에 '끝'이라고 쓸 수 있는 거라고.

그런데 왜…… 안 끝나지?

나는 천천히 눈을 뜬다. 방이 조금 커졌다는 느낌이 든다. 아니, 아주 커졌다. 천장이 아주 높고 현관도 멀어 보인다. 어느새 아파트의 가구들도 모두 사라져 있다. 의자도, 침대도, 심지어 창문도 없다. 마치 감옥에 있는 것 같다. 저기 보이는 줄무늬, 저것은 철창인가, 아니면 벽지의 문양인가? 나는 고개를 돌려 사장이 있던 쪽을 본다. 사장의 모습이 이상하다. 서서히 변해가는 것 같다. 정수리에서 붉은 볏이 자라 나오기 시작하더니 입도 점점 튀어나와 짧고 날카로운 부리가 된다. 옆에서도 푸득푸득 하는 소리가 들린다. 영선 역시 변신중이다. 가느다란 팔은 날개가 되고 아름다운 발은 세 조각으로 나뉘어 갈라진다. 두 마리의 거대한 닭이 매서운 눈길로 나를 내려다본다. 나는 오금이 저려 점점 더 작아지고 방은 더욱 커진다. 구륵구륵구륵. 두 마리의 닭이 목을 울리며 기괴한 소리를 낸다. 구륵구륵구륵. 두렵다. 너무도 두렵다.

……

마침내 아득한 의식의 안개를 뚫고 하나의 문장이 서서히 형체를 드러낸다. 나는 그 문장을 소리내어 읽는다.

나는 옥수수가 아니다.

나는 옥수수가 아니다.

나는 옥수수가……

그러나 그것만으로는 충분하지 않다는 생각이 자꾸만 든다.

(『세계의 문학』 2011년 봄호)

악어

 한 남자가 있었다. 그는 독특하고 신비로운 목소리로 유명한 가수였다. 그러나 변성기가 되기 전까지 그는 허약하고 별 볼일 없는 작은 소년에 지나지 않았다. 늘 감기에 걸려 있었고 그 밖에도 잦은 병치레를 했다. 대놓고 말은 안 했지만 그의 부모는 그가 스무 살도 되기 전에 죽을지 모른다고 생각했다. 그랬기 때문에 아들이 원하는 것은 가능하면 들어주었다. 말만 하면 부모가 어떻게든 소망을 충족시켜주었기 때문에 오히려 그는 자신이 원하는 것을 입 밖에 잘 내지 않는 소년이 되었다. 그 역시 자신은 일찍 죽어 부모를 슬프게 할지도 모른다고 생각했기 때문에 가능하면 부모에게 부담이 되지 않으려고 노력했다.

부모는 그에게 피아노와 바이올린을 가르쳤다. 그는 피아노를 더 좋아했지만 오래 치지는 못했다. 그래도 집에 돌아오면 피아노 앞에 앉아 한두 시간씩 피아노 연습을 하곤 했다. 피아노를 치면서 가끔 허밍을 하기도 했다. 피아노만으로는 부족하다는 느낌이 어린 그의 내면에서 서서히 커져갔기 때문이었다. 그러나 그런 느낌을 다른 사람에게 어떻게 표현해야 할지 몰라 그는 아무 말도 하지 않았다.

반 친구들도 그를 알고는 있었지만 워낙 조용하고 말수가 적은 아이였기 때문에 몇 번 집적거리다가 흥미를 잃고 내버려두었다. 아이답지 않은 깊고 그윽한 눈과 한번 마주치면 잔인하게 괴롭히고 싶은 마음이 자기도 모르게 사라져버렸다. 둥지에서 떨어져 파닥거리는 어린 새를 보듯, 아이들은 그를 바라보았다. 훗날 그를 알게 된 한 여자는 그의 눈을 '죄책감을 불러일으키는 눈동자'라고 회상했다.

그런데 변성기가 찾아오자 모든 게 변해버렸다. 다른 아이들과 달리 그의 변성은 갑작스럽고 돌연했다. 그날도 그는 여느 때처럼 심한 감기에 걸려 며칠 동안 학교에도 가지 못하고 있었다. 열도 높은데다 목이 꽉 잠겨 아무 말도 할 수 없을 지경이었다. 땀과 콧물이 쉴새없이 흘렀다. 그래서 시트와 베갯잇이 흠뻑 젖으면 어머니가 그것들을 잘 마른 것으로 갈아주었다. 세번째로 시트를 갈았을 쯤에야 비로소 열이 내리고 미친듯 흘러내리던 콧물도 멈췄다. 그리고 오래 잠겨 있던 목도 풀렸다. 아, 아, 그릉그릉. 크르르르릉. 목청을 가다듬을 때마다 목에서 진득한 무언가가 거칠게 치밀어올라왔다.

몸은 아팠지만 기분이 나쁘지는 않았던 것으로 그는 기억했다. 말리는 어머니의 말을 듣지 않고 욕실로 들어가 욕조에 뜨거운 물을 받았다. 그리고 뜨거운 김 속으로 마르고 쇠약한 제 몸을 밀어넣었다. 그는 눈을 감고 입을 벌렸다. 후텁한 공기 속으로 뭔가 차가운 것이 지나갔다. 그는 눈을 떴다. 욕실 안에 낯선 목소리가 앉아 있었다. 훗날 그는 그 순간을 그렇게 표현했던 것이다. 낯선 목소리 하나가 앉아서 자신을 지켜보고 있다고. 그러니까 그때까지만 해도 목소리는 그의 몸속으로 들어와 그의 것이 되지 못한 채 욕실 안을 배회하고 있었던 것이다.

그가 입을 조금 더 벌리자 차갑고 미끈한 것이 호흡기로 훅 끼쳐드는 것을 느꼈다. 놀라 입을 다문 그는 잠시 후

조심스럽게 목청을 가다듬기 시작했다. 피아노를 조율할 때와 같은 단조로운 아, 아, 아, 소리가 욕실에 울려퍼졌다. 그것은 아주 매력적이고 감미로웠다. 일찍이 단 한 번도 들어본 적이 없는 생경한 목소리였지만 싫지는 않았다. 자꾸만 듣고 싶은 울림이 있었다. 그는 손바닥을 목울대에 대보고서야 그 매혹적인 목소리가 자기 목소리임을 알았다. 그는 나지막하게 노래를 불러보았다. 제 목에서 나와 욕실의 도기타일에 어지럽게 부딪혀 돌아오는 그 음성은 풍성하고 다채로웠다. 높은 음을 낼 때는 아주 예리한 칼로 웃자란 풀을 자를 때의 소리가 났고 낮은 음에서는 오래 무두질한 가죽으로 만든 북을 노련한 연주자가 섬세하게 두들기는 듯했다. 중간 음역대에서는 잘 숙성된 술이 그렇듯 독특한 성질이 여러 겹을 이루며 조화를 이루었다. 거친 야성은 도회적 세련미와 어울렸고 피콜로의 음색을 닮은 고음이 바순을 연상시키는 저음과 포개져 감칠맛을 냈다. 그 절묘한 하모니만으로는 그 목소리가 가진 매력을 모두 설명할 수 없었다. 이 아름다운 목소리 속에는 어떤 날카롭고 위험한 것이 숨어 있었다. 소년은 욕실에 울려퍼지는 자기 목소리를 주의깊게 들으며 그 속으로 더 깊이 들어가고자 애썼다. 아, 조심해. 소년은 몸서리를 치며 혼잣말을 했다. 생크림 같은 짙은 안개가 숲을 뒤덮고 있었다. 그 속에서 갑자기 순록 한 마리가 튀어나왔다. 이차선 도로의 한가운데에 멈춰선 채 고개를 돌린 순록은 마치 동화 속의 유니콘처럼 보였다. 바로 그때, 기다렸다는 듯이 트럭 한 대가 맹렬한 속도로 달려와 순록을 들이받고는 잠시 도로 위에서 비틀거리다가 다시 안개 속으로 사라져갔다. 트럭이 지나간 길을 따라 순록의 붉은 피가 점점이 도로 위에 흩뿌려져 있었다. 그러나 순록은 보이지 않았다. 뿔이 어지러운, 그 우아한 초식동물은 어디로 갔을까?

그는 눈을 떴다. 그리고 노래를 멈추고 수건으로 몸을 닦았다. 욕실 밖으로 나오니 어머니가 손등으로 눈물을 찍어내고 있었다. 왜 우느냐고 그가 묻자 그녀는, 잘 모르겠다, 괜히 눈물이 나온다고 말했다. 엄마 나이 되면 가끔 이럴 때가 있단다. 말은 그렇게 했지만 실은 영문을 모르는 눈치였다. 그러다가 갑자기 그 몇 달 새 키가 부쩍 커버린 아들을 올려다보면서 눈을 크게 떴다. 너, 목소리가 변했네. 변성기인가보네. 그는 머리를 긁적였다. 제 목소리 좀 이상하지 않아요? 그녀는 잠시 뭔가를 생각하는 듯 미간을 좁혔다. 아니, 이상하지는 않은데, 좀 다른 사람이 된 것 같아. 내 아들 같지가 않아. 그녀는 아들이 변치 않았다는 것을 확인하려는 듯 소파에서 일어나 목욕으로 몸이 뜨거워진 아들을 꼭 껴안았다. 어이구, 우리 아들 맞네. 방에 들어가서 쉬어.

그날 이후부터 그의 인생은 완전히 달라졌다. 그는 사람들 앞에서 노래를 부르기 시작했다. 소문은 빨리 퍼졌다. 수업에 들어온 선생님들도 그에게 노래를 시켰다. 몇몇 여자애들이 앓아누웠다. 별로 슬픈 노래도 아니었는데 사람들은 눈물을 흘렸다. 그의 노래는 듣는 사람들 모두에게 자기 생애 가장 슬픈 순간들을 떠올리게 만드는 묘한 힘이 있었다. 체온도 올라가 그의 노래를 들을 때면 돌연 저릿, 한기를 느낀다는 사람들도 있었다. 내 평생 경험한 가장 달콤한 추위였어요. 당시 그의 노래를 들었던 한 여자는 훗날 이렇게 회고했다. 한 선생은 그를 상담실로 불러냈다. 한참을 안절부절못하던 그녀가 손을 뻗어 그의 뺨에 갖다댔다. "미안해. 한 번만, 그냥 한 번만, 너를 만져보고 싶었어. 네가 정말 사람일까, 생각했단다. 어떻게, 어떻게 너는 그런 목소리를 가졌니. 그러고도 어떻게 그렇게 무심할 수가 있니? 넌, 넌 그게 아무렇지도 않아?" 그가 살아가는 동안 무수히 받게 될 질문세례의 시작이었다.

길지 않은 일생 동안 그는 많은 여자를 안을 수 있었다. 가끔은 남자와도 잤다. 여자도 그리고 남자도, 사실 그는 별로 좋아하지 않았다. 단지 그들이 간절히 원하는 것을 들어주었을 뿐이었다. 모든 사람의 예상대로 그는 스무 살이 되기 전에 직업가수의 길로 들어섰다. 대학은 가지 않았다. 남의 곡을 받아 음반을 냈고 여기저기서 콘서트를 했다. 그는 모두 다섯 장의 음반을 냈는데, 당대의 음악적 유행과 거리가 먼 노래들을 불렀던 것을 감안하면 꽤 큰 성공을 거둔 셈이었다. 기업적인 매니지먼트회사에 소속된 건 아니었지만 적지 않은 수의 열광적인 팬들이 있었다.

어느 가을밤, 행복한 미소를 지으며 자기 옆에 누워 있는, 이름도 모르는 여자 옆에서 그는 문득 이런 생각을 하기 시작했다. 사람들은 내 목소리에 반했다고들 하지. 그러나 나는 이 목소리를 얻기 위해 아무 노력도 한 적이 없어. 그냥 다른 사람처럼 변성기가 찾아왔을 뿐이야. 그리고 무슨 크리스마스 선물처럼 이런 목소리를 갖게 되었지. 그렇다면 언젠가, 마치 그 김이 가득한 욕실로 나를 찾아왔을 때처럼 다시 나를 떠날 수도 있지 않을까?

그런 생각은 처음이었다. 늘 당연하다고 생각해왔다. 새로 산 차를 몰고 주춤주춤 도로로 나서듯이, 그러다가 어느새 그 차가 자기 차라는 것을 추호도 의심하지 않게 되듯이, 그는 새로 얻은 목소리에 익숙해져 있었고, 그래서 그것으로 돈을 벌고 사람들의 마음을 빼앗는 것에 대해서 아무 의심도 하지 않았던 것이다.

그는 잠든 여자를 흔들어 깨워 집으로 돌려보냈다. 그리고 지하로 내려가 새로 산 스포츠카를 몰고 밖으로 나가 시내로 향했다. 가끔 사람들이 그리울 때마다 모자를 눌러쓰고 어두운 구석에 앉아 테킬라를 마시다 가곤 하는 클럽이었다. 자욱한 담배연기를 뚫고 들어가자 한 밴드가 악기를 점검하고 있었다. 기타 하나에 보컬 하나, 그리고 키보드로 이루어진 무명 밴드였다. 고등학생 정도로밖에 안 보이는 아이들이 앰프의 선을 점검하고 있었다. 그중에서도 보컬은 특히 어려 보였는데 무대경험이 거의 없는 듯 불안하게 눈동자를 굴리고 있었다. 연주가 시작되자 보컬은 눈을 감은 채 마이크를 부여잡고 음악에 집중하기 시작했다. 기타는 음이 잘 맞지 않았고 키보드는 자주 리듬을 놓쳤다. 한마디로 초보적인 수준의 무명 밴드였다. 어떻게 저런 실력으로 남 앞에 설 생각을 했을까? 그런데 보컬만은 달랐다. 형편없는 연주를 뚫고 서서히 제 존재를 드러내기 시작했다. 잘 훈련된 창법은 아니었지만 날것 그대로의 맹렬한 신선함이 살아 있었다. 클럽의 공기가 바뀌기 시작했다. 민감한 귀를 가진 여자들이 먼저 수다를 멈췄다. 엑스터시에 취해 흐느적거리던 사내들이 고개를 들었다. 두번째 곡이 시작됐을 때는 클럽 안의 거의 모두가 무대를 보고 있었다. 그는 선글라스를 벗었다. 보컬은 아직 여드름이 남아 있는 소년이었다. 몸은 비쩍 말랐고 목은 가늘어 마치 해바라기 줄기 같았다. 저렇게 야윈 몸이 어떻게 저렇게 무거운 머리를 지탱할 수 있을까? 그러나 그의 목소리는 놀라웠다. 그가 입을 벌려 소리를 내지를 때마다 클럽 안의 실내온도가 일 도씩 내려가는 것 같았다. 스스슥. 차가운 물이 클럽 안으로 스며들고 있었다. 소년의 이 매혹적인 목소리에도 어딘가 위험한 기운이 있었다. 낯설지 않았다. 소년의 노래를 들으며 그는 자기도 모르게 흐르는 눈물을 남몰래 닦았다. 바로 그때, 쉬이익, 턱! 거대한 무언가가 천천히 길고 무거운 꼬리를 부드럽게 흔들며 그가 앉아 있는 테이블을 지나 어두운 플로어를 가로지르고 있었다. 눈물로 흐려진 눈으로 그는 그것을 지켜보았다.

악어였다.

그토록 거대한 파충류가 꼬리를 흔들며 클럽 한가운데를 통과하고 있는데도 아무도 그것을 눈치채지 못하고 있었다. 악어는 노래에 빠진 사람들 사이를 유연하게 통과해 더 깊은 어둠 속으로 들어갔다. 온전히 그 안으로 사라지기 직전에 악어는, 뭔가 잊은 것이 있다는 듯, 쓰윽 뒤를 돌아보았다. 나를 찾는 걸까? 그의 온몸에 드르륵, 돌기들이 솟았다.

다섯 곡을 내리 부른 뒤 밴드는 무대 뒤로 퇴장했다. 그는 자리에서 일어나 무대 뒤에 마련된 옹색한 대기실로 갔다. 꽃다발을 든 여자들이 대기실 앞에 진을 치고 있었다. 몇 명은 그를 알아보고 소리를 질렀다. 그는 향수냄새 풍기는 여자들을 제치고 대기실의 철문을 열었다. 땀을 흘리며 악기를 챙기고 있는 세 명의 덜 자란 청년, 혹은 웃자란 소년들이 거기 있었다. 그는 보컬을 불렀다. 소년이 그에게로 다가왔다. 숨이 아직 거칠었고 눈은 꿈꾸는 듯 몽롱했다.

"무슨 일이시죠?"

그는 선글라스를 벗어 자기 얼굴을 보여주었다.

"노래 잘 들었어. 꽤 하던데?"

"아, 네."

소년은 그가 누구인지 전혀 알아보지 못하는 눈치였고 알고 싶어하는 것 같지도 않았다. 초조해진 그는 더 화려한 찬사로 소년의 마음을 사로잡으려 애썼다. 그러나 그럴수록 소년은 그를 지겨워하는 눈치였다. 어서 그에게서 벗어나 밖에서 꽃을 들고 기다리고 있는 소녀들에게 가고 싶어하는 것 같았다. 그는 소년에게 물었다.

"올해 몇 살이니? 변성기는 지난 거야?"

돌아서려던 소년이 발길을 멈추었다. 그리고 뭔가를 말하려고 하다가 입을 다물었다. 그러자 처음부터 그를 못마땅하게 보고 있던 기타리스트가 다가와 그를 향해 가슴을 내밀며 물었다.

"그런 건 왜 물어보세요? 아저씨, 변태예요?"

그는 쫓기듯 대기실 밖으로 밀려났다. 클럽의 뒷문을 열고 나오면서 그는 도시의 더러운 어둠을 향해 조용히 혼잣말을 했다.

"이런, 개새끼."

그리고 차를 거칠게 몰고 여러 번의 신호 위반을 하면서 집으로 돌아왔다. 그는 독한 술을 마시고 잠이 들었다.

다음날 아침, 그는 느지막이 일어나 천천히 샤워를 했다. 그때까지도 그는 자신에게 어떤 변화가 찾아왔는지 전혀 모르고 있었다. 그는 머리를 말리고는 거실 소파에 앉아 지난 밤 보지 못한 프리미어 리그 축구경기를 보았다. 전반전이 끝나자 그는 휴대폰을 들고 매니저에게 전화를 걸었다. 오후의 일정이 궁금했기 때문이었다.

"어, 오늘 일찍 일어났네?"

매니저가 예의 반가운 목소리로 전화를 받았다. 어, 형 저예요, 오늘 말이에요, 라고 말하려고 했지만 그의 입에선 아무 소리도 나오지 않았다. 이상한 낌새를 챈 매니저가, 여보세요, 여보세요, 큰 소리로 외쳤지만 그는 아무 대답도 할 수 없었다. 그는 전화를 끊었다. 그리고 아, 아, 아, 입을 벌리고 목과 혀에 힘을 주었다. 마치 말이라는 것을 처음 배우는 시절로 돌아간 것 같았다. 그러나 아무 소리도 나질 않았다. 귀에는 이상이 없었다. 잉글랜드 프리미어 리그의 축구 중계는 정상적으로 잘 들렸다. 그는 고함을 치려고 해보았고 상상하기 어려운 고음을 내보려고도 했다. 역시 소용이 없었다. 그는 일 리터가 넘는 물을 마셨고 목이 아플 때마다 먹는 알약도 삼켰다. 신이 리모컨을 집어들고 나라는 인간의 볼륨을 확 꺼버린 걸까? 이제 지겨워졌다고, 시끄럽다고, 채널을 돌려버린 걸까?

한시가 되자 그의 문자메시지를 받은 매니저가 집으로 달려왔다.

"야, 콘서트가 내일모레잖아. 장난치는 거지? 왜 이래? 이런 장난 나 싫어해."

매니저는 묻고 또 물었다.

"너 어제 뭐한 거야? 뭐 잘못 먹었어?"

그는 코앞에 앉아 있는 매니저에게 휴대폰으로 문자메시지를 보냈다.

"아무것도 안 했어. 그냥, 클럽에 가서 술 몇 잔 했어. 그게 다야."

매니저 역시 코앞에 앉아 있는 그에게 문자메시지를 통

해 답장을 보내고 있었다. 사람들은 말을 못하면 귀도 안 들리는 줄 아는 것 같았다. 매니저는 병원에 가자고 했다. 그는 잠깐 쉬면 좋아질 거라고, 밤까지 지켜보다가 안 되면 병원에 가자고 다시 문자메시지를 보냈다. 그러고는 매니저를 달래 사무실로 돌려보냈다.

그러나 그의 목소리는 다시는 돌아오지 않았다. 그의 매니저가 세상에 그 사실을 알렸지만 곧이곧대로 믿는 사람은 아무도 없었다. 수많은 루머들이 떠돌아다녔고 파기된 계약에 대한 소송이 잇따랐다. 어떤 의사는 스트레스 때문이라며 정신과 치료를 권했다. 콘서트에 대한 압박 때문일 겁니다. 그 말을 믿지 않으면서도 혹시나 하는 마음으로 정신과 치료를 받았고 한의원에서 침을 맞았고 그 밖에도 사람들이 권한 그 모든 것을 했다. 그러나 어떤 것도 그의 목소리를 돌려주지 못했다. 그러던 어느 날, 그는 자신이 살던 곳에서 감쪽같이 사라졌다. 보내다 만 문자메시지가 남아 있는 휴대폰과 돈과 신용카드가 잔뜩 든 지갑까지 남겨둔 채, 심지어 입으려던 바지까지 침대 위에 걸쳐둔 채, 그는 말 그대로 증발해버렸다.

그로부터 며칠 후, 그가 살던 아파트 잔디밭에서 악어

한 마리가 발견됐다. 악어는 입을 벌린 채로 죽어 있었다. 그 악어가 어디에서 왔는지 아무도 알지 못했고 그후로도 밝혀내지 못했다. 죽은 악어는 한 동물원으로 보내져 박제가 되었다. 그때부터 이 동물원에는 이상한 이야기가 떠돌기 시작했다. 깊은 밤이 되면 믿을 수 없이 아름다운 노래가 들려오곤 한다는 것이다. 그러면 모든 동물들이 갑자기 동작을 멈추고 그 노래를 듣는다는 것이다. 어떤 이는 암사자가 갑자기 눈물을 흘리더라고 했고 또 어떤 이는 홍학이 고개를 떨구고 슬퍼하더라고 했다. 동물원 전체에서 내내 태연한 것은 악어뿐이었다. 영원히 입을 다물 수 없게 된 박제 악어는 언제나 허공만을 응시하고 있다.

(미발표작)

로봇

 출근길의 지하철에는 언제나처럼 사람이 많았다. 비에 젖은 우산들이 맹렬하게 비린내를 내뿜어대면 이에 질세라 승객들의 입에선 역겨운 군내가 풍겨나와 전동차 속의 공기는 탁해져갔다. 수경의 옆에 선 남자는 그 와중에도 한 손으로 손잡이를 잡은 채 끄덕끄덕 졸고 있었다. 남자는 자기가 들고 있는 축축한 우산이 지하철이 흔들릴 때마다 수경의 종아리를 건드리고 있다는 걸 모르고 있었다. 수경은 애써 몸을 피해보지만 상황은 나아지질 않는다. 그녀는 포기했다는 듯 고개를 젓는다. 그러곤 아무에게도 들리지 않을 작은 목소리로 중얼거려본다. 삶이란 별게 아니다. 젖은 우산이 살갗에 달라붙어도 참고 견디는 것이다. 그렇게 말하고 나자 한결 견딜 만했다. 잊어버리지 않도록 그녀는 그 문구를 계속 되뇌었다. 삶, 젖은 우산, 살갖, 참고 견딘다. 삶, 젖은 우산, 살갗, 참고 견딘다……

지이잉. 전동차의 문이 열린다. 그녀는 완강하게 버티는 두 남자 사이를 뚫고 간신히 승강장으로 내려선다. 휴. 자기도 모르게 한숨이 나온다. 그녀는 '회현'이라는 역명이 커다랗게 쓰인 벽 앞으로 가 의자에 앉는다. 그러곤 핸드백에서 작은 자주색 수첩을 꺼내 조금 전 생각해낸 경구를 적어넣는다. 삶이란…… 젖은 우산…… 참고 견디는 것. 수첩 속에는 수많은 경구들이 깨알 같은 글씨로 적혀있다. 소설에서 베낀 것도 있고 오늘처럼 스스로 생각해낸 것도 있지만 애써 구별하지는 않는다. 시간이 지나면 둘의 구분이 모호해지기 때문이다. 예를 들어, '사랑할 시간이 있을 때 사랑하라. 사랑할 시간이 없을 때에는 더더욱 사랑하라' 같은 구절은 스스로 생각해낸 것인지 아니면 어디서 받아적은 것인지 알 수 없었다. 그녀는 수첩을 핸드백에 다시 집어넣고 자리에서 일어나 개찰구를 향해 또각또각 걸어올라갔다.

승객들이 한차례 빠져나간 개찰구는 한산했다. 그녀는

핸드백에서 교통카드가 들어 있는 지갑을 꺼내며 판독기 앞으로 다가갔다. 누군가 건너편에서 자신을 뚫어져라 쳐다보고 있었다. 최근에 새로 설치된 개찰구들은 나가는 곳과 들어오는 곳의 구분이 명확하지 않았다. 이쪽에서도 나갈 수 있었고 저쪽에서도 들어올 수 있었다. 아마도 군중의 흐름을 유연하게 소화하려는 목적이겠지만 가끔 이렇게 들어오려는 사람과 나가려는 사람이 같은 통로 앞에서 마주치는 당혹스러운 상황이 생기기도 했다. 그녀는 개찰구 건너편에서 자신을 바라보고 있는 남자에게, 양보하겠다는, 그러니 먼저 들어오라는 사인을 보냈지만 남자는 들어오려고 하지 않았다. 그렇다고 다른 개찰구로 움직이거나 하지도 않았다. 단지 그녀를 멍하니 바라보고 있을 뿐이었다. 수경은 뭔가 상쾌한 것이 자신의 몸을 통과해가는 느낌에 그 자리에 얼어붙었다. 백화점 입구의 에어커튼에 갑자기 노출됐을 때와 같은 기분이었다. 자신을 응시하고 있는 이십대 초반의 그 남자는 믿을 수 없이 맑은 눈동자를 가지고 있었다. 여주인공을 사랑하는 착하디착한 순정만화 속의 캐릭터를 연상시키는 사람이었다. 그들은 여주인공을 너무도 사랑하여 여주인공이 다른 남자의 품에 안기는 것마저도 이해하고 용서하면서, 언제든지 그 남자가 싫어지거든(그런 순간이 오지 않을 것을 알면서도) 자신에게 돌아오라고 말한다. 언제든 네 그늘이 되어줄게. 그들은 이런 식으로 말한다. 물론 그늘은 그냥 그늘로 끝나고 사랑스럽고 아름다운 그녀들은 그 그늘로는 결코 돌아오지 않는다.

수경은 남자의 시선을 비켜 옆 개찰구를 지나 역 구내를 빠져나간다. 남자는 그때까지도 물끄러미 그녀를 바라보고 있다가 그녀가 움직이기 시작하자 머뭇머뭇 그녀를 뒤따르기 시작한다. 그녀의 발걸음은 반사적으로 빨라졌다. 이런 일이 흔하지는 않았지만 그렇다고 아예 없지도 않았다. 이십대 초반쯤에는 이렇게 따라온 남자와 커피도 마시고 했지만 뒤끝은 좋지 않았다. 남자들은 가벼운 모험이 성공하면 지나치게 흥분하는 경향이 있는 것 같았다. 그녀는 그의 눈에 비칠 뒤태에도 신경을 쓰면서 재빨리 계단을 올라갔다. 백 미터만 걸으면 회사였다. 나쁜 사람처럼 보이지는 않았어. 게다가 지금은 출근시간이잖아. 백주대낮이고. 그러니 별로 걱정할 일은 없을 거야. 숨이 가빠 걸음을 늦추는 순간 남자가 그녀를 가로막고 섰다.

그녀는 짐짓 화난 얼굴을 지어 보였다.

뭐예요?

남자는 얼른 대답하지 않고 그녀를 잠시 응시했다. 마치, 우리는 너무 오랫동안 만나지 못했잖아, 라고 말하는 것 같았다. 혹은, 왜 날 알아보지 못하지, 라고 책망하는 듯한 눈길 같기도 했다. 남자가 입을 열었다.

저도 잘 모르겠습니다. 지하철역에서 당신을 보는 순간, 제 내부의 뭔가가 움직였습니다. 당신과 말하고 싶고 당신의 말을 듣고 싶고 당신과 함께 있고 싶다는 생각이 들었습니다.

선량하고 맑게 생긴 남자가 너무도 진지하게 말하고 있어 그녀는 하마터면, 그럼 그래요, 라고 할 뻔했다. 물론 그녀는 그렇게 말하지 않았다. 대신, 죄송합니다, 바빠서요, 라고 대답하고는 회사를 향해 걸었다. 그녀의 등뒤에선 더이상 발소리가 들리지 않았다. 건물 정면의 회전문을 밀고 들어가다가 수경은 잠시 멈칫거렸다. 그렇지만 무심한 회전문은 망설이는 그녀를 회색 빌딩 안으로 쑤욱 밀어넣었다.

빌딩 속에는 전혀 다른 세계가 그녀를 기다리고 있었

다. 검은 대리석과 세련된 매입등, 검은 옷을 입은 경비업체 직원들이 이 빌딩이 싸구려가 아니라는 걸 보여주고 있었다. 재계 순위 3위의 대기업 계열사와 자본금 규모 세계 100위권의 은행 지점, 그리고 고급 이탈리안 레스토랑이 입주해 있는 빌딩이었다. 지하에는 매점이나 문구점 같은 작은 매장들이 들어서 있었다. 그녀의 사무실은 일층에 있었다. 정문으로 들어오시면 오른쪽으로 스튜어디스 인형 보이실 거예요. 그쪽으로 오시면 됩니다. 그녀는 사무실을 찾아오는 손님들에게 그렇게 설명하곤 했다. 안이 훤히 들여다보이는 통유리 위에는 '홀리데이 투어'라고 쓰인 필름이 붙어 있다. 그렇다. 우리의 그녀는 그 속에서 일한다. 그 속에서 그녀는 누군가의 휴가를 위해 전화를 걸고 자판을 두드리고 예약확인서를 끊어준다. 그러곤 선물이라는 듯, 살짝 웃어준다.

김수경씨. 인터폰에서 그녀의 이름이 울려나오자, 그녀는 자기도 모르게 미간을 찌푸린다. 들릴 듯 말 듯 한숨을 폭 쉬고 오른손으로 볼펜을 몇 번 똑딱거리고 자판 위의 스페이스바를 신경질적으로 두드리다가 자리에서 일어난다. 의자 뒤로 돌아 사무실의 가장 뒤쪽에 자리잡은 작은 방의 문을 연다. 감색 정장에 하얀 셔츠를 입은 남자가 빤히 그녀를 바라보고 있다. 부르셨어요? 명패 뒤에서 사장이 환하게 웃고 있다. 이렇게 찾아와주니 얼마나 반가운지 모르겠다는 표정이다. 그러나 수경은 따라 웃지 않는다. 단지 이렇게 말한다. 부르셨어요? 젊은 사장은, 평소 스스로를 대단히 매력적인 남자라고 믿어 의심치 않는 이 남자는, 꼭 무슨 일이 있어서라기보다, 라고 말하며 어깨를 으쓱한 후 자리에서 일어나 수경에게 다가온다. 수경은 자기도 모르게 몸을 움츠린다. 사장은, 수경의 머리카락을 매만지며 말한다. 비 많이 오나봐? 수경은 대답하지 않는다. 이어 사장의 손가락은 수경의 목덜미를 더듬는다. 비 오니까, 사장의 입김이 귓가에 느껴진다. 땡기지? 수경은 눈을 질끈 감는다. 사장은 그런 그녀가 귀엽다는 듯 낄낄거리며 웃는다. 인생은 젖은 우산을 견디는 것. 인생은 젖은 우산을 견디는 것. 인생은 젖은 우산을 견디는 것. 그녀는 아침에 생각해둔 경구를 되뇌며 그 순간을 견딘다. 그렇게 딴생각을 할 때 괄약근을 조이는 것은 수경의 비밀스러운 버릇이었다. 그렇게 하면 세상의 모든 나쁜 것들이 자신의 몸속으로 들어오지 못하리라는 이상한 확신이 그녀에게는 있었다. 사장은 눈을 감고 있는 그녀의 젖꼭지 부분을 마우스를 클릭하는 정도의 힘으로 톡 치며 마지막 한마디를 던진다. 저녁 비워놔. 오랜만에 한 게임 뛰어야지?

사장실 문을 닫고 나오는 순간 몇몇 직원들의 눈이 자신에게로 와서 꽂히는 것을 그녀는 바로 느낀다. 왜 그 눈길의 의미를 모르겠는가. 이 작디작은 회사에서 그녀와 사장의 관계는 명백해진 지 이미 오래다. 어째서 둘의 휴가기간이 같은지 직원들은 잘 알고 있다. 휴가를 떠난 뒤 자판 몇 번만 두드려보면 그들이 어떤 비행기표를 끊어서 어디로 향하고 있는지도 알 수 있는 직장이었다. 물론 사장은 그런 시선에 개의치 않았다. 문제는 그녀였다. 동료들은 적어도 겉으로는 결코 그녀를 따돌리지 않았다. 점심시간이 되면 함께 팔짱을 끼고 근처 식당들을 순례했고 오후에 누가 간식거리를 사오거나 하면 그녀에게도 공평하게 나눠주었다. 그런데도 그녀는 혼자라는 느낌에서 벗어날 수가 없었다. 그러니까 이런 식이었다. 점심시간이 시작하는 열두시에 그녀가 자기 자리에 앉아 있으면 동료들은 주저 없이 그녀를 데리고 나갔다. 그렇지만 그때 잠시라도 자리를 비우면 동료들은 단 일 분도 기다려주지 않았다. 회식자리에서도 그녀가 있다고 해서 특별히 분위기가 가라앉거나 하지는 않았다. 그렇지만 어쩐지 자신이 그들의 가장 재미난 화제를 빼앗아 움켜쥐고 있는 듯한 느낌을 받곤 했다.

어쩌다 이렇게 되어버렸을까. 어찌하다 누군가의 '한 게임'이 되어버렸을까. 일기장에 아름다운 문구를 적어넣던 소녀는 어디로 가버렸을까. 착하고 잘생긴 남자와 함께 사랑의 모험을 떠나려던 여자아이는 어디에 숨어 있는 걸까. 아니, 그것까지는 바라지도 않았다. 그저 선량하고 평범한 직장인과 할인쿠폰을 모아 피자를 사먹고 생일이면 그에게 시집을 선물하는, 그런 삶이면 족했는데. 수경의 상념은 길게 이어지지 않는다. 전화벨이 쉴새없이 울려댔기 때문이었다.

네, 손님. 비자는 저희가 신청해드리겠습니다. 항공권은 오후에 택배로 부쳐드릴 거구요. 네, 확인해드리겠습니다. L.A. AL 709편, 28일 오전 열시 삼십분, 인천공항 출발이구요. 네, 네. 돌아오는 건 L.A.에서 4일, 오후 네시 십오분 비행깁니다. 네, 걱정 마세요. 문제 생기면 저희 수신자부담 전화번호, 네, 항공권 봉투에 적혀 있거든요, 그쪽으로 연락주세요. 전화를 끊으면 옆자리의 직원이 수화기를 들고 그녀를 빤히 쳐다보고 있었다. 언니, 7번 전화예요. 그녀가 7번을 누르면 새로운 손님이 그녀를 기다리고 있었다. 사람들은 계속 어디론가 떠났다. 출장, 신혼여행, 배낭여행, 친지방문…… 목적들도 다양했다. 사장은 빌딩 입주자들이나 상대하는 정도로는 만족하지 않았다. 그는 인터넷이나 전화를 통해 할인항공권을 대량으로 팔아치우는 일 쪽으로 사업영역을 확장하고 있었다. 그 때문에 그녀는 더욱 바빠졌다. 처음엔 날마다 목이 쉬었다. 이제는 많이 익숙해졌지만 사람과 일에 지쳐 주말이면 침대에 누워 꼼짝도 못할 때가 많았다. 그러나 설령 일이 이보다 두 배, 세 배 힘들었다 해도 아마 그녀는 견뎌냈을 것이었다. 고등학교만 졸업한 그녀로선 이렇게 근사한 빌딩으로 출근한다는 것부터가 매력적이었다. 후, 그녀는 짧은 한숨을 토했다. 옆자리의 동료가 힐끗 그녀의 한숨을 살핀다. 마치 그 한숨에서 무슨 가루라도 떨어져 책상을 더럽힐까봐 걱정하는 눈빛이었다. 인조눈썹을 길게 이어붙인 그 동료는 같은 빌딩에 있는 은행 직원과의 결혼을 앞두고 있었다. 수경과 말을 섞으면 부정을 타리라는 계시라도 받은 것처럼 업무에 꼭 필요한 말 이외에는 건네지 않았다. 동료의 약혼자는 매일같이 유리벽 너머에 모습을 드러냈다. 인조눈썹은 약혼자의 방문을 자랑스러워하는 눈치였지만 남자는 피곤한 기색이 역력했다. 어찌됐든 그들은 열흘 후엔 각기 검은 옷과 흰옷을 입고 주단이 깔린 예식장으로 걸어들어가리라.

어느새 수경은 손톱을 물어뜯고 있었다. 잘근잘근 집요하게 검지와 중지의 손톱에 집중하고 있는 그녀 앞에 누군가 나타났다. 할 수 없이 그녀는 행복한 유희를 멈추었다. 그녀는 고개를 들며 인사를 하다가 입을 다물었다. 아침에 지하철역에서 마주친 남자, 순정만화의 착한 조연이 거기 서 있었다.

아니, 여기에 왜? 여기 오시면 안 되는데. 그녀의 목소리는 때마침 조용하던 사무실의 공기를 가볍게 흔들어놓았다. 옆자리의 동료들이 일제히 수경과 남자를 힐끔거렸다. 그녀의 얼굴이 화끈 달아올랐다. 남자는 엉거주춤하게 선 채로 말했다. 바보처럼 보인다는 거 압니다. 남자는 지하철역에서처럼 그녀를 응시하면서 또박또박 자신이 해야 할

로봇

말을 했다. 시간을 내달라, 이야기를 하고 싶다, 당신을 만나지 않으면 머릿속이 이상해져버릴 것 같다, 고 했다. 언젠가 그런 남자들에 대해서 들은 적이 있었다. 그들은 수경처럼 손님을 상대하는 서비스직 여성만 노린다고 했다. 백화점의 점원, 은행의 창구직원 들이 그들의 단골이라고 했다. 업무 특성상 끈질기게 구애하는 남자에게 함부로 화를 낼 수 없다는 점을 악용하는 자들이었다. 물론 여행사에도 가끔 그런 남자들이 있었다. 비행기를 예약하면서 여자도 꼬시면 금상첨화지, 라고 생각하는 치들이었다. 그러나 그들조차도 이 남자처럼 저돌적이지는 않았다.

어느새 수경의 뒤에는 호기심에 가득찬 남자 직원들 몇몇이 마치 호위병이라도 되는 듯 몰려와 서 있었다. 그래도 그는 당황하지 않았다. 단지 사슴처럼 맑고 선량한 눈길로 그녀의 자비를 구하고 있었다. 그녀는 더이상 이 불편한 긴장을 견딜 수 없었다. 죄송합니다. 도대체 무슨 말씀이신지 모르겠습니다. 지금 업무중이거든요. 좀 나가주셨으면 좋겠습니다. 남자는 두말없이 자리에서 일어나 슬픈 얼굴로 유리문을 열고 밖으로 나갔다. 그가 나가자 그녀의 뒤에 서 있던 호위병들은 아쉬운 듯 입맛을 다시며 자기 자리로 돌아갔고 옆자리의 동료 여직원들은 일제히 수화기를 들고 어딘가로 전화를 걸었다. 사무실은 다시 장바닥처럼 시끄러워졌다. 수경의 눈길은 빌딩의 정문을 향해 걸어나가고 있는 남자를 좇고 있었다. 나쁜 사람인 것 같지는 않았어. 그런 사람이었다면 이렇게 노출된 장소에 나타나지도 않았을 거야. 어쩌면 남모르는 사정이 있었을지도 모르잖아. 수경은 자리에서 일어나 밖으로 걸어나갔다. 전화 통화하는 소리들은 여전히 요란했지만 그들의 눈길은 일제히 그녀의 등과 뒤통수에 날아와 꽂혔다. 남겨진 그들은 서로 은밀한 미소를 나누었다. 그러곤 다시 그들의 일상 속으로 돌아갔다.

수경은 회전문을 밀고 나가 막 길을 건너려던 남자를 따라잡았다. 여보세요. 남자가 그녀의 모습을 보고 활짝 웃었다.

도대체 저하고 무슨 얘기를 하시겠다는 거예요?

저도 잘 모르겠어요. 그냥 마음이, 제 마음이 이상해요.

남자는 '마음'이라는 단어에 유독 힘을 주었다. 마치 그것이 십이지장이나 콩팥과 같은 무슨 장기라도 되는 것처럼.

무슨 일이신지 모르겠지만, 정 그러시다면 제가 시간을 한번 내볼게요. 수경의 말에 남자는 반색했다. 둘은 장소와 시간을 정한 후 돌아섰다. 남자가 가벼운 발걸음으로 횡단보도를 걸어가다가 몇 번이고 뒤를 돌아다보는 것을 수경은 거울 코팅이 된 빌딩의 유리로 슬쩍 볼 수 있었다.

아, 내가 도대체 무슨 일을 저지른 걸까. 그녀는 빌딩 지하에 있는 문구점으로 내려가 필요도 없는 포스트잇 한 무더기와 펜을 사서 다시 일층으로 올라갔다. 흰 비닐봉지를 들고 사무실로 돌아오는 그녀를 대놓고 바라보는 사람은 아무도 없었다. 모두들 무심한 태도로 자기 일에 열중하고 있었지만 그녀는 어느 때보다도 강렬한 모두의 시선을 느꼈다. 그녀는 봉지 속의 포스트잇 하나를 꺼내 옆자리의 동료에게 건넸다. 많이 사왔는데, 하나 줄까? 인조눈썹은 대답 대신 포스트잇이 가득한 자신의 서랍을 열어 보이며 부드럽지만 차갑게 사양했다.

퇴근시간이 되자 그녀는 휴대폰의 전원을 껐다. 잠시 후 기분좋게 주차장을 나서다가 사장은 분통을 터뜨릴 것이다. 감히 전화를 꺼? 애꿎은 자동차 핸들에 화풀이를 하고는 다음날 아침에 만나면 빌려간 돈 삼천만원은 도대체 언제 갚을 거냐고 따져올 것이다. 이상하기도 하지. 빌려온 돈은 아무리 벌어도 줄어들지 않았다. 월급에다가 잠자리에서 사장이 찔러주는 몇십만원의 용돈까지 꼬박꼬박 모아봐도 생활비와 동생의 재활치료비를 내고 나면 이자 갚기도 벅찼다.

사장은 언젠가 자랑스럽게 떠들어댔다. 여자하고 아무 말썽 없이 헤어지는 법이 뭔지 알아? 간단해. 돈을 주는 거야. 이상하게도 돈을 주면 뒤끝이 없어. 여자 때문에 나중에 고생하는 놈들, 막판에 돈 몇 푼을 아껴서 그러는 거야. 안 받으려는 여자? 몰래라도 찔러줘야 돼. 그럼 절대 뒤탈이 없지.

수경은 생각했다. 아마 그런 얘기까지 듣고도 돈을 받는 여자는 흔치 않을 거야. 하지만 난 받아. 말이 안 되는 줄은 알지만 돈을 받으면 뭔가 거래가 종결되었다는 느낌이 들고, 그 인간하고 나중에 뒤끝이 없을 것 같거든. 때로 사장의 그 자신감이 놀라워서, 그리고 그것에 아무 상처도 줄 수 없음이 서러워서, 그가 집어준 돈을 아무렇게나 탕진해버리기도 했지만 그런다고 그녀가 돈을 받고 그와 잠자리를 한다는 명백한 현실이 달라지는 것은 아니었다.

로봇

유리문을 열고 나서자 강한 바람이 얼굴을 할퀴고 지나갔다. 평소엔 가깝게 보이던 건너편 건물의 옥외전광판이 오늘따라 멀고 흐릿해 보였다. 황사 경보. 전광판 위로 뉴스가 흐르고 있었다. 각급 학교 휴교. 아침엔 비가 오더니 오후엔 황사가 거리를 뒤덮고 있었다. 돌풍은 거리의 비닐봉지들을 여기저기로 날려보냈고 사위는 오밤중처럼 어둑했다. 그녀는 빌딩과 빌딩 사이를 바라보았다. 모래폭풍이 부는 도시라니. 멋진걸. 목이 칼칼해지는 걸 느끼면서도 그녀는 황사라는 자연현상에 매혹되었다. 황사는 평등했다. 황사는 어디에나 있었고 그것 때문에 모두가 함께 고통을 겪었다. 실로 공평한 재난이었다. 먼지는 일억원이 넘는 고급 승용차의 보닛 위에도, 오십만원짜리 스쿠터 위에도 모두 내려앉았다. 황사가 지나가는 동안엔 멋진 빌딩도 화려한 쇼윈도도 모두 별 볼일 없었다. 며칠 전 TV의 저녁뉴스에 등장한 앵커는 우스꽝스러울 만큼 심각한 표정으로 타클라마칸 사막에서 거대한 모래폭풍이 불었노라고, 그리고 그 모래폭풍이 곧 황사가 되어 베이징과 한반도를 덮치리라고 보도하고 있었다. 그 순간 그가 다가올 재난을 경고하는 광야의 예언자처럼 보였다.

수경은 심호흡으로 바깥 공기를 들이마셨다. 얼마나 멋진 일인가. 타클라마칸 사막 같은 데에는 가본 적도 없고 앞으로도 영원히 그럴, 수경 같은 이에겐 이것만이 사막을 경험할 수 있는 길이었다. 황사가 더 많이 몰려와 서울 전역을 숨조차 쉬기 어려운 누런 황무지로 만들어버리면 얼마나 멋질까. 사람들은 그제야 타클라마칸이 여기서 그리 멀지 않음을 알게 될 것이다.

돌아나올 수 없는.

타클라마칸의 뜻이 그렇다고 했다. 한번 들어가면 돌아나올 수 없는. 돌아나올 수 없는. 두 번을 되뇌고 그녀는 다시 하늘을 본다. 눈이 아파오고 목이 칼칼했다. 그녀는 약속장소를 향해 걸었다.

남자는 먼저 와 있었다. 오셨군요. 수경은 말없이 앉아 다가오는 종업원에게 커피를 시켰다. 남자는 오래 생각하더니 맥주를 주문했다.

저는 이문상이라고 합니다.

남자가 먼저 자기 이름을 밝혔다. 수경은 테이블 위에 자기 이름의 자모들이 흩뿌려져 있기라도 한 것처럼 고개를 숙인 채 주저하며 한 자 한 자를 작은 목소리로 말했

로봇

다. 커피와 맥주가 나오고 나서도 한참이나 두 사람 모두 입을 떼지 않았다. 이윽고 그가 입을 열었다.

혹시 로봇 3원칙에 대해서 아세요? 로봇 3원칙이요? 그녀가 되물었다. 그렇습니다. 로봇 3원칙. 일평생 그녀는 로봇에 대해 관심을 가져본 적이 단 한 번도 없었다. 남동생이 어렸을 적 로봇장난감을 좋아하긴 했었다. 동생은 싫증 한번 내지 않고 끝없이 로봇의 몸을 비틀고 구부리고 때로 해체했다가 다시 결합시켰다. 때로 로봇은 자동차나 미사일로 몸을 바꾸기도 하였다. 변신, 어쩌면 아이들이 로봇을 좋아하는 진정한 이유는 바로 그것 때문일지도 몰랐다. 약한 그들은 끊임없이 변신을 꿈꾼다. 더 강한 자로, 더 유연한 자로, 그리고 더 힘센 자로. 로봇을 좋아하던 동생은 교통사고를 당해 경추를 다쳐 지금은 휠체어에 의존하고 있다. 다리를 잃은 대신 바퀴를 얻은 것이다.

아이작 아시모프가 밝힌 거지요. 제1조, 인간을 해쳐서는 안 된다. 제2조, 인간의 명령에 복종해야 한다. 단, 1조에 어긋나는 경우는 제외한다. 제3조, 위 두 원칙을 위배하지 않는 범위 내에서 스스로를 지켜야 한다. 이것을 아이작 아시모프의 로봇 3원칙이라고 부릅니다. 수경은 고개를 갸웃거렸다. 그게 저와 무슨 상관이 있나요? 남자는 진지한 어조로 이야기를 계속한다. 처음엔 그냥 SF단편소설의 소재 정도였던 이 로봇 3원칙은 이후 실제 로봇 제작에도 적용될 정도로 중요한 것이 되었습니다.

수경은 남은 커피를 다 마셔버렸다. 골치 아픈 남자를 만난 것이다. 로봇에 빠져 있는 공학도 혹은 과학소설 마니아가 분명했다. 자기가 아는 것들을 주절거리고 싶어 안달난 치들. 이상하게 수경에겐 그런 남자들이 꼬였다. 수경은 자신의 어떤 면이 그런 이들을 끌어들이는 것일까를 생각하고 있었다. 남자의 말은 계속 이어진다.

그런데 이 3원칙이 딜레마에 빠질 때도 있습니다. 아시모프도 그런 상황을 설정했지요. 사람의 마음을 읽는 로봇이 있다고 칩시다. 그 로봇에게 한 남자가 다가가 동료 승무원이 자신을 사랑하느냐고 물어봅니다. 로봇은 그 여자가 이 남자를 사랑하지 않는다는 걸 잘 알고 있습니다. 그렇지만 로봇은 말할 수가 없습니다. 그녀가 그를 사랑하지 않는다는 사실을 알려주면 그가 자살해버릴 가능성이 있기 때문입니다. 로봇은 그 남자의 마음도 읽고 있죠. 만약 그가 자신의 말 때문에 죽어버린다면 그것은 '인간을 해쳐서는 안 된다'는 제1조에 위배되는 것이죠. 그래서 로봇은 진실을 말하지 않습니다. 그러나 이 남자는 어서 대답을 하라고 로봇을 다그칩니다. 인간의 명령에 복종하라는 제2조를 생각하면 명령을 따라야 하지만 그렇게 하면 결과적으로 1조를 위반하게 됩니다. 화가 난 이 남자가 로봇에게 빨리 말을 안 하면 폭파시키겠노라고 협박합니다. 제3조를 기억하십니까? 1조와 2조에 위배되지 않는 범위 내에서 자신을 지켜야 한다. 그러나 이 로봇은 자신을 지킬 수 없습니다. 왜냐하면 그녀가 그를 사랑하지 않는다는 진실을 얘기하면 1조를 어기게 되고 그녀가 그를 사랑한다고 거짓말을 하면 진실을 말하라는 인간의 명령을 어긴 셈이 되니 2조 위반입니다. 그러니 이 로봇은 스스로 자폭하는 것밖에는 수가 없습니다.

수경은 짜증이 나기 시작했다. 저녁도 못 먹고 피곤한데 이런 헛소리를 계속 듣고 있어야 할까? 그녀는 핸드백을 가슴 쪽으로 끌어안으며 조심스럽게 물었다. 저 실례지만 아침부터 이 로봇 3원칙 말씀하시려고 절 쫓아다니신 건가요? 비아냥거릴 뜻은 아니었지만 사람에 따라서는 그렇게 받아들일 수도 있는 말이었다. 그러나 그는 전혀 기분 나빠하지 않았다. 발표된 지 칠십 년이나 지난 원칙이지만 여전히 흥미로운 구석이 있지 않습니까? 그녀는 핸드백을 만지작거리며 그 남자에게 이제는 그만 가봐야겠다는 사인을 보냈다. 그러나 남자는 알아차리지 못한 채 로봇 이야기만 계속하고 있었다. 결국 참다못한 그녀가 먼저 말을 꺼냈다.

그쪽이 로봇이라면 흥미가 좀 생길 것도 같은데 그럴 리는 없으니 저는 이만 가볼까 해요. 오늘 좀 피곤해서요. 남자가 눈을 반짝이며 말했다. 정말이요? 그러실 줄 알았습니다. 맞습니다. 저는 로봇입니다.

그녀는 핸드백을 양손으로 쥔 채 남자의 눈을 들여다보았다. 진지한 눈빛이었다. 어설픈 농담을 하는 것 같지는 않았다. 아마 탈주범 신창원도 저런 식이었을 것이다. 다방 종업원을 옆자리에 앉혀놓고 선글라스를 벗으며, 잘 봐, 내가 바로 신창원이야. 그러면 여자들은 갑자기 자신들의 생에 뛰어든 거친 운명에 매혹되어 그의 품으로 쓰러졌다. 그러나 그건 탈주범인 경우고 스스로를 로봇이라고 말하는 남자 앞에선 어떤 표정을 지어야 하는 것일까. 혼란스러운 정신을 수습하지 못한 채 그녀는 자기도 모르게 이렇게 묻고 있었다. 정말이세요?

정말 바보 같은 질문이었다. 수경은 자신의 실수를 금세 깨닫고 입술을 깨물었다. 자기가 로봇이라고 말하는 남자한테 그게 정말이냐고 묻는 여자가 되어버렸다니. 자기가 이순신 장군이라고 주장하는 사람에게 경례를 하는 것과 뭐가 다른가? 그러나 남자는 여전히 진지했다. 그런 남자가 그녀는 싫지 않았다. 정신병자라기에는 옷차림이 깔끔했고 나쁜 의도를 품은 사기꾼치고는 눈이 사슴처럼 맑았다. 그리고 그 눈은 우연히도 그녀가 사랑해 마지않는 남성 아이돌 그룹의 한 멤버를 쏙 빼닮았다.

두 사람은 자리에서 일어나 근처 식당으로 갔다. 둘은 스파게티와 리소토를 먹었다. 로봇을 자칭하는 남자가 스파게티를 후루룩 쩝쩝 먹는 장면을 그녀는 유심히 살펴보았다.

에이, 무슨 로봇이 이래요? 너무 사람처럼 드시는데요? 수경의 말투는 이제 좀 편안해져 있다. 눈도 살짝 흘기는 게 처음 만난 사람을 대하는 태도 같지가 않다. 그는 면발을 포크에 천천히 감으며 말했다. 요즘 로봇의 에너지원은 다양합니다. 저는 탄수화물과 단백질, 지방을 주 에너지원으로 하도록 만들어진 로봇입니다. 가장 효율이 높은 것은 옥수수고요. 적당량의 알코올도 도움이 됩니다. 그러면서 그는 자기 앞에 놓인 잔을 들어 화이트와인을 한 모금 삼켰다.

좋아요. 로봇이라고 쳐요. 그렇다면 그쪽을 만든 사람은 누구며 도대체 왜 만든 거지요? 이렇게 돌아다니며 여자한테 말이나 걸고 같이 와인이나 홀짝이라고 만든 건 아닐 텐데요. 로봇들에게는 다 어떤 목적이 있지 않나요? 목적이 없다면 만들어지지도 않았을 테니까요. 입가에 토마토소스를 묻힌 채 남자는 곤혹스러운 표정을 지었다. 바로 그게 문제입니다. 저도 아직 그걸 모르고 있습니다.

수경은 이런 말장난이 좋았다. 그녀의 머릿속에 이런 상황을 일컫는 재미난 말도 떠올랐다. '라고 치고 게임'. 일종의 연극을 하고 있다고 생각하는 거야. 로봇이라고 치고, 경찰이라고 치고, 선생이라고 치고, 그냥 그렇다고 치고 놀면 되는 것이다.

저는 실은 한국 사람이 아니에요.

수경이 말했다. 남자가 그럼 어디 사람이냐고 물었다.

일본 사람이에요. 일본에서 어머니와 함께 살고 있다가,

어렸을 때 한국에 왔어요. 어머니가 한국 남자와 사랑에 빠졌기 때문이에요. 여행사에 다니는 것도 바로 그 때문이에요. 일본어를 하니까요.

수경이 애써 웃음을 참으며 말했다. 남자도 빙글거리며 계속 질문을 던졌다. 그녀는 도쿄에 있는 가상의 남자친구를 만들어내고 일본인 엄마의 근사한 사랑 얘기도 지어냈다. 자신에게 이렇게 이야기꾼의 재능이 있다는 것에 그녀는 조금 놀라고 있었다. 친아버지는 일본의 가수인네 방탕한 생활 때문에 어머니는 그와 헤어져 자기 남매를 데리고 한국으로 온 것이라 말했다. 카레이서인 동생은 스피드를 너무 즐기다 그만 불구가 되어 휠체어를 타게 되었지만 요즘은 시를 쓰기 시작해 얼마 전에는 시집도 냈다고 말했다. 처음에는 반쯤 농담으로 키득거리면서 하던 얘기가 남자가 진지하게 들어주며 맞장구를 쳐주자 점점 다른 분위기로 변해갔다. 자기가 지어낸 이야기를 진짜로 믿기 시작한 것은 아니었지만, 새로운 이야기를 만들어낼 때마다 그전에 한 이야기와 앞뒤를 맞춰가는 것만은 사실이었다. 그렇게 아귀들이 맞아떨어지기 시작하자 앞에 내뱉은 이야기는 바꿀 수 없는 사실처럼 느껴지기 시작했다. 일본인 엄마, 바람둥이 친아빠, 건실하고 멋진 한국인 새아빠, 카레이서였던 동생은 이미 주어진 조건으로 작용해 다음 이야기에 영향을 미쳤다.

남자와 함께 이렇게 아슬아슬한 '라고 치고 게임'을 계속해가는 동안 어떤 강렬한 해방감이 그녀의 내면에서부터 분출하기 시작했다. 이 뜨거운 에너지는 바로 앞에 앉아 있는 남자에게도 전해졌다. 그에 따라 남자의 로봇 이야기도 점입가경으로 치달았다. 둘은 죽이 잘 맞는 탁구 선수들처럼 한없이 이야기의 공을 주고받았다. 그리고 잠시 후, 그녀는 난생처음으로 원나잇스탠드라는 것을 경험하고 있었다. 근처의 모텔에서 둘은 옷을 벗으며 서로에게 달려들었다. 좋아하는 아이돌의 눈을 닮은 탄탄한 몸매의 젊은 남자와 몸을 섞는 것은 여행사 사장과 치르는 더러운 거래와는 비할 바가 아니었다. 게다가 남자의 몸은 식을 줄을 몰랐다. 옷을 벗고 좀더 대담해진 수경이 새된 목소리로 말했다.

스위치는 어디 있는 거예요? 이젠 꺼야 될 것 같아요. 이러다 죽겠어요.

남자가 수경의 손을 꼬리뼈로 가져갔다.

로봇

거길 눌러봐요.

그녀가 엄지로 거길 꾹 누르자 남자의 동작이 갑자기 멈췄다. 한번 더 누르자 남자의 몸이 다시 앞뒤로 움직이기 시작하며 수경을 압박했다. 여운을 좀더 즐긴 후, 수경은 다시 꼬리뼈 스위치를 눌렀다. 땀에 젖은 남자가 옆으로 나가떨어졌다.

아, 당신이 왜 만들어졌는지 이제 알았어.

남자의 품으로 파고들며 그녀는 거친 숨을 몰아쉬며 말했다. 남자가 수경의 어깨를 끌어당겨 안았다. 그렇게 한참을 누워 있던 수경은 집에서 기다리고 있을 동생을 떠올리고는 나른한 몸을 일으켜 옷을 입었다. 둘은 모텔에서 함께 나와 각자의 집으로 갔다.

며칠 후 둘은 다시 만났다. '라고 치고 게임'은 계속되었다. 일본 태생의 여행사 직원과 로봇의 대화는 그날도 흥미진진하고 유쾌하게 이어졌다. 밤이 되자 둘은 다시 모텔로 갔다. 그런 일이 몇 번 더 반복되었다.

수경의 사장은 그녀에게 새로운 남자가 생긴 것을 알았다. 직원들로부터 남자가 찾아왔다는 이야기도 들었고 밤마다 전화를 꺼놓는 그녀의 행동을 통해서도 짐작할 수 있었다. 사장은 빌려간 돈을 갚으라고 집요하게 요구했다. 한번은 자정이 다 된 시각에 그녀의 집 근처에서 기다리고 있기도 했다. 갑자기 수경의 뺨을 때리기도 했다. 너무 갑작스러운 공격이어서 맞고 나서도 한동안 그녀는 방금 자신에게 일어난 일이 실제인지 TV 드라마 속의 한 장면인지 의심스러웠다.

며칠 후, 남자를 다시 만나서 수경은 자신이 겪는 곤란한 상황을 살짝 각색하여 말했다. 여행사의 사장이 자신을 스토킹하고 있어 괴롭다, 그러나 자신은 곧 일본으로 돌아갈 생각이므로 별로 개의치 않는다, 고 했다. 남자는 언제나처럼 묵묵히 그 말을 들어주었다. 로봇들은 이런 문제가 없겠죠? 그녀가 물었다. 남자는 잠깐 생각하더니 말했다. 로봇은 사람을 그렇게 괴롭힐 수가 없어요. 같은 로봇끼리도 그렇죠.

둘은 다시 몸을 섞었다. 그녀가 꼬리뼈의 스위치를 눌러 작동을 중단시킬 때까지 그는 그녀를 다양하게 공략하였다. 생애 최고의 희열을 맛본 순간 그녀가 울부짖듯 소리쳤다. 널 사랑해, 널 사랑해. 모든 걸 잃어도 좋아. 널 사랑해.

남자가 그런 그녀를 꽉 껴안아주었다. 그녀는 행복감에 젖어 눈물을 흘렸다. 그녀의 눈물이 그의 가슴으로 흥건하게 흘렀다. 둘은 그렇게 서로를 안은 채 그대로 잠이 들었다.

 그녀가 잠에서 깨어났을 때, 그의 모습은 보이지 않았다. 그녀는 네발짐승처럼 기어 화장대로 다가갔다. 거울에 붙어 있는 몇 장의 노란 포스트잇을 떼어 그것을 읽었다.

 아까 당신이 나를 사랑한다고 외치는 순간, 내 머릿속의 프로그램이 이제 당신을 떠나야 할 때라고 경고했습니다. 이런 열정적 사랑은 인간인 당신을 해칠 것이 분명하기 때문입니다. 그러므로 당신이 내게 떠나지 말라고 명령하기 전에 내가 먼저 떠나야 합니다. 그래야 로봇 3원칙의 딜레마에 빠지지 않을 수 있기 때문입니다. 당신에게 복종하는 것은 나의 운명. 당신을 사랑하는 것은 내 기쁨. 어쩌면 그것이 내 유일한 존재이유였을지도 모릅니다. 하여, 당신이 무슨 명령을 내려도 나는 목숨을 걸고 그것을 따를 것입니다. 그러나 그것이 마침내 당신을 해치는 것이라면, 당신이 평정을 잃고 위험에 몸을 던지게 하는 것이라면, 나는 그것만은 따를 수가 없습니다. 당신의 사랑을 받아들일 수 없는 나는 더 늦기 전에 당신을 떠납니다. 안녕, 내 사랑.

 수경은 멍한 얼굴로 미간을 찌푸린 채 한참이나 그 문장들을 노려보았지만 그게 무슨 말인지를 도저히 이해할 수가 없었다. 무엇보다 예전에 그에게서 얼핏 들은 로봇 3원칙이 구체적으로 무엇이었는지부터가 기억이 나지 않았고 그게 어째서 그렇게 심각한 딜레마가 된다는 것인지도 도무지 감을 잡을 수 없었다. 그녀는 포스트잇들을 떼어 장지갑 속에 넣었다. 그러고는 모텔 밖으로 나와 택시를 타고 집으로 돌아왔다. 좁은 거실에서 텔레비전을 보는 동생을 말없이 지나쳐 자기 방으로 들어가 옷도 갈아입지 않은 채 컴퓨터를 켜고 인터넷에 접속해 '로봇 3원칙'을 검색했다. 그런데 놀랍게도 백과사전을 비롯한 많은 사이트가 아이작 아시모프의 로봇 3원칙을 소개하고 있었다. 이것이 남자가 만들어낸 말이 아니라 아주 오래전 외국의 유명한 작가가 창안해낸 널리 알려진 원칙이라는 것을 알게 된 순간, 그녀의 마음속에 희미한 안도감이 달콤한 슬픔과 함께 깃들었다. 그녀는 젖은 눈으로 그가 남긴 메모를 다시 꺼내 읽어보았다. 수경을 위해 떠난다는 그의 말이 이제는 조금 이해가 되는 것 같기도 했다.

그녀는 핸드백에서 자주색 수첩을 꺼내 또박또박 로봇 3원칙을 옮겨적었다. 그리고 그 아래에 이렇게 덧붙였다.

※ 찬찬히 생각해볼 것!

(2010년 네이버 '스토리특급')

밀회

  10월. 마크트플라츠에 떨어지는 햇빛은 한낮의 도로를 달구기에는 충분하나 그 기세는 오래가지 않습니다. 긴 겨울이 올 것을 예감한 사람들은 햇빛을 따라 자리를 옮겨다닙니다. 웨이트리스들이 분주히 오가며 카푸치노를 나르고 관광객들이 주는 후한 팁을 챙깁니다. 머리가 하얗게 센 나이든 이들은 유명한 하이델베르크성을 다녀오느라 지친 발을 따뜻한 광장의 포석 위에 내려놓고 호프 향 강한 맥주를 천천히 마십니다.

  대학생들은 광장을 피해 자기들만 아는 골목길로 자전거를 타고 지나다니고 그런 골목에는 으레 헌책방이나 이발소, 좁고 어두운 맥줏집이 늘어서 있습니다. 테이블보를

깔지 않는 싸구려 레스토랑과 담배연기 자욱한 카페도 그들을 기다립니다. 나로선 관광객들이 득실거리는 하우프트슈트라세나 마크트플라츠보다는 햇볕이 잘 들지 않는 이런 좁은 골목이 더 좋습니다.

죽음을 생각하기에 좋은 곳은 바로 이런 곳입니다. 편안한 신발을 신고 느릿느릿 발걸음을 옮기는 늙은 관광객들과 제 몸의 힘을 이기지 못하는 젊은이들이, 마치 콘트라스트 강한 흑백사진의 명부와 암부처럼 도시를 양분하고 있는 곳. 눈을 들면 견고한 성이, 이제는 무용해져버린, 그 어느 것으로부터도 도시와 제후를 지킬 수 없고 또 그럴 필요도 없는, 이제는 겨우 제 아름다움으로 오직 자기 자신만을 보호할 수 있게 된 고성이 오래된 도시와 더 오래된 강을 굽어보고 있습니다. 그러나 자전거를 탄 젊은이들은 그런 것에는 관심이 없습니다. 그들은 이곳을 떠날 날만을 기다리고 있습니다. 그렇습니다. 그들은 떠날 것입니다. 잿빛 슈트에 눈부신 셔츠를 받쳐입고 일하는, 금융의 중심지 프랑크푸르트나 정치의 도시 베를린으로 가겠지요. 더 대담한 이들은 런던이나 뉴욕으로 떠나 자신이 원하는 삶이 무엇인지를 알아보고자 할 것입니다. 그런 젊은이들을 보면 로마제국 시대, 가도에 늘어선 묘비들처럼 심술궂게 속삭여주고 싶습니다. 곧 죽을 것을 잊지 말라고. 그런 젊은이들과 나는 밤마다 같은 바에서, 눈이 마주칠 때마다 미소를 교환하며 차가운 맥주를 마십니다. 가끔은 그들에게 술을 몇 잔 사기도 합니다. 무엇을 하든

시간은 흘러갑니다.

나는 안경점의 문을 열고 들어갑니다. 수천 개의 눈동자가 나를 바라봅니다. 나를 응시하는 텅 빈 눈동자들이 두렵습니다. 날렵한 안경을 쓴 몸이 둔한 여자가 미소를 지으며 다가옵니다. 도와드릴까요? 나는 부드럽게 거절하고 안경들을 구경합니다. 점원은 다시 의자에 앉아 현미경을 닮은 광학기구를 들여다보고 있습니다. 나는 안경들을 써보기도 하고 거울에 그 모습을 비춰보기도 하면서 시간을 보냅니다. 한국의 안경점들이 거의 모든 안경테를 진열장에 보관하는 것과 달리 이곳에서는 누구나 쉽게 꺼낼 수 있게 벽에 거치대를 만들어놓았습니다. 그중 한 안경테가 마음을 사로잡습니다. 빛의 반사에 따라 자주색과 청

색으로 변하는 티타늄 안경테를 집어들었습니다.

"이걸 사고 싶은데요."

점원은 밝은 얼굴로 안경테를 받아듭니다. 나는 끼고 있던 안경을 벗어 그녀에게 주었습니다.

"렌즈도 여기서 좀 했으면 합니다."

그녀는 내 안경을 받아 도수를 검사했습니다.

"똑같이 해드리면 될까요? 그럼 오후쯤에는 될 것 같아요."

"잘됐군요. 고맙습니다."

혹시 다른 나라를 여행하며 안경을 맞춰본 적이 있으십니까? 저는 한 번도 없었습니다. 옷도 사 입고 머리도 깎고 목욕도 해봤지만 이상하게 안경만은 하게 되질 않았습니다. 언제나 눈에 끼고 있는 안경을 아주 먼 곳에서 맞춘다는 것이 어쩐지 불경스러운 일만 같았습니다. 그래서는 안 될 것 같은, 아주 가까운 곳에서 미소를 주고받으며 값을 흥정해가며 사는 것이라고 생각했던 것입니다. 그러나 막상 해보니 안경을 맞추는 일만큼 말이 필요 없는 일도 없더군요. 그저 끼고 있는 안경을 주고 똑같이 해달라고 하면 되는 것이었습니다. 그리고 예전에 끼고 있던 안경은 그들이 준 딱딱한 케이스에 넣고 새로운 안경을 끼고 다니면 되는 것이었습니다.

안경점 밖은, 당연한 얘기지만, 거리였습니다. 다양한 인종들이 어지럽게 오가고, 자전거가 그들 사이로 달려가는, 그런 거리였습니다. 나는 가벼운 현기증을 느꼈습니다. 어느새 안경점과 그 바깥을 구분하고 있었던 겁니다. 아주 친근한 곳에서 낯선 곳으로 튕겨져나온 느낌이었습니다. 그렇게 짧은 시간에도 인간은 어딘가에 정을 붙일 수 있는 존재라는 것을 저는 새삼 깨달았습니다.

한 친구는 어느 도시에 가든 청바지를 사 입습니다. 그래서 그 친구의 집에는 세계 각국에서 산 청바지로 옷장이 그득합니다. 대부분은 리바이스나 게스 같은 대중적 브랜드의 블루진입니다. 나는 그것들을 서로 구별할 수 없지만 친구는 기가 막히게 가려냅니다. 이것은 지난겨울 런던에서 산 진이고, 이것은 베이징에서 산 건데 어쩐지 가짜 같지만 나름의 매력이 있고……

"청바지를 사 입고 나오면 이상하게 마음이 푸근해진다구."

그 마음을 알 것 같았습니다. 낯선 도시에서, 여행자들은 누구나 자기만의 의식을 치르는 것 같습니다. 그 친구처럼 청바지를 사는 이가 있는가 하면 나처럼 서점에 들르는 사람도 있습니다. 아, 이곳에도 프란츠 카프카와 알베르 카뮈를 읽는 사람이 있고 연말이면 달력과 수첩을 사는 사람들이 있구나, 하는 생각을 하면 위안이 됩니다. 몇 년 전 들른 이스탄불의 서점에서는 화려한 머리를 한 여자가 아이와 함께 생텍쥐페리의 책을 함께 보고 있었습니다. 그런 장면을 보고 있노라면 그곳이 어디인지 나는 금세 잊어버리고 맙니다.

아, 저기 나의 그녀가 걸어오고 있습니다. 그녀가 저토록 아름다웠나. 나는 새삼 놀랍니다. 나는 그녀를 좀더 자세히 살펴보기 위해 콧등으로 손을 올립니다. 콧등에 걸쳐져 있을 안경을 치켜올리기 위해서지요. 그러나 내 콧등에는 아무것도 걸리는 것이 없습니다. 안경 없이도 세상은 선명하고 깨끗하게 잘 보입니다. 기분이 좋아집니다. 눈이 나쁘지 않았던 어린 시절로 돌아간 느낌입니다. 완전한 육체를 새로 부여받은 것입니다. 비둘기떼가 푸드덕거리며 날아올라 나와 그녀 사이를 가르고 지나갑니다. 날갯죽지에서 떨어져나온 깃털 몇 개가 광장으로 떨어집니다. 강하게 발달한 새들의 가슴근육이 거세게 꿈틀거리며 육박해오는 것을 느낄 수 있습니다. 새들은 고풍스러운 사층 건물의 지붕 위에 내려앉아 햇볕을 쬡니다.

나의 그녀는 비둘기떼에는 관심을 두지 않고 마치 회사로 출근하는 경리사원처럼 또각또각 걸어갑니다. 나는 그녀를 따라갑니다. 터키인이 운영하는 케밥집에서 기름을 바른 양고기를 굽는 냄새가 풍겨옵니다. 울퉁불퉁한 포석 때문에 그녀의 발소리는 다소 불규칙하게 들려옵니다. 또각또가닥딱또가가닥. 고개를 돌리지 않아도 그녀와 나는 빵집을 지나고 있음을 압니다. 냄새 덕분이지요. 머리가 하얗게 센 늙은 여자 둘이 나란히 장바구니를 들고 빵집으로 들어갑니다. 나의 그녀는 기념품가게 앞에서 잠시 멈춥니다. 가게의 이름은 '큐브'입니다. '사랑하는 사람과의 추억을 영원히 간직하세요'라는 문구가 창에 붙어 있습니다. 아크릴 큐브 속에 컴퓨터로 찍은 사람들의 흑백사진이 들어 있습니다. 정확히는 흑백이라기보다 단색이라는 말이 더 마땅할 것입니다. 세피아와 회색 사이의 그 어떤 색입니다. 석양이 마지막으로 사라질 때, 낮의 하늘이 어둠에 그 자리를 완전히 내주기 직전의 색깔 같은 것입니다.

그러고 보니 저런 아크릴 큐브를 아주 오래전에 본 적이 있습니다. 신라왕의 금관 모형을 저렇게 아크릴 속에 넣어서 팔고 있었습니다. 그 큐브는 문진으로 써도 좋고 장식용으로 텔레비전 위에 올려놓아도 좋았지요. 나는 다시 하이델베르크의 큐브들을 그녀와 함께 유심히 살펴봅니다. 큐브 속의 사람들은 모두 웃고 있습니다. 웃지 않는 사람은 단 한 사람도 없습니다. 모두가 맹렬히 웃고 있습니다. 으하하하하하. 큐브 속의 남녀, 큐브 속의 가족, 큐브 속의 친구들은 오직 웃기 위해 태어난 사람들 같습니다. 그러나 아무리 좋게 봐주려고 해도 그 큐브들은 불길합니다. 어쩐지 큐브 속의 사람들, 아크릴 큐브 속에 얼굴만 남겨두고 어디론가 가버린 그 사람들은 더이상 이 세상 사람이 아닐 것 같다는, 그런 생각이 듭니다. 나는 나의 그녀가 오직 그 가게 앞에서만 발걸음을 멈추고 있는 게 마음에 걸립니다.

그녀는 다시 걸어갑니다. 광장에 도착하자 왼쪽으로 방향을 틀어 네카어강 쪽으로 내려갑니다. 나는 그녀가 어디로 가려는지 잘 알고 있습니다. 우리가 늘 만나곤 했던 네카어강변의 그 작은 호텔로 가는 것이지요. 엘리베이터도 없는, 18세기부터 영업을 해왔다는 그 작은 호텔에서 우리는 벌써 여러 번 만나왔으니까요. 운이 좋으면 네카어강이 보이는 방을 얻었고 운이 나쁘면 밤늦도록 관광객들이 시끄럽게 떠들며 지나가는 거리 쪽 방에 묵었습니다. 어느 쪽에 묵게 되든 우리는 그 호텔을 좋아했습니다. 응달이어서 늘 퀴퀴한 냄새를 풍기는 식당 곁의 작은 문을 열고 좁고 가파른 계단을 올라가면 몸피가 작은 테리어가 바닥에 내려놓은 고개도 쳐들지 않은 채 꼬리만 흔듭니다. 온통 하얗게 페인트칠이 된 작은 복도를 사이에 두고 열 개 남짓한 방이 옹기종기 모여 있습니다. 독한 담배로 목이 상한 늙은 주인은 우리의 얼굴을 기억할 때가 훨씬 지났는데도 언제나 처음 보는 사람처럼 무심하고 무뚝뚝합니다.

그녀는 오래된 다리 앞에 멈춰섭니다. 바로 옆의 호텔로 들어가지 않고 잠시 머뭇거리며 다리 쪽을 응시합니다. 터키인이 운영하는 잡화상 앞에서 손톱을 깨물며 한때는 파수병이 있었을 다리목의 탑을 올려다봅니다. 그러다 결심한 듯 다리 쪽으로 발걸음을 내딛습니다. 성문을 지나 길에 깔린 포석을 밟으며 천천히 아치형의 다리로 올라갑니다. 일본인 관광객들이 안내인의 설명을 들으며 즐거운 얼굴로 사진을 찍는 틈을 비집고 그녀는 조금 더 앞으로 나아갑니다. 그리고 난간에 몸을 기대고 아득한 네카어강의 수면을 응시합니다. 강은 소리 없이 흐릅니다. 자세히 내려다보아야 겨우 물의 흐름을 알 수 있을 정도입니다. 그래서 네카어강은 강이라기보다 누군가가 이 아름다운 도시를 장식하기 위해 끌어들인 인공수로처럼 보입니다. 아, 저기 작은 보트 하나가 강을 거슬러올라가는군요. 물길을 표시한 부표들 사이를 이등변삼각형의 파문을 만들며 지나갑니다.

그녀의 담배는 언제나 골루아즈입니다. 강바람이 그녀의 허파에서 뿜어나온 연기를 휘감아 허공으로 가져가 흩어버리는군요. 마치 기다리기라도 했다는 듯 말입니다. 연기는 내가 있는 곳을 지나 더 높은 곳, 응결된 수증기들이 지상으로 내려갈 때를 기다리는 곳으로 올라갑니다. 그녀가 내뿜은 그 유독한 숨의 일부나마 내 것으로 하고 싶습니다. 그러나 그것은 모세혈관으로 빽빽한 생물의 폐나 부릴 수 있는 사치입니다. 그녀의 독한 숨은 허파가 없는 나를 지나 허공으로 사라집니다. 나는 허파를 갈망합니다.

공기의 그 허약한 물질성마저 그리워합니다. 그러고 보면 허파라는 것은 얼마나 멋진 것입니까? 흙으로 빚어진 우리 인간은 물을 마시고 공기를 삼키며 살아갑니다. 입으로 들어온 물의 대부분은 요도로 빠져나가지만 공기는 대체로 들어온 곳으로 다시 나갑니다. 인간의 몸이란 물을 통과시키는 하나의 관管이며 공기를 담아두는 튜브입니다. 폐 속의 공기로 우리는 말을 하고 노래를 부르고 남을 욕하고 한숨을 쉽니다.

열두 살의 나, 잔잔한 어느 호텔 수영장에 떠 있던 내 육체가 기억납니다. 나는 배영을 멈추고 두 다리를 물의 흐름에 내맡겼습니다. 검게 코팅된 물안경으로 창백한 태양과 위태로운 다이빙대가 보였습니다. 나는 한껏 숨을 들이마셔 허파를 부풀렸습니다. 가슴께가 수면 위로 떠올라 내가 더이상 가라앉지 않도록 해주었습니다. 두 귀는 물속에 잠겨 아무 소리도 들리지 않았습니다. 그런데 그 순간 누군가가 내게 말했습니다. "너는 해파리야." 나는 그때까지 해파리를, 투명한 몸을 흐느적거리며 물위를 떠다니는 그 이상한 바다생물을 한 번도 본 적이 없었습니다. 그런데도 그 음성을 듣는 순간 나는 내가 한 마리 해파리라는 것을 부인하지 못했습니다. 어쩌면 인간은 그 무엇이든 될 수 있는 것은 아닐까요? 새의 울음소리를 완벽하게 흉내내는 폴리네시아의 원주민처럼, 자칼의 가면을 쓰고 행진하는 아마존의 어느 샤먼처럼, 인간은 어떤 순간 완벽하게 다른 존재일 수 있는 게 아닐까요? 정말 인간은 삶의 전 순간을 오직 인간으로만 사는 것일까요? 그러니까 제 말은, 개나 돼지, 새나 물고기인 그 어떤 순간, 그것을 부인하기 어려울 때가 간혹은 있지 않은가 하는 것입니다. 그래서 불교도들이 전생을 믿는 게 아닐까요? 우리가 우리의 긴 윤회 과정 어디쯤에선가 왜가리나 멧돼지, 코끼리나 흰소였을 수 있다는 믿음은 왜 이렇게 자연스러운 것일까요?

"너는 해파리야."

나는 음성의 주인을 찾아 고개를 돌렸습니다. 오래 참았던 탁한 숨은 부글부글 부드러운 거품이 되어 밖으로 나가고 내 몸은 물속으로 가라앉았습니다. 나는 팔다리를 휘저으며 수영장 바닥까지 내려갔습니다. 믿지 않으시겠지만 그곳에는 내 머리통만한 푸르스름한 해파리가 있었습니다. 사람들의 발과 발 사이에서 부드럽게 유영하는 투명한 해파리를 쫓아 나는 힘차게 발을 굴렀습니다. 해파리는 약을 올리려는 듯 천천히 어린 소녀들의 가냘픈 가랑이 사이를 지나 녹슨 동전들이 떨어진 바닥에 바싹 붙어 헤엄치다가, 내가 마침내 손을 뻗어 촉수를 움켜쥐려는 바로 그 순간 배수구의 철창 틈 사이로 사라져버렸습니다. 나는 두 손으로 철창을 잡고 매달려 끝을 알 수 없는 검은 구멍을 들여다보았습니다. 폐가 마침내 터져버릴 것 같은 순간, 나는 소녀들이 요란하게 소리를 지르는 틈 사이로 머리를 내밀어 푸아, 거칠게 숨을 내쉬었습니다. 물안경에는 김이 서리고 소독용으로 살포한 염소냄새가 독하게 풍겼습니다. 나는 가끔 생각합니다. 열두 살의 그 해파리는 도대체 어디로 가버린 것일까요?

그녀는 골루아즈 담배를 석조난간에 비벼 끕니다. 그러고도 한참 네카어강을 내려다봅니다. 어쩌면 그녀는 호텔에 오지 않을지도 모릅니다. 해마다 우리는

이게 마지막이라고, 다시는 보지 못할 거라고

다짐하곤 했으니까요. 그러면서도 우리는 해마다 여기

에서 만났습니다. 그게 벌써, 하나, 둘, 셋…… 일곱 해가 지났습니다. 일곱 번의 밀회, 일곱 번의 섹스, 일곱 번의 헤어짐, 일곱 번의 다짐, 일곱 번의 체크아웃, 일곱 번의 거짓말.

"내가 한국을 떠나올 때만 해도 현지처라는 말이 있었어. 이제 보니 내가 그 짝이야."

작년이었던가요. 그녀가 호텔방에서 싸구려 와인을 마시며 말했습니다.

"넌 이렇게 왔다 가면 그만이잖아?"

그녀는 화를 내고 있었습니다.

"그건 나도 마찬가지야. 나도 널 만나기 위해 일 년을 기다려."

"아니야. 내가 기다리는 건 확실해. 그런데 넌 아닌 것 같아. 그건 분명히 다른 거야. 난 남겨진 거고 넌 다시 오는 거니까."

"네가 갑자기 결혼했을 때, 나도 경험해봐서 알아, 그런 기분."

"그래서, 복수하는 거니? 늙어가는 옛사랑을 모욕하는 게 좋아?"

"싫으면 안 오면 되잖아."

"그래, 다시는 안 올 거야. 정말이야. 나도 지긋지긋해."

그러면서 그녀는 내 눈두덩을 혀로 핥았습니다. 그것은 눈을 감으라는 우리 둘만의 약속된 신호입니다. 오래된 연인들은 자기들만 아는 몸과 마음의 암호를 갖고 있기 마련입니다. 우리도 그랬습니다. 눈을 감으면 육신 깊숙한 곳의 문이 열리고 청각과 후각, 촉각이 더 민감해집니다. 그 날카로운 감각으로 서로를 더듬고 공격하고 극한의 순간까지 함께 치닫는 것. 아, 그것은 살아 있는 존재가 누릴 수 있는 가장 멋진 순간일 것입니다.

나는 매년 가을 프랑크푸르트에 왔습니다. 오직 그녀를 만나기 위해 왔다고 하면 그건 거짓말이고 실은 저작권을 사기 위해 온 것입니다. 10월, 프랑크푸르트에선 세계에서 제일 큰 도서전이 열리거든요. 나는 거기에서 기구를 타고 세계를 여행하는 사람의 이야기도 사고 로마에서 베이징까지 도보로 횡단한 사람의 기행문도 사고 일본 출신의 세계적인 재테크 전문가의 책도 샀습니다. 지금 와서 생각해보니 이상하게도 내가 산 책들은 모두 치열하게 살아가는 사람들의 이야기였군요. 그들은 북극에서 남극까지 같은 경도를 따라 여행하기도 하고 모든 것을 걸고 재산을 모으기도 합니다. 사람들은 자기보다 부지런히, 미친듯이 살아가는 사람들의 이야기를 좋아하는 것 같습니다. 하지만 그렇게 산다는 것은 참으로 피곤한 일이기도 합니다. 나는 프랑크푸르트에서의 사흘 동안은 에이전트와 출판업자, 스카우터 들을 만나느라 녹초가 됩니다.

그러곤 서울로 바로 돌아가지 않고 이 하이델베르크로 와 며칠을 더 묵곤 했습니다. 그리고 그때마다 그녀를 만났습니다. 내가 네카어강변의 벤치에서 도서전에서 받아온 샘플 책들을 읽는 동안 그녀는 내 무릎을 베고 잠을 잡니다. 나는 미리 준비해온 폴리에스테르 담요로 그녀를 덮어줍니다. 너무 평화롭고 좋아서, 어쩐지 그 시간은

누군가 다른 사람의 인생에서 몰래 빌려온 것만 같은, 그런 시간

이었습니다. 우리는 들킬 것을 염려하는 어린 도둑들처럼 조심스레 그 시간을 아껴 쓰곤 했습니다.

아, 그녀는 마침내 오래된 다리를 떠나 호텔로 향하는군

요. 호텔은 다리 앞에 있습니다. 그녀는 황동 손잡이를 잡아당기고 호텔로 들어옵니다. 그리고 계단을 올라갑니다. 또각또각 삐거덕 또각. 나무계단의 소리가 정겹습니다. 나는 언제나 나무계단이 있는 집에서 살고 싶었습니다. 그러나 한 번도 그 꿈을 이루지 못했습니다. 나는 단층집과 아파트에서만 살았습니다. 인간의 무게를 묵묵히 견디며 조용히 신음소리를 내는 나무계단은 가져보질 못했습니다. 어쩌면 그래서 이 호텔을 택했는지도 모르겠습니다. 요즘 세상에 엘리베이터도 없다니! 그녀는 투덜거렸지만 나는 그게 더 마음에 들었던 것 같습니다. 나는 다시 태어난다면 나무가 되고 싶고 나무의 생을 마친 후에는 계단이 되고 싶습니다.

"남편은 좀 어때?"

그녀는 이 질문을 싫어하지만 그녀를 마주치면 꼭 그것부터 묻게 됩니다. 그녀의 남편은 짧고 굵은 목에 땅딸막한 몸을 가진 아마추어 레슬러였습니다. 취미로 레슬링을 하는 사람이 있다는 것을 나는 처음 알았습니다. 그는 본래 안양의 어느 중학교에서 영어를 가르치는 선생님이었는데 영어보다는 레슬링부를 지도하는 일을 더 좋아했다고 합니다. 학교에 건의해 레슬링부를 만든 사람도 그였습니다. 지도하는 선생의 열정 때문이었을까요? 그 학교의 레슬링부는 창단한 지 몇 년 안 돼 소년체전에 나가 준우승까지 했습니다. 그는 방과 후에도 아이들과 레슬링을 하며 시간을 보내곤 했습니다. 그는 학생들을 사랑했지만 그중에서도 한 명을 유독 아꼈다고 합니다. 아버지가 버스 운전을 하는 아이였는데 중학교 이학년 때 레슬링을 시작했습니다. 운동신경이 좋고 머리가 좋아 곧 두각을 나타내게 되었습니다. 사람들은 레슬링이 힘만 앞세우는 운동이라고 생각하지만 실은 판단력도 근력 못지않게 중요합니다. 그 아이는 다른 아이들이 집에 돌아간 후에도 매트에서 뒹굴며 시간을 보냈습니다. 그녀의 남편은 그런 아이의 파트너가 되어 함께 땀을 흘리곤 했습니다. 그러던 어느 날 사건이 벌어졌습니다. 정확히

무슨 일이 일어났는지는 아무도

모릅니다. 두 사람 모두 그저 일상적인 스파링을 했을 뿐이라고 말했습니다. 단지 아이가 건 기술이 정확하게

들어가 남편의 몸이 허공에 붕 떴고 미처 준비가 안 된 상태에서 몸이 매트 밖으로 떨어졌던 것입니다. 머리가 바닥에 부딪히는 바람에 상당히 아팠지만 제자 앞에서 엄살을 부릴 수는 없다고 생각했기 때문에 곧 툭툭 털고 일어났습니다.

"제법인데,"

정도의 말을 했겠지요. 아이들은 가끔 지나치게 승부에 집착하는 경향이 있다고 합니다. 이런 스파링에서도 온 힘을 다해 이기려고 하고 조금 위험할 수 있는 기술도 과감하게 구사를 하겠지요. 어쩌면 그 아이가 그렇게 심한 동작을 취한 데에는 다른 사람들은 모를 뭔가가 있었을지도 모릅니다. 어쨌든 그녀의 남편은 차를 몰고 무사히 집으로 돌아왔습니다. 그리고 다음날 정오가 되도록 늦잠을 잤습니다. 잠에서 깨어나면서 그는 가벼운 어지럼증과 두통을 느꼈습니다. 그러나 운동을 하는 사람들이 늘 그러듯 대수롭지 않게 여겼습니다. 며칠이 지나자 두통과 어지럼증은 사라졌습니다.

그런데 또 며칠이 지나자 이상한 일이 하나둘 생기기 시작했습니다. 남편이 외박을 시작한 것입니다. 그녀는 사방

팔방으로 수소문한 끝에 집 근처 한 여관에서 남편을 발견했습니다. 남편은 혼자 일어나 양치질을 하고 있었습니다. 여자가 자고 간 흔적 같은 것은 없었습니다.

"어떻게 된 거예요?"

그녀가 따져물어도 남편은 대답을 하지 않았습니다. 그녀는 며칠 후 평소 남편과 친하게 지내던 학교 동료를 찾아갔습니다. 늘 남편과 함께 삼겹살에 소주를 즐겨 마시던 국어 선생이었습니다. 그는 그녀를 보자 난처한 얼굴을 했습니다. 그녀는 직감적으로 아주 커다란, 쉽게 해결하기 어려운 문제가 생겼다는 것을 알아차렸습니다.

"저는 괜찮아요. 얘기해주세요."

동료는 연신 마른세수를 하며 곤혹스러워하다가 결국은 입을 뗐습니다.

"조선생은 부인을 의심하고 있습니다."

"네?"

"아, 그런 의심이 아니구요. 부인이 바뀌었다고 생각하고 있습니다."

"그게 무슨 말씀이세요?"

"그 친구도 그게 말이 안 된다는 걸 알고 있습니다. 그래서 고통스러워하고 있습니다. 그 친구 말로는 진짜 아내는 어딘가로 가버렸고 가짜 아내가 진짜 아내 흉내를 내며 집에 있다는 겁니다."

"미쳤군요."

"그렇지는 않습니다. 수업이나 뭐 다른 일은 아무 이상 없이 잘하고 있습니다."

그녀는 눈물을 흘리지는 않았다고 했습니다. 국어 선생이 외려 더 난감해하며 말을 이어가는 동안 그녀는 잠깐 내 생각을 했었노라고 고백했습니다.

"저, 위로가 될지는 모르겠습니다만."

그녀는 고개를 들어 그 국어 선생을 바라보았습니다.

"말씀하세요."

"그 친구는 저도 의심하고 있습니다."

"자기 입으로 그러던가요?"

"아니요. 그렇지만 뭔가 전 같지 않아요. 마치 낯선 사람 대하듯 할 때가 많아요. 아무래도 병원에 한번 데리고 가보시는 게……"

그녀는 남편을 설득해 여관에서 집으로 데리고 왔습니다. 그러나 남편은 마치 남을 대하듯 옷을 갈아입을 때도 문을 잠갔고 살가운 대화도 하지 않았습니다. 그녀는 하는 수 없이 시골에 계신 시어머니와 시아버지를 안양으로 불러올렸습니다. 그러나 남편은 자기 어머니와 아버지도 믿지 않았습니다.

"두 분이 제 부모님과 닮았다는 것은 인정하겠습니다. 그렇지만 두 분은 제 부모님이 아닙니다. 도대체 왜들 이러시는지 모르겠습니다. 나한테 원하는 게 뭡니까, 네?"

그는 고개를 돌려 부모와 아내를 외면했습니다. 모두에게 참으로 고통스러운 시간이 천천히, 아주 천천히 흘러갔습니다. 몇 달이 지나서야 그들은 그가 겪는 문제의 원인을 알아낼 수 있었습니다. 그는 카그라스증후군이라는 특이한 뇌질환을 앓고 있었던 것입니다. 바닥에 머리를 부딪쳤을 때, 가벼운 뇌출혈이 일어났던 것입니다. 그런데 출혈이 일어난 부위는 하필 우뇌에서 친밀감에 대한 정보를 관장하는 부분이었습니다. 그 부분에 마비가 일어났기 때문에 그는 특히 그전까지 가까이 지냈던 사람들을 인식하는 데 혼란을 겪기 시작했던 것입니다. 의사는 이렇게 말했습니다.

"미친 게 아닙니다. 진짜 부모라면 응당 느껴야 할 친밀

감이 전해지질 않기 때문에 자기 부모일 리가 없다고 생각하는 겁니다. 부인과도 마찬가지입니다. 쉽게 말해

아주 가까운 사람을 낯선 사람처럼 느끼는

거죠. 본인도 아마 상당히 괴로워하고 있을 겁니다."
그들은 이혼하지 않았습니다. 남편이 이혼을 반대했던 거지요. '가짜 아내'와 이혼할 수는 없었을 테니까요. 언젠가 '진짜 아내'가 돌아오면 이 모든 연극은 끝나고 문제가 해결될 거라고 그는 믿었던 겁니다. 그러나 그런 일은 일어나지 않았습니다. 그는 누구와도 친밀감을 느끼지 못하는 삶을 계속 살았고 아내를 가짜라고 생각하면서도 그것에 적응했습니다. 마치 북한으로 끌려간 어부들이 새 배우자에 정을 붙이듯 그렇게 살았습니다.

그는 이민을 떠날 결심을 했습니다. 어차피 낯선 사람에게 둘러싸여 있기는 마찬가지였으니까요. 그들은 프랑크푸르트에 한국식당을 열었습니다. 그게 벌써 십 년 전의 일이었습니다. 현대의학은 아직도 그의 병을 고치지 못하고 있었고 그와 그녀는 여전히 서먹한 채로 하루하루를

살았습니다.

 칠 년 전, 바로 이 호텔에서 나는 그녀에게 이런 말도 해주었습니다.

 "너무 괴로워할 것 없어. 병 같은 거 없이도 남처럼 사는 부부는 많으니까."

 "너도 그래?"

 나는 아무 말도 하지 않았습니다. 그런 얘기를 내 입으로 하고 싶지는 않았습니다. 그녀는 나를 안아주었습니다. 그녀는 정말 내 모든 뼈가 으스러지도록 껴안습니다. 나는 그녀가 친밀감에 굶주려 있다는 것을 알기 때문에 설령 뼈가 부러지더라도 참을 생각이었습니다. 우리의 정사는 다른 사람들과는 좀 달랐습니다. 우리의 정사는 핥고 만지고 확인하고 더듬고 교환하는 것입니다. 피부와 피부를 맞대는 것, 문자 그대로 살을 맞대는 것입니다. 우리는 오래 껴안고 아주 오래 두드리고 더 오래 몸을 비벼댑니다. 우리는 서로를 의심하지 않습니다. 그녀가 훌쩍 독일로 떠난 지 삼 년 만에 우연히 프랑크푸르트의 한국식당에서 조우했을 때에도 우리는 서로 금세 알아보았습니다. 나는 식당을 나와 근처의 공중전화에서 방금 나온 그곳으로 전화를 걸었습니다.

"여기서 널 보게 될 줄이야."

"나도 내가 식당 주인이 될 줄은 몰랐어."

"나, 내일 하이델베르크에 갈 생각이야. 혹시 같이 가지 않을래?"

"그건 안 돼. 남편 혼자 남겨두고 갈 수는 없어."

그녀는 완강히 거부했습니다.

"보고 싶었어."

"우연을 운명으로 착각하면 안 돼."

나는 혼자 하이델베르크에 갔습니다. 시내를 거닐고 사진을 찍고 엽서를 샀습니다. 진한 흑맥주를 한잔 마셨고 구운 닭다리를 먹었습니다. 그리고 밤이 되어 예약한 호텔로 돌아왔을 때, 그녀는 그 앞에 서 있었습니다.

"나 촌스럽지?"

그녀가 물었습니다. 그것이 우리의 칠 년간의 만남의 시작이었습니다. 우리는 이렇게 매년 똑같은 호텔에서 만나왔습니다. 당연한 얘기지만 그녀는 남편에게 죄책감을 갖고 있었습니다. 자기를 알아보지도 못하는 남편에게 웬 죄책감이냐고 물을 사람도 있을 것입니다. 그녀의 죄책감은 좀 복잡한 성질의 것입니다. 그 죄는 용서받을 수 없는 것이니까요. 그녀가 죄를 고백해도 남편은 무심할 겁니다. 진짜 아내가 아니니까요. '그럴 줄 알았어. 넌 가짜니까. 내 진짜 마누라는 절대 그런 짓을 하지 않지'라고 말할 것입니다. 그러니 마음대로 바람을 피울 수 있다고 생각한다면 그 사람은 인간이라는 복잡한 존재를 잘 모르고 있는 겁니다. 이제 그녀에게 다른 남자를 만나는 것은 오직 그녀 자신의 윤리와 관계돼 있습니다. 친구 하나 없는 이 낯선 땅에서 자기를 지키려면 어리석은 경건함 같은 것이 필요합니다. 그러나 그녀의 그런 경건함은 나로 인해 훼손되고 말았습니다. 그래서 그녀는 나를 미워했습니다. 우리가 처음 하이델베르크에서 만난 이후로 그때까지 그녀가 자신의 남편에 대해, 자기를 둘러싼 세상에 대해 견지하던 그 정신적 정당성은 사라져버린 것입니다. 어쩌면 나에 대한 증오가 그녀의 일 년, 또 일 년을 버티게 해준 힘이었을지도 모릅니다. 외로운 인간에게는 그런 감정의 버팀목이 필요하니까요. 우리의 관계는 그녀의 그 복잡한 죄책감과 증오, 친밀감에 대한 희구가 뒤섞인, 기이한 감정의 칵테일 같은 것이었습니다.

그러나 그 만남은 이제 더이상 이어지지 않을 것입니다. 나는 나의 그녀가, 아름다운 그녀가 내 방 앞에 서 있는 것을 봅니다. 그녀는 코트 주머니에서 오른손을 뺍니다. 그녀는 그 오른손으로 손잡이를 잡고 천천히 돌립니다.

"……있는 거야?"

그녀가 묻습니다. 나도 궁금합니다. 나는 있는 걸까요? 정말 존재한다고 말할 수 있는 걸까요? 내 육신이 거기 있다고 해서, 응, 있어, 나 여기 있어, 라고 할 수 있는 걸까요? 아, 대저 존재라는 것은 무엇입니까? 나는 분명 여기 있고 내가 사랑하는 사람을 보고 있고 그녀가 느낄 고통을 미리 느끼고 있는데, 그런데 나는 과연 없는 것일까요?

그녀가 망연하게 서 있습니다. 조심조심 다가와 침대에 누워 있는 내 어깨를 흔들어봅니다. 나는 그녀가 흔드는 대로 움직입니다.

"장난하지 마."

생각해보니 나는 이런 장난을 좋아했던 것 같습니다. 죽은 척하기. 그녀는 그때마다 깜짝 놀라곤 했는데 정작 실제로 그런 일을 당하니 그때처럼 놀라지는 않는 것 같습니다.

폭파해체되는 빌딩처럼 그녀의 몸이 무너지고 있습니다. 그녀는 오른손으로 화장대를 짚으려 하지만 빗나갑니다. 우당탕탕, 조금 큰소리를 내며 그녀가 방바닥에 쓰러집니다. 조금 전 격렬하게 경련을 일으켰던 내 염통만큼은 아니지만 그녀의 심장도 거세게 뛰고 있습니다. 그 소리를 나는 들을 수 있습니다. 나는 기쁩니다. 그것은 그녀가 살아 있다는 뜻이니까요. 그렇습니다. 그녀는 살아 있습니다. 그러나 그것은 과연 축복일까요? 그녀를 믿지 않는 남편과 날마다 찾아오는 낯선 손님과 세무서의 직원들 사이에서 살아가는 삶이 과연 그렇게 복된 것일까요? 나는 확신할 수 없습니다. 그러나 그런 고민은 이제 내 몫이 아닙니다. 나는 이 세계에 남아 있을 시간이 많지 않다는 것을 느낍니다. 어떻게 알 수 있는지는 모릅니다. 그러나 그것은 분명합니다.

그녀는 무릎걸음으로 걸어 방을 나갑니다. 그녀의 트렌치코트는 변태하는 곤충이 허물을 벗듯, 기어가는 그녀의 발 뒤에 남겨집니다. 그녀는 마치 그 코트에서 갓 태어난 것처럼 보이기도 합니다. 복도로 나간 그녀는 독일어가 아닌 한국어로 외칩니다.

"사, 사람, 사람이 죽었어요."

아, 나는 보통명사, '사람'이 되었습니다. 그녀는 내 이름 대신에 나를 '사람'이라고 부르는군요. 프런트에 있던 뚱뚱한 독일 아주머니가, 한국말을 알 리가 없는 그 메이드가 숨을 헐떡이며 우리가 있는 층으로 올라오고 있습니다. 나의 그녀는 울고 있습니다. 나는 그런 비통한 눈물을 본 적이 없습니다. 자신을 알아보지 못하는 남편의 얘기를 하며, 그 고통을 말하며 그녀는 간혹 흐느끼곤 하였습니다만 그것은 제 운명을 억울해하는 자의 눈물이었습니다. 그녀의 울음은 입을 통해 나오는 것이 아니라 잘 익은 석류가 벌어지듯 제 육신을 찢고 뛰쳐나오는 것입니다. 그만큼 격렬합니다. 그녀의 그, 날것 그대로의 애도가 이토록 달콤할 줄은 몰랐습니다. 나는 위로받고 있습니다. 아, 망자는 원래 이렇게 잔인한 존재일까요? 생명의 피를 빨아먹고 흡족해하는 흡혈귀들처럼 지금 나는 저 처절한 애도가 마음에 듭니다.

멀리서 앰뷸런스의 사이렌소리가 맹렬하게 들려옵니다. 자, 급할 것은 하나도 없어요. 나는 그들에게 얘기해주고 싶습니다. 정말이에요. 급할 게 없습니다. 다 끝났다니까요. 그래도 앰뷸런스는 나뭇잎 사이로 쏟아지는, 샤워기의 물줄기 같은 햇빛을 받으며 포석 위를 거칠게 달리고 있네요. 하긴, 죽은 자는 어서 망자들의 세계로 보내야겠지요. 그럼요. 그것은 시급한 일일 것입니다. 누군가 덜미를 잡아채 나를 끌어올리는군요. 나는 하우프트슈트라세를 가로지르는 비둘기떼를 뚫고 성령교회의 높은 첨탑을 아슬아슬하게 비켜 아주 높은 곳으로 올라갑니다. 나는 열두 살의 그 해파리처럼 투명한 육신으로 흐느적거리며 허공을 부유합니다. 나의 눈은 맑고 몸은 유연하며 정신은 명징합니다. 이 높은 곳에서 나는 오래된 도시를 내려다봅니다. 양갱처럼 검은 네카어강에는 오렌지빛 석양이 깔리고 있습니다. 삶을 생각하기에 좋은 도시는 바로 이런 곳입니다. 나는 어쩐지 다음 생에도 이 도시에 오게 될 것만 같습니다. 사랑하는 당신, 안녕.

(『여행자―하이델베르크』, 아트북스, 2007)

아이스크림

 그러니까 그것은 국제통화기금이 일종의 집달리가 되어 한국을 접수하고 있던 시절이었다. 국가대표 축구팀도 시원찮고 경제는 빌빌대던, 그야말로 조국은 빈사상태였다, 라고밖에는 말할 수 없던 시절. 동규와 그의 아내는 슈퍼마켓에서 아이스크림을 사고 있었다. 그 무렵 그들은 아이스크림을 무척 좋아했다. 특히, 아담한 크기 상자에 스물네 개의 소포장 아이스크림이 들어 있는 유명 제과회사의, 그러나 그닥 잘 팔리지는 않는 제품을 사랑하였다. 상자를 냉장고에 넣어두었다가 생각날 때마다 따로따로 포장된 작은 아이스크림을 하나씩 꺼내 먹는 재미가 제법 괜찮았다. 지우개 크기의 그 소포장 아이스크림은 한입에 쏙 털어넣기엔 조금 컸고 그렇다고 베어먹기엔 작았다. 조심스럽게 비닐포장을 반쯤 찢어 한입 베어물고 초콜릿 코팅의 향이 입안 가득 퍼질 무렵이면 나머지 반을 털어넣고 작은 비닐포장은 쓰레기통에 버리면 그만이었다. 가족들이 모두 숟가락을 들고 모여앉아 머리를 부딪히며 퍼먹어야 하는 볼썽사나움과는 거리가 먼, 선진국에서나 경험할 수 있는 귀여운 낭비였다. 그 무렵 제과회사들은 앞을 다투어 포장방식을 바꾸며 제품을 고급화하고 값을 올려받기 시작했다. 자동화된 기계로 구운 쿠키 하나를 봉지에 넣어 다시 상자에 차곡차곡 포장해 인상된 가격으로 파는 것이 유행이었다. 나라 경제가 결딴이 나서일까. 사소한 사치도 큰 감동을 주었다. 동규와 그의 아내는 비록 국제통화기금 치하에 살고 있다 해도 삼천원짜리 아이스크림 한 통이 주는 기쁨을 금가락지 헌납하듯 나라에 갖다바치고픈 생각이 전혀 없었다. 그들은 마트에서 문제의 그 아이스크림을 카트에 던져 넣고 서둘러 계산대를 빠져나와 집으로 향했다. 가지고 오는 길에 조금 녹았을 수도 있으므로 냉동실에 넣어두었다가 느긋한 마음으로 하나씩 포장을 까서 베어물고 있노라면 금세 행복한 기분에 사로

잡혔다. 초콜릿이 주는 작은 흥분과 차가운 유지방의 부드러움으로 그들은 천천히 녹아내렸다.

동규가 사는 곳은 80년대 중반에 지어진 스물한 평짜리 아파트였다. 엘리베이터에서 내려 복도를 지나 집 앞까지 오는 동안 다른 집에서 내놓은 세발자전거 따위가 발치에 채었다. 문을 열고 들어오면 두 명이 서 있기도 비좁은 현관이 있었다. 거기에 신발을 벗어놓고 안으로 들어가면 거실은 작은 창 때문에 어둠침침했다. 거실의 오른쪽에는 두 칸짜리 싱크대가 있었고 타일의 틈새에는 그을음과 기름때가 침착되어 있었다. 가끔 아내 혜선이 특수세제를 이용해 닦아보려 했지만 너무 오래된 것이어서인지 잘 씻겨지지 않았다. 그나마 타일 몇 쪽은 깨어져 있었다.

"아파트가 기울고 있어서 그래요."

옆집 여자는 주장했다. 화장실 문이 잘 닫히지 않는 이유도 아파트가 한쪽으로 기우뚱 기울고 있어서라고 했다.

그들은 그 타일과 싱크대를 늘 부끄러워했다. 네 가구의 세입자가 물려가며 쓰던 싱크대였고 주인은 쓸 만하다며 여간해서 바꾸어주려 하지 않았다. 그렇다고 세입자인 그들이 생돈을 들여 남의 집 재산을 불려줄 일도 아니어서 그들은 습기에 불어 접착력이 떨어지며 무늬목이 들뜨기 시작한 낡은 MDF싱크대를 그저 참고 견디고 있었다. 싱크대의 끝에는 거실 쪽으로 돌출된 일 미터 정도의 무늬목 상판이 식탁 역할을 했다. 그들은 두 개의 의자를 그 옆에 갖다놓고 거기에서 밥을 먹었다. 혹시 친구라도 찾아오면 동규의 회전의자를 갖다놓을 수밖에 없었다. 몇 걸음 더 들어오면 왼쪽으로 동규가 쓰는 방이 있었고 더 들어가면 역시 왼쪽으로 안방이 있었다. 그들의 텔레비전은 안방에 놓여 있었다. 그들은 침대에 누운 자세로 왼발과 오른발 사이로 보이는 이십 인치 텔레비전을 시청하였다. 안방 바로 오른쪽은 베란다였다. 미닫이 반투명 유리문으로 거실과 분리되어 있는 베란다는 폭이 좁아서 빨래 널기도 힘들 정도였다. 둘은 세탁기에서 빨래를 꺼내 건조대에 갖다 널면 다음 빨래를 돌릴 때까지 잘 걷지 않는 습관이 있었다. 그러다보니 널린 빨래가 햇빛을 가려 커튼 노릇을 했다. 베란다의 한쪽에는 동규의 부모님이 굳이 떼어 물려주신 구형 에어컨의 실외기가 바다표범처럼 웅크리고 있었다. 그들은 용달차 운임 십만원, 설치비 십만원을 내고 에어컨을 설치했다. 에어컨은 벽걸이형이었는데 한번 켤 때면 아랫집에서 항의할 정도의 강력한 소음을 내곤 했다. 마치 잠에서 깬 괴물이 잠투정으로 으르렁대는 것 같았다. 자동온도조절 기능에 의해 꺼졌다 켜졌다를 반복했는데 특히 꺼져 있다가 다시 켜질 때 굉장한 소리를 냈다. 쇠를 긁는 소리와 함께 망치로 철판을 두들기는 소리가 뒤섞여 요란했다. 여름밤에는 열대야 때문이 아니라 에어컨소리 때문에 자주 잠에서 깼다. 도대체 에어컨 안에선 무슨 일이 벌어지고 있는 걸까. 프레온가스가 순환하며 열을 떨어뜨린다던데, 왜 철판이 저토록 덜덜거릴까, 그들은 가끔 궁금해했지만 바람도 잘 통하지 않는 아파트에서 그나마라도 없었다면 불쾌지수는 더 높아졌을 것이다.

어느 여름날. 둘은 나란히 아파트 단지 내 상가에 장을 보러 갔다. 농협이 직영하는 슈퍼마켓에 들어가 야채와 우유, 달걀을 산 후에 마지막으로 계산대 근처에서 문제의 그 아이스크림—진짜 이름은 따로 있지만 소송을 당할 우려도 있으니 이름은 그냥 '미츠'쯤으로 해두자—을 샀다. 아이스크림까지 샀으니 쇼핑은 다 된 셈이었다. 이들은 가벼운 발걸음으로 돈을 치르고 슈퍼마켓을 나와 집으로 향했다. 여름이라 햇볕이 굉장했다. 자외선을 차단하는 검은색 반투명 챙이 달린 모자를 쓴 여자들이 그들을 스쳐지나갔다. 챙을 너무 내려쓴 나머지 마치 누군가가 그들의 얼굴을 검은 먹으로 지워놓은 것 같았다.

어린아이들은 막 유행하기 시작한 인라인스케이트를 신고 그들을 스쳐지나갔다. 땀냄새가 훅 끼쳤다. 아이들은 더위와 햇볕을 전혀 상관하지 않는 것 같았다. 동규와 혜선은 그들을 질투하는 시선으로 쳐다보며 마침내 자신들이 사는 동에 도착하였다. 엘리베이터를 타고 집으로 올라가 사온 식료품을 냉장고에 차곡차곡 집어넣었다. 가장 먼저 집어든 것은 더위에 녹아버릴 가능성이 있는 미츠였다. 냉동실을 열자 차가운 냉기가 흘러나왔다. 꽝꽝 얼어붙은 굴비의 눈이 동규를 노려보았고 정체를 알 수 없는 내용물을 담은 비닐봉지가 자리를 차지하고 있었다. 동규는 그것들을 재배치한 후, 적당한 공간을 만들어 행여라도 비린내가 배지 않도록 조심하며 미츠 박스를 밀어넣었다.

그들은 에어컨을 가동시켰다. 이이이잉— 드르르릉— 덜컹덜컹. 거세게 울부짖으며 남극 상공에 오존 구멍을 낸다는 프레온가스, 환경단체들이 반대하는 그 구식 냉각

제가 파이프로 뿜어져나와 순환하기 시작하는 소리가 들렸다. 동규는 나가면서 열어놓은 베란다의 창문을 닫았다. 채 베란다 밖으로 빠져나가지 못한 실외기의 더운 공기가 발목을 핥고 지나가는 것을 동규는 느꼈다. 불쾌한 감각이었다. 그러나 실내에 차가운 공기를 공급하기 위하여 제 자신은 뜨거운 열을 내뿜어야 한다는 것이 어쩐지 공평하다는 인상을 주었고 마치 세상의 중대한 섭리를 깨달은 것 같은 쾌감도 주었다.

보아온 장을 모두 대충 쑤셔넣은 후, 이들은 침대에 누워 텔레비전을 켰다. 그 무렵 텔레비전에선 연일 외국자본에 넘어가는 토종기업들의 이야기를 방송하고 있었다. 뉴스와 기획 프로그램들은 시청자들을 계몽하느라 정신이 없었다. '비록 당장은 아깝더라도 경제의 회생을 위해서는 외국자본을 받아들여야 한다. 공적자금을 투입해서라도 부실기업을 조금이라도 정상화하고 이것을 외국자본에 매각해 돈이 돌도록 만들어야 한다. 그게 우리나라의 살 길이다'라고 역설하고 있었다. '자본에는 국적이 없다. 우리나라에 들어오면 우리 돈이다'라는 주장도 있었다. 동규는 아주 옳은 말이라고 생각했다. 흰 고양이든 검은 고양이든 쥐만 잡으면 되는 거 아닌가? 물론 한 사람의 납세자로서 억울한 점도 있었지만 그렇다고 부실기업이 마냥 돈을 까먹는 물귀신이 되도록 방치하는 것은, 그의 생각에는 결코 바람직하지 않았다. 그는 간혹 공적자금 투입에 분개하는 아내 혜선과 논쟁을 벌일 때도 있었다. 혜선은 그런 기업들은 아예 파산절차를 거쳐 청산해야 한다는 입장이었다.

"그럼 거기 다니는 직원들은 어떻게 하고?"
"그럼 모든 해고자를 국가가 먹여살려야 돼?"
"그건 아니지만 부실기업에 다닌다는 죄로 하루아침에 길거리로 내쫓는다는 건 너무하지 않아?"
"그런 온정주의 때문에 IMF가 온 거라구."

혜선은 입을 비쭉거렸다. 꼭 틀린 말이라고 볼 수는 없었다. 혜선은 국제통화기금 사태와는 무관하게 바로 그 직전, 보육교사로 일하던 어린이집을 홧김에 그만둔 바 있었다. 원장과의 알력이 문제였는데 막상 그만두고 나니 후회가 되는 모양이었다. 아동학과를 졸업하고 나름 그 분야에 야심도 있었는데 어쩌다보니 실업자가 되었고 그사이 경제위기가 닥쳤다. 있는 사람도 내쫓는 판에 새로운 사람을 뽑을 데는 없었다. 그리고 혜선처럼 직장을 그만둔 엄마들이 많아 어린이집에 오는 아이들의 수도 줄어든 판이었다. 이런 사정을 알고 있는 동규는 그쯤에서 그만 입을 다물었다. 해고니 실업이니 하는 문제만 나오면 심사가 뒤틀리는 혜선이었지만 막상 다른 면에서는 이해심이 깊었다. 뉴스를 볼 때에는 냉정했지만 휴먼다큐멘터리 같은 데에서 갑자기 실직한 노동자들을 보여주거나 할 때면 눈물을 뚝뚝 흘리며 남몰래 방송사로 기부금을 보내는 일도 있었다. 반면 동규는 공적자금 투입의 정당성에는 공감하면서도 성금을 낸다거나 하는 일은 결코 하지 않았다. 그게 둘의 다른 점이었다.

"미츠 하나 먹을래?"

조금은 썰렁해진 분위기를 바꿔볼 겸, 동규가 제안했고 혜선은 고개를 끄덕였다. 밝은 표정이었다. 벽 쪽에 누워 있던 동규는 몸을 동글게 말았다가 펴는, 배추벌레식 전진법으로 침대에서 내려왔다. 두 사람이 올라가면 꽉 차는 작은 더블침대에서 바깥쪽에 누워 있는 혜선을 건드리지 않고 침대에서 내려가는 방법은 그것뿐이었다. 그는 냉동실의 문을 열고 미츠 상자를 꺼냈다. 상자를 개봉하고 두 개의 소포장 아이스크림을 꺼낸 후, 다시 냉동실에 집어넣었다. 작은 접시에 담아 침대로 간 그는 궁둥이를 먼저 침대에 올려놓은 후, 미츠가 담긴 접시를 혜선에게 건넸다. 그리고 다시 배추벌레식 전진법을 사용하여 애초에 떠나온 자기 자리로 돌아가 베개를 고고 텔레비전을 보았다. 혜선이 비닐포장을 찢어 미츠를 한입 베어물었고 동규도 똑같이 했다. 그리고 거의 동시에 둘은 서로를 쳐다보았다. 미간을 찌푸린 혜선은 동의를 구하는 눈빛으로 동규를 바라보고 있었다. 동규도 거울놀이를 하듯 혜선과 똑같은 표정을 지어 보였다. 혜선은 오른손바닥을 펴 반쯤 녹은 아이스크림을 뱉어냈다. 그리고 침대에서 내려 부엌으로 달려가 손을 씻었다. 동규는 그렇게까지는 하지 않았다.

"휘발유냄새 나지 않아?"

혜선이 물었고 동규는 고개를 갸웃거렸다.

"글쎄, 뭔가 다른데."

"우리가 이거 하루이틀 먹는 거 아니잖아. 뭔가 이상해. 기름냄새가 난다구."

혜선은 벌써 입을 헹구고 있었다. 동규는 손에 들고 있던 나머지 반을 입에 넣었다.

"미쳤어?"

혜선이 소리쳤다. 동규는 아랑곳하지 않고 입을 오물거리며 정말로 기름냄새가 나는 건지 다시 확인했다. 그는 아이스크림을 삼키지는 않고 싱크대에 뱉었다.

"정말 기름냄새가 나는데."

"아니 어떻게 이럴 수가 있어?"

혜선이 파르르 떨며 마치 생산자의 이름이 적혀 있기라도 한 것처럼 찢어진 소포장 비닐의 표면을 노려보았다. 아무리 봐도 생산자의 이름은 없었다.

"이거 소비자보호원 같은 데 신고해야 하는 거 아냐?"

동규는 냉동실의 문을 열었다. 그리고 미츠 박스를 꺼냈다. 거기에는 소비자상담실의 전화번호가 적혀 있었다. 제품에 이상이 있으면 언제라도 연락을 해달라는 문구와 함께. 동규는 그 글귀를 혜선에게 보여주었다. 그리고 전화기를 집어들었다.

"정말 전화하게?"

혜선이 눈을 동그랗게 떴다. 동규는 단호하게 말했다.

"그럼, 이게 얼마짜린데. 이대로 버리기는 아깝잖아. 그리고 피해가 더 커지기 전에 알려줘야지."

혜선도 목소리에 힘이 붙었다.

"어쩌면 보상을 받을지도 몰라. 내 친구는 사이다에서 엄지손가락만한 벌레를 찾아내서 꽤 받아낸 모양이야."

"그런데 발뺌이라도 하면 어떡하지?"

"설마 그러기야 하겠어."

"아니, 우리를 의심할 수도 있잖아. 전에도 보니까 어떤 남자가 요구르트에 독극물을 넣어서 회사를 협박하다가 잡혔잖아. 그런 일이 어디 한둘이야? 우리가 무슨 이물질을 넣었다고 의심받으면 어쩔 거야?"

"괜한 짓 하는 거 아닐까?"

둘은 서로의 얼굴을 쳐다보았다.

"전화나 해보지 뭐. 만약 그런 식으로 나오면 소비자보호원으로 바로 신고해야지."

동규는 상자에 적힌 전화번호를 외워 꾹꾹 버튼을 눌렀다. 080으로 시작하는 번호는 모두 열 자리였다. 혜선은 아이스크림 상자를 다시 냉장고에 넣고 동규의 표정과 입을 주시하였다.

"여보세요?"

전화를 받은 사람은 젊은 여자였다.

"네, 고객님. 무엇을 도와드릴까요?"

"저, 그 회사 제품 중에 미츠라는 아이스크림 있죠? 저희는 그걸 일주일에 두 번은 사 먹거든요. 그런데 오늘 먹어보니까 기름냄새가 나는 것 같아서요. 여기다 얘기하는 거 맞아요?"

"네, 고객님. 맞습니다. 저희 제품 때문에 심려를 끼쳐드려 죄송합니다. 곧 저희 담당자가 댁을 방문해서 제품을 살펴보고 자세한 말씀을 드리겠습니다. 번거로우시겠지만 주소와 전화번호를 알려주시면 감사하겠습니다."

"뭐래?"

혜선이 작은 목소리로 물었다. 동규는 조용히 손사래를 쳤다. 그리고 주소와 전화번호를 찬찬히 불러주었다.

"네, 잠시 후에 찾아뵙겠습니다. 정말 죄송합니다."

응대는 차분하고 충분히 정중했다. 동규는 일이 그렇게 순조롭게 풀려가자 어쩐지 좀 미안한 느낌이 들었다.

"곧 찾아뵙겠다고, 대단히 죄송하다고 그러는데. 되게 친절하네."

혜선은 깜짝 놀라 갑자기 눈을 이리저리 굴렸다.

"집으로 온다는 거야? 집도 안 치웠는데."

혜선은 냉장고 옆에 놓인 진공청소기를 벌써 집어들고 있었다. 동규는 그런 혜선을 제지하였다.

"그게 문제가 아니라."

동규는 불안할 때면 손톱을 물어뜯는 버릇이 있었다. 회사 입사 면접 때 혹시라도 그 버릇이 나올까봐 두 손이 으스러져라 깍지를 끼고 버틴 게 바로 그였다. 그런데 어느새 손톱을 물어뜯고 있었다.

"왜?"

혜선이 물었다.

"회사에서 우리집까지 왔는데 말야. 우리가 먹은 두 개만 이상하고 나머지는 멀쩡하면 어떡하지? 그럴 수도 있잖아. 왜 헛걸음시켰냐며 화내지 않을까? 왜 법에도 무고죄라는 게 있잖아."

혜선의 표정도 어두워졌다. 미츠는 스물 네 개가 각기 독립된 포장으로 된 아이스크림이었다. 컨베이어벨트를 따라 자동으로 재료가 배합되어 사각형의 틀에 부어지고 얼리고 굳힌 다음 포장을 하여 마지막에 종이박스에 집어넣을 것이었다. 동규의 집에 배달된 스물네 개 모두에서 기름냄새가 날 가능성은 희박했다. 그렇다고 둘이 이미 먹은 두 개에서만 기름냄새가 날 가능성도 적었다. 그들은 자동화된 아이스크림 제조 공정을 상상하고 있었다. 붕어빵 기계 같은 사각형 틀에 유지방이 부어지고 거기에 실수로 잘못된 원료가 투입된다. 그중 몇 개가 비닐로 포장되어 어떤 박스에 들어간다. 그 몇 개가 들어감으로써 한 박스가 가득찬다. 하필 그것은 동규네가 사온 바로 그 상자이다. 상자의 입구에 그 두 개가 있었던 것도 우연은 아니다. 그들은 가장 늦게 들어왔기 때문에 거기 있었던 것이다. 그렇게 상상하고 나자 그들의 불안은 증폭되었다.

먼저 제안한 것은 혜선이었다.

"하나만 더 먹어보자. 아닐 수도 있잖아."

동규도 동의했다. 그는 냉장고에서 한 개를 꺼내 조심스럽게 포장을 뜯었다. 조금 전 입안을 가득 채운 그 역한 휘발유냄새가 채 가시지도 않은 참이었다. 그렇지만 곧 들이닥칠 그 제과회사 사람들을 생각하니 가만히 있을 수가 없었다. 혜선은 초조하게 동규가 어서 그 아이스크림을 삼키기를 기다리고 있었다. 동규는 삼분의 일쯤 베어 물었다.

아이스크림

"어때? 기름냄새 나지? 나지? 안 나?"

혜선이 물었다. 동규는 고개를 갸웃거렸다. 아까와 같은 확신은 도저히 생기질 않았다. 기름냄새가 나는 것 같기도 했지만 그게 처음에 먹었던 아이스크림 때문에 생긴 일종의 잔향인지 아닌지 분명치 않았다.

"잘 모르겠어. 나는 것 같기도 하고 아닌 것 같기도 하고."

혜선이 눈을 흘겼다. 명백히 책망하는 눈빛이었다.

"뭐야? 그런 게 어딨어? 나면 나고 안 나면 안 나는 거지. 이리 줘봐."

동규는 혜선을 제지했다.

"양치질하고 와서 다시 먹어봐. 아까 그 맛이 남아 있어서 정확하게 판단이 안 돼."

혜선이 양치질을 하는 사이 동규는 다시 삼분의 일을 베어물었다. 이번에도 분명한 확신은 들지 않았다. 어찌보면 휘발유냄새 같은 게 코끝을 감아들기도 하지만 또 한편으론 평소 미츠 맛과 별다르지 않은 것처럼 느껴졌다. 혜선이 양치질을 마치고 돌아오자 동규는 손에 든 나머지를 건네주었다. 혜선은 와인 테스터처럼 진지한 자세로 허리를 곤추세운 후, 미츠를 받아 입에 넣었다. 그리고 눈을 감은 채, 한참을 묵묵히 앉아 있었다. 이번에는 동규가 몸이 달았다.

"어때? 냄새나지 않아?"

혜선은 잠시 후 눈을 뜨고는 심오한 진리라도 깨달은 것처럼 선언했다.

"나. 냄새나. 분명 뭔가 있어. 휘발유나 벤젠이나 뭐 그런 걸 거야."

"정말이야?"

"응, 나는 것 같아."

"정말? 확신할 수 있어?"

혜선의 눈빛이 흔들렸다.

"아니, 느낌이 그렇다는 거지. 맛이라는 게 과학적으로 증명할 수 있는 것도 아니잖아."

"그래서 확실하다는 거야, 아니야?"

"확실했었는데 당신이 자꾸 그러니까 잘 모르겠잖아."

"안 되겠어. 하나만 더 먹어보자."

동규가 말했다. 침묵이 흘렀다. 둘은 망설였다. 슬슬 뱃속도 메슥거리기 시작했다. 어쩌면 먹어서는 안 될 어떤 화학약품이 이미 그들의 뱃속으로 들어가버렸을지도 모른다는 불안감이 동시에 그들을 찾아왔다.

"일단 기다려보자. 그쪽에서 뭔가 장비를 가져와서 조사해보면 금방 나올 거야."

"그러다 아니면 어떡해?"

"먹고 탈나면 우리만 손해라구."

"도대체 이렇게 큰 기업에서 왜 이따위 제품을 만드는 거야?"

혜선이 벌컥 화를 냈다. 실내가 충분히 시원해지자 에어컨이 갑자기 작동을 멈추었다. 매미소리가 갑자기 요란하게 들려왔다.

"좋아. 하나만 더 먹어보자."

동규도 양치질을 했다. 치카치카치카치카. 치약이 들어가자 울컥 구역질이 나왔다. 좀전에 먹은 아이스크림 때문인지 아니면 과음으로 비장이 약해진 탓인지 알 수 없었다. 동규는 양치질을 마치고 물로 입을 충분히 헹군 뒤 다시 좁은 이인용 간이식탁으로 돌아와 자리에 앉았다. 혜선이 벌써 동규가 먹을 미츠를 준비해두었다. 그녀는 동규가 먹기 편하도록 포장을 찢어 그의 손에 쥐여주었다.

동규는 뜬금없이 독배를 마시는 소크라테스를 생각했다. 그리고 억지로 뭔가를 먹어야만 했던 역사 속의 인물들을 생각했다. 미사 때마다 별맛도 없는 포도주를 들이켜야 하는 전 세계의 가톨릭 사제들을 또한 생각했다. 그리고 미츠를 사분의 일쯤 베어물었다. 혜선이 눈을 가늘게 뜨고 그를 지켜보고 있었다.

"어때?"

"난다 나. 확실해. 정상이 아니야. 이럴 수는 없어. 고소하고 달콤한 맛이 나야 하는데 뭔가 씁쓸하고 역시 그 기름냄새가 나."

동규는 분명한 기름냄새에 자기도 모르게 신이 나 다시 한 입을 베어물었다. 혜선의 표정도 덩달아 밝아졌다.

"거봐. 우리가 이걸 얼마나 많이 먹었는데. 우릴 속일 수는 없지."

혜선은 기세등등하여 동규가 남긴 나머지 반을 가져다 먹었다. 오물오물, 오물오물. 맛을 음미하였다.

"됐어. 분명해. 기름냄새 확 나는데 뭐."

동규와 혜선은 이제 스무 개밖에 남지 않은 미츠 상자를 다시 냉동실에 넣었다. 혜선은 진공청소기를 들고 윙

소리를 내며 청소를 시작했다. 에어컨이 다시 요란한 소리와 함께 작동을 시작했다. 매미들도 방충망에 붙어 요란하게 울어댔다. 동규는 빗자루를 들고 방충망으로 가서 붙어 있는 매미들을 두들겨 내쫓았다. 매미가 날개를 펴고 아래층으로 마치 가미카제 전투기처럼 낙하해갔다. 하늘을 올려다보자 뉴스에도 나왔던 황조롱이가 길게 원을 그리며 아파트 단지 위를 배회하고 있었다. "다시 찾아온 황조롱이"라는 제목 아래 생태계의 복원을 상징하는 존재로 부각된 바로 그 맹금류였다. 아마도 사냥중인 듯싶었다. 동규는 거실로 돌아와 바닥에 뒹구는 잡지와 신문을 치웠다. 그들 부부는 저녁 준비도 잊고 부산히 집을 청소하고 정리하였다. 어쩐지 식욕도 전혀 동하지 않았다.

"어쩌면 뉴스에 우리 이야기가 날지도 몰라."
"그럼. 사람들 먹는 거에 얼마나 민감한데."
"별일 아닐 수도 있어."
"하긴."

둘은 청소를 마치고 침대 발치에 걸터앉아 텔레비전을 봤다. 오 분쯤 지났을까. 초인종이 울렸다.

"당신이 나가봐."

혜선이 동규의 등을 떠밀었다. 동규는 현관으로 나갔다.

"누구세요?"

"……소비자상담실에서 왔습니다."

동규는 문을 열어주었다.

"아이구, 저희가 어디 잠깐 나갔다 오느라 집을 못 치워서 좀 어수선합니다."

앞머리가 벗어진 중년의 남자는 말끔하게 양복을 차려입고 있었다. 한 손에는 큼지막한 검은색 서류가방을 두 개나 들고 있었다. 다른 사람은 없이 혼자였다. 안쪽으로 들어오라는 동규의 말을 무시하고 그는 우선 허리를 굽혀 동규에게 인사를 했다.

"심려를 끼쳐드려서 정말 죄송합니다."

동규는 얼떨결에 그를 따라 맞절을 했다. 중년의 남자는 가방을 내려놓더니 양복 안주머니에서 명함을 꺼내 동규에게 건넸다.

"소비자상담실의 김성룡 부장입니다."

명함 그대로였다.

"아, 예. 안녕하세요."

동규는 다시 고개를 숙여 절을 했다.

"안으로 들어오세요."

혜선은 동규의 등뒤에 숨어 김성룡 부장을 유심히 살펴보았다. 나이는 오십대 초반에서 중반쯤으로 보였고 목소리나 태도 모두 무게가 있었다. 단지, 더운 날씨 탓인지 이마에 땀이 번질거려서 실제 이상으로 느끼해 보였다. 지하철에서 만났다면 이유 없이 치한으로 의심받을 수 있는 그런 용모였다. 그러나 양복은 깨끗했고 넥타이는 한눈에도 꽤 비싼 제품으로 보였다. 두꺼운 검정테에 알이 크고 도수가 높은 안경을 쓰고 있었는데 조계종 총무원장이나 큰 교회 담임목사가 쓰면 딱 어울릴 정도로 권위가 있어 보이는 제품이었다. 한마디로 중후하였다. 벗어진 이마는 주름 한 줄 없이 팽팽하고 분홍색으로 빛나 어딘가 비현실적으로 보였다. 그에 비하면 볼은 축 늘어져 좀 심술궂게 보였다. 그러나 그는 현관으로 들어서면서부터 과장된 미소로 자기 얼굴에 깃든 권위를 지우려 노력하고 있었다. 평소엔 부하직원들 앞에서 팽팽한 이마와 권위적인 안경, 축 늘어진 볼을 앞세워 군림하면서 상관이나 동규네 같은 까다로운 소비자들 앞에서는 몸에 익지도 않은 공손함으로 자기를 애써 낮춰야 하는 김부장의 처신이 동규에게는 낯설지 않았다. 그런 관리자들은 그의 회사에도 한 다스는 있었다. 동규는 저런 권위적인 대기업의 간부급 부장마저 간단하게 굴복시킬 수 있는 소비자라는 존재가 새삼 대단하다는 생각에 살짝 통쾌함을 느꼈다. 그저 단돈 삼천원을 지불했을 뿐인데 그런 자신들의 입을 막기 위해 신고한 지 한 시간도 안 돼 이 더운 여름날 영등포의 본사에서 여기까지 헐레벌떡 달려온 것을 보라! 말이 좋아 중소기업이지 조그만 하청업체에서 늘 대기업의 구매 담당들(그래봤자 대리급도 안 되는 것들)에게 굽신거리며 생계를 유지하는 동규 같은 처지에선 김부장 같은 자를 이렇게 전화 한 통화로 불러올 수 있다는 게 한편 놀라우면서 또 한편 고소했다.

김부장은 열린 현관문을 닫은 후 발뒤축을 비벼 구두를 벗고 조심스럽게 거실로 올라섰다. 그리고 갑자기 어두워진 실내에 적응하려는 듯 눈을 가늘게 떴다. 동규는 소파도 없는, 그래서 손님이 와도 어디 앉으라고 권할 데 하나 없는 자신의 집이 문득 부끄러웠다. 김부장 역시 어디에 앉아야 할지 모르는 엉거주춤한 자세로 동규의 눈치를 살피고 있었다. 하는 수 없이 붙박이 이인용 식탁으로 그를 안내했다. 그는 괜찮다며 사양했지만 동규는 기어이 그를 거기에 앉혔다.

"우선 말씀하신 그 제품을 좀 보여주시겠습니까?"

김부장은 정중히 물어왔다. 혜선이 냉동실 문을 열고 문제의 아이스크림을 꺼냈다. 얼어붙은 굴비들에게서 비듬 같은 서리가 부스스 떨어졌다.

"저, 이게요, 기름냄새가 심하게 나더라구요. 저희가 이거 한두 번 먹는 게 아닌데. 아니, 세상에 이게요."

동규는 눈짓으로 혜선의 말을 끊었다. 아내의 말투가 거슬렸다. 대기업의 부장급이 친히 와주었는데 아내는 마치 동네 슈퍼 주인한테 하듯이 투정을 부리고 있었다.

"제품을 제조하는 과정에서 뭔가 잠깐 착오가 있었던 모양입니다."

동규가 아내를 대신하여 변명하듯 말했다. 김부장은 "네, 제가 한번 보겠습니다"라고만 말하고는 문제의 아이스크림 상자만 유심히 살피고 있었다. 보석감정사처럼 신중한 태도였다. 그들 부부는 결혼 후, 딱 한 번 패물을 내다판 적이 있었다. 동규가 주식투자로 돈을 다 날리는 바람에 정말 당장의 생활비가 딱 떨어진 적이 있었다. 신혼에 여기저기 구걸하기도 남부끄럽기도 하여 종로4가 지하상가에 나가 패물로 받은 다이아몬드 목걸이 세트를 팔았던 것이다. 그들은 그때 "다이아몬드는 영원하다"라는 선전문구가 얼마나 심한 거짓말인지 알게 되었다. 보석감정사는 신중하게 돋보기로 여기저기를 살피더니 그들이 산 가격의 거의 반값도 안 되는 가격을 제시했다. 보관하는 동안에 여기저기 흠이 생겼고 세팅방식도 촌스러워 다시 해야 하는데 그럴 경우 다이아몬드가 깎여나가기 때문에 가치가 줄어든다는 것이었다. 억울했지만 그들은 보석을 잘 몰랐고 감정사가 풍기는 직업적 권위에 주눅까지 들어 불과 몇 년 만에 '촌스럽다'는 평가를 받게 된 그들의 결혼예물을 헐값에 넘겨주고 말았다. 지금도 어쩐지 비슷한 기분이었다. 동규와 혜선은 식탁 주변에 서서 초조하게 국내 굴지의 제과회사 소비자상담실 김부장의 판결을 기다렸다. 김부장은 유통기한을 먼저 살폈다.

"유통기한은 아직 많이 남아 있어요. 살 때 꼭 확인하거든요."

혜선이 앞질러 말했다. 김부장이 신중하게 고개를 끄덕

였다.

"그렇군요."

김부장은 상자를 펼쳤다. 스무 개의 아이스크림이 모습을 드러냈다. 동규는 김부장의 주변을 살폈다. 성분을 조사할 장비 같은 것은 없는 것 같았다. 김부장은 그중 하나를 꺼내 이리저리 살펴보더니 갑자기 두 손에 힘을 주어 포장을 쭉 찢었다. 그러더니 내용물을 통째로 입에 넣었다. 동규와 혜선은 예기치 않은 전개에 놀랐다. '회사를 위해 저렇게까지 몸을 던져 충성을 하다니!' 동규는 대기업의 기업문화에 주눅이 들면서 동시에 먹고사는 일의 숭고함에 대해 새삼 경건한 마음을 품었다. 아내도 약간 충격을 받은 듯했다. 김부장은 아무런 장비도 없이, 그 어떤 예방의 조치도 없이 속에 뭐가 들어 있는지도 모르는 아이스크림을 자기 입에 집어넣고 있는 것이었다. 동규와 혜선은 애써 놀라움을 감추고 이제 그가 내릴 판결만을 기다렸다. 그는 한입에 넣기엔 조금 큰 그 아이스크림을 입속에서 천천히 조심스럽게 음미하고 있었다. 참다못한 동규가 물었다.

"이상하죠? 기름냄새 안 납니까? 분명히 날 텐데요. 어떠세요?"

김부장은 눈을 지그시 감은 채 입을 오물거리며 아이스크림을 다 삼켜버렸다. 에어컨이 다시 꺼졌다. 이번엔 매미 소리가 멀리서 들렸다. 적막이 길게 느껴졌다. 혜선도 김부장에게 얼굴을 들이밀며 물었다.

"어떠세요? 이상하지 않으세요?"

김부장은 아무 표정도 없었다.

"아직 잘 모르겠습니다."

동규와 혜선의 표정이 어두워졌다. 어쩌면 그들의 입맛이 틀렸을 수도 있었다. 김부장은 어쩐지 무엇엔가 실망한 듯한, 침울한 얼굴이었다. 김부장은 또 한 개의 미츠를 집어들었다. 그리고 능숙한 솜씨로 포장을 뜯고 내용물을 다시 입에 집어넣었다. 동규와 혜선은 그가 아이스크림의 맛을 판별하고 다시 입을 열 수 있을 때까지 무덤가의 문관석 무관석처럼 굳은 얼굴로 김부장의 양쪽에 서 있었다. 김부장은 이번에도 표정의 어떤 미세한 변화도 없이 미츠 하나를 천천히 먹어치웠다. 약간 힘 빠진 목소리로, 그러나 희망을 잃지 않은 채 동규가 다시 물었다.

"어떠세요? 아직도 모르시겠어요?"

김부장은 고개를 갸웃거렸다.

"글쎄요."

그는 다시 포장을 뜯었고 또하나를 먹었다. 속도가 점점 빨라졌다. 동규는 더이상 묻기를 포기하고 그가 충분한 데이터를 축적할 때까지 잠자코 기다리기로 했다. 김부장은 또하나를 뜯어 입에 넣었다. 그러나 이번에는 혜선이 참지 못하고 끼어들었다.

"안 이상하세요?"

김부장은 눈을 뜨며 말했다.

"네, 약간 이상한 것 같기도 하네요. 그렇지만 확실히 그렇다고는 말씀드리기가 곤란한……"

그러면서 김부장은 또하나를 집어들고 천천히 포장을 뜯었다. 그리고 또다른 미츠를 다시 입에 집어넣었다. 동규는 자기 속까지 미식거리는 느낌이었다. 벌써 네 개째였다. 그러나 김부장은 이런 일을 많이 겪어본 듯 태연했다. 김부장 앞의 식탁에는 비닐포장이 하나둘 쌓여갔다. 정확히 세보지는 않았지만 족히 여섯 개 이상은 먹어치운 것 같았다. 휘발유냄새 나는 수상쩍은 아이스크림을 하나둘도 아니고 그렇게까지 삼킬 수 있다는 게 실로 놀라웠다. 그쯤 되자 김부장의 안색도 처음 집에 들어설 때에 비해 확실히 어두워져 있었다. 아니, 어두워졌다기보다 결연한 기세가 엿보인다고 해야 맞을 것이다. 미츠를 정말로 좋아하는 동규와 혜선이었지만 한꺼번에 세 개 이상 먹어본 적은 없었다. 이도 시렸고 생각보다 양이 많아서 금방 배가 더 부룩해졌기 때문이었다. 다른 음식과 달리 아이스크림은 그렇게 한몫에 많이 집어넣을 수 없었다. 그런데 그들 눈앞의 김부장은 마치 필름을 빨리 돌리기라도 한 것처럼 순식간에 예닐곱 개의 미츠를 먹어치운 것이었다. '이제는 그만!'이라고 동규와 혜선이 입을 모아 외치고 싶은 순간, 김부장은 자리에서 일어났다.

동규는 마지막 희망을 품고 물었다. 얼핏 들으면 짜증을 부리는 것처럼 들릴 수도 있는 말투였다.

"어떻습니까? 아직도 잘 모르시겠습니까?"

김부장은 옷매무새를 가다듬고 허리를 펴더니 동규를 향해 살짝 고개를 숙였다. 혹시 토하는 게 아닌가 싶어 혜선은 조금 뒤로 물러났다.

"심려를 끼쳐드린 점, 다시 한번 사과드립니다."

그는 허리를 숙여 자기 오른쪽에 놓인 검은 서류가방을

열었다. 거기에는 그 회사에서 만드는 초콜릿 중에서 가장 값나가는 제품 두 박스가 들어 있었다. 그는 그것을 꺼내 동규에게 건넸다. 그리고 그밖에도 회사의 로고가 새겨 있는 꽤 쓸 만한 계산기 겸용 탁상시계도 꺼내 식탁 위에 올려놓았다. 왼쪽 가방을 열자 거기에서도 고급 과자 선물 세트가 나왔다. 어린이날이나 명절 때 흔히 볼 수 있는 것이었다. 그는 자기가 먹어치운 미츠의 빈 포장지와 아직 뜯지 않은 열두어 개의 미츠를 상자째로 검은 서류가방에 쓸어담았다. 그리고 철컥, 잠금쇠를 잠근 후, 가방을 양손에 집어들었다.

"앞으로도 궁금한 점 있으시면 언제라도 전화주십시오."

어느새 그는 현관으로 나가 구두를 신고 있었다. 그리고 다시 한번 허리를 굽혀 인사를 하고 문을 닫은 후 사라졌다. 그가 떠나버린 뒤, 동규와 혜선은 거실로 돌아와 김부장이 아이스크림을 먹어치우던 식탁 앞에 둘러앉았다. 두 사람은 한동안 멍하니 말이 없었다. 혜선은 김부장이 놓고 간 초콜릿 세트를 들고 살펴보기 시작했다.

"미츠 값의 열 배는 되겠다."

"그러게 말야. 땡 잡았네."

둘은 초콜릿과 과자를 싱크대의 빈 공간에 집어넣고 안방으로 들어갔다. 텔레비전을 켜고 침대에 누웠다. 다시 배추벌레처럼 후진하여 침대에 올라간 동규는 엉덩이에 깔린 리모컨을 집어들고 채널을 돌리기 시작했다. 동시에 나름의 사념에 빠져들었다. 어떻게 된 것일까. 도대체 무슨 일이 일어난 것일까. 문득 여름날 오후의 이 소동이 정말로 있었던 일인지조차 의심스러워지기 시작했다. 진실은 과연 무엇이었을까. 그 아이스크림에서 정말 휘발유냄새가 났었는지, 이제 영원히 알 수 없게 되어버린 것일까?

"혹시 그 김부장 말야."

동규가 천장을 보며 말을 꺼냈다.

"왜?"

"정말 부장 맞을까?"

"명함도 받았잖아."

동규와 혜선은 침대에 누워 어떤 장면을 상상하기 시작했다. 제과회사의 소비자상담실에 모여 있는 중년의 남자들. 말쑥한 양복을 입고 읽은 신문을 또 읽고 또 읽으며 시간을 죽이는 남자들. 전화벨이 울리고 이런저런 이야기가 오간 후, 소비자상담실 실장이 들어와 말하는 것이다. 이번에는 아이스크림인데요. 음, 박부장님이 좀 가주셔야겠습니다. 따로 말씀 안 드려도, 잘 알고 계시죠? 그러면 명예퇴직자 박부장, 관리직 모집이란 말에 혹해 이력서를 들고 찾아왔던 우리의 박부장은 분연히 자리를 박차고 일어나 묵묵히 두 개의 가방을 받아들고 신고가 들어온 곳으로 향하는 것이다. 그리고 처음부터 끝까지 알쏭달쏭한 표정으로 자신의 임무를 수행하면 되는 것이다. 운이 좋으면 가벼운 스낵으로 끝날 수도 있지만 운이 나쁘면 아이스크림 한 통을 다 해치워야 할 때도 있을 것이다. 만약 동규네처럼 기름냄새가 나네 안 나네, 두 눈을 부릅뜨고 꼬치꼬치 묻는 사람들만 아니었다면 굳이 그렇게 많이 먹지 않고 슬쩍 수거만 해와도 됐을 것이다. 어쩌면 그들에게 보내진 김부장은 그 세계의 초보였을지도 몰랐다, 어쨌든.

동규와 혜선은 상상을 멈추고 말없이 텔레비전으로 시선을 돌렸다. 히히호호. 개그맨들이 필사적으로 시청자들을 웃기려 애쓰고 있었다. 그러나 동규와 혜선은 웃지 않앉다. 그들은 본래 코미디를 별로 즐기지 않는 편이었다.

"벌써 해가 졌네. 어디 밥이나 먹으러 나갈까?"

마치 아이스크림 한 박스를 혼자 다 먹어치운 것처럼 속이 더부룩했지만 동규는 에어컨을 끄고 밖으로 나갔다. 더운 열기가 확 끼쳐들었다. 그들은 복도를 걸어 엘리베이터 앞에 멈추었다.

"신용대출, 신용 없어도 대출."

동규가 광고 스티커의 문구를 힘없이 읽었다. 그리고 조금 킬킬거렸다. 속은 계속 메슥거렸다. 잠시 후, 엘리베이터가 둘을 일층에 내려놓았다. 둘은 천천히 걸어 단지 내 상가로 향했다. 인라인스케이트를 타는 아이들이 요란한 소리를 내며 추격전을 벌이고 있었다.

"얼레리꼴레리, 얼레리꼴레리."

달아나는 아이가 필사적으로 외쳐댔다. 달아나는 것보다 놀리는 걸 더 중요하게 생각하는 것 같았다.

"아직도 저 말을 쓰네. 얼레리꼴레리, 얼레리꼴레리."

혜선이 애들의 흉내를 내며 말했다.

"그러게 말야. 두껍아 두껍아 헌 집 줄게 새집 다오, 하는 애들도 봤어, 며칠 전에는."

아이스크림 293

둘은 상가의 입구에 서서 주욱 늘어선 간판들을 살폈다.

"치킨하고 맥주 어때?"

"그러지 뭐."

둘은 치킨집 밖에 내놓은 플라스틱 의자에 앉았다. 더벅머리를 하고 싸구려 양복바지를 입은 사십대의 남자 주인이 다가와 주문을 받았다.

"프라이드치킨 한 마리 하구요, 생맥주? 네, 오백 두 잔 주시구요. 무 좀 많이 주세요."

"닭은 여기서 드시고 가실 거죠?"

"네?"

"드시고 가실 거냐고."

"네."

동규가 다른 곳을 쳐다보며 힘없이 대꾸하자 주인이 다시 한번 다짐을 두었다.

"한 마리 다 드시고 가시는 거예요?"

"아, 그렇다니까요."

동규가 살짝 짜증을 부렸다. 혜선이 그런 동규에게 눈을 흘겼다. 주인은 말없이 안으로 들어가 주방 쪽을 향해 뭔가 투덜거리는 것 같았다. 그의 아내인 듯싶은 주방의 여자는 동규와 혜선 쪽을 사나운 눈길로 힐끔거렸다. 잠시 후, 더벅머리 주인이 기름이 뚝뚝 듣는 갈색 프라이드치킨과 생맥주 두 잔을 그들의 자리로 갖다주었다.

"미츠 그거, 이제 안 먹어야겠어."

혜선이 갑자기 생각난 듯 말했다.

"그러게 말야. 분명 휘발유냄새였다니까. 할 수 없지. 다시 투게더 퍼먹어야지."

"엄마아 아아빠도 함께 투게더, 투게더."

동규가 흥얼흥얼 그 옛날의 투게더 시엠송을 읊조렸다.

"자, 이거나 먹자구."

동규가 눈짓으로 프라이드치킨을 가리키자 혜선이 포크로 닭의 몸통을 쿡 찌르며 말했다.

"어휴, 쓴 식용유를 쓰고 또 쓴대. 그러면 기름이 산패하고, 그래서 발암물질이 나온다는 거야."

"야, 그런 거 생각하면 지구상에 먹을 거 하나도 없어. 어서 먹어."

동규가 먼저 닭다리를 쭉 찢어 입에 물었다. 그리고 맥주를 먹었다. 혜선은 가슴살을 포크로 찢어 먹었다. 닭의

아이스크림

흰살이 드러났다. 털이 온통 뭉친 검은색 떠돌이 푸들 한 마리가 조금 떨어진 곳에서 처량한 표정으로 그들을 바라보고 있었다. 둘은 닭고기와 맥주를 먹고 마셨다. 식욕이 전혀 없다고 생각했지만 그건 그들의 착각이었다.

(『창작과비평』 2005년 여름호)

보물선

 재만과 형식은 대학 시절, 가깝다면 가깝고 멀다면 먼, 그냥 그렇고 그런 사이였다. 그들은 '역사연구회'라는 별로 유서 깊지 않은 동아리에서 만났는데 말이 좋아 역사연구회지 솔직히 말하자면 그냥 화염병을 제조하는 공장에 가까웠다. 그들처럼 정말 역사를 연구하는 데인 줄 알고 들어간 순진한 신입생들은 선배들로부터 특별한 교육을 받아야 했다. 역사를 알려면 직접 역사로 뛰어들어야 한다느니, 앎과 실천을 일치시켜야 한다느니 하는 소리를 듣고 있노라면 교정엔 꽃 피는 봄이 찾아왔다. 그때쯤이면 언제나 '긴박한 정치정세가 청년학도의 투쟁을 요구하'고 있었고 그러면 신입생들은 '역사의 갈림길'에 서게 된다. 선배들과 함께 가두로 나가든가 아니면 은근슬쩍 동아리를 빠져나가든가. 재만 같은 경우는 후자라고 할 수 있었다. 앙드레 모루아의 『프랑스사』나 에드워드 기번의 『로마제국쇠망사』 같은 걸 읽고 토론하는 줄 알고 들어왔던 그는 선배들에 이끌려 나갔던 첫번째 가두시위에서 어이없이 경찰에게 잡혀 집시법 위반으로 기소유에 처분을 받은 후, 이왕 이렇게 된 것 더욱 가열차게 투쟁하라는 선배들의 말을 뒤로한 채 그대로 줄행랑을 놓았던 것이다. 그러나 형식은 좀 달랐다. 그는 시위에는 참가하지 않았지만 동아리엔 끝까지 남아 있었다. 구박과 눈총 속에서도 꿋꿋이 나름의 역사연구를 계속했다. 뿐만 아니라 자신의 연구성과를 그것에 아무 관심도 없는 다른 회원들에게 나누어주었다. 처음엔 논쟁도 벌이고 공박도 하던 다른 회원들은 곧 그를 포기하고 말았다. 다른 회원들이 밖에서 돌과 화염병을 던지고 있을 때 그는 동아리방에서 홀로 책과 지도를 보며 연구를 계속 진척시켰고 자료가 더 필요하면 도서관에도 나타났다. 그와 재만은 도서관의 흡연자 휴게실에서 주로 마주쳤다. 그럴 때마다 형식은 재만을 앉혀놓고 장광설을 늘어놓곤 했다. 마르크스, 레닌을 피해 도서관으로 도망친 재만은 자판기 커피를 홀짝거리며 형식의 이야기를 들었다.

대학 때는 그렇게 책만 파던 형식이었지만 졸업을 한 뒤에는 난데없는 독자 가두투쟁을 시작했다. 그의 돌출행동에 대해 사람들은 조현병 초기라느니, 쇼맨십이라느니 여러 해석을 갖다붙였다. 누가 뭐라든 그는 개의치 않았다. 마포구 공덕동에 살고 있던 그는 가족들의 감시가 조금 느슨해진 틈을 타 슬그머니 집을 빠져나가곤 했다. 그가 사라져도 가족들은 별로 놀라지 않았다. 그의 남자형제 중 한 명이 투덜거리며 광화문 네거리로 나가 약간의 탐문 끝에 그를 붙잡아 다시 집으로 데리고 왔다.

그가 노리는 것은 바로 충무공이었다. 그는 광화문 네거리 동상 주변에서 얼쩡거리다가 차량 통행이 뜸해지면 달려들어 기어올랐다. 가끔 올가미를 던져 동상의 목에 걸어보려고도 했지만 그러기엔 장군의 몸체가 너무 컸다. 수순은 대체로 비슷하다. 도깨비씨름이라도 하듯 동상과 대결하고 있는 그의 허리를 경찰이 달려와 붙든다. 그러면 그는 조금 저항하다 파출소까지 끌려간다. 그러곤 가족들이 찾아올 때까지 처박혀 있는 것이다. 경찰은 경찰대로 난감해하고 가족은 가족대로 민망해했다. 몇 번쯤 즉심에 넘겨져 벌금과 구류를 맞았지만 이순신 장군상을 향한 그의 집착은 사라지지 않았다. 하필이면 왜 충무공 동상에다 그러는지, 알다가도 모르겠습니다. 파출소장은 자못 근엄한 얼굴로, "여긴 국가 기간시설도 많고 외교공관들도 산재해 있으니 거 아드님 단속 좀 잘하셔야겠습니다. 허, 충무공이면 민족의 영웅인데……" 하면서 가족들에게 훈계를 했다.

대학 시절, 동해에서 일본 꽁치잡이 어선 한 척이 침몰한 일이 있었다. 어부들은 하늘에서 황소 한 마리가 갑자기 떨어지는 바람에 가라앉았다고 주장했지만 아무도 믿어주는 사람이 없었다. 황소가 바다 한가운데로 떨어지다니, 도대체 말이 되는가? 그렇지만 일본 해상자위대의 정보 파트에 어부들의 말을 신뢰한 해군 장교가 있었다. 어촌 태생인 그는 바다의 사나이들이 어떤 사람들인지 알고 있었다. 그는 상관에게 이렇게 말했다. "뱃사람들은 거짓말을 싫어합니다. 목숨을 뱃전에 내놓고 사는 사람들은 그런 유희를 즐기지 않습니다. 차라리 동해에 심심찮게 출몰하는 고래 핑계를 댔으면 댔지 하늘에서 소가 떨어졌다는, 아무도 안 믿을 그런 얘기를 지어내지는 않았을 겁니다." 그는 인공위성과 정찰기, 이지스함의 데이터를 교차 분석한 끝에 그 시각, 사할린으로 향하는 러시아 공군의 수송기 한 대가 그 지역을 지나갔다는 사실을 밝혀냈다. 게다가 그 화물기가 어선 침몰지역 주변에서 지그재그로 궤적을 그리며 지나간 흔적도 위성사진을 통해 알아냈다. 일본은 비공식 외교채널을 통해 러시아 측에 조심스럽게 공군수송기와 어선 침몰 사이의 연관에 대해 문의하였다. 그로부터 며칠 후 러시아 공군은 몇몇 지휘관을 문책하면서 자신들이 어선 침몰에 책임이 있음을 이례적으로 시인하였다. 시베리아 기지에 잠시 들러 급유를 받던 수송기의 승무원들이 활주로 근처 농촌에서 황소를 훔쳐 그것을 적재함에 실었는데 이 소가 그만 동해 상공에서 미친듯이 날뛰는 바람에 화물기의 무게중심이 이쪽저쪽으로 급격히 쏠리기 시작했다는 것이다. 하는 수 없이 조종사는 화물칸의 해치를 열어 소를 바다로 떨구었는데 하필 팔백 킬로그램이 넘는 그 황소가 일본 꽁치잡이 어선의 이물을 때린 것이었다. 러시아 측은 일본 어선의 피해를 모두 배상하겠다고 약속했다. 대신 일본 측에 조용한 처리를 요구했다. 일본 자위대의 정보수집 능력을 보여주는 이 일화를 재만에게 얘기해준 사람도 바로 형식이었다. 그는 일본의 재무장이야말로 제3차 세계대전의 신호탄이니 주변국들은 한시도 경계를 늦추어선 안 된다고 말했다.

이상한 친구 덕분에 재만은 예전에는 있는지 없는지 관심도 없었던 광화문 네거리의 충무공 동상을 차츰 눈여겨보게 되었다. 보통 다른 장군들은 기마상으로 표현되어 있는 데 반해 이순신 장군은, 아마 수군이어서 그랬겠지만, 그저 우뚝 선 채로 남대문 방면만 뚫어져라 바라보고 있다. 경복궁의 정문인 광화문과 뒤에 자리잡은 청와대를 등지고 있어서 그런지 마치 궁궐의 수문장 같은 느낌이다. 그가 지키고 있는 건물에는 정부종합청사, 세종문화회관, 교보생명, KT, 미국문화원과 미대사관이 포함되어 있다. 그가 노려보고 있는 건물로는 조선일보사, 서울신문사, 감리회관, 시청 등이 있다. 이순신 장군상을 사이에 두고 종로와 세종로가 교차하여 지나는데 우리나라에서 통행량이 많기로는 몇째 가라면 서러울 지점이다. 뭘 지키겠다면, 또 그럴 능력이 있다면, 그는 정말로 절묘한 지점에 서 있는 것이다.

사실 상당히 멀쩡했을 때부터 형식은 이순신에 집착했었다. 그의 주장에 의하면 충무공 동상의 건립부터가 친일파의 음모라는 것이다. 그것은 도요토미 히데요시의 동상이며 인왕산에서 청와대, 경복궁, 광화문, 남대문을 잇는 민족의 정기를 끊기 위해 일본의 사주를 받은 친일파들이 도요토미 히데요시의 얼굴을 이순신 장군상에 새겨 넣었다는 것이다. 게다가 건립 주체인 '애국선열조상건립위원회'의 회장은 한일수교의 막후, 김종필이었으며 첫번째 헌납자는 바로 만주군관학교 출신의 다카키 마사오, 즉 박정희 전 대통령이라고 은밀히 속삭였다.

"동상 정면의 글씨도 다카키 마사오의 친필이야. 그래도 뭔가 느낌이 안 온단 말이지?"

"글쎄."

"허, 한번 잘 생각해봐. 참, 도요토미 히데요시가 왼손잡이였다는 사실은 알고 있어?"

"아니."

재만은 금시초문이었다.

"이순신 장군이 오른손으로 칼자루를 쥐고 있다는 걸 한 번도 이상하게 생각해본 적이 없단 말이지?"

"응."

그는 절망스러운 표정으로 고개를 도리도리 저었다.

"하지만 형식아, 그래도 조선총독부 건물도 완전히 해체되고……"

"순진한 생각이야. 김영삼 정부가 왜 그렇게 황급하게 허둥지둥 조선총독부를 폭파해버렸는지 한 번도 생각해본 적이 없단 말이지?"

무엇무엇 했단 말이지, 하면서 말을 끄는 것은 형식의 오랜 말버릇이었다.

"그거야 김영삼이 워낙……"

그는 더 들을 필요도 없다는 듯 손을 들어 재만의 말을 끊었다.

"조선총독부 건물엔 일본이 조선 전역에 감춰놓은 금괴와 군사시설의 위치를 표시한 지도가 있었어. 뿐만 아니라 민족정기를 끊기 위해 박아놓은 쇠말뚝의 위치도 기록돼 있었지. 아, 그리고 그들의 아시아 지배전략을 상세히 기술한 문서도 다수 보관돼 있었어. 그런 걸 몰랐단 말이지, 하."

"그 지도만 찾으면 되겠네?"

"아니야, 그것들은 모두 건축물의 내부에 숨겨져 있었는데 문제는 도대체 어느 돌 속에 들어 있는지 아무도 모른다는 거야. 그래서 지금까지도 당시의 잔해를 하나하나 깨가면서 그것들을 찾고 있어. 강원도 홍천의 채석장에서."

물론 형식의 얘기를 진지하게 여긴 사람은 거의 없었다. 간혹 진도와 제주도의 보물을 찾는다는 사람들이 그를 찾아오곤 했으나 그때마다 그는 좋은 말로 타일러 그들을 되돌려보냈다. 그들은 일제가 철수하면서 포탄 탄피에 금괴를 넣어 진도 앞바다 바위섬 아래에 파묻고 떠났다고 주장했지만 형식은 건축공학도답게 차근차근 그것이 얼마나 말이 안 되는 것인지 그림을 그려가며 설명해주었다. 당시 일본의 기술 수준으로 볼 때 바닷속 바위에 구멍을 내고 그 구멍에 그 엄청난 양의 금괴를 숨긴 후 다시 집채만한 바위를 얹어놓는다는 것은 마치 해녀를 인어공주로 만드는 것만큼이나 어려운 일이라고 말했다. 그러나 그들이 돌아가고 나면 지도를 펼쳐놓고 그들이 말한 위치를 붉은 사인펜으로 표시해놓았다.

"불가능하다면서 표시는 왜 하는 거야?"

"거긴 금괴가 있는 곳이 아니야. 그 사람들, 뭔가 주워 듣긴 했는데 잘못 들은 거야. 자, 진도에서 광화문까지 일직선으로 선을 그어봐."

형식은 십만분의 일 지도를 책상 위에 넓게 펼쳤다. 재만은 T자를 이용해 연필로 선을 그었다.

"다 그었는데."

"그 선을 따라가며 놈들이 쇠말뚝을 박았을 거야. 진도의 그 지점이 시발점이야. 그걸 표시해둔 거야. 전설이라는 게 그냥 생겨나는 법은 없거든. 그렇게 해서 서쪽의 기를 누르고 부산 영도에서부터 또 광화문까지 박아서 동쪽의 기를 누른 거야. 봐, 정확히 이등변삼각형이 되지 않냐? 지독한 놈들."

재만으로 말하자면 그런 유의 얘기들을 전혀 신봉하지 않는 축이었다. 쇠말뚝을 박는다고 정기가 눌러지나? 그럼 전국의 산맥들을 가로지르는 거대한 고압선 철탑들은 다 무언가. 게다가 메이지유신을 거쳐 탈아입구의 한길로 매진하던 근대 일본이 그런 주술적인 일에 국력을 쏟았을 것 같지가 않았다. 중일전쟁, 태평양전쟁에 정신이 하나도 없던 나라가, 여인네들 쇠비녀까지 공출해간 나라가, 무슨 여력이 남아 산 정상에 쇠말뚝을 박고 다녔겠는가. 또 설령 어느 미친 일본인이 쇠말뚝을 박고 다녔다 해도 고작 그런 쇠붙이 몇 자루에 눌릴 정기라면 그게 과연 그렇게 신성한 것일까.

그로부터 몇 년 후 찬바람이 쌩쌩 불던 어느 겨울 새벽, 드디어 형식은 그토록 염원하던 이순신 동상 정복에 성공했다. 사다리 하나 없이 어떻게 그가 그 높은 동상에 오를 수 있었는지가 모두에게 의문이었다. 어쨌든 천신만고 끝에 동상 등반에 성공한 그는 태극기로 장군의 얼굴을 가리고 날이 밝기만을 기다렸다. 이윽고 희붐하게 먼동이 터 오자 일찍 집을 나선 사람들의 자동차들이 그가 서 있는 동상 옆을 스쳐 종로와 세종로를 향하기 시작했다. 그러나 한참이 지나도록 사람들은 동상 위에 올라 있는 그의 존재를 알아채지 못하였다. 초조해진 그는 장군의 얼굴을 가린 대형 태극기를 풀어 흔들기 시작했다. 그러자 신호 대기중인 몇 대의 자동차에서 운전자들이 목을 빼고 동상 위의 그를 올려다보았다. 몇몇은 경찰서나 소방서에 신고를 했다. 잠시 후, 사다리차가 사이렌을 울리며 경찰차와 함께 광화문 네거리에 도착했다. 그는 태극기로 이순신 장군의 얼굴을 다시 가린 후, 밧줄로 장군의 목과 제 허리를 결박하였다. 그와는 이미 안면이 있는 배불뚝이 경찰관이 동상 아래에서 메가폰으로 그에게 소리를 질렀다.

"이형식씨, 빨리 내려오세요."

그는 고개를 저으며 외쳤다.

"민족정기 압살하는 친일조각 철거하라!"

"강토의 심장부에 도요토미가 웬말이냐!"

배불뚝이 경찰관이 소방관들에게 사다리를 올리라고 지시하자 소방관 두 명과 경찰관 한 명이 올라탄 사다리가 천천히 동상의 머리 부분으로 다가가기 시작했다. 그 장면을 구경하는 운전자들 때문에 광화문 일대엔 이른 새벽부터 교통체증이 발생하기 시작했다. 눈 비비고 스튜디오로 출근한 교통방송의 리포터는 프로듀서가 건네주는 메모를 나른하게 읽어내렸다.

"네, 지금 통신원 제보 들어와 있는데요, 광화문 네거리 충무공 동상에 시민 한 분이 올라가 시위를 벌이고 있어 네거리 일대 대단히 혼잡하다는 김길운 통신원의 제보입니다. 세종로, 종로 양방향 모두 가다 서다를 반복하고 있으니 우회 바란다는 제보였습니다."

그는 세 명과 몸싸움을 벌였지만 결국 팔이 뒤로 꺾인 채로 사다리차에 옮겨졌다. 소방관들은 동상의 목 부분에 걸린 밧줄과 얼굴을 씌운 태극기도 신속하게 철거하였다. 그는 종로경찰서로 실려가 조사를 받았다. 그러나 심문은 곧 형식의 기이한 역사강의로 변질되었다. 경찰관들은 일본의 세계정복 음모에 대해 귀가 아프도록 듣다가 결국 조서 작성을 포기하고 즉심으로 넘겼다.

그가 동상에 올라가 있던 바로 그 시간, 재만은 갓 들어간 직장으로 차를 몰고 콧노래를 부르며 출근하고 있었다. 그러나 교통방송 리포터의 멘트를 듣는 순간 그는 그 장본인이 바로 형식임을 알았다. 그 자식, 여전하구만. 그는 혀를 차며 라디오에 귀를 기울였다. 그러나 광화문 네거리가 다시 정상 소통되고 있다는 짤막한 멘트 말고는 더이상 그 사건의 뒷이야기는 없었다.

그후 형식은 가끔 몇몇 동창모임의 술안주로 등장하다가 몇 년 후 완전히 화제에서 사라져버렸다. 재만은 새로 사귄 사람들과 주식시장의 동향, 배우들의 외모, 스톡옵션에 대해 떠들며 십칠 년간 숙성시킨 스코틀랜드산 위스키를 물처럼 들이켰다. 호시절이었다. 주가는 치솟고 갑자기 벼락부자가 된 친구들의 이름이 경제신문 지면을 화려하게 장식했다. 재만은 20세기의 마지막 해에 여의도에 있는 외국계 컨설팅회사로 옮겨 그 한 해에만 이억 가까운 돈을 벌었지만 성에 차지 않았다. 하루아침에 수백억대의 스톡옵션을 손에 쥐는 또래의 사내들을 볼 때마다 이러다 기회란 기회는 다른 놈들이 다 채가는 게 아닌가 싶어 그는 초조했다.

그 무렵 그는 종종 호텔에서 동업자들과 아침을 먹었다. 업계의 부침과 정부의 정책동향에 대해 소곤거리고 발레파킹해두었던 차를 받아 타고 직장으로 나갔다. 점심은 샌드위치로 때우고 밤에는 호텔 피트니스센터에서 달리기를 했다. 거한 술자리들이 이어지면서 자연히 단골 룸살롱도 생겼다. 마담들과는 누님 동생 하는 사이가 되고 술자리가 파하면 해장국까지 얻어먹는 특급 대우를 받았다. 마담들은 명절이 되면 '돈 많이 버시라'는 덕담에 얹어 명품 지갑이나 캐시미어 목도리를 보내오기도 했다.

그해에 결혼정보회사가 주선해준 여자와 결혼도 했지만 하도 바쁠 때여서 언제 어디서 했는지 기억도 못할 지경이었다. 컨설팅 업무 외에도 그는 주식과 채권, 달러로 자기 나름의 포트폴리오를 구성하고 있었는데 그 동향을 체크하려면 하루 이십사 시간도 모자랐다. 그의 새벽은 막 폐장한 뉴욕 증권시장의 각종 지수들로 시작됐다. 부팅하는 시간도 아까워 컴퓨터는 언제나 켜놓은 상태였다.

그가 형식을 다시 만난 것은 그 호시절의 막바지였다. 일주일에 한 번씩 모이던 아침모임에서였다. 졸린 눈을 비비며 꼬박꼬박 참가해오던 그 모임이 비로소 수백억이 오가는 실제 작전에서 산뜻하게 한 게임을 해치운 직후였다. 신생 증권사로 스카우트되어 간 트레이더 하나가 모임을 주도하고 있었는데 그는 과거에도 증권시장에서 작전으로 짭짤한 수익을 올린 전적이 있었다. 그 무렵에도 그는 언제나처럼 자본금이 거의 잠식된, 누구도 눈여겨보지 않던 소규모 상장기업을 노려 주식을 매집하기 시작했고 그가 관여하고 있던 여러 정보모임에 은근슬쩍 작전의 개시를 알렸다.

"지나치게 저평가된 물건이 있어 한번 밀어보려구요. 딱 열흘만 뺑뺑이 한번 돌려보죠."

아무도 조작이니 작전이니 하는 말을 입에 올리지 않았지만 각자 동원 가능한 물량을 그가 지시한 종목에 묻고 그의 퇴각신호를 기다렸다. 바로 그다음날부터 그 종목만 연달아 상한가를 치기 시작했다. 사흘째가 되자 개미들이 달려들기 시작했다. 막판엔 사양산업으로 치부되던 그 지방 섬유업체의 주가가 웬만한 우량기업을 뺨쳤다. 그들은 투자액의 평균 열 배가 넘는 차익을 남겼다. 간 작은 이는 여드레째, 간이 좀 큰 이는 열흘째 손을 털었다. 심지어 그들이 단골로 다니던 룸살롱의 마담도 세 배를 남겼다. 곧 주가는 폭락했고 개미들은 깡통을 찼다.

그 일이 잠잠해질 때까지, 캡틴이라는 별명으로 불리던 그들의 리더는 조용히 근신하며 다음 때를 기다렸다. 조찬 모임도 당분간 중단되었다. 모두들 배부른 사자처럼 느긋하게 여운을 즐겼다. 나머지 멤버들 역시 조용히 본업으로 돌아가 하던 일을 계속했다. 작전의 흥분이 채 가시지 않은 터라 일은 손에 잘 잡히지 않았다. 연봉보다 더 큰돈을 단 며칠 만에 벌었으니 하루하루의 일상이 문득 무의미하게 느껴지기도 할 것이었다. 그런 몇 주가 지난 후, 캡틴이 오랜 침묵을 깨고 그들을 호출한 것이다. 에르메네질도 제냐니 아르마니니 하는 번드르르한 양복을 빼입은 그들은 강남에 새로 개장한 특급 호텔에서 만났다. 그새 승용차를 바꾼 성질 급한 치들도 있었다. 미소수프를 떠먹으며 한 펀드매니저가 정부의 시장규제에 대해 비아냥거렸다.

"시장의 실패? 웃기고 있네. 공무원들 괴롭겠어. 자기들도 안 믿는 걸 떠들고 있으니 말이야. 뒷구멍으로는 주식 받아 챙기느라 밥이 입으로 들어가는지 코로 들어가는지도 모르면서 마이크만 들이대면 무슨 헛소리들을 그렇게 해대는지."

"걔네들 오락가락하면 우리야 좋지. 그런데 저 자리 왜 비어 있지? 누가 더 오나?"

바로 그때 팔에 냅킨을 걸친 웨이터가 누군가를 안내해 그들의 테이블로 데려왔다. 닥스의 체크무늬 정장에 무늬 없는 타이를 받쳐입은 그는 바로 이형식이었다. 그의 정장은 새것 같긴 했으나 어딘가 부적절해 보였다. 그는 재만을 보더니 과장되게 팔을 뻗으며 악수를 청했다. 나머지 멤버들은 모두 엉거주춤 일어나 한 사람씩 인사를 나누었다.

"너, 여기 있다는 말 벌써 들었다. 세상 좁구나."

재만은 형식의 돌연한 출현에 놀라 처음에는 조금 당황했지만 곧 활짝 웃으며 말을 받았다.

"사람 놀래키는 재주는 여전하구만."

"둘이 구면이라며?"

캡틴이 그를 자리에 앉히며 웃었다. 다른 멤버들도 안심하는 표정이었다. 캡틴이 초대했고 재만과도 구면이니 자신들과 같은 부류의 인간이라고 생각하는 것 같았다. 캡틴이 그를 소개했다.

"미리 얘기하려고 하다가 사업 성격상 직접 만나뵙고 이야기를 듣는 게 더 좋을 것 같아서 그냥 이렇게 모셨어요."

형식은 많이 달라져 있었다. 기름을 발라 단정하게 뒤로 넘긴 머리와 닥스 정장에서 광화문 네거리의 미치광이를 연상하는 사람은 거의 없을 것이었다. 웨이터가 다가오자 그는 인삼차를 시켰다. 그리고 명함을 돌렸다. 명함에는 '보물선닷컴'이라는 회사의 이름과 인터넷 주소가 적혀 있었다. 그의 이름 앞에는 'CEO'라는, 그와는 영 어울리지 않는 직함이 붙어 있었다.

인삼차를 홀짝이며 그는 준비해온 이야기를 시작했다.

"지난번 요 호텔 이층에서 한 번 설명회도 한 적이 있습니다만, 저희 회사는 그야말로 벤처 중의 벤처라 할 수 있습니다. 어떤 분들은 벤처의 원조라고도 부르지요. 탁 까놓고 말씀드리죠. 그렇습니다. 우리는 보물을 찾고 있습니다."

벌써 두 명 정도는 흥미를 잃고 손목시계를 보거나 테이블 위에 놓인 핸드폰을 만지작거리고 있었다. 다른 한 명은 재만 쪽으로 슬쩍 '도대체 저 사람 누구냐'는 시선을 쏘아보냈다. 재만이야말로 가시방석이었다. 그의 뜬구름 잡는 이야기가 한번 시작되면 그 끝을 모른다는 것을 재만만큼 잘 알고 있는 사람은 없었다. 그러나 형식은 태연했다.

"〈타이타닉〉은 다들 보셨겠지요? 그거 보시면서 무슨 생각들 하셨습니까? 이야, 그림 좋구나? 여러분들이 미녀 배우나 보면서 침을 흘릴 때, 누군가는 타이타닉호에 들어가서 골동품이며 보석 들을 쓸어온단 말입니다. 이런 배가 몇척이나 있을까요? 수도 없어요. 1622년, 누에스트라 세뇨라 데 아토차 호, 플로리다 서남쪽에서 허리케인 만나 침몰한 스페인 범선이죠. 1985년에 정확한 위치가 나왔는데 그 안에 무려 삼억 달러어치의 금화가 있다는 겁니다. 이건 약과입니다. 1857년 캐롤라이나 해안에서 260킬로

미터 떨어진 해역에서 침몰한 미국 증기선이 있어요. 이름 하여 센트럴 아메리카 호, 여기서만 십억 달러어치 보물이 나왔습니다. 1993년 7월에는 아바나 앞바다에 침몰한 스페인 범선에서 자그마치 441개의 다이아몬드하고 이백만 달러어치 보물이 쏟아졌지요. 자, 그런데 우리가 말도 안 통하는 미국이며 쿠바에 가서 이런 것을 캐낼 수 있겠습니까? 하려면야 하겠지요. 그렇지만 굳이 그럴 필요 없습니다."

그는 조용히 좌중을 둘러보았다. 이제는 조금 구미가 당긴다는 표정들이었다. 그는 테이블 위에 전라남북도 전도를 펼쳤다.

"자, 여기가 군산입니다. 그 앞바다, 바로 요기, 말도와 비안도, 보이시죠? 바로 여기에서 태평양전쟁 당시 일제의 화물선과 군용 병원선이 각각 침몰했다 이겁니다."

"화물선과 병원선이요? 뭘 싣고 있었는데요?"

외환딜러 하나가 관심을 보였다.

"병원선에 뭐 대단한 게 있었나 싶으신 거지요? 이 병원선은 1945년 5월 8일, 생체실험으로 유명한 731부대, 다들 아실 겁니다. 바로 이 부대 소속이었다는 겁니다. 병원선으로 위장했지만 이 배에는 만주와 조선에서 약탈한 금괴 백여 톤이 실려 있었는데 그만 미군 B29의 폭격을 받아 군산 앞바다 말도 부근에서 침몰했습니다. 이 자료는 일본의 구마모토대학 도서관 창고에서 먼지를 뒤집어쓰고 있더군요. 비안도 앞바다에 침몰한 배는 화물선인데 그건 같은 해 6월 13일입니다. 887톤급 화물선이었는데 그 안에는 금 구 톤, 돈이 아니라 톤입니다, 은 삼십 톤, 구리 삼백 톤이 실려 있었는데 이 역시 미군기의 폭격으로 그만 고스란히 가라앉았죠. 그렇지만 일본 해군은 이걸 인양할 여력이 없었습니다. 그후엔 전쟁이 끝나버렸고 결국 아무도 손을 못 댄 채 지금에 이르게 된 것이죠."

청산유수였다. 한두 번 떠든 솜씨가 아니었다. 하긴, 아무리 터무니없는 소리라도 그가 일단 이야기를 시작하면 사람들은 자기도 모르는 새 그의 얘기에 귀를 기울였다. 말을 꺼내는 동시에 그것을 진심으로 믿어버리는 사람에게서만 풍겨나오는 강력한 설득력이 있었다. 그는 아마 사기꾼이 되었어도 크게 성공했을 것이다. 멤버 중의 하나인, 증권 트레이더가 고개를 갸웃거렸다.

"그럼 그걸 여태 아무도 몰랐단 말입니까?"

"충남 장항 쪽 어부들치고 이 이야기를 모르는 사람은 없습니다. 장항제련소에서 근무하던 일본인들로부터 들었다는 노인네들이 아직도 시퍼렇게 살아 있습니다. 전직 장관 한 사람이 배하고 사람을 사서 시도도 해본 모양인데 워낙 돈도 많이 들고 해서 결국 모두 손을 들고 말았지요."

"그럼 이사장님은 뭐 뾰족한 수라도……?"

"다른 사람들은 장항 어부들이 눈대중으로 찍어준 데다 무조건 잠수부 꼬라박아서 봉사 문고리라도 잡겠지 하면서 뒤져왔지만 지금이 어떤 시댑니까? 정보화시대 아닙니까? 저는 철저히 데이터에 근거해서 접근했습니다."

그는 가방에서 일본어로 된 복사물들을 꺼내 쏟아놓았다. 흐릿한 지도와 문서 들이 흰 테이블보 위에 어지럽게 흩어졌다.

"일본은 기록의 나라죠. 그놈들은 뭐든지 다 적습니다. 자, 여기 보십시오. 해군성의 자료입니다. 위치까지 정확히 찍고 있습니다. 이 지역은 수심도 낮아 집중적으로 탐사하면 몇 달 안에 가시적인 성과를 볼 수 있을 겁니다."

"그런데 왜 하필 우리한테 오신 겁니까? 우리는 투자자가 아니라, 말하자면 중개인들인데요. 물주들을 찾아가셔야지."

그제야 캡틴이 나섰다.

"뭐, 우리가 다리를 놓을 수도 있는 거니까. 어쨌든 이 사장님, 오늘 말씀 고맙습니다. 저희들끼리 한번 최대한 긍정적으로 고려해보고 도와드릴 수 있는 게 있다면 최대한 돕겠습니다."

형식은 자리에서 일어나고 있었다.

"고맙습니다. 일본놈들이 약탈해간 재물을 되찾는 거니까, 역사적인 의미도 분명히 있습니다. 어쨌든 잘 부탁드립니다. 간다, 재만아."

그는 재만의 어깨를 툭 쳤다. 재만은 그를 따라나갔다.

"언제부터 이거 시작한 거야?"

그는 멋쩍은 미소를 지었다.

"좀 됐지. 일제 잔재를 청산하는 것도 어디 맨입으로 되냐? 쇠말뚝만 뽑아서는 될 일이 아니야. 적이 가진 것으로 적을 치는 거지. 이게 바로 마오식 전술이란 말이지."

재만은 테이블에 앉아 있는 멤버들을 엄지손가락으로 슬쩍 가리키며 말했다.

"나도 그렇지만 저 사람들, 이 바닥의 귀신들이야. 너 잘못하면 뼈도 못 추려."

"걱정 마. 나도 옛날의 내가 아니야."

또 연락하자고 의례적인 인사를 건넨 후, 형식은 성큼성큼 엘리베이터 쪽으로 걸어갔다. 재만은 자리로 되돌아왔다. 캡틴은 그가 완전히 나간 것을 확인하고는 재만에게 물었다.

"대학 때 친했다면서?"

"워낙 엉뚱한 놈이라서. 한마디로 괴짜야. 근데 졸업하고 나선 잘 못 봤지."

"자, 나중에 다 이메일로 돌릴 테니 그 핸드아웃들은 그만 보시고. 내 생각에 영 허황한 스토리는 아니야. 지금도 신안 앞바다에서 도자기는 많이 나오잖아? 그거야 유물이니까 국가 소유지만 금은 다르거든. 공유수면 점용 허가하고 뭐지, 아, 매장발굴 허가 받아서 발굴하면 사업자 것이 된단 말이야. 그런데 왜 우리 쪽에서 이걸 하느냐? 자본주의 좋다는 게 뭐야? 자기 돈 가지고 사업하지 않아도 된다는 거 아냐. 다시 말해서 우리는 이 보물선닷컴만 띄우면 된다는 거야. 증자하고 광고치고 분위기 띄우면 자본은 금세 들어와."

"상장시킬 수 있을까?"

누군가가 회의적으로 받았다. 사령관이 목소리를 낮췄다.

"상장회사 하나를 치자구. 작은 걸로. 건설 쪽이면 좋지. 하나 잡아서 보물선닷컴과 M&A 시킨 후에……"

그쯤 되자 모두들 이제야 이해했다는 듯 미소를 지으며 고개들을 끄덕였다. 그다음은 보나마나 작전이었다. 어쩌면 보물은 나오지 않아도 좋을 것이다. 작전은 작전인데 그 재료가 보물인 작전이었다. 형식은 얼굴마담이 되어 사업설명회 때마다 나타나 일제가 남기고 간 보물을 찾는 일이 얼마나 중요한가를 역설할 것이다. 물론 그건 서론이고 본론에 들어가선 자신이 모은 자료들을 제시하며 보물선 사업의 천문학적 수익성에 대해 떠들어댈 것이다. 몇조 원의 가치를 지닌 금괴들이 인양되는 날엔 그 사업에 투자한 모든 사람들이 경마의 999배당보다 더 큰 이익을 실현하게 된다는 것을, 파워포인트로 작성한 프레젠테이션을 통해 폼나게 보여줄 것이다. 일이 뜻대로만 된다면 형식은 어쩌면 아시아판 『타임』의 표지를 장식할 수도 있었다. 보물선을 실제로 찾은 사람이야 전 세계적으로도 흔치 않으니까. 그러나 만약 보물을 찾지 못한다면? 쇠고랑을 찰 수도 있었다.

그날 밤 재만은 가벼운 죄의식으로 잠시 뒤척였다. 그러나 곧 생각을 고쳐먹었다. 어쩌면 정말 보물이 쏟아질 수도 있는 것이다. 꼭 최악의 상황을 생각할 필요는 없지. 먼저 이야기를 꺼낸 것도 형식이잖아. 우리는 사기를 치는 게 아니라 고위험 고수익 종목에 투자하는 거야. 어느 정도 이익이 실현되면 현금 보유 비율을 늘리고 적절히 위험을 분산하는 것뿐이야. 그건 사업의 기초라고.

다음 달이 되자 본격적으로 사업이 추진되었다. 캡틴은 작은 회사를 하나 등록한 후에 지방 중소도시에 기반을 둔 부실 건설회사 하나를 사들였다. 형식은 거수기 이사회의 의결에 따라 대표이사로 취임했고 그후 화려한 사업설명회를 가졌다. 유명 연예인들이 동원돼 바람을 잡았다. 시골 할아버지들까지 지팡이 짚고 몰려오는 대성황이었다. 주가가 폭등하기 시작했다. 일부 기자들이 보물선 사업에 관한 기사들을 쓰기 시작했고 그 기사를 받아 주간지들은 더 낭만적인 판본으로 바꾸어나갔다.

태평양전쟁, 731부대, B29, 금괴, 난파선…… 이 이야기엔 낯선 것이 하나도 없었다. 모두 친숙한 것이었다. 스포츠신문의 만화나 대중소설에서 자주 보던 장치들이었다. 충무공 동상의 모델이 사실은 도요토미 히데요시라는 이야기는 대중의 외면을 받았지만 B29의 폭격으로 침몰한 금괴 운반선 이야기는 폭발적인 관심을 모았다. 기자들은 좀더 그럴듯한 이야기를 가미하기 시작했다. 한 타블로이드 주간지는 "일본 해군의 퇴역장교 모리나가 씨는 얼마 전 임종을 앞두고 그동안 자신을 돌보아준 한국인 안마사에게 평생을 간직해온 비밀을 털어놓았다. 직감적으로 고백의 진실성을 감지한 안마사는 고향인 광주로 돌아와 점술가인 언니에게 이 이야기를 털어놓았다. 결국 점술가 김 씨는 수소문 끝에 일제 유물 전문가인 이형식씨를 소개받아 만나게 되고……"라고 적고 있다. 이렇게 일본군 퇴역장교의 유언이라는 드라마틱한 일화까지 곁들여져 이 이야기는 일파만파로 퍼져갔다. 주가는 백 배가 넘게 치솟았지만 보물선이라는 재료가 떠받치고 있었기 때문에 금융당국의 의심을 피해갈 수 있었다.

그들이 그렇게 여의도와 테헤란로를 오가며 느긋하게

전광판의 단풍잎이나 감상하고 있는 동안에 형식은 비안도 앞바다에 띄워놓은 바지선에서 아예 살고 있었다. 현장을 찾는 투자자들은 통통배에 올라 형식의 열정에 찬 설명을 들었다. 그 얘기를 듣고 있노라면 보물 발굴은 시간 문제 같았다. 투자자들은 자기 발치에서 출렁거리는 파도를 바라보며 그 아래에서 발견을 기다리고 있는 누런 금덩이들을 상상했다. 오줌을 지리고 싶을 정도로 짜릿한 상상이었다. 그런 투자자들에게 형식은 타이타닉호의 인양을 맡았던 미국의 수중탐사 전문업체가 발굴 작업을 진행하고 있다는 얘기를 꼭 곁들였다. 어느 정도까지는 사실이었다. 그러나 정확히 말하자면 그 본사가 아니라 자회사 격인 캐나다 트레저 서치사가 참여한 것이었다. 어쨌거나 1급 잠수사 세 명과 열두 명의 수중탐사 전문요원들이 날마다 서해의 탁한 물속으로 뛰어들어 대륙붕 위에 얹혀 있을 731부대의 병원선과 화물선을 찾아다녔다. 바지선과 통통배에선 언제나 영화 〈타이타닉〉의 주제가 〈My Heart Will Go On〉을 열창하는 셀린 디옹의 목소리가 고물 스피커를 통해 흘러나왔다. 일확천금의 꿈을 버리지 못한 투자자들은 아예 군산이나 장항에 방을 얻어 상주하며 발굴 소식에 귀를 기울였다. 그사이에 주가는 이미 수백 배나 상승하여 드디어 여러 기관에서 투자자들에게 조심스럽게 경고 메시지를 발하고 있었다.

형식은 TV에도 심심찮게 모습을 드러냈다. 수염이 텁수룩한, 지리산 산장 주인 같은 풍모로 그는 보물선의 꿈과 희망을 역설했다. "꿈이 사라진 시대, 아직도 꿈을 찾아 청춘을 바치는 분들이 있습니다. 오늘 만나볼 이형식씨가 바로 그분입니다." 리포터들은 어린 새처럼 발랄하게 나풀거리며 그의 동정을 전했다. "아니, 수염은 안 깎으세요?" 호들갑도 떨었다. 화면 속의 형식은 건강해 보였다. 그러나 그의 등뒤에 후광처럼 깔린 어떤 초조함이 재만의 눈에는 훤히 보였다. 번지수도 없는 바닷속을 뒤지는 일의 허황함이 그를 조금씩 갉아먹고 있는 것 같았다.

재만은 다른 멤버들과 거의 비슷한 시기에 그 건설회사의 지분을 깨끗이 팔아치웠다. 뒤늦게 보물선 소식을 듣고 몰려와 대기하던 매수자들이 기다렸다는 듯이 주문을 내고 매도물량을 소화했다. 물량은 금세 소진되었다. 재만은 그 돈으로 평소 가지고 싶었던 슈퍼카를 사들였다. 타고 다닐 때보다 내릴 때 더 큰 만족을 주는 차였다. 차 문을 열기만 해도 사람들의 시선이 일제히 꽂혔다. 그러나 그 멋진 자동차를 사고도 즐길 시간이 없었다. 고작 테헤란로와 여의도를 단조롭게 오갈 뿐이었다. 낮엔 차가 너무 많았고 밤중에는 곳곳에 설치된 감시카메라가 그의 질주 본능을 억눌렀다. 그렇게 비싼 차를 샀는데도 그에겐 너무나 많은 돈이 남았다. 엄청난 돈을 벌었지만 전혀 실감이 나지 않았다. 문득 정신을 차려보니 아내는 어느새 임신중이었다.

"너무한 거 아냐?"

오랜만에 얼굴을 마주친 아내는 그에게 눈을 흘겼다. 재만은 그녀를 백화점 명품관으로 데리고 가 업장의 숍마스터들이 주차장까지 쇼핑백을 들고 배웅 나올 정도로 엄청난 쇼핑을 해치웠다.

"자기 이렇게 많이 벌어? 보물선 찾는다더니, 그거 찾은 거야?"

"아니."

"21세기에 보물선이라니. 하여간 남자들은 다 애라니까."

"내가 그걸 믿는다고 생각해?"

"그럼? 아, 벌써 다 걷어들였구나?"

"당연하지."

"역시 자기는 똑똑해."

아내는 살짝 불룩해진 배에 손을 올려놓고 행복해하다가 문득 그를 쳐다보며 물었다.

"그러다 진짜 찾으면 어쩌려고? 얘기는 그럴듯하던데."

"얘기 너무 좋아하지 마. 너무 그럴듯하면 일단 의심해봐야 돼. 진짜는 어딘가 어설프다구. 아귀가 딱딱 맞으면 십중팔구 소설이거나 사기야."

그렇게 말하고 자동차의 시동을 걸었다. 그의 아내는 모른다. 금괴 백 톤을 실은 보물선이 정말 발견된다 해도 뒤늦게 뛰어들어 상투잡은 주주들의 전체 투자액을 상회하지는 못한다는 것을. 그리고 그가 이미 보물선에서 얻을 수 있는 이익의 몇 배나 되는 돈을 키보드 몇 번 두드려 벌었다는 것을. 그녀는 그런 추상적인 세계가 존재한다는 것을 좀체 믿으려 하지 않는다. 세상에는 보물선의 전설을 믿는 사람, 직접 보물을 찾겠다고 바다로 뛰어드는 사람, 그리고 그걸 재료로 돈을 버는, 재만 같은 사람들이 있다. 어디에나 이런 구조가 있다. 경주에 가면 신라 고분에 관한 전설을 떠드는 할아버지들이 있다. 그걸 듣고 밤을 낮 삼아 야산 여기저기를 몸소 쇠꼬챙이로 쑤시고 다니는 사람이 있다. 그러나 결국 돈을 버는 것은 중개상인 나까마들과 인사동에 앉아 쌍화차를 시켜 먹는 노회한 골동품 가게 주인들뿐이다.

형식이 바지사장으로 있는 한생건설의 주가 총액은 이미 바닷속에 가라앉아 있다는 금괴 백 톤의 가치를 넘어서고 있었다. 전형적인 폭탄돌리기였다. 재만은 홍차에 코냑을 부어 들이켰다. 아마 내일이면 주가가 갑자기 빠지기 시작한 것을 안 투자자들이 조금씩 당황하기 시작하겠지. 조바심을 내며 회사로 몰려가 도대체 언제가 돼야 그 전설의 보물선이 인양되는 거냐고 따져물을 것이다. 개미들 중 몇몇은 언론사에 제보할지도 모른다. 자기 무덤을 파는 짓이지만 그들은 결국 그렇게 한다. 군산 앞바다에 시사프로그램 제작진이 나타나 아무것도 없는 망망대해를 찍어가면 그걸로 주가는 곤두박질치고 회사는 성난 투자자들에 점거당해 업무가 마비될 것이다. 하다못해 삭아빠진 일본군 철모라도 하나 보여주면 모를까.

그날 밤 재만은 전례없이 지독한 악몽에 시달렸다. 민소

매 옷을 입은 여자가 나타나 그에게 자기 겨드랑이를 보여주었다. 그녀의 겨드랑이엔 털이 무성하였다. 그녀는 그에게 겨드랑이를 들이밀며 이 털을 도대체 어떻게 했으면 좋겠냐고 연신 물었다. 그는 여성용 면도기가 있으니 그걸로 밀어버리면 될 일이라고 대꾸했다. 그러나 여자는 마이동풍으로 그를 따라다니며 도대체 이 무성한 털을 어쩌면 좋으냐, 이것 때문에 소매 없는 옷을 입을 수가 없노라, 하소연했다. 그녀에게서 달아나다보니 어느새 광화문 네거리였다. 광화문 네거리는 붉은 옷을 입은 인파로 가득했다. 월드컵인가? 그는 겨드랑이에 털이 무성한 여인으로부터 도망친 데 안도하며 인파 속으로 숨어들었다. 그러나 일순 공포가 밀려들었다. 그들은 모두 붉은 옷을 입었는데 자신만 다른 옷을 입고 있다는 데 생각이 미쳤기 때문이다. 그는 아래를 내려다보았다. 이럴 수가. 그는 벌거벗고 있었다. 오, 필승 코리아. 오, 필승 코리아. 함성이 울려퍼졌다. 인파는 끝이 없었다. 붉은 옷을 입은 남녀들은 모두 그를 쳐다보며 웃고 있었다. 그는 그들에게 쫓겨 광장의 한가운데로 밀려갔다. 그런데 거기 거대한 동상이 우뚝 선 채 그를 내려다보고 있었다. 거기엔 충무공 대신 형식이 칼자루를 쥔 채 우뚝 서 있었다. 형식아, 나야. 겨드랑이에 털 난 여자가 재주를 부려 내 옷을 빼앗아갔거든. 나 좀 숨겨주라. 그는 팔을 뻗어 재만을 석대 위로 올려주었다. 재만은 형식과 함께 광화문 네거리 한가운데에 우뚝 섰다. 군중들이 모두 그들을 올려다보고 있었다. 형식이 속삭였다. 내 기분 알겠지? 올라오면 근사하다구. 재만은 부끄러움 때문에 몸을 움츠렸다. 그러자 형식이 장군의 갑옷을 그에게 둘러주었다. 너는 꼭 아르마딜로 같구나. 형식이 킬킬대며 재만을 놀려댔다.

재만은 잠에서 깨어나 축축이 젖은 등을 시트로 닦았다. 그의 아내는 세상모르고 자고 있었다. 시계를 보니 아침 여섯시였다. 재만은 불길한 기분으로 모니터 앞에 앉아 뉴욕 증권시장의 동향을 체크했다. 미국 경기회복에 대한 기대 때문에 다우지수와 나스닥지수가 소폭 상승했다. 나쁠 게 없었다. 간밤, 세계는 평온했다.

그날 아침, 그가 회사로 출근하자마자 경비실에서 연락이 왔다. 수염이 텁수룩한 이상한 사람이 아래에 와 횡설수설하며 자신을 찾고 있다는 것이었다. 형식이 분명했다.

"올려보내시죠."

잠시 후 형식은 사무실로 올라와 소파에 몸을 묻었다. 짠내가 확 풍겼다.

"인삼차 있을까?"

"유자차 어때?"

"좋지."

그는 유자를 듬뿍 넣은 차를 스푼으로 휘휘 저어 후루룩 마셨다. 그러고는 아무 말이 없었다.

"어떻게, 뭐가 좀 보여?"

그는 유자를 건져 입에 넣고 씹으며 씩 웃었다.

"다 알면서. 모래사장에서 바늘 찾기란 말이지."

형식이 앞으로 겪을 수난에 생각이 미치자 재만은 문득 그가 측은하게 느껴졌다. 그는 업계의 룰을 조금만 어기기로 했다.

"그걸 알면서도 그 추운 데서 짠물 먹고 있단 말이냐? 야, 그만 손 털고 어디 조용한 데라도 가 있지그래."

"손 털면?"

"뭐 다른 일이 있겠지. 이거 올해 안으로 보물선 안 나오면 투자자들이 가만 안 있을걸."

"뭐, 감방에나 가겠지. 그나저나 너희들한테 손해를 끼치게 돼 미안하다. 내 말만 믿고 그렇게 거액을 끌어들였는데…… 나는 밥주발 하나도 못 건져내고 있단 말이지."

"우리 걱정은 하지 마. 우리야 뭐."

꿈에서처럼 재만의 등으로 식은땀이 흘렀다.

"그렇게 말해주니 고맙다."

그러곤 또 침묵이었다. 썰렁한 분위기를 바꿔보려 재만이 그 옛날의 충무공 동상 얘기를 꺼냈다.

"지금은 반미운동하는 애들이 자주 올라간대. 미대사관도 가깝고 광화문이라는 상징성도 있고. 그래서 경비가 엄청 강화됐다더군. 너야 새벽에 올라갔지만 걔들은 사다리 타고 대낮에 올라가니 차도 밀리고 주목효과도 만점이지. 그나저나 그때 너, 정말 웃겼어. 우리끼리 모이면 가끔 그 얘기 해. 거 있잖아. 니가 이순신이 도요토미 히데요시라며……"

"그건 진짜다."

형식은 심각했다.

"내가 이렇게 돈 몇 푼 벌자고 아등바등하는 것도, 다 그걸 밝히려고 그러는 거다."

형식은 이글거리는 눈동자에 힘을 주며 말했다. 보물선

이 목표가 아니고 여전히 충무공 동상이 목표라고. 그리고 그 동상과 조선총독부를 둘러싼 일본의 재침략 음모를 폭로하는 것이 자신의 궁극적 지향이라고.

"내 이름도 매스컴도 타고 해서 좀 알려졌고 이제 보물선만 나오면 사람들이 내 말을 믿어줄 거란 말이지. 그러면 그 돈으로 재단을 만들어 체계적으로 파헤쳐볼 생각이다. 어쨌든 내일부터는 새로운 탐색법을 도입하려고 해. 탐사선 한 척 더 투입하고 잠수부도 대여섯 더 넣어서 쌍끌이로 훑어볼 거란 말이지. 그러니까 내 말은, 조금만 참아달란 말이지. 더도 말고 일 년만."

재만은 이미 자기 지분을 다 팔아치웠다는 얘기는 끝내 꺼내지 못했다. 형식은 재만의 손을 굳게 쥐고는 다시 장항으로 내려간다며 사무실을 나섰다. 재만은 아무 말도 하지 못했다. 그가 떠난 지 일주일 만에 주가는 반토막이 났다. 그때까지도 개미들은 보물선만 발견되면 일거에 뒤집을 수 있다며 손절매를 하지 않고 버텼다. 다시 일주일이 더 지나자 반토막에서 또 반토막이 났다. 한생건설의 직원들은 아직도 인양 가능성이 있다는 보도자료를 언론에 뿌렸지만 발 빠른 경제지들은 이미 '보물선 소동의 전말' 따위의 특집 기사를 준비하고 있었다. 이제 '꿈'은 '소동'이 되어가고 있었다. 얼마 지나면 '소동'은 '사기극'이 될 것이었다.

며칠 후 투자자들이 장항 앞바다로 몰려갔다. 비안도와 말도 근처를 뒤지던 그들은 잠수부들로부터 며칠 전부터 탐색 작업이 중단됐고 형식은 밤을 틈타 육지로 달아났다는 얘기를 들었다. 그들은 밀린 임금과 선박 대여료를 받지 못한 어촌계원들에게 오히려 붙들려 있다가 간신히 탈출했다. "주주라면 회사 주인 아니요?" 어부들은 그들의 멱살을 잡고 놓아주지 않았다.

재만과 멤버들은 여전히 주기적으로 새벽같이 만나 호텔에서 아침을 먹었다. 그들은 보물선 얘기는 입 밖에도 내지 않았다. 뼈만 앙상하게 남은 들소에 누가 눈길을 주겠는가. 그러던 어느 날, 캡틴이 살짝 미간을 좁히며 말을 꺼냈다.

"혹시 한생 이사장 전화 받은 사람 있어?"

"지금 수배중이잖아? 투자자들이 사기로 걸었다던데? 그게 어떻게 사기야? 보물선이 있다고 정말로 믿었다면 사기가 아니지. 하여간 우리나라는 뭐든지 힘으로 다 밀어

붙이려고 든다니까. 그 우격다짐들하고는……"

홍콩계 투자회사의 펀드매니저 하나가 혀를 쯧쯧 찼다.

"누가 아니래. 이사장도 떳떳하게 나와서 변호사 고용해서 붙으면 승산 있지, 암. 믿는 자에게 복이 있나니. 정말로 믿었다면 사기가 아니지. 참 아까워. 열정이 대단한 친구였는데……"

재만은 입맛을 잃었다. 역겨웠다. 그는 찬찬히 면면들을 둘러보았다. 저 철면피들. 수천 명의 재산을 간단하게 꿀꺽하고도 아침이면 호텔 식당의 메로구이를 집요하게 발라먹는 저 놀라운 식욕, 추악한 욕망. 문제는 재만도 그들과 전적으로 같은 종자라는 데 있었다. 그제야 재만은 동업자들에게 철저히 냉소적인 조지 소로스의 심정을 속속들이 이해할 수 있었다. 그 희대의 국제투기꾼을 생각하다 보니 재만의 결론은 다소 엉뚱한 곳으로 튀었다. '그러니까, 네놈들 돈까지 다 긁어모아 소로스 같은 최강자가 되는 수밖에는 없다. 정의는 승자의 것이니까. 그다음에 기부도 하고 자선사업도 벌이고 미술관도 세우자. 투기자본에 기생하는 너희 같은 한탕주의자들은 상상도 못할 꿈이지. 체 게바라가 뭐라던? 우리 모두 리얼리스트가 되자.

보물선

그러나 가슴속엔 불가능한 꿈을 가지자고 안 하던?' 모든 자기 반성도 결국 돈을 많이 벌어야겠다는 쪽으로 귀결시키고 마는 것은 이 계통에 들어온 이후 생겨난 재만의 습성이었다. 캡틴이 주변을 살핀 후 말을 이었다.

"글쎄, 한생 이사장이 갑자기 전화해서 도피자금을 대달라는 거야."

"우리야 이제 주주도 아니고 뭣도 아닌데 왜 우리한테 지랄이야?"

"나도 그랬지. 주식회사가 뭐냐. 주주의 유한책임 아니냐. 그런데 주주도 아닌 우리한테 왜 이러느냐. 그랬더니 인간적인 정리로 딱 한 장만 도와달라더군."

옆자리의 펀드매니저가 눈을 동그랗게 뜨며 반사적으로 물었다.

"억? 그 인간 돌았구만."

캡틴이 씩 웃으며 안경을 치켜올렸다.

"아니, 백."

순간 모두들 쿡, 하고 웃음을 터뜨렸다.

"그 인간, 급했구만. 줬어?"

"그거야 안 줄 수 있나. 좀 안됐잖아?"

그가 디저트로 나온 오렌지를 포크로 찍어 입에 넣자 그제야 시침을 떼고 있던 두 명이 안심했다는 표정으로 말을 꺼냈다.

"사실 나도 좀 넣어줬어. 근데 그날따라 통장에 현금이 없어서 나는 백 좀 밑으로 밀어줬지."

"짜다 짜. 나는 그래도 세 자리 딱 채워서 보냈다."

다들 쿡쿡 웃으며 디저트로 나온 녹차아이스크림을 퍼먹었다. 재만은 약간 뾰로통한 얼굴로 아이스크림의 표면을 긁었다. 그는 궁금했다. 왜 자신에게는 연락하지 않았을까. 그는 그 대목에서 일말의 소외감과 배신감을 느꼈다. 친구 좋다는 게 뭐야? 그깟 백만원을 빌리려고 저 파렴치한들한테 굽실거리다니. 그는 계산을 치르고 먼저 자리에서 나와 자신의 사무실로 출근했다. 자리에 앉아 컴퓨터를 켜자 수십 통의 이메일이 도착해 있었다. 그중에 제목이 없는 이메일 하나가 그의 눈길을 끌었다. 열어보니 이형식의 메일이었다. 그는 전국의 피시방을 전전하고 있다고 했다. 그는 '면목이 없다, 투자자들을 어떻게 보냐'고 적었다. 그러면서도 그는 '여유가 있으면 몇 푼만 좀 꾸어달라'고 청했다. 당장 방이라도 구해야 할 텐데 공덕동에는 투자자들이 죽치고 있으니 손을 벌리기가 어렵다고 했다. 아직 탐사사업에 미련이 남았는지 자신에게 일 년의 시간만 더 주어진다면 반드시 찾아낼 자신이 있다고도 했다. 금괴를 싣고 오던 배가 침몰했는데, 그리고 그뒤로 누구도 인양한 기록이 없는데, 그 배가 도대체 어디로 갔겠느냐는 것이다. 진실한 우정과 금은 변치 않는다고 그는 적었다. 재만은 홈뱅킹 화면에 백만원이라고 입력하려다가 달랑 그거 집어넣고 우쭐대던 캡틴의 얼굴이 떠오르자 마음을 바꿔 삼백만원을 적어넣었다. 그리고 분명 승산이 있으니 변호사를 선임해 법정에서 시시비비를 가리라고 충고해주었다. 답장은 없었다.

그후 몇 달간은 폭풍의 나날이었다. 재만들과도 잘 알고 지내던 벤처업계의 기린아와 그의 후원자였던 한 여성 사업가가 경찰에 체포되었다. 한때는 동업자였던 삼십대 벤처기업가와 육십대 여성 사업가는 졸지에 맞고소를 벌이며 몰락해갔다. 그것은 벤처랠리의 종막, 닷컴 버블의 시작을 알리는 신호탄이었다. 벤처기업의 수익모델이 없네, 벤처육성기금을 유용한 기업이 있네, 주가조작을 벌였네, 각종 스캔들이 사흘이 멀다 하고 터져나왔다. 재만의 조찬 정보모임도 중단되었다. 소나기가 내릴 때는 피하는 게 상책이었다. 그들은 만약의 사태에 대비해 하드디스크에 담긴 이메일도 백업해 은행 대여금고에 보관했다. 아직까지 보물선 사건과 관련된 멤버는 하나도 없었다. 그것보다는 그전에 가담한, 아무 재료도 없이 머니게임으로만 주가를 밀어올린 작전들이 이런 대세하락 국면엔 더 위험했다.

코스닥지수도 끝없이 추락하고 있었다. 벤처붐이 지나간 자리는 폐허가 되었다. 테헤란로와 여의도의 빌딩들에 빈 사무실이 늘어나기 시작했다. 재만은 회사를 그만두고 미국으로 MBA 유학을 떠나는 문제를 진지하게 고민하고 있었다. 그의 아내는 물론 대찬성이었다. 파란 잔디가 깔린 마당에서 남편을 배웅하고 자신은 렉서스를 몰고 쇼핑몰에 가 느긋하게 하루를 보내는 것은 그녀의 작은 꿈이었다. 돈도 충분했다. 다른 멤버들도, 그들식 용어로 말하자면, 현금 보유를 늘리고 보수적 포지션을 유지하면서 소나기가 지나가기를 기다리고 있었다. 한 명 정도가 벤처캐피털에 밀어넣었던 투자금을 약간 떼였을 뿐, 나머지는 건재했다. 그들은 그 순간 그 치열한 전쟁터의 승자였다. 그들은 손절매에 냉정했고 자잘한 인정에 얽매이지 않았다.

지저분한 쪽과는 거래를 트지 않았고 어디에도 어설픈 흔적을 남기지 않았다. 증권감독기구는 그들에겐 눈먼 장님과 같았다.

투자금을 건질 방법이 전혀 없다는 것을 깨달은 보물선 사업의 소액주주들은 바지사장이 달아난 한생건설로부터 발굴권을 빼앗아 자체적으로 탐사에 나서기로 했다. 사람의 마음은 묘하다. 일단 발굴권을 빼앗자 보물선은 그들의 종교가 되었다. 회의적인 자들은 파문당했다. 그들은 새로 전라북도에 연고를 둔 건설업체를 선정하고 더 많은 돈을 끌어와 투자했다. 그들은 이미 들어간 걸 회수하려면 더 밀어넣는 수밖에 도리가 없다고 생각했다. 집을 팔고 가게를 처분한 사람들이 눈이 벌게진 채 바지선 위에서 밤을 지새웠다.

재만은 그런 소동을 자기 집 소파에 앉아 TV 화면으로 지켜보았다. 그리고 유학 준비에 지친 아내도 위로할 겸 결혼 후 처음으로 해외여행을 나섰다. 그들의 목적지는 하와이였다. 두 사람 모두에게 정말 오랜만의 휴가였다. 그의 아내는 한껏 들떠 있었다.

"그거 알아? 워커홀릭들 중에 고액연봉자가 그렇게 많

대."

"그래?"

"많이 벌다보니 쉬는 시간도 돈으로 계산이 되는 거야. 일주일 쉬고 수천 날린다고 생각하면 누가 편히 쉴 수 있겠어? 그러니까 죽어라고 일하는 거지. 당신처럼."

그건 일리가 있는 말이었다. 평일에, 그것도 주식과 채권 시장이 돌아가고 있는 주중에 쉰다는 건 재만에겐 너무 위험부담이 큰 일이었다. 그러나 그는 잠시 이 세계를 떠날 생각이었다. 업계 전체가 침체기여서 놀아도 별 타격이 없는 시절이 된 것이었다. 오히려 채권과 우량주에 조금 묻어둔 뒤, 훗날을 기약하면서 MBA를 통해 자기 가치를 높이는 게 현명한 선택이었다. 그와 아내는 하와이의 이 섬 저 섬을 전전하며 꿈같은 나날을 보냈다.

도착한 첫날은 코할라해변 검은 용암지대에 자리잡은 마우나라니 리조트에 짐을 풀자마자 라운딩을 시작했다. 인간의 한계를 넘은 신의 작품이라는 프랜시스 에이치 아이 브라운 코스에서 아내와 함께 신선한 공기를 마시며 마음껏 클럽을 휘둘렀다. 의외로 아내의 실력이 만만치 않았다. 매일 골프연습장에 나가고 머리 올린 뒤로는 한 달이 멀다 하고 필드에 나가더니 때로는 재만보다 훨씬 정교한 솜씨를 보여주었다. 특히 퍼팅의 섬세함에서 재만은 아내의 적수가 아니었다. 18홀 라운딩을 마친 후에는 바닷가의 야외식당에서 하와이 전통무용을 보며 맥주를 마셨다.

다음날에는 코스를 바꿔 라운딩을 했다. 그리고 오후에는 해변과 계곡 들을 탐사하며 시간을 보냈고 저녁엔 유람선에 올라 섬 주변을 돌며 식사를 했다. 달빛이 교교히 내리비치는 갑판에서 재만은 낭만적인 분위기에 빠져 모처럼 아내의 귓속에 다정하게 속삭였다.

"행복이란 게 참 별거 아니야. 열심히 일한 뒤에 찾아오는 달콤한 휴식. 뭐 그런 거 아닐까?"

아내는 간지러운 듯 어깨를 움츠리며 재만의 허리에 팔을 둘렀다.

"맞아. 나도 행복해."

갑판에는 다정한 노부부들의 모습도 심심찮게 눈에 띄었다. 그의 아내가 부러운 듯 말했다.

"저렇게 늙어야 할 텐데."

"그러지 뭐."

"이혼율이 엄청 높아졌대."

"그러게."

"자기 돈 좀 있다고 바람피우고 그러면 죽는다."

아내가 옆구리를 쿡 찔러오자 재만은 씩 웃어 보이며 말도 안 되는 소리 하지 말라고 했지만 내심, 사람의 일을 누가 알랴, 생각하고 있었다.

5박 6일의 달콤한 휴가는 그런 식으로 지나갔다. 골프와 유람, 식도락, 그리고 느긋한 낮잠으로 보낸 시간들이었다. 두 사람은 비행기에 올라 하와이와 아쉬운 작별을 했다. 그들이 올라탄 국적기는 몇 시간 후 사뿐히 인천공항의 활주로에 그들을 내려놓았다. 둘은 차례를 기다려 입국심사를 받았다. 검사는 이상하게 오래 걸렸다. 담당자가 잠깐만 기다리라며 사무실로 들어갔다. 잠시 후 다섯 명의 남자가 담당자를 따라 나타났다.

"김재만씨 되시죠?"

그는 그렇다고 말했다. 그들은 재만을 데리고 바로 VIP 통로로 빠져나갔다. 이런 대접을 받기는 처음이었지만 별로 반갑지는 않았다. 혹시 여권에 무슨 문제가 있나? 별생각을 다 해봤지만 또렷이 떠오르는 일은 없었다. 놀란 그의 아내는 도대체 무슨 일이냐며 남자들에게 달려들었지만 그들 중 하나가 정중하게 아내를 데리고 짐 찾는 곳으로 안내했다. 위압적인 자세로 보아 결코 좋은 일은 아니었다. 순간적으로 많은 생각이 그의 머릿속을 지나갔다. 어떤 작전이 걸려든 거지? 금감원인가? 아니면……

"이형식씨 아시죠?"

보물선이구나! 순간 움츠러들었지만 생각해보니 그럴 것도 없었다. 그 일은 이미 깨끗이 정리된 것이었다. 그들 말고도 수많은 개미투자자들이 뒤늦게 머니게임에 뛰어들었기 때문에 딱히 그들이 작전을 걸었다고 말할 수도 없었다. 그들은 단지 그 사업 초기에 투자를 했을 뿐이었다. 사업이 유망하다고 생각해서 투자했고 나중에 그 전망이 불투명해져 철수한 것이었다.

"대학 동창입니다. 그게 전붑니다."

"저희하고 잠깐 바람 좀 쐬시죠."

"글쎄요, 제 변호사와 얘기를 해봐야겠는데요."

"가서 부르시죠. 시간 드리겠습니다. 사안이 긴박해서요."

그들은 재만을 검은색 중형차에 태워 공항을 빠져나갔다. 차는 이십 분쯤 달리다 멈추었다. 도착한 곳은 경찰서라기보다는 무역회사 사무실 같은 분위기였다. 재만이 초조하게 이 생각 저 생각을 하는 사이 남색 폴로셔츠를 받쳐입은 남자가 들어와 자리에 앉았다. 재만은 지레 앞질러 나갔다.

"아니, 이형식이 무슨 일 저질렀습니까?"

폴로셔츠는 서류를 뒤적였다.

"아마 외국에 계셔서 모르셨을 텐데요."

그는 서류철 속에서 사진을 찾아 들이밀었다. 사진에는 광화문 네거리의 충무공 동상이 찍혀 있었다. 무슨 서울시 홍보잡지 같은 데서 오려낸 사진 같았다. 재만은 뚫어지게 사진을 쳐다봤지만 아무것도 새로운 게 없었다. 그냥 동상이었다. 재만이 고개를 갸웃거리자 폴로셔츠가 다른 사진을 하나 보여주었다. 이번에는 충무공 동상이, 마치 구소련 몰락 이후의 레닌 동상처럼 칼자루를 쥔 채 옆으로 쓰러져 있었다. 동상 남쪽의, 본래는 거북선 모형이 있어야 할 곳엔 커다란 웅덩이가 파여 있었다. 그리고 동상을 받치고 있는 석대도 검게 그을린 채 조각조각 부서져 있었다.

"이형식은 현재 충무공 동상 폭파테러사건의 용의자로

수배중입니다. 나흘 전 새벽 네시경, 누군가가 광산에서 훔친 다이너마이트로 충무공 동상을 날려버렸습니다. 우리는 주변 우범자와 동일 범죄 전과자 들을 중심으로 탐문한 결과 이형식이 범인이라고 추정하고 현재 추적중에 있습니다. 이형식은 이전에도 몇 차례 충무공 동상이 도요토미 히데요시 동상이다, 우기면서 훼손한 바 있고 종로경찰서에도 기록이 남아 있습니다. 그리고 무엇보다 바로 이것."

폴로셔츠는 비디오를 데크에 넣고 리모컨으로 TV의 스위치를 켰다. 흐릿한 화면의 폐쇄회로 TV에 한 남자의 모습이 나타났다. 그는 동상 밑에 무언가를 놓고, 라이터로 치지직, 불을 붙이더니 황급히 길을 건너 달아났다. 잠시 뒤를 돌아보는 그는, 분명 이형식이었다. 주황색 불빛이 번쩍이더니 잠시 후, 화면이 심하게 흔들렸다.

"자, 폭발입니다."

폴로셔츠가 부연했다. 자욱한 연기 사이로 예상보다 엄청난 폭발음에 겁을 집어먹은 듯, 손으로 귀를 막은 이형식이 화면 밖으로 사라졌다.

"이형식이 맞지요?"

"네. 걸음걸이며 머리 모양이며 형식이가 맞습니다. 틀림없습니다. 제 눈은 못 속입니다. 아니, 어떻게, 세상에 저런 일을……"

"분명하지요?"

폴로셔츠는 재차 물었다. 괜히 겁먹었다는 생각에 재만은 자신도 모르게 휴, 한숨을 쉬었다. 긴장이 풀리자 여독도 몰려오는 느낌이었다.

"네, 이형식이 맞습니다."

폴로셔츠는 말없이 노트북 컴퓨터의 자판을 두들겨 댔다.

"이제 가도 됩니까?"

폴로셔츠는 고개를 들어 재만을 물끄러미 바라보았다. 그리고 물었다.

"가도 되냐구요? 지금 장난하십니까? 이형식이 어디 있습니까?"

재만은 눈을 둥그렇게 떴다. 폴로셔츠는 재만 앞으로 금융거래내역 사본을 들이밀었다. 예금주는 이형식이었다.

"이 삼백, 이거 무슨 돈입니까?"

재만은 눈을 가늘게 뜨고 사본을 살폈다.

"아, 이거요? 그냥 생활이 어렵다고 메일이 왔기에 용돈이나 하라고 보내준 겁니다."

"이형식이가 사기죄로 기소중지중인 거 알고 있었죠?"

"아니, 그걸 제가 어떻게 압니까?"

"마지막으로 이형식이가 김재만씨 찾아왔을 때, 인삼차 마시면서 충무공 동상이 자기 목표라고 말했지요?"

도대체 이들은 어디까지 알고 있는 것일까. 재만은 입이 바싹바싹 말랐다.

"그게 그, 인삼차가 아니라 유자찹니다. 에, 제가 그 부분은 확실히 기억을 합니다. 저희 회사에는 인삼차가 없습니다. 그리고, 네, 맞습니다. 충무공 동상이 목표다, 뭐 그런 헛소리를 듣기는 했습니다."

"그리고 얼마 후 이형식이 이메일을 보내 자금 지원을 요청해왔지요?"

"저, 그건 충무공 동상과는 아무 관계가 없는…… 순수한……"

"그런데 그날 오후 바로 삼백만원을 입금해주셨지요? 왜 그러셨습니까?"

"네, 하지만 그건……"

"탄광에서 다이너마이트 도난당한 게 바로 그다음날입니다. 물론 알고 계셨겠지요?"

"이것 보세요. 내가 미쳤다고 충무공 동상 폭파하는 일에 돈을 댑니까? 내가 누군지 아실 거 아닙니까? 저처럼 신원 확실한 고액연봉자가 뭐 할일이 없어서 그런 일에 손을 대겠습니까?"

"이형식은 언제 처음 만나셨습니까?"

폴로셔츠는 전혀 흥분하지 않았다. 느긋하고 차분했다.

"대학교 일학년 때……"

"두 사람이 전공이 다른데 어디서 만나셨지요? 그렇지요. 역사연구회에서 만나셨죠. 아시다시피 상당히 과격한 반체제 운동권 동아리죠. 두 사람은 동기였고. 듣자하니 아주 친한 사이였다고 하던데, 그때 이형식한테 포섭된 거 아닙니까?"

"포섭이라니요. 그 자식은 미친놈입니다."

"미친 사람한테 왜 삼백만원을 주셨습니까? 게다가 한생건설 대표이사 선출 때 이사의 한 사람으로서 표도 던지셨죠? 만약 미친 사람인 줄 알고 대표이사 선임에 동의했다면 주주들한테 사기를 친 건데, 아닙니까? 경제 전문가니 잘 아실 거 아닙니까?"

"······변호사를 불러주십시오."

"그러지요. 삼백만원 준 것도 시인하셨고 충무공 동상 폭파 기도도, 사전에 인지했노라, 진술도 해주셨고, 협조해주셔서 고맙습니다. 그렇지만 집에 가기는 좀 어려우실 겁니다. 일단 저희는 영장 신청 들어갑니다. 변호사 오거든 영장실질심사 한번 상의해보십시오."

평소 알고 지내던 정변호사가 도착하자 재만은 그의 핸드폰을 빌려 우선 여기저기 전화를 돌렸다. 생각보다 충무공 동상 폭파사건은 엄청난 일이었다. 성웅 이순신의 동상이 폭파되었다는 데 국민들은 큰 충격을 받았다. 그 위에 올라가서 태극기를 휘두르며 시위를 하는 것과는 완전히 다른 차원의 문제였다. 그의 아내는 충격을 받아 누워버렸고 그가 그 일에 관련되었을 줄은 꿈에도 모르는 그의 부모는 그가 그 사건 이야기를 넌지시 꺼내자 어처구니없는 일이라며 어떤 놈인지 잡히기만 하면 광화문 네거리에서 극형에 처해야 한다고 주장했다. 재만이 통화를 끝내자 변호사는 조용히 멤버들의 동향을 그에게 알려주었다. 형식에게 도피자금을 빌려준 전원이 소환되어 조사를 받앉다는 것이다. 백만원을 넘게 송금한 사람들은 일단 모두 소환되어 조사를 받는 중이었고 그중에서 삼백만원으로 최고액을 기록한 재만은 주범으로 몰리고 있었다. 현재 국가정보원 측에선 이 사건을 국가 혼란을 노린 일종의 테러로 보고 있으며 폭파테러에 쓰인 자금의 출처를 철저히 캐고 있다고 했다. 이 사건의 배후에 친일파 비밀조직이 숨어 있다는 이야기부터 무정부주의자들의 소행이라는 주장까지 다양한 소문이 떠돌고 있었다.

그제야 재만은 조심스럽게 용기를 내어 물었다.

"그럼 여기가 국정원입니까?"

"어, 데려올 때 얘기 안 하던가요? 국정원입니다. 그렇지만 너무 걱정하지 마세요. 옛날처럼 통닭구이니 칠성판이니 이런 거 안 합니다. 이 친구들, 보시다시피 젠틀해요. 어쨌거나 일단 이형식이 그 사람이 잡혀야 당신도 옴짝달싹할 수 있을 겁니다. 잡아서 정신감정해서 미친놈으로 판명되면 좀 수월해지겠지만, 이게 워낙 지금 화제의 사건이라…… 세상에 충무공 동상을 다이너마이트로 날려버리다니. 지금 난리났어요."

"그러게 미친놈이죠. 충무공 동상의 모델이 도요토미

히데요시라고 믿고 있는 놈입니다. 아, 어쩌다 그런 자식과 안면을 터가지고……"

변호사는 의례적인 말로 재만을 위로하고는 영장실질심사 서류를 준비해야 한다며 사무실로 돌아갔다. 그는 하와이에서 사 입고 온 발랄한 옷차림 그대로 초조한 시간을 보냈다. 국정원은 차소리 하나 안 들리고 고요했다. 혹시 옆방에서 고문하는 소리가 들려오나 싶어 귀를 기울였지만 가끔 엘리베이터가 멈출 때마다 울리는 차임벨 소리 외엔 아무것도 들려오지 않았다. 그 고요한 방에서 그는 이형식의 행방과 자신의 운명에 대해 수만 가지 생각을 하며 시간을 보냈다. 그는 어디에 있을까? 국정원만큼이나 그도 형식의 행방이 궁금했다. 그렇지만 그가 잡힌다고 문제가 해결되는 것은 아니었다. 그와 관련된 보물선 사업의 투자자들이 벌떼같이 몰려들 것이고 그 과정에서 보물선 사업의 전모가 드러날 가능성도 있었다. 그러니까 그가 잡혀도 걱정, 안 잡혀도 걱정이었다. 제발 어디 가서 뒈져라, 이 웬수야. 재만은 빌고 또 빌었다.

영장실질심사에도 불구하고 그는 구속 수감되었다. 재판부는, 비록 사건 당시 재만이 국내에는 없었다고 하나

폭발물 구입 직전 명백한 사유도 없이 사업상 아무 관계도 없는 용의자에게 돈을 송금한 사실이 분명하고 그에 대한 변호인 측의 해명도 불충분한 점, 사건 직전 회사에 사표를 제출하여 도주 및 증거인멸의 우려가 있다는 검찰 측의 주장을 받아들인다고 판시했다. 그러나 재만을 제외한 다른 멤버들은 금액도 적을뿐더러 도주의 우려가 적다고 판단, 모두 풀려났다. 재만은 영장실질심사에서 멤버들과 조우했다. 재만은 탄식했다.

"하, 돈 삼백에 감방 갈 줄이야."

캡틴이 이를 갈며 말했다.

"그런 또라이 새끼가. 고생 좀 해. 우리가 어떻게 손 좀 써볼게."

캡틴은 법정 앞에 대기해놓은 차를 몰고 집으로 돌아갔다. 그러나 금융계의 잘나가는 일단의 삼십대들이 충무공 동상 폭파사건의 배후로 지목된 이 사건은 그 엉뚱함 때문에 금융감독기관의 주의를 끌게 되었다. 금감원은 경찰과 국정원으로부터 자료를 넘겨받아 내사에 들어갔다. 언론도 가만있지 않았다. 캡틴과 다른 멤버들은 인신의 구속은 간신히 면했지만 호기심에 가득찬 언론의 집요한 추적까지 따돌릴 수는 없었다. 그들의 소속 회사에서도 경위서를 요구했다. 고객의 신뢰를 먹고사는 금융기관에서 그것은 당연한 조처였다. 잇따른 벤처비리의 끝물이었고 회사는 문제아들을 받아줄 만한 여유가 없었다. 그들은 하나둘 회사를 떠났다. 그러나 언론과 금감원의 추적은 계속됐다. 며칠 후, 한 경제지가 '보물선과 충무공, 그 기이한 커넥션'이라는 기사를 터뜨렸다. 내부자가 아니면 알 수 없는 너무도 상세한 정보로 가득한, 그야말로 그대로 갖다가 공소장으로 써도 될 내용이었다. 단지 정확한 날짜가 빠져 있을 뿐이었다.

신문에는 사기꾼들의 돈을 몰수해 충무공 동상 재건립에 써야 한다는 독자투고가 실리기 시작했다. 며칠 후, 가방에 달러를 가득 담아 공항을 빠져나가려던 캡틴이 검거됐다. 그때까지도 이형식의 행방은 묘연했다. 잡히지 않는 범인 대신에 그들이 언론과 대중의 표적이 되었다. 금감원과 검찰은 그들이 관련된 모든 금융거래를 샅샅이 뒤졌다. 비교적 정상적인 거래까지도 작전의 혐의를 받았다. 결국 그들은 다시 영장실질심사에 직면했다. 이번 실질심사는 훨씬 혹독했고 거의 빠져나간 자가 없었다. 주가조작은 선의의 투자자들에게 피해를 입히는 악질 범죄라고 판사가 감정을 실어 말하자 캡틴은 항변했다.

"선의의 투자자라구요? 그런 사람이 어딨습니까? 오직 정보에 어두운 투자자가 있을 뿐입니다."

판사는 눈 하나 깜빡하지 않고 구속영장을 집행하라고 판결했다. 캡틴과 멤버들은 줄줄이 구치소로 떠났다. 떠나는 길에 보물선 사업의 투자자들이 몰려와 달걀을 던졌다. 캡틴의 머리통은 달걀로 엉망이 되었다. 그러고도 분이 풀리지 않자 투자자들은 캡틴과 멤버들의 집에 찾아가 난동을 부렸다.

그후에도 이형식의 소식은 알려지지 않았다. 일본으로 밀항을 했다는 소문도 있고 베트남에서 사업을 한다는 소문도 있었다. 아주 드물게는 거제도 일대에서 다른 사람들이 포기한 야마시타 보물선을 찾는다는 얘기도 들렸다. 지리산 일대에서 쇠말뚝을 뽑고 있는 그를 보았다는 얘기도 심심찮게 흘러다녔다. 그때마다 검거전담반이 급파되어 이형식의 행방을 추적했지만 매번 허탕이었다.

그들의 돈으로 세워진 것은 물론 아니지만 충무공 동상은 새로 건립되었다. 동상은 첨단 컴퓨터 그래픽의 도움을 받아 거의 원형 그대로 복원됐다. 동상이 복원되자 사람들은 충무공 동상 폭파사건과 보물선 소동을 서서히 잊어가고 있었다. 결정적으로 집단적 망각에 기여한 것은 바로 비행기 두 대가 뉴욕의 월드트레이드센터에 충돌하는 사건이었다. 전 세계의 모든 텔레비전에서는 하루종일 거대한 건물의 붕괴 장면이 반복재생되었다. 고층 건물로 출근하는 모든 사람들이 밤마다 뒤숭숭한 꿈자리로 뒤척이던 어느 날 새벽, 한 남자가 광화문 교보문고 옆, '사람은 책을 만들고 책은 사람을 만든다'라고 쓰인 담벼락 앞에서 새로 지은 말끔한 충무공 동상을 바라보고 있었다. 거리 청소를 하던 환경미화원이 그의 발치께를 플라스틱 빗자루로 쓸고 지나갔다. 그는 담배를 한 대 피워물며 충무공 동상을 노려보았다. 미화원이 그를 힐끗 쳐다보자 그는 지나가던 택시를 잡아타고 강남 고속버스터미널로 가자고 말했다. 택시가 충무공 동상을 지날 때 그는 기사에게 물었다.

"혹시 저 충무공 동상의 모델이 도요토미 히데요시라는 얘기, 못 들으셨어요?"

기사는 고개를 갸웃거렸다.

"에이, 설마. 저거 이번에 새로 세운 건데, 혹시 옛날 거 얘기하시는 거 아니우?"

"옛날 건 그랬답니까?"

"뭐 어디서 그런 얘기 들은 것 같기도 하고."

"그럼, 충남 장항의 보물선 얘기는 혹시 못 들어보셨어요?"

"그건 못 들어봤는데? 그치만 요즘 세상에 보물선이 어딨습니까? 핸드폰으로 사진 찍어 보내는 세상 아닙니까?"

"하하, 그런가요."

중년의 택시기사는 그런 뜬구름 잡는 이야기보다는 그 다음해에 치러질 대통령선거에 더 관심이 있었다. 그는 라디오의 볼륨을 서서히 키웠다. 라디오에선 한 시사평론가가 나와 지역주의 극복과 알 카에다에 대해 떠들어댔다. 택시가 고속버스터미널에 도착하자 그는 검은색 가죽가방을 들고 뚜벅뚜벅 호남선 방면으로 걸어가 인파 속으로 사라졌다.

(『현대문학』 2004년 1월호)

그림자를 판 사나이

 어린 시절에는 누구나 한 번쯤 이런 의문을 품는다. 저 별빛은 어디에서 오는가. 내가 태어나기도 전, 아니 내 할머니와 그 할머니의 할머니가 태어나기도 전에 생겨난 것일 텐데, 그렇다면 저 별은 도대체 지구로부터 얼마나 멀리 있는 것일까. 소년의 궁금증엔 해답이 없다. 그는 들고 있던 플래시의 불을 밝혀 별을 겨눈다. 이 빛도 언젠가 저 별에 가닿겠지. 내가 죽고 내 손자가 죽고 그 손자의 손자가 죽으면…… 물론 이런 가정은 터무니없는 것이다. 그렇게 약한 빛이 수만 광년을 날아가 반짝일 리가 없는 것이다. 그것보다 훨씬 더 강렬한 빛도 흔적 없이 사라지는 게 우주다.

어리석은 의문은 또 있다. 창공의 새에게도 그림자가 있을까? 저렇게 작고 가벼운 것에게 어찌 그림자처럼 거추장스러운 것이 달려 있으랴 싶은 것이다. 그러나 새에게도 분명 그림자가 있다. 날아가는 새떼를 보고 있노라면 가끔, 아주 가끔, 뭔가 검고 어두운 것이 휙 지나간다. 너무 찰나여서 신경을 곤두세우고 있지 않으면 잘 모르기 십상이다. 달이 해를 가리는 걸 일식이라 하는데 그렇다면 새가 해를 가리는 이런 현상은 무어라 할까. 물론 나는 모른다. 그렇지만 가끔 새 그림자가 해를 가리는 일도 있다는 걸 말해두고 싶은 것이다.

헬리콥터에서 내려다보면 날아가는 것들에게도 그림자가 있다는 것을 분명하게 알 수 있다. 검은 카펫을 닮은 형체가 지표면에서 넘실거리며 집요하게 따라붙는다. 그림자는 광원과 자신 사이를 가로막은 물체를 결코 놓치지 않는다. 빛을 가로막으면 그뒤엔 그림자가 생긴다. 그리고 그 둘 사이엔 언제나 내가 있다.

제 그림자에 놀라던 소심한 어린아이는 어느새 자라 소설가가 되었다. 글을 써서 밥을 벌어먹고 살게 된 것이다. 아침에 일어나 조간신문을 읽고 자신을 위한 밥상을 차리고 창을 열어 안과 밖의 공기를 바꾸고 철 지난 음악을 듣는 삶. 얼마 전 옆집으로 이사온 노인은 녹차에 밥을 말아 먹으라 일러주었다. 차를 끓여 밥에 부어 먹으라는 것인데 청외지처럼 너무 짜거나 맵지 않은 밑반찬을 곁들이면 좋다. 입맛 없는 봄날, 혼자 먹는 밥상에 그만이다. 간소한 식사가 끝나면 찻주전자에 뜨거운 물을 부어 차를 또 한번 내린다. 선승의 공양처럼 깔끔하다. 그런 아침에도 마음을 살짝 흔들어놓는 것들이 있다. 이를테면 대학 시절의 연애 상대가 신문에 나와 대학생활은 그저 암울했을 따름이라고 말한다든가 하는.

마당으로 나가면 담장 아래 철쭉들이 때늦은 추위에 짓눌려 잔뜩 웅크리고 있다. 담벼락에 줄줄이 꽂혀 있는 깨진 병조각들의 위세도 오늘따라 초라해 보인다. 벽과 담 사이엔 폐타이어와 빈 화분, 스티로폼 상자들이 눈을 인 채 처박혀 있다. 언제 한번 다 들어내고 청소를 하긴 해야 할 테지만 그건 봄이나 되어야 가능한 일일 것이다. 마당 한쪽에 쳐둔 천막 아래엔 고물 자전거가 비를 긋는 여인처럼 날카로운 자세로 서 있다. 그걸 꺼내 툭툭 안장의 먼지만 털고 대문 밖으로 끌고 나간다. 페달을 밟으며 앞으로 나아가자 찬바람이 볼을 때린다. 2월 말이니 봄이라고 하기엔 좀 이르다.

신문지와 전단지를 묶었던 끈들이 어지러이 널려 있는 보급소의 문을 밀고 들어간다. 부스스한 얼굴의 중년 여자가 미닫이문을 열고 내다본다. 이불이 허리에 걸쳐져 있다. 잠시 눈을 붙이고 있었던 모양이다.

"신문을 그만 봤으면 해서요."

자는 이를 깨워 미안했지만 오래전부터 마음먹고 있던 일이었다. 매일매일의 흉사에서 벗어나고 싶었다. 아침부터 마음이 어수선하면 하루를 그냥 공치는 게 작가의 일이다. 언젠가부터 신문들은 거의 모두 조간이 되어버렸다. 아침에는 신문을 보고 저녁에는 텔레비전 뉴스를 보는 것이 평균적인 사람들의 삶이다.

"주소가……"

보급소의 여자는 의외로 선선하게 절독 신청을 받아준다.

"34-2번집니다. 행복슈퍼 옆 붉은 벽돌집."

여자는 장부를 뒤적이더니 서비스 받은 것도 없으니 구독료만 정산하고 가면 된다고 했다. 나는 지갑에서 만이천원을 꺼내 건네주고 영수증을 받았다. 여자는 내가 나가기도 전에 이불을 목까지 끌어당기며 문을 닫았다. 이렇게 간단할 줄 알았으면 진작 왔을 것을, 모두들 신문 끊기가 쉽지 않다고 하여 이제껏 망설여왔던 것이다. 나는 다시 자전거를 몰고 상가까지 나갔다. 앞바구니에 양파와 카레 분말, 감자, 포장된 닭가슴살을 싣고 집으로 돌아왔다. 어딘가에서 아릿한 비린내가 풍겼다. 자전거를 멈추고 킁킁거리며 여기저기 냄새를 맡아보았다. 나에게서 나는 것은 아니었다. 마침 부스럭 소리가 들려 뒤를 돌아보니 털이 북슬한 더러운 개 한 마리가 음식물쓰레기 봉지 옆에서 눈을 번득이고 있었다. 나는 다시 페달을 밟았다.

집에 돌아와 닭고기를 저미고 양파를 썰고 물을 끓였다. 카레 분말을 곱게 개어 끓는 물에 붓고 한쪽에선 당근과 양파를 볶았다. 고소하고 맵싸한 냄새가 온 집 안에 풍겼다. 뜨거운 김이 모락모락 나는 밥에 카레를 부어 먹었다. 저민 닭가슴살은 부드러웠고 당근도 몰캉몰캉 씹는 맛이 있었다. 그러다 한때 밥을 함께 먹던 사람들이 하나하나 생각나 울컥, 저 깊은 곳에서 무언가가 울렁거렸다. 그리고 심하게 어지러웠다. 식탁 위의 접시들마저 이리저리 움직이는 것만 같았다. 집 전체가 마치 달리는 지하철 안에 들어 있기라도 한 것처럼 가볍게 덜컹거렸다. 나는 숟가락을 놓고 눈을 감았다. 혼자 밥 먹은 게 하루이틀도 아니면서 왜 이래? 어린애도 아니면서! 마음이 조금 가라앉았다. 다시 숟가락을 들었다. 그리고 묵묵히 카레와 밥, 닭고기와 익힌 야채 들을 입속으로 퍼넣었다.

접시들을 개수대에 처박고 있을 때 전화벨이 울렸다. 앞치마를 두르려다 전화를 받으러 갔다.

"여보세요?"

"나야."

"……미경이?"

"응."

"오랜만이네."

"괜찮아?"

"뭐가?"

"방송 못 들었어? 진앙은 옹진반도에서 삼십 킬로쯤 떨어진 곳이래. 몰랐어?"

그거였군, 그 흔들림은.

"진도는 얼마래?"

"몰라. 이점 몇이라던가 삼점 몇이라던가."

"너네 집은 별일 없어?"

"고양이가 집을 나갔어. 지진 나기 직전에. 고양이 찾으러 나갔다가 휘청했지 뭐야. 빈혈인 줄 알았어."

"잘 지내지?"

"응."

"……"

"오늘 좀 만날 수 있을까?"

달력을 봤다. 마감이 코앞이었다. 그리고 어쩐지 미경을 만나면 모든 일이 꼬여버릴 것 같았다.

"글쎄……"

"왜? 바빠?"

"아니, 그냥. 마감이 있어서. 무슨 일이라도 있는 거야?"

"아냐, 괜찮아. 일은 무슨. 그냥 심심해서."

"마감 지나면 전화할게."

"그래."

전화는 끊어졌다. 이 년 만에 전화를 걸어온 오랜 친구한테 아무래도 좀 가혹한 응대였다는 생각이 들었다. 그렇지만 그녀와 나 사이엔 원래 서로 일정 거리 이상의 접근은 허용하지 않는다는 묵계 같은 것이 있어왔다. 원래 저런 친구가 아닌데, 아마 지진 때문이었을 것이다. 나는 앞치마를 둘렀다. 그리고 카레가 묻은 접시를 깨끗이 씻어 건조대에 올려놓았다. 미경의 전화가 마음 한구석에서 자꾸 서걱거렸다. 어쩌면 지진은 한갓 핑계였을지도 몰랐다. 그럼 고양이를 찾자고 부른 거였나. 하지만 나는 고양이를 끔찍하게 싫어한다. 찾으러 다니는 일은 더더욱. 고무장갑을 벗어 싱크대에 걸쳐놓고 책상 앞에 앉았다. 책상 위에 올려져 있는 십사인치 텔레비전을 켰다. 지진 얘기는 어디에도 없었다. 바둑 두는 사람, 자반고등어의 맛을 보는 사람, 러닝머신 위에서 뛰는 사람들만 나왔다. 뉴스채널도 스포츠 소식만 전하고 있었다. 텔레비전을 껐다. 그때 다시 전화벨이 울렸다. 나는 수화기를 들었다.

"여보세요?"

"스테파노?"

"바오로구나."

"그럼 누구겠냐. 별일 없지?"

"응, 멀쩡해. 그냥 좀 흔들렸을 뿐이야."

"흔들려?"

"지진 얘기 하는 거 아냐?"

"지진이 났었나?"

"그럼 무슨 얘기야?"

"아니, 그냥. 안부."

"미사는?"

"다 지나갔어. 오늘 저녁은 우리 대빵이 들어가."

"잘 지내?"

"매일 똑같지 뭐. 오늘 저녁에 뭐해?"

"마감이야. 내일모레까지 단편 하나 끝내야 돼."

"하나도 안 쓴 거야?"

"아니, 거의 다 쓰긴 했는데 좀 고치기도 해야 하고."

사실은 거의 새로 써야 할 판이었다.

"그래도 좀 보면 안 될까? 신부 말 안 들으면 벌받아, 인마."

그 협박에 굴복한 건 아니었다. 그러나.

"그럼 우리집으로 와."

"알았어. 술은 준비하지 마."

금방 후회했지만 이미 어쩔 수 없었다. 하루에 두 명이나 매몰차게 돌려세울 수는 없었다. 순서가 바뀌었더라면 아마도 미경과 만나게 되었을지도 몰랐다. 에라 모르겠다. 컴퓨터를 껐다. 소설이야 어떻게든 되겠지. 꺼진 모니터의 검은 화면에 내 얼굴이 비쳤다. 나는 눈을 질끈 감았다. 어디선가 피아노 소리가 들려왔다. 옆집의 여중생이 모차르트 소나타를 연습하고 있었다. 엄한 선생한테 배우는지, 얼마 나가지 못하고 번번이 같은 소절을 반복하고 있었다. 어릴 적 대나무자로 손등을 때려가며 피아노를 가르치던 선생이 떠올랐다. 뚱뚱한 몸매에 볼품없는 턱을 가졌지만 신경은 언제나 날카로웠다. 어느 날 선생은 언제나 박자를 틀리는 한 남자아이의 뺨을 미친듯이 때려댔다. 강습생 모두 공포에 질려 울었다. 남자아이의 엄마가 찾아오자 선생은 사과를 하기는커녕 거품을 물다가 기절해버렸다. 남자아이는 선생이 죽었다고 생각했다. 아이는 선생 곁에 무릎을 꿇고 대성통곡을 했다. 대성통곡이 효험이 있었는지 선생은 곧 깨어났다. 얼굴이 하얗게 질린 남자아이의 엄마는 피아노 선생이 던져주는 반달 치 강습료만 받아들고 집을 나섰다. 그로부터 여섯 달 후, 피아노 선생은 일본 남자와 결혼하여 오키나와로 떠났다. 엄마들은 아파트 복도에 모여 선생이 사이비 종교에 빠졌다고 수군거렸다.

바오로는 이른 저녁, 아직 해도 채 떨어지기 전에 왔다. 오른손에 밸런타인 병을 들고 있었다. 굵고 짙은 눈썹, 딱딱한 턱선 때문에 마치 엘리트 장교처럼 보였다. 그러나 발그레한 볼이 그런 딱딱한 인상을 중화시켜주었다. 그런 야누스적 풍모 덕이었는지 그는 여자애들에게 인기가 있는 편이었다. 여자애들은 편지를 보내고 그의 집 앞에서 죽치고 앉아 사람이 왜 그렇게 차갑냐며 엉엉 울었다. 짝사랑치고는 요란들 했다. 사춘기의 그 모든 난리법석은 그가 신학교에 들어가면서 끝이 났다. 그 뉴스는 너무나 충격적이어서 그가 원서를 낸 지 몇 시간 만에 온 성당에 알려졌다. 바오로가 신학교에 간대! 여자애들은 대놓고 훌쩍였고 남자애들은 입을 비쭉거렸다. 만인의 연인이 되겠다는 건가. 남자애들은 발치의 돌을 힘껏 차 굴렸다.

그러던 그도 서른다섯을 넘기면서 그런 아도니스적 매력을 잃어가고 있었다. 배도 나오고 턱선도 조금씩 무너지고 있있다. 눈의 총기는 희미해지고 가늘고 길던 손에도 살이 붙었다. 사파이어 반지가 손가락을 파고들고 있었다.

"앉아. 면 삶고 있으니까 뭐 좀 보고 있어."

나는 냄비에서 면을 건져 먹기 좋게 둥근 접시에 담아

미리 만들어놓은 토마토소스를 얹어 내갔다. 동네 슈퍼에서 사온 마주앙 스페셜을 곁들였다. 포도주 마시는 게 직업인 그는 빤히 포도주병을 쳐다보다 킥킥 웃었다.

"왜 웃어?"

"마주앙이 한국 천주교 공식 포도주잖아."

"그랬었나? 맛은?"

"좀 다르지, 아무래도."

포크에 면을 감아 돌리다가 문득 고개를 들어보니 그가 나를 빤히 보고 있었다.

"좋다."

"뭐가?"

"친구하고 스파게티 먹고 있으니까."

"왜 이래, 징그럽게."

그는 돌돌 만 면발을 입에 넣었다. 붉은 소스가 그의 베이지색 카디건 깃에 튀었다. 나는 냅킨을 건네주며 슬쩍 찔렀다.

"너, 연애하냐?"

바오로는 아무 말 없이 씩 웃었다.

"그것도 직장인데, 너 그거 그만두고 뭐 먹고살 거라도 있냐?"

"없지. 눈 깜짝할 사이에 무능력자가 되어버렸더군."

"원래 사제란 직종이 다 그렇잖아. 어느 사회든."

"나도 글 좀 써볼까?"

"글은 아무나 쓰는 줄 아냐?"

"사회적으로 무능력하기는 마찬가지잖아."

"무능력한 모든 인간이 글을 쓰는 건 아니야."

"하긴."

그는 마주앙을 홀짝거렸다.

"어떤 여자야?"

"대학생."

"미쳤구나."

"네가 무슨 생각 하는지 알겠는데, 그거하고는 달라."

"내가 무슨 생각 하는데?"

"무슨 생각을 하든, 하여튼 그건 아냐."

"그럼?"

"그냥, 내 미사 때마다 맨 앞에 와서 앉아 있어. 고등학교 때부터 그랬어."

"그게 전부야?"

"전부야."

"고백성사는 보러 안 와?"

"들어와. 그러곤 아무 말도 안 해. 말을 하라고 다그치면, 자기가 모르는 죄를 사해달래."

"예뻐?"

"예뻐. 청년단체들 엠티 갈 때 지도신부라고 따라가잖아. 한번은 청평으로 갔는데 추워서 강이 꽁꽁 얼었거든. 강 위에서 청년들이 썰매도 타고 게임도 하고 노는데, 신부님도 오세요, 그러면서 나도 끌고 들어가는데, 자꾸 걔만 보이는 거야. 그런 느낌 너는 알 거 아냐? 그애가 지나가면 어떤 광채가 지나가는 것 같아. 그애가 다른 남자애들과 장난을 치고 있으면 차마 볼 수가 없어. 하루는 배구를 하는데, 그애가 내 앞에 있었어. 여자치고는 키가 큰 편이거든. 그애가 블로킹을 하려고 점프를 할 때마다, 나 미쳤나봐, 청바지 속에 들어 있는 그 작고 단단한 엉덩이가, 올라갈 때는 잔뜩 긴장했다가 착지할 땐 살짝 출렁이잖아, 그런 게 보이는 거야. 아니, 느껴져. 마치 내가 손을 대고 만지고 있는 것처럼. 그런데 한번은 그애가 점프를 했다가 넘어졌어. 옆에 서 있던 남자애들이 팔을 붙잡아 일으켜주더라구. 그애, 까르르 웃으며 일어나면서 글쎄 오른손으로 제 엉덩이에 묻은 흙을 툭툭 털어내는 거야. 다시 흔들리는 두 덩어리의 그……"

"너 좀 심하구나."

"나도 알아."

"근데 걔가 너 좋아하는 거 확실해?"

"아니면 평일 미사까지 꼬박꼬박 챙겨서, 그것도 맨 앞자리에서……"

"그건 그래."

"사실은 이메일도 보내와."

"내용은? 설마 자기 누드 같은 거 담아서 보내는 건 아니겠지? 날 좀 어떻게 해주세요, 신부님!"

그가 쓸쓸하게 웃었다. 그의 굵은 눈썹이 마치 위험을 감지한 곤충처럼 살짝 일그러졌다. 그는 반쯤 남은 채로 식어가는 면발을 포크로 뒤적이며 말했다.

"스테파노, 너 요즘 상태 안 좋구나."

"내용이 뭐냐니까?"

"그냥 이런저런 얘기. 상담을 가장한 연서."

"자꾸 나오네. 딴 건 없어?"

"딱 한 번 술 같이 마셨어."

"잠깐만."

나는 식탁 위의 빈 접시를 치웠다. 그리고 간단하게 술상을 보아 응접실의 소파로 자리를 옮겼다. 그러는 동안 바오로는 멍하니 앉아 내 책장 쪽을 보고 있었다. 나는 그가 가져온 스카치위스키의 봉인을 뜯었다. 아무래도 맨정신으로 듣기에는 힘든 얘기였다. 하는 사람이야 오죽하랴.

"내가 신부 같다야."

"될 뻔했잖아."

"아냐. 나는 금방 그만뒀을 거야. 연애도 맘대로 못하고 그게 뭐냐."

"저녁 미사 끝나고 나면 무지하게 공허할 때 있거든. 할머니들 앉혀놓고 기계적으로 영성체하고 복음 읽고, 복사들 데리고 들어갔다 나왔다 하다가 사제관에 오면, 문득, 이 생이 이대로 끝난다는 생각이 목을 죄어오는 거야. 나는 젊다는 게 뭔지도 모르고 토마스 아퀴나스나 파다가 이십대를 보냈어. 그런 생각 하다보니 갑갑해져서 옷 갈아입고 술집에 갔지. 바에 앉아서 막 병마개를 따는데 옆에 누가 와서 앉더라구. 걔였어. 확 향수냄새가 풍기는데 그야말로 아찔하더군."

"굶고 사니 감각만 발달하는구나. 그래서?"

"성당 앞을 지나다 봤나봐. 아님, 미행을 했는지도 모르지. 어쨌든 둘이 말없이 앉아 술을 마셨어. 술이 좀 도니까 그 여자애가 조잘조잘 말을 하는 거야. 그 작은 볼로 숨이 드나들고 그 숨이 말이 돼서 내 귓가에 살랑거리는 게……"

"그래서, 잤어?"

바오로가 나를 빤히 쳐다봤다. 나 역시 그 눈길을 피하지 않았다. 거짓말을 하려고 망설이는 눈빛은 아니었다. 그는 고개를 저었다.

"아니."

"신부가 신자하고 자는 건 반칙이겠지? 네 등뒤에 매달려 있는 예수 백으로 하는 거니까. 일종의 후광효과지."

"나도 알아."

"다행이다."

그는 소파에서 일어나 내 서가 앞으로 걸어갔다. 그러곤 손으로 책등들을 건성으로 훑었다. 드르르륵. 책들이 떨리는 소리가 들렸다.

그림자를 판 사나이

"근데, 거기서 세실리아 봤어."

"세실리아? 미경이 말이야?"

"응, 혼자 와서 술 마시고 있더라구. 날 진작에 알아본 모양인데, 내가 어린 여자애하고 있으니까 등 돌리고 있었나봐. 화장실 가다가 딱 마주쳤어. 쪽팔리더구만."

"아침에 전화 왔었는데."

"그래?"

바오로가 몸을 돌렸다. 그때 문득, 새 그림자가 내 위를 휙 지나가는, 차갑고 선뜩한 느낌이 덮쳐와 나는 천적을 만난 설치류처럼 몸을 조금 웅크렸다. 그는 그 어린 여자애 때문에 온 것이 아니었다. 아무 근거도 없이 그런 확신이 들었다. 미경이었다. 지진이 있었고 미경이 전화를 해왔다. 그리고 바오로는 우리집에 와 있다. 이 모든 일이 우연은 아닌 것 같았다.

"맥주 없니?"

나는 냉장고에서 맥주 캔을 꺼내 갖다주었다.

"잔도."

그는 내가 갖다준 잔에 맥주를 따르고 그 위에 살짝 양주를 부었다.

"사제관에서 먹는 방식이야. 근데 아침에, 세실리아가 별말 안 하디?"

"내가 바쁘다니까 그냥 다음에 보자고 하던데."

바오로와 미경이 화장실 앞에서 조우하는 사이, 어린 여자애는 슬며시 술집을 빠져나갔다고 했다. 미안해, 나 때문에. 미경이 사과했고 그는 괜찮다고 했고, 근 십 년 만에 만난 둘은 자리에 앉아 새로운 술을 시켜 마시기 시작했다는 얘기. 그건 너무나 자연스러운 일이었다. 고등학교 때부터의 오랜 친구, 게다가 술까지 센 두 남녀가, 일대일로 만났으니 술 한잔하는 것이 문제될 것은 없었다. 게다가 미경은 고등학교 시절, 바오로를 향해 연정을 불태우던 그 수다한 여자애들 중에서 단연 발군이었고 결국 인생의 한 시기, 바오로와 연인으로 지내는 영광을 누렸다. 지금까지도 그걸 영광으로 생각하는지는 모르겠지만 그때는 그랬다. 여자애들은 그녀에 대한 루머를 퍼뜨렸고 소문 속에서 미경은 수십 번 애를 낳고 유기했다. 전교 일등을 다투는데다 미모까지 출중한 여자애가 인기 제일의 남자애와 사귀고 있었으니 그럴 법도 했다.

바오로와 나, 미경은 곧잘 함께 어울려 다녔다. 미경과는 바오로 얘기를 했고 바오로와는 미경이 얘기를 했다. 나는 아무것도 아니었지만 그랬기에 둘과 별 마찰 없이 지낼 수 있었다. 질투가 전혀 없었다면 거짓말이겠지만 그건 엄밀히 말하면 미경이라는 특정한 여성에 대한 욕망이 아니라 그런 관계에 대한 선망이었다고 할 수 있다. 사춘기에만 가능한 그 낯간지러운 진지함이 나는 부러웠다. 물론 미경은 예뻤다. 분명한 의지를 드러내는 콧날에 동그랗고 검은 눈동자가 어우러져 마치 네덜란드산 도자기인형 같았다.

"미경이가 그 동네에 살아?"

"친정이 그 동네잖아. 왔다가 들렀대."

"아, 맞다. 근데 남편은 어쩌고?"

나는 미경의 남편도 알고 있다. 그냥 알고 있는 정도가 아니라 한때 꽤 친했다. 그랬으니 미경에게 소개도 해주었겠지. 바오로가 신학교에 가겠다고 선언하자 미경은 더이상 바오로 앞에 나타나지 않았다. 그리고 상당히 높은 점수가 필요한 대학에 여유 있게 진학했다. 딱 한 번, 신학교 기숙사가 오픈하우스 행사를 하던 어느 봄날에 나와 함께 바오로를 만나러 간 적이 있었다. 그때도 바오로는 그녀를 세실리아라 불렀다. 그들의 관계는 성당 주일학교에서 시작되고 끝났으므로 그게 자연스러웠다. 그러나 나는 대학에 들어가서도 미경과 자주 만났고 간혹 남자를 소개해주거나 내 친구들과 어울려 술을 마시고 놀았으므로 더이상은 세례명으로 부를 수 없었다. 그 봄날, 미경은 바오로가 자는 방의 침대에 앉아 시트를 손으로 쓸어보고 있었다. 마치 바오로의 무언가를 가져가겠다는 듯이. 그것은 일견 에로틱한 장면이어서 바오로와 나는 짐짓 그녀를 외면한 채 애써 쾌활하게 봄을 맞은 교정의 아름다움에 대해 떠들어대고 있었다.

"그만 나가자. 답답하지 않니?"

우리 셋은 교정으로 나가 벚나무 아래 벤치에 앉았다. 바람이 불 때마다 꽃잎이 떨어져 날렸다. 그중 하나가 미경의 블라우스와 쇄골 사이 틈으로 떨어졌다. 그녀가 숨을 쉬자 꽃잎이 그녀의 가슴 속으로 내쳐 들어가버렸다. 나는 아무 말도 하지 않았다.

"뭘 좀 마실까?"

나는 자진하여 음료수를 사러 나갔다. 둘은 말리지 않았다. 내가 일어나자 그들도 일어나 벚나무 아래를 걸었다.

미경에겐 묻고 싶은 게 있었을 것이고 바오로에겐 답하고 싶은 게 있었을 것이다. 신학교의 교정은 그걸 하기에 적당한 곳이었다. 그들이 그날 나누었을 내밀한 대화를 나는 애써 캐내지 않았다. 그러지 않아도 그들 인생의 궤적을 통해 자연스럽게 알 수 있었다. 뭐 별게 있었겠는가. 가정을 만들기 두려워하는 남자, 지나치게 형이상학적 고민이 많은 남자와 그걸 이해하는 척해야 하는, 자기가 또래의 그 누구보다도 통제력이 강하고 지적이라고 믿고 있는 여자는 벚꽃 흩날리던 교정에서 풋사랑의 여운을 곱씹으며 서로의 앞날을 축복했을 것이다. 그리고 그후로 그 둘은 서로 어떤 인연도 맺지 않았다. 가끔 우연이 그 둘을 마주치게는 하였으나 그게 전부였다.

셋이 정식으로 다시 만난 것은 미경의 결혼식이었다. 식장은 서초동 성당이었는데 하객이 많았다. 신부는 아름다웠다. 고등학교 때처럼 예쁘지는 않지만 하얀 웨딩드레스 안에 들어 있어 얼굴이 앙증맞아 보였다. 미경의 남편은 내게 다가와 양복을 사주겠다고 말했다. 나는 그러지 않아도 된다고 했다. 그는 돈이 굳었다며 좋아했다. 식이 끝나자 그들은 〈한여름 밤의 꿈〉에 맞춰 힘차게 팔짱을 끼고 걸어나왔다. 둘은 행복해 보였다. 미경의 남편, 홍정식은 이미 공인회계사 시험에 합격하여 회계법인에서 연수를 겸하여 근무하고 있었다. 미경 역시 대학 졸업과 동시에 여의도에 있는 방송국에 라디오 프로듀서로 입사했다. 그야말로 잘나가는 선남선녀의 만남이었다. 피로연장에서 갈비탕을 먹고 있는 우리에게 다가와 미경과 정식이 반갑게 인사했다. 우리는 그들의 행복을 빌어주었다.

"애 낳으면 영세 받으러 갈게."

미경이 농담을 걸자 아직 부제였던 바오로가 웃었다. 그러나 정식은 웃지 않았다.

"너네 본당 놔두고 왜 애한테 오냐? 그나저나 정식아, 잘해 인마. 너 땡잡은 거야. 회계사 주제에!"

정식은 그제야 웃었다. 그의 아버지는 시골 고등학교 교사였다. 그나마도 무슨 일인가로 때려치운 후, 그가 대학에 갈 무렵에는 농사를 짓고 있었다. 늘 새로운 농법을 시도했기에 부침이 심했다. 그는 어렵게 대학을 졸업했고 그래서 더더욱 회계사 시험에 매달렸다. 그리고 결국 시험에 패스했다. 좀 재미없는 녀석이었지만 이상하게 나와는 친하게 지냈다. 1987년도에 시위가 전국을 휩쓸 때에도, 대학 정원의 70퍼센트가 교문 앞에 모여 있을 때에도 그는 도서관에 있었다. 그의 유일한 낙은 소설읽기였는데 숫자와 재무제표에 지칠 때면 문학상 수상작품집이나 문예지를 읽었다. 훗날 자신이 권해주는 소설이나 겨우 읽던 내가 작가가 되자 그는 가장 먼저 축하 메시지를 보내왔다.

"작가가 되었다는 소식 듣고 내 일처럼 기뻤다. 부디 좋은 작품 써서 나같이 방황하는 청춘들을 구원해주렴."

나는 그가 방황했다고 한 번도 생각해본 적이 없었는데 소설을 읽던 그 시간들이 그로서는 꽤나 힘겨운 시간이었겠거니 생각하니 조금 쓸쓸해졌다. 게다가 아직도 문학이 '방황하는 청춘을 구원'할 수 있다고 믿고 있는 모습이 새삼 감동적이었다. 편지의 말미에 그는 어느 나라 민요에서 따온 구절이라며 이런 글을 덧붙였다.

"별은 빛나고 우리들의 사랑은 시든다. 죽음은 풍문과도 같은 것. 귓전에 들려올 때까지는 인생을 즐기자."

아마 미경과 연애할 때에도 그 말을 써주었을 것이다. 생긴 건 럭비선수처럼 건장했지만 내면은 소심하기 짝이 없던 그는 소설과 시의 갈피갈피마다 밑줄을 긋고 그걸 노트에 베껴쓴 후, 지하철에서 남몰래 그 구절들을 외우는 버릇이 있었다. 회계법인에 들어간 후로도 한동안은 문학에 뜻을 두고 소설깨나 써왔던 것 같은데 어느 순간, 아마 내가 작가가 된 직후일 텐데, 문학에는 관심을 끊었다. 그들 부부의 집에 초대받아 가면 그는 여전히 문학을 화제에 올렸지만 모두 오래전에 나온 책, 이제는 활발히 활동하지 않는 작가들이었다.

"그래도 네 건 읽어."

"장하다."

그들의 살림집은 아담했다. 둘의 수입이 상당했으므로 그들은 얼마 되지 않아 강남에 작은 아파트를 마련할 수 있었다. 몇 년 지나지 않아 미경은 자기 프로그램을 맡았고 정식은 점점 더 바빠졌다. 연말이라도 되면 부부끼리도 밥 한 끼 같이 먹기 어려울 만큼 바빴다. 그때쯤부터는 나한테도 연락이 오질 않았으므로 나는 서서히 정식과 소원해졌고 당연히 친구의 아내와도 그렇게 되었다. 미경이 만드는 라디오 프로그램을 들을 때도 있었지만 프로그램 어디에서도 그녀의 냄새는 찾을 수 없었다. 고등학교 때 자주 듣던 노래라도 하나 틀어주었으면 했지만 한 번도 그런 적은 없었다. 언제부턴가 미경은 십대 아이돌 스타들이 진행하고 또 그런 애들이 출연하는 저녁시간대의 음악방송만 맡고 있었다. 내가 더이상은 들을 수 없는 그런 방송들을. 그렇게 우리는 자연스럽게 멀어져갔다. 하긴, 고등학교 주일학교 친구를 서른이 넘어서까지 만난다는 것은 부자연스러운 일일 것이다. 나는 점점 더 작가와 출판사 관계자 들만 만나는 사람이 되어갔다.

무언가 우당탕 넘어지는 소리가 났다. 밸런타인 병이 쓰러져 쿨럭쿨럭 내용물을 토해내고 있었다. 나는 병을 다시 세우고 휴지로 탁자를 닦았다. 바오로는 벌써 심하게 취해 있었다. 눈은 이미 풀렸고 자세도 허물어지기 직전이었다. 폭탄주 때문일 것이다.

"나, 미경이하고 잤다."

커다란 새가 날개를 펼치고 내 머리 위를 지나갔다. 어느 정도 예상했으면서도 나는 힘이 쭉 빠졌다.

"왜 그랬어? 그러면 안 되잖아."

"그럴 수밖에 없었어. 미경이가 너무 불쌍해서, 그것 말고는 어떻게 해줄 수 있는 게 없어서, 그래서 그랬어. 야, 씨팔, 그럼 어떻게 하냐. 불쌍한데."

"그래, 알았어. 뭐가 그렇게 불쌍한데? 과부라도 된 거야?"

"넌 몰라도 돼. 아니, 몰라야 돼."

그는 세차게 고개를 젓더니 노적가리 쓰러지듯 소파에 뻗어버렸다. 나는 스트레이트 잔에 술을 따라 단숨에 들이켰다. 그렇게 되었구나. 그렇게 될 거였구나. 그렇게 되지 않으면 안 될 것이었구나. 그러려고 그렇게…… 나는 화장실에 가서 오줌을 누고는 비척비척 침대에 가 몸을 뉘었다.

아침이 되자 그는 이미 사라지고 없었다. 거실 탁자도 깨끗했다. 술잔과 술병은 모두 싱크대에 옮겨져 있었다. 나는 바닥에 떨어진 것들을 주워 쓰레기통에 넣었다. 그는 너무 많은 걸 흔들어놓고 가버렸다. 아마 며칠은 소설에 손도 대지 못하리라. 그러다보면 마감도 지키지 못할 텐데. 나는 잡지사에 전화를 걸어 이번 계절에는 소설을 넘기지 못할 것 같다, 정말 미안하고 죄송하다고, 수화기에 대고 머리를 조아렸다. 편집부에선 아직 며칠 시간을 더 줄 수 있는데 왜 이러냐며, 이번 호는 가뜩이나 소설이 없어서 난리인데 당신마저 그러면 안 된다며 붙잡았다. 마음 약한 나는 결국 그럼 다시 한번 써보겠다고 말했지만 속은 영 개운하지 않았다. 숙취, 지킬 가망 없는 약속, 혼자만 간직해야 하는 비밀. 모두 지긋지긋한 것들이었다.

나는 집밖으로 나갔다. 속이 쓰렸지만 차가운 공기를 마시니 좋았다. 개천가에 만들어놓은 보도를 따라 걸었다. 자전거와 인라인스케이트를 탄 사람들이 바람을 일으키며 나를 앞서갔다. 힘이 좋은 시베리안 허스키 종의 개 한 마리가 주인을 거의 끌고 가다시피 하고 있었다. 개는 잠시 내 발치의 냄새를 킁킁거리며 맡더니 금세 흥미를 잃고 다시 주인을 끌고 앞서나갔다. 어깨가 시려오기 시작했다. 사람들은 산책로에서도 하나같이 활기찼다. 모두 뛰거나 바삐 걸으며 어딘가로 가고 있었다. 다리 밑까지만 갔다가 다시 돌아오리라. 나는 속도를 조금 높였다. 다리 밑에 다다르니 못 보던 천막이 하나 쳐져 있었다. 사오인용 주황색 천막 안에선 불빛이 흘러나왔다. 누군가가 있는 것이었다. 두런두런 말소리도 들려왔다. 밤이면 몹시 추울 텐데 용케도 여기서 버텼다 싶었다. 나는 주머니에 손을 꽂고 한참이나 그 천막을 내려다보고 있었다. 부욱, 지퍼가 열리며 남자가 얼굴을 내밀었다.

"뭐야?"

남자는 노골적으로 적의를 드러내고 있었다. 나는 당황하여 손을 내저었다.

"아닙니다. 그냥 지나가다가……"

열린 틈으로 여자의 얼굴도 얼핏 비쳤다. 스물이나 되었을까. 어려 뵈는 얼굴에 약이라도 먹은 듯 눈이 풀려 있었다. 세상 어떠한 것에도 관심이 없는 눈길이었다. 추운 줄도 더운 줄도 모를 얼굴로 그녀는 잠시 나를 응시하더니 다시 고개를 안으로 쑥 집어넣었다. 자전거를 탄 어린아이들이 나와 그들 사이를 가르며 지나갔다. 그 틈을 타 나는 집 쪽으로 되돌아가기 시작했다. 내 등에 대고 남자가 뇌까렸다.

"미친놈."

'여기서 한강까지 4.5km.' 개 한 마리가 표지판 밑동에 오줌을 갈기고 있었다. 나는 집으로 돌아와 따뜻한 물을 받아 몸을 담갔다. 괜히 아침부터 욕을 얻어먹었다는 생각에 누구에게랄 것도 없이 화가 났다. 나는 욕조에서 발로 물을 첨벙거리기 시작했다. 물이 사방으로 튀었다. 거울에도 변기에도 수납함에도 수건걸이에도 비눗물이 튀었다. 나는 손으로도 물을 튀겨올렸다. 그리고 있는 힘을 다해 소리를 질렀다. 야아아아아!

 욕조에서 나와 몸을 닦고 간단한 아침을 먹었다. 옷장에서 마른 수건 몇 장과 건조대에 말려둔 걸레를 집어들고 욕실에 들어가 청소를 했다. 내가 하는 일이 이렇다. 화도 제대로 못 내고 혼자 저지른 일, 아무도 모를 일이나 조용히 뒷감당을 한다. 알고 보면 다들 별다르지 않을 것이다. 하고 싶은 대로 하고 사는 사람 몇이나 되냐. 그건 엄마의 말버릇이었다. 그렇지만 엄마는 대체로 하고 싶은 걸 다 하고 살았다. 남편도 셋이나 두었고, 여행이며 쇼핑이며 대체로 아무 생각 없이 저지르고 보는 스타일이었다. 이상한 것은 그렇게 살고도 별로 끝이 험하지 않았다는 것이다. 엄마는 헤어진 남편들에게 언제나 당당하게 생활비나 여행비, 쇼핑 대금 대납을 요구했다.

 "내가 잘 살아줘야 다들 편한 거 아냐?"

 엄마가 그렇게 말하면 다들 꼼짝을 못했다. 죄의식이 없는 여자에게 남자들은 약했다. 결혼을 마치 홈쇼핑처럼 여기는 여자를 어찌 당하랴. 엄마는 결혼이라는 제도의 소비자였다. 언제나 턱을 당당하게 쳐들고 자기 권리를 요구했다. "물러줘." "망쳐놨으니 책임져." 엄마는 그 몇 마디로 평생을 대체로 잘 살았다. 자식에 대해서도 별다르지 않았다. 나로선 편한 면도 있었다. 이를테면 엄마는 내 결혼을 결코 재촉하지 않았다.

"너 좋을 대로 해. 결혼, 그거 남자한텐 손해야."

내가 아파트 전셋값이라도 요구할까봐 엄마는 늘 전전긍긍했다. 내가 지금껏 결혼하지 않은 게 엄마 탓만은 아니지만 그렇다고 전혀 책임이 없다고는 할 수 없었다. 엄마는 끝없이 요구하는 빚쟁이, 입을 벌리며 달려드는 아귀라는 흥미로운 여성상을 보여주었다. 내가 소설가가 되었다는 소식을 전하자 엄마는 자기가 아는 얼마 안 되는 영어 단어를 다 동원하여 축하했다.

"브라보, 굿! 유어 마이 릴리 릴리 그레이트 썬!"

그리고 이렇게 충고해주었다.

"여자들을 위하는 문학을 하렴. 그럼 일생이 평탄할 거야. 여자는 아름답게 그려주고 남자들은 죽일 놈들로 만들어. 그럼 아무도 널 미워하지 않을 거다."

가끔 엄마의 그 이상한 충고를 생각하면 묘한 기분에 빠져든다. 여자를 위하는 문학? 그런 게 있기는 한 걸까?

엄마, 살아 있었다면 남편을 둘은 더 갈아치웠을 엄마. 잠재적 경쟁자인 모든 여자에 대해 험담을 아끼지 않던 그녀는 미경에 대해서도 좋은 말을 하지 않았다. 대학 시절, 카페에서 우연히 마주친 엄마는, 엉덩이를 들이밀고 앉아 미경과 맥주 몇 잔을 나누어 마시다가 그녀가 화장실에 간 사이, 입이 석 자는 나와 있는 내게 짤막한 인물평을 남겼다.

"실속은 없을 상이야. 똑똑한데 남자 복이 없어. 지 속만 태우다 사십도 되기 전에 얼굴이 쭈글쭈글해질 거야. 엄마 말 틀리나 봐라."

애인이 아니라는 말은 아예 듣지도 않고 엄마는 만나기로 한 남자들과 어울려 카페를 나갔다. 물론 맥줏값도 내지 않은 채였다. 미경 역시 엄마에 대한 우회적인 평을 날렸다. 야, 너네 엄마, 끝내준다! 근데 엄마 맞아? 무슨 엄마가 이모 같아? 나는 얼굴이 벌게져 맥주만 들이켰다. 미경과 어떻게 해볼 생각도 없었지만 막상 엄마의 말을 듣고 보니 뭔가 모욕을 받은 느낌이었다.

욕실 청소가 모두 끝났다. 나는 텔레비전 앞에 앉아 이리저리 채널을 돌려가며 시간을 보냈다. 써야 할 소설은 머릿속에서 맴돌기만 할 뿐, 구체적인 인물을 보여주지 못하고 있었다. 그렇게 밤이 되었고 다시 아침이 되었고 또 밤이 되었다. 출판사 편집부에서 전화가 두 통 왔을 뿐, 아무도 날 찾지 않았다. 나는 수화기를 들고 미경에게 전화를 걸었다.

"여보세요?"

"나야."

"정말 전화했네. 안 할 줄 알았는데."

"볼까?"

"그래."

미경은 먼저 나와 기다리고 있었다. 우리는 커피를 마시며 그녀가 새로 맡은 프로그램이며 내 소설에 대한 얘기를 나누었다. 그녀는 라디오에서 텔레비전 쪽으로 옮겼다고 했다. 교양제작국으로 소속이 바뀌어 좀 바쁘다고 했다. 오랜만에 본 그녀의 얼굴은 정말 충격적이었다. 나는 엄마의 예언을 생각하지 않을 수 없었다. 이제 서른다섯이어야 할 그녀의 얼굴은 족히 마흔다섯은 되어 보였다. 확연하게 드러나는 눈주름, 힘없이 처진 볼, 퀭하고 어두운 눈, 윤기 없이 부스스한 머리카락을 보면 누구라도 나처럼 생각할 것이었다. 나름대로 명랑하게 떠들어대고 있었지만 연신 다리를 떨고 있는 것으로 보아 뭔가 심각한 문제가 있는 것 같았다. 나는 손을 들어 그녀의 말을 제지했다.

"미경아."

"응?"

"이런 얘기 때문에 만나자고 한 건 아니지?"

"글쎄, 나도 잘 모르겠어. 내가 널 왜 만나자고 했을까?"

"자리를 옮길까?"

나는 그녀를 내 차에 태워 강변으로 데리고 갔다. 그녀는 더이상 내 얼굴을 마주하지 않게 된 게 편안한 모양이었다. 나는 라디오를 켰다. 진행자는 브라질 음악을 소개하고 있었다. 브라질을 흔히 삼바의 나라라고 하지요. 오늘 그 정열의 나라로 떠나볼까요?

"미경아, 왜 정식이 얘기는 안 해?"

미경이 신비한 자연현상이라도 본 것처럼 내 얼굴을 빤히 들여다보았다. 증오, 분노, 이해 불가능, 애처로움, 체념과 같은 감정들이 그녀의 눈빛에 드러났다가 빠르게 사라져갔다.

"너…… 몰라?"

"뭘?"

"아, 몰랐구나. 그랬구나. 바보, 왜 넌 알고 있을 거라고 생각했지?"

그녀는 차창에 머리를 가볍게 부딪쳤다.

"난 그런 줄도 모르고 네가 잔인하다고 생각했어. 뭐 마감? 나쁜 자식. 그게 그렇게 중요해? 이러면서 너 되게 미워하고 있었어."

나는 라디오를 껐다. 삼바가 사라지고 적막이 찾아왔다. 데자뷔. 옛날에도 이런 순간들이 있었다. 미경은 찾아와 울고, 들어보면 바오로 얘기였다. 바오로가 찾아와 우는 때도 있었는데 들어보면 미경 얘기였다. 그들은 털어놓아야 할 뭔가가 있었다. 나는 그들이 부러웠다. 나에겐 누군가의 영혼에 어둠을 드리울 그 무언가가 없었다.

"내가 요즘 뭐 만드는지 알아?"

그녀는 핵심으로 나아가지 않고 화제를 돌렸다.

"다큐멘터리 만든다면서?"

"응."

"무슨 다큐야? 날아가는 철새라도 찍는 거야?"

"아니."

"그럼?"

"1994년, 영광군의 어느 국도변에서 가로수를 들이받은 차가 있었어. 화재가 발생해서 운전자는 즉사했고 차는 전소됐지. 운전자는 해산물 도매업자였어."

"그런데?"

"경찰은 사고 원인을 운전 부주의로 결론짓고 사건을 종결했어. 또, 1997년 제주도 순환도로에 세워져 있던 렌터카에서 화재가 발생했어. 신혼부부였는데 남자는 차 안에서 불타 죽고 여자는 전신에 화상을 입고 도망쳐나왔는데 지금 정신병원에 있어."

뜬금없는 이야기였다. 나는 그런 끔찍한 얘기는 본래 질색이었다. 미경은 창밖으로 담배연기를 훅 내뿜었다.

"참, 우리집 고양이 돌아왔어."

"그래?"

"근데 다리를 절어. 나갔다가 어디서 떨어졌나봐. 바보 같은 녀석. 세상엔 참 알 수 없는 일들이 많아."

"설마 〈엑스파일〉 같은 거 만드는 건 아니겠지?"

"〈엑스파일〉 좋아해?"

"아니, 난 로맨틱 코미디가 좋아. 투닥거리지만 마지막엔 모든 게 용서되잖아."

"미안해, 이런 얘기해서……"

"괜찮아."

"2001년에 강원도 평창군의 한 목장에서 소를 돌보던 남자가 화상으로 사망했어. 주변에 인부들이 여럿 있었는데 증언이 희한해. 소들이 갑자기 펄쩍펄쩍 뛰며 달려오기에 봤더니 그 남자가 온몸에 불이 붙어 고통스러워하더라는 거야. 그 남자의 주머니에선 어떤 발화물질도 나오질 않았어. 휘발유나 시너 같은 것도 검출되지 않았고. 그런데 그 남자는 뭘 뒤집어쓰기라도 한 것처럼 순식간에 불길에 휩싸여 죽어버린 거야. 그 남자의 팔과 다리는 채 불타지 않고 남았대."

"정말 끔찍하다."

나는 숨을 몰아쉬며 절레절레 고개를 저었다. 미경은 버튼을 눌러 차창을 열고 바깥 공기를 들이마셨다. 수족관의 물고기처럼 뻐끔거리며.

"2002년 가을엔 야근을 하고 나오던 한 회계사가 지하주차장에서 차를 빼다가 역시 차 안에서 불에 타 숨졌어."

 어린아이들이 연줄을 잡고 우리 앞을 뛰어 지나갔다. 연은 별로 하늘 높이 날지도 못한 채 아이들의 손에 이끌려 이리저리 펄럭였다. 아이들과 연이 시야 밖으로 나가버리자 강변은 다시 고요해졌다. 어쩐지 통속적인 TV 드라마 속에 들어와 있는 느낌이었다.

 "그 회계사, 너도 알고 나도 아는 사람이야."

 나는 미경의 손을 잡았다. 그러는 게 예의라고 생각했다. 그녀의 눈물이 담배에 떨어져 담배 허리가 젖어들었다. 곧이어 손등에도 눈물이 떨어졌.

 "도대체 어떻게 된 거야?"

 "조사중이야. 근데 희한한 건, 발화점이 이상하게도 사망자의 심장 부근이라는 거야. 있을 수 없는 일이거든. 그런데 그렇대. 안에서부터 타들어가면서 몸 전체를 태우고 그게 자동차나 집을 태운 거야. 그것도 순식간에."

 "설마."

 "보통 화상을 당하면 피부가 가장 큰 손상을 입는데 이런 경우엔 내부 장기가 더 심한 손상을 입는다는 거야. 안 믿어지지? 나도 그랬어. 우리들은 이런 사건을 자연발화라고 불러. 라이터도, 휘발유도 없이 그냥 한 인간의 내부에서 불이 타올라 모든 걸 태워버리는 거야."

"미경아. 나 좀 봐."

미경이 젖은 눈으로 나를 바라보았다. 나는 조심스럽게 물었다.

"너, 요즘 회사 나가지?"

미경이 고개를 끄덕였다. 그리고 억지로 웃어 보였다.

"나 정상이야. 네가 그렇게 생각하는 것도 무리는 아니야. 근데 미국에서 이런 유형의 사건에 대한 다큐가 만들어진 적이 있어. 어떤 카우보이는 사람들이 모두 지켜보는 가운데 갑자기 불길에 휩싸여 죽었어. 사람들이 달려들어 담요로 불을 껐지만 역부족이었어. 역시 손과 발, 머리는 별로 타지 않은 채로 남았어. 우리가 그냥 단순한 화재로 알고 있는 사건 중에는 분명 이런 사건들도 섞여 있어. 누군가 운전대를 잡고 콧노래를 흥얼거리며 가다가 갑자기 불길에 휩싸이는 거야. 그럼 가로수를 들이받고 쾅. 보험회사 조사팀과 경찰 교통사고 조사반은 운전 미숙으로 인한 추돌사고로 정리하는 거지. 그런데 아까 그 해산물 도매업자의 차에는 연료가 거의 남아 있지 않았어. 신혼여행중이었던 그 신부, 정신병원에 있다는 그 여자는 지금도 자연발화를 주장하고 있어. 갑자기 신랑의 몸에서 불이, 마치 휴대용 가스버너가 폭발하듯 타올랐다는 거야."

"정식이는?"

"역시 연료가 거의 없었어. 야근이 계속돼서 기름 넣을 시간도 없이 바빴거든. 너도 알잖아. 정식이는 담배도 안 피웠어. 주차장 폐쇄회로 화면을 봐도 외부에서 접근한 흔적은 없어. 그냥 정식이는 가방을 들고 차에 올라타 시동을 걸었어. 잠깐 예열을 하고 차를 몰고 앞으로 나오는데 차가 멈추더니 잠시 후 차에서 연기와 화염이 보여. 그리고 나오지도 못하고……"

미경은 더이상 말을 잇지 못했다. 나는 미경의 어깨를 감싸안으며 함께 울어주었다. 아무런 죄도 짓지 않고 성실하게 하루하루를 살던 남편이 제 속에서 타오른 불길로 죽었다는 걸 어떻게 쉽게 받아들일 수 있겠는가. 미경의 어깨를 안고 있으면서도 나는 핑크플로이드의 앨범, 'Wish You Were Here'의 표지를 생각하고 있었다. 몸에 불이 붙은 한 남자와 멀쩡한 한 남자가 황량한 거리에서 악수를 하고 있는 그림이었다. 당시의 우린 모두 핑크플로이드와 그 앨범을 사랑했었다.

"그래도 회사에서 너한테 이런 프로그램을 맡긴 건 좀 온당치 못하다는 생각이 드는데."

"맞아. 다큐 만든다는 건 거짓말이야. 생각만 해도 온몸이 벌벌 떨리는데 어떻게 만들어. 너무 우중충한 소재여서 아마 내가 하겠다고 해도 회사에서는 오케이 안 했을 거야."

"그렇게 몹쓸 회사는 아니구나."

"그냥 나 혼자 알아보고 있어. 나 말고도 꽤 돼, 그런 사람들이. 모여서 정보도 교환하고 피해자 주변 사람들도 만나보고 그래. 모두 그런 거라도 안 하면 안 되는 사람들이야. 근데 모여서 맨날 불, 불, 불 얘기만 하니까 힘들었어."

"나한테도 불 얘기만 하고 있잖아."

"그랬나?"

미경이 피식 웃었다. 나는 바오로 얘기는 하지 않았다. 그럴 만했으니 그랬을 것이다. 세상에는 알 수 없는 일들도 많고 말할 필요가 없는 일들도 많다. 어느새 하늘에는 별이 보이기 시작했다. 여의도의 불빛이 많은 별을 집어삼켰지만 그래도 몇몇 행성과 항성 들은 살아남아 오래전에 쏘아보낸 그 빛들로 반짝이고 있었다.

"그이가 죽고 나니까 문득 그 사람에 대해서 아무것도 몰랐다는 생각이 들더라구. 그냥 착한 사람이었다는 거. 애를 갖고 싶었지만 끝내 못 가졌다는 거, 아버지를 무척이나 좋아했다는 거, 야구라면 사족을 못 썼다는 거. 그 정도야. 허깨비랑 살았다는 기분이야."

"묘는 어디야?"

"납골당이 있어. 파주 쪽에."

"언제 같이 가자."

미경이 내 손을 꼭 잡아왔다. 바닥은 축축하고 등은 거칠었다.

"안 돼."

"왜 안 돼?"

"같이 가면, 너 나랑 결혼해야 돼."

미경은 처음으로 활짝 웃었다.

"미쳤구나."

"거 봐, 안 되잖아. 그러니까 너 혼자 가."

이것도 데자뷔. 똑같은 일이 그 옛날에도 있었다는 생

각이 든다. 그러나 정식이 죽은 것은 처음이다. 그리고 마지막이다. 그러니 그랬을 리는 없는 것이다. 그런데도 어쩐지 이 일이 처음이 아닌 것만 같다. 나는 고개를 젓는다. 그리고 아무 말 없이 빌딩 위에서 빛나는 행성들을 바라본다. 나는 씩 웃으며 차에 시동을 건다. 부르릉. 뭔가 활기가 생기는 느낌이다.

미경을 바래다주고 집으로 돌아오는 길에 문득, 미경과 살아보는 것도 나쁘지 않겠다는 생각이 들었다. 막상 함께 지내보면 까짓, 아무것도 아닐 것이다. 같이 아침 먹고 바쁜 그녀를 출근시키고 녹차를 마시고 소설을 쓰고 음악을 듣고 퇴근하는 그녀와 저녁을 먹는 것이다. 오늘 많이 썼어? 그녀가 물으면 나는 그녀가 나간 사이에 쓴 소설들을 보여주리라. 우리 둘 다, 더이상은 어떤 것에도 흔들리지 않으며 한동안 살아갈 수 있으리라. 그렇게 누군가와 옥닥복닥 부대끼며 지내다보면, 어쩌면 내게도 그림자가 생길지 모른다. 그렇게 멋진 그림자가 생기면 사제관으로 불쑥 찾아가 얄밉도록 잘생긴 바오로 신부의 뒤통수를 한대 툭 치며 내 아이의 영세를 부탁하게 될지도 모른다. 멋진 세례명 하나 지어줘. 바오로 같은 거 말고. 일 년에 한 번은 정식의 제사도 지내주리라. 자식도 없이 죽은 녀석이 아닌가. 그 생각을 하는 사이 거대한 새 그림자가 내 머리 위를 지나간다. 하늘을 본다. 이상하다. 달도 없는 밤에 웬 새 그림자. 몸이 다시 움츠러든다. 덕분에 쓸데없는 상상은 끝. 나는 옷만 벗어던지고 침대 속으로 들어간다.

  그리고 운다.

(『문학동네』 2003년 봄호)

이사

　다들 아무것도 아니라 했다. 이사는 저희에게 맡기고 여행이나 다녀오세요. 어떤 포장이사업체의 광고전단에는 그런 말까지 씌어 있었다. 별거 아니야. 아침에 인부들이 오고 저녁엔 가. 물론 그사이에 짐은 새집에 가 있지. 그게 전부야. 깨끗하게 청소도 해주고 심지어 아줌마가 따라와서 부엌살림까지 정리해줘. 장롱 뒤에 구멍이 뚫리는 경우도 있지만 수리도 해주고 뭐 상태가 심하면 변상도 해준다나봐. 눈. 친구는 손가락으로 자기 눈을 가리켰다. 요 눈만 똑바로 뜨고 있으면 만사 오케이야. 주위에서 모두 그렇게 말해주었지만 진수는 아직 안심하지 못했다. 그래도 누군가 짐은 지켜야 하지 않을까? 훔쳐갈 수도 있잖아? 글쎄. 그런 걱정은 안 해도 돼. 왜냐하면 요즘 웬만하면 사다리차를 이용해서 짐을 내리는데, 그러면 바닥에 내려놓을 새도 없이 오 톤 트럭의 적재함으로 쉬익, 짐이 들어가버려. 훔쳐가려야 훔쳐갈 틈도 없고 또 모두 상자로 포장돼 있어서 뭐가 들어 있는지도 몰라. 기껏 훔쳐갔는데 이불보따리면 얼마나 허탈하겠어? 듣고 보니 그도 그러네. 하긴 요즘 주변에서 이사하다 물건 도둑맞았다는 얘기는 못 들어본 것 같아. 친구는 아직 불안에 떨고 있는 그를 안심시키기 위해 몇 마디 더 덧붙여주었다. 짐을 미리 싸놓을 필요도 없어. 그 사람들이 다 알아서 싸거든. 근데 주인이 미리 싸놓으면 나중에 풀어서 정리할 때 헷갈리기만 한다구. 책도 책꽂이에 원래 꽂혀 있던 순서 그대로 꽂아주고 간다니까. 이사하는 날 아침에 지하철에서 읽으려고 뽑아들고 간 책을 저녁에 제자리에 고대로 꽂을 수 있다는 거, 한마디로 대단하지 않냐? 우리나라도 정말 많이 발전했어. 그 친구의 말을 액면 그대로 믿지는 않았지만 어느 정도 마음이 놓이는 건 사실이었다. 그래서였을까. 진수는 이사업체를 선정하는 일을 차일피일 미루었다. 그것보다는 부족한 집값을 은행으로부터 대출받아 보태는 일이나 이사갈 집의 수리에 더 관심을 기울였다. 도배도 했고 장판도 나뭇결 흉내를 낸 것으로 새로 깔았다. 오래 써서 문짝이 덜렁거리는 싱크대와 신발장을 새것으로 갈았다. 끄트머리가 검게 변해가면서 조도가 떨어지는 형광등도 교체했고 먼지가 더덕더덕 엉겨붙은 식탁등은 갖다 버리고 낭만적인 할로겐등을 사다 달았다. 이사가 아니라 신혼살림을 차리는 것 같아. 싱크대가 들어오고 장판이 새로 깔린 아파트에서 아내는 꿈꾸듯 말했다. 삼십 평대의 아파트는 그들의 오랜 소망, 소파에 누워서 텔레비전을 보겠다는 그 소박한 꿈을 실현시켜줄 것이었다. 그들은 바겐세일이 시작되자마자 백화점으로 달려가 소파와 식탁, 티테이블을 살펴보았다. 사은품을 하나라도 더 받아내려면 주문을 나눠서 해야 돼. 그의 아내는 쌩긋 웃으며 말했다. 생활의 지혜지! 그들은 첫날은 침대, 둘째 날은 식탁, 그리고 그다음날은 티테이블을 주문했다. 석 장의 영수증으로 그들은 일본제 식기세트와 무선청소기, 전기주전자를 타냈다. 기분이 좋아진 진수는 내친김에 아내를 위해 작은 거울이 달린 화장대도 샀다. 그냥 화장실에서 하는 게 편한데, 라고 말하면서도 아내는 기뻐했다. 그럴 수밖에. 그의 아내는 오 년 동안 칫솔과 치약, 샴푸와 비누, 빨래용 고무장갑과 샤워캡이 어지러이 널려 있는 화장실에서 얼굴에 파운데이션을 발라야만 했기 때문이다. 다행히 그 좁은 아파트에서도 그들은 별로 다투지 않았다. 아침마다 화장실 문을 다급하게 두드리며 먼저 들어가 있는 사람을 재촉했지만 그렇다고 짜증을 부리는 사람은 없었다. 전형적인 맞벌이 부부였던 그들은 상대방이 퍼뜨린 악취가 그대로 남아 있는 화장실에서 신문을 읽고 머리를 감고 이를 닦았다. 그렇게 십칠 평짜리 아파트에서 그들은 오 년을 살았다. 그는 흔들의자가 놓인 거실과 널찍한 책상이 기다리는 자기만의 방이 필요했고 아내에겐 화장대와 또하나의 화장실이 절실했지만 그들은 결코 조급하게 서두르지 않았다. 조금만 기다리자구. 그렇게 서로 혹은 자신을 위로하는 동안 오 년이란 세월이 흘러갔다.

 이사하기 일주일 전, 진수는 드디어 이사업체를 선정했다. 아니, 선정, 이라고 말하기도 멋쩍은 것이었다. 어느 우편물엔가 묻어들어온 광고지를 보고 거기에 나와 있는 번호로 전화를 한 것에 불과했다. 그들은 시원시원하게 집으로 찾아와 견적을 뽑아가지고 돌아갔다. 가격도 예상했던 것보다는 저렴했고 찾아온 직원도 친절했다. 인부들이 마음에 안 들면 언제라도 바로 전화 주세요. 저희는 그 자리에서 교체해버리니까요. 그가 견적을 뽑아주고 돌아간 바로 그날 둘이 살고 있던 낡은 아파트 일층에 고지문 한 장이 나붙었다. 그동안 툭하면 말썽을 부려왔던 엘리베이터를 교체하기 위하여 사흘 후부터 열흘간 사용을 중지하겠으니 양해를 바란다는 내용이었다. 진수는 얼굴을 찌푸렸다. 진수네는 자그마치 십이층이었다. 복도식이어서 모든 세대가 가운데에 자리잡은 엘리베이터를 이용해야만 했다. 내가 위에서 짐 내리는 거 감독할 테니 당신은 내려가서 할일을 하면 돼. 뭐 필요한 게 있으면 핸드폰으로 연락하면 되고. 십이층까지 헐떡이며 올라온 진수는 그렇게 말하며 아내를 진정시켰다. 하필이면 왜 이럴 때 엘리베이터를 교체하느냔 말이야. 적당히 수리나 하며 살면 될 것을. 아내는 분통을 터뜨렸다. 그래도 어쩔 수 없는 노릇이었다. 사흘 후 엘리베이터가 있던 자리는 거대한 공동으로 변해버렸다. 벌어진 엘리베이터 문틈으로 깊고 검은 어둠이 존재를 드러냈다. 할 수 없지 뭐. 진수와 그의 아내는 숨이 턱 끝까지 차오르도록 계단을 오르내렸다. 그나마 다행이지 뭐야. 우리는 사흘만 다니면 끝이잖아. 이 아파트 사람들은 우리가 떠난 후로도 일주일이나 더 이 계단을 올라다녀야 된다니까. 진수도 맞장구를 쳤다. 그러게 말이야. 정말 지긋지긋했어. 툭하면 고장에, 누수, 단전, 단수. 게다가 부녀회는 왜 그렇게 드세? 관리는 제대로 하지 않으면서 관리비는 비싸잖아. 복도를 트랙 삼아 질주하는 어린애들도 끔찍했어. 그 모든 것들과 이제는 안녕이다. 만세라도 부를 듯 신나게 떠들어대던 두 사람이 약속이나 한 듯 말을 멈추었다. 아마도 문득 이 모든 타박이 집이 가진 어떤 고대적 신성함에 대한 모독처럼 느껴져서였을 것이다. 물경 오 년이나 정붙이고 살아온 곳을 그렇게 말해서는 안 될 것 같다는 생각. 그래도…… 진수가 애써 밝은 어조로 말을 이어갔다. 여기서 모든 게 잘됐잖아. 내 연봉도 두 배가 됐고 당신은 서울로 옮겨오고. 좀 시끄럽고 어수선한 곳이었지만 정도 들었는데. 말끝을 흐리면서 진수는 자리에서 일어났다. 버릴 것들 좀 버리고. 아내도 그를 거들었다. 두 사람은 오래된 잡지와 보지 않는 책, 쓰지 않는 가구를 정리했다. 목장갑을 끼고 땀을 뻘뻘 흘리며 두 사람은 그 일에 매달렸다. 생각보다 집에는 숨어 있는 물건들이 많았다. 진수의 아내는 베란다 창고에서 물건들을 끄집어내다가 피식 웃었다. 당신 뇌 속을 들여다볼 수 있다면 아마 이렇게 생겼을 거야. 그녀는 고르디우스의 매듭처럼 복잡하게 얽힌 전선들을 가닥가닥 풀어내면서 말을 이었다. 가끔 그런 생각 안 들어? 그 사람 집이 그 사람 머릿속이야. 진수는 주위를 둘러보았다. 잘 분류돼 있지 않은 책더미들, 다시는 들춰보지 않을 사진더미들, 컴퓨터와 프린터, 온갖 잡동사니들이 자리다툼을 벌이는 서랍들. 한구석엔 어디서 샀는지 기억도 나지 않는 복제화가 붙어 있었다. 그의 두뇌 속에서 퇴화돼가는 기능들은 집에서도 어김없이 먼지를 뒤집어쓰고 있었다. 어디선가 건드리면 먼지가 되어 내려앉을 것 같은 모양으로 고등학교 수학참고서가 튀어나왔고 작동법이 정확히 기억나지 않는 낡은 수동카메라도 모습을 드러냈다.

오늘은 그만하자. 진수가 목장갑을 벗으며 아내에게 말했다. 두 사람은 차례차례 화장실에서 몸을 씻고 침대로 기어들어가 말똥말똥 천장을 바라보았다. 가끔 나타나던 그 친구 요즘 좀 뜸하네. 잘 있나? 아내가 진수의 옆구리를 쿡 찔렀다. 농담이 아니라니까. 정말 있어. 삼십대 남자고 키는 큰 편이야. 꼭 군청 직원 같은 얼굴이야. 머리맡에 서서 내가 자는 걸 내려다보고 있어. 나쁜 귀신 같지는 않아. 진수는 푸, 입술을 떨며 장난스럽게 웃었다. 유부녀를 좋아하는 귀신인가? 흐흐. 기가 허해서 그래. 저번에 빈혈약 먹고 나선 한동안 안 보였잖아. 아내는 입을 비쭉거렸다. 그래도 금방 또 나타났어. 근데 그 귀신, 이상하게 당신이 있을 때는 조용하거든. 장난기가 동한 진수가 몸을 일으켜 벽에 등을 기대고 앉았다. 혹시. 진수의 눈이 빛났다. 그 친구, 저 속에 사는 거 아냐? 아내는 진수 쪽으로 몸을 붙여왔다. 저 속이라니. 진수는 불을 켜고 손가락으로 어딘가를 가리켰다. 사물의 형체들이 분명해졌다. 왜 이래, 정말. 아내는 진수의 등을 세게 쳤다. 그런 말 하지 마. 무섭단 말이야. 진수가 가리킨 곳엔 항아리 모양의 거무죽죽한 토기 하나가 덩그러니 놓여 있었다. 토기의 양쪽엔 끈을 연결해 벽에 걸어둘 수 있도록 작고 앙증맞은 귀가 붙어 있었다. 뚜껑은 없고 목은 짧았다. 귀가 두 개 붙어 있다 하여 양이, 목이 짧다 하여 단경호, 그래서 그런 토기들을 양이단경호 토기라 부른다 했다. 그쪽에 밝은 선배를 따라 인사동을 기웃거리다가 집어들게 된 물건이었다. 신용카드를 꺼내면서 진수는 조심스럽게 주인에게 물었다. 연대가 많이 올라가나요? 주인은 마치 설렁탕 식대라도 계산하듯 심드렁하게 카드를 받아들며 대답했다. 낙동강 동안지역의 가야토기니까, 한 4, 5세기쯤? 그쪽에 밝은 진수의 선배도 조금 놀라는 눈치였다. 다른 고가구들을 집적거리다가 주인 쪽으로 몸을 돌렸다. 근데 이거밖에 안 해요? 그는 신용카드 전표를 흘깃거렸다. 물건이 많이 나오니까요. 요즘 토목공사다 도로공사다 해서 그쪽 물건들은 쏟아지는데 반출은 어렵고, 국내에는 수요가 없고, 그러니 쌀 수밖에요. 옛날엔 일본인들이 많이 사갔거든요. 걔들이야 환장하죠. 근데 요즘에 어디 가져가기가 원체 어려워야지요.

가게를 나오자마자 선배가 진수를 끌고 근처 찻집으로 데려갔다. 물건 좀 다시 보자. 주인이 비닐완충재로 조심스럽게 포장한 물건을 그는 굳이 뜯어 자세히 살펴보았다. 도굴품이야. 그의 손가락이 토기 아래쪽의 엉덩이 부분을 가리키고 있었다. 마치 마마로 얽은 얼굴처럼 군데군데 누런 속살을 드러낸 곳들이 있었다. 무덤 속에 있는 걸 도굴꾼들이. 선배는 팔을 벌려 긴 작대기로 무덤을 찌르는 모양을 흉내내며 말했다. 이렇게 찔러대는 거야. 물건이 있나 없나. 그래서 이런 상처들이 생기는 거야. 창 맞았다고도 하고. 어쨌거나 잘 샀다. 멀쩡한 가야토기가 괜찮은 양복 한 벌 값밖에 안 한다니. 집에 일천하고도 오백 년 더 된 물건을 두기가 어디 쉽냐. 선배는 입맛을 다셨다.

날이 어둑해지자 두 사람은 술집으로 자리를 옮겼다. 그렇지만 진수는 전혀 취하지 않았다. 가야토기 때문이었다. 이런저런 물건을 수없이 사며 살아왔지만 그렇게 오래된 물건은 그날이 처음이었다. 그는 적당히 자리를 마무리한 뒤 지하철을 타고 집으로 돌아왔다. 그리고 그것을 조심스럽게 풀어 먼지를 털어내고는 안방 서랍장 위에 고이 모셔두었던 것이다. 십칠 평 아파트에 자리를 잡긴 했으나 천오백 년의 세월을 건너온 토기는 단연 특유의 아취를 발했다. 천오백 년의 세월을 건너온 그 가야토기는 아파트라는 집단주거공간의 태생적 속물성을 일거에 무화시키는 것만 같았다. 진수는 매번 설레는 마음으로 토기의 귀와 입을 어루만졌다. 조금만 기다려라, 토기야. 이제 새집으로 이사가거든 멋진 자리를 마련해주마.

그렇지만 그의 아내는 조금 껄끄러워했다. 그녀는 토기

아래에 난 상처, 그러니까 '창 맞은' 자국을 손으로 만지며, 자꾸 여기가 마음에 걸려, 라고 말하곤 했다. 인사동엔 이런 물건 천지야. 걱정하지 마. 아내는 고개를 저었다. 아니, 걸릴까봐 그러는 게 아니야. 둥글넓적한 게 꼭 사람 얼굴 같아서 여기 이게 꼭 상처라도 난 것처럼 보인다니까. 당신은 그런 생각 안 들어? 그러면서도 그녀는 토기의 표면을 손으로 연신 쓰다듬고 있었다. 그래도 멋져. 그가 말했다. 무덤 속에서 천년을 있으면 뭘 해. 나와서 빛도 보고 이렇게 손도 타는 게 좋지. 안 그래? 그게 이 친구 입장에서도 복이라고. 다른 친구들은 아직도 저 남쪽 어느 깊은 땅속에 처박혀서 숨도 잘 못 쉬고 있을 거야.

그날부터 가야토기는 온갖 잡동사니로 가득한 이 아파트에 한 자리를 차지하였다. 내가 가위눌리는 거하고 저거하고는 관계없어. 그녀가 이불을 눈썹 끝까지 끌어올리며 말했다. 왜냐하면, 저게 오기 전에도 난 자주 가위눌렸거든. 진수는 침대에서 몸을 빼 토기가 있는 쪽으로 걸어갔다. 그렇지만 그 시골 공무원 닮은 남자한테 가위눌린 건 저 토기가 온 뒤부터 아냐? 아내가 이불을 끌어내리고 매섭게 그를 노려보았다. 혹시 당신 그 귀신한테 질투하는 거 아냐? 그만하고 일루 들어와 그만 잠이나 자. 으이구. 내일 아침 일찍 나가야 되는데 남편이라는 작자는 헛소리나 하구 말이야. 그런 농을 주고받으며 둘은 소르르 잠이 들었다.

그로부터 이틀 후 옛집에서의 마지막 밤이었다. 마음이 설레는지 진수의 아내는 쉽게 잠을 이루지 못했다. 이럴 바엔 일어나야지. 아내는 카디건을 걸치고 거실로 나와 공연히 싱크대 여기저기를 살폈다. 진수도 마찬가지였다. 해야 할 일들, 그러니까 전입신고며 전화 이전, 도시가스 차단신고, 관리비 정산, 잔금 지급에 관련한 서류들을 정리했다. 생각보다 할일이 많았다. 그들은 밤이 이슥해서야 잠자리에 들었다. 그날 밤 아무도 그들 부부를 찾아오지 않았다. 대신 황사를 동반한 강한 바람이 그들이 곤히 잠든 아파트의 창문을 두들기기 시작했다. 바람은 밤이 깊어갈수록 거세어갔다. 덜컹덜컹, 창문틀과 그 위에 허술하게 얹혀 있는 창문들이 부딪히며 요란한 소리를 냈다. 타클라마칸에서 발원한 먼지들이 안간힘을 쓰며 그들이 고요히 잠들어 있는 방으로 비집고 들어와 사막의 냄새를 남겼다. 바다를 건너온 먼지들은 가야시대의 토기 위에도, 미리 싸둔 귀중품 가방 위에도, 진수와 아내의 콧잔등 위에도 평등하게 내려앉았다.

  에에취. 재채기를 하며 진수는 자리에서 벌떡 몸을 일으켰다. 텔레비전 위의 디지털시계는 아침 여섯시 십오분을 가리키고 있었다. 가습기에서 뿜어져나온 수증기는 눅눅한 곰팡이냄새를 풍기고 있었다. 목이 칼칼하고 콧구멍 속이 간지러웠다. 거실에 나가 냉장고 문을 열고 물통을 꺼내 그대로 입에 대고 들이켰다. 쿵쿵쿵쿵. 멀리서 울리는 북소리 같기도 했고 자욱한 먼지구름 속으로 달려가는 소떼의 발굽소리처럼 들리기도 했다. 귀를 기울이자 소리의 근원이 점점 분명해졌다. 진수는 베란다로 통하는 유리문을 열었다. 창문이 흔들리고 있었고 틈새를 지나는 바람이 길고 날카로운 휘파람소리를 냈다. 진수는 창에 바짝 붙어 아파트 아래를 내려다보았다. 나뭇가지들이 한방향으로 누워 격렬히 몸을 떨고 있었다. 아파트 진입로에 붙어 있던 플래카드는 밤새 찢겼는지 전장의 깃발처럼 거세게 나부끼고 있었다. 자전거보관소에 세워둔 자전거들 중 다수가 쓰러져 있었다. 대단한 바람이었다. 만약 그날이 다른 날과 다름없는, 그저 그런 평범한 날이었다면 진수는 더이상 그 바람에 대해 생각하지 않았을 것이다. 그러나 그날은 그들이 새로 장만한 아파트로 이사하는 날이었다. 십이층에서 내린 짐을 차에 싣고 가서 십칠층에 올려놓아야 하는 것이다. 진수는 아내를 깨웠다. 부스스한 눈으로 그녀는 한 가지를 더 발견했다. 황사였다. 그녀의 손가락이 허공을 가리키고 있었다. 산이 사라졌어. 그들이 가끔 배드민턴채를 들고 오르던 뒷산의 그 확고한 형체를 누런 장막이 대신하고 있었다. 해발고도가 고작 백여 미터에 불과한 산이었지만 그것이 있어 아파트의 주민들은 자신들이 허공에 떠 있지 않다는 걸 분명히 알 수 있었다. 그러니 이렇게 산이 사라지는 날이면 십이층에 사는 그들은 허황함에 사로잡히는 것이었다. 어, 황사가 대단한걸. 단잠에서 깨어났지만 그녀는 하품을 하지 않았다. 어쩌지. 그녀는 걱정스러운 얼굴로 베란다에 서서 사라진 산 쪽을 바라보고 있었다. 어쩌긴 뭘 어째. 어서 씻고 준비하자구. 말을 꺼낸 진수가 먼저 씻었다. 얼굴과 손을 씻고 대충 면도를 했다. 머리를 감을까 하다가 그만두었다.

번갈아 화장실을 들락거리며 부산을 떠는 사이 현관의 초인종이 울렸다. 벌써 온 건가? 아내는 물기가 채 마르지 않은 손으로 문을 열었다. 늙었다고도 그렇다고 젊다고도 할 수 없는 나이의 남자가 서 있었다. 나이가 가늠이 안 된다기보다 어떤 나이라고 해도 어울리지 않을 사람이었다. 오십대라고 하기엔 경망스러워 보였고 삼십대라고 하기엔 세월의 흔적이 많았다. 사내는 술기운 때문인지 실핏줄이 터진 희끄무레한 눈으로 두 사람을 바라보고 있었다. 푸른색 반팔 셔츠 위에 노란색 조끼를 걸치고 있었는데 등에 '까치트랜스'라는 포장이사업체의 이름이 고딕체로 희미하게 인자되어 있었다. 그리고 마치 그가 몰고 오기라도 한 것처럼 거센 바람이 열린 문을 통해 밀려들었다. 바람 때문인지 진수의 아내는 눈을 가늘게 홉뜨고 돌아섰다.
좀 일찍 오셨네요.

대꾸는 없었다. 대신 포장이사업체의 사내는 성큼 집 안으로 발을 들여놓았다. 그러곤 신발을 신은 채로 거실로 성큼성큼 걸어들어왔다. 그의 작업화가 그들이 오 년 동안 물걸레질을 해온 장판 위에 선명하게 발자국을 남겼다. 엘리베이터 고장났으면 미리 말씀을 해주셨어야지. 반말인지 존댓말인지 가늠하기 힘든 말을 내뱉으며 그는 냉장고 문을 활짝 열었다. 그 속에서 맥주 캔 하나를 꺼내 손에 쥔 그는 진수를 향해 씩 웃었다. 그것은 동의를 구하는 자의 모습이라기보다는 전리품을 획득한 군인의 자세에 가까웠다. 진수는 어색하게 따라 웃으며, 아, 네, 드세요, 라고 말했다. 엘리베이터는 언제 고장난 겁니까? 사내가 따지듯 물어오자 진수 쪽에서도 마냥 부드러울 수만은 없었다. 며칠 됐습니다. 견적을 낼 때는 이렇게 될 줄 몰랐습니다. 그리고 사다리차도 온다기에 엘리베이터가 없어도 될 것 같았는데요. 사내는 다 마셔버린 맥주 캔을 손아귀에 쥐고 간단하게 찌그러뜨렸다. 그리고 그 찌그러진 캔을 닮은 미소를 지었다. 보는 사람에 따라선 위협으로 느낄 수도 있을 태도였다. 사내는 밖을 가리켰다. 그러니까 우리더러 사다리차로 오르락내리락하라는 거요? 그게 어디 사람 타는 건가? 사내의 입에서 술냄새가 제법 풍겨왔다. 진수는 손을 내저으며 사과했다. 전 사람도 탈 수 있는 건 줄 알고, 아, 어쨌든 미안합니다. 그래도 어쩝니까? 엘리베이터는 없고.

좆 빠지게 올라다녀야지, 별수 있나. 사실, 우리도 가끔 사다리차 타고 올라오는 날이 있지. 그렇지만 오늘같이 바람 불면 위험하지. 잘못하면. 그는 자신의 손으로 목울대를 그었다. 끽이야. 목울대를 그은 그의 손가락이 방바닥을 향해 곤두박질쳤다. 휘유웅, 쾅. 끅. 일인극의 배우처럼 그는 자신의 손으로 추락사를 표현하고 있었다. 그러면서 뭐가 재밌는지 얼굴을 일그러뜨리며 낄낄거렸다. 짐이 많지는 않구만. 책이 좀 많고. 어이구, 이건 또 뭐야. 웬 항아리요? 사내는 가야시대의 토기를 목장갑을 낀 손으로 만지작거렸다. 진수는 황급히 그를 향해 다가가며 그의 손에서 조심스럽게 토기를 빼앗으려 했지만 사내는 몸을 슬쩍 돌려 진수의 접근을 막았다. 거 좀 봅시다. 뭐 얼마나 대단한 거라구 그래. 그냥 흙단지구만.

아저씨. 부드럽지만 단호하게 진수의 아내가 일침을 놓았다. 있던 데 그냥 놓으시고 그만 일 시작하시죠. 사내도 호락호락하지는 않았다. 거 이상들 하시네. 이게 뭐냐고 묻는데 대답은 안하고 왜 화들을 내시나. 내가 이걸 뭐 어떻게 하기라도 할까봐 그러나. 사내는 느물거리며 토기를 다시 제자리에 올려놓았다. 니미, 물건이 똥인지 된장인지 알아야 비닐로 싸든지 박스에 넣든지 버리든지 할 거 아냐. 나보고 일이나 하라니. 이게 일이 아니면 내가 새벽같이 뜨신 밥 잘 처먹고 엘리베이터도 안 되는 아파트에 아침부터 헐떡대면서 올라와서 혼자 체조하나. 진수가 사내의 팔을 잡았다. 미안합니다. 이사가 처음이라서요. 저건 가야시대 토깁니다. 깨지지 않게 조심해주세요. 오늘 옮기실 물건들 중에서 저게 가장 중요한 겁니다. 사내가 다시 토기를 집어들었다. 그는 그 어떤 행위도 누군가에게 허락을 받아본 적이 없는 사람처럼 행동했다. 가야라, 가야면 내 전공이지. 내가 김해 김씨거든, 김수로왕의 85대손인가, 그런데, 이야, 가야라, 젊은 사장님, 근데 가야가 언제 망했지? 진수의 호흡이 거칠어지고 있었다. 그의 아내도 마찬가지였다. 이보세요, 아저씨. 가야가 언제 망했는지까지 아셔야 됩니까? 여간해선 언성을 높이지 않는 진수로서는 상당한 용기였다. 진수의 대응에 사내는 의외로 순순히 토기를 제자리에 놓고 물러섰다. 핏줄이 댕긴다는데도 화를 내시네. 아, 니미. 사내는 현관을 향해 걸어나가며 복도에 카악, 하고 가래침을 뱉었다. 그 행동이 너무도 자연스러워 전혀 추하다는 느낌이 들지 않을 정도였다. 밖으로 나간 사내는 십이층 난간에서 아래를 내려다보며 소리를 질렀다. 어이, 올려 보내. 잠시 후, 위잉, 철커덕, 위잉, 철커덕 소리가 점점 가까워졌다. 종내는 쿵, 하는 소리와 함께 밀어올려진 사다리의 끝이 십이층의 난간에 닿았다. 노란 조끼 사내는 사다리를 고정시키고 난간 위에는 낡은 카펫을 깔았다. 동작이 숙련된 것으로 보아 뜨내기는 아닌 것 같았다.

사내가 그 작업을 하는 동안 진수의 아내가 진수에게 다가와 속삭였다. 어쩔 거야? 그냥 할 거야? 저 사람 기분 나빠. 인부 바꿔달라 그래. 진수는 난색을 표했다. 오늘 손 없는 날이잖아. 오전까진 집 비워줘야 되는데, 이제 와서 어떻게 사람을 구해? 아마 안 될 거야. 괜히 전화했다가 안 된다고 하면 저 사람 더 길길이 날뛸걸. 이젠 어쩔 수 없어. 진수의 아내도 물러서지 않았다. 전화라도 해봐. 할 수 없이 진수는 베란다로 나와 포장이사업체로 전화를 걸었다. 신호는 가는데 아무도 받지 않았다. 모든 직원이 일을 나갔거나 아니면 아직 아무도 출근하지 않은 모양이었다. 초조하게 전화를 걸고 있는 그에게 어느새가 사내가 다가왔다. 진수는 휴대폰의 폴더를 접었다. 마음에 안 들어도 우리보고 뭐라 하지 마쇼. 우린 오늘만 일당 받고 뛰는 거니까, 할말 있으면 업체에 하든가 말든가. 우린 이 짐만 그 집으로 옮겨주면 땡이니까. 마치 그의 마음을 읽기라도 한 것처럼 사내는 이죽거리며 말했다. 아마 오늘은 딴 인부 구하기 힘들 거요. 손 없는 날이라는 게 무서운 거거든. 목장갑을 낀 자신의 양손을 들어 보이며 그는 씩 웃었다. 간단하지. 손이 없는 날이라는 거지. 그가 끼고 있는 목장갑은 손바닥 쪽에 빨간색 방진 처리가 되어 있어 얼핏 피에 젖은 손처럼 보였다. 진수는 자신도 모르게 몸을 떨었다. 자비를 구하는 포로처럼 그는 비굴하게 웃었다. 그러게 말입니다. 누가 손 없는 날 같은 걸 만들었는지 모르겠네요. 어쨌든 오늘 잘 부탁드립니다. 아, 사다리는 다 올라왔나요?

사내는 대답 대신 베란다의 창문을 활짝 열며 얼굴을 찌푸렸다. 오늘 바람이 지랄맞아서, 니미 사다리나 제대로 붙어 있을지. 황산지 뭔지 덕분에 목도 칼칼하고. 하여간 날 한번 기똥차게 잡았소. 사내는 다시 복도 난간의 사다리 쪽으로 가버린다. 진수는 베란다에 그대로 남아 창밖을 바라본다. 황사는 점점 더 강해지는 것 같다. 이젠 아파트 앞동도 선명하게 보이질 않았다. 흐어. 진수는 딱히 누구에게랄 것 없는 탄식을 토했다. 그것이 신호라도 되는 것처럼 현관을 통해 두 사람이 들어왔다. 사십대 중반의 여성과 삼십을 갓 넘겼을 남자였다. 여자는 계단을 올라오느라 벌써 지쳤는지 가쁜 숨을 몰아쉬고 있었다. 반면 흰 운동화를 신은 남자는 별로 힘든 기색 없이 조용했다. 두 사람은 보일 듯 말 듯 까딱 고개를 숙였을 뿐 진수 내외를 향해 별다른 말을 꺼내지 않았다. 어서 오세요. 뭐 시원한 거라두? 여자는 됐다며 손사래를 쳤다. 진수는 흰 운동화 쪽을 쳐다보았지만 그는 대꾸도 없었을 뿐 아니라 진수 쪽을 아예 쳐다보지도 않았다. 진수가 남자의 의사를 다시 한번 물으려 하자 여자가 말렸다. 됐어요. 조선족인데, 귀가 안 들려요. 안산에서 가죽공장인가 가방공장인가에 다녔다던데 거기서 무슨 사고가 났다던가 귓방망이를 얻어맞았다던가, 하여튼간에 귀먹었으니까 하고 싶은 말이 있으면 글로 쓰든가 아님 나한테 말해요. 두 사람의 대화가 들릴 리 없는 조선족은 묵묵히 사다리를 타고 올라온 종이상자를 집 안으로 끌어들이고 있었다. 노란 조끼는 밖에서 사다리로 올라온 장비들을 부리고 있었다. 진수는 여자에게 다시 한번 부탁했다. 저 토기 보이시죠? 저거 가야토기거든요. 저거 조심해서 포장해주세요. 여자는 힐끗 살피더니 걱정 말라고 했다. 깨진다 이거죠?

여자는 싱크대 여기저기를 살피며 말했다. 아니, 깨지면 안 되죠. 안 깨지게 해달라는 얘기죠. 여자는 웃었다. 바본 줄 아시나. 떨어뜨리면 깨지냐 이거지, 누가 일부러 깨뜨린대요? 답답하시기는. 여자는 요란한 소리를 내며 접시들을 밖으로 끌어내고 있었다. 안방에서 침구들을 매만지던 진수의 아내는 거실로 나오다 무엇에라도 놀란 듯 발걸음을 멈추었다. 그녀는 귀가 들리지 않는다는 조선족의 옆모습을 뚫어져라 주시하다가 천천히 고개를 저었다. 아냐, 그럴 리가 없어, 라고 말하는 것처럼 보였다. 왜 그래? 진수가 다가와 낮게 속삭이자 진수의 아내는 애써 웃으며 도리질을 칠 뿐 아무 말도 하지 않았다. 괜찮아. 아무것도 아냐.

짐을 싸는 일은 순조롭게 진행되었다. 난간에 걸쳐진 사다리가 강풍에 밀려 요란한 소리를 내며 덜컹거렸지만 노란 조끼는 별일 아니니 안심하라고 했다. 그러면서도 그는, 끽해야 떨어지기밖에 더 하겠냐, 고 말해 가까스로 안심하려는 그들을 다시 불안하게 만들었다. 삼 년 전인가. 꼭 이 집처럼 엘리베이터 고장난 집이 있었는데 그날도 이렇게 바람이 억세게 불었거든. 인부 하나가 걸어내려가기

귀찮다고 사다리차 타고 장롱 옆에 앉아 내려가다가 그만 사다리 중간에서 딱 멈춰버린 거야. 야, 정말 미치겠더구만. 그는 신이 나서 떠들어댔다. 동네 사람들 다 구경 나오고 난리가 아니었어. 우리가 소리를 질러댔다고. 야 인마, 꼼짝 말고 있어. 뭐 걸린 모양인데 우리가 밑에서 고쳐보고 안 되면 119 부를 테니까. 그런데 이놈이 좀 어렸거든. 그 위에서 가만히만 있었어도 괜찮았을 텐데, 이놈이 자꾸 움직인 거야. 바람은 불지, 사다리는 흔들거리지. 제 딴에는 오금이 졸아들었겠지. 그래도 새끼, 가만있었어야 했는데. 남자는 거기까지 말하고 담배를 피워물었다. 어떻게 됐습니까? 진수의 물음에 노란 조끼는 담배 한 모금을 쭉 빨더니 내뱉듯이 말했다. 죽었을 것 같지? 남자는 웃었다. 태국놈이었어. 급하니까 제 나라 말로 뭐라고 소리를 질러대는데 우리가 그걸 무슨 수로 알아들어? 엉금엉금 사다리 타고 내려오다가 갑자기 돌풍 부니까 꼭 비니루 봉지마냥 펄렁거리더니 오 미터 아래로 뚝 떨어졌어. 운좋았지. 나무에 걸려서 다리 두 군데하고 갈빗대 석 대 부러지고 끝났으니까. 그 새끼 죽었어봐. 이사고 나발이고 다 끝이라고. 우리 젊은 사장님, 이사에서 가장 중요한 게 뭔지 알아? 그는 진수의 대답을 기다리지 않고 스스로 답했다. 사람이 안 죽어야 되는 거야. 사람 죽으면 이사고 뭐고 그냥 요대로 주저앉는 거라고. 흐.

그래, 죽지 말아다오. 우리의 이사가 끝날 때까지만. 책을 싸는 조선족도, 부엌살림을 챙기는 여자도, 그리고 저 노란 조끼도, 결코 죽어서는 안 되는 것이다. 이들이 죽어서는 안 되는 이유가 고작 자신의 이삿짐 때문이라는 데에서 진수는 비밀스러운 쾌감을 느꼈다. 열린 현관문으로 바람이 훅, 먼지를 불어올리며 끼쳐들어왔다. 마른 흙냄새가 강렬했다. 반기기라도 하듯 창문들이 일제히 덜컹거렸다. 멀리 산등성이가 오래된 왕릉의 윤곽처럼 비현실적으로 모습을 드러냈다. 진수는 서랍 속에서 마스크 두 개를 꺼내 하나는 아내에게 주고 나머지 하나로 입을 가렸다. 입김에서 비린내가 났다.

서로 전혀 의사소통을 하지 않는 세 사람의 인부들은, 그럼에도 불구하고 나름대로 착착 일을 진행해가고 있었다. 집 안의 물건들은 하나둘 상자 속으로 들어가 포장되었다. 흰 운동화를 신은 조선족은 가끔 뭐가 좋은지 혼자 실쭉 웃었다. 테이프를 입으로 끊어내다가도 웃었고 바퀴

달린 깔판에 짐을 올려놓다가도 그랬다. 난 내려가 있을게. 아내가 다가와 진수에게 말했다. 누군가는 내려가 있어야잖아. 무슨 일 있으면 전화해. 아내는 계단으로 걸어다닐 때마다 어지러움 때문에 고생하곤 했다. 빙빙 도는 건 질색이거든. 그러니까 코앞의 계단을 보지 말고 멀리 보고 다녀. 그럼 덜 어지러워. 진수의 충고는 별 도움이 되지 않았다. 그렇게 해보려고 했는데 잘 안 돼. 밑을 안 보면 갑자기 허공을 디딜 것만 같아. 그럴 때마다 진수는 웃었다. 어렸을 때 옛날이야기를 너무 많이 봐서 그래. 거기엔 허공으로 난 계단들이 있지. 한없이 올라가면 뾰족탑이 솟은 성이 있고. 주인공이 올라가는 사이에도 계단들은 허물어져내리고. 진수의 아내는 손사래를 쳤다. 그러지 마. 정말 어지럽단 말이야. 진수의 아내는 난간을 잡고 십이층을 내려갔다. 아. 다시 올라올 일이 없어야 할 텐데.

중앙계단에서 돌아오자 세 인부는 냉장고 앞에 한데 모여 아이스바를 먹고 있었다. 어차피 녹을 건데. 여자는 태연하게 말하며 혓바닥으로 막대기를 핥고 있었다. 발치엔 아이스박스가 입을 열고 있었다. 새댁이 냉장고 청소는 생전 안 하나봐. 하긴, 요즘 젊은 언니들이 그런 거 할 새가 어딨어. 흰 운동화의 조선족도 탐욕스럽게 아이스크림을 빨아먹고 있었다. 이마에서 땀이 송골거리다가 더러운 바닥으로 똑 떨어졌다. 목장갑을 낀 손등으로 이마를 훔쳤다. 진수는 안방으로 들어가 일의 진척상황을 살폈다. 어느새 많은 것들이 상자 속으로 들어가버렸다. 토기는 잘 싸셨나요? 진수가 눈에 띄지 않는 토기의 행방을 물었다. 노란 조끼는 고개를 저었다. 내가 안 쌌는데. 그는 조선족을 가리켰다. 저 친구가 쌌겠지. 노란 조끼는 손으로 토기 모양을 그려가며 조선족에게 그걸 어떻게 했느냐고 물었지만 조선족은 뭘 묻고 있는지 잘 이해하지 못하는 것 같았다. 진수가 토기가 놓여 있던 서랍장을 가리키자 그제야 조선족은 이해를 했는지 손으로 동그라미를 그려 보이며 어눌한 발음으로, 오케라고 말했다. 진수의 미심쩍은 표정을 보더니 그는 손으로 토기의 윤곽을 그려 보이며 고개를 끄덕였다. 답답해진 진수는 노란 조끼에게 말했다. 그거 따로 가져가거나 아니면 나무상자 같은 데에 깨지지 않게 잘 넣어야 하는 건데요. 노란 조끼는 별거 아니라는 듯 씩 웃었다. 저 친구가 조선족이고 장애인이라고 무시하시나본데, 그렇다고 바보는 아니니까 걱정하지 마쇼. 저 친구도 이 바닥 짬밥이 나보다 더 되면 더 됐지 덜 되진 않을 거요. 뭐 어련히 알아서 했으려고. 저 박스들 어딘가에 잘 챙겨넣었겠지. 노란 조끼는 안방에 수북이 쌓여 있는 상자들을 가리켰다. 어느 상자에 넣었는지까지 묻고 싶었지만 그만두었다. 그렇다고 지금 와서 뜯어볼 수도 없는 노릇이었다. 미리 따로 챙겨 승용차로 가져갈 것을. 진수는 후회했지만 뒤늦은 일이었다.

자 그럼, 한번 내려볼까. 노란 조끼는 복도의 난간으로 나가 아래를 향해 소리를 질렀다. 올려보내. 괴물의 울부짖음 같은 소리와 함께 사다리 상판이 올라오기 시작했다. 우우우우웅. 진수는 아래를 내려다보았다. 바람 때문에 사다리는 위태롭게 휘청거렸다. 아내도 아래에서 위를 올려다보고 있었다. 황사바람 부니 차 안에 들어가 있으라고 진수가 여러 번 전화했지만 아내는 괜찮다며 들어가지 않았다. 대신 음료수를 사와 아래에서 짐을 받는 사다리차의 운전기사와 인부에게 주고 위로도 올려보냈다.

노란 조끼는 상판이 다 올라오자 그 위에 짐을 올려싣기 시작했다. 나루에 배를 대듯 난간과 평행한 높이로 이어진 상판 위로 노란 조끼는 짐을 쌓아나갔다. 가끔은 자기가 그 상판 위에 올라가서 짐의 위치를 조정했다. 바람이 많이 불고 있는데도 그는 별로 거리낌이 없었다. 죽지 않아야 한다. 진수는 난간 위에 올라선 그를 올려다보며 그의 안위를 빌었다. 이윽고 노란 조끼가 탕탕, 상판을 두드리자 여섯 개의 상자를 실은 상판이 사다리를 따라 내려갔다. 바람이 기다렸다는 듯 노란 조끼와 진수를 때렸다. 진수는 자기도 모르게 노란 조끼의 팔을 잡았다. 노란 조끼가 반사적으로 진수의 손을 털어냈다. 그 순간 쿵, 소리와 함께 사다리에서 나는 소리가 멈췄다. 두 사람은 동시에 아래를 내려다보았다. 칠층쯤에서 상판이 멈춰 있었다. 뭐야? 노란 조끼가 소리를 질렀다. 좆도, 얼마 없지도 않았는데 왜 지랄이야. 그가 중얼거리는 순간 천천히 다시 상판이 내려가기 시작했다. 아래에서 리모컨을 쥔 기사가 조심스럽게 상판을 끌어내렸다. 몇 번을 더 멈추고 나서야 상판은 바닥에 닿았다. 진수는 안도의 숨을 쉬었다. 노란 조끼는 대수롭지 않다는 듯 다시 집으로 들어가 짐들을 끌어냈다. 상자에 싸인 짐들을 다 내려보내고 나서 노란 조끼와 흰 운동화는 장롱처럼 큰 짐들에 손을 댔다. 어느새 집은 휑한 속내를 드러내고 있었다. 냉장고 뒤에는 그을음과도 같은 검은 먼지가, 장롱 뒤에는 곰팡이가, 세탁기 아래에는 흑갈색 슬러지가 쌓여 있었다. 열심히 쓸고 닦으며 사는 동안 먼지는 먼지대로 곰팡이는 곰팡이대로 그들 옆에서 자리를 잡고 살고 있었다. 진수는 노란 조끼와 흰 운동화가 땀을 흘리며 장롱을 들어내는 동안 쪼그리고 앉아 굴러다니는 백원짜리 동전들을 챙겼다. 더러워진 백원짜리 동전 위를 개미 군단이 열을 지어 횡단하고 있었다.

집이란 게 혼자 사는 거 같아도 그게 아니라니까. 어느새 들어온 노란 조끼가 손가락으로 개미들을 눌러 죽이고 있는 진수 뒤에서 뇌까렸다. 진수는 손가락에 묻은 개미의 시체를 털어내며 일어났다. 그러게 말입니다. 이 좁은 집에 별게 다 살았지요. 귀신도 살았다니까요. 노란 조끼는 장롱 앞쪽에 담요를 씌웠다. 이상하게 귀신들도 따뜻한 집을 좋아하지. 이 집이 딱이네. 애도 없어 조용하고 사모님도 이쁘고, 흐흐.

마지막 장롱이 내려가면서 집은 텅 비어버렸다. 빗자루를 들고 건성으로 마루를 쓸어대는 여자를 피해가며 진수는 집 여기저기를 둘러보았다. 아내와 결혼하면서 얻은 신혼집이었다. 그래. 처음엔 이렇게 넓었었지. 나중에 살림으로 가득차 숨쉬기조차 어려워졌지만 애초부터 그렇지는 않았다. 둘은 마루를 뒹굴며 행복해했고 음악을 틀어놓고 블루스를 추었다. 그러나 그들이 뒹굴던 자리엔 곧 오디오가 들어왔고 블루스를 추던 곳에 책장이 놓였다. 종내는 러닝머신부터 가야토기까지 공존하는 집이 되어버렸다. 자, 내려갑시다. 노란 조끼가 남은 상자와 공구들을 마지막으로 내려가는 사다리 상판 위에 얹었다. 에이, 나도 타고 내려갈까부다. 진수는 말리지 않았다. 조선족은 듣지를 못했는지 묵묵히 중앙계단 쪽으로 걸어갔다. 난간 위로 올라간 노란 조끼는 줄타기라도 하는 것처럼 양손을 벌려 중심을 잡으려 했지만 쉽지 않은지 위태롭게 휘청거렸다. 위험할 것 같은데요. 다시 내려오시죠. 진수의 그 말을 기다리기라도 한 듯 그는 실쭉 웃으며 상판 쪽으로 몸을 실었다. 아래에서 봅시다. 그가 아래쪽으로 신호를 보내자 철커덕 소리와 함께 상판이 내려가기 시작했다. 진수는 난간에 몸을 기댄 채 그가 점점 작아지며 아래로 사라지는 모습을 지켜보았다. 바람이 여전히 거셌고 멀리 산등성이는 여전히 윤곽으로만 남아 있었다. 노란 조끼는 낄낄거리며 진수를 향해 손까지 흔들어댔다. 사다리의 한 구간 한 구간을 지날 때마다 심하게 덜컹거리던 상판은, 그러나 아무것도 떨어뜨리지 않은 채 무사히 아래에 도착하였다. 진수는 다리에 힘이 풀리는 것을 느끼고 난간벽에 몸을 기댄 채 복도에 주저앉아 담배를 피워물었다. 긴 하루였다. 삐리리릭. 아내에게서 전화가 왔다. 다 내려보낸 거야? 응. 끝이야. 잘 둘러보고 내려와. 알았어. 근데 밑에는 별일 없어? 마지막 짐을 트럭에 옮기고 있어. 참, 집은 어때? 집? 무지하게 더럽지. 여기서 살았다는 게 잘 믿기질 않아. 아내의 웃음소리가 전화를 통해 들려왔다. 오늘따라 왜 이렇게 감상적이야? 사람 사는 데가 다 그렇지. 참, 재미있는 얘기 하나 해줄까? 이쯤에서 그의 아내는 목소리를 낮췄다. 그 조선족 아저씨 말이야, 내가 보던 그 귀신하고 쏙 빼닮은 거 알아? 근데 그 사람, 정말 조선족 맞아? 말을 안 하니 알 수가 있어야지. 혹시 귀도 들리는 거 아냐?

 문을 잠근 진수는 일층까지 계단으로 걸어내려갔다. 노란 조끼가 오 톤 트럭의 적재함에 빗장을 지르고 있었다. 조선족 인부는 보이지 않았다. 현장을 정리한 다음, 진수와 그의 아내는 배웅 나온 경비원과 인사를 나눴다. 잘 가요. 진수와 아내는 승용차에 올라 트럭에 앞서 출발했다.

 이사갈 집은 그곳에서 멀지 않았다. 점심을 먹고 나서 일은 다시 시작되었다. 이번에는 엘리베이터를 통해 짐을 옮겼다. 아파트 관리실에서 사다리차의 사용을 허가하지 않았기 때문이다. 십칠층은 무립니다. 잘못하면 정말 떨어진다니까요. 짐을 들여놓는 일은 훨씬 간단해 보였다. 먼저 큰 짐들이 들어와 자리를 잡았고 이어 잔짐들이 뒤를 이었다. 흥부네 박처럼 상자들은 살림살이를 쉴새없이 쏟아냈다. 그런 와중에 도시가스를 연결하러 온 사람이 진수에게 서명을 받아갔고 전화국에서 연결 여부를 확인하는 전화를 걸어왔다. 인부들은 쉴새없이 진수에게 이 짐은 어디에, 또 저 짐은 어디에, 라고 물어왔다. 노란 조끼가 장롱을 들여놓다가 새로 깐 장판을 세 군데나 찢어놓았을 때 진수는 다시금 새로운 살의를 느꼈다. 자꾸 여기 놔라 저기 놔라 왔다갔다하니까 그러지, 라고 말하며 진수에게 책임을 떠넘길 때는 더욱 그랬다. 너를 사살한다. 죄목은 새 장판을 찢은 것이다. 정말이지 진수는 그의 면전에다 그런 준엄한 선고를 내리고 싶어 미칠 지경이었다. 그들의 집에 출몰하던 귀신을 닮은 조선족 역시 책꽂이를 들여놓다가 두 군데의 벽지에 흠집을 냈다. 파란색 계통의 벽지여서 하얀 속살은 더 도드라졌다. 게다가 그는 이불장의 얇은 뒤판에 어린애 주먹만한 구멍도 냈다. 진수의 인내심도 한계에 다다르고 있었다. 냉장고에서 나온 것들은 엉망이 되어 냉장고로 다시 들어갔으며 싱크대의 부엌살림들은 비닐포장이 된 채로 수납되었다. 뭐라고 해야 되는 거 아냐? 진수의 아내가 인상을 찡그리며 나직하게 물어왔지만 진수는 입을 꾹 다물고 있었다. 말 좀 해봐! 진수는 오디오를 들여오고 있는 노란 조끼에게 갔다. 정말 이런 식으로 할 겁니까? 오디오를 들여오던 노란 조끼는 빤히 진수를 바라보았다. 이런 식이 뭔데? 진수는 손가락으로 바닥을 가리켰다. 이 장판 찢어진 거 이거 어떡할 겁니까? 노란 조끼의 시선이 아래를 훑었다. 이거? 그래서 장판 새로 깔아달라구? 이사비보다 비쌀걸. 그냥 껌이나 붙여 쓰시지. 노란 조끼는 진수의 앞을 바람소리를 내며 지나쳐갔다. 오늘 같은 날 목숨 걸고 짐 날라주면 고맙다고는 못할망정 뭐가 어째? 이런 비니루 장판이 뭐 천년만년 새삥이겠냐고. 재수가 없으려니까, 별 거지 같은 걸로 시비네. 젊

이사

은 놈의 새끼가 말이야.

　진수는 노란 조끼의 멱살을 잡았다. 노란 조끼는 당황하지 않고 한 손으로 진수를 가볍게 뿌리쳤다. 진수는 상자와 상자 사이로 나가떨어졌다. 진수의 아내가 소리를 질렀지만 그 외에 누구도 이 싸움에 관심을 가지지 않았다. 조선족은 어디 갔는지 뵈지 않았고 여자는 애당초 관심이 없는 듯 부엌살림만 여기저기에 구겨넣고 있었다. 아저씨, 도대체 왜 이래요? 진수의 아내가 노란 조끼에게 달려가 따졌지만 노란 조끼는 태연하게 대답했다. 왜 이러냐고? 잘난 남편한테 물어보시지. 당신 남편이 멀쩡하게 가만있는 내 멱살을 잡으면서 달려들었잖아, 안 그래? 찢어진 입이 있으면 말을 해보시지.

　진수는 허리를 만지며 힘겹게 몸을 일으켰다. 좋아. 이런 식으로 나오면 우리도 잔금은 못 줘. 진수의 말에 노란 조끼는 코웃음을 쳤다. 그으래? 그럼 저 아래에 있는 짐은 혼자 올리시게? 아니, 여기 올린 짐도 다시 내려놓고 가야겠구만. 밤새 저 아래에서 황사먼지 먹어가며 짐 한번 지켜보라구. 아주 볼 만할 거야. 노란 조끼가 소리를 질렀다. 야, 모두 철수해. 부엌에선 벌써 여자가 목장갑을 벗어던지고 있었다. 의사소통이라고는 없던 두 사람이 이럴 때는 호흡이 아주 잘 맞았다. 노란 조끼는 집을 돌아다니며 조선족을 찾았다. 어디에도 없었다. 마지막으로 그는 거실에 붙은 화장실 문을 열어젖혔다. 조선족이 거기에 있었다. 흰 운동화를 신고 변기 위에 올라가 쪼그리고 앉은 채 일을 보고 있었다. 그가 모두를 향해 실쭉 웃었다. 병신, 양변기도 사용할 줄 모르는. 노란 조끼는 욕을 퍼부으며 문을 닫았다. 그러면서 마치 변명처럼 모두를 향해 말했다. 어쩌겠어? 저렇게 안 하면 똥이 안 나온다는 데야.

잠시 후, 물이 내려가는 소리와 함께 조선족이 화장실에서 나왔다. 노란 조끼는 다짜고짜 그의 팔을 잡고 현관으로 걸어나갔다. 영문을 모르는 조선족은 흘러내리는 면바지를 추어올리며 그를 따라갔다. 진수의 아내가 그들을 붙잡았다. 미안하다, 죄송하다, 용서해달라, 그제야 그들은 엘리베이터 앞에서 발길을 돌렸다. 그리고 당당하게 돈을 요구했다. 주네 못 주네 소리 다시 듣고 싶지 않으니 먼저 주쇼. 아내는 노란 조끼의 손 위에 준비해둔 봉투를 얹어주었다. 그들은 그전보다 더 힘하게 일했다. 있어야 할 곳에 놓인 짐은 냉장고밖에 없는 것 같았다. 진수는 그들

이사

을 피해 베란다에서 담배만 피워대고 있었다. 내려다보면 십칠층은 참으로 아득한 높이였다. 바람은 계속해서 거세게 창문을 흔들어대고 있었다. 아까 그 사다리차에서 조금만 더 불어주었더라면. 진수는 노란 조끼가 장롱과 함께 거꾸로 떨어져내리는 모습을 상상하고 있었다. 아마 둘이 거의 동시에 바닥에 닿겠지. 장롱은 네 조각으로 펼쳐지고 노란 조끼는 머리가 박살났으리라. 물체가 추락하는 속도가 무게와 관련이 없다는 걸 밝힌 게 갈릴레이였던가. 생각들이 이어지는 가운데 밖이 소란해졌다. 그들이 철수하고 있었다. 진수는 떨떠름한 표정으로 그들이 나가는 것을 지켜보았다. 그들 셋, 어쩌면 남매인 것도 같아 보이는 그 셋은 올 때와는 달리 너무도 다정하게 열을 지어 집을 빠져나갔다. 노란 조끼는 아내를 향해 미소까지 지어 보였다. 흰 운동화를 신은 조선족은 헤벌쭉한 얼굴로 그뒤를 따라 나갔다. 진수는 아무 말도 하지 않은 채 그들을 따라 아래로 내려갔다. 그러곤 무뚝뚝한 얼굴로 트럭의 적재함을 살폈다. 적재함은 텅 비어 있었다. 불쾌하게 생각한다 해도 어쩔 수 없어. 도둑놈들. 진수가 지켜보는 사이 그들은 트럭에 올라타고 떠났다.

진수는 다시 집으로 돌아왔다. 형식적으로나마 그들은 자신들이 가져온 모든 짐을 풀어놓았다. 진수는 집 안 곳곳을 다니며 물건들을 체크했다. 그러는 사이에도 서풍이 실어온 황사가 집 안 곳곳에 스며들어 먼지냄새를 풍겼다. 그 냄새는 아주 먼 곳에서 전해오는 것처럼 느껴졌다. 동시에 아주 오래된 어떤 것을 상기시켰다. 의자에 앉아 있던 진수는 튕기듯 자리에서 일어났다. 없다. 어느 곳에도 가야토기가 없었다. 개새끼들. 진수의 마음은 다급해졌다. 베란다로 나가 아래를 내려다보았다. 지붕에 전화번호가 쓰인 오 톤짜리 트럭은 어디에도 보이질 않았다. 수첩을 꺼내 전화를 걸었다. 아무 응답이 없었다. 그들은 어디에서 왔다 어디로 간 것일까. 진수는 고개를 들어 창밖을 보았다. 산등성이의 윤곽은 완전히 사라져버리고 없었다. 정말 산이 거기에 있었던 것인지도 의심스러워졌다. 경찰에 신고해. 아, 우리가 그걸 얼마나 좋아했는데. 곁에서 입술을 잘근잘근 씹으며 아내가 말했다. 진수는 고개를 저었다. 경찰이 도굴품인 걸 알면, 괜히 우리만 고달파져. 아, 개새끼들. 그 노란 조끼가 뭘 아는 눈치였어. 피가 댕기네 어쩌고 할 때 알아봤어야 했는데.

혹시 그거, 거기 있는 거 아냐? 거기라니? 어디긴, 우리 옛날 집 말이야. 진수는 고개를 갸웃거렸다. 아까 다 확인해봤는데 아무것도 없었어. 그래도 다시 가봐. 진수는 자동차 키를 챙겨들고 십칠층 아래로 내려갔다. 그리고 잠시 후, 그들이 떠나온 아파트에 다시 도착했다. 계단을 따라 십이층까지 지친 다리를 끌다시피 하며 올라갔다. 새 주인들이 짐을 나르고 들여가고 있었다. 실례합니다. 혹시, 항아리 하나 못 보셨습니까? 그들은 눈을 가늘게 떴다. 항아리요? 못 봤는데요. 진수는 물러나왔다. 그러곤 터덜터덜 다시 십이층을 걸어내려왔다. 문득 어지러웠다. 계단은 한 층을 내려올 때마다 한 바퀴를 돌도록 되어 있었다. 정확히 열두 바퀴를 돌고서야 진수는 땅을 밟을 수 있었다. 개새끼들. 진수는 발치께에서 굴러다니는 콜라 캔을 있는 힘껏 걷어찼다. 콜라 캔은 럭비공처럼 튀며 굴러가다가 멈추었다. 진수는 발걸음을 멈추었다. 콜라 캔이 멈춘 곳에 무언가 있었다. 그는 천천히 걸어가 몸을 굽혔다. 잘게 부서진 토기 조각들이 어지럽게 흩어져 있었다. 그중 한 조각을 집어들고 진수는 천천히 몸을 일으켰다. 그리고 고개를 들어 위를 보았다. 누런 하늘 위로 새로 이사오는 사람들이 설치한 사다리가 거대한 탑처럼 우람하게 솟아 있었다. 토기는 정확히 그 사다리의 아래에 떨어져 아무 짝에도 쓸모없는 파편이 되어 있었다. 도대체 언제 떨어진 거지. 그는 오전 내내 난간의 사다리 옆에 서 있었고 그의 아내 역시 토기 조각이 발견된 곳에서 불과 십 미터도 안 떨어진 곳에 있었다.

뭐가 깨졌어요? 진수의 등뒤에 아파트 경비원이 서 있었다. 네, 깨졌나봐요. 경비는 빗자루를 가지고 왔다. 가야의 유물은 간단하게 쓰레기 봉지 속으로 쓸려들어갔다. 경비원은 투덜거렸다. 아, 죽일 놈의 황사 때문에 당최 눈을 뜰 수가 없네.

진수는 화단으로 들어가 버려진 토기 조각 하나를 주머니에 집어넣고 집으로 향했다. 돌아오는 길에 그는, 이사가 아무것도 아니라고 했던 친구들의 이름을 떠올렸다. 이사는 저희한테 맡기고 여행이나 다녀오라던 이사업체가 어디였던가도 기억해냈다. 새로운 집으로 들어서는 그의 표정을 보고 아내는 아무것도 묻지 않았다. 진수는 주워온 토기의 조각을 신문지에 싸 책상 서랍 깊은 곳에 쑤셔넣었다. 어디선가 진한 흙냄새가 났다. 타클라마칸에서 날아온 황사에서인지 천오백 년 전의 무덤에서 끌려나온 토기 조각에서인지 분명히 알 수 없었다. 도무지 알 수 없는 것들 속에서 오직 분명한 한 가지는 그가 전날과는 전혀 다른 곳에서 잠들게 된다는 것뿐이었다. 사람들은 그것을 이사라 불렀다.

(『문예중앙』 2002년 여름호)

오빠가 돌아왔다

 오빠가 돌아왔다. 옆에 못생긴 여자애 하나를 달고서였다. 화장을 했지만 어린 티를 완전히 감출 수는 없었다. 열일곱 아님 열여덟? 내 예상이 맞다면 나보다 고작 서너 살 위인 것이다. 당분간 같이 좀 지내야 되겠는데요. 오빠는 낡고 뾰족한 구두를 벗고 마루에 올라섰다. 남의 집 들어오기가 어디 그리 쉬운가. 여자애는 오빠 등뒤에 숨어 쭈뼛거리고 있었다. 오빠는 어서 올라오라며 여자애의 팔을 끌어당겼다. 아빠는 어처구니가 없다는 듯 둘을 바라보다가, 내 이 연놈들을 그냥, 하면서 방에서 야구방망이를 들고 뛰쳐나와 오빠에게 달려들었다. 오빠의 허벅지를 노린 일격은 성공적이었다. 방망이는 오빠 허벅지를 명중

시켰다. 설마 싶어 방심했던 오빠는 악, 소리를 지르며 무릎을 꺾었다. 못생긴 여자애도 머리를 감싸며 비명을 질렀다. 그러나 계속 당하고 있을 오빠는 아니었다. 아빠가 방망이를 다시 치켜드는 사이 오빠는 그레코로만형 레슬링 선수처럼 아빠의 허리를 태클해 중심을 무너뜨렸다. 그러고는 방망이를 빼앗아 사정없이 아빠를 내리쳤다. 아빠는 등짝과 엉덩이, 허벅지를 두들겨맞으며 엉금엉금 기어 간신히 자기 방으로 도망쳐 문을 잠갔다. 나쁜 자식, 지 애비를 패? 에라이, 호래자식아. 이런 소리가 안방에서 흘러나왔지만 오빠는 못 들은 체하고는 여자애를 끌고 건넌방으로 들어가버렸다. 물론 방망이는 그대로 든 채였다.

예상했던 결과다. 아빠는 갓 스물의 혈기방장한 오빠에게 이제는 도저히 게임이 안 된다. 그러면서도 가끔 저렇게 오빠한테 개기다가 두들겨맞는 걸 보면 정말 구제불능이다. 개도 몇 대 맞으면 꼬리를 내린다는데 저 아빠라는 인간은 똥개보다도 지능지수가 낮은 게 아닐까 가끔 의심스럽다. 어쨌거나 오빠가 데리고 들어온 여자애는 그날부터 우리집에서 살았다. 노랗게 물들인 머리하며 매니큐어를 바른 기다란 손톱 같은 걸 봐서는 어디 시골 다방 같은 데서 차 나르던 여자임에 틀림없었다. 처음에는 눈치보느라 그랬는지 말수가 적어서 벙어린 줄 알았는데 안면 트고 나니까 자기 쪽에서 먼저 슬금슬금 말을 붙여왔다. 그냥 언니라고 불러. 나한테 거지 같은 큐빅 머리핀 하나를 주며 수작을 걸었지만 내가 미쳤다고 저를 언니라고 부르나. 여자애 이름은 그때나 지금이나 똑같다. 저기다. 저기, 라고 부르면 지 이름인 줄 안다. 저기, 라면 좀 끓여줄래? 저기, 열쇠는 신발장 위에 있는데. 이런 식이다.

그래도 오빠는 못생긴 여자애가 좋은지 집에 일찍 들어와 여자애와 꿍딱꿍딱 논다. 둘이 뭐하고 노는지 내 모르는 바 아니지만 그거야 지들 사생활이니까 굳이 밝히지는 않겠다. 모든 면에서 한심한 오빠지만 그래도 매번 눈감아주는 이유는 그래도 그 인간이 우리집 기둥이기 때문이다. 돈이 나와도 오빠 주머니에서 나오고 밥이 나와도 오빠 주머니에서 나온다. 아빠는, 이렇게까지 말하고 싶지는 않지만, 식충일 뿐이다.

공부만 열심히 해. 뒷바라지는 내가 할 테니. 오빠는 그런 식으로 말하기를 좋아했다. 훈계할 대상이 있는 게 얼마나 다행이냐는 듯한 표정으로 날 앉혀놓고 장광설을 늘어놓는데 한마디로 가관이다. 그럴 때마다 속으로 너나 잘하세요, 라고 비웃고 있지만 오빠는 그걸 아는지 모르는지 계속 심각하고 우스꽝스러운 얼굴로 떠들어댄다. 그나마 오빠가 아빠보다는 덜 느끼하고 그래도 하나밖에 없는 동생이라고 이것저것 챙겨주니까 참는 거다.

집에 돌아온 뒤로 오빠는 하루가 멀다 하고 이빨을 드러내고 아빠와 으르렁거린다. 물론 대개는 아빠 잘못이다. 예를 들어 여자애가 들어온 다음날의 일이 그렇다. 아무리 오빠한테 방망이로 몇 대 맞았기로서니 그렇다고 그렇게까지 행동한 건 정말 어른스럽지 못한 일이었다. 하긴 우리 아빠한테 어른스러움을 기대한다는 것부터가 잘못이다. 먼저 방망이를 휘두른 것도 아빠 아닌가.

그러니까 일은 그다음날 벌어진 것이다. 오빠는 그날도 일찍 퇴근하여 발 닦고는 여자애가 있는 방에 들어가 시시덕대고 있었다. 일견 평화로운 저녁이었다. 그런데 누군가 문을 쾅쾅쾅 두드려 그 평화를 깨뜨렸다. 경찰일 가능성이 컸다. 드물지 않은 일이었다. 주로 아빠 때문이었지만 오빠에 관련된 일도 간혹 있었다. 담당 파출소의 몇몇 순경과는 안면까지 있었다. 이번에도 그런 일인가 싶어 문을 열었는데 모두 처음 보는 아저씨들이었다. 정복경찰 한 명과 조금 늙수그레한 사복형사가 서 있었다.

"이경식이, 집에 있나?"

사복형사가 물어왔다. 나는 고개를 끄덕였다.

"니 오빠냐?"

나는 그렇다고 했다. 나는 오빠와 여자애가 있는 방을 향해 소리를 질렀다. 오빠아아. 그러자 오빠는 바지춤을 추어올리며 마루로 걸어나왔다. 여자애도 고개를 빠끔 내밀어 상황을 살폈다.

"이경식?"

사복형사가 묻자 오빠는 그렇다고 했다. 형사는 여자애한테도 나오라고 했다.

"무슨 일입니까?"

오빠가 묻자 늙은 형사는 방에서 나오는 여자애를 힐끗거리며 대답했다.

"신고가 들어왔어. 미성년자 성매매 사범이라고."

오빠의 미간이 좁혀졌다.

"뭐요? 그러니까 원조교제라 이겁니까? 스무 살짜리하고 열일곱 살짜리하고 원조교제하는 거 봤어요? 돈을 줘야 원조교제죠. 내가 왜 돈을 주고 재랑 잡니까? 미쳤어요?"

형사는 볼펜으로 머리를 긁적였다.

"그럼 미성년자 약취 유인이겠지. 저 여자 어디 업소에라도 팔아먹으려고 하는 거 아냐? 어쨌든 따라와봐."

고개를 갸웃거리면서도 순순히 따라가려던 오빠는 문득 무슨 생각이 났는지 형사를 노려보며 물었다.

"누가 신고한 겁니까?"

형사는 무심한 얼굴로 아무 대꾸도 하지 않았다. 그렇지만 오빠는 뭔가 감을 잡은 듯 아빠 방으로 가 문을 두들겼다. 문은 안에서 잠겨 있었다. 머리 나쁜 아빠는 문을 잠금으로써 자기가 신고자라는 걸 인정하고 있었다.

"그놈 그거 얼른 잡아가슈. 거 아주 나쁜 놈입니다."

아빠는 문 저쪽에서 문고리를 잡은 채 외치고 있었다. 결국 오빠와 여자애는 아닌 밤중에 경찰서까지 끌려가서 곤욕을 치러야만 했다. 원조교제, 그러니까 미성년자 성매매는 오고간 돈이 없으니 말이 안 되는 거였고 미성년자 약취 유인인가 하는 것도 둘이 합의 아래 동거하는 게 분명하였으므로 성립하지 않았다. 그렇지만 오빠와 여자애는 거의 밤새도록 경찰에게 시달리고 나서야 집으로 돌아올 수 있었다. 오빠는 집에 돌아오자마자 손도끼를 치켜들고 아빠의 방으로 돌진했다. 문이 잠겨 있자 방문을 찍어 댔다. 결국 방문은 안이 들여다보일 정도로 부서져버렸다. 아빠도 가만히 앉아서 당하지는 않았다. 야전침대 다리를 들고 침대 위에서 기다리다가 오빠가 방으로 들어오는 순간 고함을 치며 덮쳤으나 이번에도 역시 오빠의 승리였다. 오빠는 간단하게 아빠를 제압하고는 방 안 구석구석을 때려부쉈다. 철거촌이 따로 없었다. 분풀이를 끝내고 나가는 오빠의 뒤통수에 대고 아빠는 욕을 퍼부어댔다.

"에라이, 이 탈레반 같은 새끼야."

오빠는 가소롭다는 듯 피식 웃고는 자기 방으로 들어가버렸다. 오빠가 탈레반이란 말을 과연 알까? 아마 들어본 적도 없을 것이다. 여하튼 아빠는 오빠가 없는 대낮에 나를 앉혀놓고 오빠 욕을 해대곤 했다. 그런 자식은 군대든 교도소든 담장이 있는 데로 보내서 사람을 만들어야 한다고 했다. 아빠가 그러거나 말거나 오빠는 신경쓰지 않았다. 하루이틀 일도 아니었고 대응을 한다고 아빠가 달라질 것도 아니었다.

여자애는 오빠가 들어올 무렵이면 저녁밥을 차려냈고 아빠도 가끔은 그 밥을 얻어먹었다. 여자애는 내 밥도 챙겨주었는데 요리솜씨는 젬병이었다.

"너네 집도 대단하다."

아빠와 오빠의 격투를 보고 나서 여자애는 부엌에서 열무비빔밥을 먹고 있는 내게로 도망와 말했다.

"병신. 그 정도 가지고 쫄기는."

내가 비웃자 여자애는 발끈해서 주먹을 치켜들었다.

"이 쪼끄만 게 정말."

한판 붙을까 하다가 그냥 이렇게 쏘아붙여주었다.

"오빠 봐서 참는 줄 알아. 밤마다 헐떡대는 주제에 큰소리는."

여자애가 어이가 없는지 입을 쩍 벌리고 있는 사이 나는 혀를 날름 내밀고는 내 방으로 쏙 들어가버렸다. 역시 싸움은 초장에 기를 콱 눌러놔야 한다. 남자 맛은 일찍 알아서 오빠만 보면 침을 질질 흘리는 주제에 남의 집 일에는 웬 참견이며 가당찮게도 무슨 언니 노릇을 하겠다는 건지. 오빠는 그래도 그 계집애 덕인지 얼굴이 확 피었다. 요즘 들어 오빠하고 아빠하고 잠잠한 건 그나마 그 계집애 덕일 것이다.

 오빠는 열여섯까지 아빠한테 죽도록 맞고 자랐다. 아빠가 오빠한테 한 짓을 생각하면 함께 살아주는 것만도 다행이다. 아빠는 실컷 두들겨패고도 분이 풀리지 않으면 오빠를 홀딱 벗겨 집밖에 세워놓기를 좋아했다. 그러고는 깡소주에 취해 세워놓은 것도 잊어버리고 고꾸라져 잠들기가 일쑤였다. 옷가지를 챙겨 밖으로 나가보면 팬티만 입은 오빠가 오들오들 떨며 아빠를 욕하고 있었다. 개새끼, 씨발새끼, 좆같은 새끼. 내가 가만두나봐라. 그 예언은 열여섯이 되자 현실이 되었다. 오빠는 술에 취해 달려드는 아빠를 주먹으로 때려눕히고는 줄넘기 줄로 꽁꽁 묶어놓고 집을 나갔다. 아빠는 줄넘기 줄에 묶인 채로 아들을 저주하다 모로 쓰러져 잠이 들어버렸다. 그후로 사 년 동안 오빠는 집에 한 번도 들어오지 않다가 스무 살이 다 되어서, 그러니까 올해 초에, 마치 점령군처럼 당당하게 입성했다. 너 이 자식, 감히 어딜 기어들어오냐며 달려들던 아빠는 오빠의 발길질 한 방에 나가떨어졌고 그때부터 오빠가 법이었다.

 어차피 누군가가 권력을 잡아야 한다면 아빠보다는 오

빠가 나왔다. 아빠는 오빠더러 탈레반이라고 욕했지만 탈레반이든 오사마 빈 라덴이든 아빠보다는 낫다. 아빠는 아버지가 갖춰야 할 모든 것을 안 갖춘, 그야말로 나쁜 아빠 종합선물세트 같은 인간이다. 내가 볼 때 좋은 부모, 아니 그냥 평범한 부모라도 되려면 두 가지가 있어야 한다. 첫째, 돈이다. 부모라면 최소한의 돈은 줘야 한다. 교복 살 돈, 학용품 살 돈, 군것질할 돈 같은 거 말이다. 그런데 이 인간은 그 최소한의 돈을 잘 안 준다. 뿐만 아니라 아들이 벌어오는 돈도 가끔 쓱싹해가는 눈치다. 둘째는 멀쩡한 직업이다. 이 대목에서 오해 없기를 바란다. 내가 특정 직업을 비하하자는 게 아니다. 여기서 멀쩡하다는 것은 날마다 성실한 마음으로 그 직업이 요구하는 바를 달성하기 위해 열심히 노력하는(우아, 내가 이런 말을!) 그런 상태를 말하는 것이다. 그러니까 우리 아빠가 백화점 앞에서 구두를 닦아도 나는 떳떳할 수 있고 리어카를 끌고 다니며 폐지를 모아도 나는 당당할 수 있다. 그러나 고발꾼은 곤란하다. 그렇다. 아빠는 전문 고발꾼이다. 추석이나 설날 같은 명절에 동사무소에서 선물 들고 찾아올 정도니까 말 다했다. 박주사라는 공무원이 아빠 담당인데 손에는 십 킬로짜리 쌀포대나 세제선물세트 따위를 들고는 비굴한 얼굴로 우리집 문을 두드린다. 박주사라고 자존심이 없겠는가. 그런데도 아빠 같은 인간 말종한테 고개를 숙이는 것은 아빠가 일 년에 수백 건의 민원을 제기하는, 그야말로 민원제조공장이기 때문이다. 주차구획선, 공사장의 분진, 민원인을 대하는 공무원들의 태도, 구청 홍보지의 오탈자, 심지어 구청장의 자동차 모델과 연식까지 문제삼는, 그야말로 지방자치제가 낳은 새로운 인간형이었다. 그러니 박주사가 명절 때마다, 그리고 선거 때마다 아빠를 찾아와 굽신거리는 것도 이해가 간다. 아빠는 그럴 때마다 박주사를 앉혀놓고 이 나라 정치현실과 지방자치제의 나아갈 바에 대해 일장연설을 하지만 박주사가 그걸 열심히 듣는 것 같지는 않다. 단지 그러지 않으면 언제라도 청와대나 정부종합청사 민원실로 달려가 하루 아니라 열흘이라도 보낼 수 있는 아빠가 두렵기 때문에 잠자코 듣고 있는 것뿐이다.

"내가 말요, 웬만하면 그냥 살아야지, 살아야지, 하다가도 눈에 뵈는 걸 어쩌냐고. 불의가 훤히 눈앞에 있는데, 부당한 일이 저질러지고 있는데, 그런데도 이 땅의 국민들은 청맹과니마냥 그냥 모르고 지나댕기는데, 나라도 나서서 바로잡아야지 하는 마음에 이 엄동설한에 그 서류들 다 작성해가지고 내 돈 들여가며 복사해가지고 관계 요로에 진정하고 그러는 거란 말요. 이게 정치가 잘되려면 윗물도 맑아야지만, 엉, 우리 민초들을 직접 상대하는 대민접촉 부서의 공무원들도 바뀌어야 한단 말씀이야. 내 말이 그른가?"

최근에는 일인 시위라는 새로운 민원제기 방식까지 등장해 그야말로 아빠는 신이 나 죽겠다는 표정이다. 툭하면 샌드위치맨이 되어 정부종합청사 앞으로 나가겠다고 설쳐대니 구청에서는 가히 죽을 맛인 것이다. 아빠야 그걸 무슨 사회정의를 구현하는 시민정신의 총화처럼 스스로 생각하고 있는 모양이지만 딸인 나로서는 그게 직업인 알코올중독자 아빠는 좀 곤란한 것이다. 차라리 서울역쯤에서 노숙이라도 하면 없는 셈 치고 오빠와 오순도순 살 텐데 아마 아빠는 숨이 넘어가기 전까지는 이 집에서, 문짝이 떨어져나간 저 방에서 우리를 괴롭히며 살 것이다. 물론 거기서 자기 아들도 서슴지 않고 고발해대면서 벽에 똥칠하는 그날까지 버틸 것이다.

도대체 아빠는 왜 오빠와 나를 낳았을까. 아니 이 질문은 엄마에게 던져야 되지 않을까? 아니 어쩌자고 나와 오빠를 낳아 이렇게 무책임하게 내팽개쳐두는 거예요? 며칠 전 나는 생각난 김에 엄마가 경영하는 함바집으로 찾아가 질문을 던졌다. 대답 대신 국자가 날아왔다.

"시끄러, 이년아. 개시부터 재수없이. 낳아준 것만도 고마운 줄 알고 잘 살아. 네년 낳느라고 밑이 다 빠질 뻔했는데 이년이 이제 와서 뭐, 왜 낳았냐고? 니 그 잘난 애비한테 가서 물어봐라. 그 인간 말종, 개같은 자식한테."

엄마는 그래도 아빠보다는 인간성이 좋은 편이어서 욕을 퍼부은 뒤에는 국물에 밥이라도 말아준다.

"먹어, 이년아. 근데 니 오빠는 왜 코빼기도 안 비친대?"

"오빠 살림 차렸어. 웬 기집애 손목 잡고 들어와서 눌러앉혔어. 입이 귀까지 찢어졌어."

"니 아빠는 뭐하고?"

"뭐라 그러다 오빠한테 두들겨맞고는 찍소리 못해. 밥도 가끔 얻어먹어. 좀 있으면 아주 며느리 행세하겠더라."

"이것들이 정말."

오빠가 돌아왔다

엄마는 정말 화가 난 것 같았다. 국자를 국통에 던져넣고 앞치마를 벗어던졌다. 마침 들어온 인부들이 국밥을 시켰지만 엄마는 들은 척도 않고 함바집 밖으로 나와버렸다.
　"장사는?"
　"윤정이 엄마 있잖아."
　"어디 가는데?"
　"며느리 될 년이 들어왔다는데 가서 낯짝은 봐야 할 거 아냐."
　"며느리는 무슨. 개날라리야."
　"개날라리든 소날라리든."
　이건 정말 큰일이다. 우리집 먹이사슬은 이렇다. 오빠는 아빠를 이긴다. 아빠는 엄마를 이긴다. 그런데 엄마는 오빠를 이긴다. 나는? 엄지공주다. 나는 너무 작기 때문에 누구도 나 따위를 이기려고 하지 않는다. 싸움은 그 셋 사이에서 늘 벌어진다. 어쨌든 엄마가 출동했다는 건 오빠한테는 달갑지 않은 일이다. 이상하게 오빠는 엄마한테 약하다. 그건 오빠가 데려온 그 계집애도 엄마한테는 밥이란 얘기다.

바삐 걸어가는 엄마 소매를 잡았다.

"이혼하고 집 나간 주제에 우리집엔 왜 들락거려?"

"내가 뭐 나오고 싶어서 나왔냐?"

"그럼 아빠 쫓아내고 엄마가 들어와서 살지."

엄마는 입을 다물고 화난 사람처럼 땅을 꾹꾹 눌러가며 걷고 있었다. 나는 응석받이처럼 보챘다.

"응, 그러자. 아빠 내쫓고 우리끼리 살자."

"그럼 니 아빠는? 서울역에 보내고?"

"거기 가서도 철도청 비리 고발하면서 호의호식할 거야. 아니, 그럼 엄마는 지금껏 아빠 생각해서 함바집에서 먹고 자고 있는 거란 말이야? 엄마, 열녀야? 아님 바보야?"

"느 아빠, 인생이 불쌍하잖아."

"불쌍할 것도 많다. 우린 안 불쌍하고?"

"이년이 정말 오늘따라 왜 이 지랄이야. 이년아, 먼지 들어와. 입 닫고 따라오든지 아니면 니 갈 길 가."

엄마는 그러지 않아도 다 무너져가는 대문을 활짝 열어젖히고 마치 아침에 나갔던 사람마냥 당당하게 집으로 들어갔다(알고 보면 우리 식구들은 잘난 것도 없으면서 들어올 때는 항상 당당하다). 엄마는 뒷굽이 다 닳은 슬리퍼를 거의 던지다시피 현관에 벗어놓고 마루로 올라섰다. 여자애는 파를 다듬다 말고 갑자기 쳐들어온 엄마를 겁에 질려 올려다보았다.

일촉즉발. 두 여자 사이에 팽팽한 긴장이 흘렀다. 여자애의 오른손에 들려 있는 식칼이 눈에 거슬렸다. 아무래도 내가 나서야 했다.

"인사해. 우리 엄마야. 그 칼은 좀 내려놓지."

여자애는 그제야 식칼을 놓고 일어나 꾸벅 절을 했다. 영양기 없는 부스스한 염색 머리가 이마로 흘러내렸다.

"너 몇살이냐?"

여자애는 얼른 대답을 안 하고 쭈뼛거렸다.

"열일곱이래, 엄마."

"넌 가만있어."

엄마는 한참 동안 여자애를 노려보더니,

"너 나 좀 따라나오너라."

여자애가 계속 눈치를 보자 엄마는 다시 재촉했다.

"후딱."

여자애는 위에 카디건만 걸치고는 엄마를 따라나섰다.

여자애 뒤통수에다 대고 속삭였다.

"넌 이제 죽었다."

엄마는 아직 파냄새도 가시지 않은 여자애 손목을 잡아끌고 대문 밖으로 나갔다. 막상 끌려나가는 여자애 모습을 보니 좀 안됐다 싶었다. 갈 데도 없다던데, 가끔 라면도 끓여주고, 다방 출신이라 커피도 잘 끓이는데, 무엇보다 내 밥인데…… 창문을 열고 다세대주택들 사이로 간신히 비집고 들어선 골목길을 내려다보았지만 엄마와 여자애는 보이지 않았다. 도대체 뭘 하는 거야? 알 수 없었다. 그날따라 아빠도 어디 민원하러 갔는지 뵈지 않았고 할 수 없이 방바닥에다 새로운 장판 디자인이나 구상하며 시간을 보내고 있었다.

그렇게 저녁때가 되자 오빠가 들어왔다. 오빠는 들어오자마자 여자애를 찾았지만 기척이 없자 내게 의문에 가득 찬 시선을 보내왔다.

"엄마가 와서 데려갔어."

"언제?"

"아까."

오빠는 가방만 던져놓고 바로 집을 나섰다. 대문 바로

앞에서 아빠와 마주쳤지만 둘은 아무 인사도 나누지 않고 서로의 갈 길을 갔다. 오빠는 아마도 엄마의 함바집에 갔을 것이다. 구경 삼아 오빠 뒤를 따라 함바집으로 달렸다. 셀룰로이드 필름이 너덜너덜 붙어 있는 문을 드르륵 밀고 들어가니 엄마가 국통에다가 통양파를 던져넣고 있었다.

"남매가 웬일야?"

"소연이 어디 갔어요?"

"소연이가 누구야?"

"엄마가 아까 데리고 갔다면서요?"

오빠는 엄마가 여자애를 국통에라도 넣어 삶고 있기라도 한 것처럼 얼굴을 잔뜩 찌푸린 채로 엄마를 노려보고 있었다.

"이놈이, 아주 엄마 잡아먹겠네. 이놈아, 지 발 달린 년이 알아서 다니겠지. 왜 나한테 눈 부릅뜨고 난리야? 그것도 눈이라고 달고 어디 가서 밉상 기집애 하나 끼고 들어온 주제에 어디 와서 행패야, 이놈아."

오빠는 거의 울상이었다. 오빠가 뭐라고 한마디 더 하려는 찰나 문이 열리며 여자애가 들어왔다. 여자애는 오빠와 나를 보더니 잠시 어리둥절해했다.

"뭐야?"

어리둥절하기는 우리도 마찬가지였다. 여자애는 그새 입성이 달라져 있었다. 엄마한테 손목 붙들려 끌려나갈 때의 후줄근한 카디건 대신 꽤 그럴듯한 스웨터를 입고 있었다. 털 상태로 봐서는 새것이 분명했다. 구질구질한 동대문제 청바지 대신에 꽤 괜찮아 뵈는 체크무늬 스커트도 받쳐입고 있었다. 그러고 나니 제법 부모 잘 만난 고등학생처럼 보였다.

"너 그 옷 뭐야?"

여자애 스웨터 소매를 잡아당기며 묻자 엄마는 긴 국자로 내 머리통을 때리며 말했다.

"이년아, 나이도 너보다 세 살이 위고, 오빠 안사람이니까 언니라고 불러."

"언니는 무슨."

입을 샐쭉거리는 사이, 다시 국자가 날아왔다.

"입어봤으면 어여 옷 갈아입고 일루 들어와."

"네."

여자애는 화장실로 갔다. 오빠가 더이상은 참지 못하고

엄마에게 물었다.

"엄마, 도대체 뭐야?"

"집에 있음 뭐하냐. 여기 나와서 일이나 거들라고 그랬다. 월급은 일하는 거 봐서 줄게. 왜 너 밥 안 해줄까봐 그러냐? 밥은 여 와서 먹음 되잖아."

"잠은?"

아마 그게 오빠 입장에선 가장 절실한 질문이었을 것이다. 사랑하는 동거녀를 시커먼 인부들 드나드는 함바집 가겟방에서 재울 수는 없는 노릇 아닌가.

"이 녀석아, 내가 끼고 자면 뭐할 거야. 때 되면 들여보내줄 테니까 걱정 말고 돈 벌 걱정이나 해."

"알았어요."

그제야 안심한 오빠는 실쭉 웃으며 돌아섰다.

"그리고."

엄마가 나가려던 오빠의 뒷덜미를 잡아세웠다.

"네?"

"엄마도 들어간다. 오늘."

이번에는 나도 깜짝 놀랐다.

"뭐?"

"이것들이 엄마가 간대도 반가워하지도 않고, 썩을 놈들, 다 웬수야. 그래도 들어갈 거야."

"어디서 잘 건데?"

"너랑 같이 자지 이년아, 그럼 누구랑 자겠냐?"

좋은 시절 종쳤다. 엄마는 내 방으로 들어오겠다고 했다. 그럼 내 사생활은? 울상을 조금 더 지었다가는 또다시 국자가 날아올 것이었으므로 나는 몸을 홱 돌려 함바집을 나와버렸다. 그러고는 돌멩이 하나를 힘껏 걷어찼다. 에이씨. 잘 지내다가 왜 갑자기 그 좁아터진 집으로 돌아오겠다는 거야. 돌아오면, 아빠와의 그 지긋지긋한 싸움이 새로 시작될 텐데, 아, 그건 생각만 해도 끔찍하다. 물론 이제 오빠의 권위가 섰으니 예전처럼 아빠가 길길이 날뛰지는 못할 테지만.

엄마는 자기 말대로 정말 밤이 되자 보따리 하나를 들고 집으로 들어왔다. 장장 오 년 만의 귀환이었다. 이번에는 아빠가 뒤로 나동그라졌다. 엄마는 아빠 쪽을 쳐다보지도 않은 채 체포된 게릴라 지도자처럼 비장하게 말했다.

"거 되도록 말 섞지 맙시다."

"한지붕 아래서 어떻게 그렇게 사나."

"살기 싫음 나가든가."

오빠가 눈을 부라리고 옆에 서 있었기에 그쯤에서 둘 사이의 기싸움은 끝났다. 엄마는 내 방에 짐을 부리고는 텔레비전을 켰다. 아빠는 은근히 엄마가 다시 돌아온 것을 반기는 듯한 기색이었다. 그도 그럴 것이 아빠 역시 엄마가 나간 뒤로 여자 구경을 거의 못했을 터였다. 엄마야 함바집에 있으니 그래도 이 남자 저 남자 품에 몇 번쯤은 안겨도 봤을 테지만 아빠 같은 무일푼의 고발꾼을 누가 거들떠본단 말인가. 그래서인지 아빠는 밤 열한시쯤에 날 불렀다.

"너 어디 안 놀러가니?"

"이 밤중에 어딜 놀러간단 말이에요?"

"그럼 엄마더러 내 방으로 좀 건너오라고 할래?"

"말해봤자야."

"말이나 좀 해봐."

엄마에게 말을 전하자 엄마는 흥, 하고 코웃음을 치고는 텔레비전 볼륨을 높였다.

"안 가볼 거야? 아빠도 나름대로 오래 굶었어."

당장 꿀밤이 날아왔다.

"어린 년이 어떻게 못 하는 말이 없어."

"사실인데 뭘."

"넌 안 자?"

"자야지."

나는 이불을 눈썹까지 끌어올렸다. 텔레비전에서는 아프가니스탄 탈레반 정권의 붕괴가 임박했다는 보도가 나오고 있었다. 우리 오빠가 탈레반인데…… 말도 안 되는 생각을 하며 뒤척이는 사이, 엄마가 방문을 열고 나가는 소리가 들려왔다. 그리고 잠시 후에 두런두런 사람 소리가 들리더니 곧이어 둔중하면서 격렬한 울림이 방바닥을 통해 전해져왔다. 앞으로 스테레오로 시끄럽겠군. 오빠 방에서도 나직한 고양이 울음소리가 흘러나오고 있었다. 어른이 된다는 건 간단하군. 우선 부모를 제압할 만큼 힘을 기르고 짝을 찾아 집으로 쳐들어오는 거야. 그럼 만사 오케이다. 나도 어서 어른이 되었으면 좋겠다. 추악한 두꺼비 모자에게 납치된 안데르센 동화 속의 엄지공주는 이리저리 떠돌다 딱 저만한 크기의 왕자를 만나 살림을 차렸다. 그리하여 엄지공주는 새로운 이름을 얻었다. 당신같이 아름다운 여자가 엄지공주라니 가당치도 않소. 당신을 앞으로 마야라 부르겠소. 얼마나 멋진가. 앞으로 내 이름도 마야. 언젠가 내 짝이 나타나면 나를 마야라 부르라 명해야겠다. 경선이 같은 촌스러운 이름보다는 마야가 제격이다.

엄마가 들어온 지 일주일 되던 일요일이었다. 아침에 일어나니 엄마와 여자애가 김밥을 말고 있었다. 태어나서 이런 장면은 처음 본다. 이건 TV 드라마에나 나오는 장면 아닌가? 현실에도 이런 일이 일어나나? 나는 눈을 비비며 마루로 나갔다.

"뭐하는 거야? 누가 보면 다정한 고부간인 줄 알겠네."

"이년아, 보긴 누가 본다는 거야. 너도 뻘쭘히 서 있지 말고 와서 다꾸앙이라도 썰어."

"다 썰어놨구만, 뭘."

나는 오이 한쪽을 들고 씹으며 마루를 둘러봤다.

"근데 엄만 어제 어디서 잔 거야? 자다보니 없던데?"

여자애가 보일 듯 말 듯 입꼬리를 올리며 웃고 있었다.

"이년아, 이빨이나 닦고 떠들어."

칫. 입을 비죽거리며 화장실에 갔지만 이미 거기엔 아빠가 있었다.

"다 쌌다. 좀만 기다려라."

아, 이 두꺼비 하우스에서 아름다운 언어란 함부로 기대할 수 없는 사치다. 화장실 앞에 쪼그려앉아 기다리자니 아빠가 바지춤을 추어올리며 나왔다. 잽싸게 화장실에 들어가 이 닦고 세수하고 나오니 오빠도 이미 마루에 나와 있었다.

"오빠, 일요일인데 일찍 일어났네?"

그러자 오빠는 대뜸,

"너도 가자."

"뭐?"

내가 '어디?'라고 묻지 않고 '뭐'라고 물은 이유는 '너도 가자'라는 말이 너무도 생소했기 때문이다. 우리집에선 도대체 '너도 가자' 같은 말이 나오지 않기 때문이다. '도'라는 주격조사와 '하자'형 어미는 우리집에서 여간해서 발견되지 않는 일종의 사어라고 할 수 있었다.

"야유회를 가기로 했다."

오빠는 자기도 멋쩍은지 어깨에 내려앉은 비듬을 털어내며 말했다.

"야유회? 이렇게 모두?"

그러니까 술주정뱅이에 고발꾼인 아빠와 그 아빠를 작신작신 두들겨패는 택배회사 직원인 아들, 그 아들의 미성년자 동거녀, 오피스텔 건설현장의 함바집 아줌마, 마지막으로 그 아줌마의 딸인 중학교 일학년짜리 소녀가 야유회를 간다는 거다.

"난 안 가."

오이를 잘근잘근 씹으며 나는 내 방으로 홱 들어가버렸다. 엄마가 내 뒤를 따라 들어왔다.

"너 이년, 엄마 들어오는 거 싫어? 엄마가 함바집에서 연탄가스 마시고 콱 죽어도 좋아, 이년아? 엉?"

"누가 엄마 들어오는 거 보고 뭐래? 야유회 가기 싫다는 거지. 도대체 아빠랑 야유회 가서 뭐해? 술이나 진탕 퍼마시고 해롱해롱대다가 사람들 줘팰 텐데."

"이젠 오빠가 다 커서 아빠도 옛날처럼은 안 해."

"하여간 난 싫어."

그래도 야유회는 강행되었다. 엄마는 이번에 야유회를 못 가기라도 하면 세상이 뒤집어지는 것처럼 난리를 쳤다. 고기도 구워 먹고 노래방에도 가고 사진도 찍어야 한다는 것이다. 모름지기 가족이란 그런 거라는 거다. 세상에 오

년 동안을 집에는 코빼기도 안 비치고 함바집에서 인부들 밥해주며 살던 엄마가 난데없이 쳐들어와서 야유회를 가야 한다고 우기다니. 가족이 그렇게 좋으면 왜 지금껏 그렇게 살아왔는지 한마디 설명이라도 해야 되는 거 아닌가? 밤에 슬그머니 빠져나가 아빠 품에 안기고 나더니 머리가 어떻게 된 거 아닌가 모르겠다. 심히 걱정된다. 오빠는 이번 야유회를 틈타 자기 동거녀를 은근슬쩍 우리 가족(이런 게 있다면!)으로 편입시킬 야욕이 있는 것 같았다. 아빠는 당분간 엄마가 하자면 뭐든 할 태세였고 그 남자 밝히는 여자애야 오빠가 하자는 데 이견이 있을 리 없었다.

그렇게 야유회가 결정되었다. 우리는 각자 되는대로 준비를 끝내고 현관 앞에 모였다. 엄마는 중국 소수민족 축제에서나 볼 수 있을 촌스러운 진달래색 한복을, 아빠는 정부종합청사 민원실 들락거릴 때 입는 낡은 감색 양복을, 오빠는 삐끼 노릇 할 때 입던, 양복인지 교복인지 분간이 안 되는 옷을, 여자애는 엄마가 사준 스웨터와 스커트를 입었다. 나는 교복을 입어야 한다는 엄마와 피 터지게 싸운 끝에 결국 청바지에 점퍼를 입는 것으로 합의를 보앉다. 서커스 가두 홍보단 같은 꼬락서니였다.

우리는 오빠가 운전하는 택배회사 봉고차에 올라탔다. 불행히도 그 봉고차의 짐칸엔 창문이 없었다.

"한 사람씩 번갈아가며 조수석에 타기로 하자."

아빠가 가장 먼저 조수석에 올라탔다. 우리는 어두운 짐칸에 올라탔다. 공교롭게도 짐칸에는 여자들만 타고 있었다. 침묵이 흘렀다. 어색했던지 엄마가 먼저 말을 꺼냈다.

"요담 곗돈 타는 대로 식 올려줄게. 경식이가 손이 잘 나와서 그렇지 애는 착하다."

"식은 됐어요. 언제 사진이나 찍어주세요."

"못생겨가지구 사진은 무슨."

내가 퉁박을 주자 엄마가 마치 유원지의 두더지 잡듯 강력한 꿀밤을 먹였다.

"언니라고 부르랬지!"

"싫단 말이야."

"됐어요, 어머니."

여자애가 아양을 떨었다. 오호라. 예쁜 스웨터랑 스커트 얻어 입고 신이 났구나. 얄미운 것. 나는 여자애 발이 있음 직한 곳을 겨냥해 발을 내질렀다. 정통으로 발등에 적중

했는지 여자애가 신음소리를 냈다. 참고 있는 모양이 고소해 다시 한번 발로 발등을 꽉 밟아주었다. 이번에는 여자애도 가만있지 않았다. 내 옆구리를 눈물이 찔끔 날 정도로 꼬집어왔다. 나도 집히는 대로 여기저기를 꼬집어댔고 여자애도 지지 않고 내 허벅살과 뱃살을 꼬집어댔다. 눈물이 쏙 빠질 정도로 아팠다. 해보겠다는 거야? 나는 그녀의 머리통을 잡고 귀밑머리를 한 움큼 뽑았다. 내 머리핀과 그 근처의 머리털도 그녀의 우악스러운 손에 의해 왕창 뽑혀나갔다. 팥빙수를 갑자기 삼켰을 때처럼 골이 띵했다. 그제야 상황을 안 엄마가 달려들었다.

"뭣들 하는 거야?"

그러나 우리 둘은 이미 누가 말릴 수 있는 상황이 아니었다. 어느새 우리는 교미중인 뱀처럼 엉겨버렸다.

"못 떨어져?"

엄마가 뜯어말렸지만 역부족이었다. 마침 봉고차가 우회전하는 바람에 우리는 바닥으로 굴러떨어졌다. 여자애가 짐승처럼 소리를 질러댔다. 잘 들어보니 소리를 지르는 게 아니라 엉엉 울고 있었다.

"왜 나한테 이래. 내가 뭘 잘못했다구. 엉엉. 나 잘못 없는데 왜 나한테 이러는 거야. 내가 얼마나, 내가 얼마나, 엉엉, 겁도 많고, 무서운데, 지들 집이라고 막 유세하고, 막 무시하고 막 괄시하고, 엉엉."

못된 계집애. 울긴 왜 운담. 누가 저더러 우리집에 들어오래? 나는 여자애를 내버려두고 일어나 운전석 쪽 벽을 두들겼다.

"차 좀 세워줘."

운전석 쪽에는 안 들리는지 차는 계속 달리고 있었다. 여자애는 계속 엉엉 울어대고 보아하니 엄마가 토닥거리고 있는 모양이었다. 함바집 사장님과 종업원 둘이서 잘해보라지. 나는 심통이 나서 짐칸 구석에 처박혔다. 이런 놈의 가족이 야유회는 무슨 야유회람.

잠시 후, 휴게소에서 아빠와 자리를 바꿨다. 내가 조수석으로 가고 대신 아빠가 짐칸으로 갔다. 여자애가 약간 걱정됐다. 캄캄한 데서 아빠가 더듬을지도 모르는데. 아빠는 능히 그러고도 남을 사람이다. 그런데도 오빠는 아는지 모르는지 싱글싱글이었다.

"우리 어디로 가는 거야?"

"남이섬."

"그럼 바다로 가는 거야?"

"아니, 강에 있는 섬이야."

"좋아?"

"나도 안 가봐서 몰라."

"근데 오빠, 저 여자애 졸라 칙칙해."

"왜?"

"몇 번 꼬집었더니 막 울어."

오빠의 표정이 약간 굳어졌다.

"언니를 왜 꼬집어?"

"자꾸 언니라고 부르라잖아."

"부르면 되잖아."

"싫어."

"너 그럼 학교도 안 보내고 옷도 안 사준다."

정말 치사해서. 막판엔 꼭 돈 얘기다. 나는 항의의 표시로 입을 꾹 다물고 앉아 있었다. 봉고차는 말없이 경춘국도를 달렸다. 경치는 좋았다. 하늘은 쾌청했고 들녘은 누렇게 물들어 이미 가을이 지나갔음을 일러주고 있었다.

목적지에 도착하자 오빠는 차를 세운 후 뒤로 돌아가 짐칸을 열었다. 갑자기 밝은 빛이 들어오자 눈이 부신 듯

손차양으로 햇빛을 가리며 세 사람이 내렸다.

"여기야?"

아빠는 눈을 가늘게 뜨고 강가를 둘러보았다.

"여기서부턴 배 타고 들어가야 돼요."

아빠는 혐오스러울 정도로 많은 양의 가래침을 뱉으며 말했다.

"배는 무슨. 여기도 좋은데. 매운탕집 같은 거 없나? 어, 저기 한 집 있네. 쏘가리 붕어 매운탕. 이런 날씨엔 뜨끈한 매운탕에 소주 한잔이 최고지."

알코올중독자 아빠야 술 생각이 간절하겠지. 그 생각에 모든 걸 참고 저 짐칸도 마다 않고 여기까지 온 거겠지. 그치만 나도, 그리고 엄마도 배를 타고까지 가야 할 어떤 곳이 있다고는 생각하지 않았기 때문에 우리는 그냥 그 초라하고 허름한 쏘가리 붕어 매운탕집 안으로 기어들어갔다. 철 지난 강가라 손님이 귀했는지 주인은 반색을 했다.

"한 마리 더 넣었습니다."

주인은 매운탕을 가져오며 생색을 냈다.

"수제비도 좀더 넣어주세요."

오빠가 부탁했다.

"예에, 알겠습니다. 수제비야 얼마든지 드립죠."

주인은 그때쯤엔 이미 돈을 낼 사람이 누구라는 것쯤은 알아차린 눈치였다. 그건 오 분만 우리 가족을 지켜보면 누구라도 알게 되는 진실이다. 주인은 감자수제비를 더 가져와 매운탕에 넣었다. 울어서 눈이 퉁퉁 부은 여자애는 뭐가 그렇게 맛있는지 콧물을 질질 흘리면서도 허겁지겁 매운탕 국물을 제 입으로 퍼넣기 바빴다. 하여간 근본이 의심스럽다니깐. 그런데도 오빠는 그런 여자애를 측은한 눈길로 바라보고 있었다. 한편 엄마는 그러는 오빠의 숟가락 위에 살점들을 발라 얹어주었다. 아빠는 아무도 따라주지 않는 소주를 자작으로 부어 벌써 두 병째 마시고 있었다. 대화는 잘 이어지지 않았고 서로가 자기 이야기를 조금씩 하다가 말문이 막히면 매운탕에 코를 처박는 식이었다.

"엄마, 그럼 재결합하는 거야?"

이런 말 꺼낼 사람이 나밖에 없다는 게 우리집의 불행이다. 나는 어영부영 은근슬쩍 뭐하는 거 딱 질색인 사람이다. 엄마는 아빠가 들고 있는 소주병을 빼앗아 자기 앞에 있는 잔에 따르고 나머지는 오빠 잔에 따랐다. 그러고는 술잔을 들고 이렇게 말했다.

"재결합은 안 한다. 왜냐? 내가 함바집 해서 번 금쪽 같은 돈을 거저 느이 아버지한테 갖다바칠 수는 없기 때문이다. 그렇지만."

엄마는 오빠와 잔을 부딪치고는 말을 이었다.

"살기는 같이 산다. 왜냐?"

이렇게 말을 쉬는 게 엄마의 버릇이다. 그런데 이번에는 좀 오래 쉬었다. 게다가 뭐가 쑥스러운지 씩 웃기까지 했다.

"왜긴 왜야. 니들 불쌍해서지. 어이구, 내 새끼들."

엄마는 옆에 앉은 내 머리를 쓰다듬으며 말했다. 하지만 나는 엄마가 정말 하고 싶었던 말이 뭔지 안다. 뻔하지. 남자 품이 그리웠던 거지. 흥!

아빠는 엄마가 뭐라고 하거나 말거나 자기 앞에 있는 소주만 열나게 들이붓다가 결국 매운탕집에서 뻗어버렸다. 오빠는 아빠를 뉘어놓고 여자애와 둘이 강변으로 산책을 나갔다. 나하고 엄마만 밥상 앞에 앉아 생선 눈알을 빼먹으며 시간을 보냈다.

"좋지?"

엄마가 생선뼈를 발라내며 물었다.

"좋기는 개뿔이 좋아? 심심하기만 하구."

"으이구, 이 심통하고는."

엄마가 내 머리통을 쥐어박고는 밖으로 나가 오빠네를 불러와 아빠를 짐칸에 실었다. 오빠는 호기롭게 지갑에서 만원짜리 네 장을 꺼내 계산을 했다. 여자애가 팔짱을 끼고 자랑스러운 얼굴로 오빠를 올려다보았다. 우리가 모두 차에 오르자 매운탕집 주인과 그 마누라가 길가까지 나와 손을 흔들며 우리를 배웅해주었다. 그거 하나는 기분 좋았다.

그렇게 서울로 돌아오던 길에 오빠가 어느 여고 앞에 차를 세웠다. 그러더니 우리 모두 차에서 내려 기념사진을 찍어야 한다고 했다. 어디에서? 오빠는 스티커사진 부스를 가리켰다. 엄마는 얼굴이 큰데도 맨 앞에서 찍어서 얼굴이 타이어만하게 나왔고 오빠와 여자애는 뒤에서 찍어서 쪼다처럼 나왔다. 나는 좀 예쁘게 나왔는데 여자애는 그게 조명발 덕이라고 구시렁거렸다. 바보. 조명은 나한테만 비추나.

그럼 아빠는? 아빠는 그때까지도 술이 안 깨 짐칸에서 내리지도 못했다. 아빠는 그대로 집까지 실려와 문짝이 부서진 자기 방에 부려졌다. 오빠와 여자애는 자기들 방으로 들어갔고 엄마는 아침을 준비해야 한다면서 함바집으로 갔다. 나는 내 방에서 생선 눈알을 괜히 먹었다고 후회하고 있다. 에이, 그런 건 고양이나 먹는 건데. 아 참, 슈퍼 아줌마가 자기 집 고양이가 새끼를 다섯 마리나 낳았다면서 한 마리 주겠다고 했는데. 내일은 만사를 제쳐두고 그 고양이나 데리러 가야겠다. 야옹아, 하루만 기다려라. 언니가 간다.

(『현대문학』 2002년 1월호)

엘리베이터에 낀 그 남자는 어떻게 되었나

　살다보면 이상한 날이 있다. 그런 날은 아침부터 어쩐지 모든 일이 뒤틀려간다는 느낌이 든다. 그리고 하루종일 평생 한 번 일어날까 말까 한 일들이 마치 기다리고 있었다는 듯 하나씩 하나씩 찾아온다. 내겐 오늘이 그랬다.

　아침에 면도를 하는데 면도기가 부러졌다. 별로 힘도 주지 않았는데 목이 툭, 하고 꺾여버렸다. 싸구려 일회용 면도기였느냐고? 물론 아니다. 질레트사에서 최근에 내놓은, 값이 거의 육천원에 육박하는 제품이다. 튼튼하기가 이를 데 없고 누군가 일부러 부러뜨리려야 부러뜨릴 수 없는 것인데, 사용한 지 불과 한 달 만에 이렇게 되어버린 것이다.

면도기가 부러지는 바람에 수염은 반밖에 깎을 수 없었다. 왼쪽 얼굴은 말끔, 오른쪽 얼굴은 그 반대였다. 이런 우스꽝스러운 모습으로 출근을 해야 하다니. 나는 기분을 잡쳐버렸다. 시계를 보았다. 일곱시 사십분. 여유가 없었다. 머리를 말리고 옷을 걸치고 집을 나가 엘리베이터를 기다렸다. 아무리 기다려도 엘리베이터는 오지 않았다. 고장이라도 난 모양이었다. 다시 시계를 보았다. 일곱시 오십오분. 나는 십오층에서 일층을 향해 달려내려갔다. 오층을 지나가면서 보니 엘리베이터는 문이 열린 채로 육층과 오층 사이에 걸쳐 있었고 엘리베이터 아래로 사람의 다리 두 개가 대롱거리고 있었다. 한쪽 발은 신발이 벗겨져 있었다. 죽었을까 살았을까. 잠깐 멈춰서 있는 사이 사람들이 바삐 나를 밀치고 아래층으로 내려갔다. 말끔하게 차려입은 그들은 출근중이었다. 사람이 엘리베이터에 끼여 죽었는지 살았는지도 모르는데 저렇게 무심히 지나치다니. 하지만 나 역시 할 수 있는 일은 별로 없었다. 시계를 보았다. 여덟시 정각. 이크. 나는 슬쩍 아래층 쪽을 내려다보면서 갈등했다. 할 수 없군. 나는 신발이 벗겨진 발을 살짝 당겨보았다(발은 내 얼굴 높이에 있었다). 여보세요. 발가락이 꿈틀거렸다. 말이라고 할 수 없는 신음도 흘러나왔다. 살아 있는 모양이었다. 하지만 그를 구해낼 힘도 시간도 없었다. 이거 봐요. 어쩌다 엘리베이터에 끼였는지는 모르겠지만 내가 출근하면서 119에 신고해줄게요. 아니면 경비에게 말해줄 테니 조금만 기다리세요.

나는 한달음에 일층까지 내려왔다. 경비실 창문에는 '순찰중'이라는 팻말이 걸려 있었다. 바깥을 둘러봤지만 경비의 모습은 보이지 않았다. 할 수 없군. 나는 버스정류장까지 달려갔다. 버스는 오지 않았다. 나는 옆에 서서 버스를 기다리고 있는 남자에게 물었다. 혹시 핸드폰 있습니까? 누가 엘리베이터에 끼여서 119에 신고를 해줘야 하거든요. 남자는 별 시답잖은 놈도 다 보겠다는 기색으로 힐끔거리더니만, 핸드폰 없어요, 라며 차갑게 내뱉고는 고개를 버스 오는 방향으로 돌려버렸다. 뒤에 서 있는 여자에게서도 비슷한 반응이 돌아왔다.

저기 공중전화 있잖아요. 여자는 손가락이 아령이라도 되는 듯이 힘겹게 들어 길 건너편의 공중전화를 가리켰다. 나는 사정을 설명했다. 제가 저기 가 있는 사이에 버스라도 오면 어떻게 해요? 저희 부장님이 아주 성질이 드러워서 지각하면 죽음이거든요. 그리고 엘리베이터에 낀 사람 생각 좀 해주세요. 얼마나 아프겠습니까? 여자는 기가 차다는 듯이 입가를 비틀며 웃더니 마침 도착한 버스에 올라타버렸다. 핸드폰을 사든지 해야지 원. 나는 핸드폰을 사지 않은 것을 처음으로 후회했다. 그때 내가 타야 할 버스가 왔고 나는 사람들 사이에 끼여서 버스 위로 밀려 올라갔다. 버스카드를 제시하려고 뒷주머니를 만지니, 이런, 지갑이 없었다. 기사는 짜증을 내며 현금을 내라고 했고 나는 지갑을 안 가지고 와서 그것마저 낼 수 없노라고 말했다. 그럼 내리라며 기사는 짜증을 냈다. 내 뒤에 섰던 사람들은 한 번씩 나를 힐끔거리며 내 옆구리 사이로 버스카드를 판독기에 대고 지나가버렸다. 나는 기사에게 사정을 했다. 내일 두 번 찍을게요. 그럼 되잖아요. 그때 덤프트럭이 휘청거리며 중앙선을 넘더니 그대로 내가 타고 있는 버스의 정면으로 돌진해왔다. 기사는 나에게 짜증을 내고 있느라 미처 그것을 보지 못했고 설령 봤다 하더라도 뭐 별 도리는 없었을 것이다. 그 만원버스에서 앞을 보고 있는 사람이라면 기사에게 통사정하고 있던 나밖에 없었으니까. (그것만은 오늘 있었던 일 중에서 운수 좋은 일이었다.) 나는, 어어어, 하면서 필사적으로 뒤로 몸을 빼며 웅크렸고 트럭의 머리는 그대로 버스의 앞면과 충돌해버렸다. 사람들이 일제히 내 위를 덮었고 비명소리와 신음소리가 뒤섞여버렸다. 나는 이제 더이상 버스카드 일로 추궁당하지 않게 된 것이 적이 기뻤다. 한차례 충격파가 휩쓸고 간 후에 사람들은 여기저기서 몸을 일으키기 시작했다. 버스의 앞쪽은 판독기까지 트럭이 밀고 들어오는 바람에 박살이 났고 운전사의 가슴은 트럭의 백미러가 누르고 있었다. 다행히 나는 허리가 좀 뻐근한 것만 빼면 별다른 상처가 없는 듯했다. 충격에서 헤어난 사람들은 너도나도 핸드폰을 꺼내기 시작했다. 조금 전 나에게 핸드폰이 없노라던 남자도 예외는 아니었다. 버스 안은 온통 119와 가족, 그리고 회사에 전화하는 소리로 가득차버렸다. 엄마, 나야. 나 버스 탔는데 사고났어. 응, 난 괜찮아. 근데 버스는 완전히 박살났어. 거기 119죠? 여기 삼동아파트 앞 길인데 88번 버스가 뭐하고 부딪쳤나봐요. 빨리 와주세요. 아, 부장님. 저 이대린데요. 지금 저희 집 앞인데 타고 가던 버스가 트럭하고 부딪쳤습니다. 예. 기사는 죽은 것 같구요. 저요? 저도 지금 사람들한테 깔리는 바람에 허리가 좀…… 예. 그 일은 박대리가 잘 알 겁니다. 나는 전화를 마친 사람에게 핸드폰을 좀 빌려달라고 했다. 하지만 그는 걸 데가 있다면서 빌려주지 않았다. 사람들은 가족, 회사, 친구, 심지어 교통방송에까지 걸었다. 이어 사이렌 소리가 울리면서 소방차가 도착했다. 그들은, 비켜주세요, 라고 하면서 해머로 버스의 유리창을 부수어버렸다. 사람들은 너도나도 그 유리창으로 뛰어내렸다. 나도 그들을 따라 유리창으로 탈출했다. 구급대원들은 사람들의 상태를 일일이 체크하고 있었다. 한 대원이 나에게 괜찮냐고 묻기에 나는 엘리베이터 이야기를 꺼냈다. 제 아파트 엘리베이터에 사람이 끼였습니다. 빨리 가셔야 할 것 같은데요. 아까부터 신고하려고 했는데 핸드폰이 없어서요. 사람들이 아무도 안 빌려주더라구요. 내가 얘기를 끝냈을 때, 소방대원은 이미 다른 사람을 돌보러 떠난 후였다. 혹시 119는 전화로 신고해야만 출동하는 조직인가. 어쩌면 그게 더 신빙성이 있을지 몰라. 교통사고 현장에서 엘리베이터 사고를 신고한다면 누가 믿겠느냐 이거야. 나는 아픈 허리를 짚으며 건너편 공중전화로 걸어갔다. 투명문을 밀고 들어가보니 카드전화기였다. 지갑이 없지 않은가. 나는 다시 공중전화부스를 나와 사고 구경을 하는 사람들에게 전화카드를 빌려달라고 했다. 카드 좀 빌려주세요. 한 중년 여성은 대뜸, 어디에 걸 거냐고, 혹시 119에 할 거면 벌써 왔으니까 안 해도 된다고. 지난번엔 누굴 빌려줬더니만 핸드폰에다 거는 바람에 삼천원어치나 해버렸다고. 요즘엔 그런 나쁜 놈들이 많다고, 말할 틈도 주지 않고 떠들어댔다. 나는 119에 할 거라고 했다. 하지만 이 사고 때문이 아니라 엘리베이터에 사람이 끼여서 그렇다고 말했다. 여자는, 한심하다는 듯이, 119나 112 같은 긴급전화는 전화카드 없이도 된다고 말했다. 나는 다시 전화부스에 들어가 119를 눌렀지만 아무 발신음도 들리지 않았다. 그제야 나는 전화기 앞에 끼워져 있는 하얀 양철 조각에 쓰여 있는 글자를 읽을 수 있었다. 고장 수리중.

그때 경찰차가 도착했고 경찰은 목격자를 찾았다. 함께 버스에 탔던 사람들이 일제히 나를 지목했다. 저 사람이 맨 앞에 있었어요. 버스카드도 없이 타는 바람에 기사하고 실랑이를 벌였거든요. 저 사람만 아니었어도 이 사고는 안 일어났을지도 몰라요. 기사가 저 사람하고 싸우느라고 출발하지 못하고 있었거든요. 제복을 입은 경찰관 두 명이 내게 다가왔다. 경찰은 물었다. 아저씨, 사고나는 거 보셨죠? 나는 대답했다. 아, 네. 보기는 봤는데, 저 그것보다 급한 일이 있거든요. 저 오늘 아침에 회사에서 프레젠테이션을 해야 되구요. 것보다 더 급한 건 우리 아파트 엘리베이터에 사람이 끼였다는 거예요. 오층하고 육층 사이에 꼈는데 빨리 가보셔야 할 것 같은데요. 정말이라구요. 경찰은 내게 눈길도 주지 않고 수첩을 폈다. 묻는 말에만 대답해주세요. 사고난 거 보셨어요? 봤다니까요. 트럭이 중앙선을 넘더니 그냥 버스 정면으로 돌진했다니까요. 근데 그게 급한 게 아니고 엘리베이터에 사람이 끼여 있다니까요. 옆에 서 있던 경찰이 참다못해 끼어들었다. 엘리베이터에 사람이 낀 게 언제예요? 그러니까 아까 일곱시 오십분쯤이오. 나는 시계를 보았다. 시간은 벌써 여덟시 이십분에 가까워져가고 있었다. 경찰은 허리춤에서 무전기를 꺼내 입에 댔다. 아, 혹시 삼동아파트 엘리베이터 사고 신고 들어온 거 있어요? 경찰은 짜증스러운 얼굴로 무전기를 다시 허리춤에 끼우더니 말했다. 이봐요, 아저씨, 바쁜 사람 붙잡고 장난합니까. 주민등록번호 좀 대세요. 나는 주민등록번호를 대주었고 전화번호도 알려주었다. 가도 됩니까? 경찰은 그러라고 했다. 그사이에 사람들은 다음 버스에 꾸역꾸역 올라타고 있었다. 나도 그들을 따라 황급히 대열에 합류했다. 버스 한 대가 박살이 났고 그사이에 또 시간이 흘렀기 때문에 사람들은 궤짝 속의 생선들처럼 포개져버렸다. 다행한 것은 앞 버스 승객들에겐 버스카드 제시를 요구하지 않았다는 사실이었다. 나는 쾌재를 불렀다. 다소 비좁긴 했지만 공짜 아닌가. 지갑을 가지러 다시 십오층까지 걸어올라가는 것도 끔찍했고 올라가면서 오층과 육층 사이에 끼여 있는 남자의 발을 다시 봐야 하는 것도 싫었다. 그에게 뭐라고 말한단 말인가. 경비는 순찰중이고 사람들은 핸드폰을 빌려주지 않고 공중전화는 고장이고 경찰은 얼굴의 수염이 반만 있는 내 말을 믿어주지 않는다고 하란 말인가. 게다가 회사는 벌써 늦어버렸지 않은가. 회의는 또 어쩌란 말인가. 거기에서 나는 오늘 회사 내 자원 재활용 문제에 관한 중대 보고를 해야 한단 말이다. 더 정확히 말하자면 이면지 사용의 생활화 방안과 화장실 휴지 절약 방안을 이사 앞에서 말끔하고 경쾌한 목소리로 떠들어대야 하는데 아침부터 면도기가 부러지지 않나, 사람이 엘리베이터에 끼여 있지 않나, 난데없이 트럭이 가만히 서 있는 버스를 들이받지 않나. 재수없는 하루라는 게 분명해졌다.

 두번째로 탄 버스에선 아무 일도 없었나? 물론 아니다. 내 오른쪽 엉덩이 근처에서 뭔가가 스멀거리더니만 한 남자가 내 옆에 서 있는 여자의 엉덩이를 주무르고 있는 것이었다. 아직도 이런 놈들이! 나는 분개했지만 내 엉덩이도 아니고 해서 참으려고 노력했었다. 하지만 그 여자가 내 얼굴을(그것도 면도가 안 된 오른쪽을) 자꾸만 쳐다보면서 인상을 찌푸리는 데에는 더이상 두고 볼 수 없었다. 저기요. 범인은 제가 아닙니다. 그리고 오른쪽에 수염이 많이 나 있는 건 오늘 아침 면도기가 부러졌기 때문이고 내 양복이 온통 구겨져 있는 건 조금 전에 탄 버스가 트럭에 들이받혔기 때문이란 말입니다. 쓸데없는 말이었나? 주변의 사람들이 일제히 나를 쳐다보았다. 동시에 여자의 엉덩이를 어루만지던 남자의 손은 신속히 퇴각해버려 이젠 정말로 어느 놈이 그 여자의 엉덩이를 만졌는지조차 알 수 없게 되어버렸다. 여자는 이렇게 된 이상 그냥 넘어갈 수 없다는 표정으로 몸을 내 쪽으로 뒤틀며 내 얼굴에 자기 얼굴을 들이밀었다. 좀 부끄러운 줄 아시란 말이에요.

우리 오빠가 누군 줄이나 알아요? 여자는 얼굴을 더 깊게 디밀었다. 댁의 오빠가 누군데요? 지금 생각해보면 그때 가만히 있었어야 했다. 그러나 나는 그렇게 말함으로써 내가 뭔가를 저질렀다고 자백한 꼴이 되어버렸다. 여자는 자기 오빠의 직책이나 이름은 밝히지 않고 대신 이렇게 말했다. 콱, 감방에 처넣기 전에 조심하라구요.

그 여자의 코가 내 코에 거의 닿을 지경이 되었을 때, 나는 버스에서 내려야 한다는 절박감을 느꼈다. 왜냐하면 그 소란을 들은 기사가 큰 소리로, 아가씨, 이 버스, 파출소에 세울까요, 라고 말했기 때문이었다. 여자는 위협의 효과를 즐기려는지 운전기사의 말에 즉답을 하지 않았다. 그 사이 버스는 정류장에 정차했고 나는 올라타는 사람들을 밀치고 앞문으로 황급히 내려야만 했다.

시계를 보았다. 아홉시였고 출근시간은 이미 삼십 분이나 지나버렸다. 내린 곳이 충정로니까 회사가 있는 종로까지는 빨리 걷는다 해도 삼십 분쯤 걸릴 터였다. 전화도 걸지 못하고 택시도 탈 수 없으니 하는 수 없이 터덜터덜 걷는 수밖에는 도리가 없었다. 이면지 사용과 화장지 절감 방안에 대해 보고를 해야 하는데, 게다가 엘리베이터에 낀 사람은 어쩐단 말인가. 아, 이 모든 건 면도기가 부러졌기 때문이다. 면도기만 부러지지 않았다면 좀더 일찍 집을 나섰을 것이고 엘리베이터도 정상적으로 작동했을 것이고 그럼 버스 사고도 나지 않았을 것이 아닌가. 이런 일로 질레트사에 손해배상을 청구한다면 승소할 수 있을까. 이런 시답잖은 생각을 하며 광화문을 지나고 있을 때 허리춤의 삐삐가 요란하게 울려댔고 번호를 보니 회사였다. 나는 달리기 시작했다. 회사만이 나를 구원해줄 것이다. 거기에 가면 누군가 날 아는 사람이 돈을 빌려줄 테고 그럼 전화도 할 수 있고 버스를 탈 수도 있다. 내 책상 위의 전화로 119에 신고도 할 수 있고 그럼 만사 오케이다. 달려라, 달려. 나는 넥타이를 휘날리며 광화문 거리를 달렸다. 숨이 목까지 차올랐다. 아침에 다친 허리가 시려왔지만 신경쓸 겨를이 없었다. 헐레벌떡 회사에 도착했다. 회사가 입주해 있는 빌딩에는 모두 여섯 개의 엘리베이터가 있는데 그중 하나는 맨 꼭대기에 있는 회장 전용이고 사원들은 나머지 다섯 개를 사용한다. 나는 그중 하나에 올라탔다. 이미 출근시간이 지나버려 올라가는 사람은 없었다. 다시, 엘리베이터에 끼여 있을 그 사람이 생각났다. 설마, 지금쯤이면 누군가 신고를 해서 구조됐을 거야. 엘리베이터가 작동되지 않는 걸 이상하게 생각한 아파트 경비라도 올라가봤겠지. 오층이면 그리 높지도 않으니까. 아, 그렇지만 모두 나처럼 바빴다면, 아파트 경비들이 모여서 용역회사를 상대로 임금 인상을 요구하는 집회라도 가진다면, 그 사람은 여전히 엘리베이터에 몸이 낀 채로 얼마나 이 세상과 인간들을 원망하고 있겠느냐 말이다.

띵. 오층이었다.

한 여자가 엘리베이터에 올라탔다. 우리는 아마 몇 번쯤 서로 눈이 마주친 적이 있었을지도 모르겠다. 낯익은 여자다. 오층이라면 경리부가 있는 곳이다. 자주색 유니폼에 머리는 길게 길러 묶었다. 길게 기른 걸 보면 아직 결혼하지 않았다는 뜻이다. 왜 여자들은 결혼하면 머리부터 자르는 걸까. 그런 생각을 하는 사이 엘리베이터는 덜컹하는 소리를 내며 멈춰섰다. 여자는 처음에는 태연한 척했다. 힐끔 나를 한 번 바라보더니 계속해서 묵묵히 엘리베이터 문만을 바라보았다. 하지만 아무리 기다려도 엘리베이터가 움직이거나 문이 열리지 않자 여자는, 좀 어떻게 좀 해봐요, 라는 표정으로 나를 다시 쳐다보았다. 나는 미국 사람처럼 어깨를 치켜올리며 어쩔 수 없다는 표정을 지었다. 막막하고 답답한 분위기가 엘리베이터 안에 가득찼다. 고장인가봐요. 비상벨을 눌러볼까요? 여자가 초조한 목소리로 말했다. 그게 좋겠군요. 나는 고개를 끄덕이며 말했다. 여자는 처음에는 천천히, 그러나 나중에는 신경질적으로 빨간색 '호출' 버튼을 눌러댔다. 여자는 손가락이 빨개질 정도가 되어서야 포기했다. 밑에 아무도 없나봐요. 시간은 점점 흘러갔다. 나와 여자는 엘리베이터 문을 힘차게 두들겨 우리가 이 안에 갇혀 있다는 걸 바깥에 있는 사람들에게 알리기로 했다. 우리는 손과 발을 이용해서 쿵쾅쿵쾅 문을 두들겨댔다. 그러다가 내가, 이렇게 두들기면 엘리베이터에 충격이 가서 아래로 추락할지도 모르겠다고 말했다. 여자는 공포에 질린 표정으로 문 두드리는 일을 멈췄다. 오늘 아침에 엘리베이터에 몸이 낀 사람도 봤는걸요. 우린 이만하면 다행이잖아요. 위로랍시고 꺼낸 말이 상황을 더 악화시켰다. 그래서 그 사람 어떻게 됐어요? 제가 계단으로 내려오다가 봤는데, 아직 신고를 못 했어요. 회사에 출근해야 했고 전 핸드폰도 없었거든요. 아, 맞다. 핸드폰, 아가씨, 핸드폰 없어요? 여자는 절망적인 얼굴로 핸드폰은 핸드백에 들어 있다고 말했다. 우리는 동시에 한숨을 쉬었다. 핸드폰이 있었다면 좋았을 텐데. 나는 아쉬웠다. 여자가 핸드폰을 가지고 있었다면 우리가 갇혀 있다는 것도 알리고 엘리베이터에 끼인 그 남자도 119에 신고해줄 수 있었을 텐데.

 문을 한번 열어볼까요? 여자가 제안했다. 그래서 우리가 힘을 합쳐 양쪽으로 문을 열려고 할 때, 여자가 갑자기 소리를 질렀다. 이걸 봐요. 여자가 가리킨 곳에는 '경고. 엘리베이터에 갇혔을 때, 강제로 문을 열려고 시도하지 마십시오'라고 적혀 있었다. 맞아요. 아침의 그 사람도 처음에는 우리처럼 엘리베이터에 갇혔을 거예요. 그러다가 출근 시간이 가까워지니까 초조해져서 문을 열려고 해봤을 거고 문이 열리자 바깥으로 나가려고 했겠죠. 그때 마침 엘리베이터가 움직여버린 거죠. 아 불쌍한 사람. 빨리 119에 신고해줘야 하는데, 어쩌죠? 오늘따라 지갑도 안 가져와서 공중전화도 못 걸고 사람들은 핸드폰을 빌려주지 않잖아요. 게다가 버스랍시고 탄 건 트럭하고 충돌하는 바람에, 글쎄, 제 옷 좀 보시라니까요. 사람들에게 깔려서 이렇게 됐어요. 그다음 버스에서는 엉뚱하게 치한으로 몰려서 그만 버스에서 내려야 했답니다. 아, 그런 눈으로 보지 마세요. 제가 한 게 아니고 다른 놈이 한 건데 내가 한 거라고 오해를 하더라니까요. 왜 그런 거 있잖아요. 여자는 멀찍이 물러나 엘리베이터의 구석으로 가 움츠렸다. 여차하면 내 정강이라도 걷어찰 기색이었다. 그러면서 여자의 손은 쉴새없이 '호출' 버튼을 눌러대고 있었다. 이젠 고장난 엘리베이터보다 나를 더 무서워하는 기색이었다. 나는 그녀를 안심시켜주려고, 걱정하지 말아요, 저 나쁜 사람 아니에요, 우린 같은 회사에 다니는, 신분도 확실한 사람들인데 설마 무슨 일이야 있겠습니까. 이렇게 만난 것도 인연인데 나가거든 커피나 한잔하지요, 라고 말을 건네보았지만 여자는 묵묵부답이었다.

셔츠를 온통 적셨던 땀이 식으면서 몸에 으슬으슬 오한이 났다. 춥군요. 지갑을 안 가져오는 바람에 차비가 없어서 회사까지 뛰어왔거든요. 보세요. 양복이 등까지 척척하게 젖었잖아요. 나는 등을 돌려 땀에 젖은 부위를 보여주었다. 할말도 없고 해서 나는 불쑥 자기소개를 했다. 자원관리부의 정수관 대리입니다. 여자도 형식적으로 자기 부서와 이름을 말하기는 했지만 너무 빨리 말하는 바람에 성이 정 씨라는 것만 알아들었다. 나는 같은 성이라며 반가워했지만 상대는 오히려 싫어하는 기색이었다. 우리는 그후로 한동안 말없이 엘리베이터 속에 쭈그리고 앉아 있었다. 그사이에도 여자는 묵묵히 '호출' 버튼을 눌러대고 있었다.

도대체 이 빌딩은 어떻게 관리되는 겁니까. 엘리베이터가 이렇게 오래 작동되지 않으면 혹시 누가 갇혀 있지라도 않나, 올라와봐야 되는 거 아닙니까? 도대체 이게 뭡니까? 아무리 다른 엘리베이터가 다섯 대나 있어도 그렇지. 아, 부서를 코앞에 두고도 가지 못하다니. 울화통이 터졌다. 도저히 안 되겠어요. 나 이러다간 회사에서 잘릴 겁니다. 우리 엘리베이터에 낄 때 끼더라도 이 문을 열고 나가죠. 내 제안에 여자는 망설이는 눈치였다. 좋아요. 그럼 여기 남아 계세요. 문이 열리면 나 혼자 뛰어내릴 테니 문 여는 것만 도와주세요. 그럼 내가 나가서 엘리베이터 고장 났다고 신고할게요. 여자는 고개를 끄덕였다. 우리는 다시 힘을 모아 엘리베이터 문을 강제로 여는 작업을 시작했다. 의외로 쉽지 않았다. 우리는 땀을 뻘뻘 흘리며 문을 열어보려고 했지만 문은 조금 열렸다가 이내 다시 닫히기를 반복했다. 조금 열렸을 때, 그게 다시 닫히지 않도록 하는 것이 관건이겠군. 그렇지만 아무리 둘러봐도 엘리베이터 문에 끼워넣을 만한 물건은 보이지 않았다. 할 수 없이 구두를 벗었다. 뛰어온 탓에 구두는 땀이 차 있었고 냄새도 났다. 자, 문이 조금 열리면 그 사이에 이 구두를 끼워넣는 겁니다. 그다음에는 팔을 집어넣고, 그다음에 몸을 밀어넣고, 그런 식으로 간격을 점점 더 넓게 확보하는 거예요. 우리는 다시 힘을 모아 양쪽에서 엘리베이터 문을 자기 쪽으로 잡아당겼다. 엘리베이터 문이 벌어지자 나는 얼떨결에 구두 대신 내 발을 집어넣고 말았다. 아팠지만 참기로 했다. 살짝 열린 틈새로 구층과 십층을 가르는 경계선, 그러니까 십층 바닥이 보였다. 조금만 더 열리면 십층으로 기어올라갈 수 있을 것 같았다. 우리는 다시 힘을 합쳐 문을 조금 더 열었고 그걸 지지하기 위해 이번에는 내 몸을 집어넣었다. 이제 사람 하나가 빠져나갈 공간은 생긴 셈이었다. 숨이 콱 막혔지만 참기로 했다. 이제 어떻게 하죠? 내가 몸을 빼면 문이 다시 닫힐 텐데요. 내가 걱정하자 여자가 말했다. 저를 좀 받쳐주세요. 그럼 저 위로 올라갈 수 있을 것 같아요. 구층으로 뛰어내리는 건 너무 위험할 것 같아요. 전 몸이 작아서 나가기가 더 쉬울 거예요.

 십층의 바닥은 내 머리 높이에 있었다. 그러니 그녀가 그리로 나가려면 내 어깨를 밟고 내 몸의 폭만큼 넓혀져 있는 문과 문 사이로 빠져나가야 했다. 나는 손을 내려 그녀가 내 손 위에 자기의 두 발을 올려놓을 수 있도록 했다. 그녀는 그렇게 했다. 그런 후에 그녀는 십층 바닥을 잡고 두 발을 내 손 위에서 어깨 위로 천천히 옮겨 디뎠다. 그녀의 구두굽이 내 어깨를 파고드는 것 같았다. 나는 아파서 비명을 지를 뻔했지만 참아냈다. 여자는 내 어깨를 힘차게 박차고 십층으로 기어오르는 데 성공했다. 나는 박수라도 치고 싶은 기분이었다. 엘리베이터 문에 몸이 낀 채로 나는 큰 소리로 그녀의 성공을 축하해주었다. 이봐요. 축하해요. 자, 이제 빨리 사람들한테 내가 여기 있다고 알려줘요. 자원관리부에도 좀 얘기해주면 좋겠어요. 돌아오는 메아리는 없었다. 갑자기 불길한 예감이 뇌리를 스치고 지나갔다. 나는 두 발과 손으로 문을 최대한 밀어 문 사이에 낀 몸을 빼냈다. 문이 텅, 소리와 함께 닫혔고 어쩐지 그 소리는 관 뚜껑이 덮이는 소리처럼 들렸다. 내가 그 여자한테 뭐 잘못한 것도 없잖아. 탈출하라고 내 손과 어깨까지 빌려줬는데 말야. 그리고 같은 건물에서 계속 만날 건데 설마 신고하는 걸 잊어버리기야 하려구. 그러나 십 분이 지나고 이십 분이 지나도 사람들은 나타나지 않았다. 나는 절망하여 엘리베이터 바닥에 주저앉아 '엄마가 섬 그늘에……'로 시작하는, 가사가 잘 기억나지 않는 동요를 불렀다. '아이는 혼자 남아……' 노래는 수십 번 반복되었다. 노래 부르기에도 지쳐 잠까지 오려는 찰나, 밖에서 와자한 소리가 들리면서 엘리베이터 문이 조금 열리고 그 사이로 사람의 얼굴이 나타났다. 그가 물었다. 이봐요. 도대체 왜 거기 있는 겁니까? 그건 내가 하고 싶은 질문이었다. 도대체 내가 왜 여기에 있는가. 그건 엘리베이터 관리인인 당신이 답해줘야 하는 거 아닌가. 나는 화가 치밀었지만 화를 내면 그냥 가버릴까봐 고분고분 대답해주었다. 엘리베이터가 고장났나봐요. 엘리베이터 관리인은 한 가지를 더 물어보았다. 혼자요? 나는 역시 또 친절하게 답해주었다. 아뇨, 아까 다른 여자가 같이 있었는데 내 어깨를 밟고 밖으로 나갔어요. 그래서 저 혼자 남은 겁니다. 엘리베이터 관리인은 잠시 후 한 사람을 더 데리고 와서 문을 열어주었다. 나는 그가 잡아주는 손을 잡고 십층에 올라설 수 있었다. 그러느라 내 옷의 앞쪽에는 온통 기름과 먼지가 덕지덕지 묻어버렸다. 아, 그렇다면 먼저 올라간 여자도 옷의 앞쪽이 이렇게 더러워져버렸겠구나. 그녀가 좀 측은해졌다.

관리인은 나를 꺼내놓자마자 구시렁구시렁 떠들어대기 시작했다. 도대체 이놈의 엘리베이터는 정기점검한 게 언젠데 벌써 이렇게 고장이 난담. 대기업이라도 믿을 수가 있어야지 원. 그는 대기업과 뇌물관행, 재벌과 언론의 유착관계에 대해 쉴새없이 비난의 화살을 퍼부어댔다. 나는 그에게 너무 세상을 비관적으로 보지 말라, 그래도 세상에는 당신 같은 사람들이 더 많다고 위로해주었다. 그리고 지금이라도 꺼내줘서 정말 고맙다는 말도 해주었다. 그때 관리인이 내 발을 보더니, 아니 구두는 어디다 두셨어요? 나는 이마를 쳤다. 그러고 보니 아까 구두를 문에 끼워넣는다고 벗었다가 그만 발을 끼우는 바람에 그냥 놔둔 것이었다. 이봐요. 아저씨. 엘리베이터 안에 벗어둔 모양인데 지금 내가 그거 가지러 내려갈 시간이 없거든요. 그거 찾으시거든 십오층 자원관리부로 좀 갖다주시겠어요? 그는 그러마고 했다. 시계를 보았다. 어느새 열시가 훌쩍 넘어 있었다. 험난한 출근길이었다. 나는 사무실이 있는 십오층까지 다른 엘리베이터를 타고 갈까 하다가 그냥 비상계단을 걸어서 올라갔다. 사무실에 들어서니 동료들은 모두 회의에 들어갔는지 보이지 않았고 신입만 전화를 받으러 남아 있다가 날 보더니 화들짝 놀랐다. 아니 정대리님, 하수도로 출근하셨나봐요? 거울 좀 보세요. 거울을 보니 머리는 엉켜붙어 있었고 면도는 반만 되어 있고 양복의 앞은 기름으로 더러워져 있고 버스 사고로 그나마도 다 구겨져 있었다. 게다가 구두도 엘리베이터에 놓고 오지 않았는가.

그때 회의실 문이 열리면서 과장의 얼굴이 나타났다. 정대리 아직 안 왔나? 아, 저기 왔군, 도대체 지금이 몇시야. 어서 들어와서 보고해. 나는 과장에게 내 행색을 가리키며 좀 봐달라는 표정을 지었으나 과장은 그냥 문을 쾅 닫고 들어가버렸다. 회의에 들어가기 전에 나는 할일이 있었는데, 119에 신고도 해야 하고 먼저 나가서 신고도 해주지 않은 경리부의 정 모 사원을 만나 따지고 화장실에서 행색도 추스르고 잃어버린 구두도 찾아야 하는데, 나는 그 모든 것을 뒤로 미루고 할 수 없이 회의실로 들어갔다. 사람들은 반쯤은 졸고 있었고 나머지 반은 자기가 발표할

자료들을 뒤적이고 있었다. 이사와 부장, 그리고 과장만이 나를 뚫어지게 바라보고 있었다.

  그들은 물었다. 지각한 사유와 내 옷차림에 대하여. 나는 말했다. 아침에 제가 사는 아파트 엘리베이터에 누가 끼여 있었구요. 버스는 트럭하고 충돌했고 사람들은 핸드폰을 빌려주지 않았고 지갑을 놓고 나오는 바람에 회사에 전화도 할 수 없었고 버스에선 치한으로 몰리는 바람에 충정로에서 내려야 했고 회사까지 뛰어오긴 했는데 엘리베이터가 고장나는 바람에 그 속에 삼십 분이 넘게 갇혀 있었고 같이 갇혀 있던 여자가 나가자마자 신고를 해줬어야 하는데 안 해주고 자기 갈 길을 가버렸고, 엘리베이터에서 나오다가 문턱에 발라진 기름 때문에 옷이 더러워졌고 그 와중에 구두는 엘리베이터 안에 놓고 왔다고. 미안하다고, 죄송하다고, 뭐가 미안한지 뭐가 죄송한지 모르겠지만 여하튼 미안하다고. 그러나 부장은 단 한 마디로 나의 말을 잘랐다. 됐어, 보고나 하지. 나는 어깨를 한 번 으쓱거리고는 주섬주섬 이면지 사용을 획기적으로 진작하기 위해선 인센티브 제도의 도입이 필수적이라는 요지의 발언을 했다. 또 화장실 휴지를 절약하기 위해선 절취선이 딱 일 미터에 한 번씩 나 있는 휴지를 제조회사에 특별 주문하는 것이 가장 좋겠다는 얘기도 했다. 보통 휴지의 절취선은 십 센티미터 간격인데 그걸 일 미터 간격으로 해놓으면 사람들이 한 번의 볼일에 일 미터만 사용하게 되므로 절약효과가 아주 클 것이다. 우리 회사 사원들에게 설문조사를 해본 결과 보통 한 번 볼일에 1.2미터를 사용한다. 그러니 절취선을 일 미터에 한 번씩 내어놓으면 약 20퍼센트의 절감효과가 발생한다는 사실을 무지하게 꾀죄죄한 행색으로 역설했다.

그러자 당장 반론들이 제기되었다. 먼저 이은희 대리가 손을 들었다. 저기, 여사원들은 작은 볼일에도 휴지를 사용하거든요. 음, 다른 사람들은 모르겠지만 저는 일 미터나 되는 휴지를 사용하지는 않아요. 뭐 넉넉잡아 삼십 센티미터면 되는데 만약 절취선이 일 미터마다 나 있는 휴지를 주문 사용한다면 그건 오히려 70퍼센트의 낭비가 발생하는 거 아닌가요? 이어 못마땅한 눈으로 앉아 있던 이사도 끼어들었다. 이보게. 일 미터 이십 센티의 휴지를 사용하던 사람들이 어떻게 일 미터만 사용하게 될 거라고 자신하나? 그 사람들이 이 미터를 쓸 수도 있지 않은가.

이 제안은 폐기하도록 하고 좀더 생산적인 절감방안을 다시 연구하게. 부장과 과장도 고개를 끄덕이고 있었다. 나는 정말 궁금했다. 도대체 이 사람들은 화장실에서 몇 미터의 휴지를 소비하며 사는 걸까. 도대체 왜 일 미터로 부족하다는 건가.

회의는 열두시가 다 되어서야 끝이 났다. 모두들 점심을 먹으러 왁자지껄 사무실을 뜨는 동안에 나는 구두를 찾으러 갔다. 고장났던 엘리베이터는 정상적으로 작동되고 있는 모양이었다. 나는 찜찜하기도 해서 다른 엘리베이터를 타고 일층으로 내려갔다. 경비원들이 앉아 있는 프런트 데스크로 다가가자 앉아 있던 직원이 가장 먼저 벌떡 일어났고 이어 경비원들이 몰려들었다. 직원은 새침한 표정으로, 뭘 도와드릴까요, 라고 물었지만 눈은 내 쪽으로 다가오는 경비원들에게 향해 있었다. 그녀의 눈짓이 뭘 말하는지는 곧 밝혀졌다. 경비원들은 나를 둘러싸고는, 단도직입적으로, 나가주세요, 라고 말했다. 나는 항변했다. 나 여기 직원이에요. 자원관리부의 정대리란 말입니다. 아까 고장난 엘리베이터에 타고 있다가 신발을 벗어놓고 나왔는데 그 신발만 찾으면 된단 말입니다. 이봐요. 어어어. 그렇게 말하는 순간에도 나는 그들에게 들려 회사 밖으로 옮겨지고 있었다. 이봐요. 자원관리부에 전화해봐요.

나를 구출해준 사람은 입사동기 한대리였다. 이봐, 한경식씨, 나야, 나. 그가 나를 알아봐준 덕분에 나는 풀려났고 경비원들에게 그간의 경과를 설명할 수 있게 되었다. 한대리, 내가 나중에 점심 살게. 그에게 마음에서 우러나오는 감사를 표하고 돌아서서 경비원들에게 엘리베이터 고장과 나의 구두에 대한 이야기를 했다. 그러나 아무도 엘리베이터가 고장났다는 사실을 알지 못했으며, 따라서 누가 나를 꺼내주었는지도 몰랐다. 그들은 여기저기 전화를 하거나 무전을 쳐댔지만 삼십 분이 지나도록 그 문제의 인물을 찾아낼 수 없었다. 결국, 그들이 내게 마지막으로 한 말은, 저희로서는 모르겠네요. 사무실에 슬리퍼라도 있으면 신으시고 요 근처 구둣가게에 가서 하나 사서 신으시지요. 나는 힘없이 고개를 끄덕이고는 사무실로 돌아가기로 했다. 일층에서 엘리베이터를 기다리는데 아까 나를 가둬두었던 엘리베이터 문이 가장 먼저 열렸다. 탈 생각은 없었지만 그 속에 가지런히 놓여 있는 구두는 볼 수 있었다. 나는 날렵한 치타처럼 황급히 들어가 그 구두를 집어들고 문이 닫히기 전에 그 엘리베이터에서 빠져나오는 데 성공했다. 허탈했다. 눈물이 날 것만 같았다. 나는 일층 로비 소파에서 그 구두를 한 짝씩 발에 끼워넣었다. 구두를 발에 끼워넣자 비로소 우리 아파트 엘리베이터에 끼여 있을 그 사람이 생각났다. 어차피 이런 행색이라면 식당에도 갈 수 없을 테고, 그래서 나는 사무실로 올라가 119로 전화를 걸었다. 여보세요. 119죠? 담당자는 친절하게, 어디십니까?라고 물어왔다. 아, 여기는 종로인데요. 그러자 담당자는 금세, 아, 금정빌딩이죠?라며 내가 근무하는 빌딩의 이름을 이야기해왔다. 그들은 내 머리 위에서 나를 내려다보고 있는 것 같았다. 나는 사고가 난 곳은 여기가 아니라 삼동아파트라고 말해주었다. 담당자는 의아해하는 기색이었다. 그러나 여전히 친절하게 물어왔다. 무슨 사고입니까? 사람이 엘리베이터에 끼여 있었어요. 그게 언제입니까? 담당자의 목소리엔 이제 완연하게 의심과 짜증이 드러났다. 오늘 아침 일곱시 오십분쯤인데요. 담당자는 선생님, 119에 허위신고를 하시는 것은 긴급한 상황에 처한 다른 시민들에게 피해를 끼칠 수 있습니다. 나는 황급히 변명을 해야만 했다. 아, 그러니까 아침에 그 사고를 보자마자 신고하려고 했는데요. 사람들이 핸드폰을 빌려주지도 않았고 아파트 경비는 없고 게다가 제가 탄 버스가 사고가 났거든요. 회사에 오자마자 회사 엘리베이터가 고장이 난데다가 중요한 회의가 있었고 그게 이제야 끝나서 이렇게 된 겁니다. 그 사고가 어떻게 처리됐는지 좀 알려주세요. 담당자는 그런 일은 자기 소관이 아니라면서 관할 소방서에 전화해보라고 했다. 나는, 혹시 모르니까 지금이라도 구조대를 삼동아파트에 보내줄 수는 없겠느냐, 주민들이 다들 맞벌이 아니면 독신 직장인들이라 어쩌면 나처럼 아무도 지금까지 신고를 안 했을 가능성이 있다고 말해보았지만 담당자는 대꾸하지 않고 그냥, 감사합니다, 라고 말하며 전화를 끊어버렸다. 도대체 뭐가 감사하다는 거지. 나는 화가 났지만 할 수 있는 일이라고는 없었다.

오후의 회사일은 순조롭게 흘러갔다. 나는 계속 화장실 휴지 사용 절감방안을 연구했고 사원들에게 돌릴 다른 설문지를 작성했다. 다섯시가 되자 모두 썰물처럼 빠져나갔고 나는 동료에게 만원을 빌려 집으로 향했다. 아파트에 도착해서 우편물을 확인했다. 고지서들이 잔뜩 쌓여 있었다. 그중 몇 개는 경비실 옆에 마련된 폐지수거함에 버리고 엘리베이터로 다가갔다. 다행히 엘리베이터는 정상적으로 작동되고 있었다. 몇 명의 사람들과 함께 엘리베이터에 올라탔다. 사람들은 지저분한 나를 피해 다른 쪽 구석에 몰려서 있었다. 그들에게 물었다. 혹시, 아침에 이 엘리베이터에 끼여 있던 사람 어떻게 됐는지 아십니까? 사람들은 말없이 고개만 저었다. 아니, 제가 출근할 때 보니까요, 엘리베이터가 오층하고 육층 사이에 서 있고 육층 바닥과 엘리베이터 바닥 사이에 한 사람이 끼여 있더라구요. 그 얘기 모르세요? 사람들은 아무도 대꾸하지 않았고 자기 층에 엘리베이터가 설 때마다 황급히 내려 집으로 향했다. 한 아이 엄마는 다섯 살쯤 되어 보이는 딸을 품에 꼭 안고 나를 경계하고 있었다. 이윽고 엘리베이터가 십오층에 정지했고 나와 함께 내린 여자는 전속력으로 집을 향해 뛰어갔다. 나는 문을 열고 집으로 들어가 양복을 벗어 아무데나 집어던지고 샤워를 했다. 머리에 샴푸를 바르면서도 나는 계속 궁금했다. 도대체 그 사람은 어떻게 됐을까. 경비한테 인터폰이나 해봐야겠다. 그런데 샴푸질을 다 하고 물을 틀었을 때, 갑자기 차가운 물이 쏟아지기 시작했다. 아무리 꼭지를 조절해봐도 마찬가지였다. 온몸을 오들오들 떨며 비눗기만 씻어낸 후에 인터폰을 들었다. 뚜뚜뚜. 경비는 이미 그런 전화를 수십 번 받았는지, 내가 뜨거운, 이라고 말하자마자, 아, 밑에 공고도 안 보고 다녀요? 오늘부터 배관 교체공사한다고 일주일 전부터 알려놨는데요. 방송도 수십 번을 했어요.

아, 그래서 지금도 나는 궁금하다. 엘리베이터에 낀 그 남자는 어떻게 됐을까.

(『현대문학』 1999년 5월호)

당신의 나무

1

 어렸을 적 당신은 떡갈나무에 대한 이야기를 읽었다. 이제는 제목도 생각나지 않고, 책의 장정도 떠오르지 않는, 그저 그렇고 그런 동화책에서였을 것이다. 거대한 나무의 밑둥엔 위로 치켜올라간 눈꼬리와 심술궂게 다문 입이 그려져 있었고, 그 삽화들은 어린 당신을 떨게 하기에 충분했다. 나무. 그때부터 당신은 나무를 두려워했다. 미친 여자의 머리카락처럼 산발하며 뻗어내려간 뿌리와 기괴한 웃음소리를 내는 나뭇잎들, 나무들은 당신이 태어나기 전부터 그곳에 있었고 당신이 죽은 뒤에도 계속 있을 것처럼 보였다.

 그 시절 당신의 집 앞에도 나무가 있었다. 지독한 냄새를 풍기는 아카시아나무. 나무는 지붕을 덮었고 몇몇 가지는 당신 방 창문에 그림자를 드리웠다. 둥치로는 개미들이 줄줄이 기어오르고 굵은 가지 끝에는 말벌의 집이 대롱거리며 매달려 있었다. 밤이면 부엉인지 올빼민지 모를 새가 당신을 향해 울었다. 어린 당신은 생각했다. 언젠가 저 나무가 자라, 뿌리들은 부엌으로 솟구쳐오르고 가지들은 지붕을 뚫고 들어오리라. 개미들이 침대를 먹어치우고 새들은 거실에 집을 짓고 가을독 오른 벌떼들이 갓난 동생을 쏘아 죽이리라.

 도시로 이사와서 당신은 안도했다. 밤길을 위협하던 거대한 나무들은 사라졌다. 그악스럽게 대지를 움켜쥔 뿌리들은 이제 더이상 보지 않아도 좋았다. 도시엔 앙상한 버드나무와 은행나무 들만 있었고 그나마도 봄만 되면 가지치기를 당했다. 잘 정비된 포도와 신호등, 횡단보도에 둘러싸여, 바야흐로 어린 당신은 편안히 잠들 수 있었다.

 세월은 흘렀고 당신은 전자오락과 담배와 자동차 운전을 배웠다. 선한 사람과 악한 사람을 구별할 수 있게 되었고 마음에 드는 여자에게 다가가는 기술을 습득했다. 여권과 신용카드를 만들었고 떠나간 사람을 잊었다. 삐삐를 샀다가 삼 년 만에 해지했고, 핸드폰을 사서 아는 전화번호를 모조리 단축번호로 만들어 저장했다. 그러는 사이 또 많은 시간이 지나갔다.

그리고 지금, 당신은 나무를 보고 있다. 후텁하고 질척한 땅에 발을 디딘 당신 앞에는 오층 빌딩은 족히 덮을 만한 무화과나무가 버티고 있다. 한때 새의 깃털쯤에 묻어온 씨앗에서 발아되었을, 하지만 이제는 누구도 그 근원을 어림할 수 없을 웅대한 생명체 앞에서, 당신은 시간이 흘러가는 소리를 듣고 있다.

구름이 빠르게 흘러간다. 우기를 맞이한 이곳의 바람은 비의 냄새를 전해준다. 그 기미를 먼저 맡은 검은 나비들이 떼를 지어 숲으로 몰려간다. 맨발의 소년들이 그 나비들처럼 후룩거리며 당신 주위를 유영한다. 당신은 생각한다. 무엇이 당신을 이곳으로 오게 했는가. 어쩌면 그것은 바로 이 무화과나무가 아니었을까, 아니면 수천 킬로미터를 날아 바다를 건너온다는 저 검은 나비떼들?

2

 앙코르에 가야겠다고 처음으로 생각하던 날, 당신은 거실에 앉아 커피를 마시고 있었다. 포장을 뜯은 지 오래되어 아무 맛도 느낄 수 없는 커피였다. 사위는 조용했고 아무도 당신을 방해하지 않았다. 일순 도시의 모든 자동차들도 운행을 멈춘 것 같았고 아이들은 모두 학교에 붙잡혀 있는 것 같았다. 그런 적요를 깨고, 돌연 건조대 위에 쌓인 그릇들이 어떤 미세한 충격이라도 받은 것처럼 딱 한 번, 아주 작은 소리로, 덜커덕, 소리를 내며 아래로 무너져 내렸다. 그러나 그 이동거리란 눈으로 식별할 수 없을 만큼 짧았고 그 이동이 그릇들의 퇴적구조에 심각한 균열을 가한 것도 아니었다. 그런 덜컥거림이란 당신 집 건조대뿐 아니라 다른 어느 집에서나 날마다 일어나는 일이며 어쩌면 하루에 수십 번도 더 발생하는 일이라는 걸, 누구보다 당신이 더 잘 알고 있었지만 어쩐지 그날의 당신은 그 일이 예사롭지 않다고 느꼈다. 당신은 생각했다. 물에 젖은 그릇들은 미끄럽게 마련이고 그것들을 쌓아두었으니 엔트로피가 증가하는 방향으로 구조를 변경하게 마련이겠지만, 어쩌면 세상에는 그런 순간들이 있는 것이 아닐까. 궁극에는 엄청난 일을 초래하는 아주 사소한 덜컥임, 당신은 바로 그 연쇄의 시작을 보았다고 느꼈다.

그런 걸 나비효과라고 한다지. 북경의 나비가 펄럭이면 캘리포니아에선 폭풍이 칠 수도 있다는 이야기. 커피를 다 마실 때까지 당신은 계속 그것에 대해 생각하고 있었다. 저 덜컥거림이 어쩌면 내 인생의 파열을 가져올지도 몰라. 아무 근거도 없었지만 그 생각은 당신의 머리를 떠나지 않았다.

3

방콕을 출발하여 국경도시 아란야프라텟에 도착, 간단한 입국수속을 밟고 캄보디아 땅에 들어섰을 때, 당신의 시간은 거꾸로 흐르고 있었다. 태국엔 당신의 이십대가 있었고 캄보디아엔 당신이 태어나기 이전의 시절이 있었다. 맨발의 소년들과 AK 소총을 거꾸로 멘 군인들, 가도가도 끝없는 황톳길. 하나의 선을 경계로 전혀 다른 세상이 있었다. 당신은 돌아보지 않았다. 주저 없이 현지인들과 섞여 작은 짐칸이 달린 픽업트럭에 몸을 실었다. 일 톤 트럭보다 작은 차에 열여섯 명이 당신과 함께 올라탔다. 우기를 맞아 비포장도로는 군데군데 심하게 파여 있었고 차는 요동쳤다. 세 번쯤 자동차의 타이어가 터졌고 나무다리의 이음새가 무너지기도 했다. 그렇게 여섯 시간을 달려가는 동안 차창으로는 뿌연 흙먼지가 쉼없이 불어닥치고 일 톤도 채 안 되는 픽업트럭에 매달린 사람들은 떨어지지 않기 위해 아귀에 더욱 힘을 주고 있다.

운전사가 터진 타이어를 갈아끼우는 시간이 유일한 휴식시간이었고 그때마다 당신은 차에서 내려 지평선까지 펼쳐진 열대의 논을 바라보았다. 젖은 담배에서 피어오르는 연기마저 시원했다. 먼지와 땀에 찌든 옷에선 모과냄새가 났다.

어느새 자동차 주위엔 어린아이들이 몰려들었다. 머리에 버짐이 듬성듬성 핀 소녀에게서 대나무통에 넣고 찐 밥을 샀다. 당신은 거친 대나무껍질을 벗기고 주먹밥처럼 굳게 뭉쳐진 밥을 베어물었다. 사람을 그득 실은 픽업트럭 한 대가 먼지를 일으키며 사라져갔다. 거친 밥에 목이 메었다. 다리를 심하게 저는 운전사가 밝게 웃으며 어서 차에 타라고 재촉한다. 다시 짐칸에 올라타면서 당신은 생각한다. 무엇이 당신을 이리로 내몰았는가를.

4

그릇이 덜컥거린 날, 당신은 당신의 여자에게서 결별의 메시지를 들었다. 당신은 유추할 수 있었다. 그릇이 덜컥거렸고 그 울림이 다른 여러 집의 그릇을 다시 건드렸고 애완견들이 짖었을 것이고 그 소리에 놀란 갓난아이들이 울었을 것이고 그 때문에 아이 엄마들이 짜증을 부렸을 것이고 그녀들의 불편한 심기가 전화선을 타고 남편들의 직장으로 날아갔고 그중 어느 남편과 함께 일하고 있는 당신 여자의 신경까지 건드렸을 것이다. 나비효과, 치고는 경미하다고 당신은 생각했다.

당신의 예상대로 당신의 여자는 이유를 말하지 않았다. 모르겠어요. 미쳤나봐요. 그냥 그렇게 생각해줘요. 당신을 더 견딜 수 없어요. 당신만 만나면 신경이 팽팽해져요. 너무 조여진 기타줄처럼 줄창 높은음만 나요. 목이 부러진 기타 봤어요? 보통은 줄이 끊어지겠지만 당신이 내게 묶어놓은 줄들은 너무 질기거든요.

만지고 싶을 거야. 여자와 헤어지면 가장 오래 기억에 남는 게 뭔지 알아? 촉감이야. 엉덩이, 가슴, 배에서 출렁이던 지방질. 골반에 부딪혀오던 뼛조각들의 날카로움. 입 속에서 충돌하던 앞이빨. 발가락과 발가락 사이의 촉촉함. 배란일이면 더 미끌해지는 너의 점액.

당신도 알고 있다. 그날 당신의 대응은 적절하지 못했다. 사람을 사랑할 줄 아는 사람이라면 그렇게 말하지 않았을 것이다. 좀더 더듬거리며, 가지 말라고, 네가 필요하다고, 네가 가버리면 죽어버리겠노라고 말했어야 했다. 그러나 당신은 그러지 않았다. 그녀와 통화하는 내내 당신 머릿속엔 그릇들이 덜컥거리며 무너져내리고 있었다. 당신의 체념엔 이유가 있었다. 그건 모두 아침나절의 그 덜컥임 때문이라고, 당신은 믿어 의심치 않았다. 그 덜컥임이 당신과 그녀를 파국으로 몰아가고 있었다. 당신의 어조는 더욱 격해지고 여자의 줄은 더욱 팽팽해져갔다.

너를 처음 안았을 때, 너를 샅샅이 더듬고 또 더듬었지.

나는 너에게 했던 모든 말들을 단 한 구절도 기억하지 못한다. 내게 남아 있는 너의 흔적은 오직 촉각뿐이다. 그러니 가라. 내게 남아 있는 너의 언어는 없다. 음성사서함의 메시지들은 지워졌고 자동응답기의 음성도 삭제되었다.

당신의 말들은 톱날처럼 여자의 몸을 긁어댔을 것이다. 당신이 원한 건 아니었겠지만.

5

앙코르에, 더 정확히 말하면 앙코르에 가장 근접한 도시 시엠레아프에 도착했을 때, 당신의 몸은 한계치에 도달해 있었다. 방콕으로부터 열두 시간을 여행했고 후반의 여섯 시간은 악몽 같았다. 육로로 앙코르를 가는 건 미친 짓이라고 누군가 말해주었지만 믿지 않았던 당신이었다. 프놈펜에서 메콩강을 거슬러올라가는 것이 현명하다고 그 누군가는 또 말해주었지만 그 역시 당신은 무시했다. 덕분에 당신의 육체는 더위와 먼지에 찌들게 된 셈이다.

일박에 일달러 오십센트인 숙소에 짐을 풀었다. 침대 곁으로 주먹만한 왕거미와 도마뱀 들이 기어다녔다. 눈을 감고 벙크 베드에 몸을 맡겼다. 깨어나니 아침이었다. 거미는 사라지고 없었다. 아침을 먹으며 계속해서 당신의 눈은 거미를 찾았다. 거미는 나타나지 않았다. 검고 털이 북숭한, 그 검은 왕거미는 낮에는 돌아다니지 않는 모양이었다. 당신은 아무 말 없이 따뜻한 닭죽을 먹어치웠다.

앙코르와트를 시작으로 앙코르 일대의 광대한 유적군을 찾아나선 것은 그날부터였다. 햇볕은 당신의 피부를 검게 그을렸고 달아오른 사암砂巖들은 복사열을 저장했다가 내뿜어 열기를 더했다. 부처를 닮은 힌두의 신상들은 당신을 보며 알 듯 모를 듯 웃으며 말했다. 왜 이제야 왔는가. 당신은 할말이 없었다. 동서남북 네 방향을 지배하는, 그리하여 얼굴도 네 방향인 아발로키테슈바라도 당신에게 물었다. 너는 어디에서 와서 어디로 가는가. 수백 기의 아발로키테슈바라의 두상이 탑을 이루며 솟아 있는 바욘의 계단을 오르며, 당신은 보았다. 오른쪽에도 왼쪽에도 위에도 아래에도 네 방향을 바라보는 신이 당신을 지켜보는 것을. 그러니 당신이 숨을 곳은 없었다.

당신은 오체투지의 자세로 엎드려 절했다. 주황색 장삼

을 입은 승려가 일달러를 시주한 당신을 향해 향을 흔들며 축문을 외워주었다. 12세기에 아발로키테슈바라로 지어진 두상들은 이제 보살상으로 경배받고 있었다. 당신 눈에도 그렇게 보였다. 그 미소는 당신이 익히 보아왔던, 절집에 들어앉아 당신을 내려다보던, 관음보살의 그것이었다.

이제 당신은 두상의 숲, 바욘에 앉아 정확하게 정방형으로 지어진 고대도시 앙코르톰을 내려다보며 담배를 피워 문다. 앙코르. 여긴 어쩐지 지구가 아닌 먼 외계의 도시인 것만 같다. 그런데도 당신은 이곳이 낯익다. 푸르르 새들이 날고 아발로키테슈바라의 얼굴엔 그늘이 드리워진다. 두상의 코와 입 사이에서 나무 한 그루가 자라고 있다. 해가 지고 있었고 당신의 시간은 계속 거꾸로 흐르고 있었다.

6

여자의 엄마가 자살을 기도한 건 그릇이 덜컥거린 지 일주일쯤 되던 날이었다. 여자가 당신에게 구원을 요청했을 때, 당신은 없었다. 자동응답기에 남아 있는 여자의 목소리는 쉬어 있었다. 병원으로 좀 와줘요. 피를 많이 흘렸어요. 무서워요. 미안해요. 왜 당신에게 전화를 했는지 모르겠어요. 화내지 말아요. 여자의 말은 두서가 없었다. 여자는 엄마와 단둘이 살았다. 여자의 엄마는 아마 누군가의 첩이 아니었을까. 당신은 여자의 집에 들를 때마다 그런 인상을 받았다. 남자의 흔적이 전무한 집이었다. 명절이 되어도 아무 냄새도 흘러나오지 않았다.

뒤늦게 집에 돌아온 당신이 메시지를 확인하고 병원으로 갔을 때, 여자도 엄마도 없었다. 간호사는 더 큰 수술을 받기 위해 다른 병원으로 옮겨갔다고 전해주었다. 핏줄을 봉합해야 한다고 했다. 당신은 망설이다가, 조금 더 망설이다가 다시 집으로 돌아와버렸다. 여자의 엄마는 죽을지도 몰라. 친척 하나 없는 쓸쓸한 장례식이 되겠지. 그럼 여자는 완전히 미쳐버릴지도 몰라. 목이 부러진 기타처럼.

이 모든 일은 그릇이 덜컥거렸기 때문이라고 당신은 되뇌었다. 그릇이 덜컥거려 여자와 결별했고 그 결별이 여자의 엄마로 하여금 손목을 긋게 만들었다고. 팽팽하던 줄이 느슨해진 여자가 집에서 온갖 히스테리를 부렸을 것이고 엄마의 운명과 자신의 팔자를 대비해가며 구석으로 몰앉을 것이다.

여자는 다음날 당신을 찾아왔다. 전화해서 미안해요. 나도 모르는 새 피 묻은 손가락들이 버튼을 누르고 있었어요. 오다가 길에서 사람 키보다 큰 국화 화환을 싣고 가는 오토바이를 봤어요. 어느 장례식장에서 오는 길인가봐요. 비닐포장도 안 된 거여서 오토바이가 속력을 낼 때마다 국화가 길로 흩날렸어요. 엄마가 피를 많이 흘렸어요. 집에서 비린내가 나요. 락스로 아무리 씻어내도 지워지지가 않아요. 택시 바퀴에 국화가 밟혔어요. 병원에는 안 가봐도 돼요. 전남편이 와 있어요. 이럴 때는 쓸 만해요. 당신보다는.

7

앙코르는 아침과 저녁, 일출과 일몰, 건기와 우기를 비롯한 모든 시간을 위해 건축되었다. 태양이 각도를 달리할 때마다 다른 모습을 드러냈고 특히 하늘이 트는 무렵엔 장관을 이룬다. 당신은 사면을 바라보는 아발로키테슈바라에 기대어 이리저리 몸을 옮겨가며 하루를 보낸다. 달궈진 사암이 당신의 몸을 데우는 동안 유적 곳곳에선 소떼들이 풀을 뜯는다. 그들은 춤추는 압사라부조 사이를 비집고 나온 풀까지 깨끗하게 먹어치운다. 밤이 되면 앙코르와트를 둘러싼 거대한 해자를 건너 소떼들이 물을 가르며 우리로 돌아간다. 석양을 받는 갈색의 사원 아래 소떼들의 행진이 어우러져 당신의 시간은 정지된다.

그리고 일주일. 당신은 지금 나무를 보고 있다. 판야나무 한 그루가 사원 하나를 통째로 집어삼켰다. 판야나무의 씨앗은 바람에 날려 지붕에서 싹을 틔우고 천천히 뿌리를 지상으로 내려 수분과 양분을 흡수해올린 후 끝내는 사원 하나를 자신의 뿌리로 온전히 덮어버렸다. 그 그악스러운 뿌리 사이로 손에 꽃을 든 여인의 입상 부조가 서서히 허물어져내리려 하고 있다. 뿌리 줄기 하나하나가 웬만한 거목 뺨치게 굵어 당신은 마치 개미라도 되어버린 느낌이었다. 또 어떤 나무는 아발로키테슈바라의 머리 위에 싹을 틔웠다. 그 뿌리는 조상彫像의 두 눈 사이를 가르고 내려와 그악스럽게 대지를 움켜쥐고 있다. 그 때문에 슬쩍 치켜올라간 조상의 입매도 두 조각으로 쪼개어져 그가 띤 웃음도 미소라기보다는 조소에 가까웠다. 당신은 무서웠다. 그가 무엇을 향해 웃고 있는가를 몰랐기 때문이었다.

그쯤 되면 20세기 초에 이곳을 찾아와 악마의 땅이라며 저주를 퍼붓고 간 폴 클로델을 이해할 수 있겠다고 당신은 생각한다. 누구라도 유적들을 휘감고 탐욕스럽게 커버린 십층 건물 높이의 판야나무를 본다면 이곳을 떠도는 마성魔性을 감지하지 않을 수 없을 것이다. 인간이 만든 모든 것을 무화시키는 작디작은 씨앗의 위력. 그것에 떨게 되고 자연스레 살아온 날들을 반추하게 될 것이다. 당신이라고 예외는 아니었다. 당신 역시 당신의 삶에 날아들어온 작은 씨앗에 대해 생각한다. 아마도 당신 머리 어딘가에 떨어졌을, 그리하여 거대한 나무가 되어 당신의 뇌를 바수어버리며 자라난, 이제는 제거 불능인 존재에 대해서.

8

여자의 엄마는 더이상 왼손을 쓰지 못하게 되었다. 여

자는 술을 많이 마셨다. 당신은 알고 있었다. 나비가 이미 펄럭였다는 것을. 그러니 이제 더 무서운 일이 벌어지리라는 것도.

그릇의 덜컥거림이 어디까지 갈 것인지, 당신은 궁금했다. 당신의 기다림은 곧 결실을 얻었다. 당신과 여자가 살고 있는 도시에서 거대한 폭발이 있었다. 낡은 아파트 한 채가 콘크리트 더미가 되었다. 여자가 살고 있는 곳에서 불과 네 블록쯤 떨어진 곳이었다. 밤새 차오른 가스가 담뱃불에 인화되면서 순식간에 몇 집을 날려버렸고 나머지 주민들은 허물어지는 아파트에서 대피했다. 경찰은 누군가가 가스밸브를 절단한 것 같다고 말했다.

왼손의 신경이 끊어진 여자의 엄마는 슈퍼마켓 계산대의 점원과 다투었을 것이다. 한 손으로 계산하는 일은 불편한데도 여자의 엄마는 드러내기 싫었을 것이다. 지불을 독촉하는 점원 앞에서 지갑을 떨어뜨려야 했던, 아직 장애인의 삶에 익숙지 않은 여자의 엄마는 버럭 화를 냈을 것이다. 험한 욕이 오갔을 것이고 줄을 선 채 기다리는 사람들 모두 종국엔 그녀 손목에 드러난 수술 자국을 보게 되었을 것이다. 실패한 자살의 흔적은 사람들을 불편하게 한다.

  슈퍼마켓의 점원과 고객 들은 각기 집으로 돌아가 불쾌한 싸움의 전말을 떠올릴 것이다. 그녀의 히스테릭한 소프라노와 손목의 상처, 점원의 앙칼진 대응을 적어도 며칠은 되새길 것이다. 그중 몇몇은 자살에 대해 단 일 분이나마 생각해봤을 것이며 그 속내를 모르는 남편의 술주정에 분노를 터뜨렸을 것이고 그중의 또 누군가는 가스파이프를 스위스 군용 칼로 잘라버렸을 것이다.

  슈퍼마켓이 아니었다면 버스도 좋고 백화점도 좋다. 이런 식의 연쇄는 멈추지 않는다. 당신의 상상도 계속된다. 이 가스폭발이 또 얼마나 많은 일들을 불러올지 당신은 궁금하다.

9

  왕거미는 밤늦게 욕실 거울 위에 다시 나타났다. 갑자기 쏟아진 빛에 놀라 움찔도 하지 않고 가만히 당신의 대응을 기다리고 있다. 당신은 라이터를 들고 천천히 거미에게 다가간다. 독이 있을지도 몰라요. 게스트하우스의 직원이 전날 당신에게 겁을 준 바 있었지만 당신은 주저하지 않고 불을 댕긴다. 라이터의 가스 조절장치를 활짝 열고 말이다. 거미는 그대로 욕실 바닥으로 추락해 당신이 상상할 수 없을 만큼 빠른 속도로 도주한다. 거미털 타는 냄새가 연하게 피어난다. 당신은 등산화를 들어 도망자를 겨냥했다가 그만두었다. 거미와 거의 비슷한 크기의 도마뱀 한 마리도 그 서슬에 벽을 타고 사라진다.

거미는 반드시 복수를 합니다. 당신의 무용담에 게스트하우스의 직원은 정색을 하며 말했다. 그때 당신은 거미가 어미의 몸을 파먹고 태어난다는 이야기를 생각하고 있다. 불로 지진 거미의 새끼들이 당신의 침대 주위로 새카맣게 몰려드는 상상에 몸서리도 쳐본다. 당신은 에어로졸 살충제와 모기향을 준비하고 모기장 속으로 기어든다. 알고 보면 당신은 아주 겁이 많은 자다.

그날 밤 당신은 기어이 아팠다. 다음날 무거운 몸을 일으키다 다시 누워버린 당신은 그날의 여정을 포기한다. 거미의 복수인가. 당신의 실없는 피해망상은 그칠 줄을 모른다. 신열이 나고 식은땀이 흐른다. 밖에는 스콜이 쏟아붓고 있다. 슬레이트 지붕 위론 말 달리는 소리가 들린다.

 아파서일까. 여행 떠난 뒤 처음으로 여자가 그리웠다. 줄이 팽팽하게 조여진 기타 같은 여자 말이다. 기어이 목이 부러지고야 말았을까. 여자의 엄마는 또다시 자살 기도를 했을까. 이번에는 성공했을까. 당신은 다시 생각한다. 어쩌다 그 두 여자가 당신 삶에 틈입하도록 내버려두었을까. 어쩌면 내가 그 여자들을 불러들인 것은 아닌가, 그릇이 덜컥거려 이 모든 일이 빚어진 것이 아니라 거꾸로 그들이 그릇을 덜컥거린 것은 아닌가. 무엇이 먼저인가. 당신은 혼란스러웠다. 분명한 것은 지금 당신이 그들로부터 아주 멀리 떨어져 있다는 것이고 아주 잠시 그들을 그리워했다는 것이다.

 당신이 그러는 사이에도 그릇의 덜컥임이 야기한 일련의 사태는 계속되고 있었다. 게스트하우스의 주인이 가져다준 영자신문 일면에는 프놈펜에서 발생한 세 건의 폭탄테러 기사와 사진이 올라 있었다. 총선의 승리자 훈 센을 노린 반대파의 소행으로 추정된다 했다. 이어 전개된 시위에서 승려 두 명이 총에 맞아 피살당했고 물대포와 총, 탱크가 진압에 동원되었다 한다. 인도에선 기차가 벼랑으로 굴러 수백 명의 사상자가 발생했다고 하고 스위스항공의 여객기가 캐나다에 추락해 승객 전원이 사망했다고 한다.

10

여자가 안락의자에 앉아 당신의 눈길을 피하고 있다. 임상심리사인 당신은 로르샤흐 테스트를 그녀에게 실시하는 참이다. 이 그림이 뭘로 보입니까? 당신이 펼쳐든 카드에는 잉크가 번져 만들어낸 무의미한 그림들이 의미를 얻으려 하고 있었다. 벌거벗은 여자가 다리를 벌리고 앉아 있네요. 여자는 시큰둥하게 대답한다. 여자의 질 같기도 하구요. 여자가 덧붙였다. 환자들의 그런 반응이 처음은 아니지만 대부분의 사람들은 그 그림에서 나비나 박쥐를 본다. 당신은 그녀의 반응을 꼼꼼히 기록한다. 그녀가 그림의 세부를 보는지 전체를 보는지, 여백을 전경前景으로 보는지 배경으로 보는지, 따위까지.

당신은 계속해서 다른 카드를 내민다. 이건 뭘로 보이시나요. 두 사람의 식인종이 한 여자를 잡아먹고 있네요. 왜 그렇게 보셨나요? 당신의 질문에 여자는 긴 손톱으로 그림을 가리키며 설명했다. 보세요. 가운데 있는 여자가 거꾸로 들려 있잖아요. 그리고 두 사람이 그 여자의 다리를 붙잡고 있구요. 뭘 하려고 그러겠어요. 잡아먹으려는 거지요. 사람을 잡아먹는 건 누구겠어요. 식인종이죠.

치료는 당신의 일이 아니다. 당신은 그저 정확히 기록하고 판단하여 정신과의사에게 보내면 그뿐이다. 당신은 계속 꼼꼼히 그녀의 대답을 받아적는다. 열 장째의 카드를 내밀었을 때, 여자가 말했다. 열 장째니까 그게 끝이죠? 그 유치한 테스트들은 언제 없어지죠? 로르샤흐, MMPI, TAT 따위 말이에요. 나는 그 무수한 문항들에 대답했지만 나아진 건 없었어요. 로르샤흐 테스트라는 그룹사운드가 있는 거 알아요? 그 사람들 음악 들어봤어요? 앤디 워홀이 1984년에 〈로르샤흐 테스트〉라는 그림을 그렸던 건 알고 있나요? 유치한 그림이에요. 쓱쓱 물감들을 뿌리고 그걸 반으로 접으면 끝나는 거죠. 물론 완벽한 대칭, 그러면서 무의미한 그림이 되겠죠. 그걸 보면서 박쥐를 상상하든 여자의 질을 상상하든 그게 무슨 무의식을 드러내주나요? 드러내주면 또 무슨 도움이 되나요. 당신들이 아는 만큼

나도 알아요. 그러니 쓸데없는 그래프는 그만 그려요.

사 년 경력의 당신은 당황하고 있다. 워홀이 누구인지 알 바 없는 당신이지만 환자가 테스트를 꿰고 있다면 당신이 여자에게 실시한 테스트들은 종이 쪼가리가 되어버린다. 그렇다고 테스트를 중단할 수도 없다. 당신에겐 그럴 권한이 없다. 담당 의사는 검사결과를 요구할 것이고 당신은 제출할 의무가 있다.

그렇다면 뭐하러 병원에 왔습니까? 당신은 여자에게 묻는다. 여자는 대답한다. 말이 하고 싶어서겠죠. 버림받은 엄마와 이혼한 딸이 한집에 살면 어떻게 될까요. 서로의 처지를 위로하며 따스한 말을 나누며 살게 될까요? 결혼한 친구들이 독신생활의 즐거움을 얻어 나누려고 앞다투어 제게 전화를 걸어올까요? 집에는 칼이 너무 많아요. 두 자루의 식칼과 한 자루의 과도, 그 칼을 가는 전동 칼갈이도 있구요. 우리 집은 십삼층이에요. 내려다보면 밑이 아득하죠. 오층쯤이 제일 두려워요. 십삼층쯤 되면 높이에 대한 감각이 없어지죠. 난 하루에 한 번씩은 아래를 내려다봐요. 저희 집 개도 저를 싫어해요. 동네 사람들은 반상회 때도 연락을 안 하죠.

당신은 여자의 이야기를 끝까지 들어주었다. 여자는 정신과 계통의 사람들이 반쯤은 미쳐 있다는 것도 알고 있었고 어떤 말이 그들의 호기심을 자극하는지도 꿰고 있었다. 테스트를 교란했고 그래프를 얽어놓았다. 정신분열과 망상과 우울증이 결합된 중증의 결과 뒤에는 경계선 성격장애 정도로 평가될 결과를 만들어 내놓았고 인터뷰에선 일순 논리적이다가 돌연 종잡을 수 없는 횡설수설로 상담자를 오도했다.

씨앗이 당신 머리에 내려와 앉은 것은 바로 그날이었다. 그리고 조금씩 자라기 시작했다.

11

환자를 가까이하지 말라고 당신의 선배들은 누누이 말해주었다. 당신은 그 룰을 어겼다. 환자들은 굶주린 독사와 같아. 조금만 빈틈을 줘도 물고 자기가 공격을 당해도 물고. 그러니 언제나 적절한 거리를 지켜야 해. 당신은 충고를 저버렸다. 여자는 자주 찾아왔다. 당신은 나를 치료하려 하지 않아서 좋아요. 이빨이 목에 박히는 걸 느끼면서도 당신은 여자를 뿌리치지 못했다.

강남의 한 술집에서 당신과 그녀가 술을 마시고 있다. 당신은 말한다. 어렸을 적 우리집 앞엔 아까시나무가 있었죠. 밤이 되면 가지의 그림자가 커튼에서 흔들거렸는데 나는 언젠가 그 나무가 집을 뚫고 들어오리라는 망상에 시달렸어요. 나뭇가지에 매달린 말벌집에서는 말벌들이 윙윙대며 날아다녔고 아버지가 키우던 꿀벌들은 말벌들에게 몰살당했죠. 말벌 한 마리가 족히 수백 마리를 물어 죽이는데도 꿀벌들은 맹목적으로 달려들어 싸웁니다. 언제부터 그들은 싸웠을까요? 내가 태어나기 아주 오래 전부터 그랬겠죠. 아마도 그들의 유전자엔 그 싸움이 각인되어 있을 겁니다.

술이 더해가자 누가 상담자였고 피상담자였는지 불분명해졌다. 그 경계가 완전히 사라졌을 때, 당신과 여자는 침대 위에 있었다. 말이 필요 없는 상태에서 당신과 여자는 편안했다. 여자는 엄마처럼 당신을 어루만져주었다. 젖을 물려주었고 당신을 씻어주었다. 섹스에 미숙한 당신을 다독여가며 길을 들였다. 겁내지 말아요. 노래를 부른다고 생각해요. 당신은 사람들의 얘기를 너무 많이 듣고 살아서 그래요. 모든 환자들은 거짓말을 해요. 그들은 의사가 자신을 정상인으로 보아주길 바라니까요. 그래서 그들은 수백 가지 질문들 속에 섞여 있는 가짜 질문에 넘어가죠. 날마다 일간신문의 사설을 읽는다, 같은 항목에 동그라미를 치게 되는 거죠. 그래서 더욱 신뢰를 의심받고, 아, 정신과는 정말 지겨운 곳이죠? 당신의 얘기를 해요. 사람들 얘기는 이제 그만 들어요.

그제야 당신은 평생 다른 사람의 이야기를 듣느라 세월을 보내왔다는 사실을 새삼 깨닫게 되었고 그게 부끄러워서 여자를 끌어당겼다. 여자의 이빨과 당신의 이빨이 부딪쳤고 팔과 무릎이 교차되었다. 어디선가 괘종시계소리가 들려왔다. 질펀한 정사 뒤에 당신과 여자는 나무처럼 서로를 얽은 채로 잠이 들었다.

12

여자의 상태는 현저히 호전되었다. 약이 없이도 잠들 수 있었고 환청도 사라졌고 울증도 가라앉았다. 이야기를 들어줄 상대가 생겨서인지 아니면 섹스 때문인지 분명하지 않았다. 어쩌면 둘 다라고 말할 수도 있을 것이다. 여자는 당신에게 탐닉했고 당신은 여자를 떠나지 않았다. 여자와 함께했던 두 번의 여행도 만족스러운 편이었다. 가끔 자기 방에 틀어박히곤 했지만 심각한 정도는 아니었다. 여자에겐 미약한 히스테리아 증세만이 남아 있는 것처럼 보였다. 그럴 때의 여자에겐 나름의 매력이 있었다. 히스테리아들이 그러하듯이 여자 역시 드라마틱한 전개를 좋아해서 가끔 당신을 기분좋게 놀라게 해주었다. 저녁 식탁에 와인과 촛불이 올라오는가 하면 아무도 입지 못할 대담한 옷을 입고 당신을 기다렸다.

여자의 상태가 좋아질수록 당신은 불안을 느꼈다. 여자는 당신의 아이를 갖고 싶다고 말했다. 그것이 당신의 불안을 더 가속했다. 씨앗은 점점 더 깊이 뿌리를 내리려고 하고 있었다. 가지는 이미 훌쩍 자라나 당신 창에 그림자를 드리웠다. 바람이 불 때마다 가지는 심하게 흔들렸다. 당신은 여자가 환자일 때가 더 좋았다고 추억하기 시작했다. 여자의 집착은 완강했고 모든 환자와의 관계를 의심했고 섹스는 더 격렬해졌고 전화와 삐삐가 잦아졌다.

먼저 결별을 선언한 건 당신이었다. 여자는 한 번은 자신을, 두 번은 당신을 죽이려 했다. 여자는 울지 않았다. 대신 칼을 들었다. 당신이 여자를 떠나려 할 때마다 비슷한 일이 반복되었다. 한 번의 과도는 당신의 목을 비켜 어깨를 찔렀고 다음번의 주머니칼은 허벅지를 스쳤다. 그때마다 당신은 주저앉았다. 그런 다음날이면 여자는 언제 그랬냐는 듯 환한 얼굴로 당신을 맞았다. 당신의 온몸을 혀로 핥고 대대적으로 집 안을 청소했고 멋진 메뉴들을 차려냈다.

이젠 당신이 서서히 미쳐가는 것 같았다. 그 생활이 조금만 더 계속되었더라면 정말 그랬을지도 몰랐다. 당신은 지방대학의 상담소로 자리를 옮겼고 전화번호를 알려주지 않았다. 두 달 만에 여자는 당신을 찾아냈다. 다시 치료를 받고 있어요. 의사가 당신을 놓아주래요. 그래야 내가 살 수 있대요. 아침마다 명상원에 나가요. 마음이 넉넉해져요. 당신도 해봐요. 이제 당신을 더이상 괴롭히지 않겠어요. 남자도 생겼어요.

여자는 당신보다 당신을 더 잘 알고 있었다. 당신은 흔들렸다. 여자가 돌아간 지 이틀 만에 당신은 여자의 전화번호를 누르고 있었다.

13

나무를 보고 있는 당신 앞으로 주황색 장삼을 걸친 맨발의 승려가 지나가다 멈춘다. 승려가 짧은 영어로 말을 붙여온다. 뭘 보는가. 당신은 손을 모으고 대답한다. 나무를 봅니다. 승려는 장삼을 치켜올리며 다시 묻는다. 나무에서 뭘 보는가. 당신은 다시 대답한다. 시간을 봅니다. 서로의 영어가 짧으니 대화는 자연 선문답을 닮아간다. 승려는 대꾸하지 않고 당신이 앉아 있는 등걸 위에 함께 몸을 붙인다. 더운 바람이 훅하고 두 사람을 훑고 지나간다. 그사이 승려는 바랑에서 꺼낸 음식을 오른손으로 주섬주섬 집어먹는다. 먹겠는가. 당신은 사양하지만 그의 손은 물러날 줄 모른다. 역한 향료냄새가 당신의 코를 찌른다. 당신은 받아먹는다.

나무가 무섭습니다. 당신의 말에 승려는 웃는다. 거대

한 석조 불상의 틈새에 자신의 뿌리를 밀어넣어 수백 년 간 서서히 바수어온 나무를 보며 승려는 반문한다. 나무가 왜 무서운가? 이곳의 나무들이 불상과 사원을 짓누르며 부수어나가는 것이 두렵습니다. 승려는 보시음식을 싼 기름종이를 다시 바랑에 집어넣으며 자리에서 일어섰다. 나무가 돌을 부수는가, 아니면 돌이 나무 가는 길을 막고 있는가. 승려는 나무뿌리에서 휘감긴 불상을 향해 합장을 하며 말을 이어간다.

세상 어디는 그렇지 않은가. 모든 사물의 틈새에는 그것을 부술 씨앗들이 자라고 있다네. 지금은 이런 모습이 이곳 타프롬사원에만 남아 있지만 불과 몇십 년 전까지만 해도 밀림에서 뻗어나온 나무들이 앙코르의 모든 사원을 뒤덮고 있었지. 바람이 휭하니 불어와 승려의 장삼을 펄럭였고 당신의 땀을 증발시켰다. 승려의 말은 계속 이어진다. 그때까지 나무는 두 가지 일을 했다네. 하나는 뿌리로 불상과 사원을 부수는 일이요, 또하나는 그 뿌리로 사원과 불상이 완전히 무너지지는 않도록 버텨주는 일이라네. 그렇게 나무와 부처가 서로 얽혀 구백 년을 견뎠다네. 여기 돌은 부서지기 쉬운 사암이어서 이 나무들이 아니었다면 벌써 흙이 되어버렸을지도 모르는 일. 사람살이가 다 그렇지 않은가.

캄보디아의 노승은 해맑게 웃었다. 크메르루주의 학살을 견딘 승려는 불과 수백이었다. 나이로 미루어 그는 프랑스 식민지배와 론 놀과 크메르루주와 베트남의 침공과 최근의 내전을 겪어내었을 것이다. 끝내 살아남았고 이렇게 사원 근처에서 불교도와 관광객의 보시로 연명하고 있다. 그런 그가 부처를 쪼개는 나무를 어루만지더니 휘적휘적 갈 길로 가버렸다. 당신은 다시 나무를 본다. 나무는 대꾸가 없다.

14

승려가 가버린 뒤에도 당신은 타프롬사원에 앉아 나무를 본다. 검은 나비 두 마리가 펄럭이며 당신 머리 위를 지나간다. 문득 하나의 의문이 튀어오른다. 혹, 당신이 그녀의 나무는 아니었는가. 상담자라는 지위가 가진 매력을 후광효과 삼아 여자를 유혹하고 당신이 편안할 때마다 섹스파트너로 삼았던 것은 아닌가. 오히려 치료를 받았던 건 당신이 아니었는가. 여자의 히스테리아는 당신이 도망칠 좋은 구실이 되었던 건 아니었나. 당신이 내뱉은 말들은 그녀가 휘두른 과도보다 더 위험한 건 아니었을까. 과연 누가 나무이고 누가 부처인가.

당신은 오토바이를 타고 천천히 숙소로 돌아온다. 일터에서 집으로 돌아가는 캄보디아인들이 자전거 페달을 힘차게 밟고 있다. 그들을 지나쳐 당신은 천천히 숙소로 들어선다. 로비에 켜져 있는 CNN 위성방송에서 과학뉴스 한 조각이 흘러나오고 있다. 뉴스는 그릇의 덜컥임이 야기한 최종의 결과를 보여주고 있었다.

대마젤란은하에서 초신성이 폭발했다는, 1604년 케플러가 발견한 초신성에 맞먹는 밝기였다는 기사. 그릇이 덜컥였고 그 때문에 여자가 당신을 떠났고 한 여자가 자살을 기도했고 아파트 한 동이 가스폭발로 날아갔고 프놈펜에서 세 발의 폭탄이 터지고 캐나다에선 비행기가 떨어졌고 그 모든 일들이 종국엔 수억 광년 너머에 있는 별을 폭발시켰다는 사실이 당신에겐 별로 놀랍지 않다. 수억 광년 너머의 폭발이 관측되었다면 그 폭발은 이미 수억 년 전에 발생했으리라는 과학상식도 당신의 신념을 교정하지는 못한다. 단지 당신은 이렇게 타협한다. 어쩌면 그 별의 폭발이 당신 방의 그릇을 덜컥였을 것이라고. 수억 년 동안 날아온 성간 먼지의 파편들이 지구에 도달하여 당신과 수많은 사람들의 그릇을 건드렸으리라고.

그렇게 믿으면서 당신은 한 여자에게 전화를 건다. 자신이 뿌리를 내려 머리를 두 쪽으로 쪼개버린 한 여자에게 말이다. 네 몸이 그립다. 안고 싶고 빨고 싶고 네 속으로 들어가 똬리를 틀고 싶다. 나무와 부처처럼 서로를 서서히 깨뜨리면서, 서로를 지탱하면서 살고 싶다. 여자는 아무런 대꾸도 하지 않는다. 어쩌면 잘못 건 전화인지도 몰랐다. 당신은 천천히 수화기를 내려놓았다. 그러곤 여장을 꾸려 앙코르를 떠났다. 당신의 시간이 다시 거꾸로 흐르고 있었다.

(『현대문학』 1998년 11월호)

흡혈귀

 지난해 펴낸 장편소설 『나는 나를 파괴할 권리가 있다』 때문에 가끔 이상한 전화나 편지를 받을 때가 있다. 그 소설에는 자살 안내라는 좀 특이한 일을 하는 사람이 화자로 등장하는데, 독자들 중에는 작가인 나와 그 자살 안내인을 같은 사람으로 착각하는 사람이 있는 모양이다. 대뜸 전화를 걸어와서는 자신이 지금 자살을 하려고 하는데 뭐 해줄 말이 없느냐는 식이다. 오죽하면 나 같은 사람에게까지 그러겠는가 싶어 안쓰럽기도 하지만 나로서는 난감한 노릇이다.

 오늘 소개할 이 편지도 그런 것 중의 하나려니 하고 처음엔 대수롭지 않게 생각했던 것이다. 편지는 A4용지 크기의 봉투에 담겨 두툼했다. 주소는 컴퓨터로 깔끔하게 인쇄된 것이었고 소인은 서울 도곡동 우체국으로 찍혀 있었다. 봉투를 열어보니 역시 워드프로세서로 정서한 열 장가량의 종이가 묶여 있었고 그 밖에 수십 장의 다른 복사지들이 함께 들어 있었다. 그 복사지 묶음의 맨 앞장에는 '참고자료'라는 글씨가 큼지막하게 씌어 있었다.

원고청탁이나 기획서가 아닐까? 출판사 봉투가 아닌 걸로 봐선 그것도 아닌 것 같았다. 나중에 천천히 보자. 처음에는 그저 그렇게만 생각하고 엘리베이터에 올랐다. 집에 들어와서 책상 위에 던져놓고는 며칠 동안 잊어버리고 지냈다. 내 생활리듬이라는 게 규칙적이지를 못해서 어떤 때는 일주일이 지나도록 한 번도 책상 앞에 앉지 않기도 하는 터라 그 편지는 다른 쓰잘데없는 홍보 우편물, 신문 등과 뒤섞인 채로 한참을 그냥 묻혀지내게 되었다.

그러다가 지난 10월 16일, 친구의 생일이어서 간단하게 술을 한잔하고 집으로 돌아온 날이었다. 밤이 되자 갑자기 천둥 번개가 치며 비가 쏟아지기 시작했다. 가을에 무슨 비가 이렇게 험하게 오나. 나는 창문을 닫아걸고 컴퓨터 앞에 앉았지만 비는 점점 더 거세어갔고 뇌성벽력도 더

심해졌다. 컴퓨터를 보호하기 위해 전원을 끄려 할 때쯤 전화벨이 울렸다.

"김영하씨 댁인가요?"

"전데요. 누구시죠?"

"저는 김희연이라고 하는데요. 얼마 전 우편물을 하나 보내드렸는데 기억하실지……"

김희연. 김희연이라. A4봉투에 담겨 있던 그 두툼한 우편물이 기억났다. 주섬주섬 책상 위의 신문들을 치우자 그 우편물이 보였다. 봉투의 왼쪽 상단에 '김희연'이라는 이름이 적혀 있었다.

"죄송합니다. 제가 바빠서 아직 읽지를 못했습니다. 받기는 잘 받았습니다만……"

"……"

여자는 말이 없었다. 잠시 불편한 침묵이 흘렀다.

"꼭 읽어주세요. 제 딴에는 고심고심하며 쓴 글이니까요. 다 읽으시면 다시 연락드리겠습니다. 이렇게 늦게 전화드려서 실례가 되지나 않았는지 모르겠습니다. 그럼 안녕히 주무십시오."

툭, 전화가 끊겼다. 그때쯤 다시 천둥 번개가 쳤다. 이번엔 창문이 흔들릴 정도로 강한 것이었다. 문득 온몸으로 저르르한 소름이 돋았던 것으로 기억한다. 꼭 공포영화 분위기였다. 왜 그런 영화에선 무슨 중대한 일이 생길 때면 날씨가 험상궂지 않은가 말이다. 지금 생각해보면 그녀가 일부러 그런 날을 골라 전화를 한 것일 수도 있다는 생각이 든다. 하지만 어쨌든 그때는 그냥 섬뜩했다. 그건 어쩌면 그녀의 목소리 때문일 수도 있었을 것이다. 전화선을 통해 전해온 그녀의 목소리는 마치 한동안 끊겼다가 다시 나오는 수돗물처럼 단속적이었다. 감정이 최대한 억제되어 있는 듯하면서도 무언가 부글부글 끓어오르는 듯한, 젊었는지 늙었는지, 또는 화가 났는지 기분이 좋은지 쉽게 알 수 없는 그런 소리 말이다.

전화를 끊고 나서 찬찬히 그녀가 보내온 봉투를 열어보았다. 먼저 열 장가량의 종이 묶음을 읽기 시작했다. 첫 문장부터 맞춤법에 맞지 않는 단어들이 눈에 띄었다. 그 점이 글의 신뢰도를 떨어뜨리기는 했지만 문장은 의외로 간결하고 산뜻했다. 다 읽고 난 후의 내 감상은 나중에 밝히기로 하고 이 흥미로운 편지를 먼저 소개하기로 하자. 몇 군데 의미가 연결되지 않는 문장은 내가 손을 보았고 맞춤법이 틀린 곳도 고쳤다. 지나치게 비약이 심하거나 감상적으로 흐른 부분도 문맥이 손상되지 않는 범위 내에서 삭제하거나 줄였다. 이 점을 참고하면서 봐주시기를 바란다.

저는 스물일곱 살의 여자입니다. 인생이 희망으로 가득하다고 믿고 있을 나이는 아니지만 그렇다고 끝이 보이지 않는 사막이라고도 생각하지 않을, 그런 나이입니다.

제 이야기를 잠깐 할까요. 여느 소녀들처럼 어린 시절엔 재미있는 소설과 만화를 보며 자랐습니다. 『베르사유의 장미』 같은 순정만화나 하이틴 로맨스, 할리퀸 문고 따위에 빠져들기도 했지요. 그런 소설과 만화 속에 등장하는 캐릭터를 닮은 멋진 남자들을 기다리며 사춘기를 보냈다고 해도 과언이 아닐 거예요. 테리우스나 미스터 블랙 같은 인물 말이죠.

그러다 대학에 들어갔지요. 1990년이었습니다. 대학생활은 다른 사람과 다를 바가 없었지요. 일학년 때는 헤매다가 이학년쯤 되면 시들해지고 연애도 한 번쯤 하게 되죠. 저도 남자 하나를 만났는데 그렇고 그런 남자였어요. 차 마시면 돈은 당연히 자기가 내고, 여자가 담배 피우면 세상 말센 줄 알고, 술 취하면 전화하고 뭐 그런 남자요. 한국 땅에 흔해빠진 남자였어요. 처음엔 아, 저 남자가 날 저렇게까지 끔찍하게 생각해주는구나 싶어서 좋았는데, 금세 지겨워졌어요. 그래서 헤어지고 무료한 삼학년과 사학년이 지나가고 있었죠. 그러다 또 남자 하나를 만났는데 이 남자는 달랐어요. 늪이었어요. 말 그대로 늪.

영화 공부하는 사람이었어요. 열정적이고 세상물정 모르고 미친 듯이 사는 남자. 멋져 보였어요. 친구 애인이었는데 그런 게 눈에 들어오지 않았어요. 제가 미쳤죠. 맞아요. 그때 목숨 걸었어요. 그 남자 사는 집에 찾아갔어요. 생각보다 쉬웠어요. 아무것도 설명할 필요가 없었죠. 둘 다 젊었으니까……(이 부분에서 다소 장황하게 그 남자와 만나게 된 경과를 서술하고 있어 일부 생략했다—필자)

나중에 알게 됐지만 그 남자 언제나 그런 식이었어요. 여자한테 다가가지는 않지만 오는 여자는 막지 않아요. 그때마다 여자를 갈아치우는 건데, 별 죄의식 같은 건 가지지 않는 남자였어요. 자기는 그럴 만큼 충분히 잘났다고 생각하는 사람이고 그럴 때 도덕 같은 거 들이대면 비웃어버려요. 낡았다는 거죠.

그 남자 처음 만났을 때, 운동권 영화를 만들고 있었어요. 노동자들의 이야기를 다룬 십육밀리 영화였는데, 완성은 가까스로 했지만 상영은 못 했어요. 대학 같은 데서 몇 번 시도했지만 그때마다 경찰이 치고 들어오는 바람에 무산되기를 반복했어요. 그 팀 전체가 수배됐고 그 사람도 한 반년쯤 도망다녔지요. 주로 우리집에 있었는데, 처음에는 좋았어요. 왜 그런 생각 가끔 하잖아요. 사랑하는 남자가 한 번쯤 입원했으면 하고 바라는 거 말이에요. 꼭 그런 상황이었지요. 제가 먹여주고 입혀주고 돌봐주고 망도 봐주면서 함께 위험을 감수하는 그런 게 좋았어요.

하지만 그때부터가 문제였어요. 그 남자는 그렇게 살 수 없는 사람이었으니까요. 어느 날 학교에서 돌아오니까 제 자취방 앞에 여자 구두가 있더군요. 그리고 두 남녀의 소리. 한참을 우두커니 서 있다가 돌아나왔어요. 그 여자가 나올 때까지 길 건너에서 쪼그리고 앉아 기다렸지요. 두 시간인가 세 시간인가 기억도 안 나요. 그 여자가 나와서 택시를 타고 가는 것을 봤어요. 어쩌면 저렇게 당당할까.

화가 나더군요. 앉았던 자리에서 일어서려는데 다리가 펴지질 않는 거예요. 나도 모르는 새 너무, 너무 오래 앉아 있었던 거지요. 일어나니까 어지러웠어요. 조용히 제 방으로 들어가 그 옆에 누웠습니다. 그는 태연하게 잠들어 있더군요. 죽여버리고 싶었습니다.

그런 일이 몇 번 반복되었고 더이상은 참을 수가 없어서 그에게 말했습니다.

"여기는 내 집이고, 그러니 기본적인 예의는 지켜줬으면 좋겠어요."

"기본적인 예의?"

그가 눈을 똑바로 뜨고 도전적으로 맞받아왔습니다. 그러나 차마 제 입으로 '다른 여자를 데리고 오지 말아달라'는 말을 할 수는 없었습니다. 그것마저 말하고 나면 저 자신이 너무 초라해질 것 같아서였죠.

"친구는…… 밖에서 만나면…… 안 될……까요?"

"그러지 뭐."

그는 대수롭지 않다는 듯이 대꾸했습니다. 언제나 그런 식이었죠. 그래도 연애는 끝나지 않고 계속됐어요. 운동권 영화를 만들던 그가 코믹 멜로물을 만들 때까지 말이에요(이 부분에서 김희연은 애인이 만든 코믹 멜로물에 대한 설명을 길게 하고 있었는데 불필요한 부분이라 삭제했다—필자).

이쯤 되자 그 사람을 더이상 만나야 할 이유를 아무데서도 찾지 못하겠더군요. 그러면서도 질질 끌려다니는 거예요. 밤에 찾아오면 같이 자주고 밥 못 먹었다면 밥 사주고 돈 없다면 돈 주고 뭐 그러면서요.

그러던 어느 날 술자리였어요. 그 애인과 함께 일하는 영화판 사람들과 어울리는 자리였는데, 처음 보는 사람이 있었어요. 나이를 가늠하기 힘든 사람이었는데 눈빛이 아주 묘했어요. 무심한 듯하면서도 의중을 꿰뚫는 듯한, 동굴처럼 깊어 보이는 눈이었거든요. 태도도 특이했어요. 사람들과 잘 어울리지 않았고 혼자 술만 홀짝이고 있었지요. 술이 좋아서라기보다 그저 아무것도 할일이 없어서 그런다는 투로 말이죠. 그리고 그가 앉은 자리 주위에는 늘 일정한 간격이 생기더군요. 사람들은 알게 모르게 그와 거리를 두고 있었던 거지요.

나중에서야 그가 시나리오 작가라는 걸 알게 됐어요. 본업은 시인이라고 하더군요. 문학평론도 하고 가끔은 소설도 쓴다는 얘기를 들었어요.

그 사람이 바로 지금의 제 남편이에요. 처음부터 이상하게 끌렸어요. 그 지긋지긋한 연애에 지쳐서였는지도 모르겠어요. 쓸쓸해 보이기도 했고 넉넉해 보이기도 했어요. 저는 그에게 다가갔어요.

"처음 뵙겠어요. 시나리오를 쓰신다면서요?"

"예."

그는 짤막하게 대답하고는 다시 침묵이었지요. 저는 머쓱해졌어요. 다시 말을 건네보았습니다.

"다른 일도 하신다면서요?"

"예."

그는 귀찮다는 듯이 내뱉고는 술을 들이켰습니다. 더이상은 말을 붙이기 힘들어서 가만히 앉아 있으니까 그가 지나가는 말처럼 말을 붙여왔어요.

"그만 끝내요. 인간의 삶은 정말 짧습니다."

"네?"

그는 턱으로 탁자 끝에 앉아 있는 제 애인을 가리키면서 다시 말했습니다.

"저 친구 말입니다. 저런 무가치한 인간 뒤치다꺼리나

하려고 이 세상에 태어난 건 아니잖습니까?"

아무 감정도 실려 있지 않았지만 낮게 뇌까리는 그의 말은 귓전에 오래 남았어요. 이상한 힘이 실려 있어서 사람을 움찔하게 만들거든요. 마치 노래방 기계의 에코효과처럼 여러 번 울리는 것 같았지요.

"말씀이 너무 심하시네요."

"됐습니다. 그만합시다."

하지만 그걸로 끝나지는 않았습니다. 저에게 계속 신경을 쓰고 있던 제 애인이 그와 저의 대화를 들었기 때문이었습니다. 제 애인이 일어섰지요.

"야, 이 새끼야. 말조심해."

애인이 맥주병을 든 채로 소리를 질렀습니다. 다른 친구들은 상황을 몰라 허둥댔지요. 하지만 남편은 당황하지 않았습니다. 대신 짧게 한마디 던졌을 뿐이었습니다.

"이봐, 친구. 다음달에 프랑스로 유학 가는 거 이 여자도 알고 있나?"

금시초문이었습니다. 애인은 얼굴이 새파랗게 질렸습니다. 그는 몇 마디 더 덧붙였습니다.

"괜한 데 힘쓰지 말고 유학 준비나 잘해."

애인은 선 채로 부들부들 떨고 있었습니다. 친구들도 그 얘기는 처음 듣는 것 같았습니다. 모두 제 애인을 쳐다보며 한마디씩 하기 시작했습니다.

"너 이 영화는 끝내고 가야지."

"도대체 무슨 소리야?"

"야, 갈 때 가더라도 마무리는 하고 가야지."

애인은 주저앉아 변명을 하기 시작했습니다.

"미안하게들 됐다. 일이 어쩌다 보니……"

프랑스에 먼저 간 선배가 어쩌고, 갑작스러운 초청이 어쩌고, 주절주절 말도 안 되는 소리들을 늘어놓았습니다.

남편은 천천히 자리에서 일어나며 제게 말했습니다.

"여기 계속 있을 겁니까?"

저는 정신이 하나도 없었습니다. 애인이 저도 모르게 프랑스로 떠난다는 소식에 망연했고, 삽시간에 벌어진 이런 사태에 어떻게 대처해야 할지 갈피를 잡을 수가 없었던 거지요. 그래서 마치 최면에라도 걸린 것처럼 그를 따라 일어서고 말았습니다. 마지막으로 애인 쪽을 바라보니까 제 눈길을 피하더군요.

그게 그와의 첫 만남이었습니다. 우리는 그 술집을 나

와 다른 곳으로 자리를 옮겼지요. 그때까지 그는 아무 말도 없었습니다. 저는 물어보았습니다.

"어떻게 저와 제 애인에 대해 그렇게 잘 알고 계시죠?"

"알고 싶지 않아도 알게 되는 일들이 있습니다. 피곤하죠."

그는 심드렁하게 내뱉었습니다. 나중에 알게 되었지만 그건 그의 말버릇입니다. 세상 모든 일에 흥미를 잃어버린 사람 같았죠.

어쨌든 우리는 그렇게 만났습니다. 그 사람 말대로 옛날 애인은 한 달 만에 프랑스로 영화 유학을 떠나버렸구요. 예술 전문대학을 갓 졸업한 영화학도 여자와 함께 말이죠. 그가 떠나고 나자 그 사람과 나는 더 가까워졌고 자주 만나게 되었죠. 세 달 만에 우리는 결혼했습니다.

부모님은 모두 그 결혼을 반대했었습니다. 그 남자가 마음에 들지 않는다는 거였어요. 뭔가 께름칙하다는 거였죠. 부모님들은 이유를 찾기 시작했어요. 남편은 고아인데다가 친척도 하나 없었는데, 그게 이유가 됐어요. 부모가 반대하니까 저는 오히려 더 오기가 생겼어요. 남편의 좋은 점만 보이는 거예요. 사실 남편에게 푹 빠져 있기도 했었지만요.

아마도 제 남편이 그전 남자와 백팔십도 다른 사람이었기 때문이었을지도 모르겠어요. 그가 가진 결점을 남편은 하나도 가지고 있지를 않았거든요. 급한 성미도 없었고 우유부단하지도 않았고 감정 처리를 제대로 못해 뒤끝이 지저분하지도 않았고 항상 여유롭고 당당했어요. 세상의 흐름에 무심했고 자잘한 일에 일희일비하지도 않았어요. 말 한마디 한마디가 세상사에 통달한 사람 같았습니다. 성욕도 없어 보였는데 그것조차 그때는 멋있어 보였어요. 결혼을 약속한 그런 사이가 되면 남자들 으레 같이 자고 싶어 하잖아요. 그 사람은 그러지 않았거든요. 매력적인 인물이었지요. 지금이야 그 모든 게 결점으로 보이지만요.

여하튼 그때만 해도 남편이 이상하다고까지는 생각하지 않았어요. 하지만 딱 하나 미심쩍은 데가 있기는 했어요. 남편은 제 생각을 읽고 있었어요. 이를테면 제가 커피를 마셔야지 하고 생각하고 있으면 제 것까지 알아서 주문을 해버리는 거예요. 왜 제 것까지 주문하세요? 하고 물으면 커피 마시고 싶을 것 같아서라고 말하죠. 제가 택시를 타고 집에 가야겠다고 생각하면 어느새 택시를 잡고 있어요. 보통 땐 그냥 버스를 타고 가는데 말이죠. 제가 부모의 반대 때문에 걱정하고 있으면, 너무 걱정하지 말아, 며칠 못 갈 거야. 이런 식으로 말하는 거예요. 그럼 정말로 며칠 후에 부모가 승낙을 하고, 그런 식이죠.

신혼여행 첫날밤에 제가 어렵게 말을 꺼냈습니다.

"짐작하고 계시겠지만 저 남자 처음 아니에요."

남편은 그런 저를 아무 감정도 없는 눈길로 쳐다보더니,

"술이나 마시지" 하는 거예요.

"정말 괜찮아요?" 하고 제가 되묻자 남편은,

"왜 내가 시간을 거슬러가면서까지 당신을 심판해야 한다고 생각하나? 마음쓰지 마" 하면서 웃더군요.

자기 말대로 남편은 그 일에 관해선 아무 신경도 쓰지 않았답니다. 여느 한국 남자들과는 다르네. 그냥 이렇게 생각했죠.

첫날밤에 있었던 일도 이야기해야 할 것 같아요. 꼭 해야 되는지 망설였는데 말씀드려야 할 것 같아요.

둘이 침대에 함께 들었는데 남편이 한 시간 정도를 아무것도 하지 않고 가만히 누워 있는 거예요. 저는 살며시 몸을 붙여갔죠. 남편은 그래도 미동도 않는 거예요.

"그냥 잘 거예요?"

"곧 지겨워질 거다."

"뭐가요?"

"섹스."

"그래서요?"

"잠들고 싶다. 아주 오랫동안 잠들지 못했다."

"오늘은 우리들의 첫날밤이잖아요."

"첫날밤. 당신의 첫날밤이라……"

저는 남편이 제가 과거가 있는 여자라 그러는 줄 알고 자격지심에 그만 입을 다물고 말았는데, 남편의 다음 말을 들어보니 그건 아니었어요.

"나를 기억해주겠나?"

"네?"

"이 첫날밤을 기억해주겠느냐고?"

"그럼요. 죽을 때까지."

"고맙다. 처음이라는 건 참 아득한 거다."

그러면서 남편은 옷을 벗기 시작했어요. 그때, 아, 이 사람 참 외로운 사람이구나 싶었어요. 제가 안아주자 그는 서서히 제 안으로 들어왔어요. 그의 몸이 뜨거워졌어요.

완전히 제 몸속으로 들어온 그는 오래도록 미동도 없이 저를 안고 있었어요. 그런 포옹은 처음이었어요. 무덤 속에라도 들어와 있는 기분이었지요. 그것만으로도 완벽할 수 있었거든요.

그렇게 그의 품에 안긴 채 스르르 잠이 들어버렸어요. 참 신기한 일이었어요. 어떻게 그럴 수가 있었을까. 신혼 첫날밤이었고 포옹 말고는 아무것도 하지 않았는데 너무 피곤했었나. 저는 호텔방 창으로 억세게 밀려드는 아침 햇살을 믿을 수가 없었어요. 하지만 이제는 알아요. 어떻게 그런 일이 가능했었는지 말이죠.

제가 남편을 처음으로 의심하기 시작한 건 결혼한 지 일 년쯤 지난 어느 날이었어요. 그전까지는 그저 좀 특이한 사람이려니, 작가라는 사람들이 대체로 그러려니 생각했었거든요. 그런데 그날은 좀 이상했어요. 밤새 잠을 못 이루고 뒤척이던 남편이 부스스 자리에서 일어나는 거예요. 그러더니 마루로 나가더군요. 아무리 기다려도 남편이 돌아오지 않았어요. 이상했죠. 그래서 가운을 걸치고 따라 나가봤더니 남편이 없는 거예요. 글 쓰러 서재에 들어갔나 싶어서 서재 근처에서 얼쩡거려보았지만 아무 소리도 들리지 않았어요. 남편은 자기가 작업하는 서재에 절대로 들어오지 못하게 하는 괴벽이 있었는데 그쯤은 저도 이해하고 있었거든요. 한번은 무심코 서재방에 들어갔다가 귀청이 떨어지는 줄 알았어요. 남편이 그렇게까지 큰 소리를 내는 건 처음 봤거든요. 굶주린 야수 같았어요. 사람소리 같지 않은 괴성을 질러대는 거예요.

그 생각이 나서 서재에 차마 들어가지는 못하고 앞에서 계속 서성거려봤지만 아무 소리도 들리지 않는다는 게 아무래도 이상했어요. 자판이 타닥거리거나 의자가 삐걱거리거나 여하튼 최소한의 소리라도 나야 정상일 텐데 말이죠. 저는 남편이 좋아하는 녹차를 가지고 다시 서재 앞으로 갔어요. 똑똑. 제 노크에도 아무 응답이 없었어요. 문을 살짝 밀어보니 열리더군요. 안은 캄캄했어요. 도대체 남편은 어디로 갔을까. 갑자기 무서운 생각이 들었어요. 이 밤중에 이 남자는 소리도 없이 어디로 사라진 걸까. 저는 조용히 남편을 불러보았습니다. 여보, 여보. 그때 그 캄캄한 서재에서 그가 걸어나왔습니다. 얼마나 놀랐는지 녹차 잔을 떨어뜨릴 뻔했습니다. 거기서 뭐하시는 거예요?

남편은 대꾸하지 않고 그대로 침실로 들어가 누워버렸습니다.

그가 갑자기 두렵게 느껴지기 시작했습니다. 도대체 그 방엔 뭐가 있는 걸까. 나는 그이에 대해 얼마나 알고 있는 걸까. 그가 쓴 몇 편의 글 외에 내가 알고 있는 것은 무엇일까. 궁금했습니다. 생각해보니 그는 자신의 어린 시절에 대해 한 번도 제게 말해준 적이 없었습니다. 고아였다니까 말하고 싶지 않은 과거들이 있었겠지. 그냥 이렇게만 생각했습니다. 간첩일까? 혹시 저 방에 무선교신기와 난수표 책이 들어 있는 건 아닐까. 그런 의심도 들기 시작했지요. 침실에 누워 있는 남편 옆에 함께 누우며 말했습니다.

"당신에 대해 알고 있는 게 너무 없다는 생각이 들어요."

"알아서 뭘 할 건가?"

"전 당신 아내예요. 알 권리가 있잖아요."

"말할 수 있는 것이었으면 벌써 했을 것이다. 인간이 인간을 아는 일이 가능하다고 생각하나, 또 필요하다고 생각하나?"

"그럼요. 필요하다고 생각해요."

"필요하지 않을 때도 많다. 지금이 그렇다."

"그래도 말해주세요."

"말하고 싶지 않다. 대신 너도 말하지 않을 수 있다. 그게 편하지 않나?"

"이해할 수 없어요."

"어차피 세상이란 이해할 수 없는 일로 차고 넘친다."

그러곤 남편은 입을 다물어버렸습니다.

"그럼 왜 저랑 결혼하신 거죠?"

"누구도 그런 질문에 답할 수 없을 것이다. 한다면 거짓말이거나 무지의 소치다. 나도 답할 수 없다. 굳이 말하자면 견디기 위해서다."

"뭘 견디죠?"

"시간이다."

그날부터 제 인생은 조금씩 달라지기 시작했습니다. 그를 알아야겠다는 욕망이 용솟음치기 시작했으니까요. 하지만 어디서 시작해야 할지 알 수 없었습니다. 먼저 그의 시를 읽어보기 시작했습니다. 결혼 전에도 몇 편 읽어본 적이 있었지만 그때는 들뜬 마음에서였는지 별 느낌이 없었는데 이때부터는 예사롭게 보이지 않았습니다. 이를테면 그의 시는 거의 모두가 죽음과 소멸을 주제로 하고 있었다는 걸 새롭게 알게 됐어요. 그의 시집 해설을 쓴 한 평론가의 말을 인용해드리겠습니다.

이 시인의 세계 속에서 삶이란 원심분리돼야 마땅할 불순물에 다름 아니다. 그에게 있어 삶이란 "달궈진 철판 위에서 추어야 하는 영원의 춤"이며 "바닷속에 가라앉은 호리병, 그 속에서 천년만년을 기다려야 하는 요괴의 신세"일 뿐이다. 그는 시에서 삶이라는 존재를 완전히 추방하고 죽음에 대한 무한한 동경만을 담아놓았다. 어디에서 이 도저한 허무주의가 발원한 것일까. 누가 이 젊은 시인의 가슴속에 삶에 대한 극한의 염증만을 심어놓은 것일까.

남편이 썼던 단편영화 시나리오도 읽기 시작했습니다. 줄거리를 요약하면 이렇습니다.

한 남자가 있습니다. 이 사람은 어느 날 삶이 무한정 계속될 거라는 망상에 시달리게 됩니다. 그러면서 자기는 죽지 않는 사람이라고 믿게 됩니다. 그리고 자신이 임진왜란 당시 고니시 유키나가小西行長 휘하의 일본군을 따라온 네덜란드 군목에 의해 흡혈귀가 되었다고 믿게 됩니다. 이 네덜란드 군목이 흡혈귀였던 거지요. 1592년 이래로 더이상 늙지도 죽지도 않고 계속 살아왔다고 믿는 이 남자는 자신이 죽을 수 없다는 사실에 절망합니다.

그는 아내가 자신을 사랑하지 않는다고 생각합니다. 왜냐하면 자신은 불멸하는 존재이기 때문에 아내가 자신을 견딜 수 없다고 믿는 거지요. 또한 가족들과 친구들 모두가 자신을 속이고 있다고 생각하게 됩니다. 단지 그들이 흡혈귀인 자신을 두려워하기 때문에 자신에게 잘해주고 있다고 여깁니다.

그는 아주 오랜 세월 동안 자신이 흡혈귀였다는 사실을 잊고 살아왔다고 믿었습니다. 흡혈귀를 용납하지 않는 세상에 적응하기 위해 흡혈귀로서의 모든 속성을 버리고 인간이 되기 위해 몸부림쳐왔다고 말이죠. 그는 갑오농민전쟁을 기억해내고 3·1운동을 기억해내고 8·15해방을 기억해냅니다. 그가 인간이 되기 위해 잊어왔던 그 오랜 기억들이 되살아난다고 믿기 시작했습니다. 그런 사람의 이야기입니다.

그가 흡혈귀가 아니라는 것을 알려주기 위해 그의 가족

들과 친구들은 정신과의사를 동원합니다. 정신과의사는 그가 조현병이라고 진단하지요. 그는 강제로 입원됩니다. 그런데 이상한 일이 벌어집니다. 몇 달이 지나자 그 정신병원에는 자신이 흡혈귀라고 믿는 사람들이 늘어나게 됩니다. 처음에는 환자들이었지만 나중에는 간호사들, 심지어는 그를 치료했던 의사마저도 자신이 흡혈귀가 되었다고 여기게 됩니다. 결국엔 정신병원의 모든 환자와 의사와 간호사 들이 그 지경이 됩니다.

그들은 집단으로 병원을 탈주하고 차량을 탈취하여 도로를 질주합니다. 그 차량 행렬이 바다로 향하고 경찰은 추격합니다. 그들은 절벽으로 몰립니다. 그의 아내와 친구들이 달려와 그를 부릅니다. 너는 흡혈귀가 아니야. 다른 환자들의 가족들도 함께 외칩니다. 정신 차려라. 넌 흡혈귀가 아니야. 제발 정신 차려. 그 소리는 마치 거대한 합창처럼 울려퍼집니다. 그러자 절벽에 늘어선 흡혈귀들도 입을 모아 외칩니다. 우리는 흡혈귀다. 우리는 흡혈귀다(그때 장엄한 레퀴엠이 배경음악으로 깔려야 한다고 남편은 적어놓았습니다).

경찰은 서서히 포위망을 좁혀갑니다. 당신들은 포위됐

다. 저항하지 말고 즉시 투항하라. 그러자 주인공이 말합니다. 좋다. 간다. 우리가 누군지 보여주마. 그들은 서서히 경찰과 가족 들에게 다가갑니다. 하지만 경찰과 가족 들은 한 발짝씩 물러나기 시작합니다. 흡혈귀가 아니라고 그렇게도 외치던 가족들도 모두 달아나기 시작합니다. 흡혈귀들은 뛰어옵니다. 급기야는 경찰도 도망치기 시작합니다. 수백의 흡혈귀들이 그들에게 달려가고 삽시간에 그곳은 아수라장이 됩니다. 이번엔 경찰과 가족 들이 절벽 쪽으로 몰립니다. 흡혈귀들은 끝까지 그들을 추격합니다. 한 사람 두 사람 절벽 밑으로 굴러떨어지기 시작합니다. 흡혈귀들도 떨어지기 시작합니다. 모두 한 덩어리가 되어 추락합니다. 이제 아무도 그들이 진짜 흡혈귀였는지 알 수 없습니다. 그들도 모르고 다른 누구도 모르지요. 다만 그들이 진정한 흡혈귀였다면 지금도 어딘가에 살아 있으리라는 자막만이 마지막에 올라가는 것으로 영화는 끝납니다.

이런 줄거리예요. 제 남편은 과연 이런 영화가 정말로 제작될 수 있으리라고 생각하고 만들었던 걸까요? 이상한 생각이 들기 시작했어요. 이번엔 남편의 평론들을 읽기 시작했어요. 여러 문예지들을 뒤적여가면서 말이죠.

그 평론들에서도 같은 특징들을 찾아낼 수 있었어요. 남편이 예찬한(냉소적인 어투이긴 하지만요) 소설이나 시는 모두가 삶의 깊은 허무를 다룬 것들이라는 점을요.

한편 이런 식의 퍼즐게임보다 더 확실한 증거들도 포착되기 시작했습니다. 남편이 집을 나간 후, 저는 조심스럽게 그의 서재로 들어가보았습니다. 그의 서재는 여느 사람의 그것과 별반 다를 바 없었어요. 그런데 책꽂이 옆에 이상한 나무상자가 놓여 있는 거였어요. 책상자인가 싶어서 들춰보았죠. 하지만 그 속은 텅 비어 있었습니다. 다시 뚜껑을 닫고 나서야 전 그게 무엇인지 알아보았습니다. 그건 관이었습니다.

남편이 전날 서재로 갔던 이유가 바로 그 관에서 자기 위해서였다는 걸 깨닫는 데는 그리 오랜 시간이 걸리지 않았습니다.

남편은 흡혈귀였던 겁니다. 오, 맙소사. 저는 침착해지기로 했습니다. 남편을 처음 만나던 그 시절부터 지금까지의 일을 찬찬히 돌이켜보기 시작했습니다. 그러고 보니 이상한 일투성이였습니다. 섹스부터가 그랬습니다. 남편은 철저히 무관심했거든요. 횟수까지 말씀드리고 싶지는 않만 아마 다른 부부보다는 훨씬 적으리라고 생각돼요. 한다 해도 무심히 해치울 뿐이에요. 게다가 사정도 하지 않는다는 생각이 들더군요. 그러고 보니 정말 그런 것 같았습니다. 결혼 초에 제가 콘돔을 써야 하지 않겠느냐고 하니까 그는 그런 건 필요 없다고 일언지하에 잘라 말했거든요. 그 말뜻을 이제야 알 것 같아요.

또 남편은 모르는 것이 없었어요. 조선시대 고전문학부터 영미문학, 신소설부터 최근의 현대소설까지 읽지 않은 작품이 없습니다. 제 말이 믿어지지 않으시겠지요? 사실이에요. 그가 쓴 글에 등장하는 그 엄청난 참고서적들을 한번 보세요. 제가 어쩌다 어떤 소설에 대해 물어보기라도 하면 줄줄줄 외워서 답을 해주곤 했다니까요. 어떻게 서른다섯의 남자가 그 많은 것들을 다 읽을 수가 있었을까요.

남편은 먹는 것에도 관심이 없습니다. 뭐든 주는 대로 아주 조금씩만 먹거든요. 또 식성도 특이합니다. 김치를 좋아하지 않는 한국 사람을 보신 일이 있습니까? 아니, 좋아하지 않는 사람은 있을 수도 있겠지요. 하지만 제 남편은 한 달이 다 되도록 김치에 젓가락 한 번 대지 않아요.

제가 새로 담근 김치라고 채근하면 그제야 한 번 입에 대는 정도지요. 남편이 그나마 잘 먹는 것은 피가 뚝뚝 흐르는 스테이크 정도예요.

그가 보는 영화는 또 어떤 줄 아세요? 사실 할리우드 영화 재미없다는 사람 없잖아요? 물론 예술영화 찾는 사람들도 있지만 그 사람들도 할리우드영화를 재미없다고는 못 할 거예요. 멋진 사랑이 있고 숨막히는 스릴이 있고 감동도 있잖아요. 같은 값이면 이 모든 게 다 들어 있는 할리우드영화를 좋아하는 게 당연하지 않을까요? 하지만 남편은 아니에요. 남편이 좋아하는 영화, 이제 선생님도 짐작하시겠죠? 컬트영화라는 거 있잖아요. 기계톱으로 사람을 썰고, 사람 고기로 정육점을 차리고, 뭐 그런 영화들 있잖아요. 그게 아니면 끝도 한도 없이 지루하고 허무한 영화를 보고 있어요. 타르콥스키의 영화 따위 말이죠. 한 번은 제가 물어봤어요.

"지겹지 않아요?"

"인생보다는 낫다. 인생을 흉내내는 영화는 인생보다 더 지겹다."

이런 식이에요. 남편이 컴퓨터게임을 하는 이유도 아마

그것과 다를 바 없을 거예요. 남편이 하는 컴퓨터게임이란 고작 테트리스이거나 지뢰찾기죠. 그 이유도 물어봤어요. 다른 재밌는 게임도 많은데 당신은 왜 하필 그런 것들만 하느냐고.

"테트리스는 무한한 반복이다. 쌓음으로써 부수고 부숴야 쌓는다. 테트리스엔 아무것도 없다. 그래서 좋다. 인생을 그럴듯하게 모사하는 게임들은 싫다."

더 결정적인 증거를 확보하기도 했습니다. 어느 날 침대를 정리하다가 발견하게 된 건데요. 뭐냐 하면 남편이 자고 일어난 베개 근처엔 단 한 올의 머리카락도 없었다는 거예요. 이게 있을 수 있는 일일까요? 남편이 머리를 감고 난 욕실도 마찬가지입니다.

또 이런 일도 있었습니다. 당신의 아이를 가지고 싶다고, 결혼한 지 몇 달 안 됐을 무렵 그에게 말했던 적이 있었어요. 그러자 그는 연민이 가득한 눈으로(아, 그의 그런 눈은 처음 보았어요) 저를 바라보면서 말했습니다.

"그건 싫다."

"왜요? 다들 그렇게 사는걸요. 아이 낳고 키우면서 지지고 볶으면서 그렇게 사는 거 아니에요? 아니면 늙어 외롭지 않겠어요?"

"이런 세상에 아이를 낳는 것은 죄악이다."

그때는 그의 그런 말이 단지 농담이라고 생각했지만 지금은 아닙니다. 그는 자신의 비밀을 알게 모르게 제게 흘려왔던 거예요. 제가 눈치채지 못했을 뿐이지. 알고 보면 그도 외로운 사람이겠죠. 그래서 그와의 섹스는 무미건조하지만 포옹만큼은 따뜻하게 느껴질 때가 있습니다. 그러고 보니 언젠가 그가 이렇게 말한 적이 있었습니다.

"나는 섹스보다 이렇게 안고 있는 게 좋다. 이게 영원처럼 느껴진다. 그리고 세상의 시작처럼 느껴지기도 한다. 누군가를 안고 있으면 그의 삶 속으로 들어가는 것 같다. 그랬으면 좋겠다. 나도 다른 몸으로 다시 태어났으면 좋겠다. 벌레라도 상관없다. 지금의 내 몸을 나는 증오한다."

며칠이 지난 후에 다시 그의 서재를 뒤지기 시작했습니다. 흥미로운 것들이 튀어나오기 시작했습니다. 읽을 수 없이 낡아빠진 고서 묶음들. 일제시대의 사진들. 그중에서 몇 장의 사진은 단체사진이었는데 꼭 한 명의 사진만은 예리하게 칼로 잘려나가고 없었습니다. 아마도 고등학교쯤의 졸업사진인 듯한데 열두 명쯤의 학생이 교모를 쓰고 삼열 횡대로 도열해 있는 장면이었습니다. 그런데 그 맨 뒷줄의 한 사람만은 도려내어져서 없었습니다. 저는 그게 제 남편이라고 확신했습니다. 다른 사진도 마찬가지였습니다. 그리고 또 한 장의 사진에는 쪽찌고 한복을 입은 여자 하나가 다소곳하게 서 있었습니다. 입은 한복의 풍으로 미루어보건대 혼례복임에 분명했습니다. 옆에 있어야 할 남자는 물론 도려져나가고 없었습니다. 저는 뒷면을 보았습니다. '광무 3년, 칠월 열하루'라고 적혀 있고 그 아래에는 '박춘식, 이분'이라고 초서로 기록되어 있었습니다. 남편의 그때 이름은 박춘식이었던 거지요. 저는 이분이라는 여자를 물끄러미 바라보았습니다. 벌써 할머니가 되었을, 아니 황천으로 떠난 지 오래되었을 그 여자를 말이죠. 얼마나 많은 여자들과 남편은 살아왔을까. 그 사람들을 다 기억하기는 할까. 그때 저는 문득 시몬 드 보부아르의 『모든 인간은 죽는다』라는 소설을 기억해냈습니다. 그 소설은 선생님의 단편 「도드리」에 잠깐 언급되기도 했었지요.

 바로 그 소설에도 제 남편처럼 영원히 살아야 하는 남

자가 나오지요? 그리고 그 남자와 살아야 했던 여자들의 이야기가 나오고요. 제가 바로 그런 여자가 된 겁니다. 남편을 사랑하지만 남편에게 저는 무한한 여자들 중의 하나에 지나지 않습니다. 1을 무한대로 나누면 뭐가 되는지 아세요? 0입니다. 저는 0이에요. 없는 거나 마찬가지지요. 누구도 이런 상태를 견딜 수는 없을 거예요. 그 어떤 바람둥이 남편과 사는 여자라도 저보다는 나을 거예요.

더이상은 참을 수가 없었습니다. 남편이 돌아오자 저는 따지기 시작했습니다.

"당신의 비밀을 말해주세요."

"무슨 비밀을 말하라는 건가?"

"당신이 어떤 사람인지 말해주세요."

"당신이 보고 있는 그대로가 바로 나다."

남편은 차분했습니다.

"당신이 흡혈귀라는 걸 알아요. 영원히 죽지 않는다는 것도요."

"바보 같은 소리다."

"왜 당신은 머리카락이 빠지지 않죠?"

"나의 결벽증 때문이다. 일어나기 전에 다 치운다. 화장실에서도 마찬가지다."

"당신의 시나리오는 자기 이야기지요?"

"많은 독자들이 작가와 화자를 혼동한다."

"당신이 섹스를 좋아하지 않는 이유를 알아요. 너무 많은 섹스를 했기 때문에 이제 아무 흥미도 못 느낀다는 걸 전 알아요."

"섹스에 흥미를 느끼지 못하는 것은 사실이지만 그 이유 때문은 아니다. 모든 사람이 다 섹스를 좋아할 수는 없는 일이 아닌가."

"그럼 왜 아이를 갖지 않으려는 거죠."

"모두가 다 아이를 가져야 한다고 믿는 이 사회가 더 이상한 거 아닌가."

"왜 당신의 시와 평론에는 죽음을 찬미하는 소리만 가득한 건가요?"

"삶이 무의미하기 때문이다. 당신의 삶은 행복과 희망으로 가득한가?"

"당신 서재에 있는 저 관은 뭔가요? 저거야말로 당신이 흡혈귀라는 피할 수 없는 증거예요."

"사람은 누구나 자신이 원하는 곳에서 잘 권리가 있다.

나는 오래도록 독신으로 살아왔다. 세상의 소음과 빛이 싫었을 뿐이다. 저곳은 아늑하고 편안하다. 그뿐이다. 당신이 나를 흡혈귀라고 믿는 건 당신의 자유다. 당신의 오해를 교정하려면 나는 죽는 수밖에 없을 것이다. 아니면 당신을 흡혈귀로 만들든가."

대화는 이런 식이었습니다. 그를 당해낼 재간이 저에겐 도저히 없었어요. 남편은 화를 내지는 않았지만 대신 우울해했습니다. 우리는 오랜 냉전을 계속중입니다. 남편이 흡혈귀인 이상, 불멸하는 이상, 더이상 그와 살 수는 없습니다. 저는 행복하게 살고 싶어요. 아이를 낳고 남편과 함께 팝콘을 먹으며 할리우드 영화를 보고 주말이면 놀이동산에 가는 삶. 그런 삶을 살고 싶어요. 하지만 세상 모든 것에 흥미를 잃어버린 흡혈귀 남편과 살고 있는 제게는 그 모든 것이 꿈입니다. 이루어질 수 없는 망상입니다.

남편과 헤어지려고 합니다. 남편이 불쌍하긴 하지만 저는 제 유한한 삶이나마 행복하게 살고 싶으니까요. 그런데 남편과 갈라서려고 마음먹은 마당에 궁금한 것이 딱 하나 있더군요. 도저히 해명되지 않는 것. 왜 그는 흡혈귀이면서도 피를 빨지 않을까. 왜 또다른 누군가를 흡혈귀로 만들지 않을까. 그가 나를 흡혈귀로 만들면 간단할 것을, 왜 그러지 않았을까.

저는 다시 남편의 서재를 뒤지기 시작했습니다. 컴퓨터도 검색해보았지요. 그 속에서 아주 짧은 메모를 발견하게 되었습니다. 시 같기도 하고 산문 같기도 한 글이었습니다.

"세상의 모든 흡혈귀들은 거세당했다. 세상은 빛으로 가득하다. 어디에도 숨을 곳은 없다. 우리는 흡혈의 자유와 반역의 재능을 헌납당했고 대신 생존의 굴욕만을 넘겨받았다……"

선생님은 아시겠죠? 남편과 그의 동료들은 살아남기 위해 서서히 적응해왔던 거예요. 그러면서 그들은 흡혈귀의 본능들을 상실해갔던 거죠. 빛 속에서 살아가기 위해 그들은 학교를 다니기 시작했고 취직을 하고 결혼을 했죠. 더이상 피를 먹고서는 살아갈 수 없었던 그들은 밥이든 빵이든 구해야 했고, 그러자면 생활인이 되어야 했던 거죠. 그러지 않으면 늘 허기에 시달릴 테니까. 제 해석이 어때요? 그럴듯하지요?

이렇게 하여 제 남편에 대한 모든 궁금증은 어느 정도

풀리게 되었습니다. 이제 떠나는 일만 남았습니다. 하지만 어떻게 이혼수속을 밟아야 할지, 또 수월하긴 할지 걱정입니다. 어쨌거나 다 털어놓고 나니까 시원합니다. 다른 누구에게도 이 이야기를 할 수 없었거든요. 아마 누구든지 저더러 미쳤다고 할 거예요. 하지만 선생님만은 믿어주실 것 같아 이렇게 무례함을 무릅쓰고 펜을 들었습니다. 답장 바랍니다. 제가 어떻게 살아가야 할지 말씀해주세요. 부탁드립니다.

그럼 안녕히 계십시오.

도곡동에서
김희연 올림

편지는 이렇게 끝났다. 그녀가 동봉한 참고자료는 지면 관계상 공개하지 않는다. 다 저 편지 속에 요약된 것들이다.

참고로 말하자면 나는 그녀의 남편을 알고 있다. 그는 내 동료 문인이며 내 소설에 대한 평론을 발표하기도 했다. 하지만 그가 흡혈귀라고 생각해본 적은 없었다. 이제는 좀 유심히 보아야겠다. 고전에 대한 해박한 이해와 동서양을 아우르는 문학적 식견이 그의 천재성에서 유래한 것이 아니라 단지 오래 살아온 덕택이라는 그녀의 말은 내게 힘을 준다. 그의 박식은 내게 언제나 열등감을 불러일으켰다.

살다보니 별 신기한 일도 다 보겠다. 이제 여러분도 그의 글을 찬찬히 살펴보기 바란다. 죽음에 대한 무한한 찬미와 삶에 대한 도저한 허무주의도 예사롭게 보이지 않을 것이다. 그 동료 문인의 이름은 밝히지 않겠다. 문예지를 꾸준히 읽는 독자라면 짐작 가는 이가 있을 것이다.

그녀에게선 아직 전화가 없다. 내 답장을 기다리고 있는 걸까? 그러나 어쩐지 마음이 내키지 않는다. 혹시 내가 지금 쓰고 있는 이 글이 발표되기를 기다리고 있는 걸까? 자신의 의심과 상상이 나를 통하여 세상으로 퍼져나가기를 기대한 거였다면 당신 역시 흡혈귀라고, 그녀에게 말해주고 싶다.

(『세계의 문학』 1997년 겨울호)

호출

1. 호출하는 자

호출을 해봐?

나는 수화기를 들었다가, 그러곤 몇 개쯤 버튼을 누르다가 다시 수화기를 내려놓았다. 지금은 좀 곤란하다. 아마도 지금쯤이면 그녀는 잠들어 있을 테고 그러니 내 호출을 그리 달가워하지 않을 것이다.

아무리 생각해봐도 어제의 내 행동은 나답지 않은 일이었다. 그래서인지 아직도 그 장면만 떠올리면 가슴이 두근거린다. 스물여덟 해가 지나는 동안 나는 한 번도 그런 일을 해본 적이 없었던 것이다. 늘 주저주저하다가 결국 마지막 순간에 돌아서버리고 말았을 뿐.

문득, 수지를 생각한다. 석 달 전, 그녀는 유학을 가겠노라고 했다. 아니, 집에서 보내주시겠대? 라고 놀라는 나를 그녀는 퍽 곤혹스러운 표정으로 바라보았다. 물론 혼자서는 안 가죠. 그때까지도 나는 그 정확한 문맥을 잡지 못하고 있었다. 도대체 무슨 소리야? 나는 약간의 짜증을 섞어 그녀를 다그쳤다. 그렇게도 말귀를 못 알아들어요? 그녀는 곁에 놓여 있던 핸드백을 집어들며 잘라 말했다. 오빠와 헤어지고 다른 남자랑 결혼해서 유학 간다는 말이에요. 이제 알아들으시겠어요? 나는 고개를 끄덕이며 수긍했다. 그러고는 일어서려는 그녀의 핸드백을 잡으며 말했다. 공부 열심히 해. 그녀는 한심하다는 듯이 픽 웃었다. 그랬다. 그건 내가 생각해도 어처구니없는 작별인사였다.

그녀가 떠난 커피집에 앉아 있으면서도 나는 그 작별인사 때문에 얼굴이 화끈거리는 통에 실연했다는 실감조차 느낄 수 없었다. 그러고는 한참을 생각했다. 내가 뭘 잘못했지? 그리고 그녀는 왜 그렇게 당당하지? 이 년을 사귀어온 나와 헤어지고 다른 남자와 덜컥 결혼해서 유학을 가겠다는 여자가 어떻게 저럴 수 있나? 그때 나는 조금 화가 나기도 했던 것 같다.

 따져보면, 나는 뭔가를 착각하고 있었던 것이다. 연애라는 건 누군가의 잘못으로 깨어지거나 하는 것이 아니었다. 깨질 만하니까 깨지는 것이 연애가 아니었던가. 그런데도 그때의 나는 내 잘못이 과연 무엇일까에 대해서만 심각하게 고민하고 있었던 것이다. 설혹 잘못이랄 게 있다면, 하루에 꼬박 두 편씩의 비디오를 보는 것과, 그녀에게 늘 싸구려 귀고리를 사준다는 것과, 이력서나 자기소개서 따위를 전혀 쓰지 못해봤다는 것과 관련이 있을 게다. 아무려나, 그녀는 떠났다. 지금쯤 보스턴의 어느 슈퍼마켓 앞에 일제 승용차를 주차시켜놓고 남편과 함께 한 아름의 냉동식품을 사며 행복해하고 있을 것이다. 물론 수지의 남편도 행복에 겨워하고 있을 것이다. 수지는 자신의 감정을 감출 줄 아는 여자이므로.

 공부 열심히 해. 나는 이 말을 만회하기 위하여 결혼식장에 가볼까도 생각해보았다. 신부 대기실로 찾아가 친구들에게 둘러싸여 있을 그녀에게 다가가서 멋진 말을 해주는 상상을 나는 수십 번도 더 해보았다. 상상, 그것만이 내가 할 수 있는 가장 그럴듯한 복수였고 오락이었다. 내가

호출

생각해낸 가장 멋진 말은, 지나는 길에 들러봤어, 였다. 아무렇지도 않다는 표정으로 씩 웃으며 그녀의 귀에 대고 속삭이는 나를 상상하고 나면 저절로 기분이 유쾌해졌다. 그녀는 뭔가 심각한 말이 나올 줄 알고 긴장하고 있다가 쿡 하고 웃음을 터뜨릴 것이다.

식이 끝나고, 신랑 신부 친구분들 나오세요, 라고 사진사가 외치면 신랑 친구들 사이에 끼어 사진을 찍는 것이 그 상상의 마지막 단계였다. 결혼식이 끝나고 앨범이 만들어지면 그녀는 남편과 함께 내 사진을 보면서 야릇한 흥분을 느낄지도 모르는 일이 아닌가.

그러나, 결국 나는 결혼식장에 가지 않았다. 대신 그날, 〈네 번의 결혼식과 한 번의 장례식〉이라는 코미디물을 빌려다 보았을 뿐이다. 나는 비디오 속에서 결혼식에 네 번 참석했고 장례식에 한 번 참석했다. 볼 때는 즐겁게 보았으나 스토리는 기억나지 않는다. 그뿐이다. 나는 언제나 그런 식이었다.

그래도 다시 한번 호출을 해볼까?

나는 다시 전화기를 만지작거리기 시작한다. 그러자 어

제의 그녀 모습이 다시 선연하게 떠오른다.

오후 세시경, 충무로역이었다. 나는, 전동차가 곧 도착할 예정이오니 승객 여러분은 모두 안전선 밖으로 한 걸음 물러나달라는, 그 노란 안전선을 따라 걷고 있었다. 나는 안전할 수도 있었고 안전하지 않을 수도 있었다. 나는 그런 경계가 좋다. 내가 가장 즐기는 경계는 현실과 상상 사이의 경계다. 나는 가끔 현실을 상상이라 생각하기도 하고 상상을 현실이라 믿고 살기도 한다. 그렇다 해도 그 혼동이 심각한 문제를 야기한 적은 없었다. 마치 영화를 보듯, 나는 내가 구성한 그 상상의 세계를 제한된 시간 동안 탐험한다.

그 경계를 따라 걷다가 그녀를 만났다. 그녀는 나처럼 위험한 경계 위에 서 있지 않았고 안전한 벽에 기대어 있었다. 부분적으로 갈색인 생머리가 어깨를 덮고 있었고 엉덩이까지 내려오는 풍성한 니트스웨터는 갸름한 얼굴에 썩 잘 어울렸고 끝단이 찢어진 청바지는 바닥에 끌릴 정도로 길어 약간의 퇴폐미를 얹어주었다. 그러나 그 무엇보다 나를 매료시킨 것은, 바로 그녀의 자세였다. 그녀는 벽에 등을 대고 두 다리 중 한 다리는 곧게 펴고 나머지 다리는 약간 구부린 채 두 손은 청바지 주머니에 꽂고 있었다. 이것만으로 그녀의 모습을 모두 표현할 수는 없다. 그 순간의 그녀는 자신이 어떻게 서 있어야 가장 아름다울 수 있는지 명확히 아는 사람의 자세를 취하고 있었다. 아마도 그녀의 방에는 전신거울이 놓여 있을 것이었다. 수없이 자신의 모습을 비춰본 사람만이 저런 자세를 구현할 수 있으리라고 나는 생각하기 때문이다. 나는 나체가 된 그녀가 자신의 모습을 들여다보는 상상을 해보았다. 옷을 모두 벗어버린 그녀가 서서히 걸어와 거울 앞에 선다. 바로 저 자세로 서서 워크맨으로 음악을 들으며 부드럽게 몸을 움직이는 장면을. 그리고 음악은 슈베르트의 〈죽음과 소녀〉가 좋을 것이다. 나체와 죽음, 그 조화가 마음에 들었다. 나체와 죽음의 공통점은 드러낸다는 것에 있다. 더이상 숨길 수 없다는 것. 나체는 평소에는 옷 속에 감추어져 있던 인간의 원형을 밝혀주고 죽음은 사자의 비밀을 폭로한다. 죽음은 사자의 치정과 비리와 치부 따위를 변호권 없는 사자의 수중에서 탈취한다.

또한 그녀는 눈이 컸고 눈동자를 잘 움직이지 않았다. 자신을 지켜보는 사람들의 시선에 익숙한 이들만이 그렇게 할 수 있다. 이를테면 9시 뉴스의 앵커맨이나 TV 탤런트 같은 사람들 말이다. 보통 사람들은 지하철역 같은 곳에서는 두리번거리는 것이 정상이다. 그런데도 그렇게 하지 않는 사람이 있다면 그 사람은 자신이 눈길만 돌리면 다른 사람의 눈길과 충돌한다는 것을 알고 있는 사람인 것이다.

그러고 보면, 그녀를 만난 어제는 아침부터 운이 좋았다. 대구에 있는 한 대학교 교지로부터 오십 매 분량의 원고를 청탁받았다. 최근의 상업광고에 대한 분석 글이었는데, 특히 그중에서도 예전 같으면 운동권의 전유물로 여겨져왔을 어휘들을 차용하는 광고들을 주로 다루어달라고 했다. '멈추지 않는 변혁의 몸짓'—이런 청바지 광고의 사회적 의미를 해독하면 되는 것이었다. 청바지와 변혁의 몸짓이라. 광고적 상상력은 잡식성이다. 그들은 쓰러진 레닌의 동상도, 급진적 이념에서 배태된 수사도 모두 소화해버린다. 그래서 그들의 상상력은 더이상 상상력이 아니다. 아마도 그들은 고엽제를 상상해낼 것이고 기업합병을 상상해낼 것이다. 어쨌든, 이 원고를 넘기고 나면 약 이십만원가량의 돈이 생길 것이다. 그걸로 당분간 읽을 책과 담배를 사두면 될 것이다.

언제까지 이러고 살 거냐고, 수지는 가끔 묻곤 했다. 대학교 교지나 몇몇 주변적인 잡지에 잡문이나 실으며 사는 인생이 나로서도 그리 탐탁지는 않았다. 그러나 그런 식으로 묻는 그녀에게 앞으로 정신 차리고 잘살아보겠다고 말하는 건 더 못 견딜 일이었다. 또 내가 그런다고 해서 그녀가 믿을 리도 만무했다. 그런 대화란 그저 정치판에서의 명분 쌓기 같은 것이었다. 결국은 떠날 것이면서 그전부터 그녀는 그런 식으로 결별의 근거들을 확보했던 것이다.

그래도 다행스러운 일은, 떠난 수지보다는 어제의 그녀가 내 기질에 훨씬 더 잘 맞으리라는 예감이 든다는 것이었다. 수지는 언제나 다른 사람에게 자기 불행의 책임을 떠넘겼지만 어제의 그녀는 그러지 않을 것이 분명했다. 그런 자세를 취할 줄 아는 여자라면, 전신거울에 자신의 나체를 비추어보는 여자라면, 적어도 자기 불행을 남의 탓으로 떠넘기는 행태는 보이지 않을 것이었다. 그러고 보면 떠나가는 그녀에게, 공부 열심히 해, 라고 한심한 고별사를 던진 것도 내 탓만은 아닌 것이다. 그토록 인생을 '정치적'

으로 살아가는 여자 앞에서 나라는 존재는 그저 허둥대 거나 말을 더듬는 역할일 수밖에 없지 않은가 말이다. 그녀는 언제나 나 때문에 자기 인생이 결딴날 것처럼 징징거려왔으며, 입버릇처럼 자신도 괜찮은 남자 만났으면 공부를 계속했을 거라고 말해왔었다.

그런 면에서 어제의 그녀는 얼마나 산뜻한가.

벽에 기대어 서 있던 그녀는 열차가 다가오자 내 뒤쪽으로 다가오기 시작했다. 그녀가 내 등뒤에 서는 순간, 어디선가 들릴 듯 말 듯 찰랑 하는 소리가 들렸다. 나는 힐끗 그녀 쪽을 돌아보았다. 그 소리는 그녀의 귀에 매달린 두 개의 링이 부딪혀 나는 소리였던 듯, 양쪽 귓불에 매달린 두 개의 링이 내가 눈을 뗄 때까지도 좌우로 진동하고 있었다. 그녀는 알고 있었을까. 자신의 귀에 매달린 장신구가 소리를 발산하여 어떤 남자의 청각을 자극했다는 사실을.

모르던 사람과 시작하는 연애. 자극적이었다. 그동안 한번도 그런 경험을 해보지 못했다. 나는 늘 알고 지내던 사람과 연애를 시작하곤 했다. 일, 또는 모임을 통해서 알고 지내던 여자들, 그런 여자들과 적당한 주말에 그저 그런

에로틱한 영화를 보고, 관철동 뒷골목쯤에서 생맥주를 마시고, 집에 들어가지 않아도 된다는 그녀와 잠을 자게 되는 수순이었다. 그러고 나면 존댓말이 어느샌가 반말로 바뀌고, 여자는 자기를 사랑하느냐며 대답을 재촉했다. 상상력이 없는 연애. 가끔은 끔찍했다. 아무것도 내 마음대로 구성할 수 없는, 조각 맞추기 퍼즐 같은 연애였다.

그러나 어제 만난 그녀는 달랐다. 나는 그녀의 귀고리가 소리를 내는 순간부터, 도착한 전동차의 문이 열리는 그 짧은 순간까지 머릿속에 떠올랐던 수백 장의 스틸사진으로 사진첩을 만들 수 있을 정도였다. 그녀를 최근 '가벼운 포르노그래피'를 표방하며 제작중인 영화의 단역배우로 만들었다가, 정사 장면만 대신 연기하는 대역배우로 만들었다가, 삼풍백화점 붕괴사고로 약혼자를 잃은 여자로 만들었다가, 사랑했던 남자가 다른 여자와 유학을 떠난 비련의 주인공으로 만들기도 했다. 그중 가장 마음에 드는 선택은 대역배우였다. 비싼 스타급 배우들이 기피하는 전라 장면만 대신 치러주는 배우, 그녀는 스타가 되기를 꿈꾸지만 생활의 요구 때문에 한두 번 그 일을 하게 된다. 몸매와 얼굴은 나무랄 데 없이 아름답지만 때를 만나지 못해 대역배우로 살아가는…… 그녀에게는 사랑하는 남자가 있었으나 어느 날 영화 속에서 그녀를 알아본 남자는 그녀를 버리고……

문이 열렸다. 신사복을 입은 남자가 스포츠신문을 들고 내렸고 머리를 질끈 동여맨 남자가 내렸고 검은 화판을 든 여자가 내렸고 그 여자 뒤로 약 세 명의 아주머니들이 둔하지만 집요한 몸짓으로 나를 밀치고 내렸다. 나는 뒤에서 귀고리를 흔들며 내 뒤통수만 바라보고 있을 그녀를 생각하며 내릴 사람이 다 내릴 때까지 기다렸다. 내가 출입구 쪽에 기대어 서자 그녀는 그 반대편에 섰다. 우리는 고개만 쳐들면 서로 얼굴을 정확히 바라볼 위치에 있게 되었던 것이다. 그러나 역시 그녀는 눈동자를 돌리거나 시선을 분산시키지 않았다.

'열차가 곧 출발하오니 속히 승차해주시기 바랍니다.' 차내방송이 끝나자 열차는 충무로역을 떠나 동대문운동장역을 향해 움직였다. 세 정거장만 가면 혜화역이고 나는 거기서 하차해야만 했다. 그녀는 혜화역에서 내릴까? 만약 내리지 않는다면?

나는 초조해지면 허리춤을 매만지는 버릇이 있다. 어린

시절부터 늘 형의 옷을 물려 입었던 나는 바지가 흘러내리지 않을까 하는 걱정에 시달리며 살았다. 지금이야 내 돈 주고 바지를 사입으니 그러지 않을 때도 되었지만 아직도 초조하거나 불안하면 바지춤을 추켜올리는 버릇이 남아 있는 것이다. 그 버릇 덕에 만져진 것이 내 삐삐였다. 언젠가 그런 글을 본 적이 있다. 남자친구에게만 삐삐번호를 알려준 어떤 여자는 삐삐만 울리면 가슴이 융기한다고 했다. 파블로프의 개가 아닌가. 나는 그 글을 보면서 웃음을 참지 못했었다. 만약 그 여자가 다른 남자를 만난다 해도 그 조건반사만은 쉽게 사라지지 않을 것이다. 사람은 가고 조건화된 반응만 남는다니.

나는 내 삐삐를 꺼내 만지작거려보았다. 삼만원이면 살 수 있는 보급형 삐삐였다. 검은색 바탕에 뭉툭하고 멋없는 디자인으로 시계 기능이 없는 것은 당연하고 오로지 자신을 호출한 전화번호만 찍히는 가장 단순한 형태의 호출기였다. 게다가 요즘처럼 늘 집에 처박혀 글에 매달리는 때에는 별 소용됨이 없이 한 달에 만원가량의 요금만 까먹는 애물이었다.

이 삐삐를 저 여자에게 줘버린다면, 이라는 생각이 떠

오른 것도 그때였다. 바로 그것이다. 나는 들뜨기 시작했다. 만약 내가 삐삐만 덥석 안겨주고 그냥 내려버린다면? 필경 저 여자는 당황할 것이다. 하지만 그렇다 해도 저 삐삐를 버리지는 못할 것이다. 왠지 께름칙하지 않은가. 그리고 저 여자는 삐삐의 번호를 알 수 없으므로 자기 것으로 할 수도 없다. 오로지 저 삐삐는 나로부터 오는 신호만을 기다리게 되는 것이다. 나는 흥분을 느꼈다. 내 일생 동안 한 번도 그런 존재를 소유해본 적이 없기 때문이다. 나로부터 발신되는 신호만을 수신하도록 운명지어진 존재를 말이다.

아마 그녀도 금세 자신의 운명을 깨닫게 될 것이다. 그 삐삐를 버릴 수 없으며, 남은 일은 그 삐삐의 신호가 울리기만을 기다리는 것뿐이라는 사실을.

다음 정차할 곳은 동대문, 동대문역입니다. 내리실 문은 왼쪽입니다. 이제 한 정거장 남은 것이다. 삐삐를 쥔 내 손에 땀이 맺히기 시작했다. 무슨 말을 하며 이 삐삐를 전해주어야 하나? 연락드리겠습니다? 이건 좀 이상하다. 호출하겠습니다? 이것도 마음에 들지 않는다. 늘 이런 순간만 되면 나의 언어들은 모두 어디론가 사라져버리거나 아니면 무질서하게 몰려다닌다. 무슨 말을 해야 하나. 손에서만 느껴지던 땀이 이제는 등골에서도 느껴지고 어느새 사타구니도 축축해지는 듯한 느낌이었다. 나는 눈을 질끈 감았다.

다음 정차할 곳은 혜화, 혜화역입니다. 내리실 문은 오른쪽입니다. 나는 그녀에게 다가갔다. 국가안전기획부에서는 마약, 밀수, 산업스파이 등 우리 사회를 위협하는 국제범죄를…… 내가 다가서자 그녀는 마치 그때야 내 존재를 알았다는 듯이 고개를 쳐들며 눈을 동그랗게 떴다. 출입문이 열렸고 나는 문이 닫히기 직전에야 생각해둔 말을 하고야 말았다. 현기증이 났을까. 전동차에서 내리면서 나는 약간 휘청거렸던 것 같다.

그런데 이상하게도 그 순간의 일은 마치 꿈인 것처럼 느껴지는 것이다. 하기사, 본디 가장 결정적인 순간의 느낌들은 지나치게 강렬하여 오히려 쉽게 휘발되지 않는가. 첫 입맞춤, 첫 섹스, 첫 고백 같은 행위들은 단지 서술될 수 있을 뿐이다. 폭풍이 지나간 뒤에는 단지 짐작만이 가능하듯이 말이다. 여하튼 그때 건넨 말을 나는 어렴풋하게밖에는 기억할 수 없다.

진동으로 맞추어져 있습니다. 반드시 몸에 지녀주십시오.

그것까지 기억해내고 나니 갑자기 피로가 몰려왔다. 그래, 호출은 내일 하자. 나는 담요를 덮은 채 소파에서 잠이 들었다.

2. 호출되는 자

그녀는 캐시밀론 이불을 아무렇게나 밀어버리고는 자리에서 일어나 방문을 열고 부엌으로 나갔다. 열한 평짜리 아파트의 부엌은 늘 어둡다. 창이 작기 때문이다. 그녀는 콘플레이크를 꺼내 우유에 타서 먹는다. 이 음식은 저지방이기 때문에 몸매를 유지하는 데 좋다. 포도 다이어트를 해볼까? 그러나 포도는 너무 비싸다. 포도만 먹고 사는 인생? 그것도 좋겠지. 포도만 먹다 죽어버리는 것도.

삐리리릭. 방안에서 삐삐가 울려댔다. 그녀는 떠먹던 콘플레이크를 밀쳐두고 삐삐를 찾으러 방으로 들어갔다. 오늘 기어코 찍을 모양이네. 그녀는 무선전화기를 든 채 다시 부엌으로 나왔다.

　아, 저예요. 송화예요…… 네…… 오늘 두시요? 얼마나 걸릴까요? 아, 두 시간 정도요…… 네, 괜찮아요. 그럼 그때 뵙지요.

　무선전화기와 삐삐를 식탁 위에 올려놓은 채, 그녀는 계속 콘플레이크를 떠먹었다. 오늘따라 왜 이렇게 줄지를 않을까. 그녀는 신경질적으로 숟가락질을 계속했다. 두 시간이라고 했지만 그거야 감독 생각이고, 주연 여배우가 언제 오느냐에 달린 것임을 그녀는 잘 알고 있다. 그녀가 대역배우 생활을 한 지 이 년이 되었지만 단 한 번도 주연 여배우들이 제시간에 나타나는 경우를 본 적이 없다. 이런 정사신 촬영날에는 특히나 그렇다. 생각해보면 웃기는 일이다. 이런 촬영 때면 더 늦게 나타나는 그네들의 속내가 짐작이 가지 않는 바도 아니었다.

　그런저런 생각을 하던 그녀는 의자에서 벌떡 일어섰다. 그러곤 뭔가 잊기라도 한 듯이 다시 방으로 들어가 핸드백 속에서 또다른 삐삐 하나를 꺼냈다. 그러나 아무것도 수신되어 있지 않은 것을 확인하고는 다시 식탁으로 돌아왔다. 잠시 그 삐삐를 쳐다보았다. 검은색 바탕에 별 특징 없는 싸구려 삐삐였다. 요즘은 패션 삐삐니 카드 삐삐니 해서 가볍고 예쁜 삐삐도 많은데 하필 이런 걸 들고 다니다니. 그래도 과히 기분은 나쁘지 않았다. 진동으로 맞추어져 있습니다? 그 말과 함께 이 삐삐를 건네주고는 황급히 사라지던 그의 표정이 아직도 생생하다. 그의 말대로 삐삐는 정말 진동으로 맞춰져 있었다. 한데 그는 왜 삐삐를 치지 않는 걸까? 왜 그녀를 호출하지 않는 걸까.

전동차에 올라타기 전부터 그를 느끼고 있었다. 그는 노란 경계선을 따라 그녀 쪽으로 다가왔다. 줄타기라도 하듯 양손을 펭귄처럼 옆으로 벌린 채 걷던 그가 멈춰 섰을 때, 그녀는 알아챘다. 그가 자신을 발견했음을. 그녀는 늘 하던 대로 눈을 내리깔고는 조용히 그의 움직임을 느껴보았다. 누군가 자신을 지켜보고 있다는 사실을 즐길 수 있어야 한다고 그녀는 믿고 있었다. 누가 뭐래도 나는 배우다, 라고 그녀는 생각하는 것이다. 그는 얼마간 그녀를 바라보는 듯했고 전동차가 다가오자 맨 앞줄로 가서 기다렸다. 그녀는 그런 그의 등뒤로 바짝 다가섰다. 그가 무엇에 놀랐는지 흠칫하며 자신을 돌아보았다. 그가 그녀의 움직임에 민감하게 반응하고 있다는 표징. 불쾌하지 않았다.

그녀는 식탁에서 일어나 콘플레이크 찌꺼기가 담긴 그릇을 개수통에 처박고 방으로 다시 들어갔다. 잠옷 삼아 걸치고 있던 티셔츠를 벗어버리고는 거울 앞에 섰다. 티셔츠만 벗으니 그대로 나체가 되었다. 화장대 옆에 놓인 전신거울 앞에서 그녀는 허리와 등을 비추어보았다. 속옷을 입지 않은 지 나흘째가 되어서인지 이제 골반 위의 팬티 자국은 거의 다 사라졌고 등과 겨드랑이에 남아 있던 브래지어의 흔적도 보이지 않았다. 그런 흔적 때문에 촬영이 있기 나흘 전부터 그녀는 속옷을 입지 않는다. 그녀는 한동안 자신의 몸을 물끄러미 바라보았다. 이 생활이 벌써 사 년째. 처음 모델학원에서 그녀를 보낸 곳이 속옷 CF 촬영장이었고, 어쩌면 그것이 그녀의 운명을 결정한 것인지도 몰랐다. 늘 그랬다. 성적, 적성검사 결과, 생활기록부 같은 것들은 그녀의 운명에 전혀 개입하지 않았다. 그녀의 삶을 결정했던 것은 모델학원 강사의 기분, 그날그날의 하늘빛, 습도, 어떤 남자가 우연히 보게 된 영화 속의 그녀 모습. 그래, 그런 것들이었다. 그리고 그 '어떤 남자'. 한때 그를 사랑했다. 아니, 그를 통해 다른 세상을 꿈꿨다.

이태원의 재즈바에서 처음 만난 그는 반도체회사에 다니고 있다고 했다. 말쑥한 쥐색 양복 위에는 그 반도체회사가 소속된 그룹의 배지가 달려 있었다. 그녀는 연극영화과에 다니는 학생이라고 자신을 소개했다. 그는 예이젠시테인 감독의 〈전함 포템킨〉과 몽타주기법에 대해 말했고 그녀는 당황했다. 그녀가 머뭇거리자 그는 '연기를 전공하시는가보죠?'라고 예의바르게 물었다. 그녀는 '공부를 잘 안 해서요'라고 말하며 어설프게 웃었다.

'그런데 어디선가 많이 뵌 듯한 인상인데요?' 그가 말했다.

석 달 후, 부산으로 여름휴가를 함께 갔을 때 그가 결혼 얘기를 꺼냈다. 우리 결혼하자, 라는 말과 함께 그의 손이 그녀의 옷 속으로 들어왔다. 그녀는 그 말을 믿었다. 그때는 그랬다. 그리고 한 달 후, 비디오를 보다가 그녀와 엉덩이의 점 위치가 같은 여자를 발견했노라 그가 말했다. 우연의 일치겠죠, 라고 그녀가 부인하자 그는 득의만만하게 웃으며 한 여성지를 들이댔다. 그 속에서 거들만 입은 채 고개를 돌리고 있던 여자는 누가 봐도 그녀, 송화였다.

어쩌면 처음부터 알고 있었는지도 몰라. 그렇지만 그런 추론은 그녀를 더욱 비참하게 만들었으므로 그녀는 곧 머리를 흔들었다. 알았으면 어떻고 몰랐으면 어떤가. 어차피 지나간 일이고 그가 돌아올 리도 없지 않은가. 그녀는 일하러 나갈 준비를 하기 시작했다.

그녀는 젖꼭지가 드러나지 않도록 밴드를 살짝 젖꼭지 위에 붙이고 나서, 겨드랑이의 털을 깨끗하게 밀었다. 면도거품을 바를 때의 느낌이 상쾌했다. 그러고는 맨살 위에 슬립 하나만을 받쳐입고는 긴 원피스를 걸쳐 입었다. 이 정도면 비치지 않겠지. 그녀는 다시 전신거울에 자신을 비춰보고는 집밖으로 나섰다. 허벅지 안쪽으로 타고 올라오는 찬바람 덕에 가을임을 느낄 수 있었다.

아차, 그녀는 아파트 단지 입구를 벗어나려다 황급히 발걸음을 돌려 집으로 돌아갔다. 열쇠로 문을 따고는 식탁 위에 놓인 검고 뭉툭한 보급형 삐삐를 핸드백에 쑤셔넣었다. 그런 자신의 모습이 우스꽝스럽게 느껴졌지만, 그렇다고 집어넣은 삐삐를 다시 꺼내지는 않았다.

그는 아마도 오늘쯤 나를 호출할 것이다. 그녀는 자신 있게 단언했다. 어제 바로 하기는 쑥스러웠을 것이고, 아마도 그에게는 나름대로 바쁜 일이 있었을 것이다. 그러니 그녀를 따라오지 못하고 삐삐만 서둘러 주고 떠난 게 아니겠는가. 아마도 그에게라면, 연극영화과에 다니고 있노라는 따위의 거짓은 말하지 않아도 좋을 것 같았다. 자신이 정사 장면만 대신해주는 대역배우라고 말해도 그는 떠나지 않을 것 같았다. 그런 말을 하며 삐삐를 건네주는 사람이라면, 그런 어눌함과 기발함을 자신의 것으로 만들 수 있는 사람이라면 충분히 그럴 수 있을 것이라 생각했다. 그런데 오늘 그가 정말 나를 호출한다면? 속옷도 입지 않은 채 그를 만나야 할까? 아니면 내일 만나자고 할까?

어쩌면 이 삐삐는 짐승의 암컷들이 풍긴다는 페로몬 같은 것인지도 몰랐다. 그녀가 이 삐삐를 가지고 다니는 한, 그는 어디서든 그녀를 불러낼 수 있는 것이다. 그녀가 이 삐삐를 지니고 다니는 행위만으로도 이미 그를 받아들이고 있다는 얘기가 성립하는 셈이다. 불쾌한 추론이었지만, 그래도 삐삐를 버릴 수는 없었다. 어쩌면, 어쩌면 말이다, 이 삐삐를 버리면 세상의 모든 사람과의 연이 끊어질 것 같은 예감마저 들었다. 그래서 이 삐삐는 다시 또하나의 눈이 된다. 세상 어디선가 그녀를 지켜보고 있을 눈동자들. 그녀는 이런 눈동자에 익숙해져 있다.

언젠가 그녀는 작은 꼬치집에 들어간 적이 있다. 거기서 그녀는 자신을 보았다. 그녀가 앉아 있던 자리 바로 위에는 수영복을 입은 그녀가 바위 위에 누워 있었다. 차고 깨끗한 정종을 선전하는 주류회사의 광고 달력이었다. 달력 속의 자신이 그날따라 다른 사람처럼 느껴져서 그녀는 고개를 돌린 채 말없이 술만 마셨다. 그러나 한 잔 두 잔 술이 들어가자 처음에는 전혀 눈길을 주지 않던 그녀도 자꾸만 달력을 힐끔거리기 시작했고 나중엔 조금 눈물을 흘리고야 말았다. 왜 울었을까. 별것도 아닌 일을. 저건 포르노도 아니고 수영복까지 입고 찍은 광고 사진인데. 게다가 그건 내 직업이고 말이다. 그래, 서글퍼서가 아니었다. 단지 달력 속의 내가 너무 추워 보였을 뿐이라고 그녀는 생각하기로 했다. 정말로 그 사진을 찍던 날은 추웠다. 달력 사진이었으므로 아마 10월쯤 되었을 것이다. 팀장은 그녀더러 여름이라고 생각하라고 했다. 물론 생각이야 얼마든지 할 수 있다. 경포대를 푸껫으로 생각할 수도 있고 달력 사진을 찍는 게 아니라 화장품 광고를 찍는다고 생각할 수도 있다. 하지만 온몸에 오슬오슬 돋는 소름만은 속일 수 없는 것이다.

촬영장으로 들어서면서 그녀는 마음을 다잡았다. 촬영장에 들어선 시각은 오후 한시 오십분, 화장을 다시 매만지려다가 그만두었다. 어차피 얼굴이 또렷하게 나오는 것도 아니지 않은가. 두시 삼십분, 역시 주연 여배우가 나타나지 않는다. 조감독이 핸드폰으로 연신 여배우를 찾고 있지만 잘되지 않는 모양이다. 삐삐가 켜져 있는지 그녀는 다시 한번 확인한다. 여전히 그에게서는 호출이 오지 않는다. 설마 잊어버린 것일까? 아, 그의 친구라도 좋으니 누구라도 이 삐삐를 진동시켜주렴. 그녀는 삐삐를 오른손에 꼭 쥐며 기원 아닌 기원을 해보았다.

추워. 그녀는 팔을 쓰다듬었다. 9월 말의 촬영장은 추웠다. 곧 조명이 켜지면 따뜻해지겠지만 지금 당장은 추웠다. 스태프들은 삼삼오오 몰려앉아 주연 여배우가 오기만을 기다렸다. 사십 분쯤 지나자 검고 앙증맞은 선글라스를 낀 여자가 들어섰다. 그녀가 늦은 이유를 말하기도 전에 감독은, 차가 많이 밀리지, 라고 그녀의 말을 대신해주었다.

여배우가 화장을 마치자 바로 촬영에 들어간다. 그녀는

남자배우와 침대 옆 탁자에서 코냑을 마시는 척한다. 코냑병에는 사실 콜라가 담겨 있다. 김빠진 콜라를 여배우는 연신 마셔댄다. 잠시 후, 여배우가 비틀거리고 남자배우가 부축하려는데 여배우가 뿌리치며 남자배우의 뺨을 때린다. 호호, 아팠죠? 감독의 컷 소리가 떨어지자 여배우가 실실 웃으며 남자배우의 뺨을 만져준다.

어이 대역! 송화라는 이름으로 불리는 경우가 거의 없는 그녀는 잠자코 일어나 침대로 간다. 감독이 간단하게 연기 지시를 한다. 아까 뺨 때리는 거 봤죠? 이제 격분한 남자가 여자를 때린 후에 침대에 눕히고 덮치는 겁니다. 아시겠죠?

여배우가 입고 있던 의상으로 갈아입기 위해 여배우와 함께 탈의실로 들어간다. 언뜻 훔쳐본 여배우의 몸매, 생각보다 별로다. 몸매가 참 좋으시네요. 여배우가 그녀의 몸을 보고 부러운 듯 말한다.

네 번쯤 남자배우에게 뺨을 맞았다. 남자배우는 아프냐고 묻지 않는다. 그러곤 다섯 번쯤 침대에 던져졌고 네 번쯤 옷이 벗겨졌다. 옷을 벗은 채로 세 시간쯤 남자배우의 땀냄새를 맡아야 했다. 멍들지 않게 해주세요. 그녀는 조용히 항의했지만 남자배우는 들었는지 못 들었는지 대꾸하지 않았다.

촬영을 끝내고 나오려는데 조감독이 봉투를 건네주었다. 촬영장을 나온 그녀는 게토레이를 두 개 사서 그 자리에서 다 마셔버렸다. 물보다 흡수가 빨라야 한다? 그러나 포도당의 흡수가 어지간히 진행될 때까지도 삐삐는 여전히 진동하지 않는다.

집으로 돌아오면서 그녀는 슈퍼에 들러 하이트 맥주 네 병을 샀고 땅콩 한 봉지를 샀다. 이런 날이면 혼자서라도 술을 마셔야 한다. 그렇게 집으로 돌아와 원피스를 벗어던지고 팬티와 브래지어를 찾아 입는다. 마음이 좀 가라앉는 것 같다. 속옷을 입지 않으면 어딘가 마음이 들뜨고 허황하다. 그런 채로 식탁에 앉아 맥주병을 딴다.

그는 어떤 사람일까? 삐삐를 만지작거리며 그녀는 상상한다. 카바레를 전전하는 제비족으로 만들었다가, 가난한 고학생으로 만들었다가, 반항적인 재벌 2세로도 만들었다가, 소설가로도 만들어보았다. 그중에서 가장 그녀의 마음에 드는 것은 글을 쓰는 사람이었다. 진동으로 맞춰져 있습니다. 이런 말을 하는 것으로 보아 그는 글을 쓰는 사람임에 틀림없다. 그는 아마도 번듯한 직장이 없이 글만 쓴다는 이유로 애인으로부터 버림받았을 것이다. 그 애인은 다른 남자랑 결혼해 유학을 떠났고 그래서 그 남자는 외로움에 떨다 자신을 만난 것이다. 지금 그 사람은 그녀를 상상하며 이것을 소재로 소설을 쓰고 있을 것이다. 그래서 그 남자는 그녀를 만나기를 두려워하는 것이다. 그녀를 만나 환상이 깨어지면 소설을 완성하지 못할까봐.

그녀는 기다리기로 했다. 그가 소설을 완성할 때까지. 이제 이 삐삐에서 진동이 전해진다면, 그것은 그의 소설이 완성되었다는 뜻일 것이다. 그녀는 대역으로 번 돈으로 그에게 술을 사줄 것이다. 차고 깨끗한 술을 파는 주류회사의 광고 달력 아래에서 말이다.

3. 호출은 없다

내가 눈을 뜬 것은 오후 한시가 다 되어서였다. 눈을 뜨자마자 나는 전화기를 붙들고 호출을 해야 하나 말아야 하나를 다시 한번 고민했다. 일단 세수부터 하자. 나는 침대에서 벗어나 화장실로 다가갔다. 수염이 텁수룩이 자란 남자가 거울 속에서 나를 들여다보고 있었다.

상상은 또다른 현실이야. 나는 거울을 보고 중얼거렸다. 그러자 불현듯 그녀가 그리워졌다. 충무로 지하철역 벽에 기대고 서 있던 그녀. 완벽하게 매력적인 자세를 현현하고 있던 그녀.

배가 고파왔다. 나는 냉장고를 뒤져 식은 피자와 오렌지 주스를 꺼내 먹었다. 냉장고 안이 온갖 음식으로 가득차 있었다. 몇 번쯤 수지는 그의 냉장고를 말끔하게 청소해주곤 했다. 그녀는 마치 종교의식 치르듯이 청소를 하곤 했는데, 그 모습은 영성체 의식을 봉행하는 천주교 사제 같았다. 하지만 그녀가 청소해준 냉장고는 어쩐지 정이 가지 않았다. 너무 깔끔하고 정갈해서 그 냉장고에서 무언가를 꺼내 먹는다는 건, 그야말로 영성체하는 기분이었다. 그렇듯 그녀는 빛의 자손이었고 빛의 자손은 상상력에 관심이 없었다. 그러고 보면 그녀가 이 어두운 소굴 같은 아파트를 벗어나 멀쩡한 남자와 유학을 떠난 건 잘한 일이었다. 아마 다시 결별의 선언을 듣는다 해도 나는, 공부 열심히 해, 라고밖에는 말하지 못할 것이다.

피자 상자를 쓰레기통에 처박고 책상머리에 앉았다. 대구의 대학교로 보낼 원고를 써야 했고, 그것이 끝나면 올해 말 신춘문예에 응모할 소설을 써야 한다. 수지 말마따나 언제까지 이렇게 살 수는 없는 것이다.

자, 시작하자. 그러기 전에 마무리지어야 할 일이 있다. 그녀를 호출해야 하는 것이다. 내 호출기, 내 더듬이를 가져간 여자를 불러야 하는 것이다. 나는 심호흡을 하고는 수화기를 들었다. 천천히 열 자리의 번호를 눌렀다. 내 목소리가 흘러나온다. 안녕하세요, 이연식입니다. 호출하실 분은 1번, 메시지를 녹음하실 분은 2번을 눌러주세요. 곧 연락드리겠습니다. 나는 1번을 눌렀다. 그러고는 내 방 전화번호 일곱 자리를 조심스럽게 눌렀다. 그리고 전화를 끊었다.

그녀는 정말 삐삐를 진동으로 맞추어놓고 있을까. 지금 무슨 일을 하고 있던 참일까. 내 생각을 하고 있을까. 그러나 나의 상상은 오래가지 않았다.

어디선가, 삐삐삐삐, 요란한 수신음이 들려온다. 나는 그제야 놀라서 허둥댄다. 방안 여기저기를 헤집다가 결국 점퍼의 속주머니에서 그 소음의 원천을 찾아낸다. 검고 뭉툭한 그 보급형 삐삐를 말이다. 액정판에 내 전화번호만이 쓸쓸하게 메아리치고 있는 이 삐삐, 결국, 내가 가지고 있었구나.

언제나 그랬듯이 이번에도 마지막 순간에 돌아선 모양이다. 만약 그녀에게 정말로 삐삐를 주었더라면 어떤 일이 벌어졌을까? 어쨌든 일상은 지루하지만 상상은 멋지다. 진동으로 맞추어져 있습니다? 흐흐. 나는 웃는다. 내 웃음이 작은 아파트 구석구석에 스며든다.

컴퓨터의 화면을 켜면서 나는 이제 상상 속의 그녀를 호출하는 일을 포기하기로 한다. 결국 내 전화번호나 메아리칠 뿐이잖은가. 삐삐를 통해 호출하는 것은 다른 누구도 아닌 결국 나 자신일 뿐이다. 떠나간 옛 애인의 그림자, 밤마다 기울이는 술병의 개수, 하룻밤에 수십 명도 만들어낼 수 있는 요정 같은 여자, 뭐 그런 것들이 아니겠는가.

그러고는 이 이야기를 소설로 써야겠다고 마음먹는다. 열한 평짜리 아파트에서 저지방 콘플레이크를 먹으며 하루를 시작하는 여자의 이야기를…… 그렇게 결심하는 내 시야 속으로 달력이 들어온다. 오늘은 10월 1일, 그러나 내 방에는 9월의 달력이 걸려 있다. 의자에서 일어나 9월치 달력을 뜯으며 바닷가 바위 위에 누워 있는 반라의 여자를 유심히 살펴본다. 그래 저 여자, 어딘가 낯이 익다. 어디서 봤더라……

(『문학동네』 1996년 여름호)

거울에 대한 명상

그해 가을 假面 뒤의 얼굴은 假面이었다.
—이성복

강바람이 매서웠다. 그래서인지 그녀는 내 허리를 감은 팔에 더욱 힘을 주었다. 그녀는, 추워, 라고 말했다. 11월 초의 강변은 정분난 두 남녀가 거닐기에 적당한 곳이 아니었다. 그러나 그런 사실을 인정한다 해도 그녀가 내게 춥다, 라고 말할 수 있다는 것은 불쾌한 일이었다. 따뜻한 여관방에라도 들어가지 않고 이렇게 추운 곳에서 되지 못한 낭만이나 씹고 있는 것에 대한 항의처럼 들렸기 때문이다. 그러면서 내 허리를 꼭 껴안는 것은 자신의 항의를 교태로 포장하려는 저의처럼 보였다. 갑자기 모종의 적의가 발동하기 시작했다.

왜 이래? 그녀가 가벼운 주먹으로 등을 치는 시늉을 했지만 개의치 않고 그녀의 입술을 세차게 빨았다. 그녀의 혀가 쉽게 딸려나왔다.

어유, 장난꾸러기. 그녀가 눈을 흘겼다. 넌 역시 신파야. 나는 속으로 그녀를 비웃었다. 그녀가 내뱉는 모든 대사에는 한 움큼의 상상력도 묻어 있지 않다.

다시 가로등 불빛이 반사되는 강을 따라 걸어가다 우리는 문득 어느 다리 밑에 서 있게 되었다. 질주하는 차들의 굉음이 공명되어 울려퍼지고 컴컴한 어둠이 그 굉음을 증폭시켜 전달하고 있었다. 거대한 콘크리트 구조물, 그 아래 흐르는 검은 강물. 줄기차게 따라오던 달빛도 다리 위를 비출 뿐. 그 아래는 말 그대로 어둠이었다. 발기한 말의 성기처럼 교각이 위태로워 보였다.

무섭다. 요즘 그녀는 두 마디 이상의 말은 하지 않는다. 무섭긴, 좋잖아? 내가 씩 웃었다. 그때 어둠에 익숙해진 우리 눈에 교각 사이의 절묘한 틈새가 나타났다.

이리 와봐. 그녀는 손을 잡힌 채 끌려왔다. 뭐할려구?

뭐하긴, 좀 앉았다 가자. 그녀는 잠시 저항했다. 춥잖아. 그냥 가자. 나는 말없이 그녀를 잡아끌었다. 틈새에 엉덩이를 먼저 디밀고 내가 앉았다. 그러곤 내 무르팍 위로 그녀를 앉혔다. 뭐라고 궁시렁대던 그녀는 일순간 조용해졌다. 틈새는 절묘했다. 설령 누군가 강둑을 지나간다 해도 교각의 뒤편에 이런 틈새가 있을 줄은 모를 것이고, 설령 알고 있다 하더라도 이 쌀쌀한 날씨에 두 남녀가 함께 있으리라고는 생각지 못할 것이었다.

나는 내 무릎에 앉은 그녀의 니트스웨터 아래로 손을 집어넣어 가슴을 잡았다. 흡, 하고 그녀가 숨을 멈추었다. 그러곤 머리를 뒤로 한껏 젖혀 내 어깨에 기댔다. 점차 그녀의 숨이 가빠왔다. 이번엔 왼손으로 그녀의 허벅지를 만져갔다. 스커트 아래에 스타킹이 있었으나 짧았다. 스타킹이 감싸고 있는 부위를 지나 더 깊이 내 손이 들어가자 그녀가 움찔했다. 그러나 아무 말도 하지 않았다. 대신 다리를 약간 벌려 내 손이 더 잘 들어갈 수 있도록 해주었다. 내 손이 그녀의 질에 닿으려는 순간, 그녀가 별안간 몸을 일으켰다. 그녀가 몸을 일으키자 스커트로 가려진 엉덩이가 내 얼굴 바로 앞에 위치하게 되었다.

왜 일어나? 내가 짜증스럽게 묻자 옷매무새를 가다듬으며 그녀는 말했다. 여기선 싫어. 그 순간에도 그녀의 엉덩이는 내 코앞에서 흔들거리고 있었다. 나는 스커트 밑으로 손을 넣어 그녀의 엉덩이를 만지려고 시도했다. 그러자 그녀가 한 발짝 앞으로 걸어가버려 내 의도는 무산되었다.

우리 저쪽으로 가. 그녀가 열한시 방향을 가리켰다. 어디서 시공간 이동이라도 한 듯이 그쪽에는 승용차 한 대가 버려져 있었다. 폐차 비용을 아끼려고 누군가 버리고 간 차 같았다. 유리는 성했지만 여기저기 찌그러지고 녹이 슬어 있었다. 그렇지만 최소한 춥지는 않을 것 같았다.

나는 몸을 일으켜 그녀와 함께 그 차로 다가갔다. 버려진 차가 분명했다. 약 칠팔 년 전쯤에는 고급 차로 대접받았을 기종이었다. 우리는 습관적인 호기심으로 차 안을 둘러보았다. 차 속에는 주인의 흔적이 될 만한 어떤 것도 남아 있지 않았다. 우리는 마지막으로 트렁크를 열어보려고 시도하였다. 그러나 트렁크는 잠겼는지 열리지 않았다.

혹시 시체라도? 그녀가 내 팔을 잡으며 트렁크를 열려는 나를 만류했다. 차라리 시체라도 튀어나왔으면. 나는 속으로 사디즘적 쾌감을 느꼈다. 추워, 라고 말하면서 내

욕구를 잠재우던 그녀에게 가학적 충동을 느끼기 시작했다. 나는 그녀를 뿌리치고 운전석 옆에 있는 트렁크 열림 레버를 잡아당겨 트렁크를 열어보았다.

트렁크 속엔 아무것도 없었다. 텅 비어 있었다. 그 비어 있음이 야릇한 느낌을 불러일으켰다. 자궁 같은, 구멍 같은, 교각 뒤편의 틈새 같은—비어 있는 곳을 보면 채우고 싶어. 배고픔, 추위—있어야 할 것이 없을 때 충동은 '충동적'으로 발생한다. 나는 신성한 의식이라도 치르는 사람처럼 트렁크 속으로 들어갔다. 그녀는 그런 나를 보며 깔깔대고 웃었다. 뭐해, 지금? 나도 웃었다. 좋은데? 들어와봐. 싫어, 하나도 아니고 어떻게 둘이나. 그러나 그녀 역시 나와 비슷한 충동을 느꼈음에 틀림없다. 그녀는 스커트를 살짝 들어올리고 한 발을 트렁크 안으로 밀어넣었다. 하얀 다리가 멀리 주황색 가로등에 비쳐 스커트 밑의 그늘을 더욱 음습하게 만들었다. 마침내 그녀도 트렁크 속으로 들어왔다. 둘 다 다리를 뻗지 못하고 구부린 채 서로 엇갈려 포갰다. 옴짝달싹하기 힘든 상황에서 그녀가 더운 숨을 불며 내 사타구니를 움켜쥐었다. 갑자기 성욕이 머리끝까지 치솟아올랐다. 트렁크 한쪽으로 그녀를 몰아붙이며 삽

거울에 대한 명상

입을 시도했지만 여의치 않았다.

그때 가까이서 누군가의 발소리가 들려왔다. 교각 사이로 널려 있는 철근을 밟으며 누군가 오고 있었다. 그녀와 나는 모든 동작을 멈추고 이들이 우리에게 주의를 기울이지 않고 지나치기를 기다렸다. 얼마간의 시간이 흐르자 그들은 반대편으로 사라져갔다. 다시 그녀의 입술을 탐하려 했을 때 그녀는 별안간 트렁크 안쪽의 고리를 잡아당겨 트렁크 덮개를 쾅 하고 닫아버렸다. 안 돼! 내가 소리쳤지만 이미 늦었다. 트렁크는 닫히고 절대의 어둠이 우리 사이에 끼어들었다. 바보 같으니! 팔을 뻗어봤지만 헛수고였다. 어둠 속에서 그녀의 말소리가 들려왔다. 미안해. 난 단지…… 단지 뭐? 내 다그침에 그녀는 중얼거렸다. 사람들이 또 올까봐……

우리 둘은 희극적이면서 비극적이었으며, 가장 가까워졌고 가장 멀어졌으며, 구멍을 채웠으되 구멍 밖으로 나갈 수 없게 되었다. 좀더 따뜻하고 안전하고 자극적으로 섹스를 해보겠다는 유치한 담합이 빚어낸 이 결과에 대해 누가 누구를 책망할 것인지부터가 막막했다.

우리는 갇혔다. 시간이 흐를수록 그건 점점 더 확실한

사실로 변해갔다. 발과 손, 몸으로 밀어보았지만 한때 고급 차였을 이 승용차의 트렁크 덮개는 호락호락하지 않았다. 우린 더이상의 노력을 포기하고 웅크린 상태로 침잠해 있었다.

그렇게 약 십 분쯤 지났을까. 그녀가 문득 손을 뻗어 내 성기를 다시 만지기 시작했다. 뭐하는 거야? 그녀는 아무 말 없이 나 혼자 자위할 때 하는 동작으로 내 성기를 위아래로 마찰시키기 시작했다. 그만해. 내가 차갑게 내뱉자 그녀가 수줍은 소녀처럼 말했다. 미안해서.

피식. 상황에 걸맞지 않게 웃음이 비어져나왔다. 미안하다니. 이 장면에서 미안하다니. 멀리 다리 위로 차들이 지나가는 소리가 윙 하니 울려오고, 우린 번데기들처럼 이 좁은 공간에 얽혀 있고 웬 여자가 내 성기를 만지며 미안하다고 말하고 있는데 난 뿌리칠 수조차 없는데……

몇시쯤 됐을까? 아마 열한시쯤 됐을걸. 그녀가 기계적인 손동작을 멈추지 않으면서 대답한다. 지금쯤 아내는 뭘 하고 있을까. 뻐꾸기 벽시계를 쳐다보며 날 기다리고 있으리라. 그 기다림은 구원처럼 멀었다. 우린 누군가 트렁크 문을 열어주기 전까지는 나가지 못할 것이다. 어쩌면,

어쩌면 굶주림에 지쳐 이 여자와 함께 시체로 발견되거나 아니면 폐차장의 프레스 속으로 고스란히 밀려들어갈지도 모르는 것이다.

그만해. 아직도 내 성기를 만지고 있는 그녀에게 짜증을 부리자 그녀는 그만두기는커녕 더 빨리 움직이기 시작했다. 그렇지만 감각이 없었다. 내 몸이 아닌 것처럼 무감각했다. 그럴수록 그녀의 손놀림은 빨라져갔다. 아무 말 없이 이 짙은 어둠 속에서 반복되는 성희는 그로테스크한 분위기를 자아냈다. 갑자기 얼굴을 맞대고 있는 이 여자가 두려워졌다. 그 두려움은 서서히 가학으로 변질되어갔다. 놔! 나는 그녀의 손을 뿌리치고는 있는 힘을 다해 내 얼굴 쪽으로 바라보고 모로 누워 있는 그녀의 몸을 반대편으로 돌렸다. 그녀는 힘겹게 몸을 뒤채 엉덩이를 내 성기 쪽으로 돌렸다. 스커트를 들어올리고 팬티를 거칠게 끌어내리고 내 성기를 그녀의 질에 삽입하려 하였다. 그렇지만 몸을 움직일 공간이 없어서 쉽사리 삽입을 못하고 있자 그녀가 자신의 손을 가랑이 사이로 넣어 도왔다. 건조했다. 가늘게, 그녀의 떨림이 전해왔다. 그렇다. 그녀는 떨고 있었다. 떨면서, 가늘게 떨면서 그녀는 그 좁은 공간을 최대로 활용하며 엉덩이를 움직였다.

무서워? 내가 물었다.

응, 이라고 그녀가 짧게 대답하며 중얼거리기 시작했다. 그러니까 페스트 생각나. 뜬금없이 그녀가 말했다.

페스트? 엉덩이를 계속해서 움직이며 그녀는 리드미컬하게 얘기를 이어나갔다. 사람들이 왜 섹스를 하는지 알아? 그건 두려움 때문이래. 옛날 유럽에서 페스트가 돌 때, 어느 지역에서는 페스트 환자를 공동묘지에 몰아넣고 병사들이 지켰다나봐. 페스트나 학살, 둘 중의 하나에는 죽을 운명이었던 그들이 했던 게 뭔지 알아? 그들은 미친 듯이 섹스를 했대. 하고 또 하고, 죽을 때까지 말야. 그때만 해도 페스트는 신이 내린 벌인 줄 알았으니 사후마저도 자포자기했을 이들이 뭘 할 수 있었겠어?

갑자기 그녀는 말이 많아졌다. 두 마디 이상은 내뱉지 않던 그녀가 이 얘기 저 얘기 주절거리는 모습은 부조리극의 한 장면 같았다.

그래도 그 사람들은 페스트라는 불가항력에 직면했다지만 우린 뭐야? 내가 딴죽을 걸었다. 사람들이 나중에 이 트렁크를 열고 우리 시체를 보면 뭐라고 할 것 같아? 웃

거울에 대한 명상

기는 거지 뭐.

아직도 어설픈 섹스는 끝나지 않았다. 그녀의 엉덩이 놀림은 조금씩 느려지고 있었다. 나도, 그녀도 감각이 없었다. 천천히 느려지던 엉덩이 놀림이 마침내 멈추고 내 성기는 그녀의 몸속에 잠겨 있었다. 트렁크에 갇힌 우리처럼 내 성기도 갇혀버렸다. 자신이 발생한 곳에서.

근데 어쩌지? 그녀가 풋 하고 웃었다. 뭘? 예기치 않은 웃음에 의아해하며 묻자 그녀가 장난기어린 목소리로 되까린다. 나 오늘 위험해. 배란기거든.

아직도 농담할 여력이 남아 있나보지? 내가 시큰둥하게 대꾸하자 그녀는 여전히 장난기 섞인 어조로 되받았다. 재밌잖아, 죽기 직전에 임신하다. 기발하잖아. 정말루 그랬음 좋겠어. 형을 한 번에 둘이나 죽이게 되는 거잖아. 형하고 형 자식.

그 순간 혹시 그녀가 일부러 트렁크 덮개를 닫아버린 건 아닐까, 하는 의심이 들었다.

지난달 어느 날, 늦은 퇴근으로 휘적거리며 걸어들어가는 아파트 단지 어귀 노인정 앞 벤치에서 낯익은 그림자가 어둠을 비집고 움직였다.

나야.

그녀의 집은 서울, 내 아파트는 서울에서 한 시간은 족히 가야 닿을 수 있는 해안도시. 그래서 그녀의 출현은 놀라웠다.

웬일이야?

그녀는 그저 피식 웃었을 뿐인데 내 머릿속에는 다른 계산이 돌아갔다.

무슨 일 있어? 라고 묻는 내 싸늘한 어투 밑바닥엔 두어 달 전 그녀와 섞여 뒹굴던 한 여관방에 대한 찜찜한 기억이 자리하고 있었다. 내 불안 섞인 낭패감을 짐작한 듯 그녀는 고개를 흔들었다.

아무 일 없어. 그냥 보고 싶어서 왔어. 어디 가서 술이나 한잔해.

맥주 세 병, 오징어 한 마리. 그리고 섹스. 시간은 그렇게 흘러갔다. 콘돔 하나 주세요. 막간을 이용해 여관 종업원은 피임기구를 가져다주었고 그녀는 피식 웃었다. 걱정돼? 내 위에서 거친 숨을 몰아쉬며 내게 물었다. 나는 최대한 솔직해 보이는 표정을 지어가며 고개를 끄덕였다. 그러자 그녀는 오른손으로 긴 앞머리를 쓸어넘기더니 내 옆

자리로 털썩 떨어져나가 드러누웠다.

형은 걱정할 사람이 아니잖아.

그래, 걱정이라기보다 귀찮을 따름이야. 쓸데없는 일에 말려드는 게. 설마 이런 짧은 쾌락의 대가로 그런 부담을 당연히 져야 한다고 말하고 싶은 건 아니겠지?

그녀는 짧은 숨을 내쉬곤 혼잣말처럼 중얼거렸다.

남자로 태어났으면.

그녀는 벗은 몸을 일으켜 내게 등을 돌린 채 침대에 걸터앉았다. 스탠드 아래 놓인 박하향 담배에 불을 붙여 물었다.

가끔 생각해. 나 혼자 병원을 찾아 들어가던 장면, 포르말린 냄새. 하나, 둘, 셋, 숫자를 세는 동안 가물가물해져 가던 의식. 마취에서 깨어나면서 묵지근하고 예리하게 뒤틀려오던 아랫배의 통증. 가위로 잘게 잘려나간 내 분신은 어디로 갔을까. 병원 옥상에서 무말랭이처럼 말려지고 있겠지.

그쯤 해둬.

그녀는 길게 연기를 뿜어내고는 담배를 비벼 껐다. 파르르 재떨이 속의 불꽃이 사그라질 때, 나는 잠시 거세를 꿈꾸었다. 거세까지는 아니더라도 정관수술쯤은, 이라고 타협도 잠시 꿈꾸었다. 하나, 둘, 셋, 벌써 세번째 생명을 떨궜다.

아무 생각 하지 마. 다시 그녀가 몸을 붙여왔다. 다리를 벌리며 내 배 위로 올라왔다. 발기하지 않을 것이라는 내 예감을 배반하는 둔중한 일어섬. 그리고 삽입. 그녀는 격렬하게 움직였고 그에 따라 긴 머리가 출렁이며 내 눈을 찔렀다. 죽음의 본능이 지배하는 섹스였다. 어느 때부터인가 그녀의 손이 내 목을 조르고 있었다.

그날처럼 그녀는 다시 내 목을 조르고 있는 것이다. 이번에는 이 좁은 트렁크, 내가 도저히 도망할 수 없는 곳에서.

형은 언젠가 날더러 신파라고 했지? 그녀가 도전적으로 물었고 난 대답하지 않았다. 그래, 맞아. 난 신파야. 그럼 형은 뭔지 알아? 형은 신파극으로 돈을 버는 극장 주인이야.

그럼 배우는 누구야?

나, 그리고 형 마누라. 주연은 형이지. 형은 극장으로 돈도 벌고 주연이 되어 군림하기도 했지. 왜? 기분 나빠? 그럼 신파배우하고 연기하면서 형 자신은 컬트무비라도 찍는 줄 알았나보네?

그래, 그렇다고 해두지.

성현이랑은 행복해?

갑자기 튀어나온 아내의 이름. 문득 낯설었다. 그러고 보니 아내를 알게 된 것도 바로 이 여자, 가희 때문이었다.

희뿌연 담배연기가 가득찬 학교 앞 소줏집이었다. 그날 가희에게 묻어온 여자가 하나 있었다. 고등학교 동창이라고 했다. 짧은 커트에 단정한 옷차림. 마치 학생과에 불려온 고등학생처럼 조용히 앉아 좌중에 스며들지 못하고 있던……

전에 얘기했었지? 그날 가희가 야릇한 미소를 띠며 내게 말했다.

글쎄.

왜 있잖아. 형의 본질에 부합하는 친구가 하나 있다고.

그랬나? 내 본질이 뭔데? 나도 모르는데 네가 알아?

나야 알지. 가희가 가늘게 웃었다. 그때까지 성현은 가희 옆에서 조용히 소주잔만 바라보고 있었다. 내 본질? 가희의 공격에 난 당황했다. 그 스멀거리는 느낌이 불쾌했다.

본질이라기보다는 실존이겠지.

그거나 그거나. 형은 실존이랄 게 따로 없잖아.

그로부터 석 달 후 지금의 아내와 나는 지리산을 등반했고, 하산한 날 진주의 어느 여인숙에서 함께 잤다. 그날, 아내와의 첫 정사 때, 가희를 생각했다. '형은 실존이랄 게 따로 없잖아'라고 비웃던 가희의 말이 머릿속에서 끊임없이 쟁쟁거리며 맴돌았다.

자? 다시 트렁크 속에서 가희의 목소리가 들려온다.

아니.

행복하냐니까?

글쎄.

아내의 모습이 잠시 떠올랐다가 사라졌다. 이상하게 아내를 떠올리면 선명하지가 않다. 매일 얼굴을 보는 사람인데 연상이 되질 않는 묘한 여자가 내 아내 성현이었다.

허리가 아파왔다. 엉성한 자세로 누워 있는 터에 다리조차 펼 수 없는 상태. 허리뿐 아니라 온몸이 쑤셔오기 시작했다.

그나마 다행이네.

뭐가?

날이 추워서 말이야. 이렇게 딱 붙어 있는데 날마저 더 웠어봐. 나라는 존재가 얼마나 증오스럽겠어?

하긴.

신영복 선생의 『감옥으로부터의 사색』이 생각나는군. 차라리 날씨가 추워지기를 바랐다는 구절 말야. 날씨가 더워지면 함께 있는 이들의 존재를 증오하게 되어서 자신은 차라리 날씨가 추워졌으면 하고 바랐다잖아.

그분은 그래도 그런 글이라도 쓸 수 있었지. 우린 뭐지? 그녀가 깔깔거렸다.

우린 몸으로 말할 수밖에 없는 처지가 됐잖아. 그치만 이 상태로 우린 뭘 말할 수 있지? 형은 바지를 반쯤 까내리고 난 스커트를 들어올리고 팬티를 내린 채로 서로 붙어 있으니……

그녀의 말을 들으니 그도 그렇겠다 싶어 그녀의 질에서 내 성기를 빼내었다. 그러자 그녀는 내가 바지를 추켜올리지 못하도록 엉덩이를 뒤로 밀어 나를 트렁크 한쪽으로 몰아붙였다.

왜 이래?

우습잖아. 형 하는 행동이…… 죽은 뒤의 명예가 그럴

게 소중한가? 그래, 원래 형은 웃기는 사람이었어. 이런 순간에도 신영복 선생의 『감옥으로부터의 사색』을 이야기하고, 그러다 문득 자신의 이미지를 생각하고…… 형은 형 주위의 모든 것, 모든 텍스트로 자신을 포장하는 절묘한 재주를 가지고 있거든.

이미지는 중요한 거야. 실체보다 이미지가 더 실제적이라는 말도 못 들어봤어?

그거야 살아 있을 때 얘기지. 형 자신이 죽는데 이미지든 실체든 무슨 말라비틀어진 무말랭이야?

내겐 중요해. 설령 죽었더라도 말야. 내가 죽어도 내 아내는 살아야 될 거 아냐? 난 이런 모습을 그녀에게 보여줄 수 없단 말야.

가희가 침묵했다. 그녀의 침묵이 불러일으킨 적막감이 크게 메아리쳤다.

가희와 성현은 여러모로 대조적인 여자였다. 가희는 내 아이를 셋이나 떼었다. 그러나 그녀는 한 번도 내게 책임을 묻지 않았다. 그녀는 내가 원한다면 뭐든 해주려는 여자였다. 그녀가 그럴수록 난 그녀에게 가혹해졌다.

지리산 잘 다녀왔어? 아내와 첫 정사를 치렀던 지리산

산행에 대해 그녀가 물었을 때, 난 서슴없이 대답했었다.

좋았어.

잤어?

응.

성현이 어때?

좋은 여잔 것 같아.

그런 거 말고.

처음이라더군.

그럴 줄 알았어. 그래도 다행이네. 그게 형이어서.

누구에게 다행이라는 거야?

글쎄.

난 더이상 묻지 않았다. 가희는 그런 여자였다. 아내가 상수도라면 그녀는 하수도였다. 아내가 내게 깨끗한 물을 제공해주는 존재라면 가희는 그 물이 거쳐 내려가는 배출구였다. 누구도 하수구엔 관심이 없다. 막히기 전까지는 말이다.

아내는 하수도의 존재에 대해 알지 못했다. 그녀는 자신이 상수도이자 하수도인 줄 알고 있었고, 그런 만큼 인생에 대해 무지했다.

난 형이 왜 성현이와 결혼했는지 알아. 긴 침묵을 깨고 가희가 말했다.

글쎄.

형은 성현이를 형이 피우는 담배 한 개비보다도 사랑하지 않아. 난 알아. 성현이는 형이 꿈꾸는 자화상일 따름이야. 정갈하고 상처입지 않은 백색의 대지. 가슴이 뛰었겠지. 처음 도화지에 수채화 물감을 칠하던 백일장의 느낌. 게다가 형은 충분히 멋진 그림을 그릴 수 있는 사람인 건 틀림없었고 형 자신도 그 사실을 잘 알고 있었을 테고. 게다가 형에겐 나란 여자가 있었어. 성현이가 수채화라면 난 실패한 유화쯤 될까? 수없이 덧칠해도 상관없는…… 아니 팔레트가 더 낫겠네. 형 내부에 숨어 있는 더러운, 아니 형이 싫어하는 모습들은 나라는 출구를 가지고 있었던 거지. 그러면서 조심스럽게 성현이를 통해 자신의 자화상을 그려가고 있었던 거지. 아니었던가?

그래서?

그냥 그렇다는 거지. 불만 따위가 있었던 건 아니야. 그렇다고 내가 형과의 섹스에만 탐닉했다고는 생각하지 말아줘. 섹스로만 따진다면 형은 중간쯤…… 본래 형 같은 자아도취형 인간들은 섹스를 잘 못하는 법이래. 피곤한 스타일이지. 그들은 섹스에 몰입하지 못하고 사정하는 순간까지도 이, 미, 지, 를 고민하지. 그러면서 쉬지 않고 물어보지. 좋아? 그러면서 자신은 배려, 하고 있다고 생각하며 그런 스스로에게 만족하는 거지. 차라리 자위를 하는 게 낫지 않을까? 그런 인간들이 창녀에게 가면 갑자기 휴머니스트가 되지. 몇 살이냐, 힘들지 않느냐, 고향이 어디냐……

그렇다면 섹스에만 몰입하는 인간이 있을 수 있다는 거야? 이렇게 세상 모든 것이 이미지로 둘러싸여 있고, 우리가 취하는 하나하나의 행동이 우리가 어디선가 보았던 어떤 이미지나 실체의 복제물에 불과한 이 시대에 순수한 자연인 두 사람의 아무런 연상 없는 그런 죽음 같은 섹스가 가능하다는 거야?

없지. 그렇지만 적어도 형 정도는 아니야. 차라리 마돈나나 미야자와 리에를 떠올리며 섹스하는 친구들은 순진하지. 그들은 배 밑에 깔린 여자를 그 마돈나라는 기호의 복제품으로 생각할지 모르지만 형은 형 배 밑에 깔린 여자를 복제품으로도 생각하지 않아. 그렇지? 그 여자는 단지 형의 전도된 이미지야. 대단해. 존경해. 세상 어디에든 자신의 복제품을 생산할 수 있는 위대한 나르시시스트가 바로 형이야. 난 그래서 성현이를 부러워하지 않았지. 걔도 불쌍한 애거든.

성현이는 불행하지 않아. 난 최선을 다했으니까. 그녀에겐 한 번도 상처를 준 적이 없어. 결혼 전에는 늘 세심하게 피임에 신경을 썼고 결혼 뒤에도 너를 제외하곤 누구와도 섹스를 하지 않았어. 너마저도 일 년에 두세 번밖에는 본 적이 없었지. 내 과거는 모두 삭제했어. 사진, 파일, 일기. 그건 내게 무척 힘든 일이라는 걸 너도 잘 알 거야. 네 말마따나 나 같은 나르시시스트가 자신의 산물들을 폐기한다는 건 결코 쉬운 일이 아니었어. 그렇다면 내 나르시시즘이 죄악인가? 그것으로 인해 성현이가 행복한데 내가 내 나르시시즘에 대해 반성문을 쓰고 그녀에게 진실을 알리는 게 정당하다는 거야? 자기 친구인 가희에게 세 번이나 임신을 시키고 지금도 이렇게 바지를 까내린 채 그 여자의 엉덩이에 살을 붙이고 있다는 사실을 알려야 되는 거야?

아니, 그렇지만 불쌍한 건 불쌍한 거야, 껍데기와 산다는 건. 그리고 자신은 그 껍데기의 복제품이 되어간다는 것. 형의 거울로서 존재한다는 것…… 백설공주 얘기 알지? 나르시시즘에 대한 메타포잖아. 마녀는, 아니 그녀는 마녀가 아닐는지도 몰라. 정말 예쁜 여자였을 수도 있지. 그 여자의 거울은 말을 하지. 그건 거울이 아니었을 수도 있어. 아마 남자였을 수도 있을 거야. 그다지 매력적이지는 않았을 거야. 자아도취의 반영물이 꼭 매력 있을 필요는 없으니까. 여하튼 그 여자는 마법의 성에서 자신의 아름다움에 도취되어 살았지. 거울아, 거울아, 누가 제일 예쁘니? 그런데 어느 날 백설공주가 나타난 거지. 그녀가 하얗다는 걸 주목해. 이 대목에서 갑자기 성현이가 생각나네. 그리고 일곱 난쟁이가 등장하지. 난쟁이는 정말로 키가 작은 인간을 말하는 게 아니고 평민 또는 도둑을 상징한다고 어느 서양 사람이 그러더라. 중세의 종교화를 생각해봐. 교황은 집채만하고 왕은 그 기둥만하고 제후는 그냥 사람만하잖아. 그러니 평민이야 난쟁이가 될 수밖에…… 여하튼 백설공주가 나타나자 마녀의 거울은 변했어. 이제 백설공주가 더 예쁘다고 말하는 거지. 역시 그 거울은 남자였을 가능성이 크지? 나르시시즘의 충실한 반영물이 사라졌을 때 인간들은 가장 흥분하거든. 회사가 도산했을 때 사장들이 왜 자살하는 줄 알아? 그 회사는 그의 자아의 확장물이기 때문이야. 그 회사가 곧 자신의 이름이고 얼굴이고 가장 아름다운 마스크인데 그게 깨진 거지. 그럴 때 사람들은 가장 큰 아픔을 맛보지. 우리의 마녀도 예외는 아니었어. 백설공주를 죽이기 위해 빨간 사과, 다시 색에 주의해, 그 사과를 먹게 만들지. 하아얀 공주가 빠알간 사과를 먹고 쓰러지지. 마녀가 공주를 죽이는 방법이 먹, 이, 는, 방식이라는 것도 중요해. 성적인 뉘앙스가 분명하잖아? 광고에서 자주 쓰이는 빨간 사과, 이 섹슈얼한 상징물을 공주가 먹도록 만든다―하얀 공주에게 빨간 성을 집어넣어 파멸시킨다―재밌는 상징 아니야? 그 마녀가 가지고 있지 못한 유일한 것―백설이 상징하는 순결성 아니겠어? 그걸 파멸시킨 거야.

그래서, 하고 싶은 얘기가 뭐야?

모든 나르시시즘은 파멸의 길로 간다는 거지.

권선징악적 고대설화에 언제부터 그렇게 공감을 했지? 할리우드 영화에도 많은 공감을 하겠구먼. 내가 비아냥거렸다. 그렇지만 그녀는 벌써 충분히 내 내부를 균열시키고 있었다. 서서히 나는 화가 나기 시작했다.

형은 그 마녀야. 그리고 성현이는 형의 말하는 거울이고.

그럼 너는? 백설공주냐?

그렇지. 일곱 난쟁이를 데리고 천천히 마법의 성을 향해 진군하고 있지.

왜? 복수 때문에?

형은 내게 많은 고통을 주었지. 그래. 솔직하게 말하자면 고통스러웠어. 그렇지만 원한을 가진 적은 없어. 난 원한을 가질 이유가 없어. 난 형을 만나지 않으려면 얼마든지 그럴 수 있었거든. 내가 원하지 않았던 만남은 없었어. 형은 날 강간하려고 한 적도 없었잖아? 이제 다시 동화로 돌아가지. 백설공주는 마녀를 파멸시키려 한 적이 없어. 마녀는 스스로 파멸하지.

난 널 파멸시키려 한 적이 없어.

내가 항변하자 그녀가 씁쓸하게 웃었다.

내 나이 스물두 살 때 아주 멋진 사과를 봤어. 빨간, 아주 빨간 사과였지. 난 배가 고팠고 신 게 먹고 싶었고 무엇보다 친절하게 그걸 내게 주려던 사람이 있었어. 독이 든 사과인지도 모르고.

짧은, 그러나 막막한 침묵. 비유는 참으로 위험하다는 생각.

아주 오랜만에, 아니 처음으로 너와 긴 이야기를 나누는구나.

맞아. 우린 오랫동안 만나왔지만 한 번도 이런 대화를 나눈 적이 없어. 술을 마시고 잠을 자고 아침이 되면 헤어지고…… 마지막이 되어서야 이렇게 진지해지는구나.

마지막이라고 말하지 마. 난 나가고 말 거야.

우리 사이에 한 번도 자리하지 않았던 진지함이라는 이 물질이 트렁크 속의 산소를 줄여나가는 느낌이었다. 난 좀 더 절박해졌다. 다시 한번 무르팍으로 트렁크 덮개를 밀어보았으나 꿈쩍도 하지 않았다. 발로 차기에는 너무 공간이 협소했다. 다시 무릎과 손으로 들어올리려 해보았지만 소용없었다.

그러지 말고 너도 좀 도와봐.

별로 살아서 나가고 싶지 않네, 나는.

그녀가 다시 웃었다. 짙은 허무가 연기처럼 트렁크 속을 퍼져나가는 듯한 느낌. 그런 식으로 이 좁은 공간에는 우리 둘의 삶과 죽음, 그 사이의 궤적들이 모두 엉켜 있었다.

비가 와. 그녀의 말대로 트렁크 덮개 위로 빗방울이 떨어지는 소리가 들리기 시작했다. 후드득, 후드득. 11월의 강변에 비마저 온다면 최악의 상황이었다. 비는 밤새 그치지 않고 계속되었고 그다음날도 빗방울의 크기만 달리한 채 비가 내렸다.

잠결에 노랫소리가 들렸다. 몸의 대부분은 이미 감각을 상실했다. 팔다리 모두 피가 잘 통하지 않아 감각이 없어졌다. 마치 사지가 잘린 사람이 된 것 같았다. 그럴수록 청각은 더욱 예민해져갔다.

무슨 노래야, 재즈 같은데?

I'm a fool to want you. 뜻은 알지? 어느 날 대학로에 들렀더니 박성현이 이 노래를 부르더라구. 가슴이 시렸어. 정말 가슴이 시리더라.

역시 넌 신파야.

신파지만 진실이야. 하지만 비록 신파처럼 살았을지언정 죽을 땐 이렇게 컬트로 죽잖아. 비 오는 다리 밑의 트렁크에서 아랫도리가 벗겨진 유부남과 시체로 발견되는…… 이럴 줄 알았으면 옷도 좀 신경써서 입고 올 걸 그랬어.

그녀는 이상하게 차분했다. 시간이 갈수록 난 초조해져 가는 반면에 그녀는 느긋해져갔다. 처음 갇혔을 때 그녀의 어깨에서 느껴지던 가는 떨림은 언제부터인가 사라졌다. 가희는 마치 이런 사태를 기다려왔다는 듯이 행동하고 있었다. 게다가 그녀는 말이 많아졌고 하는 말 하나하나에 그럴듯한 재치를 담아 허무를 포장할 줄도 알았다.

네가 이렇게 말을 잘하는 줄 몰랐는데. 솔직히 말하면 난 네가 상상력이라고는 눈곱만큼도 없는 여잔 줄 알았는데.

형이 날 그렇게 만들었을 따름이지. 형을 만나지 않을 때면 난 언제나 재치가 넘치고 유머도 있었거든. 그런데 형만 만나면 말이 안 돼. 아니, 별로 하고 싶지 않았고, 그건 형이 내게 요구하는 방식이지 않았나? 신파, 신파—신파극의 배우가 할 수 있는 대사와 발성은 제한돼 있잖아.

하루, 이틀, 사흘이 지났다. 이제 우린 더이상 말하지 않는다. 말할 기력도 점차 잃어갔고 할말도 없었다. 계속 잠이 들었고 그러다 깨어나면 살아 있는지도 알 길이 없었다. 온몸의 감각이 사라져갔기 때문이었다. 시시각각 죽음의 공포가 밀려왔다. 살아오는 동안 꿈꾸어왔던 많은 일들이 떠올랐다. 그 와중에 다시 아내의 모습이 떠올랐다. 아내는 지금쯤 실종신고를 냈을까? 어쩌면 가희의 실종까지 그녀에게 알려졌을지도 몰라. 눈물이 한 방울 흘렀다. 폭발할 것처럼 가슴이 답답해졌다. 나가야 돼. 나가야 돼. 나가서 그녀에게 알려야 돼. 아무 일 없었다고…… 단지 여행을 좀 다녀왔을 뿐이라고. 나가야 돼. 나가야 돼. 아내를 만나야 돼. 아내는 미친듯이 울고 있을 것이다. 한 번도 경험하지 못한 나의 실종 때문에 그녀는 반실성 상태일 것이다. 아, 그러고 보면 그녀는 얼마나 아름다웠나. 지리산 장터목 산장에서 새벽밥을 짓던 그녀는 지리산 안개의 현신 같지 않았던가. 내가 아내를 사랑하지 않는다고? 그건 거짓이다. 그녀가 나의 전도된 이미지이든 복제이든 아니면 거울이든 그녀는 소중해. 장모는 아마도 우리 아파트에 와 계실 것이고 어머니도 그럴 것이다. 모두들 그녀를 위로하고 있을 것이다. 상상이 거기까지 이르자 곁에서 불편한 자세로 잠든 가희에게 불같은 증오가 솟구쳤다. 다 이 여자 때문이다. 나를 나르시시스트로 계속 살아갈 수 있도록 만들었던 것도 이 여자다. 내 더러운 욕망의 배출구를 자청하여 끝임없이 나를 분열시킨 것도 바로 이 여자다. 그리고 이렇게 폐차의 트렁크 속으로 나를 몰아넣은 것도 바로 이 여자, 존재 자체다. 그래, 난 나르시시스트라고 해두자. 넌 백설공주라고 해두자. 드디어 파멸을 준비해두었구나. 아니다. 넌 백설공주가 아니다. 너 카르멘이여.

나는 몸을 부르르 떨었다. 허리를 들어올려 오른팔을 자유롭게 하였다. 이윽고 오른팔이 격심하게 저려오면서 감각을 회복하기 시작했다. 다시 왼손의 감각을 회복했다. 그러곤 천천히 잠든 그녀의 목을 힘겹게 조르기 시작했다. 감각을 상실했음에 틀림없는 그녀의 팔다리는 그녀의 뜻대로 움직이지 않았다. 캄캄한 어둠 덕에 그녀의 고통스러운 얼굴 표정은 보이지 않았다. 어둠이다. 죽음이다. 파멸이다. 끝이다. 죽어라, 카르멘이여. 너 요부여.

그녀가 힘겹게 몸을 뒤채 내 쪽으로 돌아누웠다. 그러면서 무르팍으로 내 사타구니를 내질렀다. 그 순간 번쩍 정신이 들었다. 손에 힘을 풀자 그녀가 캑캑거리며 숨을 내뱉었다. 한참을 그러던 그녀가 씹듯이 말했다.

비겁한 자식. 그래, 죽여라. 그렇지만 마지막으로 한 가지 얘기해둘 게 있어. 네 거울은 깨졌어. 병신 같은 나르시시스트. 수선화로 다시 피어나려무나. 넌 네 마누라가 그래도 널 사랑하는 줄 알고 있겠지? 천만에. 그리고 성현이와의 첫 정사로 성현이가 자기 처녀성을 바친 줄 알고 있겠지. 바치다, 또 신파군. 그래 좋아.

그녀의 목소리는 어느 먼 곳에서 들려오는 확성기 소리 같았다. 지직거리면서 분명하게 들려오지 않는 민방위 소집 안내문 같은.

성현이는 다 알고 있어. 형과 내가 그렇고 그런 관계라는 거. 그렇지만 걱정하지 마. 성현이가 개의하는 건 형이 아니고 나야. 고등학교 일학년 때였어. 나와 성현이는 독서실을 나와 아파트 놀이터 벤치에 앉아 있었어. 사춘기 소녀답게 우리 중에서 누가 데미안이고 싱클레어인지 가늠하는 형이상학에 취해 있었지. 그때, 상투적으로, 그래, 형이 잘 쓰는 표현처럼, 신파적으로 괴한들이 나타났어. 우린 머리채를 잡힌 채 강변으로 끌려갔고 차례차례 강간당했어. 아직도 신파 같겠지? 그날 이후, 우린 변했어.

가희가 숨을 몰아쉬었다. 점점 공기가 부족해져가는 탓인지 아니면 가희가 토해내는 두 여자의 개인사가 버거웠던 탓인지 내 호흡도 고르지 못했다. 그리고 그 순간에도 둘 중에서 누가 데미안이었을까를 잠깐 생각하기도 했다.
 변하긴 했지만 조금 다르게 변했지. 싱크대 같은 세상에서 나는 퐁퐁 거품처럼 가벼워졌고 성현이는 버려진 밥알처럼 무거워졌어. 데미안과 싱클레어? 그 미숙한 관념들은 우리 둘의 세계로부터 가출해버렸어. 그렇지만 공통점도 생겼어. 가볍든 무겁든 결국 싱크대 속에서 부대끼는 처지 아냐? 우린, 남자가 싫어졌어. 여자에겐 이분법이 없어. 형처럼 남자들은 쉽게 요부와 정숙한 여자로 세상 여자들을 이분하고 그 속에서 마음 편하게 정액을 배출하고 꽃을 선물하면서 살아가지만 여잔 안 그래. 그러던 어느 날이었어. 성현이가 우리집에서 자고 가던 날이었어. 그날 이상하게 그 친구 가슴이 만지고 싶었어. 그러자 오줌이 마려웠어. 배도 만지고 등도 더듬었지. 성현이는 가만히 있더군. 그런데 숨소리가 점점 거칠어지는 거야. 그때야 나는 그 친구가 자고 있지 않다는 걸 알았어. 갑자기 성현이가 눈물을 흘리면서 날 껴안았지. 입을 맞추었고 우린 옷을 모두 벗어던졌어. 그날 우리는 밤새도록 사랑에 대해 이야기했어. 죄책감? 그런 건 없었어. 너무 느낌이 좋았을 따름이야. 그때 우리에게 남자와 관계되는 건 모두 강간으로 이루어진 세계로 보였으니까.

 그런데 왜 성현이는 나랑 결혼한 거야?

 문제가 생겼어. 대학에 와서 내가 형을 좋아하게 된 거야. 형을 보면서 난 강간으로 이루어진 세계가 아닌 다른 가능성을 느꼈던 거지. 그걸 성현이가 알게 되었고, 형이랑 결혼해버린 거야. 우리에겐 형 같은 나르시시스트가 필요했던지도 몰라. 최소한 형은 강간은 안 하잖아. 난 성현이가 좋았지만, 형이랑 자는 것도 싫지 않았어. 아니, 때로는 좋았다고 할 수도 있어. 성현이는 어땠는지 모르지……

 그녀는 계속 주절주절 떠들었지만 나는 더이상 그녀의 말을 듣고 있지 않았다. 가희가 처음 아내를 데리고 소줏집에 나타나던 모습이 떠올랐다. 아내는 가희가 내게 자신을 소개할 때, 다소곳이 소주잔만 들여다보고 있었다. 정숙의 표징이라 생각했던 것은 질투였고, 순진함은 전략일 따름이었다. 나는 아내와 가희를 만나고 가희는 나와 아내를 만나고 아내는 가희와 나를 만난 것이다. 다시 희극이다. 모차르트다. 돈 조반니를 부르는 지옥의 목소리가 들려온다. 거대한 말이 무대를 뚫고 돈 조반니에게 달려온다. 내 거울은 나를 속였다. 진정한 거울은 나와 함께 이

트렁크에서 굶어죽어가고 있다. 아니다. 모든 거울은 거짓이다. 굴절이다. 왜곡이다. 아니, 투명하다. 아무것도 반사하지 않는다. 거울은 없다.

(『리뷰』 1995년 봄호)

작가의 말

자욱한 먼지 속에서

30년이다.

1995년의 출발점으로 돌아가본다. 그 시점에 나는 세 가지를 예상하지 못하고 있다. 신춘문예도 아니고 문예지도 아닌, 문화비평 잡지에 단편을 실었는데, 그냥 나 혼자 등단이라고 치기로 했다. 그러니 앞으로 사람들이 나를 작가로 불러줄지 알 수 없었다. 그게 첫째 미지였다. 그 다음으로 몰랐던 것은 앞으로 도대체 어떤 소설을 쓰고 살아갈 것인가, 다시 말해 내가 하고 싶고, 할 수 있는 이야기는 무엇인가였다. 나는 그냥 닥치는 대로 썼을 뿐인데 그래도 몇 사람이나마 이런 글을 잡지에 실어주겠다고 나서는 게 신기했다. 마지막으로 정말 꿈에도 생각하지 못했던 것은 삼십 년 후에 내가 이런 책(맙소사, 등단 30주년

기념 단편선이라니!)에 후기를 쓰게 되리라는 것이었다.

작가의 활동 기간은 대체로 짧다. 이 책을 묶으며 예전에 이 소설들이 문예지에 실렸을 때 함께 기고한 작가들의 그리운 이름들을 여럿 보게 되었다. 비슷한 시기에 작품 활동을 시작했던 그 '신세대 작가'들은 다들 어디에 있을까? 그들 중 몇몇을 많이 질투했다. 또 어떤 이들은 몰래 존경했다. 은밀한 질투와 존경심은 내 창작의 동력이기도 했다.

발표 역순으로 편집된 『단편선』의 원고를 보면 지나온 30년이 마치 영상을 뒤로 돌리듯 떠오른다. 그 요란하던 1990년대부터 시작이다. 차 트렁크에는 아직 비상 탈출 버튼이 없어서 폐차 트렁크에 장난으로 들어갔다가 갇혀버린다. 소설의 인물들은 삐삐라 불리던 호출기를 쓰고, 공중전화로 엘리베이터에 낀 남자를 119에 신고하려 한다. 앙코르와트 근처에는 아직 크메르 루주 잔당이 남아 유격전을 벌이고 있다. 이제 2000년대다. 거친 '오빠'는 택배라는 신종 사업을 시작해 가족을 부양한다. 1990년대에 엘리베이터에 낀 남자를 지나쳐 계단을 내려가던 젊은 부부는 이제 이 낡은 아파트를 떠나기로 한다. 그들은 "다들 아무것도 아니라 했"던 포장이사를 신청하지만 조선족 인부가 포함된 미숙하고 거친 인부들에게 소중한 짐을 맡기게 된다. FM 라디오와 TV 방송은 여전히 인기다. 자연발화로 남편을 잃은 누군가의 직업도 PD다. 한바탕 휩쓸고 지나간 외환위기는 모두에게 각자도생, "여러분, 부자되세요"의 세상을 남겼다. 주식시장에서 작전을 벌이고 한탕을 꿈꾸던 인물들이 민족주의 광기로 미친 확신범과 만난다. 휘발유 냄새가 나는 아이스크림을 먹게 된 젊은 부부는 지금처럼 인터넷이나 SNS로 고발하는 대신 업체의 소비자상담실로 전화를 걸고, 업체에서는 아마도 외환위기 때 정리해고되었음직한 늙수그레한 부장님을 고객에게 보낸다. 직장을 다니는 젊은 여성 회사원은 사장의 명백한 성희롱을 참아내고, 직원들의 불쾌한 시선을, 살갗에 달라붙은 젖은 우산처럼 견딘다.

2010년대가 되었다. 소설 속 작가는 뉴욕 차이나타운에서 미친듯이 글을 쓴다. 어떤 부모는 유괴당한 아이를 되찾았지만 가정과 행복했던 일상은 회복되지 않는다. 배울 만큼 배웠지만 어떻게 살아가야 할지 도무지 모르겠는 학원 강사가 수신인이 모호한 편지를 쓰기도 한다.

2020년대가 되었고 이 시기에는 쓴 단편이 없다. 코로나19 팬데믹이 지나가기를 기다렸다. 혼돈의 먼지가 가라앉은 다음에 써야지, 생각했던 것이다. 그러나 혼돈은 계속됐다. 아니, 혼돈이 일상이 되었다. 이 글을 쓰는 지금 이 순간에도 엄청난 격동의 모래폭풍이 걷히기를 기다리고 있다. 다만 이제는 안다. 혼돈이 지나간 뒤의 세상은 그 이전의 세상과 완전히 다르리라는 것을. 외환위기가 그랬고, 세월호가 또한 그랬다. 나는 두렵다. 또 어떤 세상을 만나게 될지.

 삼십 년을 작가로 살아오는 동안 네 번의 연대年代가 지나갔거나, 지나가고 있다. 운이 좋아 그 혼돈들을 무사히 지나왔고, 지금 이렇게 두꺼운 중단편선을 묶을 수 있게 되었으니 그저 감사할 따름이다. 그럴 수 있었던 것은 잘 쓸 때나 못 쓸 때나 읽어준 독자들의 덕이다. 앞으로 얼마나 더 쓸 수 있을지 모르겠지만 독자가 부끄러워하지 않을 작가로 살아가고 싶다. 그런 다짐을 해보는 2025년의 봄이다.

연희동의 작업실에서
김영하

30/3 단편선
ⓒ김영하 2025

1판 1쇄 2025년 4월 18일
1판 3쇄 2025년 11월 24일

지은이 김영하

펴낸곳 복복서가㈜
출판등록 2019년 11월 12일 제2019-000101호
주소 03720 서울특별시 서대문구 연희로 28길 3
홈페이지 www.bokbokseoga.co.kr
전자우편 edit@bokbokseoga.com
마케팅 문의 031) 955-2689

ISBN 979-11-91114-85-0 04810
     979-11-94996-02-6 (세트)

이 책의 판권은 지은이와 복복서가에 있습니다.
이 책 내용의 전부 또는 일부를 재사용하려면 반드시 양측의 서면 동의를 받아야 합니다.
이 책의 일부를 어떤 방식으로든 인공 지능 기술이나 시스템 훈련 목적으로 사용하거나 복제할 수 없습니다.
No part of this book may be used or reproduced in any way for the purpose of training artificial intelligence techniques or systems.

잘못된 책은 구입하신 서점에서 교환해드립니다.
기타 교환 문의 031) 955-2661, 3580